HEYNE
BÜCHER

SCIENCE FICTION

Von **Anne McCaffrey** erschien in der Reihe
HEYNE SCIENCE FICTION & FANTASY:

DIE DRACHENREITER VON PERN:
1. *Die Welt der Drachen* · 06/3291
2. *Die Suche der Drachen* · 06/3330
3. *Drachengesang* · 06/3791
4. *Drachensinger* · 06/3849
5. *Drachentrommeln* · 06/3996
6. *Der weiße Drache* · 06/3918
7. *Moreta – Die Drachenherrin von Pern* · 06/4196
8. *Nerilkas Abenteuer* · 06/4548
9. *Drachendämmerung* · 06/4666
10. *Die Renegaten von Pern* · 06/5007
11. *Die Weyr von Pern* · 06/5135
12. *Die Delphine von Pern* · 06/5540
13. *Die Chroniken von Pern: Ankunft* · 06/6353
14. *Drachenauge* · 06/6372

DINOSAURIER-PLANET:
1. *Dinosaurier-Planet* · 06/4168
2. *Die Überlebenden* · 06/4347

ROWAN:
1. *Rowan* · 06/5622
2. *Damia* · 06/5623
3. *Damias Kinder* · 06/5624
4. *Lyon* · 06/5625

DIE PLANETENPIRATEN:
1. *Sassinak* · 06/6366
(mit Elizabeth Moon)
2. *Raumfahrergarn* · 06/6367 (in Vorb.)
(mit Jody Lynn Nye)
3. *Das Generationenschiff* · 06/6368 (in Vorb.)
(mit Elizabeth Moon)

EINZELBÄNDE:
*Planet der Entscheidung* · 06/3314
*Ein Raumschiff namens Helva* · 06/3354; auch ↗ 06/1008
*Die Wiedergeborene* · 06/3362
*Wilde Talente* · 06/4289
*Killashandra* · 06/4728

Anne McCaffrey

# *Drachenauge*

**Ein Roman aus der Welt der Drachenreiter von Pern**

Aus dem Englischen von
INGRID HERRMANN-NYTKO

Deutsche Erstausgabe

WILHELM HEYNE VERLAG
MÜNCHEN

HEYNE SCIENCE FICTION & FANTASY
Band 06/6372

Titel der amerikanischen Originalausgabe
DRAGONSEYE
Titel der englischen Originalausgabe
RED STAR RISING
Deutsche Übersetzung von Ingrid Herrmann-Nytko
Das Umschlagbild malte Arndt Drechsler
Die Illustrationen zeichnete Johann Peterka

*Umwelthinweis:*
Dieses Buch wurde auf chlor- und säurefreiem Papier gedruckt

4. Auflage

Redaktion: René Nibose-Mistral

Erstveröffentlichung:
A Del Rey Book,
published by Ballantine Bocks,
a division of Random House Inc., New York
Mit freundlicher Genehmigung der Autorin
und Paul & Peter Fritz, Literarische Agentur, Zürich
(# 55842)

http://www.heyne.de
Deutsche Erstausgabe 2/2001
Printed in Germany 2002
Umschlaggestaltung: Atelier Ingrid Schütz, München
Technische Betreuung: M. Spinola
Satz: Schaber Satz- und Datentechnik, Wels
Druck und Bindung: Ebner & Spiegel, Ulm

ISBN 3-453-17950-1

Dieses Buch widme ich mit allem Respekt
Dieter Clissman,
der sich um meine Computer kümmert
und stets zur Stelle ist, wenn ich seine Hilfe brauche.

Der Finger weist auf ein Auge rot,
die Fäden fallen,
in Pern herrscht Not.
*Aus: Die Welt der Drachen*

## Inhalt

# Prolog

Rubkat im Sagittarius-Sektor war eine goldene Sonne vom G-Typ. Sie besaß fünf Planeten, zwei Asteroiden-Gürtel und einen Wanderstern, den sie angezogen und während der letzten Jahrtausende festgehalten hatte. Als sich Menschen auf Rubkats dritter Welt niederließen und sie Pern nannten, schenkten sie dem Wanderer, der in einer stark elliptischen Bahn um seine Adoptivsonne zog, wenig Beachtung – bis sich der Rote Stern im Perihel seiner Stiefschwester näherte.

Waren nämlich die Umstände günstig und schoben sich keine anderen Planeten des Systems dazwischen, dann versuchte eine bestimmte Lebensform des Wanderplaneten ihrer unwirtlichen Heimat zu entfliehen und den Raum nach Pern mit seinem gemäßigten, angenehmen Klima zu überbrücken.

Anfangs erlitten die Kolonisten durch den Einfall der gefräßigen mykorrhizoiden Organismen verheerende Verluste. Die Menschen waren von ihrem Heimatplaneten, der Erde, abgeschnitten, und die Kolonistenschiffe, die *Yokohama,* die *Bahrain* und die *Buenos Aires* hatten sie bereits ausgeschlachtet und außer Dienst gestellt; deshalb mussten sie sich mit den Mitteln zur Wehr setzen, die ihnen zur Verfügung standen. Als erstes brauchten sie eine Luftverteidigung, um sich vor den ›Fäden‹ zu schützen, wie sie die Bedrohung aus dem Weltall tauften.

Mittels einer komplizierten Gentechnik entwickelten sie aus einer pernesischen Lebensform eine spezielle Variante, die über zwei ungewöhnliche und nützliche Eigenschaften verfügte: Die sogenannten Feuerechsen konnten in einem ihrer zwei Mägen phosphinhaltiges Gestein verdauen und das so entstehende Gas ausrülpsen; dieser flammende Atem versengte die Fäden zu einem harmlosen, verkohlten Rückstand. Außerdem waren sie der Teleportation mächtig und konnten in begrenztem Umfang mit Menschen in telepathischen Kontakt treten. Die biogenetisch optimierten ›Drachen‹ – man nannte sie so, weil sie Geschöpfen aus der irdischen Mythologie glichen – gingen gleich nach dem Schlüpfen aus dem Ei mit einem empathisch begabten Menschen eine Bindung ein, woraus eine ungewöhnlich enge und auf gegenseitigem Respekt beruhende Symbiose erwuchs.

Um sich vor den heimtückischen und aggressiven Fäden zu schützen, zogen sich die Kolonisten auf den Nördlichen Kontinent zurück, wo sie sich in ausgedehnten Höhlensystemen häuslich einrichteten. Diese Felsenlabyrinthe bezeichneten sie als Burgen oder Festungen. Auch die Drachen und ihre Reiter wanderten nach Norden aus und ließen sich in den Kratern erloschener Vulkane nieder, den sogenannten Weyrn.

Der Erste Vorbeizug der Fäden dauerte beinahe fünfzig Jahre, und die von den Kolonisten gesammelten wissenschaftlichen Daten deuteten darauf hin, dass es sich bei den Fädenschauern um ein zyklisches Problem handelte, das ungefähr alle 250 Jahre auftrat, immer dann, wenn sich der Wanderstern auf seinem erratischen Orbit Pern näherte.

Während dieser Zeitspanne vermehrten sich die Drachen, und jede Generation übertraf an Körpergröße die vorhergehenden, obwohl das Optimum erst nach vielen, vielen Geschlechterfolgen erreicht war. Derweil breiteten sich die Menschen über den gesamten Nordkontinent aus, schufen Wohnburgen und Werkstätten, in denen junge Leute Berufe und Fertigkeiten erlernten. Zuweilen vergaß man gar, dass man auf einem höchst gefährdeten Planeten lebte.

Doch sowohl in den Burgen wie in den Weyrn gab es massenhaft Berichte, Tagebücher, Landkarten und Aufzeichnungen, die die Lords und Weyrführer ständig an das Problem erinnern sollten. Es mangelte nicht an Ratschlägen und Anweisungen, um den Nachfahren der ersten Kolonisten beizubringen, wie man sich zu schützen und zu verteidigen hätte, wenn der Wanderplanet aufs Neue Pern mit seinen todbringenden Fädenschauern heimsuchte.

Die folgende Geschichte spielt 257 Jahre nach dem Ersten Fädenfall.

KAPITEL 1

# Frühherbst in Fort

Drachengeschwader verwoben sich ineinander, zogen gleich flatternden Schleppen über den Himmel; die Einheiten stießen im Sturzflug hinab, um gleich darauf wieder Höhe zu gewinnen. Nur ein minimaler Sicherheitsabstand trennte die einzelnen Geschwader voneinander, sodass die Beobachter mitunter glaubten, durchgehende Linien von Drachen zu sehen, die im Formationsflug wahrhaft akrobatische Kunststücke vollführten.

An diesem frühherbstlichen Tag spannte sich ein wolkenloser, klarer Himmel über Burg Fort, der ältesten menschlichen Siedlung auf dem Nördlichen Kontinent. Die Vorfahren der Kolonisten, die aus Neuengland stammten, einem Gebiet Nordamerikas auf dem Planeten Erde, hätten dieses unglaublich strahlende, intensiv blaue Firmament sofort wiedererkannt.

Die Haut der gesunden, kraftstrotzenden Drachen glänzte in der Sonne; besonders auffallend schimmerten die goldenen Drachenköniginnen, die so niedrig flogen, dass es zuweilen schien, als berührten sie die Gipfel der Berge, während sie majestätisch Burg Fort umkreisten. Es war ein beeindruckendes Schauspiel und erfüllte die Zuschauer mit einer Aufwallung von Stolz; bis auf ein, zwei Ausnahmen.

»Nun, das war's dann wohl«, meinte Chalkin, der Burgherr von Bitra. Er wandte als erster den Blick ab, obwohl die Luftparade noch in vollem Gange war.

Er reckte und drehte den Hals und kratzte sich die Stellen, an denen die kunstvoll bestickte Borte seines besten Rocks auf der Haut scheuerte. Tatsächlich hatte auch er einige der waghalsigen Manöver mit angehaltenem Atem verfolgt, doch nie und nimmer hätte er das laut zugegeben. Die Drachenreiter waren ohnehin schon ein sehr von sich eingenommenes Völkchen, und man brauchte sie nicht noch zusätzlich mit Lob zu überschütten, damit sie ihre Wichtigtuerei womöglich auf die Spitze trieben.

Unentwegt tauchten sie in seiner Burg auf und überreichten ihm Listen, in denen stand, was er bis dato versäumt hätte und *unbedingt* vor Einsetzen des Fädenfalls erledigen müsste. Chalkin blies angewidert den Atem aus. Wie viele Leute ließen sich eigentlich von diesem Blödsinn den Verstand zukleistern? Gewiss, im letzten Jahr hatten ungewöhnlich schwere Unwetter getobt, doch das war im Grunde nichts Besonderes; wieso schloss man daraus, dass ein Vorbeizug der Fäden bevorstand? In jedem Winter fegten raue Stürme über das Land hinweg.

Und dann dieses Theater um die ausbrechenden Vulkane. Feuerspeiende Berge wurden periodisch aktiv, es war ein ganz natürliches Phänomen, wenn er sich recht erinnerte. Jedenfalls hatte man ihm das im naturwissenschaftlichen Unterricht beigebracht. Was, bitte schön, war dann dabei, wenn drei oder vier Vulkane derzeit aus ihrem Schlummer erwachten? Das ließ sich nicht zwingend mit der Annäherung eines benachbarten Himmelskörpers in Verbindung bringen!

Auf gar keinen Fall hatte er vor, Wachen abzustellen, die sich in Eiseskälte Erfrierungen zuzogen, indem sie ostwärts spähten und nach diesem vermaledeiten Planeten Ausschau hielten. Sollte dieser Wanderplanet sich ruhig Pern nähern. Es bedeutete keineswegs, dass eine gefährliche Situation entstand, egal, was die ersten Kolonisten über irgend welche zyklisch auftretenden Attacken aus dem Weltraum geunkt hatten.

Diese Drachen waren auch nichts weiter als noch

solch ein abartiges Experiment der frühen Siedler, die eine flugfähige Spezies gentechnisch manipuliert hatten, damit diese Tiere die einstmals zur Verfügung stehenden Fluggeräte ersetzten. Er hatte den Luftschlitten gesehen, der in der Gießerei von Telgar ausgestellt war. In diesem Vehikel ließe es sich viel bequemer fliegen als auf dem Rücken eines Drachen, wobei man zusätzlich die Schwärze und Kälte der Teleportation erdulden musste. Er schüttelte sich. Ihm schauderte vor diesem alles durchdringenden Frost, selbst wenn sich dadurch eine strapaziöse Reise über Land vermeiden ließ.

In den zahlreichen Dokumenten, von denen das Kollegium unentwegt Abschriften anfertigen ließ, musste es doch Hinweise auf irgend welche Materialien geben, die die wie auch immer gearteten Energiequellen ersetzten, mit denen ihre Vorfahren die Fluggeräte betrieben hatten. Wieso hatte nicht irgend ein schlauer Kopf die Lösung des Problems gefunden, ehe der letzte Luftschlitten völlig den Geist aufgab? Warum entwickelten all diese Klugschwätzer nicht einen neuen Typ von Flugzeug? Ein Gerät, das kein Dankeschön erwartete, wenn es seine Pflicht erfüllte.

Er schaute hinunter auf die breite, von Tischen und Buden gesäumte Straße. Sein Stand war verwaist. Selbst seine professionellen Glücksspieler sahen sich die Luftparade an. Er nahm sich vor, später ein Wörtchen mit ihnen zu reden. Trotz der Vorstellung der Drachenreiter hätten sie es fertigbringen müssen, ein paar Kunden in diverse Glücksspiele zu verwickeln. Mittlerweile hatte wohl ein jeder genug von der Vorführung gesehen. Allerdings waren die Wettrennen gut gelaufen, und die Einnahmen durch seine Buchmacher würden ihm einen fetten Batzen an Profit sichern.

Als er an seinen Platz zurück schlenderte, sah er, dass auf jedem Tisch Weinkühler standen. Voller Vorfreude rieb er seine beringten Finger aneinander, sodass die schwarzen Ista-Diamanten funkelten, während sich das

Sonnenlicht in ihnen fing. Hauptsächlich war er des Weines wegen zu dieser Versammlung gekommen, und halb und halb hatte er einkalkuliert, dass Hegmon hier wieder seine intriganten Neigungen ausspielte. Ein perlender Wein, wie der berühmte Champagner von der alten Erde, sollte heute zum ersten Mal ausgeschenkt werden. Das Essen würde natürlich vom Feinsten sein, selbst wenn der Wein die hohen Erwartungen nicht erfüllte, die man in ihn setzte.

Paulin, der Gebieter über Burg Fort, hatte einen der berühmtesten Küchenchefs des gesamten Kontinents angeheuert, und die Abendmahlzeit versprach ein Fest für Schlemmer zu werden – falls er kein Sodbrennen bekam, wenn er hinterher das obligatorische gesellige Beisammensein über sich ergehen lassen musste. Chalkin hatte sich bemüht, den Küchenchef in seine Dienste zu stellen, doch Chrislee verschmähte sein Angebot, und diese Abfuhr wurmte Chalkin noch immer.

In Gedanken probte der Burgherr von Bitra verschiedene Ausflüchte, um sich gleich nach dem Dinner verdrücken zu können; die Ausrede musste so einleuchtend klingen, dass man sie allgemein akzeptierte. So kurz vor dem angeblichen Fädenfall sollte er sich besser hüten, bestimmte Leute zu verprellen. Und wenn er sich *vor* dem Festmahl verabschiedete … doch dann verpasste er die Chance, von diesem champagnerartigen Wein zu kosten, und diese Gelegenheit zum Schnorren wollte er um jeden Preis ausnutzen. Er hatte sich die Mühe gemacht, sich nach Benden zu Hegmons Weinkellerei zu begeben, in der erklärten Absicht, ein paar Kisten dieses edlen Tropfens zu erstehen, doch Hegmon hatte sich geweigert, ihn zu empfangen.

Oho, sein ältester Sohn, war nicht um wortreiche Entschuldigungen verlegen gewesen – irgend eine kritische Phase im Reifungsprozess erfordere Hegmons Anwesenheit in den Kellergewölben – doch letzten Endes durfte Chalkin nicht mal seinen Namen auf die Kundenliste setzen, um sich als Käufer dieses perlenden Getränks vormerken zu lassen.

Da der Benden-Weyr vermutlich den Löwenanteil dieses Weins erhalten würde, war es ratsam, sich mit den Weyrführern auf guten Fuß zu stellen, damit man ihn zur Feier anlässlich des in wenigen Wochen stattfindenden Schlüpfens einlud. Dann konnte er sich nach Herzenslust an *deren* Weinvorräten gütlich tun. Hah, es gab mehr als einen Weg, sich schadlos zu halten!

Er hielt inne und befingerte eine Weinflasche, die in einem Eiskübel ruhte. Beinahe die perfekte Temperatur. Die Drachenreiter mussten für Paulin das Eis aus dem Hochland herbeigeschafft haben. Wenn er selbst hingegen die Hilfe der Reiter brauchte, fand sich nie jemand bereit, dem Burgherrn von Bitra auch nur den einfachsten Dienst zu erweisen. Hmpf! Aber sicher, gewisse Blutslinien genossen immer noch alte Privilegien. Rang und Status bedeuteten längst nicht so viel wie ein Stammbaum, das stand eindeutig fest.

Verstohlen entzifferte er das Etikett auf einer Flasche, als die Zuschauer unvermittelt wie im Chor erschrocken den Atem einsogen, um dann in frenetischen Jubel auszubrechen. Hochblickend bemerkte er, dass ihm soeben irgend ein riskantes Flugmanöver entgangen war … Ah ja, richtig, man hatte wieder einmal eine Rettung mitten in der Luft geprobt.

Ein Bronzedrache schwenkte unter einem blauen Drachen hervor, der eine verletzte Schwinge vortäuschte. Nun saßen beide Reiter sicher zwischen den Nackenwülsten des Bronzedrachen. Vermutlich war einer der beiden der Weyrführer von Telgar, dem man einen Hang zur Tollkühnheit nachsagte.

Die Hochrufe wurden von Applaus begleitet, in den ein Trommelwirbel einstimmte. Das Getrommel stammte von der Kapelle auf dem Podium, das man auf dem weitläufigen Burghof errichtet hatte. Der Vorplatz der Felsenfestung reichte von der Eingangstreppe bis hin zu den beiden im rechten Winkel angelegten Anbauten. Dem aufgestellten Gerüst nach zu urteilen, wurden das Krankenhaus und das Lehrerkollegium schon wieder vergrößert.

Angewidert schnaubte Chalkin durch die Nase; die Bauten schienen nach außen hin erweitert zu werden, wo es keinen Schutz vor den Fäden gab, die doch angeblich bald vom Himmel regnen sollten. Das hielt er für inkonsequent. Gewiss, neue Höhlungen in das Felsenkliff zu schlagen, dauerte länger, als einfach einen bereits bestehenden Bau zu erweitern. Leider predigten zu viele Leute irgendetwas, das sie selbst nicht zu befolgen gedachten.

Chalkin stieß ein Grunzen aus und fragte sich säuerlich, ob die Architekten vom Weyrführer die Baugenehmigung eingeholt hatten. Fäden! Abermals stieß er den Atem aus und wünschte sich, Paulin, der angeregt mit den Burgherren von Benden plauderte, während er und seine Gemahlin sie an den Tisch für Ehrengäste geleiteten, möge sich beeilen. Er lechzte danach, den prickelnden Weißwein zu probieren.

Ungeduldig mit den Fingerspitzen auf die Tischplatte trommelnd, wartete er auf die Ankunft seines Gastgebers und das Entkorken der verlockenden Flaschen.

K'vin, der Reiter des Bronzedrachen Charanth, brachte seine Lippen dicht an das Ohr des jungen blauen Reiters, der vor ihm saß.

»Das nächste Mal wartest du mein Zeichen ab!«, rügte er ihn.

P'tero grinste nur und schielte verschmitzt nach hinten; in seinen strahlend blauen Augen blitzte der Schalk.

»Ich wusste doch, dass du mich auffangen würdest!«, rief er zurück. »Um mich hängen zu lassen und Weyrgeheimnisse zu verraten, gibt es da drunten zu viele Zuschauer.« Dann winkte P'tero Ormonth aufmunternd zu, der nun Seite an Seite mit Charanth flog, sodass ihre Schwingenspitzen sich beinahe berührten. Von unten konnte man es nicht sehen, doch ein Sicherheitsgeschirr verband den blauen Reiter immer noch mit seinem Drachen. P'tero öffnete die Schließen, und die Gurte baumelten frei herunter.

»Du hattest Glück, dass ich gerade hochschaute!«, schnauzte K'vin ihn so ruppig an, dass der unbekümmerte junge Bursche bis in die Ohrläppppchen errötete. »Merkst du denn nicht, wie sehr du Ormonth erschreckt hast?« Er deutete auf den blauen Drachen, dessen Haut vor Angst stumpfe Flecken aufwies.

P'tero brüllte eine Erwiderung, die K'vin nicht verstand; also beugte er sich nach vorn und hielt seine rechte Ohrmuschel näher an den Mund des blauen Reiters.

»Ich war nicht in Gefahr!«, wiederholte P'tero. »Dieses Geschirr ist brandneu, und Ormonth hat zugesehen, wie ich die Gurte flocht.«

»Hah!« Jeder Reiter wusste, dass Drachen nicht immer Ursache und Wirkung in Zusammenhang brachten. Es war höchst unwahrscheinlich, dass Ormonth aus der Tatsache, dass sein Reiter ein neues Geschirr trug, auf dessen unbedingte Sicherheit schloss.

»Danke sehr«, fügte P'tero hinzu, als er spürte, wie K'vin ihre beiden Koppel ineinander verhakte. Es stand zwar nur noch die Landung bevor, aber K'vin wollte P'tero ostentativ eine Lektion in Punkto Vorsicht erteilen.

Mut wusste K'vin zu schätzen, doch für Leichtsinn hatte er absolut kein Verständnis, vor allen Dingen dann nicht, wenn dadurch ein Drache kurz vor einem Fädenfall in Gefahr geriet. Sorgfalt und Umsicht hatten es verhindert, dass sein Weyr jemals ein Tier verlor, und er beabsichtigte, diesen Rekord zu halten.

Von seinem blauen Drachen abzuspringen, noch ehe K'vin das vereinbarte Signal gab, stellte ein völlig unnötiges Risiko dar. Zum Glück hatte K'vin P'teros Fall gesehen. Das Herz war ihm beinahe stehen geblieben, obwohl er wusste, dass P'tero ein besonders strapazierfähiges Sicherheitsgeschirr trug. Selbst wenn er und Charanth ihn nicht in der Luft abgefangen hätten, wäre sein Sturz durch die langen, elastischen Riemen gebremst worden.

Das Manöver war halsbrecherisch gewesen, und nicht sehr gut ausgeführt. Und hätte Charanth nicht so schnell reagiert, hätte sich P'tero leicht gebrochene Knöchel oder schwere Prellungen zuziehen können. Selbst der robusteste Sicherheitsgurt konnte letzten Endes Blessuren nicht gänzlich verhindern.

P'tero hingegen zeigte immer noch keine Reue. K'vin hoffte nur, dass sein tolldreister Stunt den Effekt haben würde, auf den der bis über beide Ohren verliebte P'tero nämlich abzielte. Sein Gefährte befand sich drunten bei den Zuschauern, mit wild pumperndem Herzen, und ohne Zweifel würde P'tero die Früchte seiner waghalsigen Vorführung irgendwann in dieser Nacht ernten.

K'vin bedauerte es, dass es nicht genügend Mädchen gab, die sich bereit erklärten, von einem grünen Drachen auserwählt zu werden. Mädchen waren im Allgemeinen beständiger, zuverlässiger. Doch da viele Eltern in erster Linie darauf erpicht waren, für ihre verheirateten Kinder Grund und Boden zu ergattern – und kein Drachenreiter, ob männlich oder weiblich, durfte Land besitzen –, wurden immer weniger Mädchen dazu ermutigt, sich bei dem Schlüpfvorgang an der Brutstätte aufzustellen.

Die Drachen, die an der Luftparade teilgenommen hatten, setzten nun ihre Reiter auf der breiten Straße hinter dem Burghof ab. Dann schwangen sie sich wieder in die Lüfte, um sich ein Plätzchen zu suchen, wo sie die letzten wärmenden Strahlen der Herbstsonne genießen konnten. Etliche flogen zu den angrenzenden

Klippen, da die Spitzen von Burg Fort zu beiden Seiten der Sonnenpaneele bereits von Drachen besetzt waren. Zum Glück konnte man sich darauf verlassen, dass die Drachen die letzten noch funktionierenden kostbaren Installationen zur Energiegewinnung nicht zertrampelten.

Die Sonnenpaneele der Festung Fort waren natürlich die ältesten, und im vergangenen Winter waren zwei Anlagen während der ungemein heftigen Stürme zerstört worden. Als größte und älteste Wohnburg auf dem Nördlichen Kontinent war Fort darauf angewiesen, dass sämtliche Apparaturen ständig einwandfrei arbeiteten, um das Labyrinth aus Gängen und Höhlen mit Wärme zu versorgen, sowie die Generatoren zu speisen, die die Luftzirkulation aufrecht erhielten und die restlichen noch intakten Maschinen betrieben. Erfreulicherweise hatten die Vorfahren der derzeitigen Bewohner Perns während der ersten großen Bauphase, in der man neue Felsensiedlungen und Weyr gründete, massenhaft Paneele auf Vorrat produziert. Noch viele Generationen konnten von diesem Depot zehren.

Die Weyrführer begaben sich an ihre Tische, die ein wenig erhöht standen, auf gleicher Ebene wie die Hohen Tafeln der Burgherren und anderen Würdenträger; die Reiter mischten sich einfach unter das gemeine Volk und nahmen Platz, wo immer es ihnen gerade beliebte.

Wohlwollend bemerkte K'vin, dass auf dem geräumigen Burghof nicht ein einziges Unkraut wuchs. S'nan, der Weyrführer von Fort, galt wohl zu Recht als ordnungsliebend und pedantisch.

Die Musiker stimmten eine mitreißende Melodie an, und die aus Holzplanken bestehende Tanzfläche füllte sich mit Paaren. Dahinter befand sich ein buntes Sammelsurium aus Buden, Zelten und Tischen, wo alle möglichen Waren verkauft oder getauscht wurden. Den ganzen Tag über war emsig gefeilscht und gehökert worden; besonders gut gingen Artikel, die man für den nahen Winter benötigte, wenn größere Zusammenkünfte ohnehin sehr selten stattfanden. Die Händler und Handwerker konnten mit dem Geschäft zufrieden sein, und die Drachen mussten nur wenige Ladenhüter zurücktransportieren.

Charanth kreiste nun über den Anbauten, die Perns wichtigstes medizinisches Forschungsinstitut sowie die Ausbildungsstätte für Lehrer erweitern sollten. Die großen Schlafsäle waren für die vielen freiwilligen Helfer gedacht, die eifrig dabei waren, Dokumente zu restaurieren, die im vergangenen Frühling durch einen Wassereinbruch in den Archiven beschädigt worden waren.

Alle bedeutsamen Berichte und Aufzeichnungen lagerten in riesigen Höhlen unter der Festung. Auch Drachenreiter hatten ihre Freizeit geopfert, wann immer es ihr Trainingsplan zuließ, um sich an dem enormen Unterfangen zu beteiligen. Jeder, der eine leserliche Handschrift hatte, wurde als Gehilfe begrüßt, und Lord Paulin hatte keine Mühe gescheut, als es darum ging, die Kopisten behaglich unterzubringen. Andere Burgen hatten sich mit Material und Arbeitskräften beteiligt.

Die Außengebäude des Kollegiums waren so konstruiert, dass die Fäden keinen Schaden anrichten konnten. Die hohen, spitzgiebeligen Dächer bestanden aus Telgar-Schiefer, und Dachtraufen sowie Abwasserrinnen führten in tiefe unterirdische Zisternen, in denen die dort hineingespülten Organismen ertranken. Sämtliche Baumeister, die an dem Projekt mitwirkten, hätten lieber das bereits bestehende Höhlensystem erweitert, doch zwei Kavernen waren bereits eingestürzt, und die Bergwerksingenieure hatten dringend vor weiteren Aushöhlungen gewarnt, da das Risiko bestand, dass das gesamte Felsmassiv instabil wurde.

Selbst die mutierten, flugunfähigen, lichtempfindlichen Wachwhere weigerten sich, bestimmte Höhlengänge zu inspizieren, woraus ihre Führer schlossen, sie witterten Gefahren, die das menschliche Auge nicht wahrnahm. Also baute man draußen massive Mauern, die am Fuß drei Meter dick waren und sich unter dem Dach bis auf weniger als zwei Meter verjüngten. Die vollschichtig arbeitenden Eisenhütten in Telgar sorgten dafür, dass der erforderliche Vorrat an entsprechend starken Trägern, die das Gewicht stützen konnten, nie ausging.

Noch in diesem Monat sollten die neuen Quartiere bezugsfertig sein. Selbst an einem Tag wie diesem malochte ein Trupp Arbeiter, obschon die Männer sich eine Pause gegönnt hatten, um sich die Luftschau anzusehen. Bis es Zeit war, das gemeinsame Festmahl einzunehmen und den Vergnügungen zu frönen, würden sie ihr Pensum geschafft haben.

Anmutig landete Charanth, unmittelbar neben ihm Ormonth, damit P'tero das Sicherheitsgeschirr abnehmen konnte, ehe jemand es bemerkte. Noch während er die Gurte löste, kam M'leng, der Reiter des grünen Drachen Sith zu ihm, um ihm für sein tolldreistes Husarenstück eine Standpauke zu halten. M'leng nahm kein Blatt vor den Mund und ging schärfer mit P'tero ins Gericht als sein Weyrführer.

K'vin schmunzelte in sich hinein, als er sah, wie zerknirscht sich P'tero bei dieser Schimpftirade gebärdete. Er rollte die Gurte zusammen und befestigte sie am Geschirr-Ring.

»Lass dich noch ein bisschen von der Sonne verwöhnen, mein Freund«, munterte er Charanth auf und tätschelte dessen breite Schulter.

*Genau das hatte ich vor. Meranath genießt bereits die Wärme,* erwiderte der Bronzedrache in leicht selbstgefälligem Ton. Alsdann stieß er sich kraftvoll vom Boden ab, seinen Reiter mit einem Hagelschauer aus kleinen Steinchen vollspritzend.

Charanths Einstellung zu seiner Gefährtin, Meranath, amüsierte und freute seinen Reiter gleichermaßen. Keiner hatte damit gerechnet, dass die Führung des Telgar-Weyrs K'vin zufallen würde, als der Posten durch B'ners Tod vor neun Monaten frei wurde. Der stämmige Reiter, der erst Anfang sechzig war, hatte an einer nicht erkannten Herzschwäche gelitten.

Als Meranath bereit war für ihren nächsten Paarungsflug, hatte Telgars Weyrherrin, Zulaya, es den Drachen überlassen, den nächsten Weyrführer zu bestimmen. Sie selbst behauptete, keine persönlichen Vorlieben zu hegen. Jeder wusste, dass sie B'ner sehr geliebt hatte und vermutlich immer noch um ihn trauerte. Wie vorauszusehen war, mangelte es nicht an ›Freiern‹, die sich darum rissen, seine Nachfolge anzutreten.

K'vin hatte Charanth auf den Paarungsflug geschickt, weil man es von jedem Geschwaderführer aus Telgar erwartete, an dem Wettkampf teilzunehmen, dem auch die Bronzedrachen der anderen Weyr beiwohnen durften. Dabei war er gar nicht mal erpicht darauf, die Leitung eines Weyrs während einer Annäherungsphase des Roten Sterns zu übernehmen. Er fand, für eine so verantwortungsvolle Aufgabe sei er zu jung. Von B'ner wusste er, dass bereits die alltäglichen Pflichten während eines Intervalls den vollen Einsatz verlangten; aber zu wissen, dass viele Reiterkameraden verletzt werden oder gar den Tod finden würden, dass das Leben anderer Menschen davon abhing, wie geschickt und ausdauernd man sich anstellte, überstieg seine Kräfte. In manchen Nächten quälten ihn entsetzliche Albträume, dabei hatte der Ernstfall noch gar nicht begonnen. Wenn er Zulayas Lager teilte und schreiend aus dem Schlaf hochschreckte, hatte sie sich verständnisvoll gezeigt und versucht, ihn zu beruhigen.

»B'ner war auch besorgt, falls dir das ein Trost ist, Kev«, murmelte sie, seinen alten Spitznamen benutzend und ihm die schweißnassen Locken aus der Stirn streichend, während er am ganzen Leib zitterte. »Er litt ebenfalls an Albträumen. Vermutlich geht das jedem

Weyrführer so. Nach besonders quälenden Nächten pflegte er Seans Notizen zu studieren. Wahrscheinlich lernte er sie auswendig. Ich weiß, dass du es ebenso machst, Kev. Ich habe dich beobachtet. Aber wenn es hart auf hart kommt, wirst du deinen Mann stehen, davon bin ich fest überzeugt.«

Zulaya verströmte Optimismus und Zuversicht, doch immerhin war sie beinahe zehn Jahre älter als er und in der Führung eines Weyrs erfahren. Mitunter dünkte ihn ihre Intuition beinahe unheimlich. Sie konnte exakt vorhersagen, wie viele Eier ein bestimmtes Drachengelege enthalten würde und wie die Farbverteilung aussähe. Sie irrte sich nie, wenn es darum ging, das Geschlecht eines ungeborenen Babys zu prophezeien, und ihre Wettervorhersagen trafen fast immer zu.

Aber schließlich war sie im Fort-Weyr zur Welt gekommen, stammte in direkter Linie von einer der Ersten Reiterinnen ab, Aliana Zuleita, und besaß vielleicht deshalb das Zweite Gesicht. Es war schon merkwürdig, dass die goldenen Königinnen Frauen von außerhalb des Weyrs bevorzugten, doch manchmal setzte eine Königin ihren Willen durch und erwählte – der allgemeinen Sitte zum Trotz – ein Mädchen, das im Weyr geboren und großgeworden war.

Wie vor ihm B'ner, so vertiefte sich K'vin gleichfalls in die alten Berichte über die Fädeneinfälle. Er las, inwiefern sich die einzelnen Schauer voneinander unterschieden, und wie man aus dem äußeren Rand einer Fädenwolke gewisse Absonderlichkeiten ablesen konnte.

Die meisten Niederschriften waren in einer nüchternen, trockenen Sprache abgefasst und gaben lediglich Fakten wieder; doch der sachliche Stil täuschte nicht über den Mut und die Opferbereitschaft der ersten Reiter hinweg, vor allen Dingen, wenn man berücksichtigte, dass dieses todbringende Phänomen anfangs den Kolonisten absolut fremd war, und sie erst Strategien entwickeln mussten, wie man der Gefahr begegnete.

In der Tat war K'vin mit Sorka Connell, der Ersten Weyrherrin von Pern, verwandt. Mehr als einmal hatte Zulaya ihn auf diesen Umstand hingewiesen und unterstrichen, dass dies im Weyr als günstiges Omen aufgefasst wurde. Es trug immerhin dazu bei, den Leuten ein wenig Sicherheit einzuflößen.

»Vielleicht ließ sich Meranath deshalb von Charanth befliegen«, mutmaßte Zulaya mit ernster Miene, aber schelmisch funkelnden Augen.

»Hattest du, ich meine ... war es dir je in den Sinn gekommen, mich ...« Zwei Wochen nach jenem bedeutsamen Flug hatte K'vin versucht, die passenden Worte zu finden. Die Leidenschaft, mit der sie ihn in der Nacht begehrte, hatte ihn schier überwältigt. Hinterher jedoch waren ihre Gefühle für ihn merklich abgekühlt, und trotz des Umstands, dass ihre Drachen unzertrennlich schienen, lud sie ihn recht selten in ihr Quartier ein

»Wer denkt schon nach während eines Paarungsflugs? Aber im Grunde bin ich froh, dass Meranath eine so kluge Wahl getroffen hat. Wenn sich bestimmte Eigenschaften tatsächlich vererben, dann kann es dem Weyr nur gut tun, wenn er von zwei Leuten geführt wird, deren Urahnen zu den ersten Drachenreitern von Pern gehörten.«

»Ich weiß nicht recht«, zweifelte er.

»Es wird sich noch früh genug erweisen, was dir im Blut steckt«, meinte sie.

Zulaya war von einer manchmal irritierenden Unverblümtheit, doch mit keinem noch so subtilen Zeichen verriet sie ihm, was sie als Frau – nicht als Weyrherrin – für ihn empfand. Er schätzte ihre Freundlichkeit, Hilfsbereitschaft und ihre konstruktiven Vorschläge bezüglich des Trainingsprogramms, aber bei allem wirkte sie so ... unpersönlich und distanziert, dass K'vin vermutete, sie habe B'ners Tod immer noch nicht verwunden.

Er selbst klammerte sich an den vagen Trost, dass eine seiner Urahninnen den Fädenfall überlebt hatte, und er trachtete danach, selbst der bevorstehenden Attacke unbeschadet zu entkommen. Und er verstieg sich immer mehr in die Überzeugung, dass seinen beiden Geschwistern sowie seinen vier Cousins, die ebenfalls Drachenreiter waren, kein Unbill zustoßen könne. Allerdings war *er* der einzige Weyrführer in der Familie. Doch wenn seine Abstammung aus der Blutslinie der Ruatha-Sippe, die immerhin Sorka, M'hall, M'dani, Sorana und Mairian hervorgebracht hatte, dem Telgar-Weyr Mut und Selbstvertrauen einflößte, dann wollte er seine Leute während eines jeden künftigen Kampfeinsatzes in ihrem Glauben bestärken.

Nun, während der vermutlich letzten größeren Zusammenkunft auf Pern, die unter einem fädenfreien Himmel stattfand, sah er zu, wie seine Weyrherrin sich aus einer Gruppe von Landbesitzern aus Telgar löste und quer über den weiträumigen Hof auf ihn zu kam.

Zulaya war groß für eine Frau und langbeinig – was ihr half, sich auf den Hals eines Drachen zu schwingen. Er selbst überragte sie um Haupteslänge, was ihr gefiel; B'ner war nicht größer gewesen als sie. Ihr dunkler Typ faszinierte K'vin immer wieder aufs Neue. Befreit von dem Reithelm, fiel ihr die schwarze Lockenmähne bis hinunter auf die Hüften. Das prächtige Haar umrahmte ein Gesicht mit hohen, weit auseinander stehenden Wangenknochen, betonte den klaren, leicht gebräunten Teint und brachte die glänzenden, beinahe schwarzen Augen voll zur Geltung. Der breite, sinnliche Mund und das kantige Kinn verliehen ihr einen eigenwilligen, selbstbewussten Zug, der zu ihrem starken, Respekt gebietenden Charakter passte. Ihre Autorität wurde allgemein anerkannt.

Sie schritt zügig und energisch aus, ganz anders als etliche der Burgbewohnerinnen, die sich einen trippelnden, gezierten Gang angewöhnt hatten. Die mit Stahl verstärkten Stiefelabsätze klapperten auf den Pflastersteinen, und ihre Arme pendelten lässig im Takt der

Schritte. Wie er sah, hatte sie sich die Zeit genommen, über ihre Reitmontur einen langen, geschlitzten Rock zu ziehen, der Ausblicke auf ein wohlgeformtes, von weichen Lederleggins umschmeicheltes Bein freigab. Die Stulpen der hohen Reitstiefel hatte sie heruntergeklappt, und das Innenfutter aus rotem Fell setzte einen reizvollen Akzent, zumal sich die Pelzverbrämung farblich passend an den Manschetten und am offen stehenden Kragen ihres Jacketts wiederholte. Auch jetzt trug sie die Halskette mit dem Saphiranhänger, die sie als älteste Frau ihrer Sippe geerbt hatte.

»Nun, hat sich P'tero mit seinem akrobatischen Trick M'lengs immer währende Liebe erworben?«, fragte sie mit einem bissigen Unterton. »Die beiden sind zusammen abgezogen …« Sie blickte den beiden Reitern hinterher, die sich in Richtung der Zelte trollten.

»Später solltest du dir das Pärchen einmal vorknöpfen. Vor dir haben sie nämlich mächtigen Respekt«, meinte K'vin grinsend.

»Wegen dieser Dummheit ziehe ich ihnen das Fell über die Ohren«, entgegnete sie forsch und legte flink einen Hüpfer ein, um im Gleichschritt mit ihm marschieren zu können. »Du musst endlich lernen, die Leute wütend anzustarren.« Sie schaute zu K'vin hoch und schüttelte seufzend den Kopf. Einmal hatte sie ihn damit aufgezogen, dass er mit seinen von den Hanrahans geerbten roten Haaren, den blauen Augen und Sommersprossen viel zu hübsch aussähe, um jemanden einschüchtern zu können. »Nein, dafür hast du nicht das richtige Gesicht. Aber wie auch immer, Meranath wird Sith gehörig den Marsch blasen, weil er einem Blauen erlaubt hat, sich ohne Not in Gefahr zu begeben.«

»Das wird fruchten«, erwiderte K'vin und nickte zustimmend. Meranath besaß größeren Einfluss auf die Drachen als irgendein Mensch, und ihre Autorität wurde nicht einmal von den jeweiligen Reitern übertroffen.

»Was P'tero sich erlaubt hat, war wirklich der Gipfel an Leichtsinn.«

»Nun ja«, räumte Zulaya ein, »die Leute von Telgar waren begeistert und fanden das Luftkunststück ›einfach toll‹. Schließlich wird kaum einer von ihnen Gelegenheit erhalten, den Einsatz der Drachen im Ernstfall zu sehen.« Sie schnitt eine Grimasse.

»Wenigstens *glauben* die Leute von Telgar, dass es einen Ernstfall geben wird«, kommentierte K'vin trocken.

»Wieso? Gibt es welche, die daran zweifeln?«

»Chalkin, um nur einen zu nennen.«

»Ach, der!« Für den Burgherrn von Bitra hatte sie absolut nichts übrig, und sie machte kein Hehl aus ihrer Abneigung.

»Er ist bestimmt nicht der Einzige, auch wenn die meisten behaupten, sie würden sich auf den Fädenregen vorbereiten. Bei vielen mag das nur ein Lippenbekenntnis sein.«

»Wie bitte? Wenn der erste Fädenfall schon in wenigen Monaten stattfinden wird?«, staunte Zulaya. »Was glauben diese Menschen wohl, zu welchem Zweck die Drachen gezüchtet wurden, wenn nicht, um den Kontinent aus der Luft zu verteidigen? Oh ja, wir bieten einen Transportservice, doch das reichte bei weitem nicht, um unsere Existenz zu rechtfertigen.«

»Immer mit der Ruhe, Lady« beschwichtigte K'vin sie. »Bei mir rennst du offene Türen ein.«

Sie gab einen tiefen, kehligen Laut des Abscheus von sich. Mittlerweile hatten sie die Treppe zum Oberen Burghof erreicht. Hoheitsvoll hängte sie sich bei ihm ein, um vor den Zuschauern Schulterschluss zwischen den beiden Weyrführern zu demonstrieren. K'vin bedauerte es, dass sie nur in der Öffentlichkeit Körperkontakt zu ihm suchte.

»Typisch für Chalkin, dass er sich jetzt schon an Hegmons neuem Perlwein gütlich tut«, versetzte Zulaya zänkisch.

»Das ist doch der einzige Grund, aus dem er überhaupt hierher gekommen ist«, entgegnete K'vin, derweil er seine Gefährtin geschickt von dem Bitraner wegbugsierte, der sich die Lippen leckte und begehrlich auf sein Weinglas schielte. »Obwohl seine Berufsspieler heute sicher den ganz großen Schnitt machen.«

»Aber wie man munkelt, steht er nicht auf Hegmons Kundenliste«, erzählte sie, als sie an ihrem Tisch anlangten, den sich die Telgarianer auf eigenen Wunsch hin mit den Bewohnern des Hochlands und der Festung Tillek teilten. Der leitende Kapitän der Fischereiflotte von Tillek und seine frisch angetraute Ehefrau waren ihre Tischnachbarn.

»Eine phantastische Luftschau war das«, lobte der joviale Schiffsführer, mit Namen Kizan. »Nicht wahr, Cherry, mein Liebling?«

»Es war herrlich«, stimmte das Mädchen ein und klatschte dabei in die Hände. Die Geste wirkte affektiert, doch die junge Frau war durch die illustre Umgebung ein wenig verschüchtert, und jeder bemühte sich, ihr die Hemmungen zu nehmen. Kizan hatte durchblicken lassen, dass sie aus einem winzigen Fischernest stammte; als Skipper bestach sie durch Kompetenz, doch es haperte ihr an Weltläufigkeit und sicherem Auftreten. »Am Himmel habe ich schon öfter Drachen gesehen, aber noch nie aus unmittelbarer Nähe. Sie sind wunderschön.«

»Sind Sie schon mal auf einem geritten?«, erkundigte sich Zulaya freundlich.

»Ach du meine Güte, nein!«, antwortete Cherry und senkte verlegen den Blick.

»Vielleicht erhältst du schon bald die Gelegenheit«, warf ihr Gatte ein. »Wir sind auf dem Landweg hierher gereist, aber falls es nicht zu viele Umstände bereitet ...«

»Wir stehen Ihnen gern zu Diensten, Kapitän«, erklärte G'don, der Anführer des Hochland-Weyrs. »Denn bis jetzt haben Sie uns weit weniger in Anspruch genommen, als Ihnen von Rechts wegen zusteht.« Mari, seine Weyrfrau, nickte und lächelte Cherry aufmunternd zu, die beinahe entsetzt reagierte.

»Was?«, neckte Kizan seine Frau. »Jemand, der ohne mit der Wimper zu zucken durch einen Orkan der Windstärke neun gesegelt ist, fürchtet sich vor einem Flug auf einem Drachen?«

Cherry rang nach einer Antwort, doch offenbar fiel ihr keine passende Entgegnung ein.

»Sie dürfen sie nicht auslachen«, ermahnte Mari Kizan in tadelndem Ton. »Ein Ritt auf einem Drachen lässt sich nicht mit einer Segeltour vergleichen; aber ich kenne auch nicht viele Leute, die es abgelehnt haben, mit einem Drachen zu fliegen.«

»Oh, ich hatte nicht die Absicht, mich zu drücken«, fuhr Cherry hastig dazwischen.

Wie ein Kind, das Angst hat, die versprochene Belohnung nicht zu bekommen, fand K'vin und unterdrückte mühsam ein Schmunzeln.

»Lasst Cherry in Ruhe, und das gilt für alle von euch«, erklärte die Burgherrin von Telgar und blickte streng in die Runde. »Wenn ich mich an meinen ersten Ritt auf einem Drachen erinnere ...«

»Ach, an diese uralte Geschichte kannst du dich entsinnen«, fiel ihr Gemahl, Lord Tashvi, ihr ins Wort, ihr offen ins Gesicht schauend. »Aber wo du die Rolle mit dem zusätzlichen Bettzeug gelassen hast, will dir partout nicht einfallen ...«

»Fang nicht schon wieder damit an!«, schimpfte Salda. Doch jeder am Tisch – selbst die junge Cherry – spürte, dass die Burgherren von Telgar diese Art von Wortgefechten genossen.

»Habt ihr euren Wein noch nicht probiert?«, fragte eine eifrige Stimme. Sie drehten sich um und erblickten Vintner Hegmon, einen stämmigen, grauhaarigen Mann mittlerer Größe. Auf seinen frischen Teint und seine gerötete Nase angesprochen, pflegte er beides fröhlich als ›Berufskrankheit‹ zu bezeichnen.

»Erweisen Sie uns die Ehre und öffnen Sie die erste Flasche«, schlug Tashvi vor, auf die mit Eis gefüllten Weinkühler zeigend.

Hegmon tat, wie geheißen, und unter seinen geübten Händen sprang der Korken mit einem leisen Knall aus dem Flaschenhals. Der Wein schäumte heraus, doch geschickt hielt er ein Glas unter die Öffnung, sodass kein einziger Tropfen verloren ging.

»Ich glaube, dieses Mal ist uns das Kunststück gelungen«, meinte er, die dargebotenen Gläser füllend.

»Jedenfalls sieht dieser Wein herrlich aus«, schwärmte Salda, indem sie ihr Glas hob und die hochsteigenden Luftblasen beobachtete.

Thea, die Burgherrin aus dem Hochland, folgte ihrem Beispiel und schnupperte dann an ihrem Glas. »O ja!«, platzte sie heraus und hielt sich flugs die Nase zu, um ein Niesen zu unterdrücken. »Wie das kitzelt!«

»Und nun kostet den Wein!«, drängte Hegmon.

»Hmm«, ergötzte sich Tashvi, und Kizan stimmte in das Lob ein.

»Und wunderbar trocken ist er auch«, fand der Kapitän. »Trink, Cherry«, forderte er seine Frau auf. »Mit dem Gesöff aus Tillek ist er nicht zu vergleichen. Was von dort kommt, schmeckt herb und sauer. Dieser edle Tropfen rinnt wie Samt durch die Kehle.«

»Ohh!«, rief Cherry entzückt nach dem ersten Schluck. »Oh, ist der fein!«

Hegmon schmunzelte und nahm das beifällige Nicken der anderen Gäste zur Kenntnis.

»Mir schmeckt er auch«, bekräftigte Zulaya, nachdem sie den Wein über die Zunge hatte rollen lassen. »Sehr süffig.«

»Hegmon könnte ruhig noch ein Glas spendieren«, warf Chalkin ein, der an den Tisch geschlendert kam und dem Winzer sein Glas entgegenhielt.

Doch Hegmon traf keine Anstalten, einzuschenken; stattdessen fasste er den Burgherrn kühl ins Auge. »Bedienen Sie sich an Ihrem eigenen Tisch, Chalkin.«

»Aber ich möchte gern aus verschiedenen Flaschen trinken.«

Hegmon erstarrte, und Salda schritt rasch ein.

»Bitte gehen Sie, Chalkin. Als ob Hegmon irgendjemandem eine Flasche mit minderwertigem Wein anbieten würde«, sagte sie und wedelte verächtlich mit der Hand.

Chalkin wusste nicht recht, ob er lächeln oder finster dreinblicken sollte; aber dann setzte er eine nichtssagende Miene auf und rückte katzbuckelnd vom Tisch ab. Indessen begab er sich keineswegs an seinen Platz zurück, sondern scharwenzelte um eine andere Gruppe von Gästen herum, die gerade ihre Gläser füllte.

»Ich könnte ihn …«, zischte Hegmon.

»Beliefern Sie ihn ganz einfach nicht, Hegmon.«

»Er verfolgt mich bereits mit dem Ansinnen, ihm Rebstöcke zu verkaufen, damit er seinen eigenen Wein ziehen kann«, ereiferte sich Hegmon, empört ob dieser Dreistigkeit. »Obwohl er mit diesem Plan genauso Schiffbruch erleiden würde wie mit allen anderen Projekten, die er in Angriff nimmt.«

»Lassen Sie ihn links liegen«, schlug Zulaya vor und schnippte mit den Fingern. »M'shall und Irene nehmen gar keine Notiz von ihm. Er ist ihnen zu schleimig.«

»Leider«, warf Tashvi mit grimmiger Miene ein, »findet er immer wieder Gleichgesinnte …«

»Auf der Versammlung werden wir ihm die Leviten lesen«, prophezeite K'vin.

»Hoffentlich«, erwiderte Tashvi. »Obwohl ein Mann seines Schlages vernünftigen Argumenten nicht zugänglich ist. Und er *hat* seine Anhängerschaft, das lässt sich nicht abstreiten.«

»Aber nicht in Angelegenheiten, die wirklich wichtig sind«, meinte Zulaya.

»Wir wollen das Beste hoffen. Ah, das Essen wird aufgetragen. Wir brauchen eine gute Grundlage, wenn uns der Wein nicht zu Kopf steigen soll.«

Zulaya deutete auf den Weinkühler. »Viel von dem guten Tropfen ist nicht mehr da, für einen Schwips wird es wohl kaum reichen.« Andächtig nippte sie an ihrem Glas. »Hegmon ist zwar großzügig, aber so freigebig nun auch wieder nicht. Da kommt ja das Dinner …«

Sie lehnte sich zurück, als eine Schar von Männern und Frauen, in den Farben von Burg Fort gekleidet, Schüsseln und Platten voller Köstlichkeiten verteilten. Dazu gab es Rotwein.

»Vielleicht können wir uns doch noch einen Rausch antrinken, Zulaya«, witzelte K'vin, während er seiner Weyrherrin Bratenscheiben auf den Teller legte, ehe er die Servierplatte weiterreichte.

Erst als alles aufgegessen war und man die Weinflaschen geleert hatte, stand Paulin auf und bedeutete den Gästen auf dem Oberen Burghof, ihm in die Burg zu folgen. Auf dem Vorplatz wurde bereits eifrig getanzt, und die fröhliche Musik begleitete die Prozession derjenigen, die zu dem anberaumten Treffen in die Festung pilgerten.

K'vin hoffte, dass nach der Konferenz immer noch zum Tanz aufgespielt würde. Trotz ihrer Größe bewegte sich Zulaya so leichtfüßig, dass sie die ideale Tanzpartnerin abgab; und weil er einen Kopf größer war als sie, tanzte sie am liebsten mit ihm. Außerdem war ein Berufsorchester nicht mit den laienhaften, wenn auch passionierten Musikern zu vergleichen, die im Weyr ihre Künste zum Besten gaben. Stücke, wie die hier aufgeführten, überstiegen ohnehin ihre Fähigkeiten.

»Aha«, staunte Zulaya, als sie in die Große Halle der Burg einzogen, »sie haben die Wandmalereien restaurieren lassen. Wunderschön.«

»Hmm«, pflichtete K'vin ihr bei, während er stehen blieb um zu schauen und dabei Chalkin im Weg stand. »Entschuldigung.«

»Hmpf!«, grunzte Chalkin als Antwort. Im Vorbeigehen warf er Zulaya einen giftigen Blick zu und achtete demonstrativ darauf, dass er sie nicht versehentlich streifte.

»Nichts drum geben«, flüsterte K'vin ihr zu, als ihm schien, Zulaya läge eine bissige Bemerkung auf der Zunge.

»Ich möchte in Bitra sein, wenn der erste Fädenschauer seine Burg trifft«, meinte sie.

»Er hat Glück, dass er nicht uns, sondern Benden verpflichtet ist«, kommentierte K'vin trocken.

»Da hast du Recht«, entgegnete Zulaya und ließ sich von ihm an den Platz am großen Konferenztisch führen, der üblicherweise dem Telgar-Weyr vorbehalten blieb. »Ich frage mich, ob jemand aus Burg Fort während der letzten Woche überhaupt geschlafen hat«, sagte sie, während sie das Telgar-Banner streichelte, das ihren Teil des Tisches zierte. »Alles wirkt so adrett und wohl durchdacht«, murmelte sie, als sie sich den Stuhl zurechtrückte, der gleichfalls in den Farben Telgars gehalten war.

Der Tisch bestand aus mehreren kleineren Einheiten, die man so zusammengeschoben hatte, dass sie einen Kreis bildeten. Die Weyrführer und Burgherren von Telgar saßen zwischen den Anführern aus dem Hochland und Tillek, da sie die nördlichsten Siedlungen vertraten. Ihnen gegenüber befanden sich die Repräsentanten des Ista-Weyrs nebst Burg und der Festung Keroon, deren Stammesfarben in allen Schattierungen einer Sonne funkelten.

Die Leute des Benden-Weyrs und die Angehörigen des Bitra-Besitztums erhielten ihre Plätze zur einen Seite, zur anderen postierten sich die Bewohner der Burg Benden und der Festung Nerat. Der Chefingenieur, die Leitende Ärztin und der Direktor des Bildungswesens nahmen ebenfalls an dem Treffen teil. Im Zentrum des Runds thronten die Sachwalter von Burg Fort, der ältesten Kolonie Perns, flankiert von den Abgesandten der

Festungen Ruatha und Süd-Boll. Den Vorsitz über die Konferenz nahmen dieses Mal die Delegierten Forts ein.

»Ich schlage vor, diejenigen, von uns, die noch nicht von Hegmons Wein beduselt sind, erörtern das Notwendige, damit wir die Sache hinter uns bringen und uns unter die Tänzer mischen können«, verlautbarte Paulin, in die Runde lächelnd.

Chalkin hämmerte mit der Faust auf die Tischplatte und grölte: »Hört, hört!«

K'vin unterdrückte ein Stöhnen. Der Kerl hatte einen sitzen, und sein Gesicht glühte von einem Übermaß an Wein.

»Wir alle wissen, dass demnächst ein Fädeneinfall bevorsteht ...«

Chalkin gab ein obszönes Geräusch von sich.

»Hören Sie, Lord Chalkin«, wandte sich Paulin an den Störenfried, »falls Sie sich ein bisschen zu viel von dem Champagner zugemutet haben, sind Sie von der Sitzung befreit.«

»Damit hätte er genau das erreicht, was er will«, widersprach M'shall, der Weyrführer von Benden. »In diesem Fall könnte er schlankweg behaupten, jede Entscheidung, die heute getroffen wird, sei hinter seinem Rücken abgesprochen worden.«

»Wenn er sein Maul nicht halten kann, stecken wir seinen Kopf so lange in kaltes Wasser, bis er nüchtern genug ist, um die gesellschaftlichen Gepflogenheiten zu beachten«, warf Irene ein, die Herrin des Benden-Weyrs. »Er mag es überhaupt nicht, wenn seine Galagewänder nass werden.« Ihre Miene ließ vermuten, dass sie aus Erfahrung sprach.

»Chalkin!«, rief Paulin mit einem warnenden Unterton.

»Schon gut, schon gut«, lenkte der Bitraner griesgrämig ein, rückte sich bequem auf seinem Stuhl zurecht und stützte die Ellbogen auf dem Tisch ab. »Ihr fangt mir ja gut an ...«

»Aber nur, weil Sie sich nicht benehmen können!«, schnauzte Irene. Paulin bedachte sie mit einem ernsten Blick, und sie verstummte, obwohl sie fortfuhr, Chalkin aus schmalen Augen zu mustern.

»Es gibt drei unterschiedliche Berechnungen, die keinen Zweifel daran lassen, dass sich der Rote Planet Pern nähert …«

»Könnte es zu einer Kollision kommen?«, fragte Jamson aus dem Hochland.

»Unsinn, Jamson«, entgegnete Paulin wegwerfend. »Darüber brauchen wir gar nicht erst zu reden.«

»Und warum nicht?«, mischte sich Chalkin keck ein.

»Weil es unmöglich ist, und man über dieses Thema bereits bis zum Überdruss diskutiert hat«, erklärte Paulin. »In keinem einzigen Bericht aus den Tagen unserer Vorväter gibt es auch nur eine Andeutung, dass die Chance eines Zusammenstoßes der beiden Planeten besteht. Mit einer eventuellen Katastrophe dieser Art hatte man sich erst gar nicht befasst.«

»Aber hatte man damals ausdrücklich festgelegt, dass ein Zusammenstoß absolut ausgeschlossen werden kann?«, stichelte Chalkin, offensichtlich entzückt, auf einem heiklen Thema herumzuhacken.

»Nein«, antworteten Paulin und Clisser wie aus einem Mund. Clisser fungierte nicht nur als Direktor des Kollegiums, sondern bekleidete auch das Amt des Leitenden Astronomen. Paulin bedeutete Clisser, das Thema weiter zu verfolgen.

»Die Kapitäne Keroon und Tillek«, begann er und legte gleich darauf eine respektvolle Kunstpause ein, »schrieben beide Kommentare zum Akki-Report, der die Daten aus den Informationsspeichern der *Yokohama* enthält. Mit den relevanten Gleichungen habe ich mich immer und immer wieder beschäftigt und gelangte zu dem Schluss, dass der Wanderplanet sich Pern auf einer elliptischen Umlaufbahn nähert, ohne dass eine Kollision zu befürchten wäre. Aufgrund der Himmelsmechanik und Rubkats Anziehungskraft kann es keinesfalls zu einem Zusammenstoß kommen. Wenn ich geahnt hätte, dass dieses Thema angeschnitten wird, hätte ich meine Diagramme mitgebracht.« Clisser bedachte Chalkin mit einem vernichtenden Blick.

»Schlimm genug, dass der Rote Planet diese Fäden im Gefolge hat. Wollen Sie etwa auch noch, dass ganz Pern zerschmettert wird, Chalkin?«, fragte Kalvi, der Chefingenieur. »Ich habe die mathematischen Gleichungen ebenfalls geprüft, und ich gehe mit Clissers Einlassung konform. Es kann keinen Zusammenstoß geben. Warum rechnen Sie nicht selbst nach, wenn Ihnen diese Eventualität Kopfzerbrechen bereitet, Chalkin?«

Chalkin überhörte den Seitenhieb, da er auf keinem wissenschaftlichen Gebiet eine Leuchte war. Doch die Reaktion auf seinen Einwurf stimmte ihn zufrieden. Egal, was die Gelehrten orakelten, es gab keinen stichhaltigen Beweis, dass der Planet *nicht* in seiner Existenz gefährdet war.

»Also, die Berechnungen ergeben, dass die ersten Fädenschauer des zu erwartenden Vorbeizugs im Vorfrühling niedergehen werden. Einige Schauer können sehr gefährlich werden, je nach Wetterbedingungen und Temperaturen.« Paulin fasste unter den Tisch und zog eine Tafel hervor, auf der man die betroffenen Gebiete fein säuberlich eingezeichnet hatte. S'nan räusperte sich und rutschte nervös auf seinem Stuhl hin und her, wie wenn er fände, Paulin würde ein Vorrecht der Siedler von Fort verletzen.

»Die beiden ersten Schauer gehen über Land nieder, das vom Fort-Weyr patrouilliert wird, beim dritten und vierten Mal trifft es das Hochland, danach ist Benden an der Reihe. Das Ganze wird sich innerhalb von zwei Wochen abspielen, in Abständen von etwa drei Tagen. Der zweite Schauer über Fort und der erste über dem Hochland finden an ein und demselben Tag statt – es handelt sich um eine Verzweigung der gleichen Fädenwolke.

Aus den alten Berichten entnehmen wir, dass der Südkontinent ungefähr eine Woche lang von Fäden heimgesucht werden wird, ehe der Regen bei uns im Norden einsetzt. S'nan«, damit wandte sich Paulin an den Weyrführer von Fort, »könnten Sie nun Ihre Daten vortragen?«

S'nan stand auf und hielt sein Klemmbrett hoch, ohne das man ihn nie sah. Man munkelte, er habe es von Connell höchstselbst geerbt. Einen flüchtigen Moment lang vertiefte er sich in die Aufzeichnungen. Der älteste Anführer des ersten Weyrs von Pern ähnelte seinem Vorfahren, obschon sein mit Silberfäden durchzogenes Haar nicht rot war, sondern mittelblond. K'vin glaubte nicht, dass Sean Connell ein Leuteschinder gewesen war, auch wenn er die Gesetze erlassen hatte, nach denen sich die Weyr selbst verwalteten. Die meisten dieser Vorschriften entsprachen nur dem gesunden Menschenverstand; lediglich S'nan übertrieb deren Einhaltung, dass es manchmal ans Lächerliche grenzte.

»Der Erste Fädenfall«, begann S'nan mit einem Anflug von Stolz in der Stimme, »beginnt über dem Meer östlich von Burg Fort und zieht von dort aus landwärts zur Flussmündung, wobei er diagonal die Halbinsel überquert, bis er im Westen wieder auf das Meer trifft. Die beiden nächsten Schauer, die drei Tage später erfolgen, regnen über der südlichen Spitze von Süd-Boll ab.« Mit seinem Schreibstift berührte er herablassend Paulins Karte. »Dieser Schauer fällt so weit südlich, dass er vielleicht gar kein Land erreicht, und falls doch, wird er nur von kurzer Dauer sein. Er streift den westlichsten Punkt des Hochlandes, von wo aus er abermals über das Meer abgetrieben wird, also zeitlich ebenfalls begrenzt ist. Der dritte Fädenfall kommt an der Südküste der Tillek-Halbinsel in Gang, östlich der Festung, touchiert kurz festen Boden und driftet ebenfalls auf den Ozean hinaus.«

»Das klingt beinahe so, als wollten uns die Fäden die

Gelegenheit geben, uns an den Kampf gegen sie zu gewöhnen«, frotzelte B'nurrin von Igen.

»Ihre frivolen Äußerungen sind hier fehl am Platze«, wies S'nan ihn streng zurecht, doch die vielen grinsenden Gesichter in der Runde ließen den Tadel an dem übermütigen jungen Weyrführer abprallen. S'nan hüstelte und stürzte sich von neuem in seinen Vortrag. »Die beiden nächsten Schauer stellen für ungeübte Geschwader das größte Risiko dar«, dozierte er, B'nurrin bedeutungsschwanger fixierend, derweil er mit dem Stift den Verlauf der Fädenwolke nachzeichnete. »Der erste fängt östlich über dem Ozean an und zieht sowohl den Benden-Weyr wie auch Burg Bitra in Mitleidenschaft, ehe er kurz vor dem Igen-Weyr versiegt. Normalerweise würde er vom Igen-Weyr und dem Benden-Weyr vereint bekämpft. Der zweite Regen setzt am Nordende der Nerat-Halbinsel ein, folgt ihrem Verlauf über die gesamte Länge, streift die Ostküste von Keroon und das östliche Kap von Igen, um gleich dahinter im Meer auszuklingen. Auch in diesem Fall sollten sich die Geschwader zusammentun, wobei Benden die Verteidigung von Nerat übernimmt, Igen sich um den nördlichen Teil Keroons kümmert und Ista Süd-Keroon abdeckt ...«

»Wir alle wissen doch, wann wir wo eingesetzt werden, S'nan«, schnitt M'shall ihm das Wort ab.

»Ja, ja, natürlich.« Abermals räusperte sich S'nan. »Allerdings«, und hier betrachtete er der Reihe nach die am Tisch versammelten Burgherren, »wurde bei der letzten Versammlung der Weyrführer beschlossen, dass jeder Weyr für den ersten Einsatz ein Doppelgeschwader zur Verfügung stellt. Da dies für uns alle eine völlig neue Erfahrung ist, sollte sich jeder Weyr schon aus eigenem Interesse gleich am ersten Kampf beteiligen.«

»Ich finde, Erfahrungen sammeln wir ohnehin beim ersten Einsatz im Süden«, wandte B'nurrin ein. »Alle Fäden, die die Drachen nicht erwischen, fallen ins Wasser oder gehen auf nahezu unbesiedeltes, brach liegendes Terrain nieder.«

»B'nurrin!«, schritt M'shall mahnend ein, ehe der verblüffte S'nan den Mund öffnen konnte.

K'vin teilte B'nurrins Ansicht und stärkte ihm den Rücken, doch sie wurden von den älteren Weyrführern überstimmt. Vermutlich nahm B'nurrin sogar die Gelegenheit wahr, mit seinen Geschwadern an Orten zu ›üben‹, an denen er nicht das geringste verloren hatte.

Unbeirrt durch die Unterbrechung setzte S'nan seine Belehrungen fort. »Während der Ersten Annäherungsphase erließen unsere Ahnen ein Gesetz, das die Burgherren dazu verpflichtete, Bodenmannschaften bereitzustellen, deren Einsatz von den jeweiligen Weyrführern koordiniert wird. In diesem Fall wäre Weyrführer M'shall zuständig.« Er nickte dem Bronzereiter von Benden kurz zu. Dann verbeugte er sich höflich vor dem Chefingenieur. »Meister Kalvi hat mir mitgeteilt, dass seine Gießerei ausreichend $HNO_3$-Zylinder herstellen kann, mit denen die Bodenteams ausgerüstet werden. Das $HNO_3$ muss indessen am betreffenden Einsatzort abgefüllt werden. Wie damals, zu Zeiten unserer Vorväter, stellt auch dieses Mal das Ingenieurcorps Arbeitskräfte und Material als Beitrag zur Erfüllung seiner Bürgerpflicht. Gegen Jahresende werden die Tanks an alle Beteiligten verteilt sein.« Wie immer, befleißigte sich S'nan auch jetzt einer präzisen Ausdrucksweise und verschmähte den neuen Ausdruck ›Planetenumlauf‹, der sich bei der jüngeren Generation durchgesetzt hatte.

Kalvi erhob sich von seinem Platz. »Jedes größere Gemeinwesen erhält von uns eine dreitägige Schulung, in der die Bodenteams mit der Wartung und Instandsetzung der Flammenwerfer vertraut gemacht werden. Praktische Übungen sind auch vorgesehen.« Er verlagerte sein Gewicht von einem Bein auf das andere und schickte sich an, noch mehr zu sagen, doch S'nan bedeutete ihm durch ein Handzeichen, er möge sich wieder hinsetzen.

Mit einem ärgerlichen Schnauben nahm Kalvi Platz.

Alsdann wandte sich der Weyrführer von Fort an Corey.

»Stimmt es, dass Sie ebenfalls ein dreitägiges Trainingsprogramm abhalten, um die Burgbewohner in Brandbekämpfung und Erster Hilfe bei Verletzungen durch die Fäden zu unterrichten?«

Corey stand nicht auf, sondern deutete lediglich ein Nicken an.

»Die Burgherren müssen jedem Bodenteam Sanitäter zur Seite stellen, oder ein Mitglied der Crew in Erster Hilfe ausbilden. Dazu gehört die Bereitstellung von Taubkraut, Fellis-Saft und anderen notwendigen Heilmitteln.«

»Und nun«, er klappte die oberste Karte um, »zu den Reitern und Reiterinnen, die an vorderster Front kämpfen. Ich habe sämtliche Weyr inspiziert und vermochte nirgendwo gravierende Mängel zu entdecken. Alle sind personell komplett besetzt, und es gibt genügend Kadetten, die die Geschwader während eines Einsatzes mit Phosphinstein versorgen. Mit den Weyrführern habe ich sämtliche Aspekte bezüglich Taktik und Disziplin erörtert …«

K'vin krümmte sich innerlich, als er an die pedantische Kontrolle durch S'nan und Sarai zurückdachte. Sogar die Recycling-Anlage nahmen sie in Augenschein! Dann bemerkte er, dass G'don, der älteste Weyrführer, gleichfalls das Gesicht verzog. Offenbar hatte das Fort-Team bei seiner offiziellen Musterung niemanden verschont. Nun ja, der Vorbeizug des Roten Planeten mit dem Verderbnis bringenden Fädenregen im Gefolge stand tatsächlich kurz bevor, und es war nichts daran auszusetzen, wenn die Weyrführer von Fort sich persönlich vom Zustand der anderen Weyr und der Drachengeschwader überzeugten. Alles musste perfekt und auf dem höchstmöglichen Standard sein.

Bezüglich der Drachen hatte das Fort-Team am Telgar-Weyr nichts auszusetzen gehabt. Seit drei Jahren schlüpften hier die meisten Drachen, und die Tiere selbst schienen bestrebt zu sein, sich an den Vorbereitungen für den Ernstfall zu beteiligen.

K'vin hoffte, Charanths erstes Gelege möge größer ausfallen als jedes, das B'ners Miginth je gezeugt hatte. Vielleicht würde Zulaya sich dann mehr für ihn erwärmen. Die beiden jungen Königinnen hatten sich bewährt, indem sie viele der nützlichen grünen und blauen Drachen produzierten. Bald würde im Telgar-Weyr der Platz knapp werden. Möglicherweise mussten sie überschüssige Drachen in andere Weyr aussiedeln, doch darüber konnte man immer noch bei der anstehenden jährlichen Revision entscheiden.

»Abschließend lassen Sie mich feststellen, dass wir gar nicht besser gerüstet sein könnten.«

»Wir verfügen über mehr Ressourcen, als die ersten Drachenreiter je hatten«, bemerkte G'don auf seine lakonische Art.

»Recht haben Sie«, pflichtete Irene von Benden ihm bei.

K'vin begnügte sich mit einem Lächeln. Plötzlich beschlich ihn eine Anwandlung von Furcht, und es lief ihm kalt den Rücken herunter. Er gab sich innerlich einen Ruck und hielt sich dann vor Augen, er stamme aus einem Geschlecht, dem die Ersten Drachenreiter angehörten.

*Und du reitest mich,* sagte Charanth in seine Gedanken hinein. *In der Luft bin ich nicht zu schlagen. Wenn die Fäden nur meine Flammen sehen, drehen sie in eine andere Richtung ab.* Dies war nicht etwa Prahlerei, denn Charanth hielt den Weyr-Rekord, wenn es darum ging, die längsten Flammenstöße zu speien. *Gemeinsam bekämpfen wir die Gefahr, du bist nicht allein. Verlass dich auf mich, dann kann dir nichts passieren.*

*Danke, Charrie.*

*Keine Ursache, Kev.*

»Du hast schon wieder diesen fernen Blick, K'vin«, flüsterte Zulaya ihm ins Ohr. »Wie denkt Charanth über die ganze Geschichte?«

»Er brennt darauf, dass es endlich losgeht«, wisperte K'vin zurück und grinste. Es war gut, von Charanth daran erinnert zu werden, dass er kein Einzelkämpfer war. Sie bildeten eine Partnerschaft, die in dem Moment geschlossen wurde, als der Bronzedrache aus dem Ei schlüpfte und geradewegs auf ihn zugewatschelt kam, den vierzehn Jahre alten K'vin aus dem Clan der Hanrahans, der nervös auf dem heißen Sand der Brutstätte wartete.

Sofort hatte K'vin begriffen, dass dies die Krönung seines gesamten bisherigen Daseins war – die Prägung zwischen einem Drachen und seinem menschlichen Kameraden.

Er hatte zugesehen, wie sein älterer Bruder auserwählt wurde, seine zweitälteste Schwester und drei der vier Cousins, die im Geschwader mitritten. Von dem Augenblick an, als man ihn aufsuchte und für eine Gegenüberstellung in Betracht zog, redete er sich mit der naiven Inbrunst eines Jugendlichen ein, dass er gar nicht leer ausgehen könne. Der pessimistisch Zug in seinem Charakter hatte ihn indessen mit der perversen Vorstellung gequält, die Drachen würden ihn übergehen, und er müsste zusehen, wie er mit der Schande und Demütigung fertig würde.

»Also kann ich den hier Anwesenden guten Gewissens versichern, dass die Weyr einsatzbereit sind«, schloss S'nan seine Rede. Applaus brandete auf, als er seinen Platz wieder einnahm. »Die Burgen und Siedlungen sind hoffentlich genauso sorgfältig vorbereitet?« Nicht nur, dass er fragend die Stimme hob, er lupfte auch seine buschigen Augenbrauen und starrte den Burgherrn von Fort erwartungsvoll an.

Paulin stand abermals auf, stöberte in seinen Unterlagen, ehe er das richtige Klemmbrett fand, und räusperte sich. »Bis auf zwei Festungen sind den Berichten zufolge sämtliche Anwesen verteidigungsfähig.« Zuerst heftete er seinen Blick auf Franco, den Burgherrn von Nerat, dann wandte er sich Chalkin zu. »Ich weiß genau, dass Sie die Formulare erhielten, die Sie mir ausgefüllt zurückgeben sollten.«

Der hochgewachsene, hagere, dunkelhäutige Neratianer hob die Hand. »Ich sagte bereits, welche Probleme uns die Vegetation bereitet, Paulin, aber wir sind dabei, die Situation unter Kontrolle zu bringen.« Er schnitt eine Grimasse. »Das ist gar nicht so einfach bei dem schwülwarmen Wetter, das wir hatten und dem Verbot von chemischen Pflanzenvernichtungsmitteln. Aber ich kann Ihnen versprechen, dass wir in unseren Bemühungen nicht nachlassen werden. Darüber hinaus haben wir Notüberdachungen für die Beete mit den Sämlingen hergestellt und Sämereien eingelagert, die wir in günstigen Zeiten aussäen können. Außerdem forschen wir weiter, ob es möglich ist, Miniaturpflanzen zu züchten, die nicht nur auf dem freien Feld, sondern auch in Hallen gedeihen. Wir alle sind uns der Probleme sehr wohl bewusst und tun unser Möglichstes, um uns gegen die drohende Gefahr zu wappnen. Die Bewohner unserer Ansiedlungen werden ausnahmslos an den Schulungen für die Bodencrews teilnehmen.«

Paulin nickte und machte sich eine Notiz. »Die landwirtschaftliche Fakultät arbeitet daran, einen Hemmstoff gegen eure tropischen Unkräuter zu finden, Fran.«

»Hoffentlich sind die Forschungen bald von Erfolg gekrönt. Das Zeug schießt sogar aus trockenem Sandboden, es wuchert einfach überall.«

Danach fasste Paulin Chalkin ins Auge, der mit allen Anzeichen von Langeweile seine Fingerringe polierte. »Von Ihnen, Lord Chalkin von Bitra, habe ich überhaupt keine Antwort erhalten.«

»Das eilt ja wohl nicht ...«

»Heute war der Stichtag für die Abgabe des Berichts, Chalkin«, fuhr Paulin unbeirrt fort.

Chalkin zuckte die Achseln. »Ihr anderen könnt euch getrost auf dieses Spiel einlassen, aber ich für meinen Teil glaube nicht, dass im nächsten Frühjahr Fäden auf uns herniederfallen. Wieso sollte ich meinen Leuten dann unnötige Arbeiten aufbürden ...?«

Die aufgebrachten Rufe, die rings um den Tisch laut wurden, verhinderten, dass er den Satz zu Ende sprach.

»Hören Sie, Chalkin ...«

»Moment mal, wissen Sie denn nicht ...«

»Was bilden Sie sich eigentlich ein ...« Empört sprang Bastom auf.

Mit einem feisten, ringgeschmückten Finger zeigte Chalkin auf den Burgherrn von Tillek.

»Die Festungen sind doch autonom, oder etwa nicht? Wird dieses Recht nicht in der Charta garantiert?«, schleuderte Chalkin Paulin entgegen.

»In normalen Zeiten, ja«, antwortete Paulin und winkte den anderen zu, sie sollten schweigen. Doch er musste die Stimme heben, um sich in dem nicht enden wollenden Tumult Gehör zu verschaffen. »Mit Ausnahme, wenn ...«

»Mit Ausnahme, wenn die Fäden fallen. Ja, ja, ich weiß. Nur gibt es dafür keine Beweise«, trumpfte Chalkin grinsend auf.

»Beweise? Welche Beweise verlangen Sie denn noch?«, herrschte Paulin ihn an. »Worauf warten Sie, Chalkin? Pern spürt bereits die Auswirkungen des sich nähernden Roten Sterns ...«

Chalkin tat diesen Einwand mit einem Achselzucken ab. »In jedem Winter toben heftige Stürme, und Vulkanausbrüche sind keine Seltenheit.«

»Sie können nicht abstreiten, dass der Planet immer deutlicher zu sehen ist.«

»Pah! Das hat rein gar nichts zu bedeuten.«

»Ist es so«, wandte Paulin ein, nachdem er energisch um Ruhe gebeten hatte, »dass Sie die Erfahrungen und Ratschläge unserer Vorväter als Humbug abtun? Wollen Sie behaupten, dass die mannigfachen Beweise und Belege nicht den geringsten Sinn haben?«

»Die ersten Kolonisten waren hysterische …«

»Hysterisch kann man sie wohl kaum nennen!«, fuhr Tashvi dazwischen. »Im Gegenteil, sie meisterten eine schwierige Situation und hinterließen uns detaillierte Anweisungen, was zu tun sei, wenn der Planet sich Pern abermals näherte. Und sie überlieferten, wie man den exakten Zeitpunkt für eine Annäherungsphase berechnen kann.«

»Einen Augenblick, bitte!«, brülle Paulin, beide Arme hebend. »Ich darf Sie daran erinnern, dass *ich* hier den Vorsitz führe!« Böse funkelte er Tashvi an, bis der Burgherr von Telgar seinen Platz wieder einnahm und das zornige Stimmengewirr sich legte. »Wie muss der Beweis geartet sein, damit Sie ihn anerkennen, Lord Chalkin?«, fragte er in sachlichem Ton.

»Wenn ihm die Fäden auf den Kopf regnen!«, schrie jemand und verstummte, ehe Paulin den Zwischenrufer hatte ausmachen können.

»Nun, Chalkin?«, half Paulin nach.

»Ich verlange eine objektive Bestätigung, dass es diese Organismen wirklich gibt. Einen Beleg seitens dieses Akki, von dem wir alle gehört haben …«

»Die Siedlung Landing liegt unter Tonnen vulkanischer Asche begraben«, versetzte Paulin und merkte, dass S'nan unbedingt das Wort ergreifen wollte.

»Neun Expeditionen zogen los, um die besagte Einrichtung in Landing zu inspizieren und Informationen von dem Akki einzuholen«, erklärte S'nan in seiner üblichen bedächtigen Sprechweise. Er klaubte kurz in seinen Unterlagen und hielt dann einen Packen Plastikfolien hoch. »Dies hier sind die Berichte.«

»Und was steht drin?«, wollte Chalkin wissen, der

keinen Hehl daraus machte, dass er den durch ihn angezettelten Tumult genoss.

»Wir waren nicht in der Lage, das Administrationsgebäude mit dem Akki ausfindig zu machen.«

»Und warum nicht?«, stichelte Challkin. »Ich habe Videobänder gesehen, die Landing vor dem Ersten Fädenfall zeigten …«

»Dann haben Sie ja eine Vorstellung von der Monumentalität des Unterfangens«, entgegnete S'nan trocken. »Das gesamte Plateau ist von einer dicken Ascheschicht bedeckt, und es gibt keine Landschaftsmarkierungen mehr, die eine Ortung des Administrationsgebäudes ermöglichen könnten. Da die Häuser alle gleich konstruiert waren, ergibt nicht mal eine Probegrabung Aufschluss über den jeweiligen Standort. Es wäre sinnlos, sich durch acht Meter Schutt und Asche zu buddeln, wenn ohnehin nur ein zweifelhaftes Ergebnis herauskäme. Bis jetzt war das Gebäude mit dem Akki jedenfalls unauffindbar.«

»Dann müsst ihr es halt noch einmal versuchen«, erwiderte Chalkin, S'nan ostentativ den Rücken zuwendend.

»Haben Sie denn gar keine Vorbereitungen getroffen, um Ihre Burg gegen den Angriff zu wappnen?«, kam Paulin auf das eigentliche Thema zurück.

Chalkin hob und senkte die Schultern. »In meinen Augen wäre das eine reine Verschwendung von Zeit und Energie.«

»Und von Geld …«, brummelte derselbe Zwischenrufer wie zuvor.

»Exakt. Marken sind zu kostbar, um sie in etwas zu investieren, das auf purer Spekulation beruht.«

»Spekulation?« Tashvi schnellte von seinem Stuhl hoch. »Ihre Leute werden rebellieren!«

»Das bezweifle ich«, erwiderte Chalkin mit listigem Lächeln.

»Weil Sie es nicht einmal für nötig befanden, Ihre

Pächter zu warnen?«, schleuderte Tashvi ihm entgegen.

»Lord Telgar!«, donnerte Paulin mit Stentorstimme. »Jetzt rede *ich!*« Er wandte sich abermals an Chalkin. »Wie können Sie es wagen, Ihren Pächtern die Information vorzuenthalten, wenn alle anderen Burgherren die immerhin von objektiv zu beobachtenden astronomischen Phänomenen gestützten Warnungen ernst nehmen?«

Chalkin grinste herablassend. »Sie glauben tatsächlich an einen im Weltall heimischen Organismus, der auf einen großen Planeten herniederregnet und alles, womit er in Berührung kommt, verschlingt? Wieso wurde Pern dann nicht während früherer Begegnungen völlig vernichtet? Warum passiert dieser Vorgang alle zweihundert Jahre? Wie kann es sein, dass das Erkundungs- und Vermessungsteam, das den Planeten vor der Freigabe zur Besiedlung erforschte, von all dem nichts mitbekommen hat? Das Ganze ist lächerlich!«, rief Chalkin aus, verächtlich mit seinen reich geschmückten Fingern schnippend. »Albern!«

»Meine Berechnungen werden bestätigt durch …«, begann Clisser, der sich verhöhnt fühlte.

»Es gab tatsächlich Beweise für den Fädenfall!«, rief Tashvi, neuerlich auf die Füße springend. »Ich habe den Bericht des Erkundungs- und Vermessungsteams gelesen. Damals entdeckte man Hunderte von Kreisen aus versengter Erde, in denen die junge Vegetation gerade erst zu sprießen begann …«

»Irrelevant!«, fegte Chalkin den Einwand beiseite. »Das könnte ebensogut ein ringförmig wachsender Pilz bewirkt haben.«

»Nun denn«, mischte sich Bastom ein, »sollten diese irrelevanten Beweise eines Tages vom Himmel fallen und auf Ihrer Burg landen, sagen Sie bitte nicht, wir hätten Sie nicht gewarnt.«

»Und wagen Sie ja nicht, um Hilfe zu betteln«, fügte Bridgely hinzu, den Chalkins Haltung anwiderte.

»Darauf können Sie lange warten«, entgegnete Chalkin, verbeugte sich spöttisch vor Paulin und verließ ohne ein weiteres Wort die Halle.

»Was machen wir nur mit ihm?«, fragte Bridgely. »Denn so sicher, wie die Nacht auf den Tag folgt, wird er angerannt kommen und mich und Franco um Unterstützung bitten.«

»Für solche Fälle enthält die Verfassung bestimmte Regeln«, erklärte Paulin.

Jamson aus dem Hochland glotzte Paulin mit großen, verblüfften Augen an.

»Die nur derjenige befolgt, der sie anerkennt ...«, ergänzte Bastom.

»Oh, Chalkin legt großen Wert auf die Satzungen, die unsere Vorväter in der Gründungsurkunde festgelegt haben«, meinte Paulin sarkastisch. »Denn das Privileg, das ihm den Titel ›Burgherr‹ zuerkennt und ihm Rechte über gewisse Besitzungen einräumt, ist in der Charta verankert. Wenn es darum ging, seine autonome Stellung zu sichern, hat er sich schon mehrmals auf die Verfassung berufen. Ich frage mich nur, ob er den Passus auswendig kennt, der die Strafe für einen säumigen Burgherrn festsetzt, der sich weigert, Vorkehrungen gegen den Fädenfall zu treffen. Diese lasche Handhabung stellt einen ernsten Vertrauensbruch dar ...«

»Wer hätte Chalkin je vertraut?«, warf G'don ein.

»Es handelt sich um eine schwerwiegende Verletzung der Treuepflicht, die der Burgherr seinen Pächtern für deren Dienste schuldet.«

»Hah!«, schnaubte Bridgely. »Von seinen Pächtern habe ich auch keine hohe Meinung. Die meisten sind Nichtsnutze und Tagediebe, die aus anderen Burgen verstoßen wurden, weil sie entweder zu schlampig oder zu faul waren, um ihren Verpflichtungen korrekt nachzukommen.«

»Die Verwaltung von Bitra lässt sehr zu wünschen übrig. Fast immer müssen wir gut die Hälfte der Zehntzahlungen zurückbringen«, erzählte M'shall. »Das Getreide ist verschimmelt, das Holz nicht abgelagert, die Häute sind mangelhaft gegerbt und mitunter angefault. Jedes Quartal geht der Kampf von neuem los, Chalkin halbwegs brauchbare Waren abzuringen.«

»Ach, wirklich?«, horchte Paulin auf und machte sich Notizen. »Ich wusste gar nicht, dass er euch um die Zehntzahlungen prellt.«

M'shall zuckte die Achseln. »Das können Sie auch nicht wissen. Mit dem Problem müssen wir fertig werden. Aber wir lassen nicht locker. Und bei der Geschichte mit den Fäden sollten wir ihm so lange zusetzen, bis er den Ernst der Lage begreift. Es geht nicht, dass er sich vor den dringend erforderlichen Vorkehrungen drückt. Man bedenke die Folgen für die Menschen. Denn nicht jeder Pächter in Bitra ist ein Faulpelz und Tunichtgut, Bridgely.«

Bridgely schnitt eine Grimasse. »Sicher, schwarze Schafe gibt es überall. Aber ich fürchte mich schon vor dem kommenden Frühjahr, wenn die Fäden fallen. Für meinen Geschmack liegt Bitra nämlich viel zu nah an Benden.«

»Und welche Strafe hätte Chalkin für sein Handeln zu erwarten – oder besser gesagt für sein Nichthandeln?«, erkundigte sich Franco.

»Man kann ihm seinen Titel aberkennen«, erwiderte Paulin kurz und bündig.

»Seinen Titel aberkennen!«, wiederholte Jamson entgeistert. »Ich hatte keine Ahnung, dass so etwas möglich ist.«

»Artikel Vierzehn, Jamson«, erklärte Paulin. »Pflichtversäumnisse seitens des Burgherrn. Können Sie mir eine Kopie davon geben, Clisser? Vielleicht sollten wir alle unser Gedächtnis ein wenig auffrischen.«

»Aber sicher.« Der Direktor des Kollegiums schrieb sich eine Notiz auf. »Morgen erhalten Sie eine.«

»Funktioniert Ihr System noch immer?«, wollte Tashvi wissen.

»Mein Vorgänger ließ wichtige offizielle Dokumente massenhaft kopieren«, antwortete Clisser schmunzelnd. »Sie brauchen mir nur zu sagen, was Sie wünschen, und Sie bekommen eine Kopie. Handgeschrieben, aber leserlich.«

Paulin räusperte sich und bat um allgemeine Aufmerksamkeit. »Wie ist es, werte Anwesende, sollen wir gegen Chalkin vorgehen?«

»Wir haben seine Meinung gehört. Ich finde, uns bleibt gar nichts anderes übrig, als Zwangsmaßnahmen zu ergreifen.« Erwartungsvoll blickte M'shall in die Runde.

»Nicht so hastig«, beschwichtigte Jamson. »Zuerst möchte ich unwiderlegbare Beweise für seine Untauglichkeit als Burgherr haben, sowie stichhaltige Indizien, dass er den drohenden Notfall völlig ignoriert. Die Aberkennung eines Titels ist ein sehr drastischer Schritt.«

»Gewiss, und Chalkin wird alles in seiner Macht stehende unternehmen, um dem zu entgehen«, spottete Bastom.

»Es muss ein ordentliches Gerichtsverfahren geben, das über eine eventuelle Bestrafung befindet«, meinte Jamson, sich besorgt umblickend. »Man kann ihn nicht einfach all seiner Privilegien entheben, ohne ihm die Chance einzuräumen, sich gegen die erhobenen Vorwürfe zu verteidigen.«

»In einem Fall wie diesem genügt meines Erachtens ein einstimmiger Beschluss sämtlicher Burgherren und Weyrführer, um ihn aus seinem Amt zu vertreiben«, erklärte Paulin.

»Sind Sie sicher?«, vergewisserte sich Jamson.

»*Ich* bin mir sicher, falls er es nicht genau weiß!«, rief Bridgely und ließ seine Faust auf die Tischplatte krachen. Seine Gemahlin, Lady Jane, nickte bekräftigend. »Bis jetzt habe ich immer gezögert, die Angelegenheit öffentlich zur Sprache zu bringen ...«

»Man kann einfach nicht mit ihm reden«, bestätigte Irene und kniff frustriert die schmalen Lippen zusammen.

Bridgely warf ihr einen zustimmenden Blick zu und fuhr dann fort: »Ständig ist er dabei, die wenigen Gesetze, die wir auf Pern haben, zu beugen oder zu brechen. Zwielichtige Machenschaften, sittenwidrige Verträge, ungewöhnlich harte Konditionen für seine Pächter ...«

»Bei uns wohnen ein paar Leute, die aus Bitra geflohen sind. Sie wissen Geschichten zu erzählen, die einem die Haare zu Berge stehen lassen«, lamentierte Lady Jane, verzweifelt die Hände ringend. »Ich habe diese Aussagen mitgeschrieben ...«

»Wirklich?«, fiel Paulin ihr ins Wort. »Ich möchte sie gern sehen. Autonomie ist ein Privileg, das an Verantwortung gebunden ist, kein Freibrief für Tyrannei oder Ausbeutung der Pächter. Selbstverständlich verleiht die Souveränität eines Gemeinwesens dem jeweiligen Burgherrn nicht das Recht, mit seinen Untergebenen willkürlich zu verfahren. Als Gegenleistung für ihre Abgaben und ihren Arbeitseinsatz schuldet er ihnen grundlegende Dinge, wie zum Beispiel Schutzmaßnahmen, wenn ein Fädenfall bevorsteht.«

»Ich weiß nicht, ob es richtig wäre, ihn einfach abzusetzen«, warf Jamson ein, dessen Zweifel sich vertieften. »Eine so extreme Maßnahme könnte die Moral auf sämtlichen Burgen untergraben.«

»Wäre möglich«, pflichtete Paulin ihm bei.

»Aber unvorbereitet in einen Fädeneinfall zu gehen, dürfte der Moral auf Bitra auch nicht gerade förderlich sein«, stellte Tashvi richtig.

Paulin hob die Hand und wandte sich an M'shall. »Von Ihnen hätte ich gern eine Liste mit konkreten Beispielen, wann und wie Burg Bitra den Weyr um seinen Tribut betrogen hat. Jane, in Ihre Aufzeichnungen würde ich gern einen Blick werfen.«

»Ich kann ebenfalls mit einigen schlimmen Geschichten aufwarten«, fügte Irene hinzu.

Paulin nickte und schaute in die Runde. »Da Chalkins Weigerung, sich auf den Fädenfall vorzubereiten, nicht nur sein eigenes Gemeinwesen, sondern auch die Ländereien seiner Nachbarn gefährdet, müssen wir das Problem so rasch wie möglich lösen und ihn zur Rechenschaft ziehen!« Jamson riss protestierend einen Arm hoch, doch Paulin winkte besänftigend ab. »Warten wir erst einmal die Ergebnisse ab. Sollten sich die Vorwürfe als gerechtfertigt erweisen, schreiten wir zur Tat. Vorerst wollen wir ihm zugute halten, dass ihm Hegmons neuer Wein zu Kopf gestiegen ist, und er gar nicht Herr der Lage war.«

»Hah!«, prustete Irene verächtlich, und ihre Skepsis wurde von den meisten Anwesenden geteilt.

»Wir dürfen uns nicht von persönlichen Antipathien beeinflussen lassen«, stellte Paulin resolut fest.

»Warten Sie, bis Sie meine Aufzeichnungen gelesen haben«, lautete ihre knappe Antwort.

»Und meine«, stärkte Bridgely ihr den Rücken.

»Aber wer sollte in einem solchen Fall seinen Platz einnehmen?«, fragte Jamson, den die Besorgnis streitlustig machte.

»So kurz vor einem Fädeneinfall möchte ich nicht derjenige sein«, gab Bastom zu.

Paulin verzog das Gesicht. »Aber einer muss sich finden.«

»Wenn ich dazu etwas sagen darf.« Clisser hob die Hand. »Die Verfassung verpflichtet uns, einen geeigneten Kandidaten aus der Blutslinie des Verurteilten zu bestimmen …«

»Hat er denn überhaupt Verwandte?«, fragte Bridgely, Verblüffung heuchelnd.

»Ich glaube schon, dass er außer seinen Kindern noch Blutsverwandte hat«, meldete sich Franco. »Da wäre ein Onkel …«

»Es fragt sich nur, ob sie mehr taugen, wenn sie denselben Stammbaum besitzen wie Chalkin«, stänkerte Tashvi.

»Wie heißt es doch so schön: Neue Besen kehren gut«, meinte Irene. »Ich habe gehört, dass Chalkin seinen Onkel von der Erbfolge ausschloss und ihn auf ein abgeschiedenes Anwesen verfrachtete …«

»Er hat ihn in Nullkommanichts aus dem Weg geschafft, so viel steht fest«, bestätigte Bridgely. »Jetzt haust er wie ein Einsiedler in irgendeiner unterentwickelten Region in den Bergen.«

»Alles, was zu Bitra gehört, ist unterentwickelt und rückständig«, kicherte Azury von Boll.

»Einen Nachfolger aufzutreiben ist nicht unser vordringlichstes Problem«, warf Paulin ein, das Gespräch wieder an sich reißend. »Wir müssen Chalkin nur davon überzeugen, dass sich nicht so viele Leute bezüglich des Fädenfalls irren können.«

Dieses Mal verdeutlichte Zulaya ihre Skepsis. »Er gibt erst zu, dass die Fäden eine Gefahr darstellen, wenn er von ihnen aufgefressen wird … was unser Problem am effektivsten lösen würde. Bitra liegt nämlich direkt in der Schneise des ersten Fädenschauers.«

»So pflichtvergessen Chalkin auch sein mag«, gab Jamson zu bedenken, »mit ihm ist Burg Bitra besser dran als ohne ihn. Die Verwaltung einer Festung lernt man nämlich nicht über Nacht.«

Paulin bedachte den Burgherrn aus dem Hochland mit einem nachdenklichen Blick. »Das ist wohl wahr, aber wenn er seinen Leuten nicht einmal erzählt hat, dass ein Fädenfall bevorsteht …« Er spreizte die Finger angesichts dieses Versäumnisses. »Das nenne ich eine Pflichtverletzung ersten Ranges. Gerade in Anbetracht einer Krise muss ein Anführer seinen Wert beweisen. Wir als Gruppe sind obendrein dafür verantwortlich, uns gegenseitig an unsere Obliegenheiten zu erinnern und dafür zu sorgen, dass ein jeder seinen Verpflichtungen nachkommt.«

Zulaya zuckte die Achseln. »Es geschieht ihm nur recht, wenn der erste Fädenschauer ihn trifft.«

»Nun ja«, meinte Paulin und raschelte mit seinen Papieren. »Ich werde jede Aussage bezüglich Chalkins Misswirtschaft und Unterlassungen aufmerksam prüfen. Alles soll seine Richtigkeit haben. Wir tragen Beweismaterial zusammen und bilden uns ein Urteil. Jetzt möchte ich gern zum nächsten Punkt der Tagesordnung übergehen. Kalvi, wollten Sie nicht für die Gründung von neuen Erzminen stimmen?«

Der dürre, hakennasige Ingenieur sprang auf. »Und ob ich das will! Vor uns liegen fünfzig Jahre Fädeneinfall, und wir brauchen unbedingt mehr Erz, vorzugsweise aus Lagerstätten, die nicht so tief liegen wie die Vorkommen in Telgar.«

»Ich dachte, die Ressourcen würden für tausend Jahre reichen«, murmelte Bridgely von Benden.

»Gewiss, wenn wir die Stollen tiefer trieben. Aber in den Bergen gibt es Erzadern, die viel zugänglicher sind.« Er entrollte eine Karte des großen Westlichen Kettengebirges, auf der er ein Gebiet jenseits der Grenze von Ruatha eingekreist hatte. »Hier! Erstklassiges Erz, das nur darauf wartet, von uns abgebaut zu werden. Wir brauchen Metalle von höchster Qualität, um Ersatzteile für die Flammenwerfer herzustellen. Und davon können wir gar nicht genug haben«, betonte er. »Meine Leute halten sich bereit, um die neuen Lagerstätten zu erschließen – und das sollte möglichst bald geschehen, noch ehe der Fädenfall einsetzt. Ich brauche nur noch Ihre Zustimmung.«

»Wollen Sie in den Bergen eine Ansiedlung gründen oder lediglich eine neue Mine einrichten?«, fragte Paulin.

Kalvi grinste und kratzte sich an der Nase. »Tja, der Weg dorthin ist lang, und wenn der Fädenfall erst einmal losgeht, sind die Drachen anderweitig beschäftigt und können keine Arbeiter hin und her transportieren.« Er führte ein zweites Diagramm vor. »Ein Grund, weshalb ich in dieser Region gern eine Mine ausschöpfen möchte, ist das nahe gelegene Höhlensystem, das sich zum Bewohnen geradezu anbietet. Außerdem befinden sich Kohleflöze in erreichbarer Nähe, sodass man das Erz gleich an Ort und Stelle verhütten kann. Die fertigen Metallblöcke lassen sich problemlos flussabwärts verschiffen.«

Unter den Anwesenden erhob sich Gemurmel, als man das Projekt diskutierte.

»Gut, dass Chalkin vorzeitig gegangen ist«, bemerkte Bridgely. »Er besitzt doch diese Minen im Steng-Tal, die er gern wieder ausbeuten möchte.«

»Die Stollen sind einsturzgefährdet«, entgegnete Kalvi verächtlich. »Ich habe sie selbst überprüft, und eine Absicherung der Schächte wäre viel zu material- und zeitaufwendig. Außerdem ist das Erz von minderer Qualität. Es würde eine Ewigkeit dauern, diese alte Mine wieder in Stand zu setzen, geschweige denn, mit Chalkin handelseinig zu werden. Sie wissen ja, wie er monatelang über Nebensächlichkeiten feilscht und streitet, ehe er einen Entschluss fasst.« Er verzog sein langes Gesicht zu einer Grimasse. »Wenn Sie«, er wandte sich an die Runde, »mir die Erlaubnis geben, die Mine im Gebirge zu betreiben, könnte ich noch heute Abend verschiedene Leute ansprechen, die vielleicht daran interessiert wären, das Vorhaben zu unterstützen.«

»Ich bin dafür!«, erklärte Tashvi spontan und hob die Hand.

»Gut. Der Antrag wurde gestellt und findet bereits Unterstützung. Wer sich anschließen möchte, hebe die Hand.«

Arme reckten sich in die Höhe und wurden gewissenhaft von Paulin gezählt.

»Chalkin wird behaupten, es sei Schiebung im Spiel«, unkte Bastom. »Dass wir ihn aus der Sitzung vertrieben hätten, ehe das Thema zur Sprache kam.«

»So?«, erwiderte Paulin. »Keiner hat ihn zum Gehen aufgefordert, und er hat eine Kopie der Tagesordnung, wie wir anderen auch.« Er schlug mit der Faust auf den Tisch. »Das Vorhaben ist hiermit genehmigt. Die Ingenieure können sofort mit dem Projekt beginnen.« Er wandte sich an G'don und K'vin. »Können der Telgar-Weyr und der Hochland-Weyr den Transport von Menschen und Material übernehmen?«

Beide Weyrführer stimmten zu. Wenn eine neue Wohnburg gegründet werden sollte, mussten sich möglichst viele Drachenreiter mit deren Lage vertraut machen.

»Vor Fädeneinfall sind wir recht gut geschützt«, tat Kalvi schmunzelnd kund. »Die gesamte Anlage befindet sich entweder unter dem Erdboden oder in den Höhlensystemen der Berghänge. Hydroponische Installationen werden uns von Anfang an mit frischer Nahrung versorgen.«

»Hat noch jemand etwas zu sagen?«, erkundigte sich Paulin.

Clisser hob die Hand, erhielt Sprecherlaubnis und stand auf. Bedächtig ließ er seinen Blick in die Runde schweifen und schlug dann einen schulmeisterlichen Ton an.

»Lord Chalkins Einstellung ist vielleicht gar nicht so ungewöhnlich«, sagte er. Bei dieser Äußerung spitzten alle die Ohren. »Auf jeden Fall dürfte diese Haltung in Zukunft keine Ausnahmeerscheinung sein. Wir, die wir hier sitzen, sind von dem Ersten Fädenfall zeitlich gar nicht so weit entfernt. Wir verfügen über Aufzeichnungen, mit deren Hilfe wir uns von der Annäherung des Roten Sterns überzeugen können. Aufgrund der Beobachtungen von Kapitän Tillek und Kapitän Keroon wissen wir, dass es sich um einen vagabundierenden Planeten handelt, der irgendwann einmal von der Sonne Perns eingefangen wurde. Allein schon sein Orbit lässt nur diesen Schluss zu, denn die erratische Umlaufbahn verläuft völlig anders als die Bahnen von Rubkats übrigen Begleitern.

In jeder Klasse unterrichte ich mindestens sechs Studenten in den Grundzügen der Astronomie sowie im Gebrauch des Sextanten. Zudem müssen sie Mathematik beherrschen, um die Bahn jedes einzelnen Himmelskörpers exakt berechnen zu können. Wir besitzen noch drei brauchbare Teleskope, mit denen wir den Himmel erforschen können, doch das ist der letzte kümmerliche Rest eines einstmals stattlichen Bestandes.«

Er legte eine Kunstpause ein. »Wenn wir ehrlich sind, müssen wir uns eingestehen, dass wir immer mehr von der Technik verlieren, die unsere Vorfahren uns hinterlassen haben. Nicht durch unachtsamen Umgang mit den Objekten«, er hob die Hand, um Einwürfe dieser Art im Keim zu ersticken, »sondern durch Verschleiß und unsere Unfähigkeit, dasselbe technische Niveau zu erreichen, das unsere Vorväter für selbstverständlich erachteten.«

Kalvi nickte und verzog das Gesicht.

»Aus diesem Grund schlage ich vor, dass wir nach einer Möglichkeit suchen, mit unseren begrenzten Mitteln das Wissen zu verewigen, das uns zur Verfügung steht. Die Informationen bezüglich der periodisch wiederkehrenden Fädenschauer sollten für künftige Generationen festgehalten werden. Ich weiß, dass einige von uns …« – Clisser warf einen vielsagenden Blick zur Tür, durch die Chalkin verschwunden war – »nicht wahrhaben wollen, was uns von den ersten Siedlern überliefert wurde – dass nämlich bei jedem Vorbeizug des Roten Sterns ein todbringender Fädenfall bevorsteht, der ein halbes Jahrhundert andauert. Doch die Naturkatastrophen, die unseren Planeten bereits jetzt heimsuchen, lassen sich nicht so ohne weiteres ignorieren. Wir leiden unter extremen Wetterbedingungen, Vulkane brechen aus, kosmische Anzeichen sind selbst mit bloßem Auge sichtbar. Wenn sich die Skeptiker und Zauderer in Zukunft durchsetzen – vielleicht, weil es ihnen widerstrebt, eine blühende Wirtschaft und ein zufriedenes Gemeinwesen aus dem Gleichgewicht zu bringen –, dann trifft ein Fädenfall den Planeten völlig unvorbereitet, und alles, was wir mit unseren Händen ...« – in einer theatralischen Geste hob er beide Arme – »aufgebaut haben, würde vernichtet.«

Lautstark widersprach man der düsteren Prophezeiung.

»Nicht so hastig«, verteidigte sich Clisser. »Es könnte ohne weiteres passieren. Der beste Beweis dafür ist Lord Chalkin. Bereits jetzt ist der größte Teil unseres technischen Wissens verloren gegangen. Wissenschaftler und Techniker der alten Generation sind längst tot. Wir brauchen eine Art unzerstörbares Gesetzeswerk, das die Menschen unterweist, was es mit den Fäden auf sich hat. Richtlinien, die so abgefasst sind, dass sie Jahrhunderte überdauern und jeder Generation aufs Neue als Lehrbuch dienen, damit man sich für die Katastrophe rüsten kann.«

»Besteht eine Möglichkeit, dieses alte Administrationsgebäude in Landing zu finden?«, fragte Paulin S'nan.

»So kurz vor einem Fädeneinfall käme eine neuerliche Suche ohnehin zu spät«, mischte sich M'shall ein. »Außerdem beginnt dort die heiße Jahreszeit, was Ausgrabungstätigkeiten zur Qual macht. Aber ich stimme Clisser aus vollem Herzen zu. Wir benötigen eine Art Schutzmechanismus. Etwas, das Ignoranten und Zweifler wie Chalkin den Wind aus den Segeln nimmt und eindeutig beweist, dass die Fäden kein Mythos sind, den sich unsere Vorfahren ausgedacht haben.«

»Aber wir bewahren die Berichte doch auf ...«, meinte Laura vom Ista-Weyr.

»Und wieviel Plasfilm ist noch vorrätig?«, fragte Paulin scharf. »Ich weiß, dass Fort kaum noch über welchen verfügt. Und ihr alle wisst, was mit unserem Archiv geschehen ist.«

»Sicher. Aber wir besitzen Papier …« Unsicher blickte sie die Burgherren von Telgar an, Tashvi und Salda.

»Woher wollen wir wissen, wie viel Wald den Fädenfall überstehen wird?«, hielt Tashvi ihr entgegen. »Meine Holzfäller arbeiten bereits im Akkord, und die Papiermühle ist Tag und Nacht in Betrieb.«

»Natürlich tun wir alles, um die Wälder zu schützen«, wandte K'vin ein, obwohl er sich insgeheim fragte, ob sich der ganze Aufwand überhaupt lohnte. Selbst die Fäden, die sich ins Erdreich eingruben, konnten innerhalb kurzer Zeit riesige Waldflächen zerstören.

»Daran zweifelt niemand«, lenkte Salda ein. »Und wir horten so viel Papier wie möglich. Aber niemand von uns ist imstande, präzise Vorhersagen zu machen, was den Fädenfall überleben wird und was nicht. Als Tarvi Andiyar seine Niederlassung gründete, fand er die meisten Bergflanken kahlgefressen vor. So steht es in seinem Bericht. Zehn Jahre vor Ende des Fädenfalls war seine Festung vollgestopft mit Sämlingen aller Art, die nur darauf warteten, ins Freiland ausgepflanzt zu werden. Wir hatten lediglich Glück, dass rund dreißig Jahre nach dem Ausklingen des Fädenfalls die natürliche Pflanzensukzession einsetzte.«

»Das ist ebenfalls ein wichtiger Aspekt, den wir für künftige Generationen aufzeichnen sollten«, meinte Clisser.

»Das ultimative Know-how«, kommentierte Mairi vom Hochland.

»Wie bitte?«

»Zu wissen, wie man sich nach dem Ende eines Vorbeizugs verhält, ist genauso wichtig wie eine Schulung in Fädenbekämpfung«, erwiderte sie in einem Tonfall, als verstünde sich dies von selbst.

»Zuerst müssen wir fünfzig hektische Jahre überleben ...«, warf Salda ein.

»Lasst uns auf das eigentliche Thema zurückkommen«, bestimmte Paulin, indem er sich erhob. »Zusammenfassend kann man sagen, dass wir einen dauerhaften, unzerstörbaren, unzweideutigen und simplen Mechanismus finden müssen, um die periodische Wiederkehr des Wanderplaneten anzukündigen. Irgendwelche Vorschläge?«

»Wir könnten Lehrsätze in Metallplatten eingravieren und diese in jeder Burg und in jedem Weyr anbringen, wo sie nicht zu übersehen sind«, legte Kalvi nahe. »Zusätzlich müssten sie die Sextanten-Messwerte enthalten, die einen Vorbeizug ankündigen.«

»Schön und gut, so lange es einen Sextanten gibt und jemanden, der ihn zu benutzen versteht«, warf Lord Bastom ein. »Doch was passiert, wenn der letzte Sextant unbrauchbar geworden ist?«

»Es ist nicht besonders schwierig, einen Sextanten herzustellen«, sagte Kalvi.

»Angenommen, kein Mensch weiß mehr, wie man mit einem Sextanten umgeht?«, hielt Salda ihm entgegen.

»Die Schiffsführer meiner Flotte benutzen täglich Sextanten«, erklärte Bastom. »Auf hoher See sind diese Instrumente unverzichtbar.«

»Mathematik ist ein Hauptfach für alle Schüler«, warf Clisser ein. »Nicht nur für Seeleute.«

»Um die richtigen Antworten zu finden, muss man nach einer ganz bestimmten Methode vorgehen«, erklärte Corey, die Leitende Ärztin, die zum ersten Mal das Wort ergriff. »Und dann noch Bescheid wissen, wann es angebracht ist, gewisse Erkenntnisse zu verwerten, und wann lieber nicht.« Ihr Berufszweig bemühte sich, einen hohen Standard zu wahren, derweil immer mehr Geräte den Geist aufgaben und man sich aufs Improvisieren verlegen musste.

»Es muss doch einen Weg geben, auf dem man diese wichtigen Informationen der Nachwelt überliefern kann«, beharrte Paulin, zuerst Clisser ins Auge fassend und dann alle Umsitzenden der Reihe nach anschauend. »Lassen Sie uns gründlich nachdenken. In Metall eingravierte Lehrsätze sind nicht schlecht … zumal sie so angebracht sein müssten, dass die Platten nicht irgendwo verstaut und vergessen werden.«

»Eine Art Stein von Rosette?«, sagte Clisser. Es war eher eine Feststellung denn eine Frage.

»Was ist das?«, erkundigte sich Bridgely. Clisser besaß die für manche Leute ärgerliche Angewohnheit, in ein Gespräch Bemerkungen einfließen zu lassen, die keiner verstand, der sich nicht wie er mit alter Geschichte auskannte. Man brauchte nur nachzuhaken, und er erging sich in ellenlangen gelehrten Erklärungen.

»Im späten achtzehnten Jahrhundert entdeckte man auf der Erde einen Stein mit Inschriften in drei altertümlichen Sprachen. Durch Analogie ließen sich so bislang unbekannte Schriften entschlüsseln. Der Vergleich hinkt ein wenig, denn unsere Botschaft würde natürlich nur in einer einzigen Sprache abgefasst sein.«

»Also einigen wir uns auf Metallplatten?«, fragte Corey.

»Wenn das der einzige Weg ist …«, setzte Clisser an und brach stirnrunzelnd ab. »Nein, es muss eine verlässlichere Methode geben. Ich werde mich mit den verschiedenen Möglichkeiten beschäftigen.«

»Na schön, Clisser, aber lassen sie sich nicht zu viel Zeit«, erwiderte Paulin. »Besser, hundert Sirenen, Glocken und Pfeifen veranstalten einen Radau, als dass es überhaupt keine Warnung gibt.«

Clisser schmunzelte. »Glocken und Pfeifen sind einfach herzustellen. Schwierig wird es bei der Sirene.«

»Also gut«, meinte Paulin und schaute in die Runde. Von draußen hallte fröhliche Tanzmusik herein, und die jüngeren Leute wurden sichtlich ungeduldig. »Gibt es noch etwas, das besprochen werden müsste?« Ohne eine Antwort abzuwarten, schlug er mit seinem Hammer auf den Tisch, und die Sitzung war beendet. »Das wär's für heute. Amüsiert euch gut, Leute.«

Die Eile, mit der alle dem Ausgang zustrebten, gab zu erkennen, dass man genau dies im Sinn hatte.

KAPITEL 2

# Versammlung in Fort

»Cliss, was, um alles in der Welt, ist in dich gefahren?«, fuhr Sheledon ihn wütend an. Er war der Direktor der Kunstfakultät des Kollegiums und hütete eifersüchtig seine Freizeit, die er zum Komponieren brauchte.

»Nun«, begann Clisser, Sheledons vorwurfsvollem Blick ausweichend, »Tatsache ist, dass das Kollegium über mehr Dokumente verfügt als jede andere Einrichtung; überdies sind wir besser qualifiziert, Berichte einzuschätzen und zu bewerten als ein Amateur. Aufgabe des Kollegiums ist es nun mal, für Bildung und Wissenschaft zu sorgen.«

»In erster Linie sind wir dazu da«, entgegnete Danja – die mit ihrer Zeit genauso geizte wie Sheledon, weil sie in einem Streichquartett mitwirkte –, »jungen Leuten, die lieber Drachen reiten oder Grundbesitz an sich raffen möchten, den Gebrauch ihres Verstandes beizubringen. Und manche von ihnen dahin gehend zu manipulieren, dass sie tatsächlich losziehen und ihr Wissen an die sich ständig vermehrende Perneser Bevölkerung weitergeben.«

Tanzmusik wehte ihnen entgegen, doch Sheledon und Danja waren zu erbost, um den flotten Rhythmus wahrzunehmen, der die drei anderen Personen, die bei ihnen am Tisch saßen, zum Mitwippen animierte. Danja schoss Lozell einen vernichtenden Blick zu, der verschämt aufhörte, mit seinen vom Harfespielen schwieligen Fingern den Takt zu klopfen.

»Es kann doch nicht so schwer sein, einen Weg zu finden, um ein sich periodisch wiederholendes kosmisches Phänomen darzustellen«, sagte er in dem Versuch, Sheledons und Danjas Empörung zu beschwichtigen.

»Über den Schwierigkeitsgrad mache ich mir keine Gedanken«, gab Danja gereizt zurück. »Aber wie sollen wir die Zeit für diese Arbeit erübrigen?« Mit dem Finger zeigte sie auf den noch unfertigen Anbau des Kollegiums. »Vor allen Dingen, weil es einen festen Termin einzuhalten gilt«, erklärte sie mit einem giftigen Blick auf Clisser. »Die Wintersonnenwende.«

»Ach ja.« Lozell verzog das Gesicht. »Ein plausibler Einwand.«

»Momentan widmen wir uns in jeder freien Minute, in der wir nicht unterrichten, *dringenden* Aufgaben«, fuhr Danja fort. Heftig gestikulierend schritt sie vor dem Tisch auf und ab. Während Sheledon sich innerlich abkapselte, wenn irgendein Problem ihm zusetzte, entwickelte Danja eine überbordende Aktivität. Vor lauter Nervosität stieß sie gegen den Stuhl, auf dem ihre Geige lag, und hastig griff sie zu, damit das kostbare Instrument nicht auf den Boden fiel. Dabei starrte sie Lozell so grimmig an, als sei er für den Vorfall verantwortlich.

Sheledon nahm ihr die Geige nebst Bogen ab und legte beides vorsichtig auf den Tisch, von dem das Geschirr bis auf die Weingläser abgeräumt war. Geistesabwesend wischte er etwas verschütteten Wein von der Tischplatte, damit ja nichts die wertvolle Violine gefährdete, einer der wenigen noch brauchbaren Gegenstände aus der Hinterlassenschaft der ersten Siedler. Während Danja weiter lamentierte, strich er mit den Fingerspitzen wie liebkosend über das Instrument.

»Heute zum Beispiel«, fuhr sie fort, ihre Wanderung aufs Neue aufnehmend, »gaben wir morgens Unterricht und gönnten uns mittags nur einen Happen zu essen, ehe wir den Nachmittag mit Malerarbeiten verbrachten, damit zum Sommersemester wenigstens ein paar Räume bezugsfertig sind. Uns blieben gerade mal fünf Minuten, um uns saubere Kleider anzuziehen, und ... selbst dann noch haben wir die Luftparade verpasst, die *ich* ...« – sie blieb stehen und bohrte sich den Daumen in ihre Magengrube – »zu gern gesehen hätte.«

»Wir haben zwei Arrangements gespielt«, ergänzte sie, »und werden mit Sicherheit die ganze Nacht hindurch musizieren, bis Sonnenaufgang. Morgen geht das Fest weiter, nur dass es keine Konferenz gibt. Ich frage mich, wann wir schlafen sollen! In einer Woche beginnt das neue Semester, und dann haben wir überhaupt keine Zeit mehr, weil wir Vorbereitungsseminare für die graduierten Lehrkräfte abhalten, ehe sie aufbrechen, um auch den letzten Winkel des Kontinents zu alphabetisieren.« Sie vollführte eine manierierte Geste, dann warf sie sich auf den Stuhl, auf dem kurz zuvor ihre Violine gelegen hatte. »Und nun verraten Sie mir, Clisser, woher wir die Zeit für zusätzliche Forschungen nehmen sollen!«

»Wenn es sein muss, kann man immer etwas Zeit erübrigen«, erwiderte er in betont sachlichem Ton, der eine unterschwellige Kritik an Danjas überzogenem Auftritt darstellen sollte.

»Man könnte das Thema im Geschichtsunterricht behandeln«, schlug Lozell vor.

»Eine ausgezeichnete Idee«, pflichtete Bethany ihm bei, die sich bis jetzt mit der Zuschauerrolle begnügt und Danjas theatralische Szene stumm beobachtet hatte. »Meinen Schülern würde ein Projekt, an dem sie ihren Einfallsreichtum selbständig üben können, nur gut tun.«

»Zuerst sollten wir dafür sorgen, dass die Bibliothek ständig mit Energie versorgt wird«, warf Danja säuerlich ein.

»Kein Problem«, trumpfte Clisser auf. »Während der Luftparade haben Kalvis Techniker die Sonnenpaneele repariert. Morgen schließen sie sie an das Hauptaggregat an. Außer Ihnen haben noch weitere Leute gearbeitet, müssen Sie wissen.«

»Das ist mir ein großer Trost«, versetzte Danja zynisch.

Clisser füllte ihr Glas nach. »Außerdem brauchen wir eingängige Melodien und gute Texte. Von klein auf sollen die jungen Leute die Vorzeichen kennen lernen, an denen man das Näherkommen des Roten Sterns erkennt. Es muss ihnen so in Fleisch und Blut übergehen, dass sie gar nicht auf den Gedanken kommen, dieses Phänomen infrage zu stellen.«

»›Eins plus eins sind zwei, zwei plus zwei sind vier?‹«, trällerte Danja das alte Rechenlied und grinste hämisch.

»Ein Lied ist und bleibt ein höchst effektives Lehrmittel«, behauptete Clisser, sich selbst Wein nachschenkend. »Shel, hätten Sie nicht Lust, ein paar leicht zu behaltende Weisen zu komponieren?«

Sheledon nickte begeistert. »Seit Jahren predige ich, dass wir mehr Grundwissen in musikalischer Form vermitteln sollten. Jemmy ist ein wahrer Meister im Verfassen von populären Musikstücken.«

Bethanys Gesicht erstrahlte in einem Lächeln. Jemmy war einer ihrer Lieblingsschüler, und sie stärkte ihm wo es nur ging den Rücken. Selbst Danja blickte besänftigt drein.

»Also«, fuhr Clisser fort, nachdem sein vordringlichstes Problem gelöst war, »was nehmen wir als Nächstes in Angriff?«

»Eine gute Frage«, spottete Danja. »Wir kommen kaum mit den Arbeiten nach, die uns auf den Nägeln brennen. Sehen Sie der Wahrheit ins Gesicht, Clisser.«

Clisser schaute gekränkt drein. Bethany lehnte sich herüber, tätschelte seine Hand und schenkte ihm ein aufmunterndes Lächeln.

»Was genau meinen Sie damit, Danja?«, wollte Clisser wissen.

»Ist Ihnen gar nicht bewusst, was für eine ungeheure Verantwortung Sie uns soeben aufgebürdet haben … als wäre es eine Bagatelle?« Wieder ruderte Danja temperamentvoll mit den Armen.

»Aber wir werden der Verantwortung gerecht, meine Teure«, erwiderte Bethany auf ihre sanfte Art. »Mit ein wenig Nachdenken und Zeit schaffen wir es.«

»Damit wären wir schon wieder bei der Zeit angelangt. *Haben* wir denn Zeit?« Lozell mischte sich erneut in die Diskussion ein. »Selbst wenn der Winter nicht so streng wird wie letztes Jahr – und die Vorhersagen sind nicht günstig, weil dieser vermaledeite Rote Planet uns einen Besuch abstattet – wie sollen wir das alles bewerkstelligen?«

»Wir legen uns mächtig ins Zeug und werden mit allem rechtzeitig fertig«, behauptete Sheledon mit einem resignierten Stöhnen. »Paulin gibt uns Unterstützung. Und die Weyr helfen auch mit.«

Danja funkelte ihn aufgebracht an. »Sie haben Ihre Meinung ja schnell geändert. Vorhin sagten Sie doch noch, wir hätten keine Zeit.«

Sheledon zuckte ergeben die Achseln. »Ich glaube, Lozells Vorschlag, die Schüler und Studenten einzuspannen, wird uns rasch ein gutes Stück weiter bringen. Und wenn Jemmy ein paar gute Texte aus dem Hut zaubert, schreibe ich die passenden Melodien dazu. Möglicherweise kann Jemmy auch gleich das Komponieren übernehmen.« Sheledons Züge erhellten sich, als er in sich hinein schmunzelte. Es hatte eine Zeit gegeben, da musste er sich beherrschen, um nicht auf Jemmy neidisch zu sein, der als Multitalent auf vielen Gebieten glänzte.

Obwohl er offiziell nicht dazu befugt war, weil ihm die erforderliche Graduierung vom Kollegium fehlte, leitete er bereits mehrere Arbeitsgruppen und tummelte sich in allen möglichen künstlerischen Sparten – und das auf einem hohen Niveau. Der ultimative Allerweltskerl, der absolute Hans Dampf in allen Gassen, pflegte Clisser ihn zu nennen.

»Ist es nicht ein Risiko, wenn wir mit dieser Aufgabe Studierende betrauen, die zumeist nichts von ernsthafter Forschung verstehen?«, wandte Danja ein. »Was ist, wenn sie in ihren Ausführungen das Wichtigste gar nicht erfassen?«

»In diesem Fall schreiten wir, die Lehrer ein, meine Gute«, nahm Bethany ihr den Wind aus den Segeln. »Um sicherzustellen, dass keine Fehler oder Irrtümer unterlaufen. Die Studenten leisten wertvolle Hilfe, indem sie Unmengen von Material sichten und vorsortieren und uns dann die Auswahl der optimalen Lösungen überlassen. Jemmy könnte die Aufsicht führen. Er kann am schnellsten lesen, und seine Augen sind jung.«

In diesem Moment hörte das Orchester auf zu spielen und wurde von den schwitzenden Tänzern sowie den fleißigen Zechern an den Tischen mit donnerndem Applaus belohnt. Einer nach dem anderen verließen die Musikanten die Bühne.

»Nun, welche Stücke geben wir zum besten, Clisser?«, fragte Sheledon, kippte den Rest seines Weins hinunter und stand auf.

»Bis jetzt wurde flotte Tanzmusik gespielt«, meinte Clisser. »Ich finde, wir sollten allen die Gelegenheit geben, wieder zu Atem zu kommen, und uns auf ein paar ruhige Weisen verlegen. Lass uns mit ›Die Sterne, die begehrt man nicht‹ anfangen. Das versetzt die Leute in eine sentimentale Stimmung.«

»Hmm ... und in der Pause, wenn die Jungen wieder das fabrizieren, was bei ihnen als Musik durchgeht, nehmen wir einen Imbiss zu uns«, schlug Danja vor, die dem gegenwärtigen musikalischen Trend nicht viel abgewinnen konnte.

»Man kann es halt nicht allen Recht machen«, philosophierte Clisser, nach seiner Gitarre greifend. Dann zog er Bethanys Stuhl zurück und bot ihr seinen Arm.

Dankbar lächelnd nahm Bethany den abgewetzten Kasten mit ihrer Flöte, die Ledermappe mit den Notenblättern und die kleine Rohrpfeife, für die ihr Hersteller in diesem Jahr einen Preis gewonnen hatte. Sie besaß einen ungemein süßen, klaren Ton, den der junge Jemmy mit anderen Flöten aus Rohr zu kopieren versuchte. Dann hinkte sie vorwärts, scheinbar ohne auf ihren Klumpfuß zu achten, hoch erhobenen Hauptes, den Blick geradeaus gerichtet.

Jemmy schloss sich ihnen an und nahm wie selbstverständlich Bethanys Flötenkasten an sich. In ihrer Band spielte er Schlagzeug, doch er war auch ein ausgezeichneter Gitarrist. Von wenig anziehendem Äußeren, mit hellem Haar, blassem Teint und derben Zügen, hielt er sich bescheiden im Hintergrund und machte kein Aufhebens um seine akademischen Verdienste. Obwohl er im Grunde kein sportlicher Typ war, hatte er in den vergangenen drei Jahren bei den Sommerspielen die Langstreckenläufe gewonnen. Mit Gleichaltrigen kam er nicht besonders gut aus. »Sie denken halt anders als ich«, lautete seine lapidare Erklärung.

Das stimmte sogar, denn er setzte neue Maßstäbe für die Eignungstests, denen sich die angehenden Studenten unterziehen mussten. Seine Familie, allesamt Fischer aus Burg Tillek, verstand ihn nicht und wusste nichts mit ihm anzufangen; eine Zeit lang hielt man ihn sogar für geistig zurückgeblieben. Mit vierzehn war er der Familientradition gefolgt und hatte sich bemüht, das Fischereihandwerk zu erlernen. Drei Seereisen machte er mit.

Zwar bewährte er sich als Navigator, doch da er ständig an Seekrankheit litt, war er an Bord zu nichts zu gebrauchen, brachte seine Familie nur in Verlegenheit. Kapitän Kizan interessierte sich für den Burschen und schlug vor, ihn zum Lehrer ausbilden zu lassen.

Kurzerhand schickte er ihn nach Burg Fort, wo er sämtliche Prüfungen mit Auszeichnung absolvierte.

Clisser war außer sich vor Begeisterung über einen so eifrigen Schüler. Und als er merkte, dass Jemmy selbst der schwierigste Lehrstoff förmlich zuflog, arbeitete er eigens für ihn ein Studienprogramm aus. Obwohl Jemmy das absolute Gehör besaß, konnte er nicht singen und begann deshalb, das Spielen von Instrumenten zu erlernen. Nach nur wenigen Übungsstunden war er in der Lage, sein Können eigenständig zu perfektionieren.

Jemmys gesamte Familie, desgleichen der Burgherr, Lord Bastom, hatten erwartet, dass er als Lehrer nach Tillek zurückkehren würde. Clisser indessen argumentierte, jeder könne Kindern das notwendige Grundwissen beibringen, und er versprach, einen geeigneten Kandidaten bereitzustellen.

Doch er fand, Jemmy müsse im Kollegium bleiben, damit der ganze Kontinent von seinen Talenten profitieren könne. Was kein Angehöriger der gelehrten Hallen an die große Glocke hängte, was nur im privatesten Kreis geäußert wurde, war die Tatsache, dass Jemmy über eine ungeheure Intuition verfügte. Instinktiv schien er zu wissen, wie man lückenhafte Berichte ergänzte oder falsche Abschriften korrigierte. Seine knappen, präzisen Kommentare waren Muster an intelligenten, an Klarheit nicht zu überbietenden Eingebungen.

Als Lehrer hatte er wenig Erfolg, da Menschen, die ihm geistig nicht folgen konnten, ihn frustrierten; doch er erstellte Handbücher und Leitfäden, die die Texte der ersten Kolonisten optimal erklärten. Jemmy übersetzte ›Erde‹ mit ›Pern‹.

Mit seinesgleichen kam er nicht gut aus, dafür genoss er umso mehr die Gesellschaft seiner Mentoren; schon bald überflügelte er mit seinem Wissen und seinem technischen Können nach alle seine Lehrer. Es war allgemein bekannt, obschon man taktvoll darüber hinwegsah, dass er Bethany vergötterte. Diese begegnete allen Leuten mit Freundlichkeit und guter Laune, verschmähte jedoch eine feste Bindung mit einem Partner.

Sie hatte sich seit langem entschlossen, kinderlos zu bleiben, um ihre Missbildung nicht eventuell zu vererben, und selbst eine platonische Liebschaft kam für sie nicht infrage.

Dennoch überlegte sich Clisser, während sie sich gemessenen Schritts zur Bühne begaben, ob es Jemmy nicht doch gelingen könnte, Bethany für sich zu gewinnen. Er war fest davon überzeugt, dass Bethany den jungen Mann in ihr Herz geschlossen hatte. In den dreißig Jahren, seit er Bethany kannte, zuerst als Studierende und dann als Lehrerin, war sie noch nie jemandem so zugetan gewesen.

Bethany war eine sanftmütige Frau mit einem gewinnenden Wesen; sie verdiente es, zu lieben und wiedergeliebt zu werden. Da es Mittel zur Empfängnisverhütung gab, ließ sich ihre Hauptsorge ohne weiteres zerstreuen. Den Altersunterschied zwischen den beiden hielt Clisser für unerheblich. Und Jemmy würde in einer intakten, funktionierenden Partnerschaft aufblühen.

Clisser und Jemmy halfen Bethany die wenigen Stufen zur Bühne hinauf, und mit wirbelnden langen Röcken, die ihren orthopädischen Schuh kaschierten, nahm sie auf ihrem Stuhl Platz. Den Flötenkasten, die Notenblätter sowie die kleine Rohrflöte legte sie sich griffbereit zurecht. Diese Band brauchte im Grunde keine gedruckten Noten, um zu musizieren, doch andere Gruppen waren auf diese Hilfe angewiesen.

Danja hob die Fiedel an ihr Kinn, hielt den Bogen bereit und schaute Jemmy an, der den Ton A summte, damit sie das Instrument stimmen konnte. Sheledon klimperte leise auf der Gitarre, um die Spannung der Saiten zu prüfen, und Lozell intonierte ein Arpeggio auf seiner Großen Harfe. Das einzige noch verbliebene Klavier auf dem ganzen Kontinent – sein Lieblingsinstrument – wurde gerade repariert. Teile des Hammerwerks mussten erneuert werden, aber man konnte noch nicht die gleiche Sorte Filz herstellen, die man ursprünglich benutzt hatte.

Clisser wandte sich mit einem Kopfnicken an Jemmy, der einen Trommelwirbel veranstaltete, um die allgemeine Aufmerksamkeit zu wecken. Dann, auf Clissers Zeichen hin, legten die Musikanten los.

Mehrere Tage vergingen, ehe Clisser die Gelegenheit bekam, mit Jemmy über das Projekt zu reden.

»Ich habe mich schon immer gefragt, wieso wir keine Lehrballaden benutzen, um den Geschichtsunterricht aufzulockern«, entgegnete Jemmy.

»Hier geht es nicht um Historie, die vertont werden soll.«

»Aber genau das ist es doch«, widersprach Jemmy ihm auf seine unverblümte Art. Clisser hatte eine Weile gebraucht, um sich an seine direkten, unsensiblen Umgangsformen zu gewöhnen. »Nun ja, bereits für die kommende Generation wird das Ganze nichts anderes als Geschichte sein.«

»Gewiss, in dem Punkt haben Sie Recht.«

Jemmy summte eine Melodie, unterbrach sie abrupt und flitzte an einen Tisch; er schnappte sich ein darauf liegendes Blatt Papier und drehte es auf die unbeschriebene Seite. Flink zeichnete er fünf waagerechte Linien, fügte einen Notenschlüssel hinzu und begann in fliegender Hast, Noten zu schreiben. Fasziniert sah Clisser zu.

»Oh«, rief Jemmy, während seine Finger über das Blatt huschten, »seit Monaten spukt mir diese Weise im Kopf herum. Es ist fast eine Erleichterung, dass ich sie endlich zu Papier bringen kann.« Er kennzeichnete einen Rhythmuswechsel, zögerte kurz und komponierte flugs weiter. »Man kann ein Bühnenstück daraus machen. Es beginnt mit einem Sopran – eine Knabenstimme, natürlich, der die Szene beschreibt. Die Tenöre fallen ein … das sind die Drachenreiter, gefolgt von den

Baritonstimmen … Burgherren, durchmischt mit den Bässen der verschiedenen Berufsstände. Jede Gruppe schildert ihre Pflichten den Weyrn gegenüber … zum Schluss ertönt ein großer Chor mit einer Reprise des ersten Teils, in der ganz Pern bekräftigt, was man den Drachen schuldet. Jawohl, das gefällt mir fürs erste.«

Clisser wusste, wann er überflüssig war und verließ schmunzelnd das Zimmer. Falls Bethany Recht hatte und die Studenten dieses Semesters angemessen recherchierten, würde er sein Versprechen, das er der Ratsversammlung so sorglos gegeben hatte, halten können. Er hoffte inständig, dass die Computer wenigstens noch so lange funktionierten, bis die umfangreichen Forschungen abgeschlossen waren. In letzter Zeit waren sie so oft defekt, dass man sich besser nicht blind auf sie verließ. Eine Menge an Material war ohnehin verstümmelt oder ganz verloren gegangen. Und niemand wusste, wie man Ersatzteile für Computer herstellen sollte. Mittlerweile waren die PCs so alt und störanfällig, dass es ohnehin an ein Wunder grenzte, wenn sie überhaupt noch zu nutzen waren. Ob es sich dieser Tage überhaupt noch lohnte, Kurse über Computer-Elektronik abzuhalten?

Dabei fiel ihm ein, dass er Gesprächstermine mit zwei Elternpaaren vereinbart hatte, die darauf bestanden, dass ihre Kinder in den Computerkurs aufgenommen wurden, weil dies der prestigeträchtigste Lehrgang war, den das Kollegium anzubieten hatte. Obendrein war er mit einem Minimum an Arbeitsaufwand verbunden, da es kaum noch Computer gab.

Wo sollten die Studierenden die Fertigkeiten, die man ihnen beibrachte, üben, fragte sich Clisser. Außerdem besaß keiner der beiden jungen Leute, deren Eltern bei ihm vorstellig wurden, eine technische Begabung. Sie verrannten sich lediglich in die Vorstellung, sie müssten Computerkurse belegen. In jedem akademischen Jahr musste er sich mit Fällen wie diesen herumschlagen.

Obendrein verfolgten ihn ein Burgherr und dessen Gemahlin mit dem Ansinnen, ihre Tochter von Studenten fern zu halten, die ›dem gemeinen, anarchistischen Volk‹ angehörten.

Als ob sie bei dem herrschenden Platzmangel im Kollegium wählerisch sein durften. Manche Burgherren bildeten sich ein, sie hätten aufgrund ihres gehobenen Rangs Anspruch auf private Tutoren. Ha! Lehrer ohne feste Anstellung waren das ganze Jahr lang unterwegs, um den Kindern in abgelegenen Siedlungen wenigstens ein Grundwissen beizubringen. Nun ja, vielleicht gelang es ihnen eines Tages, einen zweiten Campus – war das der richtige Ausdruck? – an der Ostküste zu gründen. Aber da eine fünfzigjährige Periode des Fädenfalls bevorstand, musste man sämtliche Pläne auf dieses Ereignis abstimmen und Reisende informieren, wie sie sich vor dem tödlichen Zeug schützen konnten. Als der Projektor noch funktionierte, hatte er Dokumentationen von Fädenschauern gesehen. Ein Schauder durchlief ihn. Obwohl er sein Leben lang auf diese Katastrophe vorbereitet worden war, grauste ihm immer noch vor der tatsächlichen Bedrohung. Und bald wäre es soweit!

Zwar brüsteten sich die Weyrführer damit, wie gut vorbereitet sie seien, was die Drachen zu leisten vermochten und dass Bodencrews aufs schärfste gedrillt würden, doch keiner wusste aus eigener Erfahrung, was ihnen bevorstand. Im Stillen fluchend begab er sich zu den Zimmern, die noch fertiggestellt werden mussten, weil demnächst ihre Bewohner eintrafen. Während seiner Mittagspause würde er dann die Lehrpläne ausarbeiten müssen.

Plötzlich kam ihm ein Gedanke. So verblüfft war er, dass er abrupt stehenblieb, einen Fuß in der Luft erhoben. Was sie wirklich brauchten, war ein völlig neues Unterrichtskonzept für Pern.

Welchen Sinn hatte es, Studenten Dinge beizubringen, für die es keine praktischen Anwendungen mehr gab? Wie zum Beispiel Computerprogrammierung und Elektronik? Was nützte es den Jungen und Mädchen von Pern, wenn sie die geographischen und politischen Verhältnisse auf der Erde kannten? Es war Informationsmüll, nutzloser Ballast! Keiner von ihnen würde je nach Terra gelangen. Dieses Wissen hatte keinerlei Bezug zu ihrem Leben.

Neue Lehrinhalte mussten definiert werden, sie mussten sich Wissen aneignen, das speziell auf Pern zugeschnitten war. Denn an diesen und keinen anderen Planeten waren sie fest und unwiderruflich gebunden.

Was hatten sie davon, wenn sie die Gründe für den Krieg im Weltall gegen die Nathi kannten? An Raumfahrt war nicht im Entferntesten zu denken. Selbst die Drachen konnten lediglich begrenzte Höhen erreichen, dann litten sie unter Sauerstoffmangel.

Den Pernesern oblag es, sich mit ihrer eigenen Welt zu beschäftigen, die Belange der alten Erde und ihrer Kolonien durften sie getrost vergessen. Sie sollten sich lieber mit der Perneser Verfassung beschäftigen und inwieweit deren Gesetze ihre derzeitige Gesellschaft betrafen, anstatt prähistorische Regierungsformen zu studieren.

Nun ja, ein paar relevante Fakten konnte man übernehmen, um zu zeigen, wie sich ihr gegenwärtiges System entwickelt hatte. Doch der Lehrplan war überladen mit Trivialitäten – kein Wunder, dass die Lehrer mit dem Unterrichtsstoff nicht durchkamen. Kein Wunder, dass sich die Studenten langweilten. Nur wenig von dem, was sie lernten, hatte einen tatsächlichen Bezug zu ihrem Alltagsleben und ihrer ureigensten Erfahrungswelt.

Der Geschichtsunterricht sollte mit der Landung der ersten Kolonisten auf Pern beginnen … na ja, ein flüchtiger Streifzug durch die stammesgeschichtliche Entwicklung des *Homo sapiens* konnte sicherlich nicht schaden, doch es gab keinen Grund, sich intensiv mit den

Aliens zu befassen, die die Erdbevölkerung auf ihren Forschungsmissionen durchs All entdeckt hatte, da ohnehin kaum eine Chance bestand, diese Extraterrestrier irgendwann einmal kennen zu lernen.

Außerdem, fand Clisser, der sich immer mehr für seine Idee erwärmte, müssen wir spezielle Fertigkeiten fördern. Tiermedizin und Landwirtschaft sollten prestigemäßig auf derselben Stufe stehen wie Computerwissenschaften. Das Züchten von Tieren und deren Behandlung bei Parasitenbefall war schließlich wichtiger, als zu wissen, welche Krankheiten die irdische Fauna heimgesucht hatten.

Die Bergbauingenieure und Metallurgen konnten sich anhand von Luftbildaufnahmen über Erzlagerstätten informieren. Anstatt Kunstgeschichte zu unterrichten, sollte man den Studenten beibringen, wie sie mit den auf Pern vorkommenden Materialien und Motiven etwas Neues schufen, obendrein waren die Dias mit den irdischen Kunstwerken schon lange nicht mehr zu gebrauchen. Die seefahrenden und Fischerei treibenden Berufe mussten sich mit den Eigenheiten der Großen Strömungen auskennen, die heimische Ozeanografie beherrschen, über nautische, klimatologische und astronomische Kenntnisse verfügen. Vielleicht wäre es das Beste, die verschiedenen Disziplinen aufzuteilen, sodass jeder Student sich mit dem speziellen Thema befasste, das er zur Ausübung seines Berufs brauchte. Es wäre Blödsinn, sich mit unnützen Theorien, Fakten und Zahlen zu belasten.

Kalvi zum Beispiel wäre gut beraten, wenn er … wie lautete doch gleich der alte Ausdruck – ah ja, Lehrlinge! – also, er täte gut daran, Lehrlinge auszubilden, die bei ihm Metallkunde und Metallverarbeitung lernten. Es gab so viele verschiedene Fachrichtungen – Bergbau, Weberei, Landwirtschaft, Fischerei, und nicht zuletzt der Lehrberuf –, auf die man sich spezialisieren konnte. Natürlich zielte jede Form von Bildung darauf ab, den Menschen beizubringen, wie sie alltägliche Probleme lösten, doch ein jeder besaß auch bestimmte Talente, die es aufzubauen galt.

In gewisser Weise gab es auf Pern bereits ein erzieherisches System, das einer Lehrlingsausbildung gleichkam. Eltern unterwiesen ihre Kinder in ihren eigenen Fertigkeiten, die sich in bestimmten Familien traditionsgemäß fortsetzten. Mitunter schickte man auch einen Jungen oder ein Mädchen zu Nachbarn, damit sie dort etwas Bestimmtes lernten. Zwei von Kalvis Söhnen arbeiteten mittlerweile in seiner Anlage in Telgar.

Aber es musste auch möglich sein, dass talentierte junge Leute, wie zum Beispiel Jemmy, ihr natürliches Potential entwickelten, das in ihrer heimischen Umgebung verkümmern würde. Jedes Kind sollte im Alter von sechs Jahren einen Test absolvieren, damit man einen generellen Eindruck von dessen Fähigkeiten bekam. Mit elf oder zwölf ließe sich ein spezialisiertes Prüfungsverfahren wiederholen, durch das sich besondere Begabungen erkennen ließen. Dann war es möglich, den jungen Burschen und Mädchen eine Ausbildung angedeihen zu lassen, die bereits vorhandenes Leistungsvermögen maximierte.

Selbst in der Medizin war eine Reform der Ausbildung nötig; die Angehörigen der heilenden Berufe sollten sich einheimischen, auf Pern vorkommenden Ressourcen widmen, und sich nicht mit den Verfahren und Medikamenten beschäftigen, die die ersten Kolonisten von ihren Heimatwelten mitbrachten.

Corey beklagte ständig den Mangel an diesen und jenen Instrumenten, Therapien und Drogen, die Leben hätten retten können, wenn es sie noch auf Pern gäbe. Aber bestimmte Dinge waren einfach nicht mehr vorhanden, und damit musste man sich wohl oder übel abfinden. Clisser schnaubte ärgerlich durch die Nase. Es war reine Zeit- und Energieverschwendung, wenn sie einer fortschrittlichen Technik nachtrauerten, die ihnen abhanden gekommen war. Stattdessen sollten sie lieber ihre Kräfte bündeln und das Beste aus dem machen, was sie in ihrer gegenwärtigen Situation vorfanden. Wie hieß doch noch das alte Sprichwort: »Das Geheimnis des Lebens ist nicht zu tun, was du gern hast, sondern gern zu haben, was du tust.«

Nun ja, er konnte sich nicht mehr entsinnen, wo er es aufgeschnappt hatte. Doch die Bedeutung war nach wie vor aktuell. Pern war reich an natürlichen Schätzen, die man leicht übersah, indem man die Vergangenheit glorifizierte. Selbst Corey gab zu, dass die heimischen Heilkräuter beinahe jede gewöhnliche Krankheit kurieren konnten, ja, oftmals sogar wirkungsvoller waren als die chemischen Drogen von der Erde, die so sorgfältig rationiert und mittlerweile aufgebraucht worden waren.

Elementare Konzepte der Mathematik, Geschichte, Bürgerkunde und Sozialwissenschaft ließen sich gut in eine musikalische Form umsetzen; auf diese Weise waren sie leichter zu vermitteln und auswendig zu lernen. Jeder, der irgendein Instrument beherrschte, konnte den Kindern in den verschiedenen Burgen die Grundlagen im Lesen, Schreiben und Rechnen beibringen. Danach sollte sich ein jeder getrost in den für ihn geeignetsten Beruf stürzen. Im Übrigen hatte die Musik auf Pern seit jeher eine große Rolle gespielt.

Beschwingt durch seine, wie er glaubte, bahnbrechende Eingebung, setzte Clisser seinen Weg fort. Das gesamte Erziehungs- und Bildungswesen musste umgekrempelt und an die speziellen Bedürfnisse dieses Planeten angepasst werden. Er nahm sich vor, ein ausgefeiltes Konzept zu erarbeiten – sobald er die Zeit dazu fand.

Sie hatten bereits von so vielen eingeschliffenen und überlieferten Traditionen Abschied nehmen müssen. Warum sollten sie nicht auch die gesamte Pädagogik revolutionieren? Vor allem die Methode, *wie* Wissen verabreicht wurde, bedurfte dringend der Erneuerung. Er stutzte. War das das richtige Wort: verabreichen? Wurde Bildung ausgeteilt wie eine Medizin? Er seufzte. Wie sehr wünschte er sich, dass Gelehrsamkeit nicht als bittere Pille betrachtet würde. Zum Glück gab es immer wieder Leute wie Jemmy, die Lernen als Privileg auffassten. Aber wissensdurstige Naturen, die von Bildung um ihrer selbst willen nie genug kriegen konnten, waren selten.

In gehobener Stimmung eilte Clisser die Treppen hoch. Er würde sich die Zeit nehmen und einen Plan austüfteln, wie man breiten Schichten das Lernen schmackhaft machen konnte! Und er freute sich auf diese Aufgabe.

## Kapitel 3

# Spätherbst im Telgar-Weyr

Zulaya strahlte Paulin an. »Ja, sie hat sich wirklich übertroffen, nicht wahr?« Liebevoll betrachtete sie ihre goldene Königin, die in beschützender Haltung über ihre einundfünfzig Eier wachte, aus denen allen Anzeichen nach noch am selben Tag die Jungen schlüpfen würden.

Den ganzen Morgen über hatten Drachen Gäste und Kandidaten für die Gegenüberstellung herbei transportiert.

»Übertreiben die Weyr mit der Nachzucht nicht ein wenig?«, fragte Paulin. Der Benden-Weyr und der Ista-Weyr hatten im vergangenen Monat auch Prägungszeremonien durchgeführt. Zwei vielversprechende junge Männer aus seiner Burg hatte er dabei an die Drachenreiter verloren. Ein fühlbarer Verlust, denn nunmehr war es den Reitern nicht mehr möglich – wie früher, während eines Intervalls, in dem es keine Fädenschauer gab –, zwischen Weyr und Festung hin und her zu pendeln, um andere Berufe zu erlernen und auszuüben.

»Wenn die Drachen anfangen, vermehrt Eier zu legen, ist dies ein untrügliches Signal für eine Annäherung des Roten Sterns«, erklärte Zulaya. Paulin schien es, als freue sie sich auf die Zeit, wenn die Drachen von Pern der Herausforderung begegneten, für die sie eigens gezüchtet worden waren. »Haben Sie schon die Ballade gehört, die das Kollegium komponiert hat?«

»Hmm, hab ich«, erwiderte Paulin grinsend. »Sie ist ein richtiger Ohrwurm.«

»Clisser sagte, heute Abend bekämen wir noch mehr neue Kompositionen zu hören.«

»Aber soll die Musik alles sein?«, zweifelte Paulin. »Wir baten doch um eine Art Monument, etwas Unverwüstliches, das den Leuten ständig vor Augen führt, was es mit dem Roten Stern und den Fäden auf sich hat.«

Begütigend tätschelte Zulaya seine Hand. »Sie können ihn ja fragen, wie er mit dem Projekt vorankommt.«

K'vin, der sich zu ihnen gesellte, legte lässig seinen Arm um Zulayas Schulter, eine ähnlich vereinnahmende Geste, wie der goldene Drache sie bei seinem Gelege vollführte. Amüsiert hüstelte sich Paulin in die vorgehaltene Hand und entschuldigte sich hastig.

»Er macht sich Sorgen wegen des Mediums, das für die Überlieferung der alten Texte gewählt wird«, erzählte Zulaya. K'vins Anflug von Eifersucht belustigte sie, doch um nichts in der Welt hätte sie dazu einen Kommentar abgegeben.

»Das neue Kleid steht dir ausgezeichnet«, lobte K'vin, sie anerkennend musternd.

»Findest du? Danke, Kev«, erwiderte sie und wackelte verführerisch mit den Hüften, bis die Röcke wirbelten. »Dabei fällt mir ein ...« Sie befingerte eine Falte des karmesinrot gemusterten Brokats, »dass Fredig vorschlug, Wandbehänge anfertigen und in jedem Weyr sowie jeder Burg aufhängen zu lassen. Die Motive sollen die Bahn des Roten Sterns wiedergeben, und die Umrandungen die astronomischen Formeln. eine originelle Idee.«

»Farben verblassen und Stoffe verschleißen mit der Zeit.«

»Wir besitzen immer noch ein paar Gobelins, die früher einmal in Häusern in Landing hingen. Diese Szene mit der Erde und dem Mond ...«

»Man sagte mir, sie seien aus synthetischen Garnen gewebt worden, die wesentlich haltbarer sind als unsere Materialien – Wolle, Leinen und Baumwolle. Und selbst die Sachen aus Kunstfasern fangen langsam an zu verschießen.«

»Ich lasse sie waschen ...«

»Dann werden nur noch die Fäden übrig bleiben ... ups!« K'vin schmunzelte über die unfreiwillige Komik.

»Es kann nicht schaden, hundert verschiedene Gedächtnisstützen zu haben, Kev.«

»In Stein gemeißelte Texte ...«, sinnierte der Weyrführer in sachlichem Ton.

»Auch Steine können sich bewegen.«

»Aber nur kurz vor einem Vorbeizug des Roten Sterns. Die entscheidende Information muss von Dauer sein.«

»Ich finde, die Leute zerbrechen sich unnötigerweise den Kopf«, meinte Zulaya. Mit einer weit ausholenden Geste deutete sie auf die Brutstätte. »Aus welchem Grund sollte man wohl Drachen züchten, wenn nicht, um die Fäden zu bekämpfen? Wieso gibt es Weyr, abseits der Siedlungen, die Drachenreiter ausbilden? Es muss doch jedem einleuchten, dass diese aufwendigen Dinge nicht ohne Sinn und Verstand ins Leben gerufen wurden. Der einzige Daseinszweck dieser Drachen, einer speziell gezüchteten Spezies, ist die Verteidigung des Planeten.«

Ein unterschwelliges, kaum wahrnehmbares Geräusch ließ sie ihr Gespräch unterbrechen. Es kam von Meranath, die sich auf ihre Hinterbeine stellte und die breiten Schwingen spreizte. Ihre Augen glühten in einem grünen Feuer und begannen vor Aufregung zu kreisen.

»Ah, es fängt an«, freute sich Zulaya und lächelte selig. »Wie ich das Ausschlüpfen der jungen Drachen liebe!«

Hand in Hand liefen die beiden Weyrführer zum Eingang und verkündeten die Nachricht. Dies wäre nicht nötig gewesen, denn die Drachen von Telgar stimmten bereits in das mütterliche Gurren der Königin mit einem tiefen, männlichen Grollen ein.

Eine fieberhafte Betriebsamkeit machte sich im Weyrkessel breit, als hektische Drachen hin und her flatterten und nur wie durch ein Wunder nicht mitten in der Luft kollidierten. Die Weyrling-Meister scheuchten die Kandidaten vorwärts, Eltern und Freunde der auserwählten Jungen und Mädchen flitzten über den heißen Sand und nahmen die Plätze im Amphitheater ein, wobei es ein nervöses Drängen und Geschubse gab, weil jeder die Sitze mit der besten Aussicht ergattern wollte.

K'vin schickte Zulaya zu Meranath zurück, derweil er die Leute in die gigantische Brutkaverne dirigierte und ein wachsames Auge auf die zappeligen weißgekleideten Aspiranten hielt, die in einer Traube gleich beim Eingang ausharren mussten, bis sämtliche Zuschauer auf ihren Plätzen saßen.

»Ihr werdet noch lange genug auf dem heißen Sand stehen müssen«, belehrte sie T'dam, der Weyrling-Meister. »Da draußen könnt ihr euch leicht die Füße versengen.«

Die ganze Zeit über nahm die Lautstärke des Brummens und Grollens zu. Meranath führte den vielstimmigen Chor der Drachen an, den Sheledon – und andere Musiker – bisher vergeblich zu imitieren versuchten. Meranaths Kehle schwoll an, und scheinbar ohne Atem zu holen, stieß sie kontinuierlich die summenden Töne aus. Bald, wenn sich der Drachengesang in die Höhe schraubte, würde ihr ganzer Körper anfangen zu vibrieren.

Und wieder spürte K'vin, wie er selbst auf das surrende Geräusch reagierte. Ein Freudentaumel drohte schier sein Herz zu sprengen, er empfand eine Mischung aus Stolz, Hoffnung, Furcht und Sehnsucht – merkwürdigerweise auch Hunger – zudem eine Traurigkeit, die ihm bisweilen die Tränen in die Augen trieb. Wenn Drachen schlüpften, fing Zulaya stets an zu weinen – und hörte erst damit auf, wenn das Prägeritual einsetzte. Dann geriet sie in eine euphorische Stimmung, indem sie die Emotionen ihrer Königin auffing und wiedergab.

Im Archiv von Burg Fort lagerten Kisten voller Berichte, die die psychischen Folgen einer Gegenüberstellung schilderten. Aus erster Hand erfuhr man, wie sich die Prägung auf die Reiter, die Drachen und die neuen Weyrlinge auswirkte. Die Bindung, die erfolgte, war von einer solchen Komplexität und Tiefe, dass sich keine andere Beziehung damit vergleichen ließ.

Der erste Augenblick des Erkennens war beinahe überwältigend, und gewiss das intensivste Gefühl, das die jungen Probanden je empfunden hatten. Einigen Jugendlichen fiel es leicht, sich in die alles durchdringende und erschöpfende Symbiose zu fügen. Andere wiederum litten unter Selbstzweifeln und der Angst, den Anforderungen nicht gewachsen zu sein. Jeder Weyr besaß Anleitungen, wie man auf die unterschiedlichen Reaktionen einzugehen hatte. Und jeder Weyrling musste sich in den ersten Monaten einer Verbindung einer gewissenhaften und gründlichen Schulung unterziehen. Die Instruktionsphase dauerte so lange, bis die Weyrführer und der Weyrling-Meister den Eindruck gewannen, der Proband sei sicher und gefestigt genug, um die Verantwortung für seinen Drachen allein übernehmen zu können.

Indessen waren Reiter und Drache gar nicht voneinander zu trennen, der Drache *war* der Reiter und umgekehrt; die einmal eingegangene Partnerschaft war so unauflöslich, dass ein Drache, der seinen Reiter verlor, Selbstmord beging. Blieb ein menschlicher Partner zurück, so konnte es auch geschehen, dass dieser den Freitod wählte. Entschied er sich für das Leben, fehlte ihm etwas, er war eines Teils seiner selbst beraubt. Weibliche Reiter fanden oftmals Trost in der Fürsorge für ihre Kinder und neigten weniger häufig zum Suizid wie ihre männlichen Gefährten.

Als sich die kleinen Feuerechsen, die das genetische Material stellten, aus denen man die großen Drachen züchtete, noch an die Menschen anschlossen, vermochten diese so manchem männlichem Reiter Halt zu geben, wenn dieser seinen Drachen verlor. Doch während der letzten fünfzig Jahre hatte man in Ista lediglich drei Gelege der Feuerechsen entdeckt. Obwohl man annahm, dass die Population der Echsen auf dem Südkontinent größer war, war bis jetzt jede Suche danach erfolglos verlaufen.

Tierärzte vermuteten, dass sich die Tiere an den wärmeren Stränden des Nordkontinents mit irgendeiner merkwürdigen Krankheit infiziert hatten, die diese Spezies langsam aber sicher dezimierte. Was immer der Grund für das Nichtvorhandensein dieser anmutigen Kreaturen sein mochte, nirgendwo mehr gab es einen Menschen, der sich einen Feuerdrachen als Gefährten hielt.

Sowie die meisten der Gäste die Fläche mit dem heißen Sand überquert hatten, gestattete T'dam es den Anwärtern, sich in einem weit auseinander gezogenen Kreis um das Gelege zu gruppieren. Dieses Mal war kein goldenes Ei dabei – ein Umstand, der die Weyrführer teils mit Sorge, teils mit Erleichterung erfüllte. Sie besaßen fünf Jungköniginnen, und die Anzahl reichte aus, um Telgars Tieffluggeschwader zu führen. In der Tat herrschte in keinem Weyr ein Mangel an Königinnen, doch es war immer sicherer, genügend Brutdrachen zur Verfügung zu haben.

Fünf Mädchen standen auf der Brutstätte. Es hätten sechs sein sollen, doch die Familie des fehlenden Mädchens hatte sich geweigert, das bei der Suche auserkorene Kind herzugeben. Es sei bereits einem jungen Mann anverlobt, und dieses Versprechen ließe sich nicht rückgängig machen.

Da K'vin glaubte, die Hälfte, wenn nicht gar ein gutes

Drittel dieses Geleges bestünde aus grünen Drachen, ging er davon aus, hinreichend Kandidaten für eine Prägung seien vorhanden. Grüne Drachen waren für einen Weyr wertvoll, weil sie durch Tempo und Gewandtheit bestachen, auch wenn sie nicht das Durchhaltevermögen der großen Drachen besaßen.

Doch im Ernstfall, wenn es zu einem Kampf gegen die Fäden kam, waren sie mitunter die problematischsten. Grüne Drachen mit einem männlichen Reiter gebärdeten sich oftmals launisch und unbeständig, neigten dazu, im Eifer des Gefechts die Anordnungen des Weyrführers zu ignorieren – kurzum, sie protzten gern vor den Weyrkameraden mit unnötigen und riskanten Bravourstücken.

Die Frauen und Mädchen, die die Grünen ritten, waren zwar weniger risikofreudig und renitent, dafür wurden sie häufig schwanger, wenn sie nicht aufpassten, denn die grünen Drachen besaßen einen ausgeprägten Sexualtrieb. Auch wenn eine Frühgeburt eintrat, was durch die bittere Kälte im *Dazwischen* nicht selten vorkam, mussten die Reiterinnen hinterher eine Weile mit dem Training aussetzen. »Einen kurzen Ritt auf dem Drachen unternehmen« war zum Euphemismus für eine gewollte Abtreibung verkommen. Trotzdem bevorzugte K'vin Reiterinnen für die grünen, wenn man durch die Suche genug geeignete Aspirantinnen auftreiben konnte.

Das Gegrummel der Drachen – Clisser nannte es ein pränatales Wiegenlied – erreichte eine beinahe unerträgliche Lautstärke, die sich noch steigerte, als die Schale des ersten Eis zersprang. Die Zuschauer waren vor Aufregung wie aus dem Häuschen, sprangen von den Sitzen hoch, weinten, fielen in den Gesang der Drachen ein. Während des eigentlichen Schlüpfvorgangs würden sie sich erfahrungsgemäß wieder beruhigen.

Und so kam es dann auch. Bei drei Eiern fielen die

Splitter der Schalen nach außen; die Trümmerstücke, die die anderen Eier berührten, schienen deren Bersten auszulösen. K'vin zählte neun Drachen, sechs davon Grüne.

In dieser Phase waren die Nestlinge sehr gefährlich; sie litten an Heißhunger, und ein paar der nächststehenden Aspiranten wichen erschrocken zurück, als die frisch geschlüpften Drachen auf sie zu watschelten. Zwei Grüne schienen Jule anzusteuern, das blonde Mädchen aus Ista, das in einem Weyr geboren und groß geworden war.

Jule, die für ihre Geistesgegenwart bekannt war, trat rasch neben ein Drachenjunges, und schon war die Prägung erfolgt. Drei der anderen Grünen guckten sich junge Burschen aus, die homosexuellen Neigungen frönten.

Der letzte Grüne Drache befreite sich aus seiner Eischale, blieb indessen an seinem Platz hocken, wiegte den Kopf hin und her und fing jämmerlich an zu plärren.

T'dam rief den restlichen Mädchen zu, sie sollten sich dem Grünen nähern. Ein brünettes Mädchen aus Ista näherte sich dem Tier, das sich wie erlöst in Bewegung setzte und der Kleinen entgegentappte.

K'vin schluckte an dem Kloß in der Kehle. Er war zutiefst gerührt, denn in Augenblicken wie diesen erinnerte er sich stets an seine Prägung auf Charanth, und welchen Schock ihm dieser emotionsgeladene Vorgang versetzte. Es war ein erhebender Moment gewesen, als sich der liebevolle, starke Geist des Drachen mit seinem eigenen Wesen verknüpfte, und das Wissen, eins zu sein mit diesem herrlichen Geschöpf, hatte ihn bis ins Innerste seiner Seele erschüttert.

*Ja, du hast Recht, wir sind eins,* mischte sich Charanth in seine Gedanken ein. Der Tonfall war rau, als erlebe auch er noch einmal die sowohl spirituelle als auch körperliche Ekstase der Gegenüberstellung. Obwohl Charanth zusammen mit den anderen Drachen hoch droben auf einem Felssims thronte, ›hörte‹ K'vin ganz deutlich seinen langgezogenen Seufzer.

Lächelnd blickte Zulaya zu K'vin empor, wohl wissend, was sich derzeit in ihm abspielte. Tränen rollten über ihre Wangen, wie immer, wenn sie vom Zeremoniell des Schlüpfens und Auserwählens ergriffen war.

Flüchtig nahm K'vin wahr, was für einen prachtvollen Anblick sie in ihrem Kleid aus rotem Brokat vor der golden schimmernden Drachenkönigin bot.

Ungefähr ein weiteres Dutzend Eier platzten, und das wilde Gekreisch der ausgehungerten Jungdrachen hallte in der Bruthöhle wider. Die Schreie hatten etwas Durchdringendes, Herzzerreißendes an sich, wie die verzweifelten Rufe verirrter Seelen. Doch sowie ein Nestling seinen Reiter auserkoren hatte, hörte das gellende Geschrei auf und wurde abgelöst von einem sanften, säuselnden Gurren.

Dieser zufriedene Laut steigerte sich jedoch rasch zu kläglichen Notrufen, die eindeutig ›Hunger‹ signalisierten und beinahe noch ohrenzerreißender klangen als die schrille Kakophonie der frisch Geschlüpften. Wie immer, so zog sich auch nun wieder K'vins Magen in Hungerkrämpfen zusammen

Die Geräusche während eines Schlüpfvorgangs waren einzigartig, fand K'vin. Zum Glück, denn menschliche Ohren hielten auf Dauer einen solchen Lärmpegel nicht aus. Hinterher fühlte man sich wie taub – als hätten die Trommelfelle unter dem akustischen Bombardement gelitten.

Plötzlich bemerkte er gleich vor dem Eingang zur Brutstätte ein anderes, gleichfalls lautstarkes Gerangel. Angestrengt versuchte er zu erkennen, was dort vor sich ging, doch als er sah, wie T'dam bereits forschen Schritts zu dem Schauplatz eilte, widmete er sein Augenmerk wieder den letzten Gegenüberstellungen. Zwei braune und der letzte grüne Drache suchten noch nach einem Partner. Zwei Knaben steuerten mit wild entschlossenen Mienen auf den Grünen zu.

Jählings wandte sich der Drache von ihnen ab und trottete resolut in Richtung eines Mädchens, das soeben erst die Kaverne betreten hatte. K'vin staunte nicht schlecht. Es waren doch nur fünf Mädchen gewesen, oder? Obwohl er sich freute, einen weiteren weiblichen Aspiranten zu sehen. Und der Grüne hatte sich eindeutig für sie entschieden, denn er stieß den Jungen beiseite, der sich ihm in den Weg stellte und peilte unbeirrt das Mädchen an.

Unterdessen marschierten drei Männer in die Bruthöhle, mit wütenden Gesichtern, derweil T'dam versuchte, sie nicht in die Nähe des soeben geprägten grünen Paares kommen zu lassen.

»Debera!«, brüllte der Mann, der den kleinen Trupp anführte. Sein Arm schnellte vor, und er riss das Mädchen von dem grünen Jungdrachen weg.

Das war eine ausgemachte Torheit, dachte K'vin, der über den Sand hetzte, um die drohende Katastrophe abzuwenden. Verflixt noch mal! Wie konnten diese Kerle es wagen, einen so erhabenen Moment zu stören? Das Schlüpfen der Drachen war eine sakrosankte Angelegenheit!

Ehe K'vin den Schauplatz erreichen konnte, wehrte sich der grüne Drache dagegen, von seiner auserwählten Partnerin getrennt zu werden. Er richtete sich auf die Hinterbeine auf, obschon er noch Mühe hatte, das Gleichgewicht zu halten. Mit den kurzen, krallenbewehrten Vordergliedmaßen stürzte er sich auf den Mann.

K'vin sah noch den entsetzten Gesichtsausdruck des Kerls und die Angst, die sich auf den Zügen des Mädchens abzeichnete, dann hatte der Grüne den Mann zu Boden geworfen und schickte sich an, seinen Kopf mit den Kiefern zu zermalmen.

T'dam, der näher dabei war, eilte zu Hilfe. Das Mädchen Debera trachtete gleichfalls danach, ihren Drachen von ihrem Vater zu trennen, denn so nannte sie den auf dem Sand liegenden Mann.

»Vater! Vater! Lass ihn in Ruhe, Morath! Jetzt kann er mich zu nichts mehr zwingen, ich bin eine Drachenreiterin. Morath, wirst du wohl auf mich hören!«

Wenn K'vin nicht so besorgt gewesen wäre, Morath hätte den Mann bereits verletzt, hätte er über Deberas autoritäres Gebaren herzlich gelacht. Instinktiv schlug das Mädchen ihrem frisch geschlüpften Schützling gegenüber den richtigen Ton an. Kein Wunder, dass man sie gesucht und gefunden hatte ... außerdem musste sie aus einer nahe gelegenen Festung stammen.

K'vin half Debera, während T'dam den gestürzten Mann aus der Reichweite des Drachen schleifte. Dann übernahmen ihn seine Gefährten und brachten ihn noch ein Stück weiter in Sicherheit, derweil Morath unentwegt kreischte und zu einem neuerlichen Angriff übergehen wollte.

*Er wollte dir etwas antun. Er wollte Besitz von dir ergreifen. Du bist die meine, und ich bin dein, niemand darf sich zwischen uns stellen,* äußerte Morath so heftig, dass jeder Drachenreiter sie hören konnte.

Zulaya trat zu der Gruppe und bückte sich, um die Verletzungen des Mannes zu untersuchen. Dann schickte sie nach dem Sanitäter, der die oberflächlichen Blessuren behandelte, die bei Ereignissen wie diesen immer wieder vorkamen. Zum Glück besaß Morath noch keine Reißzähne und hatte dem Mann mit ihren zwar jungen, aber dennoch scharfen Krallen lediglich Kratzer im Gesicht und an der Brust zugefügt. Das Lederwams hatte den Kerl vor schwereren Läsionen bewahrt.

Mittlerweile hatten die meisten der Jungdrachen die Brutstätte verlassen und ließen sich zum ersten Mal von ihren Partnern füttern. Die Zuschauer trollten sich aus den gestuften Reihen des Amphitheaters und reckten

den Hals, um einen Blick auf den verwundeten Mann zu werfen. Zweifelsohne würden sie den Vorfall bei jeder sich bietenden Gelegenheit zum Besten geben. K'vin hoffte, die Ausschmückungen hielten sich in Grenzen. Nun musste er sich mit dem Zwischenfall beschäftigen.

»Könntest du uns vielleicht aufklären, was das Ganze zu bedeuten hatte?«, fragte er Debera. Wie das Mädchen so vor dem Weyrführer und der Weyrherrin stand, kamen ihr plötzlich Zweifel und Bedenken.

»Man hat mich gesucht«, erwiderte sie, während sie Morath streichelte, die zärtlich ihren Kopf an Deberas Schulter rieb. »Ich hatte das Recht, hierher zu kommen. Und ich *wollte* dabei sein.« Ungeduldig wies sie auf ihren immer noch am Boden liegenden Vater. »Aber sie zeigten mir nicht einmal den Brief mit der Einladung. *Er* will mich verheiraten, weil er mit Boris ein Abkommen wegen irgendwelcher Schürfrechte hat, das in Kraft tritt, wenn Ganmar mich zur Frau nimmt. Bloß dass ich mir nichts aus Ganmar mache und vom Bergbau nichts verstehe. Ich wurde gesucht, und es steht mir zu, über mein Schicksal zu entscheiden.« Erregt sprudelte sie die Worte hervor, und auf ihrer Miene spiegelten sich Abscheu, Zorn und Eigensinn wider.

»Ja, ich erinnere mich, deinen Namen auf der Suchliste gesehen zu haben, Debera«, entgegnete Zulaya und rückte, wie um Unterstützung zu gewähren, näher an das Mädchen heran. Die Haltung der Weyrherrin war dem älteren der beiden Männer, die sich um Deberas Vater kümmerten, nicht entgangen. »Sie sind sicher Boris«, wandte sich Zulaya an ihn. »Und Sie müssen Ganmar sein«, sprach sie den jungen Burschen an. »Wussten Sie denn nicht, dass Debera gesucht wurde?«

Ganmar blickte betreten drein und starrte beharrlich zu Boden; Boris hingegen verzog grimmig das Gesicht und schob sein Kinn streitsüchtig vor.

»Lavel sagte mir, sie hätte abgelehnt.«

In diesem Moment traf der Sanitäter des Weyrs ein, um sich den Verletzten anzusehen. Kurz darauf schickte er einen Gehilfen los, der eine Trage und zwei Träger holen sollte. Als er das zerfetzte Lederwams öffnete, fing Deberas Vater vor Schmerzen an zu stöhnen.

»Nun, Boris«, fuhr Zulaya in ernsthaftem Ton fort, »wie Ihnen bekannt sein dürfte, liegt die Entscheidung allein bei Debera …«

»Das sagt ihr Weyrleute immer. Aber wir anderen haben unter euren sogenannten Privilegien zu leiden.«

»Zetteln Sie schon wieder einen Streit an, Boris?«, mischte sich Tashvi ein, der soeben mit Salda eintraf.

»*Sie* waren einverstanden, Tashvi«, legte Boris empört los, ohne Respekt für seinen Burgherrn. »*Sie* sagten, wir dürften die neue Mine ausbeuten. Und froh waren Sie obendrein, dass mein Sohn und ich den Anfang machten. Lavel war bereit, seine Tochter Ganmar zu geben …«

»Aber die Tochter scheint nicht viel von einer diesbezüglichen Verbindung zu halten«, fuhr Lady Salda dazwischen.

»Zuerst wollte sie ihn nehmen, war es nicht so, Deb?« Boris fasste das Mädchen anklagend ins Auge, doch Debera hob stolz das Kinn und wich seinem Blick nicht aus. »Richtig. Bis die Leute vom Weyr kamen und nach mir suchten …«

»Der Weyr geht vor«, erklärte Tashvi rundheraus. »Und das wissen Sie, Boris.«

»Wir hatten alles wunderbar arrangiert«, meldete sich der Vater zum ersten Mal, nun, da das Taubkraut, das Maranis auf seine Wunden getan hatte, die Schmerzen linderte. »Alles war fix und fertig beschlossen!« Erbittert und vorwurfsvoll sah er seine Tochter an.

»*Du* hast die ganze Sache gedeichselt«, beschuldigte Debera ihn. »Ihr drei habt alles unter euch Männern abgemacht, ohne mich zu fragen, und das *vor* der Suche.« Ein jämmerliches Gequengel von Morath unterbrach ihren Redeschwall. »Sie ist hungrig. Ich muss sie füttern. – Komm mit«, fuhr sie in liebevollem Ton fort. Ohne einmal zurückzuschauen, führte sie ihren grünen Drachen von der Brutstätte fort.

»Mir scheint, eure Absprache war doch nicht so hieb- und stichfest, wie ihr uns glauben machen wollt«, meinte Tashvi.

»Wir hatten uns geeinigt«, behauptete Lavel und drohte den Drachenreitern mit der Faust. »Bis eure Leute auftauchten und Debera Flausen in den Kopf setzten. Vorher war sie ein braves, fleißiges Mädchen, das niemals widersprach. Dann kamt ihr mit diesem Blödsinn, sie sei als Drachenreiterin geeignet. Drachenreiterin! Dass ich nicht lache! Ich weiß, was ihr so treibt, und Debera ist ein anständiges Mädchen. Nicht so wie euer verkommener Haufen ...«

»Das reicht!«, schnitt Zulaya ihm das Wort ab.

»Jetzt ist es wirklich genug«, pflichtete Tashvi ihr verärgert bei. »Wir wollen Ihnen zugute halten, dass die Verletzungen und der Schock Ihr Urteilsvermögen getrübt haben.«

»Keineswegs, Burgherr! Ich weiß, was ich weiß, und wir hatten eine feste Übereinkunft. Sie sollten lieber zu Ihren eigenen Leuten halten, Lord Tashvi, und nicht dieses Weyrpack mit seinen höchst anrüchigen Sitten und Gebräuchen auch noch unterstützen. Ich frage mich, was aus meiner Tochter werden soll.« Vor ohnmächtiger Wut fing er an zu weinen. »Meine Debera war ein tugendhaftes Mädchen, bis *die da* gekommen sind. Ein artiges, fügsames Kind.«

Tashvi bedeutete den herbei geeilten Trägern, Lavel auf die Trage zu legen und ihn wegzutransportieren. Dann wandte er sich an die beiden Weyrführer.

»Ich billigte diese neue Mine, und dass Boris und Ganmar sie besitzen sollen. Aber ich hatte nicht die geringste Ahnung, dass Lavel involviert war. Dieser Kerl galt schon immer als Unruhestifter«, erklärte Tashvi, während er auf dem heißen Sand von einem Fuß auf den anderen trat.

Zulaya schlug vor, sie alle sollten die Brutstätte verlassen. Trotz der zusätzlichen Sohlen, die sie in ihre Stiefel gelegt hatte, fand sie die vom Boden ausströmende Hitze unerträglich, und Tashvi trug nur leichte Schuhe.

»Dabei ist Debera nicht seine einzige Tochter«, erzählte Salda, die sich bei ihrem Mann einhakte, um ihn zu einer schnelleren Gangart zu bewegen. »Mit zwei Frauen hat er über ein Dutzend Kinder gezeugt. Wenn er sie alle so vorteilhaft verheiratet, gehört seiner Sippschaft bald so viel Grundbesitz, dass er seine eigene Festung gründen kann. Bloß dass keiner, der recht bei Trost ist, ihn als Burgherrn akzeptieren würde.«

Vor der Brutkaverne blieben sie stehen. Zulaya und K'vin stellten sich so hin, dass sie ein wachsames Auge auf die Jungdrachen hielten, die gierig die vorbereiteten Fleischbrocken verschlangen, mit denen ihre Reiter sie zum ersten Mal fütterten.

Debera befand sich in einer höchst ungewöhnlichen Situation. Die meisten Familien freuten sich, wenn ein Kind für eine Gegenüberstellung ausgesucht wurde, denn einen Drachenreiter in der Verwandtschaft zu haben, war mit etlichen Vorteilen verbunden. Die Kontakte zum Weyr galten nicht nur als Statussymbol, man hatte notfalls auch die Möglichkeit, einen Drachen für Transporte zu benutzen.

Die gehässigen Vorwürfe, mit denen Lavel die Zustände in den Weyrn herabwürdigte, empörten sowohl die Weyrführer als auch die Burgherren. Gewiss, bei den Drachenreitern hatten sich bestimmte Sitten und Gebräuche eingebürgert, die mit den Eigenheiten und Bedürfnissen der Drachen zusammenhingen, doch Promiskuität wurde keineswegs gefördert.

Im Gegenteil, im Weyr herrschte ein strenger Verhaltenscodex. Es gab keine formellen Bündnisse, aber kein Reiter ließ seine Partnerin im Stich oder drückte sich davor, für die Kinder zu sorgen, die aus dieser Liaison entstanden. Und nur wenige junge Leute, die im Weyr geboren waren, kehrten in die Burgen ihrer Großeltern zurück, auch wenn sie keinen Drachen für sich gewinnen konnten.

Inzwischen hatte in der Hauptkaverne das Fest begonnen. Die Musiker spielten eine fröhliche Weise, die den Triumph einer erfolgreichen Brutsaison interpretieren sollte. Obschon die neuen Reiter immer noch dabei waren, ihre Drachen zu füttern oder sich in der Weyrling-Kaserne häuslich einzurichten, würden sie sich ihren feiernden Familien anschließen, sowie die gesättigten Jungtiere schliefen.

Zulaya überlegte, ob sie Lavel darauf hinweisen sollte, dass die Reiterinnen von ihren männlichen Gefährten getrennt wohnten. Offensichtlich hatte Deberas Vater nicht die geringste Ahnung, wie viel Fürsoge ein junger Drache von seinem menschlichen Partner verlangte. An den meisten Abenden fielen die Weyrlinge todmüde ins Bett und hatten nichts weiter im Sinn als ihre wohlverdiente Nachtruhe. Des Morgens mussten sie oftmals von dem Weyrling-Meister aus den Betten gescheucht werden, wenn sie zu müde waren, um durch das fordernde Geschrei der hungrigen Drachen geweckt zu werden.

Ganmar, der jugendliche Bewerber um Deberas Hand, blickte mürrisch drein; er fühlte sich sichtlich unwohl in der gegenwärtigen Situation. Zulaya glaubte nicht, dass er an gebrochenem Herzen litt, weil er seine Auserwählte nicht bekommen hatte. Obwohl ein junges Mädchen in seinem Bett gewiss ein angenehmer Ausgleich war, wenn er schon gemeinsam mit seinem Vater bei der Errichtung einer neuen Ansiedlung mitwirken musste.

»Ich möchte zu gern wissen«, bemerkte Salda, »wieso Debera allein hier eintraf und buchstäblich im allerletzten Augenblick. Für mich steht fest, dass ihr sie verfolgt habt, um sie von ihrem Vorhaben abzubringen. Sie sind sich doch wohl darüber im Klaren«, fuhr sie fort, wobei sie den strengen Gesichtsausdruck aufsetzte, den Zulaya so gut an ihr kannte, »dass wir – Lord Tashvi und ich – kein Verständnis dafür hätten, sollte man Debera ihre Rechte als Burgbewohnerin vorenthalten.«

»Burgbewohnerin?«, schnaubte Lavel und zuckte zusammen, als die ruckhafte Bewegung ihm Schmerzen verursachte. »Sie gehört nicht mehr in die Festung, oder? Wir haben sie für immer an den Weyr verloren, ist es nicht so?«

»Und obendrein das Land, das ihr ansonsten von Rechts wegen zustünde«, ergänzte Salda schnippisch. Mit einem knurrenden Laut wandte sich Lavel von der Burgherrin ab. »Sie haben doch schon genug Grundbesitz an sich gerafft. Wie geht es Ihrer Gemahlin Gisa? Ist sie vielleicht schon wieder schwanger? Die vielen Geburten werden sie genauso schwächen, wie sie schon Ihre erste Gattin, Milla, ins Grab brachten. Aber wahrscheinlich wird es immer Frauen geben, die dumm genug sind, um auf Ihren Wohlstand hereinzufallen.« Angewidert rückte Salda von ihm ab. »Schafft ihn mir aus den Augen. Sein Anblick ist mir zuwider. Dieser Vorfall wirft einen Schatten auf das feierliche Ereignis.«

»Seine Verletzungen sind nicht so schwer, dass er nicht reisefähig wäre«, kommentierte der Sanitäter.

»Wie, ihr wollt ihm die Gastfreundschaft verweigern?«, empörte sich Boris, der die ganze Zeit zur Unteren Kaverne hinüberschielte, wo man gerade saftige Bratenstücke auftrug.

»Ich könnte ihm für die Nacht ein Quartier besorgen«, erbot sich Maranis zögernd.

Just in diesem Moment führten vier junge Weyrlinge die Pferde der Gäste vor, die sie eingefangen hatten.

»Ach, da sind ja eure Reittiere«, rief Zulaya. »Dann wünschen wir euch eine sichere Heimkehr. Vor Einbruch der Dunkelheit seid ihr in eurer Burg. Maranis, versorgen Sie Lavel mit genügend Fellis-Saft, damit er unterwegs keine Schmerzen leidet. Jungs, helft ihm in den Sattel! Komm, K'vin, wir müssen endlich den glücklichen Eltern der neuen Drachenreiter gratulieren.«

Sie hängte sich bei K'vin und Lady Salda ein und bugsierte sie durch den Kraterkessel.

»Mit dem Ergebnis des Schlüpfens bin ich sehr zufrieden«, meinte sie, ohne den abgewimmelten Männern einen weiteren Blick zu gönnen. »Neunzehn grüne, fünfzehn blaue, elf braune und sieben Bronzefarbene. Eine günstige Verteilung. Obendrein sind die Bronzenen recht groß ausgefallen. Mir scheint, jedes neue Gelege bringt Drachen hervor, die ein bisschen kräftiger sind als die vorherigen.«

»Und noch haben die Drachen nicht die volle Größe erreicht, für die sie gentechnisch konzipiert sind«, ergänzte K'vin. »Aber ich bezweifle, ob wir das Endergebnis miterleben werden.«

»Sind sie denn immer noch nicht groß genug?«, staunte Salda.

Zulaya lachte. »Unsere Drachen sind um mehrere Handspannen höher gebaut als die ersten Tiere, mit denen unsere Vorfahren die Fäden bekämpften. Allein aus diesem Grund sind wir im Vorteil, wenn es zum Kampfeinsatz kommt.«

»Außerdem wisst ihr, was ihr zu erwarten habt«, warf Tashvi ein.

Zulaya und K'vin tauschten einen vielsagenden Blick. Beide dachten dasselbe; im Großen und Ganzen hatten sie eine recht gute Vorstellung von dem, was ihnen blühte, doch mit unliebsamen Überraschungen musste man immer rechnen.

»Doch, ja, verglichen mit unseren Ahnen sind wir entschieden im Vorteil«, bestätigte K'vin mit gespielter Festigkeit.

Zulaya drückte leicht seinen Arm, ehe sie ihn losließ

und sich an den ersten Tisch begab, wo die Familien von zwei neuen braunen Reitern saßen. K'vin folgte mit Salda in die Große Kaverne und geleitete Lord Tashvi und seine Gemahlin zur Hohen Tafel, wo er und Zulaya sich später zu ihnen gesellen würden, nachdem sie ihren obligatorischen Rundgang beendet hatten. Im Stillen schloss K'vin mit sich selbst eine Wette ab, während er auf den hintersten Tisch in der geräumigen Höhle zu marschierte.

Vier Tische weiter hatten sich seine Vermutungen bestätigt: Die Nachricht von der letzten Prägung, die zwischen dem grünen Drachen und Debera erfolgte, war bereits in aller Munde.

»Ist es wirklich wahr?«, tuschelte die Mutter eines Bronzereiters, »dass das Mädel von zu Hause ausreißen musste?« Sie und die anderen Gäste an diesem Tisch schienen entgeistert über eine solche Ungeheuerlichkeit.

»Sie war rechtzeitig hier, und das ist das Einzige, was zählt«, erwiderte K'vin.

»Was wäre passiert, wenn sie nicht hätte kommen können?«, erkundigte sich ein junges Mädchen mit gespannter Miene. »Hätte der Drache dann …«

Jählings verstummte sie, als hätte sie unter dem Tisch einen Fußtritt erhalten. K'vin verbiss sich ein Schmunzeln.

»Ach«, fiel er ein, »du hast doch sicher die jungen Burschen gesehen, die sich darum rissen, von dem Grünen erwählt zu werden. Für einen von ihnen hätte sich der Nestling sicher entschieden.«

Das entsprach nicht ganz der Wahrheit. Deshalb stellte jeder Weyr bei einer Schlüpfzeremonie so viele Aspiranten wie möglich auf. Die alten Berichte erwähnten fünf Gelegenheiten, bei denen ein Nestling keinen kompatiblen Partner fand. Der darauf folgende Tod des jungen Drachen stürzte den Weyr in ein solches Chaos, dass man alle möglichen Vorkehrungen traf, um eine

Wiederholung dieses tragischen Ereignisses zu vermeiden. Notfalls ging man sogar so weit, den Drachen auf die Zuschauer anzusetzen, damit er sich aus der Menge einen passenden Gefährten herauspickte.

Mitunter kam es auch vor, dass ein Ei nicht zersprang. Früher, als man noch die erforderliche Technik beherrschte, führte man Nekropsien durch, um nach dem Grund zu forschen. In den meisten Fällen hatte es Probleme mit dem Dotter gegeben, oder der Embryo war missgebildet und hätte nach dem Schlüpfen nicht überlebt. Drei Mal hatte man vergeblich nach einer Ursache gefahndet; die Untersuchungen ergaben perfekt ausgebildete Föten, ohne offensichtliche Entstellungen oder Anomalien. Es wurde dringend empfohlen, sich dieser Eier unverzüglich im *Dazwischen* zu entledigen. Dem Weyrführer und seinem Bronzedrachen oblag es, diese traurige Pflicht zu erfüllen.

»Ich sah, wie sie angaloppiert kam«, fuhr das Mädchen fort, begierig, mit ihrer Beobachtung zu prahlen. »Ihr auf den Fersen folgten die drei Männer, die sie aufhalten wollten.«

»Dann hast du auf dem besten Platz im ganzen Amphitheater gesessen«, kommentierte K'vin und grinste.

Das Mädchen blickte selbstgerecht in die Runde. »Ja, das finde ich auch. Ich konnte alles ungehindert beobachten. Sogar den Angriff des Drachen, der versuchte, einen der Typen aufzufressen. War das der Vater des Mädchens, der auf einmal blutend am Boden lag?«

»Suze, halte bitte den Mund«, fuhr ihr eigener Vater dazwischen, und der Junge neben ihr musste sie gekniffen haben, denn sie schoss von der Bank hoch und funkelte den Buben wütend an.

»Ja, es war der Vater«, bestätigte K'vin.

»Wie konnte er nur so unvernünftig sein, sich an einer Drachenreiterin zu vergreifen?«, wunderte sich Suzes Vater sichtlich schockiert.

»Seinen Fehler hat er mittlerweile wohl eingesehen«,

erwiderte K'vin trocken. »Wie wird sich Ihr Sohn …« Wie immer, flüsterte Charanth ihm den Namen des frisch gebackenen Reiters so rasch zu, dass die kleine Pause nicht auffiel. »Wie wird sich Ihr Sohn Thomas denn als Drachenreiter nennen?«

»Nun, ich glaube, Thomas hat mit so viel Glück gar nicht gerechnet«, mischte sich seine Mutter ein. Auf ihrem Gesicht spiegelten sich Stolz über die Bescheidenheit ihres Sohnes und Freude über seinen Erfolg wider.

»Der Name Thomas hat ihm noch nie gefallen«, antwortete Suze, die einfach nicht still sein konnte. »Er wird sich bestimmt was Neues aussuchen.«

»Ach, da kommt er ja, wenn ich mich nicht sehr irre«, rief K'vin und deutete auf den jungen Burschen, der auf sie zu schritt. K'vin hatte die Probanden unterrichtet und sie über ihre Pflichten aufgeklärt, deshalb kannte er die meisten Neulinge vom Sehen.

Dieser Thomas ähnelte stark seiner Schwester und dem neben ihr sitzenden Bruder, sodass er leicht zu identifizieren war. Er hoffte, Thomas gliche seiner Schwester nur äußerlich. Dem Mädel haftete etwas Gehässiges, Boshaftes an, das K'vin nicht gefiel.

»Gut gemacht, junger Mann«, lobte K'vin und streckte Thomas die Hand entgegen. »Und wie dürfen wir dich nun nennen?«

»S'mon, Weyrführer«, erwiderte der Bronzereiter, dessen Wangen immer noch vor Aufregung und Freude glühten. Er hatte einen festen, angenehmen Händedruck. »Zuerst dachte ich an T'om, aber dann entschied ich mich doch anders.«

»Du sagtest, dass …« Offenbar erhielt Suze abermals einen Fußtritt unter dem Tisch, denn sie quiekte vor Schmerz, und Tränen traten ihr in die Augen.

»S'mon ist leichter auszusprechen«, fuhr der junge Reiter fort, »und Tiabeth gefällt der Name.« Nun verströmte er die eigenartige Mischung aus Stolz und Autorität, die viele brandneue Weyrlinge entwickelten, während sie sich an ihre neue Stellung und Verantwortung gewöhnten. Und das Hineinwachsen in diese von Aufgaben und Privilegien geprägte Existenz dauerte seine Zeit, wie K'vin sich noch sehr gut erinnerte. »Außerdem gab es schon in der ersten Gruppe in Benden einen T'mas.«

»Aber der ist doch seit langem tot«, hielt der Vater entgegen, der die Wahl seines Sohnes keineswegs billigte. »Der Name Thomas hat in unserer Familie eine lange Tradition«, erklärte er K'vin. »Ich bin Thomas der Neunte in meiner Linie.«

Der Bursche betrachtete seinen Vater ein wenig von oben herab, wie es für frisch gebackene Drachenreiter typisch war. Jetzt konnten sie es sich leisten zu sagen: »Du hast mir nichts mehr zu befehlen«, und »Das ist meine Angelegenheit, Dad, davon verstehst du nichts.«

»Tiabeth und S'mon«, wiederholte K'vin, hob sein Glas und trank auf das Wohl der Partner. Die anderen folgten seinem Beispiel. »Und jetzt lass dir das Mahl munden, S'mon. Du wirst deine Kräfte brauchen.« Dann ging er und überließ es dem Jungen, sich an den köstlichen Speisen gütlich zu tun.

An jedem weiteren Tisch hörte K'vin Spekulationen über das späte Eintreffen von Debera, wobei die Geschichte je nach Phantasie des Erzählenden ausgeschmückt wurde. Einer behauptete, ihr Vater sei verblutet. Jemand anders glaubte zu wissen, Debera habe sich gesträubt, und ihre Familie hätte darauf bestanden, dass sie sich als Probandin dem Weyr zur Verfügung stellte. Wie es sich zeigte, hatte Suze in der Tat auf dem besten Platz gesessen. Zwar bekam sie nicht übermäßig viel von dem Schlüpfvorgang und dem Vorgang des Prägens mit, doch auf das, was draußen geschah, hatte sie einen hervorragenden Blick.

K'vin bemühte sich, die Tatsachen richtig zu stellen, damit der Klatsch nicht ausuferte. Zum Glück spielte die Kapelle muntere Weisen, und die dazu gesungenen Texte lenkten die Leute ab. Die meisten Stücke waren neu, und Clissers Musiker hatten wirklich ausgezeichnete Arbeit geleistet.

K'vin achtete darauf, dass sein Glas nicht zu oft nachgefüllt wurde, und zwischen den Trinksprüchen aß er immer wieder gegrillten Wherry und Rinderbraten, damit ihm der Alkohol nicht zu Kopf stieg.

Er hatte seinen obligatorischen Rundgang beinahe beendet, als er sah, wie die Burgherren von Telgar und T'dam Debera hereinführten und auf die Hohe Tafel zusteuerten. Salda und Tashvi erhoben sich und gingen ihnen entgegen. Debera wirkte immer noch leicht benommen und schaute sich mit wilden Blicken in der überfüllten Kaverne um.

Jemand hatte ihr ein grünes Gewand gegeben, das die weiblichen Rundungen ihres Körpers vorteilhaft betonte und ihrem Teint schmeichelte. Ihre bronzefarbene Lockenmähne war kleidsam frisiert, ganz anders als die aufgelösten Zotteln, die ihr in das verschwitzte, verzweifelte Antlitz gefallen waren.

Zweifelsohne war Tisha, die Wirtschafterin des Weyrs, für diese Verwandlung verantwortlich. Zulaya hatte einmal gesagt, Tisha behandelte die Weyrmädchen wie lebendige Puppen, sie liebte es, sie schmuck anzuziehen und neue Frisuren an ihnen auszuprobieren. Zwar hatte Tisha selbst Kinder, aber ihre exzessiven mütterlichen Instinkte reichten aus für alle jugendlichen Weyrbewohner.

Salda legte einen Arm um Debera und neigte den Kopf zu ihr herunter, als sie ihr etwas ins Ohr flüsterte. Offenbar wollte sie dem Mädchen die Familie ersetzen, die normalerweise glücklich und voller Stolz an der Initiationszeremonie der frisch gebackenen Weyrlinge teilnahm. In den meisten Fällen fassten es die Perneser, egal, ob Landbesitzer oder Handwerker, als Gunst des Schicksals auf, wenn ein Angehöriger von einem Drachen erwählt wurde. Würde Debera von ihren Anverwandten endgültig verstoßen werden? Falls dieser Umstand eintrat, wäre sie wohl aufgehoben im Schoß der umfangreichen Weyrfamilie und konnte dort Zuneigung und Geborgenheit finden.

Zulaya machte Debera mit Sarra bekannt, einem Mädchen von Ista, deren blondes Haar von der Sonne fast weiß gebleicht war. Sarra plauderte so unbekümmert los, dass Debera unwillkürlich lächelte – noch zaghaft, fand K'vin, aber mit sichtlich wachsendem Selbstvertrauen.

»Schläft Morath jetzt?«, erkundigte er sich, indem er sich zu den Frauen stellte.

»Ich dachte schon, sie würde nie aufhören zu fressen«, erwiderte Debera und machte ein ängstliches Gesicht. K'vin sah, dass die grüne Farbe des Kleides das Grün ihrer Augen intensivierte. Tisha hatte wirklich eine Schönheit aus dem Mädchen gemacht.

»Sie haben einen Heißhunger«, bestätigte Zulaya und lachte. »So wie ich jetzt. Kommt, lasst uns Platz nehmen, ehe alles aufgegessen ist.«

Salda prustete freundlich durch die Nase und blickte lächelnd auf Debera hinab. »Das ist sehr unwahrscheinlich. Seit einer Woche beliefern wir euch anlässlich des großen Festes mit gemästeten Kälbern.« Sie wandte sich zu Debera, ehe sie sie K'vin übergab. »Eines ist sicher, Mädel, hier in Telgar darfst du nach Herzenslust reinhauen. Du wirst besser gefüttert als daheim und brauchst das Zeug nicht mal zu kochen.«

Debera war so verblüfft über diese saloppe Sprechweise, dass K'vin sie bei der Hand nahm und sie die Stufen zur Plattform hinauf dirigierte, auf der die Hohe Tafel stand.

»Ich glaube, du wirst hier sehr glücklich sein, Debera«, sagte er. »Mit Morath als deiner Freundin.«

Sogleich strahlte das Mädchen vor Freude, und Tränen der Rührung traten ihr in die Augen. Der Ausdruck von fassungslosem, beseligtem Staunen, der sich auf ihren Zügen zeigte, machte ihn so betroffen, dass er um ein Haar gestolpert wäre.

»Oh, sie ist viel mehr als eine Freundin«, ergänzte sie andächtig, als spräche sie ein Gebet.

»Komm, setz dich neben mich«, lud Zulaya sie ein. Sie zog den Stuhl zurück und bedeutete K'vin, sich einen Platz weiter hinzusetzen. Das entsprach nicht der üblichen Sitzordnung bei Tisch, doch mit Blicken gab sie Salda und Tashvi zu verstehen, dass sie dies dem von ihrer Familie allein gelassenen Mädchens zuliebe tat. »Hört doch, diese Melodie ... ist sie nicht mitreißend?« Sie legte den Kopf schräg, als ein Rhythmus erklang, der die Gespräche im Saal verstummen ließ.

»Der Text ist gleichfalls hervorragend ...«, meinte Salda. Während sie zuhörte, weiteten sich ihre Augen vor Staunen. Und als ihr Mann ihr etwas zuflüstern wollte, gab sie ihm einen Wink, er möge schweigen.

Auch K'vin lauschte mit voller Aufmerksamkeit.

Sheledon, der darauf bestanden hatte, die Prägungszeremonie in Telgar zum Anlass zu nehmen, neue Musikstücke vorzustellen, war von der Reaktion der Zuhörer begeistert. Jetzt war der rechte Zeitpunkt gekommen, um sein Hauptwerk zu präsentieren.

Sowie die Koda des Musikstücks, das Jemmy ›Drachenliebe‹ getauft hatte, beendet war, schloss die Ballade über die Pflichten an. Den Höhepunkt bildete der Sopranteil, gesungen von seiner Ehefrau Sydra, weil sie keine geeignete helle Knabenstimme gefunden hatten. Auf Sheledons Zeichen hin setzte Bethany mit einem Flötensolo ein, dann erhob sich Sydra, um die einleitenden Verse zu singen.

Gewiss, es fehlte ihnen an genügend ausgebildeten Stimmen, um das Potential der Ballade voll auszuschöpfen – im Geist ›hörte‹ Sheledon, wie ein ›richtiger‹ Chor klingen würde –, doch die ausgezeichnete Akustik in der Kaverne unterstützte die Vorstellungen. Und die

Musik ging den Zuhörern offensichtlich unter die Haut. Sydra gelang es, einen jugendlichen, ehrfürchtigen Ton anzuschlagen. Gollagee, der Tenor, interpretierte den Drachenreiter, Sheledon fiel mit seinem Bariton ein, Bethany ließ ihre wunderbare Altstimme erklingen, und den Chor bildeten die Musiker.

Als die Ballade beendet war, herrschte sekundenlang totale Stille – dann sprangen die Leute von ihren Sitzen, klatschten wie wild in die Hände, stampften mit den Füßen auf den Boden und ergingen sich in Bravorufen. Selbst die Drachen spendeten von draußen Beifall, angesteckt von den Begeisterungsstürmen ihrer Reiter. Unter pausenlosen Verbeugungen winkte Sydra den Musikanten zu, sie mögen aufstehen und die Ehrung entgegennehmen. Sogar Bethany erhob sich, während ihr Tränen der Freude über die Wangen perlten.

Fünf Mal wiederholten sie die Ballade – wobei die Zuhörer rasch Text und Melodie aufschnappten und mitsangen. Als Sheledon eine sechste Zugabe ablehnte, verlangte man nach dem Lied ›Drachenliebe‹, das so hervorragend zum Anlass des Festes passte.

Alles in allem, fand Sheledon, in Sydras strahlendes Gesicht blickend, war es eine höchst gelungene Vorstellung. Jemmy hatte sich wieder einmal selbst übertroffen, und Clisser würde entzückt sein. Vielleicht hatte Clisser doch Recht mit seinem Vorschlag, das Bildungssystem abzuspecken und neu zu definieren, damit man unnötigen Lehrstoff vermeiden und sich auf die wirklich bedeutsamen Dinge des Lebens auf Pern konzentrieren konnte.

KAPITEL 4

# Der Telgar-Weyr und das Kollegium

Zulaya bemerkte als erste Deberas wachsende Nervosität.

»Lauf ruhig zu deiner Morath zurück, liebes Kind. Du bist sicher erschöpft, und du brauchst deinen Schlaf.«

»Danke … äh …«

»Im Weyr legen wir keinen Wert darauf, mit unserem Titel angeredet zu werden«, half Zulaya ihr aus der Klemme. »Und nun geh. Ich erteile dir die Erlaubnis, falls du höflicherweise darauf gewartet hast.«

Debera murmelte ein Dankeschön und stand auf, um sich so unauffällig wie möglich aus der Kaverne zu stehlen. Sie kam nicht umhin, sich linkisch und undankbar zu fühlen, wo doch alle, selbst der Burgherr und seine Burgherrin, sich so rührend um sie gekümmert hatten.

Anfangs hatte sie befürchtet, sie würden von ihr eine Erklärung für ihr ungewöhnliches Verhalten verlangen, stattdessen hatte man ihr ohne viel Umstände Beistand gewährt. Fast war es so, als habe sie seit dem zwingenden Blick in Moraths Augen erst richtig angefangen zu leben.

Während sie die Höhlenwand entlang pirschte, die Lider gesenkt, damit niemand mit ihr Blickkontakt aufnehmen konnte, gelangte sie zu dem Schluss, dass der heutige Tag wirklich den Beginn eines völlig neuen Lebens markierte. Überall, wohin sie schaute, sah sie nur lächelnde Gesichter und tadellose Manieren. Bis jetzt hatte sie noch nichts von dem liederlichen und sittenlosen Betragen bemerkt, dem die Weyrleute nach der festen Überzeugung ihres Vaters frönten.

Aber er hatte ihr so vieles erzählt. Dafür andere Dinge unterschlagen. Wie die Tatsache, dass vom Weyr ein offizielles Schreiben eingegangen war, in dem man sie aufforderte, sich an einem bestimmten Tag zur Gegenüberstellungszeremonie bei den Drachenreitern einzufinden. Durch Zufall hatte sie den Wisch entdeckt, in dem Schrank, in dem man allerhand Zeug aufbewahrte, das sich vielleicht noch einmal verwenden ließ.

Niemand in Burg Balan, und ganz besonders nicht ihr Vater und ihre Stiefmutter, Gisa, hätten ein Blatt Papier weggeworfen, das auf einer Seite unbeschrieben war. Wie sie diese Pfennigfuchserei hasste! Nur nichts verschwenden, nur nichts ausgeben, jeden Krempel horten! Dieses Motto dominierte jeden Aspekt des Lebens in der Burg. Nicht, dass man arm gewesen wäre; an materiellem Wohlstand herrschte kein Mangel, doch seit dem Tod ihrer leiblichen Mutter waren ideelle Werte total verkümmert.

Sie hatte nach etwas ganz anderem gesucht, als sie den ausdrücklich an sie gerichteten Brief entdeckte. Wann er abgegeben wurde, konnte sie nicht entdecken, da ein Datum fehlte, doch das Papier war so eselsohrig, dass der Bote womöglich bereits vor Wochen da gewesen war.

Bis zu diesem Zeitpunkt hatte sich Debera damit abgefunden, mit Ganmar ein Bündnis einzugehen. Es erschien ihr immer noch besser, als ständig bei ihrem Vater zu wohnen. Sie wusste, dass sie in ihrem neuen Heim genauso schwer würde schuften müssen, wenn nicht gar noch schwerer, da die zu gründende Wohnanlage erst aus dem Felsen der Erzmine herausgehauen werden musste. Doch später wäre dies ihr eigenes Zuhause – und das von Ganmar –, das sie sich nach eigenen Wünschen gestalten konnte. Nicht, dass sie auch nur einen Moment lang ernsthaft daran glaubte, Ganmar oder Boris würden die blumigen Versprechen, mit denen sie sie lockten, in die Tat umsetzen. Alles, was die beiden Männer wollten, war eine kräftige junge Frau, die von Kind an ans Malochen gewöhnt war.

Allerdings hatte sie tags zuvor scharenweise Drachen am Himmel gesehen, von denen die meisten Passagiere beförderten. Burg Balan war nicht weit vom Telgar-Weyr entfernt, selbst wenn man über Land reiste. Deshalb fasste sie ihren Plan, sowie sie das Schreiben gelesen hatte, ohne auch nur eine Sekunde lang zu zögern. Man hatte sie gesucht! Ihr stand das Recht zu, bei der Gegenüberstellung anwesend zu sein. Egal, wie sich das Leben im Weyr abspielte, schlimmer als ihre derzeitige Existenz konnte es kaum sein. Und wenn sie gar zur Drachenreiterin avancierte …

Sie hatte den Zettel in eine Tasche gestopft und die Schublade zugeknallt. Zum Glück war sie allein in der Küche, und die Sonne strömte durch die Fensterschlitze, wie um Licht und Klarheit in ihre Gedanken zu bringen. Sie ging nicht einmal mehr in das Zimmer zurück, das sie mit drei ihrer Halbschwestern teilte. Stattdessen schnappte sie sich ihre Jacke und hetzte zur Koppel, auf der die Reitpferde weideten. Im Hof hielt sich niemand auf, alle waren bei der Arbeit. Beim Frühstück waren die verschiedenen Aufgaben verteilt worden, und ehe sich ihr Vater nicht davon überzeugt hatte, dass sämtliche Pflichten erfüllt waren, gab es kein Mittagessen.

Sie wagte es nicht einmal, sich Sattel und Zügel aus der Scheune zu holen, weil ihre ältesten Brüder dort dabei waren, das Heu neu aufzuschichten – beim ersten Mal hatten sie schludrige Arbeit geleistet. Lediglich einen Strick nahm sie mit. Da sie sich im Umgang mit Pferden bestens auskannte, würde es ihr keine Schwierigkeiten bereiten, ein Tier bloß mit dem Strickhalfter zu lenken.

Bilwil war von allen Rössern das Schnellste. Bis zum Mittagsmahl, wenn man ihr Verschwinden bemerken würde, blieben ihr noch ungefähr drei Stunden. Doch bis dahin hätte sie den größten Teil der Wegstrecke zum Weyr hinter sich.

Mit einem Blick über die Schulter – um zu prüfen, ob jemand sie beobachtete – marschierte Debera forschen Schrittes auf die Koppel, als hätte man sie zu einer Besorgung losgeschickt. Bilwil stand unweit des Zauns, den sie überkletterte – das Tor befand sich zu nah beim Gemüsegarten, wo zwei ihrer Halbschwestern Unkraut jäteten. Die falschen Luder taten nichts lieber, als Debera wegen ihrer ›Bummelei‹ bei ihrer Mutter oder dem Vater zu verpetzen.

Zwei Brüder fuhrwerkten in der Scheune herum, zwei weitere schlugen zusammen mit dem Vater im Wald Holz, und Gisa beschäftigte sich in der Käserei. Debera war gerade dabei gewesen, mit einer Handmühle Mehl zu mahlen, als der Splint brach. Aus diesem Grund hatte sie in der Schublade herumgewühlt, weil sie nach einem Nagel oder Stift suchte, um den Splint zu ersetzen.

Gisa würde sie so schnell nicht vermissen, da sie annehmen musste, sie sei immer noch bei ihrer Arbeit. Außerdem war ihr sicher nicht daran gelegen, sie abzulösen, denn Mehl mahlen war eine Schinderei, und die schwangere Gisa hatte gewiss keine Lust, den schweren Mühlstein zu drehen.

Bilwil wieherte leise, als sie sich ihm näherte und nach seiner Stirnlocke griff. Keiner hatte sich die Mühe gegeben, ihn am vergangenen Abend zu striegeln, und an seinem Fell klebte immer noch der Schweiß, den er tags zuvor beim Langholzfahren reichlich vergossen hatte. Vielleicht sollte sie sich doch lieber für ein anderes Reittier entscheiden. Doch schon senkte Bilwil den Kopf, um sich von ihr das Strickhalfter anlegen zu lassen.

Auch wäre es zu riskant gewesen, ein ausgeruhteres, weniger braves Pferd auf der Koppel einzufangen; also nahm sie den behelfsmäßigen Zügel in die Hand, griff in die Mähne und schwang sich auf Bilwils Rücken. Ob sie morgen eventuell schon auf dem Rücken eines Drachen sitzen würde? Sie beugte sich so tief wie möglich über den Pferdehals, nur für den Fall, dass jemand zufällig zur Koppel hinschaute, und trieb ihr Ross mit Schenkeldruck in die Richtung, in der der Wald lag.

Kurz vor Erreichen der verfilzten Hecke, die die hintere Grenze markierte, warf sie einen flüchtigen Blick zurück auf die Festung; sie sah die aus dem nackten Fels gemeißelten Fensteröffnungen, den unregelmäßigen Einlass zu den Hauptquartieren, das breitere Tor im Gestein, durch das die Tiere getrieben wurden. Keine Menschenseele in Sicht.

»Los, Bilwil, lass uns von hier verschwinden«, feuerte sie das Pferd an und ließ es in Trab fallen. Geschickt lenkte sie es auf den Zaun zu, wobei sie die Stelle ansteuerte, von der ein Pfad durch den Wald abzweigte.

Glücklicherweise liebte Bilwil es, über Hindernisse zu springen, denn sie gab ihm kaum Zeit, um genügend Tempo aufzunehmen. Doch problemlos setzte er über den Zaun hinweg, landete sicher auf der anderen Seite, und dann trabten sie auch schon auf dem Waldweg dahin. Einmal versuchte Bilwil auszubrechen und zur Festung zurück zu laufen, doch mit energischen Fersentritten hielt sie ihn in der Spur.

Mittlerweile waren sie so weit von der Burg entfernt, dass man das Hufgetrappel nicht mehr hören konnte, es sei denn, jemand legte das Ohr auf den Boden, was kaum anzunehmen war. Sämtliche Bewohner widmeten sich mit Leibeskräften den ihnen zugewiesenen Aufgaben. Die Vorstellung, diesem zermürbenden Alltagstrott endlich entronnen zu sein, hob Deberas Stimmung, und sie erlaubte sich ein zufriedenes Grinsen, obwohl sie noch längst nicht in Sicherheit war.

Sowie sich der Pfad verbreiterte, trieb sie Bilwil zu einem leichten Galopp an; in vollen Zügen genoss sie die einzige Aktivität, die ihr wirklich Freude bereitete.

Mehrere Male parierte sie das Pferd durch, um kurze Verschnaufpausen einzulegen. Während Bilwil sich ausruhte, pflückte sie sich ein paar Handvoll Beeren. Jetzt bedauerte sie es, sich nicht mit einem Stück Käse oder wenigstens ein, zwei Äpfeln verproviantiert zu haben.

Erst als Debera sich auf dem letzten Wegstück zum Telgar-Weyr befand, merkte sie, dass sie verfolgt wurde. Zuerst gewahrte sie nur drei Reiter auf der Straße. Ebensogut konnte es sich um Reisende handeln, die zur Gegenüberstellungszeremonie unterwegs waren; doch sie hielt es für das Klügste, mit dem Schlimmsten zu rechnen. Ein Reiter mochte ihr Vater sein, die beiden anderen waren vielleicht Boris und Ganmar. Sie musste unbedingt den Weyr erreichen, ehe sie sie einholten. Wie kam es, dass sie so rasch zu ihr aufgeschlossen waren? Ob jemand doch ihre Flucht bemerkt und Lavel benachrichtigt hatte?

In die dünnste Wand des Telgar-Kraters hatte man einen langen Tunnel gegraben, damit der Weyrkessel auch auf dem Landweg zu erreichen war. Leuchtkörbe erhellten den Gang. Nach dem scharfen Ritt bergauf war Bilwil erschöpft, da er sich von der schweren Langholzarbeit vom Vortag nicht hatte erholen dürfen.

Debera bildete sich ein, hinter sich Männerstimmen zu hören, die ihren Namen brüllten, und rammte Bilwil die Fersen in die Flanken; das Tier raffte sich zu einem holperigen Trab auf. Egal, wie hektisch sie ihm die Hacken gegen die Rippen klopfte, Bilwil konnte keine flottere Gangart mehr anschlagen.

Und dann vernahm sie das durchdringende Summen – als hätten die Felswände selbst die Melodie angestimmt. Debera wusste, was das bedeutete und stieß einen verzweifelten Schrei aus.

Nach all den Strapazen käme sie nun doch zu spät, und es wäre kein Drache mehr übrig, der sich für sie hätte entscheiden können … auch wenn sie als geeignete Kandidatin auserkoren war. Wie konnte sie jetzt noch in ihre heimatliche Burg zurückkehren?

Doch diesen Ausweg zog sie gar nicht erst in Betracht. Sie kannte ihre Rechte. Man hatte sie gesucht. Also durfte sie bis zum nächsten Schlüpfvorgang im Weyr bleiben. Alles wäre besser, als sich wieder in das elende Dasein zu fügen, das daheim ihrer harrte. Ein Bündnis mit Ganmar hätte ihre Situation auch nicht wesentlich verändert, obwohl sie fest entschlossen gewesen war, zu dem jungen Bergmann eine richtige Beziehung aufzubauen.

Er sah ganz passabel aus, und ihre eigene Mutter hatte sie aufgeklärt, dass es Mittel und Wege gab, einen Mann zu beeinflussen, ohne dass diesem die Manipulation auffiel. Doch ehe Milla in Details gehen konnte, war sie gestorben. Und Gisa, die offenbar geglaubt hatte, keinen anderen Mann mitzukriegen, wenn sie sich mit Lavel begnügt hatte, war das geborene Opferlamm und genoss es scheinbar noch, unterdrückt zu werden.

Wildes Hufgetrommel dröhnte durch den Tunnel, und in ihrem unbändigen Willen, ihr Ziel doch noch zu erreichen, hämmerte Debera ihrem Reittier die Hacken gegen die Flanken. Das tapfere Ross setzte zu einem schwerfälligen Kantergalopp an, der Debera kräftig durchschüttelte, doch sie schafften es bis zum Weyrkessel.

Debera sah, dass sich in der Brutstätte nicht nur Menschen drängten, sondern dass die Sandfläche auch angefüllt war mit frisch geschlüpften, tollpatschigen Jungdrachen. Doch im Näherreiten entdeckte sie ein paar intakte Eier. Ihre Verfolger waren ihr dicht auf den Fersen. Vor dem Eingang brauchte sie Bilwil nicht durchzuparieren, das entkräftete Tier blieb stehen, sobald sie mit den treibenden Hilfen aussetzte.

Sie glitt zu Boden und hetzte zur Brutstätte, just als ihr Vater, Boris und Ganmar nachrückten und ihr hinterher schrien, sie solle stehen bleiben und wieder zu

Verstand kommen ... Hände griffen nach ihr, doch sie wehrte sich und rang sich frei ... gerade rechtzeitig, um Morath gegenüberzutreten – und endlich ihre wahre Bestimmung zu finden.

Während sie nun auf die Weyrling-Unterkünfte zusteuerte, fühlte sie sich so ausgelaugt wie noch nie zuvor in ihrem Leben – doch sie war glücklich! Als sie nervös an der Tür rüttelte, um sie zu öffnen, steckte T'dam den Kopf aus dem Quartier der Knaben, die nebenan untergebracht waren.

»Du bist wieder da? Nun, Morath schläft wie ein Stein. Und vermutlich bist du ebenfalls todmüde.«

Sie nickte, zu ermattet, um zu sprechen. Dann öffnete sie einen Flügel der Tür, die gerade mal so breit war, um ein Drachenjunges mit angelegten Schwingen einzulassen, und schlüpfte durch den Spalt. Sie hatte vor, die Tür gleich wieder zu schließen, doch T'dam folgte ihr und drehte einen Leuchtkorb auf. Dies war notwendig, denn andernfalls wäre Debera gegen die Lagerstatt des ersten Drachen geprallt.

Die Drachen ruhten auf schlichten hölzernen Plattformen, die einen Meter hoch über dem Boden aufragten und den Drachen genügend Platz boten, bis sie alt genug waren, um ihr Dauerquartier im Weyr zu beziehen. Die Reiter schliefen auf einem Rollbett, das seitlich des Drachenlagers stand. Unter dem Bett wurde die persönliche Habe aufbewahrt, und als zusätzlicher Stauraum diente eine große Truhe am Fußende.

Debera umrundete die Liegestatt des Drachen, froh, ihn nicht geweckt zu haben, und erreichte Moraths Ruhelager, gleich das nächste Podest in der Reihe. Dort wartete auch ihre Koje auf sie. Auf der Truhe lagen ein paar Kleidungsstücke.

»Tisha hat noch mehr Sachen geschickt, da du ja kein eigenes Zeug zum Wechseln mitbringen konntest«, erklärte T'dam. »Ich glaube, ein Nachthemd ist auch dabei. Öffne den Leuchtkorb über dem Bett, dann kann ich diesen hier schließen.«

Nachdem sie den Leuchtkorb zum Glühen gebracht hatte, machte er den größeren Behälter mit dem Licht spendenden Myzel zu und zog die Tür hinter sich ins Schloss. Nun gewahrte Debera Morath, die zusammengerollt auf der Plattform lag, mit den Schwingen die Augen bedeckend. Ob das die übliche Schlafhaltung der jungen Drachen war? Debera, die ihr Glück immer noch nicht fassen konnte, betrachtete das schlummernde Drachenjunge, wie eine Mutter ihr Neugeborenes beobachtet. Moraths Bauch wölbte sich in ungleichförmigen Ausbuchtungen; das rührte von dem vielen Fleisch her, das sie gefressen hatte. T'dam hatte gelacht, als Debera ihn besorgt fragte, ob ein Drache eventuell krank werden konnte, wenn er zu viel Futter in sich hinein schlang.

»In ihrem ersten Lebensmonat schlagen sie sich sechs bis sieben Mal pro Tag den Bauch voll«, hatte er sie aufgeklärt. »Hinterher kommt es dir vor, als hättest du dein Leben lang Fleisch kleingeschnitten, bis sich endlich ein Rhythmus von drei Mahlzeiten am Tag einstellt. Keine Sorge, Mädchen. Wenn sie ein Jahr alt ist, frisst sie nur noch zwei Mal die Woche – und fängt sich ihre Beute selbst.«

Debera schmunzelte, als sie sich jetzt an das Gespräch erinnerte. T'dam hatte ja keine Ahnung, wie gern sie diese Arbeit verrichten würde, eine Tätigkeit, die sie aus Liebe zu einem Geschöpf tat, und die ihr mannigfach gedankt wurde.

Ihre Hand schwebte über Morath, und am liebsten hätte sie sie gestreichelt, doch sie wollte sie nicht stören. Auch Debera fühlte sich wie ausgepumpt. Eine Weile stand sie trotz ihrer Erschöpfung da und sah zu, wie sich Moraths Rippen im Gleichklang mit ihren Atemzügen hoben und senkten. Dann vermochte sie dem Schlaf nicht länger zu trotzen.

Sie war der einzige Neuzugang im Weyr ohne Familie. Alle anderen hatten Angehörige mitgebracht, die mit ihnen das frohe Ereignis feierten. Wer hätte gedacht, dass Debera von Burg Balan in dieser Nacht neben ihrem Drachen schlafen würde? Sie ganz gewiss nicht.

Rasch schlüpfte sie aus dem hübschen grünen Kleid und strich mit den Händen andächtig über den weichen Stoff, ehe sie ihn säuberlich zusammenfaltete. Das Gewebe fühlte sich auf der Haut sehr angenehm an, und die Farbe stand ihr ausgezeichnet. Noch nie zuvor war sie so gut gekleidet gewesen.

Gisa hatte sich der gesamten Garderobe ihrer Mutter bemächtigt, die von Rechts wegen ihr zugestanden hätte. Debera zog sich das Nachthemd über den Kopf und sog tief den dezenten Kräuterduft ein, den das Gewand verströmte. Einmal war sie gemeinsam mit ihrer Mutter losgezogen, um Kräuter und Blüten für Duftkissen zu sammeln, die zwischen die Wäsche gesteckt wurden.

Sie schlug die dicke Zudecke zurück und befingerte den flauschigen Wollstoff. Daheim hatte sie sich mit ihren Stiefschwestern ein dünnes, verwaschenes Plaid teilen müssen. Auch das Kissen fühlte sich mollig an, als sie die Wange darauf legte, und das Aroma, das von dem Bezug ausging, erinnerte an eine sonnenbeschienene Sommerwiese. Das war ihr letzter Gedanke, ehe sie einschlief.

Auf Drachen reitend kehrten Sheledon, Bethany und Sydra ins Kollegium zurück. Ihre Gemüter waren noch angefüllt von dem begeisterten Applaus, mit dem man sie im Telgar-Weyr belohnt hatte.

»Ich verstehe gar nicht, wieso wir nicht schon früher darauf gekommen sind, Lehrballaden zu komponieren«, dachte Sydra laut nach; von der vielen Singerei klang ihre Stimme ein wenig heiser.

»Schade, dass wir das Repertoire nicht schon für die beiden vorherigen Gegenüberstellungen komplett hatten«, meinte Sheledon, der immer etwas zu kritisieren fand. »Sind noch mehr Prägungszeremonien zu erwarten?«

»Nun, da wären die Festivitäten zum Jahresende …«, erwiderte Bethany.

»Zum Jahreswechsel bleiben wir für gewöhnlich hier«, antwortete Sheledon, der die Feiern nicht vermissen wollte, die Chrislee während der Ferien ausrichtete. Die älteren Lehrer des Kollegiums wurden automatisch nach Burg Fort eingeladen und pflegten den Aufforderungen nachzukommen, selbst wenn sie die Gelegenheit hatten, für die drei Tage andauernden Festlichkeiten an ihre Heimatorte zurückzukehren.

»Vielleicht sollten wir ausnahmsweise einmal ausschwärmen und die Leute daheim wenigstens mit den Texten der Balladen vertraut machen«, schlug Sydra vor, dabei Sheledon anblickend.

Bethany furchte die Stirn. »Aber der Chor und die musikalische Begleitung machen die Lieder erst zu dem, was sie sind.«

Auch Sheledon zog die Stirn kraus. »Für die wichtigsten Burgen ließe sich ohne weiteres etwas arrangieren. Die Drachenreiter kommen stets als Gäste, und dann bekämen alle die Chance, die Balladen zu hören …« Er lächelte seine Frau an und legte ihr liebevoll den Arm um die Schultern. »Du hast den Part des Knaben wundervoll gemeistert. Aber zum Jahreswechsel sollten wir doch einen Buben mit geeigneter Stimme finden. Heute bist du heiser.«

»Hallo ihr da unten!« Alle schauten hoch und entdeckten Clisser, der sich weit aus einem der oberen Fenster beugte und ihnen zuwinkte. »Haben die Balladen Eindruck gemacht?«, brüllte er, die Hände trichterförmig an den Mund legend.

Die Musiker blickten einander an. Sheledon zählte den Takt, und dann schrien sie zurück: »Die Leute waren begeistert!«

Clisser wedelte vor Freude mit beiden Armen und bedeutete dann der Gruppe, in sein Büro zu gehen, das sich im ursprünglichen Trakt des Instituts befand.

Die Musikanten waren vor ihm da, immer noch wie berauscht von ihrem Erfolg; doch ihre Hochgestimmtheit verflog, als sie Clissers Gesichtsausdruck sahen.

»Was ist los?«, fragte Bethany und erhob sich halb von ihrem Stuhl.

»Die Computer sind abgestürzt, und Jemmy glaubt, dass sie dieses Mal endgültig den Geist aufgegeben haben«, erwiderte Clisser mit düsterer Miene. Er ließ sich in seinen Schreibtischsessel plumpsen und schien in sich zusammenzusacken.

»Wie konnte das passieren? Sie haben doch einwandfrei funktioniert«, entgegnete Sheledon entsetzt. »Hat Jemmy schon wieder …«

Clisser hob eine Hand. »Es lag nicht an Jemmy.«

»War es dann einer dieser Studenten, die sich Hacker …« Sheledons Augen funkelten böse.

Clisser schüttelte den Kopf. »Blitzschlag!«

»Blitzschlag? Aber es gab keine Unwetterwarnung.«

»Außerdem sind sämtliche Solarpaneele durchgeschmort, nur dass wir *die* ersetzen können. Corey hat ihr System eingebüßt, oder was davon noch übrig war, einschließlich der Diagnostik, die sie unbedingt noch transkribieren wollte.«

Sprachlos angesichts der Katastrophe, setzte sich Sheledon schwerfällig auf eine Schreibtischkante, während sich Sydra kraftlos gegen die Wand lehnte.

»Wie viel haben wir verloren?«, erkundigte sich Bethany, derweil sie versuchte, die schlechte Nachricht zu verkraften.

»Alles.« Clisser schnippte mit den Fingern, ehe er die Hände auf der Brust verschränkte und auf die Schreibtischplatte starrte.

»Aber … aber es ist sicher nur eine Frage der Zeit …«, stammelte Sheledon.

»Sämtliche Motherboards haben sich in eine verkohlte, klebrige Masse verwandelt«, erzählte Clisser mit tonloser Stimme. »Jemmy hat jede einzelne Box mit Chips geprüft, aber es gibt nicht genug, um auch nur ein paar Megabits wieder herzustellen, also kann das System nicht mehr funktionieren. Kurz gesagt, wir besitzen kein einziges System mehr«, schloss er mit einer hilflosen Geste.

Eine Zeit lang herrschte betroffenes Schweigen, während jeder der im Raum Anwesenden danach trachtete, den herben Verlust zu verarbeiten.

»Wie viel konnten die Studenten ...«, begann Bethany und brach ab, als Clisser beinahe gereizt abwinkte.

»*Irgendetwas* müssen sie doch gerettet haben.«

»Ein bisschen schon, aber nicht annähernd so viel, wie wir brauchen, und was noch hätte kopiert werden müssen ...«

»Hören Sie, Clisser«, nahm Bethany einen neuen Anlauf, »was haben wir wirklich verloren?«

Ruckartig hob er den Kopf und funkelte sie wütend an. »Das sagte ich doch schon. Alles!«

Sheledon und Sydra betrachteten Bethany, als hätte diese den Verstand verloren.

»Die Geschichte, die, wie wir bereits eingesehen haben, zu unserem jetzigen Leben keinen Bezug mehr hat?«, fragte sie leise. »Die Beschreibung von archaischen Geräten und Prozeduren, die für die Bedürfnisse auf Pern nicht geeignet sind, da wir keine fortgeschrittene Technik besitzen? Zu diesen Erkenntnissen sind Sie doch längst gelangt, Clisser. *Sie* wollten doch die Lehrpläne dahingehend ändern, dass überflüssiger Stoff ausgesondert und nur noch das weitergegeben wird, was wir zum Leben auf Pern brauchen. Die meisten der in Dateien gespeicherten Inhalte sind für uns irrelevant. Und jetzt, da wir uns gar nicht mehr im Besitz dieser Informationen befinden, können wir uns guten Gewissens darauf konzentrieren, neues, praktisches Wissen zu vermitteln. Eine Entscheidung wurde uns durch die Vernichtung der Computer aus der Hand genommen: Wir brauchen uns nicht mehr damit zu beschäftigen, sinnlose Belehrungen für die Nachwelt zu konservieren. Deshalb frage ich: Was haben wir eigentlich verloren?«

Das Schweigen dehnte sich in die Länge, bis Sheledon zynisch lachte. »Wissen Sie, ich finde, sie hat Recht. Wir haben uns darin verzettelt, Zeug zu kopieren, mit dem wir hier auf Pern gar nichts anfangen können. Das Ganze wirkt umso abstruser, da niemand auf der Erde sich jemals die Mühe machen wird, herauszufinden, was aus uns geworden ist.«

Blinzelnd fasste Sydra ihren Gemahl ins Auge. »Fängst du schon wieder mit der Peilsonde von diesem alten Tubberman an?«

Sheledon nahm eine Abwehrhaltung ein. »Nun ja, immerhin wissen wir aus alten Berichten …«

»Ja, ja, die alten Berichte«, mokierte sich Sydra mit maliziösem Grinsen, woraufhin Sheledon rot anlief. »Sie besagen, dass die Sonde mit dem Notruf ohne Genehmigung von Admiral Benden losgeschickt wurde. Da kein Leiter der Kolonie die Botschaft autorisiert hat, würde man sie auf der Erde einfach ignorieren. Falls sie überhaupt je die Erde erreichte.«

»Jemand hätte kommen und sich selbst vom Zustand der Kolonie überzeugen können«, meinte Sheledon.

»Hören Sie auf damit, Shel«, mischte sich Bethany ein, die sich über seinen plötzlichen Gesinnungswandel amüsierte; denn er hatte die Theorie, Tubbermans Mayday könnte Hilfe herbeilocken, stets verworfen. »Um Interesse bei anderen Zivilisationen zu wecken, ist Pern einfach nicht reich genug.«

»Das steht in den altehrwürdigen Berichten, aber ich glaube, man schrieb es quasi als Alibi hinein. Jemand von der Erde hätte einfach vorbeischauen müssen, wie es den Siedlern ergangen ist … Die Shavian-Kolonien standen immer im Mittelpunkt der Aufmerksamkeit, und der Besitzanspruch der Heimatwelt wurde nie infrage gestellt. Das war übrigens der Auslöser für den Krieg gegen die Nathi.«

»Das liegt doch mehr als dreihundert Jahre zurück, Shel«, ermahnte Bethany in ihrem geduldigen Lehrerinnenton.

»Und geht uns auf Pern nicht das Geringste an«, fügte Sydra hinzu. »Dass wir nun keine Computer mehr haben, ist zweifelsohne ein Verlust. Aber es ist beileibe kein Schlag, von dem wir uns nicht erholen könnten.«

»Bedenken Sie, wie viele Informationen wir verloren haben!«, rief Clisser mit Tränen in den Augen.

»Clisser, mein Teurer«, begann Bethany und tätschelte begütigend seine Hand, »wir befinden uns immer noch im Besitz der ersten Computer, die je erfunden wurden.« Sie deutete auf ihren Kopf. »Hier drin, in unserem Verstand, ist eine Unmenge an Wissen gespeichert, mehr, als wir zum Überleben benötigen.«

»Aber … aber es fehlen uns auch wirklich wichtige Informationen, zum Beispiel Angaben über die Vorzeichen, die das Erscheinen des Roten Sterns ankündigen.«

»Wir finden schon eine Lösung für dieses Problem«, meinte sie in solch zuversichtlichem Ton, dass Clisser sich tatsächlich zu beruhigen schien. Für ein Weilchen erhellte sich seine Miene.

Dann überfiel ihn von neuem tiefste Verzweiflung, und er sackte abermals in sich zusammen. »Wir haben versagt. Unsere Vorfahren trugen uns auf, die Daten zu bewahren und verfügbar zu halten …«

»Blödsinn!«, schimpfte Sheledon und schlug mit der Faust auf den Tisch. »Unter unserer Wartung hielten die Computer schon viel länger als eigentlich geplant war. Ich habe genug in den alten Handbüchern gestöbert, um das mit Bestimmtheit zu wissen. Die Computer waren so konstruiert, dass sie bereits vor fünfzig Jahren ihre Betriebsdauer überschritten hatten. Es grenzt an ein Wunder, dass sie überhaupt so lange funktionierten. Und wie Bethany betont, haben wir wirklich nicht alles verloren. Lediglich ein technisches Hilfsmittel aus der Vergangenheit, wie schon so viele zuvor. Von nun an steht uns nicht mehr der einfache Weg zur Verfügung, per Computerdatei bestimmte Informationen abzurufen, sondern wir müssen uns durch Bücher ackern. Bücher! Bücher gibt es auf Pern in rauen Mengen.«

Clisser zwinkerte nervös mit den Augen. Er schüttelte den Kopf, als wolle er einen Gedanken verdrängen.

»Wir hatten vor, viele der alten Daten auszumustern«, fuhr Bethany freundlich fort. »Die wichtigsten, die unser gegenwärtiges Leben auf Pern betreffen, sind kopiert worden ... nun ja, die meisten jedenfalls«, berichtigte sie sich, als Clisser den Mund öffnete. »Und was wir bis jetzt nicht brauchten, werden wir auch in Zukunft nicht benötigen.«

»Aber wir haben die kompletten Aufzeichnungen über die menschliche Geschichte ...«, setzte Clisser an.

»Ha!«, fiel Sydra ihm ins Wort. »Es ist *Frühgeschichte,* Mann. Wir haben auf Pern überlebt, und *Pern* ist von Bedeutung. Wie Bethany sagt, was wir bis jetzt nicht brauchten, wird niemals aktuell werden. Also kriegen Sie sich wieder ein.«

Mit beiden Händen kratzte sich Clisser den Schädel. »Wie soll ich es nur Paulin beibringen?«

»Hat das Gewitter nicht auch in Fort Schäden angerichtet?«, fragte Sheledon, um sich gleich darauf selbst die Antwort zu geben. »Mir scheint, ich hätte ein Reparaturteam bei den Sonnenpaneelen gesehen.«

Clisser warf die Arme in die Luft. »Ich erzählte ihm, wir würden uns die Schäden ansehen.«

»Ist es wirklich so schlimm?«, vergewisserte sich Sheledon.

»Schlimmer könnte es gar nicht sein.« Clisser ließ resigniert die Schultern hängen.

»Sie können doch nichts dafür, wenn ein Unwetter gewütet hat, Clisser«, versuchte Bethany ihn aufzumuntern.

Er bedachte sie mit einem niedergeschmetterten Blick.

»War das System eingeschaltet, als der Sturm losbrach?«, erkundigte sich Sheledon.

»Natürlich nicht!«, knurrte Clisser und funkelte Sheledon empört an. »Sie kennen die Vorschriften. Bei einem Unwetter wird jedes elektronische System abgeschaltet.«

»Und das wurde auch in diesem Fall befolgt?«

»Was dachten Sie denn?«

Bethany und Sheledon tauschten einen skeptischen Blick. Beide wussten, dass Jemmy oftmals so lange arbeitete, bis er vor dem Keyboard einnickte.

»Ich versichere Ihnen«, legte Clisser los, »dass sämtliche Anlagen ausfielen. Zum Glück sind die Generatoren durch einen Überspannungsschutz gesichert, doch auch das konnte die Computer nicht retten. Die plötzlich ansteigende Spannung wurde durch den Datenbus übertragen, nicht durch die Stromleitungen.«

»Die Computer kränkelten schon seit langem. Und jetzt sind sie endgültig gestorben, ein für alle Mal«, wiegelte Sheledon ab. »Mögen sie in Frieden ruhen. Ich rede mit Paulin, falls Sie sich deshalb Sorgen machen.«

»Ich sorge mich nicht wegen Paulin.« Clisser knallte die Faust auf den Tisch. »Und es ist *meine* Pflicht, ihm Bescheid zu sagen.«

»Dann vergessen Sie nicht hinzuzufügen, dass wir bereits an neuen Lehrmethoden arbeiten und keine Daten verloren gingen, die für künftige Generationen von Wichtigkeit sind«, betonte Sydra.

»Aber … aber … woher sollen wir wissen, was irgendwann einmal an Wissen akut werden könnte?«, ließ Clisser nicht locker. »Wir kennen nicht einmal die Hälfte von dem, was wir uns eigentlich hätten aneignen müssen.«

Bethany stand auf und ging die zwei Schritte zur Getränketheke.

»Dort funktioniert auch nichts«, lamentierte Clisser und winkte resigniert ab.

»Den Komfort werde ich vermissen«, gab Bethany zu.

»Wir alle werden Entbehrungen auf uns nehmen müssen«, stimmte Clisser ein und blies zischend den Atem aus, ehe er sich mit allen zehn Fingern das Haar aus der Stirn kämmte.

»Dann benutzen wir halt wieder den Gasring«, meinte Sydra achselzuckend. »Damit kann man Wasser genauso schnell erhitzen, wenn nicht noch schneller. Was halten Sie davon, wenn wir uns zur Erfrischung etwas Klah aufbrühen?« Sie fasste Clisser bei der Hand, um ihn von seinem Sessel hochzuziehen. »Sie sehen aus, als könnten sie eine Stärkung vertragen.«

»Mir scheint, von eurem gestrigen Erfolg seid ihr alle noch ein bisschen berauscht«, erwiderte er in vorwurfsvollem Ton, stand aber von seinem Platz auf.

»Das stimmt«, räumte Sheledon ein. »Umso besser können wir Sie trösten, alter Freund.«

»Clisser«, begann Bethany mit leiser, eindringlicher Stimme, »aus dem Bericht über die sogenannte Zweite Auswanderung, die auf Pern selbst stattfand, weil Vulkanausbrüche die Siedler dazu zwangen, einen ganzen Kontinent aufzugeben, wissen wir, dass die Künstliche Intelligenz, das Akki, sich selbst abschaltete. Der Grund dafür ist uns bekannt. Das Akki merkte, dass die Menschen sich immer mehr auf diese Maschine verließen, sie gar für unfehlbar hielten. Sie glaubten, sie halte die Lösungen für sämtliche Probleme parat, und nicht nur die Fakten über die Geschichte des besiedelten Universums. Die Leute betrachteten das Akki nicht nur als eine Art Orakel, sondern vertrauten mehr darauf, als ihnen gut tat. Als *uns* gut tun würde. Also deaktivierte sich das Akki selbsttätig.«

»Schon viel zu lange ließen wir uns von den Angaben

und Werten leiten, die wir aus Computerdateien entnahmen. Wir sind unselbständig geworden. Es wird höchste Zeit, dass wir uns auf eigene Füße stellen …« Sie verzog ironisch den Mund, wie wenn sie an die mangelnde Standfestigkeit ihrer eigenen Füße dächte. »Und unsere eigenen Entscheidungen treffen. Vor allen Dingen, weil die Inhalte der Computerdateien kaum noch Bezug auf unsere derzeitige Lage haben. Unsere speziellen Probleme werden nicht durch überholte Ratschläge gelöst.«

»Sie sagen es, Bethany«, pflichtete Sheledon ihr ernst bei.

Abermals glättete Clisser sein Haar und setzte ein wehmütiges Lächeln auf. »Trotzdem wäre es besser gewesen, wenn es nicht so plötzlich gekommen wäre. Ein klitzekleines bisschen mehr an Informationen hätte uns vielleicht genützt. Vor allen Dingen den Drachenreitern.«

»Sie meinen, wir hätten vielleicht ein absolut sicheres System entdecken können, das zweifelsfrei die Annäherung des Roten Sterns beweist?«, fragte Sheledon und zuckte die Achseln. »Die klügsten Köpfe auf Pern befassen sich mit dieser Problematik.«

»Wir finden schon einen Weg«, meinte Bethany zuversichtlich. »Den Menschen fällt immer etwas ein, wenn es ums Überleben geht.«

»Deshalb gibt es ja die Drachen«, stellte Sydra lakonisch fest. »Für einen Becher Klah könnte ich einen Mord begehen.«

## KAPITEL 5

# Die Weyrling-Kasernen und Burg Bitra

Ein hartnäckigs, nagendes Hungergefühl riss Debera aus dem tiefsten Schlaf. Im ersten Moment fühlte sie sich orientierungslos. Das Bett kam ihr viel zu weich vor, sie schlief allein darin, weder die Geräusche noch die Gerüche im Raum waren ihr vertraut.

*Ich habe wirklich schrecklichen Hunger. Ich weiß, dass du sehr müde warst, aber mein Magen ist leer, leer …*

»Morath!« Debera schoss kerzengerade in die Höhe und stieß mit Morath zusammen, die sich über ihr Bett beugte. »Autsch! Ach, meine Liebste, hab ich dir etwa weh getan?« Sich im Bett aufrichtend, schlang Debera die Arme um Morath und streichelte ihr Wangen und Ohrhöcker. Die ganze Zeit über murmelte sie besänftigend auf sie ein, sie würde ihr nie, nie wieder etwas zu Leide tun.

Der Blick des jungen Drachen klärte sich. Die Augen rollten nur noch ganz sachte, und die rötliche Färbung, die Schmerzen und Schreck verrieten, verblasste unter den tröstenden Worten.

*Dein Kopf ist viel härter als er aussieht,* meinte sie, während sie ihr eigenes Haupt schüttelte.

Debera kraulte Morath unter dem Kinn, wo sie ihr den Schlag versetzt hatte.

»Es tut mir ja so Leid, Liebste«, wiederholte sie. Plötzlich hörte sie hinter sich ein Kichern. Als sie halb ärgerlich, halb einem Reflex folgend, herumschwenkte, sah sie, dass sie nicht allein in der Weyrling-Kaserne waren. Das blonde Mädchen von Ista – Sarra mit Namen – hockte auf ihrer Bettkante und legte zusammengefaltete

Kleidungsstücke in die Truhe. Ihr Drache lag noch zu einem kompakten Hügel zusammengekrümmt auf seiner Ruhestatt und gab leise Schnarchtöne von sich.

»Ups, es war nicht böse gemeint«, sagte Sarra und lächelte so aufrichtig, dass Debera sich sofort entspannte. »Ihr hättet euch sehen sollen, wie ihr zusammengeprallt seid. Morath schielte beinahe über Kreuz, als du ihr den Kopfstoß verpasstest.«

Debera rieb sich den Schädel und schnitt eine Grimasse, während sie von ihrem Bett herunterstieg.

»Ich hatte ganz fest geschlafen ... als ich wach wurde, wusste ich zuerst nicht, wo ich war ...«

»Morath war sehr brav«, meinte Sarra. »T'dam hat gesagt, wir sollten uns Kleidung für eine schmutzige Arbeit anziehen. Nachdem die Drachen ihr erstes Verdauungsschläfchen gehalten haben, müssen wir sie baden und mit Öl einreiben.«

Debera fiel der Stapel an Kleidungsstücken ein, den sie in der vergangenen Nacht kaum beachtet hatte.

*Dauert es lange, bis du angezogen bist?*, fragte Morath kläglich.

»Nein, es geht ganz rasch, Liebste.« Debera kehrte Sarra den Rücken zu, streifte sich das Nachthemd ab und schlüpfte in die Sachen, die zuoberst auf dem Kleiderstapel lagen – derbe, abgetragene Klamotten, die sich gut für grobe Schmutzarbeit eigneten.

Die Socken waren neu, aus kräftigem Baumwollgarn gestrickt, und dankbar tauschte sie sie gegen das Paar aus, das sie bereits seit mehreren Tagen an den Füßen trug. Hastig stieg sie in ihre Stiefel und stand vom Bett auf.

»Ich bin soweit, Liebste«, verkündete sie dem kleinen grünen Drachen, der von der erhöhten Schlafplattform hüpfte und prompt auf die Nase fiel.

Sarra kletterte über ein Bett, das im Weg stand, um Debera beim Aufrichten von Morath zu helfen. Dabei bemühte sie sich so krampfhaft, einen Lachanfall zu unterdrücken, dass sie beinahe erstickte. Sobald sich Debera davon überzeugt hatte, dass Morath bei dem Sturz nicht zu Schaden gekommen war, grinste sie das Mädchen von Ista an.

»Sind sie immer so …?«

Sarra nickte. »Ja, das hat T'dam uns gesagt. Gleich vor der Tür steht ein Eimer mit Fleisch … Heute werden wir noch geschont«, sie rümpfte die Nase, »aber ab morgen heißt es für uns, beim ersten Morgengrauen aus den Federn und für unsere Lieblinge das Frühstück zubereiten …«

Sarras grüner Drache stieß ein langgezogenes Schnauben aus. Das Mädchen wirbelte herum, um zu sehen, ob der Drache aufgewacht war. Doch der Schnarcher verebbte zu einem hellen Seufzer, und der normale gurgelnde Atemrhythmus stellte sich wieder ein.

»Hat sie die ganze Nacht so gesägt?«, erkundigte sich Debera.

*Hab sooolchen Hunger …*

Sofort reagierte Debera, und Sarra lief voraus, um beide Flügel des Tores zu öffnen. Als Debera und der Jungdrache an ihr vorbeimarschierten, vollführte sie eine schwungvolle Verbeugung. Morath schmiegte sich an Debera und drängte sie nach rechts ab; ihre Nase leitete sie schnurstracks zu den beiden zugedeckten Eimern, die auf einem Gestell vor der Kaserne standen.

Debera hob einen Eimer herunter, derweil Morath ungeduldig mit den Lippen die Bedeckung zur Seite schob und tief den vom Fleisch ausströmenden Geruch einzuatmen schien. Debera erlaubte Morath, sich das Maul zu füllen, danach stellte sie sich zwischen sie und den Eimer.

»Alles gut durchkauen, Morath, hast du mich verstanden? Andernfalls könntest du an einem Brocken ersticken, und was wird dann aus mir?«

Morath blickte so entsetzt drein, dass Debera nicht streng bleiben konnte.

»Kauen!«, ermahnte sie und stopfte eine Hand voll Fleisch in Moraths geöffnetes Maul. »Kauen!«, wiederholte sie, und gehorsam mahlte Morath mit den Kiefern, ehe sie sie erneut aufriss und um weiteres Futter bettelte. Debera hatte nicht umsonst die jungen Tiere in der Burg hochgepäppelt. Nun kam ihr ihre Erfahrung mit der Aufzucht von Neugeborenen zugute.

Wer immer den Eimer gefüllt hatte, wusste genau über das Fassungsvermögen eines Drachenmagens Bescheid. Moraths Gier war beträchtlich abgeflaut, als Debera sich bis auf den Boden des Eimers vorgearbeitet hatte, und ehe der Drache den letzten Happen hinunterschluckte, stieß er einen zufriedenen Seufzer aus.

»Wie ich sehe, hat sie gefrühstückt«, sagte T'dam, der so plötzlich auftauchte, dass Morath überrascht losquiekte und Debera eilends versuchte, sich aus ihrer Hockstellung hochzurappeln. T'dam legte ihr eine Hand auf die Schulter und schob sie sachte zurück.

»Hier im Weyr legen wir keinen großen Wert auf Etikette, Debera«, erklärte er freundlich. »Und nun bring Morath zu dem See dort drüben.«

Er zeigte nach rechts, wo Debera eine Kolonie aus gigantischen Buckeln als eine Herde schlafender Drachen ausmachte. »Lass sie ein Weilchen schlummern, und wenn sie dann aufwacht, seid ihr direkt an Ort und Stelle, wo du sie baden und mit Öl einreiben kannst.« T'dam grinste. »Aber ihre nächste Mahlzeit …« Mit der Hand deutete er nach links. »Bist du zimperlich?«

Debera schaute in die Richtung, in die er zeigte, und sah sechs gehäutete Tierkadaver, die an Fleischerhaken baumelten. Weyrlinge waren eifrig dabei, das Fleisch von den Knochen zu schälen und es dann auf Hackblöcken in maulgerechte Brocken für die Drachen zu zerkleinern.

»Ich und zimperlich?«, verächtlich schnaubte Debera durch die Nase. »Ganz bestimmt nicht.«

»Gut«, kommentierte T'dam anerkennend. »Ein paar

deiner Kameraden sind nämlich recht empfindlich. Komm mit, Morath«, fügte er in verändertem Tonfall hinzu, aus dem Zuneigung und Fürsorge herausklangen. »Du brauchst ein wenig Ruhe, und der Sandstrand am See ist von der Sonne angenehm aufgeheizt.«

Morath hob den Kopf und betrachtete mit blaugrün glitzernden Augen den Weyrlingmeister.

*Er ist ein netter Mensch,* tat sie kund und schickte sich an, im Watschelgang dem Seeufer zuzustreben, wobei ihr angeschwollener Bauch im Rhythmus der Tritte schaukelte.

»Wenn du hier fertig bist, Debera, nimmst du in der Küche dein Frühstück ein. Es freut mich, dass du nicht heikel bist«, sagte er, während er sich umdrehte, aber sein verhaltenes Lachen traf noch auf Deberas Ohren.

*Bis zum See ist es schrecklich weit, nicht wahr, Debera?,* japste Morath.

»Es geht«, wiegelte Debera ab. »Aber wenigstens kannst du dort bequem ruhen. Woanders wäre der Boden viel zu huckelig.«

Morath peilte ihre lange Nase hinab und kickte mit der linken Tatze einen Stein aus dem Weg. Dann seufzte sie. Während Debera aufmunternd auf sie einredete, erreichten sie den Sandstrand. Er war erst kürzlich mit einem Rechen bearbeitet worden, davon zeugten noch die Furchen, die man zwischen den Klauen- und Schwanzspuren der Drachen sah. Debera lockte Morath immer weiter auf den Sand, bis zu einem freien Fleck zwischen zwei braunen Drachen, die zusammengerollt dort lagen und mit den Schwingen die Augen vor der brennenden Herbstsonne abschirmten.

Erleichtert schnaufend ließ Morath sich auf ihre Hinterbacken nieder, wobei ihre gesamte Haltung ausdrückte, dass sie nicht gewillt war, noch einen einzigen Schritt weiterzugehen, und rollte sich langsam auf die rechte Seite. Dann ringelte sie den Schwanz um ihren

Rumpf, schob den Kopf unter die linke Schwinge und döste mit einem babyhaften Gurren in der Kehle ein.

Nur widerstrebend konnte sich Debera von ihrem Drachen losreißen. Sie staunte immer noch, wie es ihr gelungen war, von einem so herrlichen, liebenswerten Geschöpf als Partnerin erwählt zu werden.

Schon seit langem hatte sie Liebe und Geborgenheit vermisst – seit ihre Mutter gestorben war und ihr ältester Bruder die heimische Burg verlassen hatte. Doch nun hatte sie Morath ganz für sich allein, und all die Jahre, in denen sie sich einsam und verlassen gefühlt hatte, verblassten zu einem unbedeutenden Augenblick.

Als Debera sich davon überzeugt hatte, dass es Morath an nichts fehlte, ging sie durch den Weyrkessel zurück zu den Küchenkavernen. Der Duft von frisch gebackenem Brot und anderen Leckereien trieb sie an. Sie hoffte, sie hätte genug Selbstbeherrschung, um das Essen nicht so gierig hinunterzuschlingen wie ihr Drache.

Die Küche des Telgar-Weyrs bestand aus Reihen von nebeneinander gelegenen Höhlen, alle mit einem Einlass versehen, wobei sich die Eingänge jedoch in Form und Größe stark voneinander unterschieden. Als Debera vor der Tür zur nächstgelegenen Kaverne stehen blieb, sah sie, dass die Herde längs der Außenwand aufgestellt waren, sodass der Rauch durch mehrere draußen angebaute Kamine abziehen konnte.

Die vielen langen Tische, an denen sich am Abend zuvor noch Gäste gedrängt hatten, waren bis auf die, die man für die ständigen Bewohner des Weyrs brauchte, abgebaut. Drinnen herrschte rege Betriebsamkeit, denn etliche Männer wie Frauen waren rührig mit der Essenszubereitung beschäftigt.

»Frühstück gibt's hier«, ließ sich eine Frau vernehmen. Sie lächelte Debera an und zeigte auf einen Herd. »Die Hafergrütze ist noch heiß und das Klah frisch gebrüht. Bedien dich.«

Debera blickte zu der Kochstelle hin, neben der praktischerweise ein Tisch und Stühle standen.

»Gleich kommt das frisch gebackene Brot aus dem Ofen, dann bringe ich dir ein paar Scheiben«, fügte die Frau hinzu und fuhr mit der Arbeit fort.

Gerade hatte sich Debera einen Becher Klah und eine Portion Hafergrütze genommen – ohne Klumpen und überhaupt nicht angebrannt –, als zwei Buben die Kaverne betraten. Sie machten einen recht bestürzten, unsicheren Eindruck.

»Die Schalen sind hier, und dort stehen die Becher«, kam Debera ihnen hilfreich entgegen. »Und nehmt einen Lappen, wenn ihr den Topf mit der Hafergrütze anfasst. Er ist sehr heiß.«

Sie probierten ein schüchternes Lächeln. Die beiden sind ja kaum alt genug für eine Gegenüberstellung, dachte Debera und kam sich ziemlich erwachsen und klug vor. Die Jungen bedienten sich, doch nicht, ohne Hafergrütze ins Feuer zu schlabbern, wobei sie jedes Mal erschrocken zurückprallten, wenn die Flammen knisterten und Funken hochsprangen.

»Kommt her, setzt euch doch zu mir, ich beiße nicht«, forderte Debera die Buben auf und klopfte mit der Hand auf ihren Tisch. Die beiden machten einen verträglichen, lieben Eindruck, nichts von der Übellaunigkeit und Gereiztheit ihrer jüngeren Halbbrüder haftete ihnen an.

»Du hast einen grünen Drachen, nicht wahr?«, brach einer der Knaben das Schweigen. Sein dicht am Schädel klebendes schwarzes Kraushaar schien erst kürzlich getrimmt worden zu sein.

»Klar hat sie einen grünen, du Blödmann«, fiel der andere Bursche ein und stubste seinem Kameraden den Ellbogen in die Rippen. »Ich bin M'rak, und mein Bronzedrache heißt Caneth«, setzte er stolz hinzu.

»Mein bronzener Drache heißt Tiabeth«, erzählte der schwarzhaarige Junge mit demselben Anflug von Stolz.

»Und mein Name ist S'mon«, ergänzte er bescheiden. »Wie heißt dein Drache?«

»Morath.« Debera ertappte sich dabei, wie sie breit grinste. Ob alle frisch gebackenen Drachenreiter so euphorisch reagierten?

Die Jungen setzten sich bequem zurecht und fielen beinahe so heißhungrig wie ihre Schützlinge über das Frühstück her. Absichtlich begann Debera, langsamer zu essen. Diese Hafergrütze war viel zu köstlich, um gedankenlos vertilgt zu werden, sie war wunderbar sämig, ohne die geringste Spur von Spelzen oder Sand. Offenbar gab Telgar nur das Beste als Tribut an seinen Weyr ab. Ihr entfuhr ein dankbarer Seufzer, weil sie zu den Glücklichen gehörte, die zum Drachenreiter auserwählt waren.

Jählings hörten die Jungen auf zu essen, die Löffel in der Luft erhoben, und gaben einen warnenden Laut von sich. Hastig drehte sich Debera um. Hinter ihr baute sich die massige Gestalt von Tisha auf, der Wirtschafterin der Kaverne. Auf ihrem runden Gesicht lag ein breites, gutherziges Lächeln.

»Wie geht es euch heute? Habt ihr euch schon eingelebt? Braucht ihr vielleicht etwas aus dem Magazin? Eure Eltern haben euch die besten Sachen zum Anziehen mitgegeben, aber was ihr benötigt, ist grobe Arbeitskleidung«, erklärte sie mit ihrer tiefen, vergnügten Stimme. »Schmeckt euch das Frühstück? Das Brot kommt frisch aus dem Ofen, und ihr dürft euch davon nehmen, so viel ihr wollt.« Ihre wohlgeformten kräftigen Hände ruhten auf Deberas Schultern, wie wenn sie ihr mit dieser Geste eine ganz besondere Botschaft übermitteln wollte. »Wenn du irgendeinen Wunsch hast, wende dich an mich oder sag T'dam Bescheid. Ihr Weyrlinge solltet außer der Pflege eurer Drachen keine zusätzlichen Sorgen haben. Die Arbeit mit den Tieren ist schwer genug, das weiß ich, habt also keine Hemmungen, eure Anliegen vorzutragen.« Ehe sie ihre

Hände zurückzog, tätschelte sie noch einmal Deberas Schultern.

»Ich hab ganz vergessen, das Kleid mitzubringen, das Sie mir gestern geborgt haben«, sagte Debera, die argwöhnte, sie bekäme einen Wink mit dem Zaunpfahl.

»Um Himmels willen, Kind«, legte Tisha los, »das Kleid war eigens für dich angefertigt worden, obwohl wir noch keine Ahnung von deinem Erscheinen hatten.« Ihr üppiger Busen wogte vor unterdrücktem Gelächter.

»Aber das Kleid ist viel zu schade ...«, setzte Debera protestierend an.

Abermals tätschelte Tisha ihre Schultern. »Es steht dir hervorragend. Ich liebe es, schöne Kleider zu nähen. Es ist meine große Leidenschaft, und ich arbeite ständig an einem neuen Stück.« Wieder ein Schulterklopfen. »Dieses Kleid passt dir wie angegossen, als hätte ich es wirklich nach deinen Maßen entworfen. Selbstverständlich gehört es dir. Am Siebenten Tag möchten wir uns alle gern ein bisschen herausputzen. Kannst du nähen?«, erkundigte sie sich hoffnungsvoll.

»Leider nein.« Beschämt senkte Debera den Blick, als sie sich daran erinnerte, wie ihre Mutter an den Abenden handarbeitete, Gewänder bestickte oder anderweitig verzierte. Gisa brachte es kaum zuwege, zerrissene Kleidung zu flicken, und keine ihrer Töchter lernte die Kunst der Schneiderei.

»Ich frage mich, was man den jungen Leuten heutzutage beibringt. Schon im Alter von drei Jahren konnte ich mit einer Nähnadel umgehen ...«, fuhr Tisha fort.

Die Blicke der Buben richteten sich ins Leere bei der Wende, die das Gespräch nahm.

»Und ihr, meine Bürschchen, werdet lernen, wie man Reitgeschirre flickt.« Schalkhaft drohte Tisha ihnen mit dem Zeigefinger. »Außerdem bringt man euch bei, Stiefel und Jacken anzufertigen, damit ihr eure eigenen Reitmonturen näht.«

»Wie?«, fragte M'rak verblüfft. »Nähen ist was für Mädchen.«

»Nicht im Weyr«, stellte Tisha resolut fest. »Das werdet ihr schnell genug spitzkriegen. Handwerkliches Rüstzeug gehört mit dazu, wenn man ein Drachenreiter sein will. Aber man kann alles lernen. Und hier kommen das Brot, die Butter und ein Topf Marmelade.«

Eine Frau, die genauso pummelig war wie Tisha, stellte freundlich lächelnd ein voll beladenes Tablett auf den Tisch.

»Das dürfte wohl reichen. Danke, Allie«, sagte Tisha, während Debera ein paar anerkennende Worte murmelte und S'mon sich gleichfalls an seine guten Manieren erinnerte. M'rak hielt sich mit derlei Finessen nicht auf, sondern grapschte nach einer Scheibe des dampfenden Brotes und stopfte sie sich in den Mund.

»Toll!«, stöhnte er verzückt.

»Nicht, dass es dir wieder hochkommt, wenn du die nächste Mahlzeit für deinen Drachen zubereitest«, bemerkte Tisha und ging fort, ehe der verblüffte Bronzereiter ihren Ausspruch begriffen hatte.

»Was meint sie damit?«, fragte er in die Runde.

Debera grinste. »Du kommst nicht vom Lande, was?«

»Nein, meine Familie handelt mit Textilien«, antwortete M'rak. »Ich stamme aus Keroon.«

»Wir müssen das Fleisch klein schneiden, das wir an unsere Drachen verfüttern, nicht wahr?«, vergewisserte sich S'mon ein bisschen ängstlich. »Müssen wir es auch von den toten Tieren absäbeln, die an den Gestellen hängen?«

»Ach du meine Güte!« M'rak wurde blass und schluckte verdächtig.

»Genau das ist unsere Aufgabe«, erklärte Debera. »Wenn du willst, entferne ich das Fleisch von den Knochen und du brauchst es dann nur klein zu hacken. Abgemacht?«

»Abgemacht!«, entgegnete M'rak hastig. Der Appetit

auf das Brot, das er immer noch in der Faust hielt, schien ihm vergangen zu sein. Er legte die Scheibe wieder hin. »Ich hatte ja keine Ahnung, dass das mit dazugehört, wenn man einen Drachen reitet.«

Debera gluckste in sich hinein. »Ich glaube, wir alle werden noch feststellen, dass ein Drachenreiter nicht nur auf dem Rücken seines Tieres sitzt und munter durch die Gegend fliegt.«

Schon bald erfuhr sie, wie Recht sie mit ihrer Annahme hatte. Nicht, dass sie ihre Abmachung mit den beiden Jungen bereute – die Arbeit war gerecht verteilt –, aber manchmal kam es ihr vor, als sei sie ausschließlich damit beschäftigt, Fleisch zu entbeinen, ihren Drachen zu füttern oder ihn zu baden.

Für sich selbst blieb ihr außer zum Schlafen keine Zeit. Gewiss, sie hatte daheim verwaiste Jungtiere bemuttert, doch keines davon war so groß und so hungrig gewesen wie ein Drache. Morath schien buchstäblich über Nacht zu wachsen, wie wenn sie ihr Futter direkt in Gewichtszunahme umsetzte, was bedeutete, dass auch die Arbeit mit ihr immer umfangreicher wurde. Ihr Appetit steigerte sich, die Menge an Fleisch, die sie zu sich nahm, wurde größer, und indem sie in die Höhe und Breite ging, gab es für Debera immer mehr Fläche zum Abschrubben und Einölen.

»Es ist der Mühe wert, sage ich mir immer wieder«, murmelte Sarra eines Tages, als sie sich abgekämpft auf ihr Lager warf.

»Hilft es denn, wenn du dich selbst anfeuerst?«, erkundigte sich Grasella und wälzte sich stöhnend auf die andere Seite.

»Das spielt doch alles keine Rolle«, warf Mesla ein und entledigte sich aufatmend ihrer Stiefel.

»Von dem Öl sind meine Hände ganz weich geworden«, bemerkte Debera freudig überrascht; zum ersten Mal war ihr die Veränderung an sich aufgefallen.

»Dafür verklebt es mir so die Haare, dass ich die Zotteln kaum auskämmen kann«, trug Jule zu dem Gespräch bei, die Spitze ihres verfilzten Zopfes betrachtend. »Ich wünschte mir, ich hätte endlich mal wieder Zeit, mir die Haare zu waschen.«

»Frag Tisha, sie weiß sicher Rat«, meinte Angie, räkelte sich auf ihrem Bett und gähnte. »Im Übrigen kann sie ausgezeichnet massieren. Mein Bein ist schon viel besser.«

Sie und ihr Drache Plath waren unlängst übereinander gestolpert, und sie hatte sich eine so schwere Muskelzerrung zugezogen, dass man zuerst vermutete, das Bein sei gebrochen. Plath war außer sich gewesen vor Sorge, bis Maranis erklärt hatte, die Blessur sei halb so schlimm. Die anderen Mädchen hatten Angie geholfen, Plath zu pflegen.

»Das passiert nun mal, wenn man ein Drachenreiter ist«, hatte T'dam geäußert. Doch auch er sprang ein, wenn immer Hilfe vonnöten war. »Später werdet ihr über solche Bagatellen lachen.«

Der Raum, in dem Lord Chalkin saß, damit der kürzlich akkreditierte Künstler Iantine das Porträt des Burgherrn malen konnte, war wärmer als jede andere Kammer in der Festung; dennoch entfuhr dem Kunstschaffenden ein leiser Seufzer der Erschöpfung. Seine Hand verkrampfte sich und er fühlte sich zum Umfallen müde. Indessen hütete er sich, seinem widerwärtigen Modell auch nur das geringste Anzeichen von Schwäche zu verraten.

Wenn es ihm nicht gelang, dieses Konterfei schnellstmöglich zu beenden, steckte er vielleicht bis zum Frühling in diesem elenden Loch fest. Zum Glück war der erste Schnee, der bereits gefallen war, wieder geschmolzen, und gleich nach Fertigstellung des Bildes würde er sich auf den Weg machen, noch ehe die Farbe trocken war. Und zwar *mit* den Marken, die man ihm als Honorar versprochen hatte!

Wieso er es sich zugetraut hatte, jedwedes Problem zu meistern, das im Zuge einer Auftragsarbeit entstehen konnte, vermochte er selbst nicht mehr zu sagen. Dabei hatte es an Warnungen nicht gefehlt; doch hauptsächlich hatte man ihm nahe gelegt, sich nicht auf Glücksspiele mit irgendwelchen Bitranern einzulassen, falls das Geld ihm locker säße. Allerdings waren die Mahnungen eher vage gewesen, man hatte sich nicht auf Details eingelassen.

Wieso hatte Ussie ihm nicht erzählt, wie viele Leute der Burgherr von Bitra schon gefoppt hatte? Der Vertrag schien in Ordnung zu sein, die Bedingungen klangen vernünftig, dabei handelte es sich um ein Abkommen, wie es irreführender nicht sein konnte.

Und er – in seiner Unerfahrenheit und Arroganz – war schlichtweg darauf hereingefallen. Dünkelhaft und von sich selbst eingenommen, hörte er nicht auf die klugen Ratschläge, die Meister Domaize in seinen Dickschädel hämmern wollte. Bis sein Lehrer es aufgab, ihn zu beeinflussen, denn Meister Domaize hielt eine Menge davon, einen jeden aus eigenen Fehlern lernen zu lassen – vor allen Dingen, wenn es dabei nicht um Kunst ging.

»Bitte, Lord Chalkin, könnten Sie wohl noch einen Moment länger stillhalten? Ich möchte die günstigen Lichtverhältnisse gern nutzen«, bat Iantine, dem die Zuckungen in Lord Chalkins feisten Wangen lästig wurden. Der Mann litt nicht etwa an einem nervösen Tic oder etwas Ähnlichem, doch er vermochte genauso wenig ruhig auf seinem thronartigen Sessel zu sitzen wie seine Kinder.

In einem Anflug von Boshaftigkeit überlegte Iantine, ob er das Zucken im Bild festhalten sollte – als Muskelkontraktion – aber auch ohne derlei Faxen fiel es ihm schon schwer genug, Chalkin halbwegs passabel aussehen zu lassen. Die schlammbraunen, eng beieinander stehenden Augen schielten schräg über die fleischige

Knollennase hinweg – die Iantine geschickt verkleinert hatte.

Meister Domaize hatte seinen Studenten eingebläut, dass ein Porträtmaler rücksichtsvoll sein müsse, und Iantine pflegte ihm rigoros zu widersprechen. Er vertrat die Meinung, Realismus sei erforderlich, wenn der Kunde ein naturgetreues Bildnis wünsche.

»Ein lebensnahes Porträt kann niemals realistisch sein«, dozierte der Meister in dem riesigen scheunenartigen Bau, wo der Unterricht stattfand. »Sparen Sie sich die Wirklichkeitstreue für Landschaften und historische Wandgemälde auf, nur nicht für Porträts. Keiner will sich so sehen, wie die anderen ihn wahrnehmen. Wer als Porträtist Erfolg verbuchen will, braucht Takt und Feingefühl.«

Iantine erinnerte sich an die Diskussionen über Heuchelei, und dass man der Eitelkeit der Menschen nicht noch Vorschub leisten sollte. Meister Domaize hatte über seine Halbbrille hinweggepeilt und nachsichtig gelächelt.

»Diejenigen von uns, die begreifen, dass ein Porträtmaler ein guter Diplomat sein muss, finden ihr Auskommen. Die anderen, die die Wahrheit im Bild festhalten wollen, enden in einer Gildehalle und pinseln dekorative Muster an die Wände.«

Als Lord Chalkins Angebot, Miniaturen seiner Kinder anzufertigen, im Institut Domaize eintraf, wollte so recht niemand anbeißen.

»Was ist daran auszusetzen?«, wunderte sich Iantine, als die Nachricht drei Wochen lang am schwarzen Brett hing, ohne dass sich jemand dafür interessierte. Bald würde er im Institut Domaize sein Abschlussexamen absolvieren, und er hoffte auf gute Noten.

»Chalkin ist ein ausgemachtes Ekel«, erklärte Ussie zynisch.

»Ach, ich kenne seinen Ruf«, erwiderte Iantine, lässig mit einer farbbespritzten Hand wedelnd. »Was mit

Lord Chalkin los ist, weiß doch jeder. Aber hier stehen seine Bedingungen«, er tippte auf das Dokument, »und sie entsprechen unseren Maßgaben.«

Ussie grinste hinter vorgehaltener Hand und musterte ihn auf seine herablassende Art, die Iantine immer wieder aufs Neue fuchste. Er wusste, dass er ein besserer Zeichner und Farbenkünstler war, als Ussie es je sein würde, trotzdem mimte Ussie dauernd den Überlegenen. Iantine *wusste,* dass er begabter war und sich ständig vervollkommnete, denn im Atelier erhielt jeder die Gelegenheit, die Arbeiten der Kommilitonen zu studieren.

Ussies anatomische Skizzen sahen aus, als hätte ein Mutant Modell gestanden ... und sein Geschmack bezüglich Farben war bestenfalls bizarr. Ussies Talente lagen auf dem Gebiet der Landschaftsmalerei, und er tat sich hervor, wenn es um das Entwerfen von Wappen, Statuen und anderer eher kunsthandwerklicher Dinge ging.

»Ja, aber während der Arbeit wirst du in Burg Bitra *wohnen* müssen; und wenn es auf den Winter zugeht, kann es dort sehr ungemütlich werden.«

»Aber es handelt sich doch nur um vier Miniaturen. Wie lange kann das schon dauern!« Iantine rechnete mit einer Siebenspanne. Selbst für sehr junge und lebhafte Kinder musste die Zeit reichen.

»Na schön, na schön, vielleicht ist es dir immer gelungen, Kinder zum Stillsitzen zu bewegen. Aber diese Rotznasen gehören zu Chalkins Brut, und wenn sie nur ein bisschen auf ihn herauskommen, wirst du alle Hände voll zu tun haben, damit sie nicht dauernd herumhampeln. Denn wenn sie keine Sekunde ruhig halten, wirst du kaum ein akkurates Abbild von ihnen hinkriegen. Obwohl ich ernsthaft bezweifle, ob ein ›akkurates‹ Bild von diesen Bälgern überhaupt erwünscht ist. Und wie ich dich kenne, Ian ...« – Ussie wackelte mit dem Zeigefinger vor seiner Nase herum und grinste breit –, »wirst du es nicht über dich bringen, die kleinen Lieblinge so zu glorifizieren, dass der in sie vernarrte Papa zufrieden ist.«

»Aber …«

»Als das letzte Mal ein Angebot von Chalkin hereinkam«, mischte sich Chomas in das Gespräch, »saß Macartor dort neun Monate lang fest, ehe man sein Werk ›zufrieden stellend‹ fand.« Chomas deutete auf die Klausel, die mit der Formulierung begann: »Fällt das Produkt zufrieden stellend aus …«, und fuhr fort: »Als er zurückkam, war er nur noch ein Schatten seiner selbst und hatte bei dem ganzen Projekt noch eigenes Geld zugebuttert.«

»Macartor?« Iantine hatte von dem Künstlergesellen gehört; er galt als tüchtig mit einem guten Auge fürs Detail und beschäftigte sich derzeit mit Wandmalereien für die neue Halle in Burg Nerat. Er suchte nach einem Grund, weshalb Macartor es wohl nicht geschafft hatte, mit Chalkin auszukommen. »Ein begabter Mann, wenn es um filigrane Arbeiten geht, aber er ist halt kein Porträtmaler«, schloss er.

Ussie hob die Brauen, was sein schmales Gesicht noch mehr in die Länge zog, und in seinen grauen Augen blitzte der Schalk.

»Dann nimm den Auftrag an und sammle eigene Erfahrungen. Wir anderen könnten ein paar zusätzliche Marken so kurz vor Ende des Planetenumlaufs auch gut gebrauchen, aber nicht um den Preis, dass wir sie uns in Burg Bitra verdienen. Weißt du, dass die Festung wegen des dort üblichen Glücksspiels verschrien ist? Die Einheimischen stehen in dem Ruch, dass sie lieber aufhören würden zu atmen als zu spielen.«

»Ach, so schlimm wird es schon nicht sein«, wiegelte Iantine ab. »Die sechzehn Marken plus Kost, Logis und Reisespesen sind großzügig bemessen.«

Ussie zählte die einzelnen Punkte an den Fingern ab. »Reisespesen? Um dorthin zu gelangen, musst du erst einmal Geld vorschießen.«

»Aber da steht doch ausdrücklich: ›Reisespesen werden erstattet‹«, protestierte Iantine und klopfte ungeduldig auf die entsprechende Stelle im Aushang.

»Hmm, sei dir da mal nicht so sicher. Außerdem wirst du Rechenschaft ablegen müssen für jede Viertelmarke, die du unterwegs ausgibst. Es wird ein paar Tage dauern, bis du dich in Burg Bitra zurechtfindest. Chalkin ist so geizig, dass kein ordentlicher Koch bei ihm bleibt, das Gleiche gilt für Haushälterinnen, Verwalter und anderes Personal. Am Ende wirst du dir gar deine Mahlzeiten selbst zubereiten müssen ... und dann kann es dir passieren, dass er dir das Brennmaterial für das Herdfeuer berechnet. Die Festung besitzt keine Zentralheizung, und um diese Jahreszeit braucht man in der Gegend ein beheiztes Zimmer. Ach, und vergiss nicht, dir eine Bettdecke aus Fell mitzunehmen, für Gelegenheitsarbeiter stellt er nämlich keine Zudecken zur Verfügung ...«

»Gelegenheitsarbeiter? Ein Porträtist aus dem Institut Domaize ist doch wohl kein Faktotum«, erwiderte Iantine ärgerlich.

»In Bitra, mein Freund, ist jedermann Tagelöhner«, warf Chomas ein. »Chalkin hat in seinem ganzen Leben noch keinen reellen Arbeitsvertrag ausgestellt. Und lies *jedes einzelne Wort,* falls du wirklich so dumm bist, den Auftrag anzunehmen. Ein Mensch, der nur halbwegs bei Trost ist, würde im Traum nicht daran denken, freiwillig zum Arbeiten nach Bitra zu gehen.« Chomas nickte noch einmal bekräftigend und begab sich an seinen Platz zurück, wo er mit herrlichen Holzeinlegearbeiten beschäftigt war.

Allerdings hatte Iantine einen ganz besonderen Grund, sich die in Aussicht gestellten Marken zu verdienen. Mit seinem Diplom als Kunstschaffender in der Hand, wollte er nach und nach seine Schulden bei seinen Eltern abzahlen. Sein Vater hätte gern das Land in Anspruch genommen, das Iantine von Rechts wegen zustand, um die Weidegründe für das Vieh zu erweitern, doch ihm fehlten die Marken für die Übertragungsgebühren. Es war keine immense Summe, doch Iantines große Familie hätte sich sehr einschränken müssen, um sie aufzubringen. Für Iantine war es eine Frage des Stolzes und der Selbstachtung, seinem Vater finanziell auszuhelfen.

Seine Eltern hatten ihm einen guten Start ins Berufsleben ermöglicht; in Anbetracht dessen, wie selten er seit seinem zwölften Geburtstag zu Hause weilte, hatte er so viel Rücksichtnahme gar nicht verdient.

Seine Mutter wollte, dass er Lehrer würde, denn auch sie hatte vor ihrer Heirat unterrichtet. Sie brachte ihm, ihren anderen Kindern und den jungen Leuten aus den umliegenden Gehöften in den Benden-Bergen das erforderliche Grundwissen bei. Und weil er nicht nur gern lernte, sondern auch beträchtliches Talent in der Skizzenmalerei zeigte – jeden Zoll seines kostbaren Malblocks füllte er mit Studien des alltäglichen Lebens auf dem Lande – entschied man, ihn aufs Kollegium zu schicken. Seine Mithilfe auf dem Hof würde man vermissen, doch zögernd räumte sein Vater ein, dass der Bursche besser mit Block und Bleistift umzugehen verstand als mit einem Hirtenstab. Sein jüngster Bruder, der viel eher zum Landwirt taugte, übernahm mit Begeisterung Iantines häusliche Pflichten.

Im Kollegium erkannte man sofort seine ungewöhnliche Begabung und sein Kunstverständnis und förderte ihn nach Kräften. Meister Clisser hatte darauf bestanden, dass er eine Mappe mit Skizzen anfertigte – aus den Bereichen Flora, Fauna und Mineralien. Für Iantine ein Kinderspiel, da er bereits sämtliche Aspekte seiner früheren Umgebung zu Papier gebracht hatte.

Außerdem bereitete es ihm ein besonderes Vergnügen, seine ahnungslosen Kommilitonen zu zeichnen, mitunter sogar im Unterricht, wenn seine Aufmerksamkeit anderen Studien hätte gelten müssen. Vor allem eine Skizze war ihm ausgezeichnet gelungen – es war Meister Clissers Lieblingsbild –, in der er Bethany beim Gitarre spielen darstellte. Hingebungsvoll, leicht vornübergebeugt, interpretierte sie ein schwieriges Musikstück. Jeder hatte das Bildnis bewundert, auch Bethany selbst.

Seine Mappe wurde mehreren privaten Schulen für Kunsthandwerk vorgelegt, wo man die unterschiedlichsten Fertigkeiten erlernen konnte, angefangen von hoch qualifizierter Kürschnerei bis hin zur Weiterverarbeitung von Holz, Glas und Stein. Kein Institut an der Westküste konnte einen zusätzlichen Studenten aufnehmen, doch die Frau, die in Süd-Boll die Funktion einer Meister-Weberin ausübte, versprach, Meister Domaize in Keroon zu verständigen, einen der berühmtesten Porträtisten auf Pern, denn sie fand, das wahre Talent des jungen Mannes läge in dieser Richtung.

Zu Iantines Verblüffung erschien eines Tages ein grüner Drache vor dem Kollegium, um ihn zu einem offiziellen Gespräch mit Domaize höchstselbst abzuholen. Iantine wusste nicht, was ihn mehr aufwühlte, der Ritt auf dem Drachen durch das *Dazwischen,* die Aussicht, Meister Domaize kennenzulernen oder die Möglichkeit, zum Berufskünstler ausgebildet zu werden.

Meister Domaize stellte ihm die Aufgabe, ein Selbstporträt anzufertigen. Danach nahm er ihn als Studenten in sein Kollegium auf und schickte noch am selben Tag eine Botschaft an Iantines Eltern, in der er ihnen die Studienbedingungen mitteilte.

Der Brief stürzte Iantines Familie in eine nicht unbeträchtliche Verwirrung. Und ihre Verblüffung wuchs, als die Burgherrin und der Lord von Benden sich bereiterklärten, mehr als die Hälfte der anfallenden Kosten zu begleichen.

Nun jedoch musste er möglichst viel Geld verdienen, und das recht bald, um seiner Familie zu zeigen, dass sie nicht umsonst so viele Opfer für ihn gebracht hatten.

Mit Sicherheit würde Lord Chalkin ihm Schwierigkeiten machen. Er rechnete fest mit Scherereien. Doch das zugesagte Honorar deckte die Übertragungsgebühr für das Grundstück. Also unterschrieb er den Vertrag, eine Kopie wanderte zu Meister Domaizes Akten, und das Original ging an Lord Chalkin.

Auf Chalkins Wunsch hin schickte Meister Domaize diesem ein Beglaubigungsschreiben, in dem er Iantines Befähigung als Künstler bestätigte. Erst dann sandte der Bitraner den von ihm gegengezeichneten Kontrakt zurück.

»Lies ihn dir lieber noch einmal gründlich durch, Ian«, riet Ussie ihm, als Iantine triumphierend das Dokument schwenkte.

»Wieso?« Iantine blickte auf das Blatt und deutete auf die letzten Zeilen. »Hier ist meine Unterschrift, dort die von Meister Domaize, daneben die Signatur von Chalkin. Falls dieses Gekrakel sein Namenszug sein soll.« Er hielt Ussie das Blatt hin.

»Hmm, sieht echt aus, obwohl ich Chalkins Handschrift nicht kenne. Meine Güte, was für eine Schreibmaschine benutzen die denn? Die Hälfte der Buchstaben sind nicht voll angeschlagen oder auf einer Linie.« Ussie gab ihm das Dokument zurück.

»Ich schau mal nach, ob sich in den Akten Beispiele von Lord Chalkins Unterschrift finden«, erklärte Iantine. »Obwohl mir nicht einleuchten will, warum er einen Vertrag nicht anerkennen sollte, den er selbst aufgesetzt hat.«

»Er ist ein Bitraner, und du weißt ja, was man denen nachsagt. Bist du auch sicher, dass es sich um *deine* Unterschrift handelt?« Ussie grinste verstohlen, als Iantine misstrauisch seinen eigenen Namenszug ins Auge fasste. Dann fing Ussie an zu lachen.

»Natürlich ist es meine Unterschrift. Sieh dir den schrägen Querbalken im ›t‹ an. Genauso schreibe ich diesen Buchstaben auch. Worauf zielst du eigentlich ab,

Ussie?« Allmählich ging Iantine Ussies Unkerei auf die Nerven.

»Nun, die Bitraner sind als notorische Fälscher bekannt. Erinnerst du dich noch an den Schwindel mit den Übertragungsurkunden für Grundstücke, der vor fünf Jahren aufflog? Nein, davon wirst du nichts gehört haben, damals warst du noch ein Schuljunge.« Mit einem manierierten Fächeln der Hand wandte sich Ussie ab und ließ den verstörten und besorgten Iantine einfach stehen.

Als er das Thema mit seinem Meister besprach, kramte Domaize ein zerknittertes und ramponiertes Dokument mit Lord Chalkins Unterschrift hervor. Auch Domaize rückte sich die Brille vor die Augen und prüfte aufs Genauste seine eigene Unterschrift auf dem aktuellen Vertrag.

»Das ist zweifelsohne meine Handschrift, und auch in Ihrer Signatur erkenne ich den schrägen Balken durch das ›t‹.« Alsdann legte er das Schriftstück in den Korb, wo alle zu erledigenden Schreibarbeiten landeten. »Wir fertigen eine Kopie davon für Ihr Arbeitsbuch an. Sollte es trotzdem in Burg Bitra zu Zwistigkeiten kommen, geben Sie mir sofort Bescheid. Es ist nämlich das Einfachste, wenn man Problemen von Anfang an den Nährboden entzieht. Und hüten Sie sich …« – zur Betonung hatte Meister Domaize ihm ernst mit dem Zeigefinger gedroht –, »an irgendwelchen Glücksspielen teilzunehmen, egal, wie überlegen Sie sich den Einheimischen dünken. Die Bitraner leben vom Glücksspiel. Mit solchen ausgebufften Profis können Sie nie und nimmer mithalten.«

Iantine hatte feierlich gelobt, sich auf keine wie auch immer gearteten Torheiten einzulassen. Spiele hatten ihn noch nie gereizt, viel lieber beschäftigte er sich damit, die einzelnen Spieler zu skizzieren. Doch das Glücksspiel war nicht die einzige Gefahr, vor der Meister Domaize ihn hätte warnen sollen.

Bald fand Iantine selbst heraus, welche Fußangeln in Bitra auf ihn lauerten, besonders, was die Interpretation des Begriffs ›zufrieden stellend‹ betraf. Er lernte auf die harte Tour, wie wichtig es war, selbst auf feinste Nuancen zu achten.

Er hatte nicht *vier* Miniaturen gemalt, sondern fast zwanzig. Dabei verbrauchte er das gesamte Material, das er mitgebracht hatte, sodass er sich aus dem Institut neues bestellen musste. Denn für Miniaturen ließ sich nicht jedes beliebige Holz benutzen, es musste gut abgelagert sein, damit es sich nicht verzog, besonders in einer so feuchten Umgebung wie Bitra. Die ersten vier Konterfeis hatte er auf die Leinwand gepinselt, die er eigens für diese Arbeit mitgebracht hatte, um dann zu erfahren, dass Leinwand nicht ›zufrieden stellend‹ sei. Lord Chalkin und seine Frau, Lady Nadona, fanden an allem etwas auszusetzen.

»Die Leinwand ist von schlechter Qualität«, nörgelte Lady Nadona. Mit einem ihrer krallenartigen Fingernägel fuhr sie über den Stoff und zerriss dabei das Gewebe, sodass es nicht mehr zu gebrauchen war. »Und sie hält nicht lange. Sie sollten Skybroom-Holz verwenden.«

»Skybroom-Holz ist sehr teuer …«

»Für diese Miniaturen werden Sie sehr gut bezahlt«, stichelte sie. »Das Mindeste, was wir verlangen können, ist wohl erstklassiges Arbeitsmaterial.«

»Im Vertrag steht aber nichts von Skybroom-Holz …«

»Das war doch wohl nicht nötig«, kanzelte sie ihn hochnäsig ab. »Ich hatte mich vergewissert, dass das Institut Domaize nur mit den erlesensten Werkstoffen arbeitet.«

»Meister Domaize gab mir die beste Leinwand mit, die es überhaupt gibt«, wehrte er sich und schob die restlichen bereits bespannten Rahmen außerhalb ihrer Reichweite. »Er sagte mir, mit diesem Material würde er jeden ausstatten. Wenn Sie unbedingt Wert auf Skybroom-Holz legen, hätten Sie dies ausdrücklich im Vertrag erwähnen müssen.«

»Ich hielt es für selbstverständlich, dass man Ihnen Skybroom für die Miniaturen mitgibt, junger Mann. Für meine Kinder ist das Beste gerade gut genug.«

»Gibt es denn Skybroom-Holz in der Burg?«, erkundigte er sich. Auf Skybroom konnte man ›nicht zufrieden stellende‹ Malereien wenigstens entfernen, ohne die Oberfläche zu beschädigen.

»Natürlich.«

An diesem Punkt hatte er seinen ersten Fehler gemacht. Doch zu der Zeit kam es ihm noch darauf an, den Auftrag korrekt auszuführen und sein Bestes zu geben. Das vorhandene Skybroom-Holz entpuppte sich als grob zugehauene Balken, die zur Möbelherstellung gelagert wurden. Keinesfalls war es dünn genug für Miniaturen; ›Miniaturen‹, die nun doppelt so groß ausfallen würden wie üblich.

Missfallen erregte die Pose, in der die Kinder gemalt werden sollten, obwohl Lady Nadona selbst die Positionen vorgeschlagen hatte.

»Chaldon sieht so unnatürlich aus«, monierte die Burgherrin. »Mit dem krummen Buckel wirkt er irgendwie verkrampft, gar nicht locker und gelöst. Wieso haben Sie ihn nicht ermahnt, dass er den Rücken gerade halten soll?« Iantine verbiss sich die Bemerkung, dass er den Bengel ständig gemahnt hatte, und zwar im Beisein von Lady Nadona. »Und wie böse er guckt! Richtig widerwärtig!«

Dabei handelte es sich lediglich um Chaldons ›natürliche‹ Miene.

»Soll ich ihn lieber in stehender Haltung malen?«, schlug Iantine vor. Innerlich krümmte er sich bei der Vorstellung, die Kinder zum Stillstehen zu bewegen. Es war schon schlimm genug gewesen, sie zum Sitzen zu überreden. Wie Ussie ihm prophezeit hatte, waren die Gören unausstehlich, so hyperaktiv und zappelig, dass es ihm schier nicht gelingen wollte, sie in die richtige Positur zu bringen oder ihnen einen halbwegs freundlichen Gesichtsausdruck abzuschmeicheln.

»Und warum, um alles in der Welt, malen Sie auf einem so winzigen Stück Leinwand? Ich muss ja eine Lupe benutzen, wenn ich etwas erkennen will«, hatte Lady Nadona gestänkert, wobei sie Chaldons Bildnis auf Armeslänge von sich wegstreckte. Mittlerweile kannte Iantine seine Auftraggeberin gut genug, um sich einen Hinweis auf ihre extreme Weitsichtigkeit zu verkneifen.

»Das ist das übliche Format für eine Miniatur ...«

»Behaupten *Sie!*«, ließ sie ihn abblitzen. »Aber ich will etwas, das ich noch sehen kann, wenn ich mich auf der anderen Seite des Zimmers befinde.«

Da sie ständig ›auf der anderen Seite des Zimmers‹ weilte, sowie ihre Sprösslinge in der Nähe waren, fand er den Wunsch verständlich. Noch nie zuvor hatte Iantine so schmutzige Kinder gesehen. Alle litten an Übergewicht, da sie von Natur aus träge waren. Ihre Kleidung saß nicht, weil die Schneiderin auf Burg Bitra nichts von ihrem Handwerk verstand. Pausenlos stopften die Bälger irgendetwas Essbares in sich hinein, meistens Sachen, die klebten, verschmierten oder auf ihren Mündern und Hemden Krümel hinterließen.

Den üblen Gerüchen nach, die sie verbreiteten, badeten sie nur selten, und ihre langen Haare waren fettig und schlecht geschnitten. Sogar die beiden Mädchen legten keinen Wert auf ihr Aussehen. Eine hatte sich das Haar mit dem Messer abgesäbelt und nur den langen Zopf ausgespart, der ihr, mit Glöckchen und Perlen geschmückt, den Rücken herunterbaumelte. Die andere hatte ihren Schopf zu zwei Flechten gezwirbelt, die nur dann frisch frisiert wurden, wenn die Spangen – oder was auch immer die Enden zusammenhielt – verloren gingen.

Iantine hatte sich mit Chaldon, der eher einem Ferkel

ähnelte, die größte Mühe gegeben, bis er sich eingestand, dass das Kind einfach nicht ›naturgetreu‹ abzubilden war. Also entschloss er sich, nur die notwendigsten Züge beizubehalten, damit man erkennen konnte, wen das Porträt darstellte. Natürlich fiel das Konterfei nicht ›zufrieden stellend‹ aus.

Lediglich der jüngste Wurm, ein schwabbeliger dreijähriger Knirps, der außer ›Nein‹ nichts anderes von sich gab und dauernd ein Stofftier mit sich herumschleppte, von dem er sich nicht trennen ließ, fand einigermaßen Anklang. Tatsächlich war der schmuddelige Plüschbär das ansprechendste Detail auf Briskins Porträt.

Iantine versuchte, Lucchas unorthodoxe Haartracht zu romantisieren und wurde belehrt, dass sie besser aussehen würde mit ›richtigen‹ Haaren, die er natürlich problemlos hineinmalen konnte. Und wieso sie so mürrisch dreinschaute, wo sie doch ein so süßes Lächeln und ein so liebes Wesen hätte? (Das sie jedoch nicht daran hinderte, die Katzen, die in der Burg herumstreunten, an den Schwänzen zusammenzubinden, hatte Iantine in Gedanken hinzugefügt. In der gesamten Festung gab es kein einziges unversehrtes Tier, und der Kaminjunge erzählte, in diesem Jahr hätten sie sieben Hunde durch ›Unfälle‹ verloren).

Lucchas Mund saß schief in ihrem Gesicht, und die schmalen Lippen waren meistens säuerlich zusammengekniffen. Lonada, die zweite Tochter, hatte eine Visage wie ein Pudding, und die Augen wirkten wie zwei schwarze Löcher. Zu allem Überfluss hatte sie den Zinken ihres Vaters geerbt, schon für einen Mann ein echtes Manko, doch geradezu verheerend für ein Mädchen.

Auch hatte Iantine vom Burgverwalter ein Schloss ›kaufen‹ müssen, damit seine Zudecke aus Pelz nicht aus dem Kabuff gestohlen wurde, das man ihm als Quartier zuwies. Gleich am ersten Tag war sein Gepäck durchwühlt worden, vermutlich von mehreren Leuten, den unterschiedlichen Fingerabdrücken an seinen Farbtöpfen nach zu urteilen. Da er nichts wirklich Wertvolles mitgebracht hatte, bereitete ihm diese Schnüffelei keine übermäßigen Sorgen.

In jeder Festung gab es Langfinger. Normalerweise kannte der Burgverwalter seine Pappenheimer und brachte dem Bestohlenen dessen Habe zurück. Doch als Iantine feststellte, dass man seine Farbtöpfe offen gelassen hatte, sodass der Inhalt austrocknen konnte, protestierte er gegen das unbefugte Eindringen in sein Quartier. Und ›kaufte‹ dem Verwalter ein Schloss ab. Nicht, dass er sich dadurch sicherer fühlte, denn von dem Schlüssel konnte es Duplikate geben. Aber seine Decke blieb auf dem Bett. Und dafür war er dankbar, denn das dünne Laken, das man ihm zur Verfügung stellte, hatte Löcher und hätte schon längst zu Putzlumpen zerschnippselt werden müssen.

Indessen war dies das geringste seiner Probleme auf Burg Bitra. Nachdem er sich angehört hatte, was es an dem zweiten Satz Miniaturen zu kritisieren gab, die bereits um ein Drittel größer waren als die ersten, fing Iantine allmählich an zu begreifen, in welchem Licht die Eltern ihre Absprösslinge sahen. Mit dem fünften Satz verdiente er sich beinahe das Urteil ›zufrieden stellend‹. Aber nur beinahe …

Dann fing sich ein Balg nach dem anderen eine Kinderkrankheit ein, die von einem heftigen Ausschlag begleitet war, sodass sie nicht Modell stehen konnten.

»Nun, irgendwie müssen Sie sich Ihren Unterhalt verdienen«, verlangte Chalkin von Iantine, nachdem Lady Nadona verkündet hatte, die Kinder seien unter Quarantäne.

»Laut Vertrag stehen mir Kost und Logis zu.«

Chalkin hob einen Wurstfinger und lächelte humorlos. »Aber nur, wenn Sie die im Vertrag ausgemachten Vereinbarungen erfüllen …«

»Was kann ich dafür, dass die Kinder krank sind …«

Chalkin zuckte die Achseln. »Das steht hier nicht zur Debatte. Sie sind nicht in der Lage, die vertraglich festgelegten Klauseln zu erfüllen. Deshalb können Sie nicht auf Kosten des Hauses Müßiggang frönen. Selbstverständlich wäre ich bereit, die Zeit, die Sie hier faulenzend verbringen, von Ihrem Honorar abzuziehen ...« Das Lächeln wurde um eine Spur maliziös.

»Faulenzend ...«, platzte Iantine heraus, ehe er sich zu beherrschen vermochte. Kein Wunder, dachte er, während er vor unterdrückter Wut kochte, dass keiner seiner Kommilitonen aus dem Institut Domaize in Bitra arbeiten wollte.

»Nun ja«, fuhr Chalkin scheinheilig fort, »wie soll man es denn nennen, wenn Sie nicht mit der Tätigkeit beschäftigt sind, für die wir Sie engagiert haben?«

Iantine kam nicht umhin sich zu fragen, ob Chalkin wusste, wie dringend er das Honorar in voller Höhe brauchte. In der Burg pflegte er mit niemandem Umgang. Die Bewohner gaben sich bestenfalls griesgrämig und mundfaul – gewöhnlich traf er sie nur während der Mahlzeiten –, sodass er wenig Wert darauf legte, sie in übler Laune zu erleben.

Standhaft hatte er sich geweigert, sich von Küchenhelfern oder Wachmännern zu einem ›kleinen Spielchen‹ verführen zu lassen, was ihm jedoch eine Menge Feindseligkeit und Abneigung eintrug. Wie konnte es dann sein, dass jemand über sein Privatleben oder seine Gründe für die Annahme des Auftrags Bescheid wusste?

Anstatt also heimzureisen, nach einem zufrieden stellend erfüllten Auftrag und mit den Marken für die Landübertragungsgebühr in der Tasche, verplemperte Iantine seine kostbare Zeit damit, die Porträts in der Ahnengalerie von Burg Bitra aufzufrischen.

»Für Sie ist das gewiss eine gute Übung«, hatte Chalkin übertrieben freundlich gesäuselt, während er sich von den täglichen Fortschritten der Restaurationsarbeit überzeugte. »Umso besser sind Sie gerüstet, die jetzige Generation zu malen.«

Iantine merkte, dass Chalkins Ahnen samt und sonders mit Schweinsgesichtern ausgestattet waren, in denen die Knollennase dominierte. Sonderbarerweise befanden sich in der weiblichen Linie ein paar ausgemachte Schönheiten, junge, ansehnliche Frauen, die viel zu schade waren für die verschlagenen Typen, mit denen sie ein Bündnis eingegangen waren. Ein Jammer, dass offensichtlich die männlichen Gene voll durchschlugen.

Natürlich musste Iantine die speziellen Farben selbst herstellen, die er zum Aufmöbeln der Wandgemälde brauchte. Er hatte ja nicht wissen können, dass er diese Art von Malerei renovieren würde. Obendrein waren seine Vorräte an Ölfarben drastisch zur Neige gegangen, weil er sie bei den vielen Anläufen für immer wieder ›nicht zufrieden stellende‹ Miniaturen verschwendet hatte. Entweder er ließ sich vom Institut Domaize neues Material schicken – was kosten- und zeitaufwendig wäre – oder er suchte sich die Rohstoffe zusammen und fabrizierte die Farben selbst. Letztere Lösung hielt er für die bessere.

»Wie viel?«, rief er erschrocken, als der Oberkoch ihm die Summe für die Eier und das Öl nannte, beides Grundelemente, die er unter die Pigmente mischen musste.

»Da ham Se schon richtig gehört, und das schließt noch nicht mal die Kosten für das Ausleihen der Geräte ein«, fügte der Koch hinzu und zog gurgelnd den Rotz in der Nase hoch. Der Mann litt an einem Dauerschnupfen, und der Schleim lief ihm meistens bis auf die Oberlippe. Iantine wagte sich gar nicht auszumalen, dass der Schnodder auch mal in irgendeine Mahlzeit tropfte, die der Kerl gerade zusammenköchelte.

»Die Krüge und Schüsseln soll ich mir gegen eine Gebühr ausleihen?« Nach Iantines Ansicht hatte sich der Typ von Chalkins Knickerigkeit anstecken lassen.

»Na ja, wenn ich das Zeug nicht benutzen tu, und es stattdessen Ihnen gebe, müssen Se ja wohl dafür zahlen, nicht?« Er schniefte so inbrünstig, dass Iantine sich wunderte, wo der Rotz in den Nebenhöhlen überhaupt Platz fand. »Warum ham Se die Klamotten nicht gleich mitgebracht? Wenn der Burgherr spitzkriegt, dass Se Sachen aus der Küche mitgenommen ham, verlangt er das Geld von uns. Aber bei mir is da nix zu holen, nee, bei mir nicht!« Abermals zog er die Nase hoch und lupfte zur Betonung eine Schulter, über die sich das angeschmuddelte weiße Hemd spannte.

»Ich hatte mich mit dem Material ausgerüstet, das ich für die Arbeit brauchte, zu der ich vertraglich verpflichtet war«, stellte Iantine richtig und verdrängte den unbändigen Wunsch, die Fresse des Kerls in die dünne Suppe zu stoßen, in der er phlegmatisch herumrührte.

»Was Se nicht sagen!«

Wütend war Iantine aus der Küche gestakst. Er versuchte sich einzureden, dass er auf diese – wenn auch unerquickliche – Weise lernte, selbst mit den schwierigsten Klienten umzugehen.

Das Rohmaterial für die Pigmente zu finden, entpuppte sich als höchst kompliziertes Unterfangen, denn immerhin stand hier in den Bergen von Bitra der Winter kurz bevor. Er entdeckte einen länglichen Stein mit abgerundetem Ende, der einen guten Stößel abgab, und ein ausgehöhlter Stein musste als Mörser dienen.

Eine Hügelflanke war von oben bis unten mit Sabsab-Busch bewachsen, dessen Wurzeln eine gelbe Farbe abgaben. Für das Blau klaubte er sich genügend Kobalt zusammen, und aus den Blättern des Pawberry-Strauchs ließ sich ein wunderbar klares Rot gewinnen, ohne eine Schattierung von Orange oder Purpur.

Ein glücklicher Zufall wollte es, dass er auf Ocker stieß. Anstatt sich Behältnisse gegen ein Entgelt ›auszuborgen‹, benutzte er zerborstenes Geschirr, das er aus dem Abfallhaufen klaubte. Allerdings berechnete ihm der Koch für den minderwertigen Tran, den er ihm abtrat, den Preis für das beste Öl. Dabei war Iantine sich sicher, dass Lord Chalkin nichts von dem Geld sehen würde, der Koch also nur in die eigene Tasche wirtschaftete. Zum Aufbewahren der Farben suchte er sich Schalen und Töpfe zusammen – in Burg Bitra verwendete man nur die allerbilligste Ware. Kurz bevor er mit den Restaurierungsarbeiten fertig war, erholte sich Chaldon ausreichend von seiner Krankheit, um wieder Modell sitzen, beziehungsweise stehen zu können.

Bedingt durch das Fieber und den quälenden Ausschlag hatte Chaldon an Gewicht verloren. Außerdem wirkte er lethargisch, und solange Iantine witzige Anekdoten einfielen, die er während der Sitzungen von sich gab, hielt der Junge einigermaßen still. Sich innerlich für seinen Opportunismus verwünschend, malte Iantine den Knaben so, dass er dem am besten aussehenden seiner Ahnen glich. Chaldon war offenkundig entzückt und rannte zu seiner Mutter, die er anschnauzte, er sähe ganz so aus, wie sein Urgroßpapa, was er immer schon gesagt hätte.

Bei Lucchas Porträt ließ sich dieser Trick nicht anwenden. Durch die Krankheit war ihr Teint noch fahler geworden, sie hatte Haarausfall und beträchtliches Untergewicht, sodass sich ihr Aussehen nicht vorteilhaft verändern ließ. Anfangs wollte er sich ihre Urgroßmutter zum Vorbild nehmen, doch die Gesichtsform passte nicht, und selbst er musste zugeben, dass das Porträt missglückt war.

»Es liegt an ihrer Krankheit«, murmelte er, als Chalkin und Nadona ihm aufzählten, was an dem Konterfei alles nicht stimmte.

Mit Lonada und Briskin hatte er es leichter. Briskin hatte etliche Kilo abgespeckt, und mit seiner verkniffenen Miene, den eingefallenen Wangen und den Segelohren ähnelte er nun in der Tat seinem Großonkel. Klugerweise hatte Iantine die Ohrmuscheln verkleinert, und er wunderte sich, wie der Künstler es damals geschafft hatte, seinem Modell ungestraft diese Riesenlauscher zu verpassen.

Zum Schluss malte er Luccha noch einmal. Mittlerweile hatte sie ein wenig zugenommen, und ihr Teint wirkte frischer, was für ihr Aussehen wahre Wunder bewirkte. Zu schade, dass man die Manipulationen, die man auf der Leinwand zuwege brachte, nicht auch mit dem lebenden Modell anstellen konnte. Vage erinnerte er sich, dass die ersten Kolonisten imstande gewesen waren, Gesichter durch plastische Chirurgie zu verschönern. Widerstrebend, und nachdem Iantine die mittlerweile reichlich großen Miniaturen so oft abändern musste, dass er etwas gegen die Wand hätte schmettern können – vorzugsweise den Burgherrn und seine Gemahlin –, befand man die vier Gemälde als zufrieden stellend. Die abschließende kritische Besprechung hatte bis tief in die Nacht hinein gedauert, die schauerlich finster und stürmisch war. Selbst durch die drei Meter dicken Felswände hörte man den Wind jaulen.

Als Iantine danach völlig ausgelaugt, aber erleichtert zu seiner tiefer gelegenen Kammer hinunterstieg, spürte er die eisige Kälte, die sich in den unteren Etagen der Festung ausbreitete. Die prasselnden Feuer in den vier Kaminen hatten die Große Halle ein wenig aufgeheizt, doch hier drunten gab es keine Wärmequelle. Es war so bitterkalt, dass Iantine lediglich seine Stiefel auszog und den Hosengurt lockerte, ehe er sich in sein Bett verkroch. Was hier als Matratze durchging, war hart und unbequem und sah aus wie ein Teil aus den Schiffen, mit denen die Auswanderer nach Pern gekommen waren. Er kuschelte sich in seine Pelzdecke, froh, dass er seine eigene Zudecke mitgebracht hatte, und schlief ein.

Arktische Temperaturen, die ihm schmerzhaft ins Gesicht schnitten, weckten ihn. Seine Nase fühlte sich wie abgestorben an, und trotz der wärmenden Felldecke fiel es ihm schwer, die Muskeln zu strecken. Sein Nacken war steif, und er fragte sich, ob er sich während der Nacht überhaupt einmal bewegt hatte. Am liebsten wäre er unter der warmen Decke geblieben, doch er musste seine Blase entleeren.

Er zwängte die Füße in die steif gefrorenen Lederstiefel, wickelte sich in seine Decke und hastete den Korridor entlang zum Abort. Sein Atem gefror zu einer weißen Wolke, und die Kälte biss ihm in Nase und Wangen. Er verrichtete sein Geschäft und kehrte nur ins Zimmer zurück, um sich seinen dicksten Wollpullover überzustreifen.

Er verwarf den Gedanken, die Pelzdecke als Umhang zu benutzen, und rannte die endlosen steinernen Treppenfluchten hinauf, vorbei an Wänden, von denen das Kondenswasser tröpfelte. Vor dem ersten Fenster auf einer der oberen Etagen blieb er stehen. Die Scheibe war mit Eisblumen zugefroren. Er hetzte einen Treppenaufgang höher und öffnete die Tür zum Küchentrakt, in dem es eigentlich hätte wärmer sein müssen.

War über Nacht jedes Feuer in der Burg ausgegangen? Waren die Kaminjungen auf ihren harten Pritschen festgefroren? Als er suchend in die Richtung blickte, wo sich die Schlafstellen der Kaminjungen befanden, blieb sein Blick erschrocken an dem Fenster haften. Schnee türmte sich bis eine Hand breit über das Sims. Er trat näher heran und spähte auf den Burghof hinunter, doch er sah nichts außer einer unberührten weißen Fläche.

An der Stelle, wo der Boden abschüssig zu der tiefer gelegenen Straße führte, war keine Delle mehr zu sehen, die dicke Schneeschicht ebnete alles ein. Nirgendwo rührte sich menschliches oder tierisches Leben. Keine Spur deutete darauf hin, dass jemand von den Außengebäuden den Burghof überquert hatte.

»Das hat mir gerade noch gefehlt!«, hauchte Iantine, von dem Anblick total niedergeschmettert. »Unter Umständen sitze ich hier wochenlang in der Falle.«

Und musste natürlich für Kost und Logis berappen! Wenn doch nur die Kinder nicht die Masern gehabt hätten! Inbrünstig wünschte er sich, er wäre mit der Restauration der Wandbilder nicht fertig geworden. Wovon sollte er leben? Würde überhaupt noch etwas von dem Honorar – das ihm anfänglich so großzügig erschien – übrig bleiben, wenn er dieses elende Loch endlich verlassen konnte?

Später am Morgen, als die halb erfrorenen Menschen sich anschickten, mit den Folgen des Blizzards fertig zu werden, handelte er eine weitere Abmachung mit dem Burgherrn und seiner Gemahlin aus. So sorgfältig hatte Iantine noch nie einen Text formuliert. Er erbot sich, sie zu porträtieren, beide gewandet in prunkvoller Garderobe; der Untergrund sollte Skybroom-Holz sein, für jedes Bild ein Quadratmeter, wobei Lord Chalkin sämtliches Material stellte. Als Gegenleistung verlangte er freie Mahlzeiten und die Unterbringung in einem der oberen Stockwerke, sowie ausreichend Brennstoff für ein Kaminfeuer.

Lady Nadona ließ sich ohne größere Schwierigkeiten malen. Sie saß mucksmäuschenstill, da sie jeden Vorwand nutzte, um schier gar nichts tun zu müssen. Doch als das Bild zur Hälfte fertig war, wollte sie ihre Robe wechseln, weil sie meinte, die Farbe Blau stünde ihr besser als Rot. Sie hatte Recht, doch er schmeichelte ihr solange, bis sie mit ihrer Meinung umschwenkte.

Behutsam kaschierte er ihren von Natur aus hektisch geröteten Teint und verschaffte ihr eine hellere Färbung. Ihre wie verwässerten bleichen Augen dunkelte er nach, sodass sie in ihrem faden Gesicht als Blickfang dienten. Mittlerweile hatte er oft genug gehört, wie sie auf ihre eingebildete Ähnlichkeit mit ihrer Tochter Luccha pochte, sodass er diesen Aspekt betonte und ihr einen nicht vorhandenen jugendlichen Schmelz verlieh.

Als sie an ihrem Kleid einen neuen Kragen wünschte, improvisierte er einen, den er auf einem Ahnenporträt gesehen hatte – ein Spitzengeriesel, das nicht viel von dem faltigen Hals sehen ließ. Nicht, dass er die runzlige Haut gemalt hätte, doch die Spitze schmeichelte dem Gesamteindruck.

Mit Chalkin hatte er weniger Glück. Der Mann war von seinem Naturell her unfähig stillzuhalten. Unentwegt trommelte er mit den Fingern, wippte mit den Füßen, verdrehte die Schultern oder verzog das Gesicht. Es war schier unmöglich, ihn in Positur zu setzen.

Iantine brannte darauf, das Bild zu vollenden und den schrecklichen Ort zu verlassen, ehe ein neuer Schneesturm ihn festhielt. Der junge Porträtist fragte sich, ob Chalkins Verzögerungstaktik und die kurzen Zeitspannen, in denen er sich bereiterklärte, Modell zu sitzen, ein weiterer Trick waren, um ihn festzunageln – um das ursprüngliche Honorar noch mehr zu schmälern. Obwohl Chalkin ihn mehrfach dazu aufgefordert hatte, sich in den Spielzimmern aufzuhalten – die Räume, in denen dem Glücksspiel gehuldigt wurde, waren die am besten beheizten in der gesamten Festung –, nahm Iantine keine einzige dieser Einladungen an.

»Sitzen Sie endlich still, Lord Chalkin. Ich arbeite gerade an den Augen und kann sie nicht malen, wenn Sie unentwegt blinzeln«, verlangte Iantine in einem so scharfen Ton, wie der Burgherr ihn noch nie von dem Künstler gehört hatte.

»Ich bitte um Entschuldigung«, näselte Chalkin und ließ nervös die Schultern kreisen.

»Lord Chalkin, wenn Sie nicht wollen, dass ich Sie mit einem Silberblick male, dann halten Sie für fünf Minuten still, ich flehe Sie an!«

Etwas von Iantines Frustration musste zu Chalkin durchgedrungen sein, denn zu guter Letzt hielt er still und funkelte den Porträtisten nur wütend an. Und das länger als fünf Minuten.

Indem Iantine sich sputete, beendete er die schwierige Arbeit an den Augen. Er hatte sie weiter auseinander gestellt und die Tränensäcke ausgelassen. Subtil verfeinerte er die aufgeschwemmten, einem Schweinskopf ähnlichen Züge und dünnte die Knollennase so weit aus, dass sie ein nahezu römisches Profil bekam. Dann begradigte und verbreiterte er die Schultern auf die Maße eines Athleten und dunkelte das Haar nach. Außerdem fing er das Blitzen und Funkeln der vielen juwelenbesetzten Fingerringe ein. Der Schmuck beherrschte nachgerade das Bild, was Lord Chalkin gefallen musste, der mehr Ringe zu besitzen schien als das Jahr Tage hatte.

»Das war's!«, stellte er fest, legte den Pinsel hin und rückte ein Stück von dem Porträt ab. Er beglückwünschte sich selbst, weil er fand, er habe sein Bestmögliches gegeben, will heißen, er hatte alles darangesetzt, um das Urteil ›zufrieden stellend‹ zu verdienen und konnte diesem gespenstischen Gemäuer endlich den Rücken kehren.

»Das wurde aber auch langsam Zeit«, motzte Chalkin, rutschte von seinem Sessel und stapfte herüber, um das Ergebnis in Augenschein zu nehmen.

Verstohlen beobachtete Iantine Chalkins Gesicht. Er sah den freudigen Ausdruck aufblitzen, ehe der Burgherr wieder seine übliche miesepetrige Miene aufsetzte. Chalkin peilte genauer hin, als wolle er die Pinselstriche zählen, obwohl man keine sah, dafür beherrschte Iantine sein Metier zu perfekt.

»Nicht die Farbe berühren! Sie ist noch nicht trocken!«, warnte Iantine hastig und fuhr mit einem Arm dazwischen, um Chalkin zurückzuscheuchen.

»Hmpf«, grunzte Chalkin und verrenkte die Schultern, um sein schweres Wams zurechtzurücken. Er heuchelte Gleichgültigkeit, doch Iantine merkte ihm an, dass er mit seinem Abbild mehr als glücklich war.

»Nun? Ist es zufrieden stellend?«, fragt Iantine, der die Spannung nicht länger aushielt.

»Nicht schlecht, nicht schlecht, aber ...« Und wieder streckte Chalkin einen vorwitzigen Finger aus.

»Dass Sie mir ja nicht die Farbe verschmieren, Lord Chalkin!«, rief Iantine, der eine weitere Verzögerung fürchtete, falls er den Schaden ausbessern musste.

»Sie sind ein ungehobelter Klotz, Maler!«

»Mein Titel lautet *Künstler,* Lord Chalkin. Und verraten Sie mir bitte, ob Sie das Porträt zufrieden stellend finden oder nicht!«

Chalkin streifte ihn mit einem unsicheren Blick, und in seinem Gesicht zuckte ein Muskel. Selbst der Lord von Burg Bitra wusste, wann er einen Menschen zum Äußersten getrieben hatte.

»Es ist nicht übel ...«

»Ist es *zufrieden stellend,* Lord Chalkin?« Iantine legte seine gesamte aufgestaute Feindseligkeit und Überreiztheit in diese Frage.

Chalkin hob eine Schulter, verzog unschlüssig das Gesicht und glättete gleich darauf eilig seine Züge, um dem würdevolleren Porträt vor ihm zu gleichen.

»Doch, ja, ich glaube, es ist zufrieden stellend.«

»Wenn dem so ist ...« Ohne viel Federlesens fasste Iantine Lord Chalkin beim Ellbogen und bugsierte ihn zur Tür, »dann lassen Sie uns in Ihr Arbeitszimmer gehen und den Vertrag erfüllen.«

»Na ja, wissen Sie ...«

»Wenn das Bild zufrieden stellend ist, habe ich den Vertrag erfüllt, und Sie können mir jetzt das Honorar für die Miniaturen aushändigen«, forderte Iantine, den Mann durch den kalten Korridor zum Arbeitszimmer scheuchend. Ungeduldig klopfte er mit der Fußspitze auf den Boden, während Chalkin die Schlüssel aus einer Innentasche fummelte und sich an dem Türschloss zu schaffen machte.

In dem Kamin des Büros loderte ein so heftiges Feuer, dass Iantine der Schweiß ausbrach. Auf Chalkins energischen Wink hin drehte er sich um, damit dieser unbeobachtet in seinem Safe kramen konnte. Endlich, zu seiner größten Erleichterung, hörte er das Knirschen eines

Metallverschlusses und dann trat Stille ein. Schließlich fiel ein schwerer Deckel zu.

»Bitte sehr!«, knurrte Chalkin.

Iantine zählte die Marken, sechzehn Stück. Es waren Farmer-Marken, doch das spielte keine Rolle, da er sie in Benden ausgab, wo man gegen Farmer-Marken nichts einzuwenden hatte.

»Die Verträge …«

Chalkin warf ihm einen giftigen Blick zu, doch er öffnete eine Schublade und zog die Verträge heraus, wobei er sie Iantine über den Schreibtisch zuwarf. Iantine unterzeichnete mit seinem Namen und gab sie Chalkin zurück.

»Nehmen Sie meinen«, bot Iantine an, als Chalkin betont umständlich in dem Wust an Krimskrams auf seinem Schreibtisch nach einem brauchbaren Stift suchte.

Widerstrebend kritzelte Chalkin seine Signatur unter das Dokument.

»Und jetzt noch das heutige Datum«, verlangte Iantine, der kein Risiko mehr eingehen wollte.

»Sie sind reichlich unverschämt, Maler.«

»*Künstler,* Lord Chalkin«, korrigierte Iantine mit säuerlichem Lächeln und wandte sich zum Gehen. An der Tür drehte er sich noch einmal um. »Achtundvierzig Stunden braucht die Farbe zum Trocknen. So lange dürfen Sie das Bild nicht anfassen. Ich komme nämlich nicht zurück, falls Sie es beschädigen. Als wir das Zimmer verließen, war es zufrieden stellend. Sorgen Sie dafür, dass es so bleibt.«

Iantine lief los, um seine teuren Pinsel einzusammeln, doch die selbst hergestellten Farben wollte er nicht mitnehmen. Am vergangenen Abend hatte er optimistischerweise seine übrigen Sachen gepackt. Nun hetzte er die Treppe hinauf, jeweils zwei bis drei Stufen überspringend, verstaute sorgfältig die Pinsel und stopfte die signierten und datierten Verträge in seinen Packsack. In Windeseile schlüpfte er in seinen Mantel, rollte die Pelzdecke zusammen, fasste beide Gepäckstücke mit einer Hand und befand sich auf halber Treppe nach unten, als Lord Chalkin ihm entgegengestapft kam.

»Sie können noch nicht gehen«, protestierte Chalkin, ihn am Arm festhaltend. »Sie müssen warten, bis meine Frau das Porträt gesehen und für gut befunden hat.«

»O nein, das muss ich nicht«, zischte Iantine und riss sich aus der Umklammerung.

Er passierte das Haupttor, ehe Chalkin die Verfolgung aufnehmen konnte und rannte die von hohen Schneewächten gesäumte Straße entlang. Selbst wenn ihn nächtens ein Blizzard im Freien überraschte, wäre er immer noch sicherer, wie wenn er sich nur noch eine einzige Stunde in Burg Bitra aufgehalten hätte.

Glücklicherweise fand er während des nächsten Schneesturms Zuflucht in der Behausung eines Holzfällers, wenige Kilometer von der Burg entfernt.

## Kapitel 6

# Telgar-Weyr; Burg Fort

Ratet mal, was ich gefunden habe!«, trompetete P'tero und schubste seinen Gast in die Küchenkaverne. »Tisha, der arme Mann ist halb erfroren und verhungert«, setzte der junge Drachenreiter hinzu. Er schob die hoch gewachsene, in einen Pelz gehüllte Gestalt an den nächsten Kamin und drückte sie auf einen Stuhl. Die Gepäckstücke trug er zum Tisch. »Klah, bitte, um die Liebe der jungen Drachen willen ...«

Zwei Frauen kamen angerannt, eine mit Klah, die andere mit einer eilends gefüllten Suppenschale. Tisha tauchte auf, verlangte zu wissen, was los sei, wen P'tero gerettet hätte und wo.

»Bei solch einem Wetter darf sich kein Mensch draußen aufhalten«, schimpfte sie, griff nach Iantines Arm und fühlte ihm den Puls. »Der Mann ist ja völlig unterkühlt ...«

Tisha schälte ihn aus dem Pelz und bot im dann das Klah an. Seine geröteten Finger umschlossen den Becher, und er blies auf das dampfende Getränk, ehe er vorsichtig daran nippte. Man sah, dass er am ganzen Leib haltlos schlotterte.

»Ich entdeckte ein SOS-Zeichen im Schnee. Zum Glück warf die Sonne Schatten, sonst hätte ich es glatt übersehen«, erzählte P'tero selbstgefällig. »Ich fand ihn unterhalb von Burg Bitra ...«

»Der arme Mann«, unterbrach Tisha ihn.

»Da hast du Recht«, bekräftigte P'tero. »Ich bin sicher, dass er nie wieder dorthin zurückkehren wird. Die ganze Geschichte kenne ich auch noch nicht ...« P'tero

pflanzte sich auf einen Stuhl und ließ sich ebenfalls einen Becher Klah reichen. »Ich weiß nur so viel, dass er sich mit knapper Müh und Not aus Chalkins Würgegriff befreien konnte und dann drei Nächte lang in einer Holzfällerhütte kampierte … mit einer halben Schale Hafergrütze täglich, damit er nicht verhungerte …«

Derweil ordnete Tisha an, dass man Wärmflaschen und angewärmte Decken bereitstellte, sowie Taubkraut und eine Salbe gegen Frostbeulen für die Hände des Mannes.

»Ich glaube nicht, dass er einen bleibenden Schaden davontragen wird«, meinte sie, löste eine Hand von dem Becher Klah und untersuchte gründlich die Finger. »Nein, es sind keine Erfrierungen.«

»Danke, Danke«, murmelte Iantine und umfasste erneut den warmen Becher. »Als ich draußen das SOS-Signal in den Schnee stampfte, bin ich völlig durchgefroren.«

»Wer geht auch bei solch einem Wetter ohne Handschuhe vors Haus!«, schimpfte Tisha.

»Ich hatte keine bei mir. Als ich vom Institut Domaize nach Burg Bitra aufbrach, war es Herbst«, sagte er.

»Herbst?«, wiederholte Tisha und riss vor Staunen die Augen auf. »Wie lange dauerte Ihr Aufenthalt in Bitra?«

»Sieben verfluchte Wochen!« Es klang, als spucke Iantine die Worte aus. »Dabei hatte ich höchstens mit einer Woche gerechnet …«

Tisha lachte, bis ihr voluminöser Bauch unter der Schürze wogte. »Was unter den Sternen hat Sie überhaupt nach Bitra hingeführt? Sie sind ein Künstler, nicht wahr?«

»Woher wissen Sie das?«, fragte Iantine überrascht.

»Unter Ihren Fingernägeln sitzen Farbreste …«

Iantine betrachtete sie, und sein von der Kälte gerötetes Gesicht nahm eine noch intensivere Färbung an. »Ich nahm mir nicht einmal mehr die Zeit, sie zu waschen.«

»Das kann ich mir vorstellen, wenn man bedenkt, was Chalkin für Luxusartikel wie Seife berechnet.« Vergnügt gluckste sie in sich hinein.

Eine Frau brachte die Sachen, nach denen Tisha verlangt hatte. Während man ihn warm einpackte, umklammerte Iantine den Becher Klah, und als dieser leer getrunken war, die Suppenschale. Seine Felldecke, die verhindert hatte, dass er unterwegs erfror, wurde zum Trocknen vor ein Feuer gehängt. Man zog ihm die Stiefel aus und untersuchte die Zehen auf Frostbeulen, doch er hatte noch einmal Glück gehabt. Man trug reichlich Salbe auf und umwickelte die Füße mit angewärmten Tüchern. Nachdem man auch sein Gesicht mit einer Paste bestrichen hatte, durfte er in Ruhe zu Ende essen.

»Nun verraten Sie uns Ihren Namen und wen wir benachrichtigen sollen, dass wir Sie gefunden haben«, forderte Tisha ihn zum Schluss auf.

»Ich heiße Iantine und wurde im Institut Domaize zum Porträtisten ausgebildet. Nach Bitra ging ich, um Miniaturen von Lord Chalkins Kindern zu malen. So lautete jedenfalls der Vertrag.«

»Dass Sie den Auftrag angenommen haben, war ein Fehler«, stellte Tisha fest.

Iantine errötete. »Richtig. Aber ich brauchte das Honorar.«

»Haben Sie denn überhaupt welches bekommen?«, erkundigte sich P'tero mit spöttischem Grinsen.

»O ja«, erwiderte der Künstler so heftig, dass alle schmunzelten. Dann stieß er einen Seufzer aus. »Allerdings musste ich dem Holzfäller, der mich bei sich übernachten ließ, ein Achtel des Honorars abgeben. Er besaß selbst nur das Allernotwendigste, hat aber das wenige mit mir geteilt.«

»Gegen gute Bezahlung, natürlich ...«

Iantine dachte einen Moment lang darüber nach. »Ich kann von Glück sagen, dass ich während des Blizzards überhaupt eine Zuflucht fand. Und der Mann gab mir zu essen ...« Er zuckte die Achseln und seufzte abermals. »Er brachte mich auf den Gedanken, ein Zeichen in den Schnee zu trampeln, um einen Drachenreiter auf mich aufmerksam zu machen. Zum Glück kam P'tero vorbei.« Dankbar nickte er P'tero zu.

»Keine Ursache«, winkte der blaue Reiter lässig ab. »Ich bin froh, dass ich helfen konnte.« Er beugte sich zu Tisha vor. »Einen Tag später, und er wäre steif gefroren gewesen wie ein Eiszapfen.«

»Haben Sie lange gewartet?«

»Nachdem sich der Schneesturm gelegt hatte, hielt ich mich zwei Tage lang draußen auf. Die Nächte verbrachte ich in der Behausung des alten Fendler. Wenn man hungrig genug ist, schmecken einem selbst Tunnelschlangen«, fügte Iantine hinzu. Es war eine geraume Weile her, seit er die letzte anständige Mahlzeit zu sich genommen hatte.

»Ach, mein armer Junge«, meinte Tisha und rief nach einer doppelten Portion Eintopf, Brot, Süßigkeiten und Obst, das man von Ista heraufgeschickt hatte.

Nachdem Iantine sich satt gegessen hatte, kam es ihm vor, als hätte er sich für die vergangenen vier kargen Tage schadlos gehalten. Seine Füße und Hände juckten trotz des Taubkrauts und der Heilsalbe. Als er aufstand, um zum Abort zu gehen, schwankte er und musste sich an der Stuhllehne festhalten.

»Geben Sie Obacht, junger Mann!«, warnte Tisha. »Sie waren nicht nur schwach vor Hunger!« Flinker, als man bei ihrer Leibesfülle vermuten sollte, eilte sie an Iantines Seite und gab P'tero einen Wink, er möge ihr zur Hand gehen.

»Ich müsste mal ...«, sagte Iantine.

»Die Toilette befindet sich in dem Korridor, der zu den Schlafhöhlen führt«, erklärte Tisha und legte sich einen von Iantines Armen über die Schulter. Sie war genauso groß wie er.

P'tero schnappte sich das Gepäck, und gemeinsam bugsierten sie Iantine zum Abort. Hinterher zeigten sie ihm seine Schlafstätte. Tisha sah sich noch einmal seine Füße an, bestrich sie mit Salbe und verließ auf Zehenspitzen die winzige Kaverne. Iantine überzeugte sich lediglich davon, dass seine Gepäckstücke – darin befand sich sein Honorar – in dem Raum standen, dann sank er in einen tiefen Schlaf.

Während er schlummerte, schickte man Botschaften aus – zum Institut Domaize sowie nach Benden, weil Iantine nominell dorthin gehörte. Obwohl Ianine keinen bleibenden gesundheitlichen Schaden davongetragen hatte, war die Art und Weise, in der man ihn auf Bitra behandelt hatte, für M'shall ein weiterer Beweis für Chalkins Heimtücke. Irene hatte ihm bereits eine lange Liste mit Chalkins Missetaten zur Verfügung gestellt. Normalerweise verging sich der Burgherr an Menschen, die sich nicht gegen ihn zu wehren vermochten. Er hielt keine Sprechtage ab, an denen Beschwerden vorgetragen werden konnten und hütete sich, unparteiische Schlichter einzusetzen, die dem Recht Geltung verschafften.

Die bedeutenderen Händler, die im Allgemeinen ausgewogen berichteten, mieden Bitra. Dafür wussten sie jede Menge Beispiele, wie Chalkin ständig versuchte, andere Leute zu übervorteilen, seit er fünfzehn Jahre zuvor seinen Posten als Burgherr angetreten hatte. Einige wenige Kaufleute, die mutig nach Bitra vorstießen, machten ihre eigenen Erfahrungen und kehrten nur in Ausnahmefällen wieder in diese Festung zurück.

Nach der Versammlung, auf der man beschlossen hatte, Chalkin auf die Finger zu klopfen, ließ M'shall seine Patrouillenreiter in jeden Winkel von Lord Chalkins Hoheitsbereich fliegen. Selbst auf den abgelegensten Höfen sollten sie sich erkundigen, ob der Herr von Bitra die Warnung über den bevorstehenden Fädeneinfall weitergegeben hatte.

Wie es sich herausstellte, waren die Menschen völlig ahnungslos. Anstatt sie von der unmittelbar bevorstehenden Gefahr in Kenntnis zu setzen, hatte Chalkin die Tributzahlungen für jeden Haushalt erhöht. Die Art und Weise, wie er die Abgaben eintrieb, ließ den Schluss zu, dass er Vorräte für sich selbst horten wollte, und nicht zum Wohle seiner Leute. Die Menschen, die in abgeschiedenen Siedlungen lebten, würden sich kaum in der Lage sehen, selbst die notwendigsten Grundnahrungsmittel zu erwerben. Dieser Umstand verkörperte einen eklatanten Missbrauch seiner Machtposition als Burgherr.

Nachdem Paulin M'shalls Bericht gelesen hatte, wollte er wissen, ob Chalkins Pächter gegen ihn aussagen würden. M'shall bezweifelte dies. Seiner Ansicht nach ließen die Bitraner es an jeder Form von Zivilcourage und Gemeinsinn fehlen. Chalkin hatte seine Untergebenen dermaßen eingeschüchtert, dass sich niemand gegen ihn wenden würde – besonders nicht so kurz vor einem Vorbeizug des Roten Sterns –, da er befugt war, so genannte Querulanten aus ihren Häusern zu vertreiben.

»Vielleicht ändern sie ihre Meinung, wenn der Fädenfall erst einmal eingesetzt hat«, sagte K'vin zu Zulaya.

»Dann wäre es wohl zu spät, um irgendwelche sinnvollen Sicherheitsvorkehrungen zu treffen.«

K'vin hob die Schultern. »Chalkin geht uns nichts an, und dafür bin ich dankbar. Wenigstens konnten wir Iantine retten.«

Zulaya schüttelte den Kopf. »Der arme Mann. Für den Beginn seiner beruflichen Laufbahn hat er sich mit Bitra den schlimmsten Ort ausgesucht.«

»Vielleicht reicht sein Talent nicht für mehr«, mutmaßte K'vin.

»Wenn er am Institut Domaize ausgebildet wurde, ist er ein wahrer Künstler«, versetzte Zulaya spitz. »Wie lange es wohl dauern mag, bis seine Hände ausgeheilt sind?«

»Möchtest du dich malen lassen?«, fragte K'vin amüsiert.

»Nun ja, ihm fehlt ein Achtel des Geldes, das er so dringend braucht.«

K'vin riss die Augen auf. »Du wirst doch nicht etwa ...«

»Was traust du mir eigentlich noch zu?«, ärgerte sie sich. »Selbstverständlich zahle ich den vollen Preis. Iantine braucht etwas eigenes Geld in der Tasche. Ich habe Respekt vor jedem Menschen, der es in Bitra so lange ausgehalten hat, ohne dass man seinen Willen brach. Iantine hat ehrenhaft gehandelt, als er sich zum Arbeiten dorthin begab. Mit dem Honorar wollte er die Gebühren für die Grundstücksübertragung begleichen.«

»Trag das rote Kleid, wenn du ihm Modell stehst«, schlug K'vin vor. Nachdenklich rieb er sein Kinn. »Weißt du was? Ich könnte mich auch porträtieren lassen.«

Zulaya fasste ihn prüfend ins Auge. »Möglicherweise wird der Bursche noch länger bei uns in Telgar bleiben als in Bitra.«

»Aber wenn er dann loszieht, hat er Geld in der Tasche, und Kost und Logis waren frei.«

»Seife, heißes Wasser und gutes Essen liefern wir auch kostenlos«, setzte Zulaya hinzu. »Tisha findet, dass er ordentlich was zwischen die Rippen braucht. Der Junge besteht nur aus Haut und Knochen.«

Als Iantine durch Gesang geweckt wurde, fühlte er sich vollkommen desorientiert. In Burg Bitra hatte nie jemand gesungen. Und es war warm im Zimmer. Von der Küche her zogen verlockende Düfte in seinen Raum. Er setzte sich auf. Die Haut im Gesicht, an den Händen und an den Füßen spannte sich, doch das Jucken hatte aufgehört. Und er verspürte einen Heißhunger.

Der Vorhang vor dem Kämmerchen raschelte, und ein Junge steckte den Kopf durch den Spalt im Stoff.

»Sind Sie wach, Künstler Iantine?«, fragte er.

»Ja, ich bin wach.« Iantine suchte nach seiner Kleidung. Jemand hatte ihn ausgezogen, doch seine Sachen vermochte er nirgends zu erblicken.

»Ich soll Ihnen zur Hand gehen, falls Sie Hilfe brauchen«, erklärte der Bub und schob sich halb ins Zimmer. »Tisha hat Ihnen sauberes Zeug rausgelegt.« Er rümpfte seine Stupsnase. »Ihre Klamotten stanken wie die Pest.«

Iantine lachte. »Das glaube ich gern. Schon vor drei Wochen ging mir die Seife aus.«

»Sie waren in Bitra. Da kriegt man nichts für lau.« Angewidert hob der Junge die Arme. »Ich heiße Leopol«, fügte er hinzu. Dann nahm er ein paar weiche Pantoffeln von dem Kleiderstapel auf dem Hocker. »Tisha meint, Sie sollten die hier tragen und nicht Ihre Stiefel. Aber zuerst müssen Sie die Füße mit Salbe einreiben ...« Er hob einen Deckelkrug hoch. »Das Essen ist fertig.« Leopol leckte sich die Lippen.

»Ach so. Und du sollst bei mir bleiben, bis ich fertig angezogen bin, was?«

Leopol nickte feierlich und grinste. »Aber das macht mir nichts aus. Fürs Warten bekomme ich eine Extra-Portion.«

»Ist das Essen in diesem Weyr denn knapp?«, fragte Iantine im Scherz, während er sich die sauberen Sachen überstreifte. Es war schon seltsam, dass simple Dinge wie frisch gewaschene Kleidung auf einmal ungeheuer wichtig wurden, wenn man darauf hatte verzichten müssen.

Leopol half ihm, die Heilsalbe auf die Füße aufzutragen. Die Haut war immer noch sehr empfindlich. Selbst die Berührung mit der Salbe löste wieder diesen fürchterlichen Juckreiz aus. Doch das Taubkraut, das der Paste beigefügt war, dämpfte rasch diese unangenehmen Empfindungen.

Nachdem er die Blase entleert hatte, wusch er sich vorsichtig das Gesicht und die Hände. Dann stiegen er und Leopol in die Untere Kaverne hinab, wo man zu Abend aß.

Der Junge führte ihn an einen Seitentisch neben dem Kamin, wo für zwei Personen gedeckt war. Sofort brachte jemand gut gefüllte Teller, zudem Wein für Iantine und für den Burschen Klah.

»Lassen Sie es sich gut schmecken, Künstler Iantine«, forderte die Köchin ihn auf und sah wohlgefällig zu, wie ihr Gast über den Schmorbraten herfiel. »Nach dem Essen möchten die Weyrführer gern mit Ihnen sprechen, falls Sie nicht zu müde sind.«

Iantine brummte ein paar Worte des Dankes, dann widmete er sich ausschließlich seiner Mahlzeit. Gern hätte er eine zweite Portion vom Hauptgericht gegessen, doch sein Magen streikte. Vermutlich hatte er ihn nach der langen Zeit des Darbens einfach überladen. Leopol brachte ihm noch eine Süßspeise, doch die konnte er nicht aufessen, da sein Hals sich wund anfühlte und schmerzte.

Am liebsten hätte er sich gleich wieder in sein Bett verkrochen, doch dann traten die Weyrführer auch schon an seinen Tisch. Leopol verdrückte sich diskret, nachdem er Iantine ermutigend zugegrinst hatte. Aus Höflichkeit seinen Gastgebern gegenüber wollte der Künstler aufstehen, doch seine vom Taubkraut gefühllosen Füße versagten ihren Dienst, und er plumpste auf den Stuhl zurück.

»Auf Etikette legen wir hier nicht viel Wert«, beruhigte Zulaya ihn und bedeutete ihm, sitzen zu bleiben, derweil K'vin einen Stuhl für sie heranzog.

Als Nächstes schenkte er für alle drei Wein ein. Iantine trank einen Schluck. Der Wein war von guter Qualität, doch selbst die geringe Menge konnte sein Magen nicht mehr verkraften.

»Mittlerweile weiß jeder Bescheid, dass Sie gerettet wurden«, begann K'vin das Gespräch. »Meister Domaize war bereits in großer Sorge um Sie und hätte demnächst selbst einen Boten nach Bitra geschickt, um sich nach Ihnen zu erkundigen. Diesen Aufwand haben wir ihm erspart.«

»Das war sehr umsichtig von Ihnen, Zulaya, K'vin«, bedankte sich Iantine. Im Institut Domaize hatte es zum Unterricht gehört, die Namen von wichtigen Persönlichkeiten auf Pern auswendig zu lernen. »Ich bin ja so froh, dass P'tero mein Notsignal gesehen hat.«

Zulaya lächelte. »Diese Geschichte wird er noch lange zum Besten geben. Aber es beweist wieder einmal, wie wichtig diese Patrouillenflüge selbst während einer Intervallphase sind.«

»Sie wissen wahrscheinlich«, platzte Iantine heraus, »dass Lord Chalkin angeblich nicht an einen bevorstehenden Vorbeizug des Roten Sterns glaubt.«

»Das ist uns bereits bekannt«, erwiderte K'vin ruhig. »Trotzdem möchten Bridgely und M'shall gern von Ihnen erfahren, was Sie alles auf Burg Bitra erlebt haben.«

»Meinen Sie, man könnte etwas gegen Chalkin unternehmen?« fragte Iantine verblüfft. Burgherren waren innerhalb ihrer Gebietsgrenzen autonom. Dass man dies nicht als unabänderlich hinnehmen musste, verwunderte ihn über alle Maßen.

»Er ist emsig dabei, sich seine eigene Grube zu schaufeln«, versetzte Zulaya mit schmalen Lippen.

»Es wäre wirklich ein Segen, wenn man diesem Betrüger endlich einmal die Flügel stutzte«, entgegnete Iantine ernst. »Allerdings dürften ihm seine Vergehen schwer nachzuweisen sein. Wenn ich an meine persönliche Situation denke ...«

»Unser eigener Künstler im Weyr mag vielleicht nicht Ihre Ausbildung haben«, fiel K'vin ihm ins Wort, »aber Waine versicherte mir, dass es keine sieben Wochen dauert, um vier Miniaturen zu malen.«

»Insgesamt malte ich zweiundzwanzig, um vier Bilder herzustellen, die den Burgherren gefielen«, erklärte

Iantine und räusperte sich erbittert. »Der Haken im Vertrag war das Wort ›zufrieden stellend‹.«

»Aha!«, erwiderten Zulaya und K'vin im Chor.

»Mir gingen Farbe und Leinwand aus, weil ich nur mitgebracht hatte, was ich in meiner Ahnungslosigkeit für erforderlich hielt.« Er hob die Hände und rieb sie dann, weil sie wieder zu prickeln anfingen. »Zu guter Letzt erkrankten die Kinder an Masern, und ehe ich mir die Kosten für den Aufenthalt vom Honorar abziehen ließ, willigte ich lieber ein, die Wandgemälde zu restaurieren. Natürlich hatte ich diese speziellen Farben nicht dabei und musste mir erst selbst welche fabrizieren.«

»Mussten Sie für den Gebrauch von irgendwelchen Gegenständen eine Gebühr bezahlen?«, erkundigte sich Zulaya zu Iantines Erstaunen.

»Woher wissen Sie das?« Als sie nur lachte und ihm zu verstehen gab, er solle mit seinem Bericht fortfahren, erzählte Iantine weiter. »Im Abfallhaufen stöberte ich nach Dingen, die ich noch verwenden konnte.«

»Das war klug von Ihnen.« Zulaya freute sich sichtlich über seinen Einfallsreichtum.

»Zum Glück fand ich ausreichend Rohmaterial für die Pigmente. Und bei Meister Domaize hatte ich gelernt, wie man sich seine Farben selbst anfertigt.« Er schluckte und fuhr fort:

»Zum Schluss fanden die Miniaturen – die in Wirklichkeit keine Miniaturen mehr waren – Gefallen; doch dann schlug der erste Blizzard zu, und wir waren eingeschneit.« Iantine lief rot an. Es war ihm peinlich, seine Torheit eingestehen zu müssen.

»Ach was! Und wie ging es dann weiter?« Zulaya bedachte K'vin mit einem wissenden Blick.

»Mittlerweile war ich ein bisschen gewitzter geworden. Jedenfalls bildete ich mir das ein«, fuhr er Grimassen schneidend fort und schilderte, mit welchen vertraglichen Klauseln er sich zu retten versucht hatte.

»Wie, er ließ Sie im Gesindetrakt hausen?«, empörte

sich Zulaya. »Sie, einen Künstler mit akademischem Titel? Dagegen hätten Sie sich wehren müssen. Gewisse Annehmlichkeiten ist man einem fahrenden Handwerksgesellen und erst recht einem diplomierten Kunstschöpfer schuldig. Und die meisten Weyr und Burgen halten sich daran.«

Iantine zuckte resigniert die Achseln. »Als Lord Chalkin dann endlich sein Porträt akzeptierte, machte ich mich schleunigst auf und davon.«

K'vin klopfte ihm auf die Schulter und schmunzelte angesichts der Erleichterung, die sich auf Iantines Zügen spiegelte. »Dabei kam ich vom Regen in die Traufe und wäre vermutlich erfroren, wenn P'tero mich nicht gefunden hätte.« Seine Kehle schnürte sich zusammen, und er musste sich räuspern. »Dafür werde ich ihm ewig dankbar sein. Hoffentlich wurde er durch meine Rettung nicht von dringlichen Pflichten abgehalten.«

»Ganz und gar nicht«, versicherte K'vin. »Ich habe zwar keine Ahnung, was er drüben in Bitra zu suchen hatte, aber dieser Abstecher hat sich allemal gelohnt.«

»Was ist mit Ihren Händen?«, fragte Zulaya, der auffiel, dass er ständig die Finger gegeneinander rieb.

»Die Haut ist fürchterlich gereizt.«

»Leopol, lauf und hol etwas Taubkraut für Iantine, bitte«, rief Zulaya über die Schulter.

Der junge Künstler hatte nicht gemerkt, dass Leopol in der Nähe herumlungerte, und er war froh, dass er nicht selbst zu seiner Kammer laufen musste, um sich die Salbe zu besorgen.

»Das sind bloß die Nachwirkungen der Kälte«, meinte er und blickte auf seine Finger. Dabei bemerkte auch er die Farbreste unter den Nägeln. Er ballte die Fäuste, beschämt, mit schmutzigen Händen am Tisch zu sitzen. Plötzlich lief ihm ein kalter Schauer über den Rücken.

»Ich überlege gerade, Iantine«, begann Zulaya, »ob Sie sich wohl in der Lage fühlen, noch ein, zwei Porträts zu malen. Der Weyr zahlt das übliche Honorar, und Ihnen entstehen für die Unterbringung keinerlei Kosten.«

Iantine protestierte. »Es wäre mir ein Vergnügen, Sie zu porträtieren, Weyrherrin. Denn Sie sprechen doch für sich selbst, nicht wahr?« Abermals erschauerte er, und dann packte ihn ein entsetzlicher Schüttelfrost, den er vor den anderen zu verbergen versuchte.

»Sie dürfen mich nur malen, wenn Sie das entsprechende Entgelt dafür annehmen, junger Mann«, betonte Zulaya.

»Aber …«

»Kein Wenn und Aber«, mischte sich K'vin ein. »So kurz vor einem Fädeneinfall haben weder Zulaya noch ich die Zeit, auf formellem Weg Porträts in Auftrag zu geben. Doch da Sie zufällig zur Stelle sind … Was ist, hätten Sie Lust, uns zu porträtieren?«

»Und ob ich Lust habe, doch da Sie meine Arbeiten nicht kennen und ich erst seit kurzem akkreditiert bin …«

Zulaya ergriff seine Hände, da er angefangen hatte, wie wild zu gestikulieren, einerseits vor Eifer, zum anderen, um den nächsten Kälteschauer zu vertuschen.

»Künstler Iantine, wenn Sie es geschafft haben, für Chalkin vier Miniaturen, zwei Porträts und Restaurationsarbeiten an seiner Ahnengalerie anzufertigen, sind Sie mehr als qualifiziert. Wussten Sie eigentlich, dass Macartor fünf Monate brauchte, um Chalkins Hochzeitsbild zu malen?«

»Hinterher musste er sich von einem Ingenieur Marken borgen, um seine Schulden in Bitra zu begleichen«, setzte K'vin hinzu. »Ah, da kommt Waine, um Sie zu begrüßen. Aber Sie beginnen erst mit der Arbeit, wenn Sie sich vollständig erholt haben.«

»Oh, es geht mir gut, mir fehlt nichts«, behauptete Iantine und erhob sich gleichzeitig mit den Weyrführern, fest entschlossen, den nächsten Anfall von Schüttelfrost zu unterdrücken.

Nachdem sie ihn mit einem schmächtigen Mann, Waine, bekannt gemacht hatten, entfernten sich Zulaya und K'vin und setzten sich der Reihe nach an die anderen Tische, derweil im Weyr die Feierabendzeit anbrach. Von einer Seite der Kaverne erklang Gesang und Gitarrenspiel. Es herrschte eine heitere, entspannte Atmosphäre, man plauderte miteinander, und es wurde viel gelacht. Erst jetzt vergegenwärtigte sich Iantine, dass es in Burg Bitra nichts dergleichen gegeben hatte. Dort war es verpönt, sich zu vergnügen, nachdem das Tagewerk vollbracht war.

»Hab gehört, Sie sind mit Chalkin aneinander geraten«, begann Waine und grinste. Dann legte er einen Stapel Papier und eine Hand voll Bleistifte vor Iantine auf den Tisch. »Ich dachte mir, die könnten Sie brauchen«, setzte er schüchtern hinzu. »Ihr eigenes Material haben Sie anscheinend in Bitra aufgebraucht.«

»Vielen Dank«, erwiderte Iantine. Anerkennend fuhr er mit den Fingern über das feine Papier. Er bemerkte, dass die Stifte von unterschiedlicher Dicke waren. »Wie viel bin ich Ihnen schuldig?«

Waine lachte und entblößte sein lückenhaftes Gebiss. »Sie waren wohl ein bisschen zu lange in Bitra. Ich besitze auch Farben, aber nicht besonders viele. Ich zeichne nur für den Hausgebrauch.«

»Dann erlauben Sie mir, dass ich Ihnen eine ganze Palette der unterschiedlichsten Farben anfertige«, erbot sich Iantine, während er auf die Zähne biss und sich gegen einen neuen Kälteschauer wappnete. »Sie wissen sicher, wo man hier die Rohstoffe findet, und ich zeige Ihnen, wie man die wunderschönsten Farben herstellt.«

Abermals bleckte Waine seinen zahnlosen Gaumen. »Ein fairer Tausch.« Er griff nach Iantines Hand und zerquetschte sie fast in seinem Eifer. Doch gleichzeitig merkte er, dass der Künstler am ganzen Leib bibberte.

»Heh, Mann, Sie zittern ja vor Kälte.«

»Obwohl ich so nah am Feuer sitze, ist mir schrecklich kalt.« Iantine versuchte nicht länger, gegen die eisigen Schauer anzukämpfen.

»Tisha!«

Iantine war es peinlich, als Waine Hilfe suchend losbrüllte, doch er sträubte sich nicht, als man ihn in sein Quartier schleifte und nach Maranis rief. Derweil besorgte Tisha weitere Felle, Wärmflaschen und aromatische Öle, die heißem Wasser zugesetzt wurden, um ihm das Atmen zu erleichtern. Willenlos ließ er sich eine Medizin einflößen, denn mittlerweile litt er an stechenden Kopfschmerzen. Außerdem tat ihm jeder Knochen im Leib weh.

Das Letzte, woran er sich erinnerte, ehe er in einen unruhigen Schlaf hinüberdämmerte, waren Maranis' Worte an Tisha:

»Hoffentlich erkranken in Bitra alle daran, als Strafe dafür, dass sie ihn mit dieser Seuche angesteckt haben.«

Viel später erzählte ihm Leopol, dass Tisha drei Nächte lang an seinem Bett gewacht hatte, während das Bergfieber ihn von innen her zu verbrennen schien; eine Krankheit, die er sich in Bitra eingefangen hatte, und die durch seine starke Unterkühlung ausgebrochen war. Maranis hielt es für wahrscheinlich, dass der alte Holzfäller ein Überträger war. Er selbst war gegen den Erreger immun, doch er steckte andere Menschen damit an.

Zu Iantines Verblüffung sah er seine Mutter, als er aus dem Delirium erwachte. Ihre Augen waren rotgeweint, und sie brach noch einmal in Tränen aus, als sie begriff, dass er die Krise überstanden hatte. Von Leopol erfuhr er auch, dass Tisha nach seiner Mutter schicken ließ, weil sie das Schlimmste befürchtete.

Iantine wunderte sich, dass sie die Marken für die Übertragungsgebühr so lustlos entgegennahm.

»Dein Leben ist unbezahlbar«, erklärte sie ihm, als er seine Befürchtung äußerte, sie sei enttäuscht wegen der fehlenden Achtelmarke, die er dem Holzfäller abgetreten hatte. »Und für diese Achtelmarke hätte der Mann dir beinahe den Tod gebracht.«

»Ihr Sohn ist ein braver Junge«, fuhr Tisha mit scharfer Stimme dazwischen. »Um von Chalkin seinen Lohn zu bekommen, musste er hart arbeiten.«

»Ja, sicher«, räumte seine Mutter hastig ein, als ihr aufging, dass sie mehr Dankbarkeit bekunden sollte. »Aber wieso du auf den Gedanken kamst, dich bei diesem Gauner zu verdingen, geht über meinen Horizont.«

»Das Honorar stimmte«, erwiderte er matt.

»Nehmen Sie es sich nicht so zu Herzen, Iantine«, tröstete Tisha ihn, nachdem seine Mutter abgereist war. »Sie sorgte sich weit mehr um Sie als um die Marken. Das heißt, dass sie das Herz am rechten Fleck hat. Vor Angst reagieren die Menschen mitunter komisch, wissen Sie.« Sie tätschelte Iantines Schulter. »Am liebsten hätte sie Sie mit nach Hause genommen und Sie dort gepflegt«, fuhr sie fort. »Aber das eiskalte *Dazwischen* hätte Ihrer Lunge schaden können. Ich glaube, es passt ihr nicht, dass *wir* für Sie sorgen.« Sie schmunzelte. »Mütter geben ihre Kinder nur höchst ungern in die Obhut anderer Leute.«

Iantine brachte ein Grinsen zuwege. »Das wird's wohl sein.«

Leopol war es, der Iantines Seelenfrieden wieder herstellte.

»Ich finde, Sie haben eine sehr nette Mutter«, sagte er, sich auf das Fußende des Betts setzend. »Vor Sorge um Sie wollte sie gar nicht nach Hause zurück, und sie ging erst, als P'tero ihr versprach, sie sofort wieder herzuholen, falls sich Ihr Zustand verschlechtern sollte. Dabei war sie noch nie zuvor auf einem Drachen geritten.«

Iantine schmunzelte. »Wie sollte sie auch? Sie muss sich halb zu Tode gefürchtet haben.«

»Vor dem Ritt auf dem Drachen hatte sie nicht annähernd so viel Angst wie um Sie.« Mit einem nicht ganz sauberen Zeigefinger stach Leopol auf den Künstler ein. »Aber sie erzählte P'tero auch, wie glücklich Ihr Vater über die Marken sein würde. Und dann schrie sie P'tero noch ins Ohr, dass ihm beinahe das Trommelfell platzte, sie hätte immer gewusst, dass Sie es einmal zu etwas bringen würden. Besonders stolz machte es sie, dass Sie es zuwege gebracht haben, Chalkin das volle Honorar abzuluchsen. Es ist aber auch wirklich eine tolle Leistung.«

»Das hat sie gesagt?« Iantine horchte auf. Seine Mutter hatte mit ihm geprahlt?

»Und ob sie das gesagt hat«, bekräftigte Leopol und nickte.

Leopol schien sich in allen Bereichen des Weyrs sehr gut auszukennen. Und stets war er bereit, für Iantine Botengänge zu erledigen, während dieser langsam wieder auf die Beine kam.

Auch Meister Domaize stattete ihm einen Besuch ab. Und wieder einmal erfuhr er von Leopol, aus welchem Grund sich der Meister bei ihm eingefunden hatte.

»Dieser Lord Chalkin schickte eine Beschwerde an Meister Domaize; er beklagte sich, Sie wären ohne einen korrekten Abschied einfach aus der Burg verschwunden, und er überlege sich allen Ernstes, ob er einen Teil des Honorars zurückverlangen solle, weil Sie in Ihrer Kunst so offensichtlich ein Anfänger seien. Das Honorar sei für einen erfahrenen Künstler berechnet gewesen, nicht für einen jungen Grünschnabel.«

Leopol grinste, als er Iantines aufsteigende Wut sah. »Ach, seien Sie ganz beruhigt. Ihr Meister ist auch nicht von gestern. M'shall höchstpersönlich brachte ihn nach Burg Bitra, und sie sagten, an den Gemälden, die Sie für Lord Chalkin angefertigt hatten, sei nicht das Geringste auszusetzen.« Leopol lege den Kopf schräg und fasste Iantine lauernd ins Auge. »Wie es aussieht, wollen hier eine ganze Menge Leute von Ihnen porträtiert werden. Haben Sie das gewusst?«

Iantine schüttelte den Kopf und versuchte, Chalkins ungerechte Anschuldigung zu verdauen. Vor Zorn hatte es ihm die Sprache verschlagen. Leopol grinste verschmitzt.

»Keine Sorge, Iantine. Chalkin wird es bereuen, dass er Sie so schändlich behandelt hat. Ihr Meister Domaize und die Weyrführer von Benden gaben diesem Preller ordentlich Bescheid. Sie sind ein professioneller Künstler und haben einen Anspruch auf all die Ehrenbezeigungen, die man Ihnen hier bei uns gewährt. Es ist nur gut, dass Sie erst krank wurden, nachdem Sie Zulaya und K'vin Ihre Version der Geschichte erzählen konnten. Nicht, dass irgendjemand Chalkins Ausführungen glauben würde, egal, was er behauptet. Wussten sie, dass sich in der Nähe von Burg Bitra nicht einmal Wherries blicken lassen?«

Es dauerte seine Zeit, bis Iantine von der Lungenentzündung genesen war, und die anhaltende Schwäche machte ihn nervös.

»Dauernd schlafe ich ein«, beklagte er sich bei Tisha, als sie ihm eines Morgens seinen Heiltrank brachte. »Wie lange muss ich das Zeug noch einnehmen?«

»Bis Maranis kein Geräusch mehr in Ihrer Lunge hört«, erwiderte sie in ihrem resoluten Tonfall. Dann reichte sie ihm den Skizzenblock und die Bleistifte, die Waine ihm an seinem ersten Abend im Weyr geschenkt hatte. »Fangen Sie wieder an zu zeichnen. Bei dieser Beschäftigung überanstrengen Sie sich wenigstens nicht.«

Es tat gut, wieder mit Bleistift und Papier umzugehen. Zu gern trieb er sich in den Unteren Kavernen herum und zeichnete Skizzen, vor allen Dingen dann, wenn sein Modell nicht merkte, dass es gemalt wurde. Sein Auge hatte nichts von seiner Schärfe verloren, und wenn seine Finger sich hin und wieder verkrampften, dann lag es an der allgemeinen Schwäche, doch er spürte, wie seine Kräfte allmählich zurückkehrten. Er merkte nicht, wie die Zeit verflog, oder dass sich Leute zum Kiebitzen hinter ihn stellten.

Waine beschaffte ihm Mörser und Stößel, außerdem Öl, Eier und Kobalt, um ein herrliches Blau zu mischen. Der Mann hatte ein paar Techniken für die Farbenproduktion gelernt und hier und da einige nützliche Tricks aufgeschnappt. Doch das war kein Ersatz für die gründliche Ausbildung, die Iantine genossen hatte. Anfangs hatte er diesen Drill gehasst, doch nun sah er ein, wie wichtig es war, wenn man etwas von der Pike auf lernte.

Der Winter überzog das Land, doch an dem ersten sonnigen Tag bestand Tisha darauf, dass er, warm in Pelze eingehüllt, draußen im Weyrkessel saß, um frische Luft zu schöpfen. Da gerade Badezeit für die jungen Drachen war, konnte Iantine sich nicht satt sehen an ihren Kapriolen und begriff allmählich, welcher Aufwand nötig war, um die Tiere großzuziehen.

Zum ersten Mal in seinem Leben erhielt er die Gelegenheit, Jungdrachen zu beobachten. Die Anmut und Kraft der ausgewachsenen Tiere sowie ihr Furcht einflößendes Erscheinungsbild waren ihm bekannt. Nun hingegen bekam er mit, wie schalkhaft, übermütig und phantasievoll die Jungen sich gebärdeten. Mitunter wurden sie sogar frech, wenn sie ihre Reiter aus lauter Mutwillen in den See schubsten. Aus dem letzten Gelege konnte noch kein Tier fliegen, doch einige des Jahrgangs davor begannen bereits mit ihrer Ausbildung. Aus allernächster Nähe durfte er ihre tollpatschigen Flugversuche verfolgen.

Anderntags entdeckte er P'tero und seinen blauen Ormonth im Mittelpunkt irgendeinen Unterrichts. Als er hinüberschlenderte, erkannte er, dass nicht nur die Weyrlinge der drei jüngsten Gelege anwesend waren, sondern sämtliche Jugendliche über zwölf. Ormonth streckte eine Schwinge aus und starrte wie entrückt darauf, als hätte er sie noch nie zuvor gesehen. Die Mimik war so köstlich, dass der Künstler in Iantine nicht widerstehen konnte. Rasch klappte er seinen Malblock auf und hielt die Szene fest. P'tero bemerkte es, doch die Klasse konzentrierte sich ausschließlich auf T'dams Vortrag. Nach und nach drangen dessen Worte zu Iantine durch.

» ...in den Berichten steht, dass die schlimmsten Verletzungen an den Schwingenrändern entstehen, besonders dann, wenn die Fäden in Klumpen fallen und man ihnen nicht schnell genug ausweichen kann. Ein Drache kann selbst dann noch fliegen, wenn ein Drittel der äußeren Membran zerstört ist ...«

Hier fuhr T'dam mit der Hand über die Kante von Ormonths Schwinge. »Allerdings ...« T'dam blickte zu Ormonth hoch. »Würdest du bitte so gut sein, den Flügel ein wenig anzuwinkeln, Ormonth?« Der Blaue gehorchte. »Danke ...« T'dam musste sich auf die Zehenspitzen stellen, um einen bestimmten Bereich am Flügel zu berühren. »Verletzungen, die dicht am Körper erfolgen, sind viel schwerwiegender, da die Fäden sich je nach ihrem Aufprallwinkel durch die Membran in den Rumpf brennen können. An dieser Stelle«, er duckte sich unter den Flügel und klopfte gegen die Flanke des Tieres, »sitzt die Lunge, und hier kann eine Verwundung sogar tödlich sein.«

Die im Halbkreis aufgestellten Schüler stießen erschrocken den Atem aus.

»Deshalb darf während eines Einsatzes eure Aufmerksamkeit nicht einen Augenblick lang nachlassen. Geht ins *Dazwischen,* sowie ihr den leisesten Verdacht habt, ihr könntet getroffen worden sein.«

»Und wie merken wir, dass etwas nicht stimmt?«, erkundigte sich jemand.

»Ha!« T'dam stemmte seine Fäuste auf den derben Ledergürtel und legte eine Kunstpause ein. »Drachen besitzen ungeheuren Mut, vor allem, wenn man bedenkt, was wir von ihnen verlangen. Aber ...« – abbittend streichelte er Ormonth – » … sie haben extrem schnelle Reflexe, besonders in Bezug auf Schmerzen. Doch das werdet ihr noch früh genug erfahren.« Erneut hielt er inne. »Einige von euch waren dabei, als Missath ihren Segelknochen brach, oder?« Er blickte in die Runde, bis sich mehrere Arme hoben. »Wisst ihr noch, wie sie kreischte?«

»Es ging mir durch und durch, es klang wie eine Kettensäge«, erwiderte ein hoch gewachsener Bursche und schüttelte sich.

»Sie fing an zu schreien, sowie sie die Balance verlor und noch ehe der Knochen brach. Sie *wusste,* sie würde sich noch während des freien Falls verletzen. Nun, bei einem Kampfeinsatz gegen die Fäden gelten etwas andere Voraussetzungen, denn die Reiter sind vollgepumpt mit Adrenalin und werden nicht sofort merken, wenn etwas passiert. Trotzdem weiß man rasch genug Bescheid. Deshalb hämmern wir den Drachenreitern bei jedem Training ein, dass sie immer – *immer!* – in Gedanken einen Bezugspunkt anpeilen, an den sie sich notfalls flüchten können. Während eines Fädenschauers behaltet ihr am besten den Weyr gedanklich im Visier, weil dort am ehesten Hilfe zu erwarten ist.« Mit der Hand deutete er auf ein paar Leute, die Iantine als Nichtreiter erkannte. »Begeht aber nicht den Fehler, den Einflugswinkel zu niedrig anzusetzen. Indem ihr ins *Dazwischen* geht, hindert ihr die Fäden daran, sich tiefer in euren Drachen hineinzufressen …«

Ein gedämpftes Murmeln erklang, als die jungen Leute ihren Abscheu bekundeten. »So weit es die Verletzungen zulassen, richtet euch auf eine ordnungsgemäße Landung ein. Das Schlimmste wäre ein zu heftiger Aufprall, der für den bereits verwundeten Drachen eine zusätzliche Belastung darstellt. Sprecht eurem Reittier Trost zu, sowie ihr spürt, dass es getroffen wurde. Natürlich kann es einen Menschen genauso erwischen, aber ihr Reiter müsst eure Schmerzen unterdrücken und euch ganz eurem Drachen widmen. Der Drache ist bei jedem Team der wichtigere Partner, merkt euch das gut. Ohne ihn seid ihr ein Nichts.«

Abermals blickte er die Schüler der Reihe nach an.

»Und was macht ihr, wenn ihr mit einem verletzten Drachen im Weyr gelandet seid? Ihr tragt Taubkraut auf, und zwar in rauen Mengen.« Er nahm den Pinsel, der in einem Eimer zu seinen Füßen steckte, und begann damit Ormonths Schwinge zu bestreichen. Das Demonstrationsmaterial war Wasser, man sah es daran, wie es herabrann.

Der Blaue betrachtete die Operation mit leicht kreisenden Augen. »Streichen, streichen, streichen!« Jedes Wort betonte T'dam mit einem schwungvollen Strich mit der weichen Bürste. »Man kann mit dem Zeug gar nicht verschwenderisch genug umgehen, und in genau drei Sekunden sind die Schmerzen betäubt ... jedenfalls im äußeren Bereich. Es dauert ein Weilchen, bis das Mittel durch die Epidermis in die Keimschicht vorgedrungen ist. Deshalb müsst ihr eurem Drachen versichern, dass er nicht so schwer verletzt ist, wie er vielleicht befürchten mag. Euer verwundetes Tier braucht viel Zuspruch. Egal, wie böse die Blessur auch aussieht, sperrt eure eigenen Ängste aus euren Gedanken aus. Erzählt eurem Freund nur, was für ein großer, tapferer Drache er ist, dass das Taubkraut wirkt und die Schmerzen gleich vorbei sein werden.«

Er setzte zu einer neuen Erläuterung an. »Angenommen, die Fäden haben sich in einen Knochen hineingebrannt ...«

»Meine Güte, das ist ja P'tero, wie er leibt und lebt«, flüsterte eine sanfte Stimme in Iantines Ohr. Er blickte sich um und erkannte den hoch gewachsenen jungen Mann, der hinter ihm stand. Es war M'leng, der Reiter des grünen Sith und P'teros engster Freund. Iantine hatte die beiden erlebt, wie sie in der Küchenkaverne ständig zusammengluckten. »Könnte ich vielleicht diesen

Teil des Blatts bekommen?« Er tippte auf die Zeichnung von P'tero und Ormonth.

M'leng war ein blendend aussehender Bursche mit kühn geschnittenen Gesichtszügen und mandelförmigen grünen Augen. Die leichte Brise, die durch den Weyrkrater strich, spielte in seinen dunkelbraunen Locken.

»Da ich P'tero mein Leben verdanke, zeichne ich ein größeres Bild von ihm – eigens für Sie.«

»Ach, das würden Sie tun?« Ein Lächeln huschte über M'lengs Gesicht. »Vielleicht können wir gleich den Preis aushandeln. Ich zahle auf jeden Fall besser als Chalkin.« Er fasste nach seiner Gürteltasche.

Iantine wollte keine Bezahlung; er fand, *er* sei es, der P'tero einen Gefallen schulde.

»Ausnahmsweise tat P'tero nicht mehr und nicht weniger als seine Pflicht«, erwiderte M'leng mit einem scharfen Unterton. »Aber ich hätte wirklich gern ein Porträt von ihm. Sie wissen doch, demnächst reiten wir Einsätze gegen die Fäden, und ich möchte etwas zur Erinnerung, falls ...« M'leng brach ab, schluckte hart und trug seine Bitte nochmals vor.

»Ich muss schon Porträts für die Weyrführer anfertigen«, erklärte Iantine.

»Nur für K'vin und Zulaya?«, wunderte sich M'leng. »Ich dachte, jeder hier hätte Sie schon mit seinen Wünschen bedrängt.«

Iantine schmunzelte. »Tisha hat mich noch nicht aus ihrer Obhut entlassen.«

»Ach, die!« M'leng winkte ab. »Manchmal kann sie einem mit ihrer übertriebenen Fürsorge auf die Nerven gehen. Aber Sie sind ein ausgezeichneter Porträtist ... die Pose, in der Sie P'tero eingefangen haben ... wie er sich gegen seinen Ormonth lehnt ... das ist typisch für ihn.«

Das Kompliment tat Iantine gut – und er wusste, dass P'tero Recht hatte, die Skizze war hervorragend gelungen. Viel besser als die geschönten, unnatürlichen Bildnisse, die er gezwungenermaßen in Bitra produziert hatte. Innerlich krümmte er sich immer noch vor Scham, weil er sich dazu hatte erpressen lassen, seine Objektivität als Künstler zu verraten. Er hoffte, er würde sich nie wieder in einer ähnlichen Situation befinden, wo er seinen eigenen Qualitätsmaßstab nicht mehr anlegen durfte. M'lengs Lob war Balsam für seine wunde Seele.

»Ich bringe noch etwas viel Besseres zuwege …«

»Aber genau diese Pose gefällt mir. Könnten Sie die nicht einfach übernehmen? Es ist nämlich so …« M'leng wich Iantines Blick aus. »Ich möchte nicht, dass P'tero erfährt … ich meine …«

»Soll es eine Überraschung für ihn sein?«

»Nein, das Bild ist ganz allein für mich bestimmt.« M'leng zeigte mit dem Daumen auf sich und setzte eine trotzige Miene auf. »*Ich* werde es behalten.«

Angesichts dieser Kompromisslosigkeit fühlte sich Iantine machtlos, und ehe M'leng sich noch mehr in seine Emotionen hineinsteigern konnte, versprach er ihm feierlich, so bald als möglich das Bild zu malen. Unvermittelt füllten sich M'lengs Augen mit Tränen, und er kniff die Lippen zu einer schmalen Linie zusammen.

»Allerdings wäre das Ergebnis weitaus besser, wenn er mir Modell sitzen würde …«

»Ach, das kann ich arrangieren, ohne dass er es merkt. Sie sind doch andauernd beim Zeichnen.« Es klang beinahe wie eine Anschuldigung. Mittlerweile war sich Iantine indessen stärker bewusst, vor welch drohender Gefahr die Drachenreiter standen. Wenn es M'leng beruhigte, ein Porträt seines Freundes zu besitzen, dann sollte es für ihn kein Problem sein, dem sympathischen jungen Mann diesen Wunsch zu erfüllen. Es war das Mindeste, was er für ihn tun konnte.

»Es muss noch heute Abend sein«, beharrte M'leng in seiner Sturheit. »Ich sorge dafür, dass wir in Ihrer Nähe sitzen. Ich bitte ihn ganz beiläufig, sein gutes Wams zu tragen, damit Sie ihn möglichst vorteilhaft zu Papier bringen.«

»Und wenn er doch etwas merkt ...«, begann Iantine, der sich fragte, ob der Plan überhaupt gelingen konnte.

»Sie zeichnen das Porträt«, betonte M'leng und klopfte auf Iantines Arm, um seine Zweifel zu zerstreuen. »Ich kümmere mich um P'tero ...« Leise fügte er hinzu: »So lange ich ihn noch habe.«

Die letzte Bemerkung erschreckte Iantine. War sich M'leng denn so sicher, dass P'tero sterben würde?

»Ich werde mein Bestes geben, M'leng, das verspreche ich Ihnen!«

»Davon bin ich überzeugt«, versetzte M'leng und warf den Kopf hoch, dass die Locken ihm aus der Stirn fielen. Dann lächelte er Iantine verschmitzt an. »Ich habe Sie bei Ihrer Arbeit beobachtet.« Er streckte ihm die Hand entgegen, die von dem Öl, mit dem die Reiter ihre Drachen einrieben, samtweich war. Iantine schlug ein und staunte über den harten Griff des grünen Reiters. »Waine sagte mir, eine gute Miniatur – und so etwa schwebt mir vor ...« – er klopfte auf seine Brusttasche, um zu zeigen, wo er das Bild zu tragen gedachte –, »kostet vier Marken. Stimmt das?«

Iantine nickte. Sein Kloß in der Kehle hinderte ihn am Sprechen. Sicherlich dramatisierte M'leng die Angelegenheit. Oder war das Risiko wirklich so groß? Im Hintergrund hörte Iantine, wie T'dam seinen Schülern die verschiedenen Verletzungen und deren Behandlung schilderte.

Welch eine bizarre und grausame Lektion die Weyrlinge erhielten! Und dennoch, ging es ihm durch den Kopf, war es sicherlich klüger, die jungen Leute auf das Schlimmste vorzubereiten und dadurch eventuell den Schock zu mildern, wenn die Katastrophe tatsächlich eintrat.

»Heute Abend dann?«, vergewisserte sich M'leng.

»Gleich heute Abend«, bestätigte Iantine und nickte bekräftigend.

Nachdem der grüne Reiter gegangen war, dauerte es eine Weile, bis Iantine die innere Ruhe zurückfand, die es ihm erlaubte, mit dem Zeichnen weiterzumachen.

Nun, jetzt wusste er, wie er dem Weyr für die freundliche Aufnahme danken konnte – indem er von jedem einzelnen Mitbewohner eine Skizze anfertigte. Auf diese Weise erhielt der Telgar-Weyr eine einzigartige Bildergalerie seiner derzeitigen Bewohner.

## Kapitel 7

# Burg Fort

Am selben Tag fand auch auf Burg Fort Unterricht statt. Im Versammlungsraum des Kollegiums hielt Corey als Leitende Medizinerin ein Seminar für Heiler aus ganz Pern, die man zu dem dreitägigen Kursus eingeflogen hatte. Unter anderem lernten die Teilnehmer Erste-Hilfe-Maßnahmen bei Menschen sowie bei Drachen.

Coreys Assistent war der Arzt des Weyrs, N'ran, der ursprünglich Tiermedizin studiert hatte, ehe er unabsichtlich eine Bindung mit dem braunen Galath einging. Zur Zeit hielt sich Galath draußen auf und badete in der Sonne, derweil ein grüner Drache, der klein genug war, um in die Halle hineinzupassen, für Demonstrationszwecke benutzt wurde, wie Ormonth im Telgar-Weyr.

»Wir haben die Berichte der Doktores Tomlinson, Marchane und Lao kopiert, die einige verblasste Fotos von Verletzungen enthalten. Bis zum Lunch dauert es noch ein Weilchen – glücklicherweise«, fügte sie mit schiefem Grinsen hinzu. Dann setzte sie wieder einen nüchternen Ausdruck auf. »Die ausführlichen Beschreibungen der Verletzungen sind schlimmer als die Bilder, aber es ist wichtig, dass ein jeder von Ihnen begreift, wie unglaublich schnell …« – sie schnippte mit den Fingern – »und mit welch entsetzlichen Folgen sich die Fäden in alles Organische hineinbrennen.« Sie stieß einen Seufzer aus. »Deshalb müssen wir uns sputen, um das Leiden der Betroffenen nicht unnötig zu verlängern.«

Ein Stimmengemurmel erhob sich, und ihr fiel auf, dass ein paar Zuhörer blass geworden waren. Andere wiederum blickten abwehrend drein.

»Viele Möglichkeiten bleiben uns nicht, sofern wir es mit Verletzungen bei den Boden-Crews zu tun haben. Zu diesem Schluss sind wir – meine Helfer und ich …« – sie deutete auf die Leute, die in der ersten Reihe saßen –, »nach eingehendem Studium gelangt. Denn die Alternative, ins eiskalte *Dazwischen* zu gehen, steht Menschen nicht offen … Ja?«

»Wieso denn nicht? Man könnte doch …«

»Ich weiß, worauf Sie hinauswollen, aber die Fäden fressen sich mit einer solchen Geschwindigkeit durch sämtliche organische Materie, dass die Zeit für jemanden, der am Boden verletzt wurde, nicht ausreicht, um einen Drachen herbeizurufen, selbst wenn sich ein paar von ihnen in der Nähe bereithielten. Eine ausgewachsene Kuh wird in weniger als zwei Minuten aufgefressen.«

»Aber in der kurzen Zeit kann man ja nicht einmal …«, begann ein Mann und verstummte gleich wieder.

»Genau!«, betonte Corey. »Wenn Arme oder Beine befallen sind, bleibt einem nichts anderes übrig, als an Ort und Stelle zu amputieren, ehe sich der Fremdorganismus in den Körper hineinbrennt.«

»Himmel noch mal! Das geht doch nicht …«, ertönte ein Zwischenruf.

»Wenn man dadurch ein Leben retten kann, ist es sehr wohl machbar.«

»Aber nur, wenn sofort ein Feldscher zur Stelle ist.«

Corey erkannte in dem Zwischenrufer einen Arzt, der in einer großen Siedlung in Nerat praktizierte.

»Richtig. Und viele von uns werden dabei sein, um zu helfen«, bekräftigte Corey resolut. »Wir begleiten die Bodenmannschaften und scheuen nicht die Gefahr. Unsere Aufgabe ist es, helfend einzugreifen, wann immer und wo immer es nötig ist.« Sie brachte ein halbherziges Lächeln zuwege. »Teiche, Flüsse Seen … jedes Gewässer ist günstig, da Fäden ertrinken. Sogar recht schnell, steht in den Berichten. Je nachdem, welche Körperstelle betroffen ist, kann Wasser die Gefräßigkeit der Organismen so effektiv eindämmen, dass die Zeit für eine Amputation ausreicht. Selbst ein Trog oder eine Viehtränke voller Wasser genügen, um den Prozess des Sich-Einbrennens zu verzögern.« Sie warf einen Blick auf ihre Notizen. »Zum Überleben benötigen die Fäden sowohl Sauerstoff als auch organische Materie. Im Wasser ertrinken sie binnen drei Sekunden.«

»Was passiert, wenn sich einzelne Fäden tief ins Fleisch eingraben?«

»Innerhalb eines Körpers sterben sie gleichfalls nach drei Sekunden ab. Muskelfleisch enthält nicht genügend freien Sauerstoff, den sie für die Stoffwechselvorgänge brauchen. Auch Eis kann die Beweglichkeit eindämmen, aber das steht natürlich nicht immer zur Verfügung.«

»Angenommen, wir haben es irgendwie geschafft, den Organismus aufzuhalten, aber der Verletzte hat schwere Verbrennungen erlitten, eventuell mussten wir sogar amputieren. Was am effektivsten hilft, ist Taubkraut und immer wieder Taubkraut. Ein Segen, dass der Planet diese Heilpflanze hervorgebracht hat. Im Falle einer Amputation wird natürlich das Standardverfahren angewendet, einschließlich Kauterisation. Dadurch wird auch ein eventuell vorhandener Rest der Fäden zerstört. Gegen Schock empfehle ich Fellis – falls der Patient noch bei Bewusstsein ist.«

Abermals zog sie ihre Merkblätter zu Rate. »Tomlinson und Marchane unterstreichen, dass bei Verwundungen durch Fäden eine hohe Sterblichkeitsrate infolge von Herzversagen oder Schlaganfall auftritt. Lao, der bis zum Ende des Vorbeizugs des Roten Sterns praktizierte, beschreibt, wie Patienten, die nur leicht verletzt waren und sogar erfolgreich therapiert wurden, an traumatischem Schock starben. Wenn Sie Ihre Bodengruppen vorbereiten, schärfen Sie den Leuten unter allen Umständen ein, dass Verletzungen durch Fäden wirksam behandelt werden können.«

»Sofern wir rasch genug bei dem Verwundeten eintreffen«, ergänzte jemand trocken.

»Aus diesem Grund ist es ja so wichtig, dass genug medizinisches Personal die Boden-Crews begleitet. Und dass in jeder Burg, in jeder menschlichen Ansiedlung, Kurse in Erster Hilfe abgehalten werden. Die Anzahl ausgebildeter Mediziner lässt sich nicht quasi über Nacht vermehren. Doch wir können vielen Leuten beibringen, wie sie sich im Ernstfall zu verhalten haben, und dadurch den Schaden eingrenzen.« Nach einer kleinen Pause fuhr sie fort: »Außerdem müssen die Leute begreifen, dass jeder, der nicht gerade an einem aktiven Einsatz beteiligt ist, in einem Schutzraum zu bleiben hat, bis Entwarnung gegeben wird.

Nun kommen wir zu den Verletzungen, die bei Drachen auftreten, denn auch die werden wir behandeln müssen. Die Drachen und ihre Reiter haben den Vorteil, dass sie ins *Dazwischen* gehen und den angreifenden Organismus erfrieren lassen können. Doch gegen die bereits eingetretenen Verwundungen ist das natürlich wirkungslos.

Die umfangreichsten Blessuren tragen die Drachen an ihren Schwingen davon ... Wenn ich dann mal bitten dürfte, Balzith.« Sie wandte sich an den geduldig wartenden grünen Drachen, der gehorsam einen Flügel abspreizte, damit die Ärztin ihre Ausführungen am lebenden Objekt demonstrieren konnte.

Während der Lunchpause, nach der sie andere Probleme wie Hygiene und sanitäre Einrichtungen diskutieren wollten, da die kleinen und mittleren Festungen über keine so umfangreichen Einrichtungen verfügten wie die wirklich großen Niederlassungen, gesellten sich

Joanson von Süd-Boll und Frenkal von Burg Tillek, beide erfahrene Mediziner, zu Corey.

»Corey, wie stehen Sie zu ... äh ... der Anwendung von Euthanasie?«, fragte Joanson in sehr nachdenklichem Ton.

Eine geraume Zeit lang musterte sie prüfend den groß gewachsenen Mann. »Dazu habe ich keine feste Meinung, Joanson. Wie Sie wissen, befinden sich unter den Kursteilnehmern einige Leute, die keine umfassende medizinische Ausbildung genossen haben. Von diesen kann ich keine Maßnahme verlangen, die mir selbst anzuwenden sehr schwer fallen würde. Ich spreche hier von Sterbehilfe.« Dann widmete sie sich Frenkal.

»Wir haben geschworen, Leben zu erhalten. Aber wir sind gleichfalls durch einen Eid verpflichtet, unseren Patienten eine gewisse Lebensqualität zu gewährleisten.« Ihre Lippen zuckten, als sie daran dachte, dass diese beiden Ziele zuweilen miteinander in Konflikt gerieten. »Jeder von uns sollte sich Gedanken darüber machen, wie wir in einer verzweifelten Situation handeln würden. Ich finde, Todesqualen zu verkürzen ist erlaubt und ethisch absolut vertretbar. Ich glaube nicht, dass wir im Ernstfall die Zeit haben, um über Moral, Ethik, Grausamkeit oder Gnade nachzudenken.« Sie holte tief Luft. »Ich habe Bänder gesehen, die in allen Einzelheiten zeigen, wie Tiere bei lebendigem Leib und vollem Bewusstsein von Fäden aufgefressen wurden.« Sie bemerkte, wie Joanson zusammenzuckte. »Jawohl, die erbarmungswürdigen Kreaturen lebten bis zum Schluss, weil die Fäden den Hinterleib zuerst attackierten. Ich glaube, wenn Sie Zeuge werden, wie ein Mensch Opfer einer solchen Tortur wird, werden Sie sich spontan dazu entschließen, dem Leiden ein Ende zu setzen – so rasch wie möglich.«

Da sich noch mehr Leute mit dieser Frage an sie wandten, war sie beinahe froh, als die Lunchpause endete und sie über das emotional weniger belastende

Thema Amputation sprechen konnte. Jeder brauchte in dieser Hinsicht einen Auffrischungskurs, besonders, was Notoperationen anging, wenn unter schwierigsten Bedingungen gearbeitet werden musste. Später wollte sie die neuen Knochenschneider – es waren eher Äxte als chirurgische Instrumente – an die Zuhörer verteilen. Kalvi hatte sie mitgebracht.

»Das beste chirurgische Schneidewerkzeug, das wir bis jetzt herstellen konnten, Corey«, hatte er nicht ohne Stolz verkündet. »Ich ließ es im Schlachthof testen. Sie gehen durch Muskeln und Knochen wie durch Käse. Aber man muss sie nach Gebrauch wieder schärfen. Und für die Klingen habe ich Schutzhüllen angefertigt, damit sich nicht jemand aus Versehen die Finger absäbelt.«

Ärzte waren wohl nicht die einzigen mit einem Sinn für makabren Humor, fand Corey.

In der Zwischenzeit demonstrierte Kalvi in der Großen Halle von Burg Fort, wo Lord Paulin in der ersten Reihe saß, den künftigen Boden-Crews den Gebrauch und die Wartung der $HNO_3$-Zylinder. Er führte vor, wie die Einzelteile zusammengesetzt wurden und gab eine Auflistung all der Probleme, die bei der Anwendung auftreten konnten. Jeder Gemeindevorstand, selbst aus den kleinsten Ansiedlungen innerhalb des Verwaltungsbereichs von Fort, war zugegen. Viele hatten ihre älteren Kinder mitgebracht. Ausnahmslos war man über Land angereist, zu Fuß oder zu Pferd. Der Fort-Weyr, wie auch die anderen fünf Drachenhorte, hatte seinen Transportdienst für private Zwecke so gut wie eingestellt. Lord Paulin verstand diese Einschränkung und hielt sie für richtig.

»Wir haben es viel zu leicht gehabt, indem wir die Drachen benutzten wie unsere Vorfahren ihre Luftschlitten und andere flugtaugliche Vehikel«, hatte er einem seiner Pächter erklärt, als dieser monierte, man habe ihm einen Drachenritt verweigert. »Unsere Pferde sind nicht nur dazu da, um dem Galopprennsport zu frönen. Und die Drachenreiter waren viel zu nachgiebig und gefällig. Uns allen wird es gut tun, wenn wir uns wieder auf Fußmärsche besinnen oder uns zur Abwechslung mal in den Sattel schwingen. Ich nehme an, Sie alle haben bereits die Stallungen erweitert, um dem Viehbestand Schutz zu gewähren?«

Dieser Vorschlag war nicht auf viel Gegenliebe gestoßen, und allgemein wurden Klagen laut, die Ingenieure hätten sich eifriger bemühen müssen, um jene praktischen Steinschneider zu replizieren, mit denen die ersten Siedler ihre Höhlenwohnungen in den Felsmassiven nach ihren Vorstellungen vergrößert hatten.

Mit einem Achselzucken tat Kalvi die Beschwerden ab.

»Wir haben eine Liste von Prioritäten; Steinschneider herzustellen, gehört nicht dazu. Es wäre auch völlig unrealistisch, dies zu versuchen. Im Norden gibt es immer noch zwei Schlitten, aber keine Energiequelle, um sie flugbereit zu machen. Wir haben nie herausgefunden, welche Kraft unsere Ahnen benutzten«, fügte er hinzu. »Jene Energiezellen lassen sich nicht nachbauen, andernfalls hätten unsere Vorfahren es sicher getan. Stattdessen züchteten sie die gentechnisch optimierten Drachen. Erneuerbare Ressourcen sind ohnehin irgendwelchen hoch komplizierten oder exotischen Dingen vorzuziehen.«

Als der Hauptvortrag zu Ende ging, wurde jeder aufgefordert, sich am Nachmittag zu Zielübungen mit dem $HNO_3$-Gerät einzufinden. Die meisten fanden dies wesentlich interessanter als Kalvi zuzuhören, wenn er erklärte, wie man die Düsen der Flammenwerfer einstellte, damit sie entweder eine lange, schmale Feuerzunge ausstießen oder ein kürzeres, breit gestreutes Feuer von sich gaben. Natürlich lernte man auch, wie man die Apparate säuberte.

»Sie haben ungefähr dieselbe Bandbreite an Feuerausstößen wie ein Drache«, erzählte Kalvi, indem er sich den Tank auf den Rücken schnallte. Durch den Gesichtsschutz klang seine Stimme gedämpft. »Sie da hinten! Der Schutzhelm ist nicht nur zur Zierde da. Setzen Sie ihn sofort auf. Und klappen Sie den Gesichtsschirm herunter!«

Unter Kalvis tadelnden Blicken gehorchte der säumige Kursteilnehmer unverzüglich.

»Die Reichweite des Geräts beträgt bei einem schmalen Feuerstrahl sechs Meter; zwei Meter, wenn man die Düse auf breite Streuung einstellt. Näher würden Sie gar nicht an den Organismus herankommen wollen.« Er zückte einen Schraubenzieher und nahm eine kleine Justierung vor. »Denken Sie daran«, verkündete er laut und energisch, indem er die Düse von seinem Körper wegrichtete, »dass die Austrittsöffnung nie auf Sie selbst oder auf jemand in Ihrer unmittelbaren Nähe zeigen darf. Wir verbrennen Fäden, keine Menschen. Schalten Sie die Apparatur niemals ein, ohne dass Sie sich vorher überzeugt haben, in welche Richtung die Düse weist. Man versengt schnell irgendetwas und richtet verheerenden Schaden an. Hab ich Recht, Laland?«, wandte er sich direkt an einen seiner Gesellen.

Der Mann grinste verlegen und trat von einem Fuß auf den anderen, seinen Meister nicht ansehend.

»Und nun geben Sie bitte den Mannschaften da droben das Signal, Paulin«, bat Kalvi. Er verschaffte sich mit den Beinen einen festen Halt und zielte mit der Düse nach oben.

Paulin winkte mit einem roten Tuch, und plötzlich kam ein Gewirr aus irgendetwas die Steilwand heruntergeschossen. Jeder der Zuschauer, außer Kalvi, erschrak. Diejenigen, die einen Flammenwerfer griffbereit hielten, hoben abwehrend das Gerät, andere wiederum glotzten fassungslos, während sich das Knäuel in lange silberne Schnüre auflöste, manche dick, manche fein, die unterschiedlich schnell zu Boden trudelten. Sowie sie sich in Reichweite befanden, aktivierte Kalvi seinen Flammenwerfer.

Einen kurzen Augenblick lang schien das Feuer an den Enden der Strippen Halt zu machen, ehe die Flammen sich das Material entlangfraßen und es vernichteten, sodass nur verkohlte, qualmende Fetzen den Boden erreichten … und natürlich der Gesteinsbrocken, der an einem der zusammengeknüpften Schnüre festgebunden war. Begeisterte Rufe wurden laut, man klatschte Beifall.

»Nicht schlecht«, kommentierte Paulin grinsend, während er sich über den neu entfachten Enthusiasmus der Helfer freute.

»Nun, wir haben auch lange genug daran gearbeitet, um diese Wirkung zu erzielen«, bemerkte Kalvi, beide Tanks zudrehend. »Es gibt genug Berichte, in denen die Art und Weise des Fädenfalls beschrieben wird, und ich finde, diese Simulation kommt der Realität recht nahe.«

Er wandte sich wieder an seine Schüler. »Man muss die Fäden zerstören, ehe sie auf den Boden oder organische Materie treffen. Wie wir wissen, tritt dieser Organismus in zwei Formen auf: eine Abart frisst sich zu Tode – und das ist die harmlosere Variante, obschon sie den größten Teil der Fädenschauer ausmacht und viel Unheil anrichtet. Die zweite Kategorie ist imstande, durch bestimmte chemische Prozesse in das zweite Stadium ihres Lebenszyklus zu mutieren. Leider konnten die ersten Siedler nie herausfinden, wie diese Unterart beschaffen ist. Man wusste lediglich, dass sie existiert. Dass es sie gibt, ist uns auch nur allzu gut bekannt, denn hier bei uns im Norden befinden sich Areale, die selbst jetzt noch, zweihundert Jahre nach dem letzten Fädenfall, steril sind.

Wenn dieser Typus die Nährstoffe erhält, die er braucht, kann er sich fortpflanzen. Aus diesem Grund sind die Bodenmannschaften so wichtig. Wir müssen unbedingt verhindern, dass sich die Fäden in den Boden eingraben, wo wir sie nicht mehr erreichen können. Unsere Vorfahren vermuteten, der Organismus benötige vielleicht irgendwelche Spurenelemente oder Mineralien, die sich im Boden befinden, um zu gedeihen; doch wenn sie nicht herausbekamen, womit sich dieser Fädentyp ernährt, werden wir es wohl auch nie erfahren, was ihn zum Wachstum bringt.« Kalvi stieß einen Seufzer des Bedauerns aus. »Deshalb verbrennen wir sämtliche feindliche Organismen ...« – er schwenkte weit ausholend die Arme –, »die den Drachenreitern durch die Maschen geschlüpft sind.«

Er legte eine Pause ein und spähte die Steilwand hoch, wo die Katapult-Crews sich bereithielten.

»Alles in Ordnung da droben?«, rief er hinauf, die Hände wie einen Trichter vor den Mund haltend. Zur Antwort schwenkte man längs des Steilabsturzes rote Flaggen.

»Na schön, stellen Sie sich in Fünfergruppen auf, sodass Sie die roten Flaggen anpeilen können. Sowie alle hier drunten in Position gegangen sind – und vergessen Sie ja nicht, in welche Richtung die Düse weisen muss! –, gebe ich das Zeichen, und wir wollen doch mal sehen, wie die Übung klappt.«

Die Ergebnisse waren unterschiedlich. Ein paar Leute hatten den Bogen schnell heraus und lernten im Nu, mit dem Flammenwerfer umzugehen; andere wiederum hatten schon Probleme, die beiden Gase im richtigen Mischungsverhältnis austreten zu lassen, damit eine Flamme entstehen konnte.

»So was kann immer mal vorkommen«, meinte Kalvi ergeben. »Zur Strafe sollte man sie mit den unverbrannten Schnüren die Felswand hochklettern lassen.«

»Täte ihnen sicher gut.«

»Nimmt aber zu viel Zeit in Anspruch. Werft die Netze runter!«, schrie Kalvi und grinste Paulin an. »Ich dachte mir schon, dass es nicht bei allen auf Anhieb klappen würde. Wir lassen unsere Übungsfäden hochziehen und beginnen noch mal von vorn.«

»Wie viele dieser Knäuel haben Sie mitgebracht?«

»Genug, um uns ein Weilchen beschäftigt zu halten«, erwiderte Kalvi schmunzelnd.

Ehe der kurze Winternachmittag in den Abend überging, schaffte es ein jeder aus den Bodencrews, Fäden zu versengen, trotz etlicher Pannen und Schwierigkeiten, das anvisierte Ziel zu treffen. Der Vorrat an Schnüren ging aus, ohne dass die Leute den Spaß an der Übung verloren.

»Wenn Sie für sich allein trainieren, sollten Sie aber nicht übertreiben«, riet Paulin ein paar Leuten in seiner Nähe, während sie zur Festung zurückmarschierten. Das Exerzierfeld lag ein gutes Stück von Burg Fort entfernt, wo es weder Viehkoppeln noch Außenposten der Farmer gab, auf die man hätte Rücksicht nehmen müssen. »$HNO_3$ lässt sich relativ leicht herstellen, im Gegensatz zu der Ausrüstung. Strapazieren Sie die Geräte nicht zu sehr, indem Sie zu viel damit üben.«

Während der Übungsstunden hatte man in der Großen Halle das Abendessen aufgetragen, und die Schüler waren durch den eifrigen Drill ausgehungert.

»Morgen säubern wir die Tanks«, verkündete Kalvi, als das Klah serviert wurde. »Ich bringe Ihnen bei, wie man die Geräte auseinander nimmt und wieder zusammensetzt, damit Sie wissen, worauf es ankommt. Wer am schnellsten fertig ist, erhält von Lord Paulin eine Belohnung.«

Hochrufe wurden laut.

»Die Stimmung ist gut«, wandte sich Paulin an Kalvi. Dieser nickte zufrieden; er fand, die ersten Schulungen seien sehr gut verlaufen.

Wenn alle geplanten Kurse so reibungslos vonstatten gingen, konnte er vielleicht noch etwas Zeit erübrigen, um einen Angelausflug nach Ista zu unternehmen. Bei der hektischen Suche nach Informationsmaterial über den bevorstehenden Vorbeizug des Roten Sterns hatte er ein paar Rollen Angelschnur aus starkem Nylonfaden aufgestöbert.

Der Strichcode auf dem Karton war beschädigt, deshalb wusste er nicht, wann die Schnur angefertigt worden war; doch Kalvi brannte darauf, sie an ein paar wirklich großen Fischen zu testen, die sich in den tropischen Gewässern tummelten. Dieses synthetische Material war extrem strapazierfähig und hielt sicherlich das Gewicht der Packfische aus, die zu beachtlicher Größe heranwuchsen.

Eine dritte Gruppe, bestehend aus erfahrenen Lehrern, hatte sich in dem weiträumigen Refektorium des Kollegiums versammelt. Heute wollte man die neuen Balladen lernen, die dazu dienen sollten, die Schüler zu unterweisen. Am darauf folgenden Tag würden die Weyrführer von Fort die Erzieher darüber aufklären, wie man sich am Besten schützte, wenn man auf freiem Feld von einem Fädenschauer überrascht wurde.

Clisser war mit Beschwerden überhäuft worden, weil die Weyr keine Drachen mehr für Transportzwecke zur Verfügung stellten. Früher hatte man diese Dienste wie selbstverständlich in Anspruch nehmen können. Nicht alle Lehrkräfte verstanden es, die robusten Pferde zu reiten, die man eigens für Distanzritte in gebirgigem Terrain gezüchtet hatte. Kopfschmerzen bereitete ihm außerdem die Aufgabe, viele seiner bewährten Instruktoren auf Reisen schicken zu müssen, damit sie das Wissen selbst in die entferntesten Winkel des Kontinents tragen konnten.

Doch im Laufe der nächsten drei Tage standen Musik und die Besprechung des neuen Lehrplans im Vordergrund; das fasste er als eine angenehm Verschnaufpause auf. Was nicht heißen sollte, dass die innovativen Vorschläge bei allen gut ankamen. Langsam rang er sich zu der Erkenntnis durch, dass Bethany Recht hatte, wenn sie meinte, dass die derzeitige Gesellschaft von Pern den gleichen Fehler beging wie die ersten Siedler, indem man sich nämlich zu sehr auf den problemlosen Zugang zu allerhand Informationsquellen verließ. Zu seinem gelinden Erstaunen waren es indessen gerade viele ältere Lehrer, die sich vorbehaltlos für den neuen Lehrstoff aussprachen.

»Es wird höchste Zeit, dass wir mehr Wert auf Wissen legen, das zu unserem aktuellen Leben einen Bezug hat. Was interessiert uns, was man *damals* brauchte?«, erklärte Layrence von Tillek. »Ich sehe keinen Sinn darin, Studenten mit Daten vollzustopfen, die sie niemals praktisch anwenden können, weil ihnen die Möglichkeit einer fortgeschrittenen Technik verwehrt ist.«

»Aber man muss Traditionen aufrecht halten«, entgegnete Sallisha mit tief gefurchter Stirn. Clisser fiel ein, dass sie für ihre erzkonservative Einstellung bekannt war. »Erst wenn man seine Wurzeln kennt, weiß man die Gegenwart zu schätzen ...«

»Ach, Sallisha«, mischte sich Bethany mit dem für sie typischen sanften Lächeln ein. »Die Traditionen werden in unseren Balladen weitergegeben, aber man muss kenntlich machen, *welche* Überlieferungen für die heutige Generation wichtig sind.«

»Unsere glorreiche Vergangenheit ...«, nahm Sallisha einen neuerlichen Anlauf.

»Ist inzwischen Geschichte«, erklärte Sheledon mit Nachdruck und legte genau wie sie die Stirn in Falten. »Die Ära liegt weit zurück, sozusagen in grauer Vorzeit. Warum halten wir krampfhaft an irgendwelchen Verbindungen fest, die unsere Ahnen mit gutem Grund und aus freien Stücken kappten?«

»Aber ... aber ... die Schüler sollten Bescheid wissen ...«, ließ Sallisha nicht locker.

»Wenn sie weitergehende Informationen wünschen, sollten sie sie irgendwo nachlesen«, beschied ihr Sheledon. »Zur Zeit lautet unser vordringlichstes Problem, wie wir dem drohenden Fädenfall begegnen.«

»Und das ist wichtiger, als zu wissen, welche Planeten den Bombardements durch die Nathi widerstanden, und wer im Jahr 2089 Präsident der Weltengemeinschaft war«, stärkte Shulse ihm den Rücken. »Oder wie man eine Bahnparabel um einen Zentralstern berechnet.«

Sallisha funkelte die beiden Mathematikdozenten wütend an.

»Natürlich«, fuhr Shulse fort, »sollten unsere Studenten lernen, wer die Gouverneurin Emily Boll und Flottenadmiral Paul Benden waren. Diese beiden Persönlichkeiten haben die Geschichte Perns geprägt.«

»Aber die jungen Leute müssen ein Gesamtbild bekommen«, widersprach Sallisha hartnäckig.

»Einige Studenten sind sicherlich sehr interessiert, was sich vor der Besiedlung Perns im Universum zutrug«, lenkte Shulse ein. »Gleichwohl bin ich wie Clisser der Ansicht, dass wir den Unterrichtsstoff darauf konzentrieren müssen, was für *diese* Welt und *unsere* Zivilisation relevant ist.«

»Zivilisation?«, höhnte Sallisha verächtlich.

»Wie bitte? Finden Sie, was wir hier aufgebaut haben, verdient nicht die Bezeichnung Zivilisation?« Sheledon liebte es, Sallisha aufzuziehen, die immer gleich alles wortwörtlich nahm.

»Verglichen mit der Technik, die unsere Vorväter besaßen, sind wir eine primitive Gesellschaft.«

»Die damalige Technik war für die Menschen nicht nur ein Segen. Mit ihr einher gingen eine hohe Jugendkriminalität und Betrügereien mithilfe von Computern, sodass die Leute ihre Credits in Matratzen versteckten, um auf Nummer Sicher zu gehen.«

»Verschonen Sie mich damit«, wehrte Sallisha ab, »und zählen Sie lieber die Vorteile einer High-Tech-Gesellschaft auf.«

Sheledon gluckste verhalten. »Wissen Sie eigentlich, wie gefährlich damals ein Lehrer lebte?«

»Blödsinn. Lehrkräfte genossen ein hohes Sozialprestige.«

»Aber körperliche Unversehrtheit garantierte man ihnen erst, nachdem sie Disziplinarmaßnahmen ergreifen durften«, ergänzte Sheledon.

»Und man ihnen die Benutzung von Stunnern erlaubte«, fügte Shulse hinzu.

»Dieses Problem gibt es bei uns in der Tat nicht«, räumte Sallisha naserümpfend ein.

»Und dabei soll es auch bleiben«, bekräftigte Clisser. »Vielleicht wird ohnehin eine gewisse Form von Disziplin gewahrt, wenn man den Unterrichtsstoff auf das beschränkt, was die Schüler wirklich interessiert und überflüssigen Ballast ausmerzt.«

»Und wer bestimmt, was überflüssiger Ballast ist?«, herrschte Sallisha Clisser an. »*Sie* etwa?«

Clisser zeigte auf ein Regal voller Aktenordner, das eine gesamte Wand in der Bibliothek, in der die Unterredung stattfand, einnahm. »Ich verschickte Fragebogen an Lehrer, Burgherren und Kleinpächter und bat um konstruktive Vorschläge. Das Ergebnis dieser Befragung schlug sich hierin nieder.« Er hob eine dicke Schwarte hoch. »Ich habe für Sie alle Kopien anfertigen lassen. Und die Lehrballaden sind Bestandteil des neuen Unterrichtsplans, über den wir während dieser Konferenz abstimmen wollen.«

Schmollend zog sich Sallisha zurück. Clisser fragte sich, ob ihr bewusst war, wie sehr sie einem störrischen Schüler glich, der sich missverstanden fühlte. Trotz allem war sie eine gute Lehrerin und verstand es ausgezeichnet, Wissen zu vermitteln. Aus diesem Grund hatte man ihr auch die Aufsicht über das Schulwesen im Südosten von Pern übertragen. Aber sie pflegte ihre kleinen Marotten – wie die meisten Menschen.

Das Auswendiglernen der Lehrballaden würde das

Gedächtnis der Kinder trainieren. Clisser wusste sehr wohl, dass er selbst keine große Merkfähigkeit besaß, weil er sich immer zu sehr auf die Technik verlassen hatte. Dabei waren die ersten Kolonisten nach Pern ausgewandert, um auf diesem Planeten mit seinen begrenzten Ressourcen eine Gemeinschaft zu gründen, die auf eine fortgeschrittene Technik verzichten konnte.

Er hatte von Menschen gelesen, die ihre Wohnstätte niemals verließen und wie Eremiten lebten; Kontakte zu anderen Personen stellten sie auf elektronischem Wege her. Nicht, weil sie sich vor der Welt da draußen fürchteten, sondern eher aus einer anerzogenen Trägheit heraus. Auf Pern faulenzte praktisch niemand, sagte sich Clisser. Er fand, jemand, der nie von zu Hause fortkam, habe sein Leben nutzlos verschwendet. Nun ja, gewisse Ereignisse auf Pern – wie der Fädeneinfall – hatten die Siedler auf eine einfachere Zivilisationsstufe zurückgeworfen, als ihnen lieb sein konnte. Doch die Menschen hatten sich angepasst und versucht, die natürlichen Gegebenheiten ihren Bedürfnissen entsprechend umzuformen. Ein Ergebnis davon waren die Drachen, die eine effektive Verteidigungsmaßnahme gegen die tödliche Gefahr aus dem All darstellten.

Er hoffte ... Clisser sog scharf den Atem ein. Jeder auf Pern – mit einer bemerkenswerten Ausnahme – richtete sich darauf ein, sich selbst und alles, was ihm anvertraut war, vor der Attacke zu schützen. Sich vorzubereiten war eine Sache – etwas ganz anderes stellte das Problem dar, fünfzig Jahre lang in einem Zustand ständiger Alarmbereitschaft zu leben.

Ihm fielen die Berichte von den Nathi-Kriegen ein, und besonders denkwürdig fand er die Veröffentlichungen der belagerten Kolonisten auf Sirus III und Wega IV, beides Planeten, die von den Nathi unter Dauerbeschuss genommen wurden.

Tagelang wurden die Bewohner von Trommelfeuer heimgesucht, die heimtückischen Geschosse verwüsteten die Planeten bis zur Unbewohnbarkeit. Mehrere Generationen waren auf Koloniewelten großgeworden, indem sie in tief unter der Oberfläche liegenden Schutzräumen hausten. Clisser schmunzelte. Eigentlich kein Unterschied zu den Pernesern, die gezwungenermaßen in Felsmassiven wohnten, die von Höhlenlabyrinthen durchzogen waren.

Tatsächlich hatten die Perneser von den Erfahrungen auf Sirus und Wega profitiert. Auch sie zapften Magmaströme an, um sich mit Wärme zu versorgen, und Sonnenpaneele dienten der Energieerzeugung. Menschen hatten unter wesentlich ungünstigeren Bedingungen überlebt, als sie sie hier auf Pern vorfanden. Auf diesem Planeten wusste man wenigstens, wann und wo die Fäden niederregnen würden und konnte sich entsprechend darauf einrichten. Dennoch war das Ausmaß dieser Fädenschauer beachtlich, und wenn Gegenmaßnahmen versagten, hatte dies verheerende Folgen.

Aber galt das nicht für jeden Bereich des Lebens, dass ein Versagen fatale Konsequenzen nach sich zog?

Deshalb hoffte Clisser, die Musik, die eigens komponiert worden war, um die Stimmung zu heben, möge den erwünschten Erfolg haben. Sie sollte die Menschen aufmuntern und ihnen frischen Schwung geben. Flüchtig stellte er sich die Frage, was wohl auf der guten alten Erde während der nationalistischen Phase passiert wäre, wenn plötzlich ein die gesamte Menschheit bedrohender extraterrestrischer Feind aufgetaucht wäre, sodass sich die verschiedenen Völker und Rassen notgedrungen hätten zusammenschließen müssen.

Jemmy und Sheledon hatten ein paar mitreißende Musikstücke verfasst. Ein paar der simpleren Melodien gingen einem partout nicht mehr aus dem Kopf. Des Morgens wachte man auf und begann halb unbewusst, das Liedchen zu pfeifen, das man noch vom Abend her im Ohr hatte. Clisser fand, dies sei ein untrügliches Indiz für eine gute Melodie. Die Arrangements waren so gehalten, dass verschiedene Solo-Instrumente oder eine komplette Band die Texte begleiten konnten. Selbst Amateurmusiker in den Burgen und Siedlungen wären imstande, einen Sänger zu begleiten.

Jemmys Rätselsong war ihm besonders geglückt. Selbst Clisser kannte noch nicht alle Auflösungen, und dieses Lied würde sich während eines Fädeneinfalls als nützlich erweisen, indem es die in den Höhlenfestungen verschanzten Bewohner von den Vorgängen draußen ablenkte. Bethanys Klagelied – überhaupt das erste Lied, das sie je komponiert hatte – stand als Nächstes auf dem Programm, und er lehnte sich zurück, um andächtig zu lauschen.

Doch seine Gedanken schweiften immer wieder ab, und er schaffte es nicht, sich auf die Musik zu konzentrieren. Ständig gingen ihm die geplanten Änderungen des Lehrprogramms durch den Kopf. Außerdem fragte er sich zunehmend besorgt, was er bezüglich Burg Bitra unternehmen sollte. Der Lehrer, den er zuletzt dorthin versetzt hatte, hatte sich mit Lord Chalkin überworfen und war sogar vertragsbrüchig geworden. Nicht, dass Clisser Issony daraus einen Vorwurf gemacht hätte; der Mann war gedemütigt worden, und seine Schüler hatten ihn bedroht. Aber jedes Kind brauchte eine Grundausbildung. Man durfte es nicht zulassen, dass eine ganze Provinz ins Analphabetentum absank.

Gewiss, Kinder lernten unterschiedlich schnell. Das war allgemein bekannt, und man musste den Lehrstoff so interessant wie möglich aufbereiten. Dadurch schuf man einen Anreiz für private Weiterbildung. Ziel einer Schulbildung musste sein, einen Menschen dahingehend zu erziehen, dass er selbstständig Probleme lösen konnte. Und vorhandenes Intelligenzpotenzial fördern. Wie er sich widerstrebend eingestand, musste es selbst in Bitra kluge Leute geben.

Vielleicht sollte er Sallisha in dieses Gebiet schicken. Er lachte in sich hinein. Nur, dass sie nicht gehen würde. Sie stand in der Hierarchie des Bildungswesens so weit oben, dass sie jede Versetzung, die ihr nicht passte, glatt ablehnen konnte.

Von Bethanys lieblichen Weisen umschmeichelt, fasste er den Entschluss, das Problem mit Lord Chalkin, dem Burgherrn von Bitra, beim nächsten Konklave auf die Tagesordnung zu setzen. Irgendwie mussten sie diesen Mann zur Räson bringen.

Beim letzten abendlichen Essen, das alle drei Gruppen im Burghof von Fort gemeinsam einnahmen, und für das man drei ganze Ochsen am Spieß briet, schnappte Clisser auf, wie jemand Chalkins Namen aussprach und gesellte sich sofort zu der Clique, die über den Bitraner diskutierte.

»Und das ist noch längst nicht alles«, fuhr M'shall mit gerunzelter Stirn fort. »Entlang der Grenzen hat er Wachtposten aufgestellt, und jeder, der die Provinz verlassen will, darf nur seine persönliche Bekleidung mitnehmen. Selbst das Vieh, das die Bauern für den Eigenbedarf gezüchtet haben, müssen sie zurücklassen.«

Clisser hatte die Ankunft des Weyrführers von Benden nicht bemerkt, doch M'shalls Anwesenheit kam ihm sehr gelegen.

»Sie reden über Chalkin?«, vergewisserte er sich, als die anderen zur Seite rückten und ihm Platz in ihrer Runde verschafften.

M'shall gab ein verächtliches Lachen von sich. »Wer sonst würde zu einer Zeit wie dieser Menschen von ihrem Land verjagen?«

»Einer meiner Lehrer, Issony, hat gerade Burg Bitra den Rücken gekehrt. Es hat dort viel böses Blut gegeben, und keine zehn Pferde kriegen ihn mehr dorthin. Das Problem ist, dass selbst in Bitra die Kinder etwas lernen müssen.«

»Ha!« M'shalls spöttischer Ausruf wurde mit beifälligem Nicken bedacht.

»In Bitra betrachtet man Schulstunden als glatte Zeitverschwendung. Warum sollen die Kinder der Vasallen mit Wissen traktiert werden, wenn man sie dadurch von einer Arbeit abhält, die den Reichtum ihres Feudalherrn mehrt? Was hat man diesem Issony dort angetan?«

»Fragen Sie ihn selbst, dann sprudelt es nur so aus ihm heraus. Es würde ihm sogar gut tun, wenn er sich alles frei weg von der Leber reden dürfte. Wie ich hörte, hat einer Ihrer Reiter ihn gerettet?«

»Wir retten eine Menge Leute, die aus Bitra regelrecht flüchten«, erwiderte M'shall ohne jede Genugtuung. »Aber nur Fremde, keine Einheimischen«, fügte er bedeutsam hinzu.

»Hören Sie«, fiel Bridgely ihm ins Wort, »ich kann nicht alle Flüchtlinge von Bitra bei mir aufnehmen. Und ich werde nicht den kleinen Finger rühren, um Chalkin zu helfen, wenn sein Besitztum von Fäden überschüttet wird.«

»Aha!«, entgegnete M'shall und hob den Zeigefinger. »Aber anscheinend glaubt er nicht, dass die Fäden kommen.«

»Kämen wir uns nicht ziemlich blöd vor, wenn es sich herausstellen sollte, dass er Recht hat?«, bemerkte Farley, ein Kleinpächter von Fort. »'Tschuldigung, ich hab wohl was Falsches gesagt«, setzte er hastig hinzu, als man seine Bemerkung mit kalten, abweisenden Blicken quittierte.

»Chalkin war schon immer ein Quertreiber«, meinte Clisser. »Doch so stur wie jetzt hat er sich noch nie angestellt.«

»Seine Haltung lässt sich wirklich nicht mehr überbieten«, pflichtete Bridgely ihm bei. »Ist Ihr Lehrer, Issony, heute zugegen? Wenn ja, dann soll er zu uns in die Burg kommen. Wir planen, endgültig gegen Chalkin vorzugehen.«

»Aber das hat doch wohl noch ein bisschen Zeit,

oder?« Clisser kam nicht umhin, in die Richtung der brutzelnden Ochsen zu schauen, bei deren Anblick ihm das Wasser im Mund zusammenlief.

»Ich hatte auch die Absicht, etwas zu essen«, räumte Bridgely ein.

»Ich habe gerade in Benden einen Imbiss zu mir genommen«, erzählte M'shall, doch seine Nüstern zuckten, als ihm eine Brise die köstlichen Aromen zufächelte. »Nun ja, aus Geselligkeit könnte ich noch einen Happen mit euch essen.«

»Sie sind auch gerade rechtzeitig zur Mahlzeit hier eingetroffen«, spottete Farley. »Eine Frage – *kann* man denn etwas gegen einen verantwortungslosen Burgherrn unternehmen?«

»Lesen Sie Ihre Kopie der Verfassung, Farley«, riet Clisser.

»Und wie lange schon wird die Grenze von Bitra bewacht?«, erkundigte sich Paulin. Nach dem Essen hatte er eine Konferenz in seinem Arbeitszimmer in der Burg anberaumt. Issony hielt sich bereit, falls man seine Aussage benötigte.

»Seit ungefähr sieben Tagen«, antwortete M'shall. »Wie Sie wissen, haben wir uns überall in Bitra erkundigt, ob Lord Chalkin seine Leute über den drohenden Fädenfall informiert hat.«

»Aber bei einer der Zusammenkünfte müssen die Bitraner doch auf die Gefahr hingewiesen worden sein«, sagte Paulin.

»Ha!«, trompetete Bridgely. »Nur sehr wenige Bitraner erfahren, wann und wo Versammlungen stattfinden, und dass sie an einer teilnehmen, ist die absolute Ausnahme.«

»Das ist ein Skandal!«, meine Paulin kopfschüttelnd.

»Offen gesagt, Paulin, ich finde, die Zinslast, die Chalkin seinen Abhängigen auferlegt, ist unverhältnismäßig hoch. Wenn die Bitraner nach Benden kommen, um dort Waren zu verkaufen, scheint keiner von ihnen auch nur eine Marke für eigene Bedürfnisse übrig zu haben. Allein aus Geldmangel gelangen die Leute nirgendwohin.«

»Und gewiss werden sie nicht dazu ermutigt, zu Versammlungen zu reisen«, sinnierte Paulin.

»Nein, denn Chalkin hat Angst, dass sie anfangen, Vergleiche zu ziehen, wenn sie sehen, wie es anderenorts zugeht. Und er mag es ganz und gar nicht, wenn ein Bitraner seine Marken jenseits der Landesgrenzen ausgibt.«

»Dafür zieht er allen Leuten das Geld aus der Tasche, die dumm genug sind, sich mit seinen Berufsspielern einzulassen«, ergänzte M'shall.

»Ich muss gestehen, ich hatte je keine Ahnung, wie sehr er seine Pächter einengt«, meldete sich Paulin in grüblerischem Ton.

»Woher sollten Sie es auch wissen?«, warf Bridgely ein. »Sie gehören zur Westküste. Wir kennen uns da schon eher aus, denn hin und wieder verläuft sich ein Bitraner zu einer Versammlung an der Ostküste. Dafür sind seine Glücksspieler überall anzutreffen ...«

»Hmm, ja, sie lassen kein Treffen aus«, knurrte Paulin.

»Wenn er also seine Grenzen dichtmacht, kann es sein, dass einige von seinen Leuten in Panik gerieten, sowie sie vom Fädenfall erfuhren.«

»Das wäre gut möglich«, stimmte Bridgely mit grimmiger Miene zu. »Als eine Delegation die Stirn besaß, ihn aufzusuchen, ließ er die Männer aus seiner Burg hinausprügeln. Ich habe die Peitschenstriemen selbst gesehen, deshalb weiß ich, das sie nicht lügen. Die Abgeordneten erzählten, sie hätten ihn noch nie so aufgebracht erlebt. Er behauptete ganz frech, die Drachenreiter würden nur versuchen, sich zu bereichern, indem sie diese falschen Gerüchte verbreiteten. Außerdem protestierte er gegen die neue Mine, die oberhalb von Ruatha erschlossen wird. Stattdessen könnten Bitraner doch lieber in den Schächten des Steng-Tals schuften.«

»Will er den Menschen in seinem Einflussbreich weismachen, ganz Pern habe sich gegen die Bitraner verschworen?«, spottete Paulin.

»Sie haben es erfasst!«, betonte M'shall mit ernster Miene.

»Chalkin untersagte außerdem die Lieferung von $HNO_3$-Tanks ...«, erzählte Kalvi.

»Er wollte nicht dafür bezahlen!«, stellte M'shall richtig. »Das versichern jedenfalls die Telgar-Reiter.«

»Auf jeden Fall wird es keine Bodenmannschaften zur Fädenbekämpfung geben. Ich finde, das reicht aus, um ein Amtsenthebungsverfahren einzuleiten«, erklärte Paulin bedächtig. »Als Burgherr ist es seine Pflicht, seine Leute über den drohenden Vorbeizug des Roten Sterns aufzuklären und entsprechende Schutzmaßnahmen einzuleiten Deshalb hat man das Feudalsystem ja überhaupt eingeführt. Es soll dazu dienen, den Menschen einen starken Anführer zu geben, der in Krisenzeiten bestimmt, was zu tun ist und für den Aufbau einer Verteidigungsstrategie sorgt.

Indem Chalkin seine Grenzen schloss, hat er außerdem gegen einen Grundsatz unserer Verfassung verstoßen, der das Recht auf Freizügigkeit garantiert. Dadurch verkommt Autonomie zu Despotismus. Ich werde an alle Burgherren und Obleute detaillierte Angaben über Chalkins Versäumnisse und Pflichtverletzungen schicken ... Ach ja ...« – resigniert blickte er Clisser an –, »wir können ja keine automatischen Kopien mehr herstellen, oder?«

»Ein Drachenreiter kann sämtliche Burgherren informieren«, schlug M'shall vor. »Man könnte auch zwei Boten losschicken, einen für das Terrain entlang unserer Küste, den anderen in die entgegengesetzte Richtung. Dann benötigen wir lediglich zwei Kopien Ihrer Anklageschriften.«

»Ich fordere einen Reiter von S'nan an«, erklärte Paulin und langte nach seinem Schreibblock.

»Darüber wird S'nan sich sehr freuen«, meinte M'shall. »Er hat sich sehr über Chalkins trotzige Haltung aufgeregt. ›So geht das aber nicht‹«, ahmte M'shall S'nans näselnden Tonfall nach und grinste.

»Wir müssen sofort Maßnahmen gegen Chalkin ergreifen«, legte Paulin dar, »denn bis zum nächsten offiziellen Konklave am Ende des Planetenumlaufs zu warten, wäre zu spät. Die Zeit wird langsam knapp.« Danach wandte sich Paulin an Clisser. »Da fällt mir etwas ein. Clisser, haben Sie einen Weg gefunden, um die genaue Ankunft der Fädenschauer zu bestimmen?«

Clisser gab sich einen Ruck, damit er wieder hellwach wurde. »Es gibt mehrere Möglichkeiten«, antwortete er, bemüht, zuversichtlicher zu klingen, als er sich in Wahrheit fühlte. »Aber ohne funktionierende Computer dauert es länger, das vorhandene Informationsmaterial zu sichten.«

»Nun, bleiben Sie dran ...« Paulin legte seine Hand auf Clissers Schulter und lächelte. »Sie machen Ihre Sache sehr gut. Und die Lehrballaden haben mir ausgezeichnet gefallen.« Er steckte sich einen Finger ins Ohr und drehte ihn vielsagend um, während sich sein Lächeln in die Breite zog. »Die Kinder singen sie unentwegt, nicht nur während des Unterrichts.«

»Genau das hatten wir beabsichtigt«, erwiderte Clisser genüsslich. »Soll ich die Anklageschrift für Sie aufsetzen?«

»Das ist nicht nötig, mein Freund, aber vielen Dank für das Angebot. Es wird mir ein Vergnügen sein, die Aufzählung von Chalkins Missetaten festzuhalten. Und eine Kopie fertige ich für das Archiv an. Übrigens, gab es früher nicht eine Methode, Duplikate herzustellen, indem man das, was man gerade schrieb, automatisch auf ein untergelegtes Blatt Papier übertrug?«

Nachdenklich senkte Clisser den Kopf. »Ich glaube,

Sie meinen das Herstellen von Durchschriften mittels Kohlepapier. So etwas haben wir nicht, aber vielleicht fällt Lady Salda eine praktische Lösung ein. Wir müssen uns ohnehin Gedanken machen, wie wir Kopien anfertigen, ohne stundenlang Texte abzuschreiben.« Er stieß einen Seufzer des Bedauerns aus.

»Das überlasse ich Ihnen, Clisser«, erklärte Paulin. »Und ich danke Ihnen allen. Doch nun ab mit euch!« Lächelnd fasste er die Anführer von Benden sowie Kalvi ins Auge, »und genießt den Rest des Abends, während ich mich an das Formulieren der Anklageschrift mache, wobei ich ganz offen gestehe, dass es mir eine gewisse Genugtuung bereiten wird, Chalkin endlich zur Rechenschaft zu ziehen.« Er nahm einen Schreibstift in die Hand und beäugte prüfend dessen Spitze.

Alsdann verließen die Gesprächsteilnehmer den Raum. Clisser gewann den Eindruck, Issony sei enttäuscht, weil er keine Gelegenheit erhalten hatte, seine Beschwerden gegen Chalkin vorzutragen. Also sorgte er dafür, dass Issony so viel von dem guten Wein zu trinken bekam, wie er nur wollte.

KAPITEL 8

# Telgar-Weyr

Iantine bat darum, am nächsten sonnigen Tag wieder nach draußen zu dürfen, und aus diesem Grund befand er sich im Weyrkessel, als die reisenden Händler eintrafen. Die gesamte Bewohnerschaft des Weyrs strömte aus den Kavernen, um sie zu begrüßen. Wie ein Besessener zeichnete Iantine die wuchtigen, staubbedeckten Wagen, die von massigen, schwerfälligen Ochsen gezogen wurden, die man eigens zu dem Zweck gezüchtet hatte. Sie stellten die letzten gentechnisch manipulierten Geschöpfe dar, die Windblüte geschaffen hatte, deren Großmutter wiederum als Schöpferin der Drachen von Pern galt.

Seit seiner Kindheit hatte Iantine Händler auf ihren Wanderungen kommen und gehen sehen; gern entsann er sich der seltenen Gelegenheiten, wenn die Karawanen von Benden die abgelegene Schaffarm seiner Eltern aufsuchten. Noch frischer in seinem Gedächtnis hafteten die Erinnerungen an die leckeren gekochten Süßspeisen, die nach den Früchten schmeckten, welche in Nerat so üppig gediehen, und die die Händler freigebig verteilten. Einmal brachten sie frische Zitrusfrüchte mit, eine unübertroffene Köstlichkeit für ihn und seine Geschwister.

Für die Menschen, die in den abgeschiedenen Ansiedlungen lebten, boten vorüberziehende Kaufleute eine beinahe so angenehme Abwechslung wie eine Versammlung. Doch zu Iantines Erstaunen freuten sich die Bewohner des Weyrs genauso sehr. Ungeachtet der Tatsache, dass sie sich eigentlich immer mit einem Drachen irgendwohin transportieren lassen konnten, genossen sie die Ankunft der Händler noch mehr als das Eintreffen der Zehntkarawanen. (Die Zehntwagen waren eine gänzlich andere Geschichte, da jedermann mit anpacken musste, um die Waren, die als Tributleistungen dem Weyr zustanden, in die dafür vorgesehenen Magazine zu schleppen.)

Händler verbreiteten längs ihrer Routen die neuesten Nachrichten aus den Ansiedlungen und Burgen. Iantine bemerkte, dass eine Menge Leute nicht nur an die rasch aufgestellten Stände drängten, um die feilgebotenen Artikel zu begutachten, sondern einfach nur herumstanden und Nachrichten oder Tratsch austauschten. Aus der Küchenkaverne trug man Tische und Stühle herbei; zu den frisch gebackenen Broten und Brötchen servierte man kannenweise Klah.

Leopol, der stets hilfsbereit um Iantine herumscharwenzelte, brachte ihm einen kleinen Imbiss und setzte sich dann in die Hocke, um dem Künstler das Allerneueste zu berichten.

»Längs der Straße hat man überall Schutzräume angelegt«, erzählte er zwischen zwei Bissen von einem süßen Brötchen. »Die Händler stellen ihre Trecks nicht ein, nur weil es Fäden regnet. Aber sie bereiten sich für den Notfall vor. Die Hälfte des Zeugs, das sie in ihren großen Wagen mit sich führen, ist dazu bestimmt, rasch provisorische Unterstände aufzubauen. Natürlich verziehen sie sich in Höhlen, wenn gerade welche in der Nähe sind, doch ein Kampieren im Freien kommt nicht mehr infrage.

Es wird zwar ein bisschen eng werden«, meinte er grinsend, »aber sie gehen auf Nummer Sicher. Schauen Sie!« Ein mit Honig beschmierter Finger zeigte auf ein Grüppchen von Männern und Frauen, die mit den beiden Weyrführern beisammensaßen. Alle beugten sich über Landkarten, die man auf dem Tisch ausgebreitet hatte. »Sie prüfen die Standorte der Bunker, sodass jeder hier Bescheid weiß, wo die Karawane bei einem eventuellen Fädenfall Unterschlupf gefunden hat.«

»Und welche Händler ziehen durch Bitra?«, erkundigte sich Iantine zynisch.

Leopol schnaubte durch die Nase. »Dorthin verläuft sich keiner, der nur einen Funken Verstand im Kopf hat. Besonders jetzt macht man einen großen Bogen um diese Provinz. Haben Sie schon gehört, dass Chalkin die Grenzen geschlossen hat, damit ihm die Pächter nicht davonlaufen? Der Kerl will partout nicht glauben, dass ein Fädenfall bevorsteht.« Angesichts eines solchen Frevels riss der Junge die Augen auf. »Und seinen Leuten hat er nicht einmal erzählt, dass man allgemein mit einem Vorbeizug des Roten Sterns rechnet.«

»Das merkt man deutlich, wenn man sich in Bitra aufhält«, bestätigte Iantine. »Nichts deutet darauf hin, dass sich auch nur irgendjemand auf diese Gefahr vorbereitet. Sogar im Institut Domaize lagert man Vorräte ein. In Bitra redet man unentwegt über Wetteinsätze und Gewinnchancen, aber über die Fäden fällt kein Wort.«

»Hat man Sie zu einem Glücksspiel verführt?« Leopols gespannte Miene verriet, dass er auf eine positive Antwort hoffte.

Iantine schüttelte den Kopf und schmunzelte. »Erstens hatte man mich davor gewarnt. Bei jeder Versammlung rät man den Leuten dringend, sich ja nicht mit den bitranischen Glücksspielern einzulassen. Außerdem hätte ich keine Marke für einen Einsatz übrig gehabt.«

»Gut für Sie! Andernfalls hätten Sie Ihr gesamtes Honorar verloren«, murmelte Leopol. Man sah ihm an, wie erleichtert er letztendlich war, dass Iantine dieser Versuchung hatte widerstehen können.

»Chalkin verkalkuliert sich mächtig, wenn er sich einbildet, die Fäden blieben aus, nur weil er sie zu ignorieren gedenkt«, meinte Iantine. »Die Schutzräume für die Karawanen müssen aber gigantisch sein«, stellte er fest und deutete auf die Ungetüme von Ochsen, die zum Tränken ans Seeufer geführt wurden.

Entweder waren die mächtigen Biester an den Anblick von Drachen gewöhnt, oder sie besaßen ein so phlegmatisches Temperament, dass rein gar nichts sie aus der Ruhe bringen konnte. Indes hatten die Jungdrachen noch keine Ochsen gesehen und reagierten verschreckt auf die gewaltigen Zugtiere. Sie stießen derart schrille Schreie aus, dass die Drachen, die droben auf ihren Felssimsen die bleiche Wintersonne genossen, aufwachten und nach den Urhebern des Radaus forschten. Iantine grinste. Rasch hielt er die turbulente Szene in einer Ecke seines Blatts fest. Wenn er in diesem Tempo weiterzeichnete, ging ihm bald das Papier aus.

»Nun ja, die Dächer bestehen alle aus Metallplatten«, erklärte Leopol. »Der Weyr beteiligt sich an den Kosten, da die Liliencamp-Karawane einen Umweg macht, wenn sie unseren Weyr ansteuert.«

Iantine hatte sich vorher nie den Kopf darüber zerbrochen, wie ein Weyr versorgt wurde. Automatisch hatte er angenommen, Drachen und Reiter würden sich von den Tributabgaben ernähren. Mittlerweile wuchs sein Respekt vor der Organisation und Verwaltungsarbeit, die der Erhalt eines so komplexen Systems mit sich brachte. Im krassen Gegensatz zu dem, was er in Bitra erlebt hatte, verrichtete hier jeder frohen Mutes die ihm auferlegten Pflichten und war stolz, zu dieser Gemeinschaft gehören zu dürfen. Jeder half jedem, und alle schienen glücklich zu sein.

Gewiss, erst seit kurzem dämmerte es Iantine, wie sorgenfrei er selbst aufgewachsen war. Auch sein Studium im Kollegium hatte ihm gefallen. Seine Lehrzeit im Institut Domaize wies Höhen und Tiefen auf, während er versuchte, sein Kunstverständnis zu mehren und neue Techniken zu entwickeln.

Sein Aufenthalt in Burg Bitra hatte ihm die Augen geöffnet. Auch seine Rekonvaleszenz im Weyr diente dazu, seinen Horizont zu erweitern, allerdings auf eine erquickliche Art und Weise. Erbittert vergegenwärtigte sich Iantine, dass man zuerst die Härten des Lebens erfahren musste, um das Gute schätzen zu lernen. Derweil er seinen Gedanken nachhing, flog seine Hand über das Papier und vollendete das Bild von den Weyrherren, wie sie sich ernst mit den Treck-Führern der Liliencamp-Karawane berieten.

Der Liliencamp-Clan hatte als erster das System der umherziehenden Händler eingeführt; auf diese Weise versorgte man selbst die einsam gelegenen Ortschaften und Festungen mit Waren und weniger dringlichen Nachrichten. Ein Liliencamp hatte auch zu den ersten Siedlern gehört, die Pern kolonisierten. Iantine glaubte sich zu erinnern, dass sein Porträt auf dem großen Wandgemälde in Burg Fort zu finden war, zusammen mit den Konterfeis der anderen Kontraktoren. Ein eher schmächtiger Mann mit schwarzem Haar, hellwachen Augen und einer Art Block oder Tafel an seinem Gürtel. In der Brusttasche steckten verschiedene Schreibutensilien, und einen Stift hatte er sich hinter das Ohr geklemmt. Iantine fand dies so praktisch, dass er die Gewohnheit übernommen hatte.

Er nahm die Treck-Führer näher in Augenschein. Jawohl, einer von ihnen trug einen Stift hinter dem Ohr, und von seinem Gürtel baumelte ein leerer Beutel, das Etui für den Block, der nun vor dem Mann auf dem Tisch lag.

Doch wären die Händler trotz aller Vorsichtsmaßnahmen imstande, die fünfzig gefahrvollen Jahre der Annäherung des Roten Sterns zu überstehen? Zwischen der Planung einer Sache und deren tatsächlicher Durchführung klaffte oft ein Abgrund, wie Iantine erst kürzlich am eigenen Leib hatte erfahren müssen. Es würde schwierig werden, Waren über Land zu transportieren, weil die Drachen, die sonst eine Art Flugdienst ausübten, mit der Bekämpfung der Fäden beschäftigt wären.

In der jetzigen Situation konnte man nicht von ihnen verlangen, sich in trivialen Aufgaben zu verzetteln. Schließlich hatte man sie nicht gezüchtet, um Transporte zu übernehmen, sondern sie stellten eine hoch spezialisierte Luftstreitmacht dar. Die regelmäßige Beförderung von Menschen und Sachen war nur während eines fädenfreien Intervalls möglich.

Er fragte sich, ob die Händler auch Zeichenpapier mit sich führten, obwohl er nicht eine Viertel-Marke mehr besaß, mit der er es hätte bezahlen können. Aber vielleicht konnte er ein paar Skizzen gegen Papier eintauschen.

So rasch und akkurat wie möglich füllte er das letzte freie Blatt mit einer Montage: Die Karawane, wie sie sich behäbig in den Weyrkessel wälzte, Leute, die den Wagen entgegenrannten, die ausgestellten Güter, feilschende und handelseinig werdende Menschen. In die Mitte des Bildes setzte er die Szene, wie die Weyrführer mit den Kaufleuten die Köpfe über den Landkarten zusammensteckten. Dann hielt er das Blatt auf Armeslänge von sich weg und musterte es kritisch.

»Wunderschön!«, sagte eine Stimme hinter ihm. Verdutzt drehte er sich um. »Und wie schnell du das Ganze zu Papier gebracht hast.«

Die grüne Reiterin, deren Drache neben ihr herzockelte, lächelte verlegen; in ihren grünen Augen schimmerte so etwas wie Ehrfurcht. Erst neulich hatte Leopol Iantine auf das Mädchen aufmerksam gemacht und von ihrer abenteuerlichen Ankunft an der Brutstätte erzählt.

»Debera?«, fragte er, als ihm ihr Name einfiel. Sie schnappte nach Luft und prallte erschrocken zurück. Sofort ging ihr Drache in Angriffsstellung, und seine Augen rollten drohend in ihren Höhlen. »Entschuldigung, ich wollte dich nicht erschrecken ...«

»Schon gut, Morath, er meint es nicht böse«, beruhigte sie den Drachen und blickte lächelnd zu dem großen

Geschöpf hinauf. »Ich war nur so überrascht, weil du meinen Namen kennst.«

»Leopol hat ihn mir verraten.« Mit dem Zeichenstift deutete Iantine auf den Jungen, der hingebungsvoll mit einem Händler schacherte, der nicht viel älter war als er. »Während ich mich im Weyr erhole, setzt er mich über so ziemlich alles ins Bild, was sich hier abspielt.«

»Ach ja!« Das Mädchen schien sich zu entspannen und setzte ein strahlendes Lächeln auf. »Ich kenne ihn. Er mischt überall mit. Und er hat ein gutes Herz.« Sie blickte zu Iantine empor. »Von Leopol weiß ich, dass du ebenfalls ein paar Abenteuer erlebt hast.« Dann deutete sie auf die Skizze. »Das Bild ist wunderschön, und wie schnell du es gezeichnet hast. Es ist fast, als könnte man den Leuten beim Feilschen zuhören«, setzte sie hinzu und zeigte auf den Händler, den Iantine mit weit geöffnetem Mund dargestellt hatte.

Inaine musterte sein Werk mit kritischem Blick. »Wenn man wirklich gute Arbeit leisten will, darf die Zeit keine Rolle spielen.« Geschickt fügte er noch eine Falte in das Gewand des Kaufmanns ein, wie wenn sich darunter ein prallvoller Beutel verbarg. »Wir wollen doch mal sehen, ob mein Modell das Bild mag.« Er war selbst überrascht, wie giftig seine Stimme klang. Misstrauisch blickte das Mädchen zu ihm auf.

»Wenn du solche Skizzen im Handumdrehen zu Papier bringst, dann möchte ich gern die Bilder sehen, die du in Muße gemalt hast.«

Er konnte nicht widerstehen und blätterte die Seiten um, bis er an das Blatt kam, wo er Debera beim Einölen ihres Drachen skizziert hatte.

»Ach, ich hatte gar nicht gemerkt, dass du mich gemalt hast …« Sie wollte nach dem Blatt fassen, doch er blätterte weiter zurück bis zu der Zeichnung, die sie und Morath abbildete, wie sie aufmerksam T'dams Unterricht lauschten. Debera hatte einen Arm um Moraths Hals geschlungen, und er fand, er habe das innere Einverständnis herausgearbeitet, das Mensch und Drache verband.

»Meine Güte, ist das schön.« Zu Iantines Verblüffung schimmerten Tränen in Deberas Augen. In einer spontanen Geste klammerte sie sich an seinen Arm, verschlang die Skizze mit den Augen und hinderte ihn daran, die Seite umzublättern. »Ach, wie gern ich ...«

»Gefällt es dir?«

»Und wie!« Hastig zog sie die Hände zurück und verschränkte sie hinter ihrem Rücken. »Es gefällt mir sogar ausgezeichnet ...« Sie biss sich auf die Unterlippe und wippte auf den Fersen.

»Was ist los?«

Sie lachte verlegen. »Leider besitze ich nicht den Bruchteil einer Marke.«

Er riss die Seite aus dem Block und hielt sie ihr entgegen.

»O nein, das kann ich nicht annehmen.« Sie trat einen Schritt zurück, doch der sehnsüchtige Ausdruck in ihren Augen verriet Iantine, wie sehr sie sich das Bild wünschte.

»Warum denn nicht?« Derweil sie sich sträubte, drängte er ihr das Bild förmlich auf. »Bitte, Debera. Es ist doch nur eine Skizze. Ich habe so viel gezeichnet, weil ich meine halb erfrorenen Finger wieder gelenkig bekommen wollte.«

Nervös blickte sie zu ihm auf. Ihm schien, als lauere noch eine andere Furcht in den Tiefen ihrer wunderschönen grünen Augen.

»Du solltest dieses Bild haben, als Andenken daran, wie Morath in ihrer Jugend ausgesehen hat.«

Eine Hand stahl sich hinter ihrem Rücken hervor und fasste nach dem Bild. »Du bist sehr lieb, Iantine«, murmelte Debera und hielt das Blatt mit den Fingerspitzen fest, als hätte sie Angst, es zu beschmutzen. »Aber ich kann dir nichts dafür geben ...«

»Doch, das kannst du wohl«, erwiderte er, einer

plötzlichen Eingebung folgend. Er deutete auf die Gruppe der Händler, die immer noch an dem Tisch saß. »Du könntest dich als zufriedene Kundin vorstellen und versuchen, ob du die Skizze von diesen Männern dort gegen einen neuen Zeichenblock eintauschen kannst.«

»Aber …« Sie streifte die Kaufleute mit einem schüchternen Blick, dann gab sie sich sichtlich einen Ruck und legte die freie Hand wie um Unterstützung heischend an den Kopf ihres Drachen. Morath fasste Debera liebevoll ins Auge, und Deberas Blick richtete sich auf einen imaginären Punkt in der Ferne, wie bei allen Drachenreitern, wenn sie sich auf telepathischem Wege mit ihren Drachen verständigten. Dann blies sie den Atem aus und schaute Iantine entschlossen an. »Ich sollte am besten bei Meister Jol ein gutes Wort für dich einlegen. Er ist nämlich ein Cousin meiner verstorbenen Mutter.«

»Tatsächlich?«, erwiderte Iantine. »Mal sehen, wie nützlich Verwandtschaft beim Handeln sein kann.«

»Natürlich kann ich dir nichts versprechen«, fügte sie ehrlicherweise hinzu, während sie auf die Gruppe zusteuerten, Debera die wild in der Brise flatternde Zeichnung von ihr und Morath in der Hand.

»Roll das Blatt auf«, schlug Iantine vor. »Soll ich das für dich machen?«

»Nein, danke. Ich schaff das schon allein.« Sie drehte das Papier fester zusammen, als der Zeichnung vielleicht gut tat.

Als sie den Tisch erreichten, ging die Konferenz zu Ende, und die Teilnehmer begannen sich zu zerstreuen.

»Meister Jol?«, rief Debera mit dünner, kaum hörbarer Stimme. »Meister Jol!«, wiederholte sie dann in einem energischeren Ton. Iantine fragte sich, ob das Mädchen Angst hatte, der Händler würde sie gar nicht erkennen.

»Bist du nicht Debera?«, antwortete der Mann und

spähte auf sie hinunter, als traue er seinen Augen nicht. Dann lächelte er von einem Ohr zum anderen und eilte mit ausgebreiteten Armen auf sie zu. Debera schien ein so überschwänglicher Empfang peinlich zu sein. »Meine Liebe, ich hatte schon gehört, dass du von einem Drachen erwählt wurdest.«

Iantine legte ihr zur Aufmunterung eine Hand zwischen die Schulterblätter und schob sie sachte nach vorn.

»Ja, das ist Morath«, bestätigte sie. Unversehens nahm sie eine stolze, selbstsichere Haltung ein. Drache und Reiterin tauschten einen dieser innigen Blicke, die Iantine immer wieder ans Herz rührten.

»Sei gegrüßt, Morath«, entgegnete Meister Jol und verbeugte sich formvollendet vor dem Jungdrachen, dessen Augen rascher zu kreiseln begannen.

Debera tätschelte Morath wie zur Beruhigung. »Meister Jol ist der Cousin meiner Mutter«, erklärte sie.

»Ich bin stolz, eine Drachenreiterin in der Familie zu haben«, versicherte Jol. »Du kommst ganz auf deine Mutter heraus, Debera.«

Das Mädchen blickte traurig drein, und Iantine verspürte Mitleid.

»Ich wollte dir das Herz nicht schwer machen, Mädel«, fuhr Jol in tröstendem Ton fort. »Aber deine Mutter wäre überglücklich, wenn sie von deinem günstigen Schicksal wüsste. Schade, dass sie dich nicht zusammen mit deinem Drachen sehen kann.« Er räusperte sich, und Iantine spürte, dass er dem Mädchen etwas Nettes sagen wollte.

»Vor allen Dingen stehe ich endlich nicht mehr unter der Fuchtel meines Vaters«, ergänzte Debera. »Hat man Ihnen auch erzählt, was sich bei meiner Ankunft im Weyr abgespielt hat?«

»In der Tat, man hat mich unterrichtet.« Meister Jol schmunzelte, und in seinen Augen glomm ein Fünkchen Schadenfreude. »Offen gestanden, habe ich mich gefreut, als ich diese Geschichte hörte. Kann ich etwas für dich tun, Mädel? Brauchst du vielleicht Kleidung, oder ein Paar feste, gefütterte Stiefel? Wie ich deinen Vater kenne, bist du nur mit dem hier angekommen, was du auf dem Leib trugst.«

Die Unverblümtheit, mit der Meister Jol sprach, verunsicherte Debera, doch wie um ihr Halt zu geben, schmiegte sich Morath an sie.

»Der Weyr hat mich mit allem Notwendigen ausgestattet, Meister Jol«, entgegnete sie würdevoll.

»Meister Jol? Sind wir denn nicht miteinander verwandt, junge Dame?«, zog Jol sie mit gespieltem Ernst auf.

Nun kehrte ihr Lächeln zurück. »Wenn du der Cousin meiner Mutter warst, bist du auch mein Vetter, Jol. Aber ich möchte dich um einen Gefallen bitten.«

»Worum geht es?«

Debera entrollte das Blatt mit der Skizze und zeigte es dem Händler. »Iantine hat dieses Bild von mir gemalt, und er hat auch eine Zeichnung von dir gemacht …« Auf dieses Stichwort hin öffnete Iantine seinen Block und zeigte die Montage. »Jetzt hat Iantine seinen gesamten Papiervorrat verbraucht und kein Geld, um sich neues Zeichenmaterial zu kaufen.«

Meister Jol griff nach dem Block; sofort verriet seine Miene das prüfende Interesse eines Händlers. Doch schon nach dem ersten flüchtigen Blick auf das Bild wandte er sich wieder dem Künstler zu.

»Sie sind Iantine?« Als Iantine zustimmend nickte, umspielte ein verschmitztes Lächeln seinen fein geschwungenen Mund. »Ich habe schon von Ihnen gehört. Sie sind doch der Bursche, der es geschafft hat, sich erfolgreich gegen Chalkin zu wehren.« Jol bot ihm seine freie Hand dar. »Das haben Sie gut gemacht. Ein schönes Abenteuer haben Sie da in Bitra erlebt.« Anerkennend zwinkerte er ihm zu. »Händlern wie uns trägt man allerhand Neuigkeiten zu. Und wir lernen rasch, die Wahrheit von wilden Gerüchten zu unterscheiden«

Danach widmete er sich abermals der Skizze und unterzog sie einer kritischen Musterung. Während er jedes einzelne Detail eingehend betrachtete, nickte er beifällig. Amüsiert zog er die Nase hoch, als er sich selbst erkannte, mit dem Schreibstift hinter dem Ohr.

»Ich finde, ich bin gut getroffen«, lobte er. »Nicht mal der Stift fehlt.« Er fasste sich hinters Ohr, um sich davon zu überzeugen, dass sein Schreibutensil noch an Ort und Stelle saß. »Darf ich?«, fragte er höflich und bekundete den Wunsch, sich auch noch die anderen Blätter ansehen zu dürfen.

»Aber sicher.« Iantine deutete eine höfliche Verbeugung an. Zu seinem nicht geringen Verdruss merkte er, wie er plötzlich taumelte.

»Moment mal, junger Mann. Mir scheint, Sie haben sich von den Strapazen Ihrer Flucht aus Bitra noch nicht ganz erholt«, meinte Jol und stützte ihn. »Wir wollen uns hinsetzen, damit ich mir sämtliche Bilder gründlich ansehen kann.«

Iantines Proteste ignorierend, führte Jol ihn an den Tisch, an dem er gerade noch gesessen hatte und drückte ihn auf einen Schemel. Debera und Morath folgten ihnen, wobei das Mädchen sich über die Fürsorglichkeit ihres Cousins zu freuen schien.

Jol studierte die Zeichnungen fast so intensiv, wie Meister Domaize es getan hätte. Er gab Kommentare ab über Leute, die er kannte, lächelte und nickte immer wieder anerkennend. Er merkte es auch, wenn Iantine irgendeine Pose nicht ganz zu Ende gezeichnet hatte.

»Was genau brauchen Sie, Künstler Iantine?«

»Hauptsächlich neues Papier«, antwortete Iantine.

Jol nickte. »Ich glaube, ich habe einen Block Papier dieser Qualität dabei, nur ein wenig kleiner im Format. Mitunter bringe ich Zeichenmaterial für Waine mit. Natürlich könnte ich größere Blätter besorgen ...«

»Aber bis Sie das nächste Mal den Weyr aufsuchen, bin ich vermutlich nicht mehr hier.«

Meister Jol winkte ab. »Ich unterhalte Magazine in Burg Telgar und kann in ein, zwei Tagen hierher befördern lassen, was immer Ihr Herz begehrt.« Er bedachte Iantine mit einem versonnenen Blick. »Obwohl ich nicht glaube, dass Sie den Weyr so rasch verlassen werden.« Mit einer Hand griff er nach dem Stift hinter seinem Ohr, die andere zog einen Notizblock aus dem Beutel an seinem Gürtel. »Mit welchen Artikeln kann ich Ihnen dienen, Künstler Iantine?«

»Äh …«

»Er möchte Skizzen von jedem Reiter und jedem Drachen des Weyrs anfertigen«, beschied ihm Leopol, der unbemerkt näher herangepirscht war, um das Gespräch zu belauschen.

»Dann haben sie also jede Menge Aufträge?«, vergewisserte sich Meister Jol interessiert, derweil sein Stift über dem Block schwebte.

»Nun ja, nicht direkt …«, stotterte Iantine.

»Ich weiß von drei Aufträgen«, schaltete sich Leopol ein. »Sie malen P'tero für M'leng und dann noch die beiden Weyrführer …«

Am liebsten hätte Iantine Leopols Nase abgebissen. »Die Weyrführer sind etwas ganz anderes. Ich male die beiden in Öl, und mit den Skizzen möchte ich mich bei den Weyrleuten bedanken, die so freundlich zu mir waren.«

»Einen gesamten Weyr zu porträtieren ist eine gewaltige Aufgabe«, meinte Meister Jol und kritzelte etwas auf seinen Notizblock. »Sie werden stapelweise Papier und viele Zeichenstifte brauchen. Oder bevorzugen Sie Tusche? Ich habe welche auf Vorrat, erste Qualität. Tropft nicht und bleicht garantiert nicht aus.« Erwartungsvoll blickte er Iantine an.

»Aber ich besitze doch nichts außer dieser Montage, die ich gegen etwas anderes eintauschen kann«, entgegnete Iantine.

»Junger Mann, das Handelshaus Liliencamp gewährt Ihnen Kredit«, antwortete Jol gemächlich; mit seinem Schreibstift stieß er sachte gegen Iantines Schulter. »Ich bin nicht Chalkin. Auf gar keinen Fall möchte ich mit ihm verglichen werden.« Dann prustete er los, und unwillkürlich musste Iantine schmunzeln.

»Und nun geben Sie mir bitte eine Aufstellung der Dinge, die Sie brauchen. Aber wenn es Sie ein wenig beruhigt, dann füllen Sie dieses Bild«, er tippte auf die Montage, »mit Wasserfarben aus, und ich zahle Ihnen zwei Marken dafür. Ach ja, und die Skizze, die T'dam im Kreise seiner Schüler zeigt, hätte ich auch gern«, fügte er hinzu, das entsprechende Blatt im Skizzenblock aufschlagend. »Anhand dieser Zeichnung kann man manchen Leuten gut erklären, dass die Drachenreiter weit mehr leisten, als lediglich am Firmament ihre Kreise zu ziehen. Dafür gebe ich Ihnen anderthalb Marken.«

»Aber … aber …« stammelte Iantine, derweil er versuchte, seine Gedanken sowie seine Wünsche zu ordnen. Debera lächelte zufrieden, und auch ihr Drache schien guter Dinge zu sein. »Ich habe keine Wasserfarben bei mir …«, begann er. »Wie soll ich da die Montage kolorieren?«

»Ach, zufällig befinden sich Aquarellfarben in meinem Wagen«, erklärte Jol und strahlte über das ganze Gesicht. »Deshalb kam ich ja auf den Gedanken, die Montage bunt zu malen. Ich muss schon sagen, dass ich mir von unserer Bekanntschaft viel verspreche«, fügte er hinzu, sich an Debera wendend. »Ich werde die farbig ausgemalte Montage unter Glas setzen und in meinen Bürowagen hängen. Quasi als Aushängeschild oder Reklame, wie unsere Vorfahren gesagt hätten.«

»Meister Jol?«, rief jemand von den Händlerwagen her. »Haben Sie einen Moment Zeit?«

»Bin gleich wieder zurück, Künstler Iantine«, entschuldigte sich Jol. »Bleiben Sie bitte hier. Du auch, Debera, unser Gespräch ist noch nicht beendet.«

Während Iantine und Debera erstaunte Blicke tauschten, trottete Meister Jol davon, um nachzusehen, was man von ihm wollte. Im Laufen schob er den Schreibstift wieder hinter die Ohrmuschel und klappte sein Notizbuch zusammen.

»Ich kann das immer noch nicht fassen«, murmelte Iantine und schüttelte den Kopf. Er fühlte sich schwach und außer Atem.

»Alles in Ordnung mit dir?«, fragte Debera besorgt.

»Ich bin wie vom Donner gerührt«, erklärte Iantine, sich an einen Lieblingsausdruck seines Vaters erinnernd.

Debera grinste verstehend. »Mir geht es genauso. Nie hätte ich damit gerechnet …«

»Und ich erst recht nicht.«

»Was habt ihr eigentlich? Traut ihr aus Prinzip keinem Händler?«, fragte Leopol ein bisschen pikiert.

Iantine lachte leise. »Selbstverständlich gibt es ehrliche Kaufleute. Aber solche Großzügigkeit ist eher selten.«

»Wie lange warst du eigentlich in Bitra?«, erkundigte sich Debera spitz.

»Lange genug«, versetzte Iantine und schnitt eine Grimasse, »um zu begreifen, wie unterschiedlich man den Begriff ›zufrieden stellend‹ auslegen kann.«

Debera zog die Stirn kraus.

»Schon gut«, winkte er ab. »Vielen Dank noch, dass du mich deinem Cousin vorgestellt hast.«

»Sowie er deine Skizzen sah, brauchtest du mich als Vermittlerin gar nicht mehr«, stellte sie richtig.

»Ich glaube, Sie haben das hier bestellt«, ertönte eine Stimme. Verdutzt blickten Debera und Iantine auf und sahen, wie ein schwer bepackter Händler auf sie zusteuerte. Vorsichtig legte der Mann seine Waren auf dem Tisch ab: Zwei Blöcke Zeichenpapier von unterschiedlicher Größe, ein hübsches Kästchen mit einer Flasche Tusche darin, ein Etui mit Federkielen und eine Schachtel voller Bleistifte. »Sonderlieferung.« Schmunzelnd machte er auf dem Absatz kehrt und marschierte davon.

»Meister Jol rühmt sich für seine prompte Bedienung«, kommentierte Leopol breit grinsend.

»Siehst du, jetzt hast du alles, was du brauchst!«, freute sich Debera.

»Recht hast du!«, bekräftigte Iantine mit einer Inbrunst, als spräche er ein Gebet.

## Kapitel 9

# Winteranfang; Burg Fort und die Grenzen von Bitra

Lord Paulins Nachricht an die anderen Burgherren und Weyrführer wurde recht unterschiedlich aufgenommen. Nicht jeder bejahte ein Amtsenthebungsverfahren, trotz der Beweise, die gegen Chalkin vorlagen. Paulin war ziemlich verärgert und frustriert; er hatte mit einem einstimmigen Beschluss gerechnet, sodass man Chalkin hätte absetzen können, ehe seine marode Festung völlig heruntergewirtschaftet war.

Jamson und Azury fanden, die Angelegenheit könne bis zur Versammlung am Ende des nächsten Planetenumlaufs verschoben werden. Jamson war für seine reaktionäre Einstellung bekannt, doch Azurys zögerliche Haltung setzte Paulin in nicht geringes Erstaunen. Indessen verstanden die Bewohner tropischer Regionen oftmals nicht die Probleme, die die Winterzeit mit sich brachte.

Gewiss, mitten im Winter wäre es schwierig, Burg Bitra von Grund auf herzurichten – so lautete jedenfalls Azurys offizielle Stellungnahme; aber man konnte wenigstens damit beginnen, Schutzmaßnahmen gegen den Fädenregen zu treffen. Schon vor zwei Jahren hätte man in Bitra mit den Vorkehrungen anfangen müssen – so wie es in jeder anderen Burg geschehen war.

Konkret hieß das, dass man mehr Äcker bestellte, die überschüssige Ernte einlagerte und sowohl Gebäude als auch kultivierte Landflächen vor den Fädenschauern zu schützen versuchte. Längs der Hauptstraßen mussten Unterstände für Reisende und die Bodencrews errichtet werden. Ganz zu schweigen von den Schulungen, in denen man den Pächtern und Grundbesitzern beibrachte, wie man Fäden bekämpfte, die sich in den Boden eingruben.

Ein zusätzliches Hemmnis für effektives Handeln stellte die Moral von Chalkins Untergebenen dar. Die Leute machten generell einen mutlosen, geduckten Eindruck – was natürlich keineswegs rechtfertigte, sie über die bevorstehende Gefahr im Unklaren zu lassen.

Und dann stellte sich die Frage, wer Chalkins Nachfolge antreten sollte. Diesbezügliche Überlegungen endeten notgedrungen in einem Dilemma.

Von Bastom stammte der brauchbare Vorschlag, unverzüglich einen Stellvertreter oder Regenten einzusetzen, bis einer von Chalkins Söhnen volljährig wurde; Söhne, die man inzwischen konsequent darauf drillen musste, die Verantwortung für die Burg zu übernehmen. Nicht, dass der neue Burgherr unbedingt dem Geschlecht der Chalkins angehören musste, doch indem man die natürliche Erbfolge berücksichtigte, konnte man die Lords, die das Aufkeimen einer umstürzlerischen Gesinnung befürchteten, vielleicht beruhigen. Privat vertrat Paulin die Auffassung, dass in der Frage einer Nachfolge ausschließlich Kompetenz maßgeblich sein sollte, und nicht der Stammbaum der Aspiranten. Denn Tüchtigkeit und organisatorisches Talent, unabdingbare Eigenschaften für einen Burgherrn, wurden nicht immer über die Gene vererbt.

Zum Beispiel zeigte Paulins ältester Neffe ein beachtliches Talent, wenn es um die Leitung eines großen Gemeinwesens ging. Sidny war fleißig, besaß einen ausgeprägten Sinn für Gerechtigkeit und entpuppte sich oftmals als guter Menschenkenner.

Paulin neigte immer mehr dazu, ihn als den nächsten Burgherrn vorzuschlagen, wenn er selbst bereit war, das Amt abzugeben. Seinem Sohn Mattew gegenüber hegte er indessen arge Bedenken, ob dieser für einen so wichtigen, verantwortungsvollen Posten geeignet wäre.

Allerdings legte Paulin an seine eigenen Kinder strengere Maßstäbe an, als es Väter im Allgemeinen taten.

Er war fest entschlossen, Bastoms Vorschlag dem Rat zu unterbreiten. Doch wenn man bedachte, in welch desolatem Zustand sich Burg Bitra befand, würde man ein Team aus mehreren Leuten benötigen, die das Anwesen erst einmal in Schuss brächten. Er erwärmte sich immer stärker für diese Idee, denn dadurch würde man den Nörglern, die Filz- und Vetternwirtschaft argwöhnten, von vornherein den Wind aus den Segeln nehmen.

Als die letzte Antwort eintraf, gab Paulin dem jungen Drachenreiter, der sie überbracht hatte, eine Botschaft an M'shall vom Benden-Weyr mit. In dem Schreiben unterrichtete er ihn über den Ausgang der Befragung. Der Weyrführer wäre sicherlich genauso enttäuscht wie er selbst. Dennoch versuchte sich Paulin einzureden, dass es möglich sein müsse, Burg Bitra rechtzeitig zum Fädenfall mit den notwendigsten Schutzmaßnahmen zu versehen. Aber die Zeit lief ihnen langsam davon. Je eher sie mit der Arbeit anfingen, umso besser.

Er hoffte, M'shall habe mittlerweile jenen schwer auffindbaren Verwandten, Lord Chalkins Onkel, in Bitra ausgemacht, und ein Segen wäre es, wenn sich dieser Mann als fähig erweisen würde, Chalkins Nachfolge anzutreten. Andernfalls musste man sich auf die Suche nach weiteren legitimen Erben machen.

»Verflixt«, knurrte Paulin und seufzte frustriert. Wenn man einen durchgehenden Stammbaum erstellen wollte, konnte man nicht länger auf die schnellen Computerprogramme zurückgreifen. Doch er nahm an, dass Clisser wenigstens dieses eine Programm hatte ausdrucken und kopieren lassen. »Nun, jedenfalls brauchen wir eine komplette Genealogie, ganz gleich, in welcher Form sie verfügbar ist«, sagte er zu sich selbst. Um sich von diesem Problem abzulenken, beschäftigte er sich mit dem Bericht über die neu gegründete Erzmine.

Die Betreiber baten um die Erlaubnis, die Ansiedlung CROM zu nennen, ein Akronym, das sich aus den Initialen der Besitzer zusammensetzte: Chester, Ricard, Otty und Minerva. Paulin hatte nichts dagegen einzuwenden, doch der Form halber – vor allen Dingen in einer so heiklen Situation wie jetzt – sollte man die Bitte zuerst dem versammelten Rat vortragen.

Während des fädenfreien Intervalls hatte man viele Dinge sehr lasch gehandhabt, und diese Nachlässigkeit rächte sich jetzt, wie man am Beispiel von Burg Bitra sah. Chalkin hätte niemals Burgherr werden dürfen. Ein wenig tröstete sich Paulin mit dem Wissen, dass nicht er selbst, sondern sein Vater, der verstorbene Lord Emilin, im Namen von Burg Fort für Chalkin gestimmt hatte. Paulin konnte sich nicht vorwerfen, ein falsches Urteil abgegeben zu haben, doch die Korrektur dieses Fehlers oblag nun ihm.

Es klopfte an seiner Tür, und noch ehe er antworten konnte, ging sie auf. M'shall, der Weyrführer von Benden, kam hereingestürmt, gefolgt von Mattew.

»Wir müssen sofort etwas unternehmen, Paulin«, platzte der Weyrführer heraus. Mit grimmiger Miene entledigte er sich seiner derben Reithandschuhe und öffnete die Jacke.

»Sie haben meine Botschaft erhalten ... Bring uns Klah, Matt«, erwiderte Paulin und bedeutete seinem Sohn, er möge sich sputen. M'shalls Gesicht wirkte hart und wie eingefroren – und das nicht nur, weil er die bittere Kälte des *Dazwischen* passiert hatte.

»Das habe ich in der Tat. Aber das ist noch längst nicht alles. In Bitra herrschen zur Zeit fürchterliche Wetterbedingungen, und die Leute erfrieren, weil man sie an der Grenze festhält. In eine andere Provinz abwandern können sie nicht, weil die Wachen dafür sorgen, dass niemand flüchtet, und der Rückweg ist ihnen gleichfalls versperrt. Chalkin hat angekündigt, dass diese ›Landesverräter‹, wie er sie nennt, ihr Recht auf jedweden Besitz verwirkt haben. Das ist seine Bestrafung für das ›treulose Gesindel‹, obschon er das Leben der Menschen in Gefahr bringt, weil er die Begriffe Fürsorge und Verantwortung seinen Leuten gegenüber gar nicht kennt.«

»Wie viele Bitraner sind von diesen Maßnahmen betroffen?«

M'shall kämmte sich mit den Fingern durch das dichte graue Haar, das vom Reithelm plattgedrückt war. »L'sur meint, dass sich an der Grenze zu Benden über hundert Menschen aufhalten, Frauen, Kinder und alte Leute. An anderen Grenzen haben sich ebenfalls Menschen eingefunden. Es gibt keinerlei Unterkünfte, lediglich die Wachposten haben für ihr eigenes Wohl gesorgt. Die Flüchtlinge hat man in provisorische Pferche eingesperrt. Und das Entsetzlichste ist, dass L'sur gesehen hat, wie man Leute an den Füßen aufhängte und dann mit Pfeilen auf sie schoss. Der Benden-Weyr wird derlei Gräuel nicht dulden, Paulin.«

»Wir von Burg Fort werden auch nicht tatenlos zusehen!« Paulin sprang von seinem Sitz hoch und tigerte im Raum auf und ab. »Wenn Chalkin das unter der Verwaltung einer Provinz versteht, müssen wir ihm Einhalt gebieten.«

»Das finde ich auch«, bekräftigte M'shall und raufte sich schon wieder nervös die Haare. »Noch eine Nacht im Freien, und die Leute sterben an Unterkühlung und Erschöpfung. Bridgely ist auch der Meinung, dass wir noch heute aktiv werden müssen. Für Bitra ist strenger Frost angekündigt. Ich kam zu Ihnen, um das Einverständnis des Rats einzuholen, denn in dieser Angelegenheit sollten wir so korrekt wie möglich vorgehen ...«

Er legte eine Pause ein. »Auf eine derartige Situation sind wir nicht vorbereitet. Seine Leute rebellieren ja nicht, sie fürchten nur um ihr Leben und suchen verzweifelt nach einer sicheren Bleibe, die ihnen Bita offenkundig nicht bieten kann.« Er beugte sich vor. »Es ist doch so, Paulin, wenn wir einfach nur Lebensmittel und Decken an die Menschen verteilen, werden ihnen die Wachposten alles wegnehmen, sowie wir der Grenze den Rücken kehren. Also müssen wir zum Schutz ein paar Drachenreiter dalassen … womit wir Chalkin einen Grund liefern, sich über ungebetene Einmischung eines Weyrs zu beschweren.«

Paulin wurde übel. Was sich derzeit in Bitra abspielte, glich aufs Haar den ungerechten, blutigen Praktiken auf der alten Erde, die die Siedler damals veranlasst hatten, in eine andere Welt auszuwandern. Auf Pern wollten sie eine neue Gesellschaftsordnung entwickeln, die nach humanen Grundprinzipien funktionierte und ausschloss, dass Menschen wie Chalkin zu unangefochtenen Tyrannen heranwuchsen. Dieser Planet wurde in dem Geist kolonisiert, dass es Platz gab für jeden, der gewillt war, das ihm verfassungsmäßig zustehende Fleckchen Land zu bewirtschaften.

»Wenn Ihre Reiter die Grenze zu Bitra nicht überqueren, hat Chalkin kein Recht, sich angegriffen zu fühlen. Außerdem ist der Benden-Weyr verpflichtet, Burg Bitra Schutz zu gewähren.«

»Der Schutz bezieht sich auf den Fädenfall«, stellte M'shall richtig.

»In gewisser Weise haben wir es hier mit Schutz vor Fädeneinfall zu tun«, entgegnete Paulin grimmig. »Die Bitraner können sich in diesem Punkt nicht auf ihren Burgherrn verlassen, und an wen sonst sollten sie sich wenden, wenn nicht an den für sie zuständigen Weyr? O nein!« Paulin hieb mit der Faust auf den Tisch. »Sie überschreiten keinesfalls Ihre Befugnisse. Stünden Ihnen denn Reiter zur Verfügung, die sich freiwillig für diese Aufgabe melden?«

»L'sur ist bereits dageblieben, das teilte sein Drache meinem Craigath mit.«

»Aber lassen Sie Ihre Drachen keine Flammen speien«, ermahnte Paulin ihn mit erhobenem Zeigefinger.

»So gern ein paar von Ihren Leuten vielleicht Stärke demonstrieren möchten.«

»Oh, in dieser Hinsicht habe ich bereits unmissverständliche Anweisungen erteilt«, entgegnete M'shall, und um seine Lippen zuckte ein grimmiges Lächeln. »Außerdem haben wir in Benden längere Zeit nicht für den Ernstfall trainiert, also ist in den Drachen kein Fünkchen Feuer mehr übrig. Was die Wachposten betrifft, so würde ich sie am liebsten im *Dazwischen* absetzen, aber …« Er hob beide Hände, um Paulin zu bekunden, dass er diese Drohung nicht ernst meinte.

Mattew kam mit einem Tablett zurück, auf dem sich Becher mit dampfendem Klah, zwei Schalen Suppe und ein Korb voller frisch gebackener Brötchen befanden. Nachdem er die Sachen auf den Schreibtisch gestellt hatte, ging er wieder.

M'shall wartete nicht, bis Paulin ihn zum Zugreifen aufforderte, sondern schnappte sich seine Schale Suppe, blies darauf und fing an zu löffeln, sobald sie ihm nicht mehr so brühheiß erschien. »Das ist genau das, was ich jetzt brauche. Falls Sie einen Kessel Suppe übrig haben, nehme ich ihn mit.« Er leckte sich die Lippen. »Das Zeug ist heiß genug, um einen Sprung durchs *Dazwischen* zu überstehen.«

»Sie bekommen, was Sie wollen, und den Kessel dürfen Sie behalten. L'sur ist an Ort und Stelle geblieben, sagen Sie?« Versonnen rührte Paulin Süßstoff in sein Klah. M'shall nickte. »Das trifft sich gut. Die Anwesenheit von Drachenreitern dürfte genügen, um weitere Gewalttätigkeiten zu verhindern.« Doch er wusste, dass dies nur eine vorübergehende Lösung des Problems wäre. Zu gern hätte er mehr getan, als die Not leidenden Menschen lediglich mit heißer Suppe zu versorgen, doch er als Ratsvorsitzender musste sich erst einmal zurückhalten und sich vergewissern, wie weit er gehen durfte. »Zumindest der Weyr hat das Recht, in Aktion zu treten, und auch Bridgely darf eingreifen«, stellte er fest. Abermals donnerte seine Faust auf die Tischplatte. »Ich werde Jamson und Azury persönlich aufsuchen. Jetzt, da Chalkin derart drastische Maßnahmen ergreift, dürfen wir nicht länger passiv bleiben. Am liebsten würde ich zögerliche Naturen wie Jamson und Azury an die Grenzen bringen lassen, damit sie mit eigenen Augen sehen, was sich in Bitra abspielt. Wahrscheinlich glauben sie, wir hätten die Situation übertrieben.«

»Wie können sie so etwas annehmen?«, entrüstete sich M'shall.

»Sie selbst würden sich nie in dieser perfiden Art und Weise an ihren Leuten vergehen. Deshalb fällt es ihnen schwer, sich vorzustellen, was Lord Chalkin so treibt.«

»Nun ja«, meinte M'shall, »Beweise gibt es mittlerweile genug.«

Abermals klopfte es an der Tür. Matt öffnete, und herein trat K'vin.

»Ich habe gerade gehört, was an der Grenze zu Bitra los ist, M'shall. Ich dachte mir schon, dass ich Sie hier antreffen würde.«

»Hat Chalkin jetzt etwa auch noch die westliche Grenze blockiert?«

K'vin nickte. »Telgar kann ihm nicht verbieten, seine Grenzen zu schließen, aber er bringt Leute um, indem er sie schutzlos dieser kalten Witterung aussetzt. Ich kann und werde nicht zulassen, dass Menschen so grausam behandelt werden.« Erwartungsvoll blickte er Paulin an.

»M'shall und ich haben gerade über diesen unerträglichen Zustand diskutiert. Die anderen Burgherren hatte ich bereits gebeten, ihre Meinung über Chalkins Verhalten kundzutun und mir ihre Ansicht bezüglich einer Amtsenthebung mitzuteilen. Die Antworten fielen sehr unterschiedlich aus, sodass ich selbst in meiner Eigenschaft als Ratsvorsitzender nur wenig ausrichten kann – jedenfalls offiziell. Doch wie M'shall richtigerweise betont, obliegt es den Weyrn, Menschen zu beschützen.

In gewisser Hinsicht könnte man sagen, die Bitraner müssen vor den Fäden in Sicherheit gebracht werden, denn schließlich haben sie eine Festung aufgegeben, die ihnen mangels Vorbereitung keinen Schutz gewährt. Folglich dürfen die Weyr dort eingreifen, wo mir die Hände gebunden sind.«

»Mehr wollte ich gar nicht wissen!« K'vin schlug sich mit den Reithandschuhen gegen den Schenkel, wie um seinen Beifall zu äußern.

Warnend hielt Paulin eine Hand hoch. »Aber Sie müssen sich hüten, Chalkin einen Anlass zu geben, sich wegen Verletzung seiner Autonomie zu beschweren.«

»Die Selbstbestimmung einer Kolonie hört da auf, wo Menschen vorsätzlich misshandelt oder gar zu Tode gebracht werden«, protestierte K'vin.

»Jetzt ist wohl kaum der richtige Zeitpunkt, um die Neutralität der Weyr aufzugeben«, meinte Paulin. »Denn noch hat der Fädenregen nicht eingesetzt.«

»Kommen Sie, Paulin …«, begann M'shall.

»Ich bin mit Ihnen beiden einer Meinung, aber als Ratsvorsitzender muss ich Sie daran erinnern – ungeachtet meiner privaten Einschätzung –, dass es niemandem zusteht, sich in die Verwaltung eines autonomen Gemeinwesens einzumischen.«

»*Sie* müssen sich da raushalten, Paulin« widersprach K'vin. »M'shall und ich brauchen keine Zurückhaltung zu üben. Das geltende Recht besagt nämlich auch, dass die Weyr zum Schutz der Menschen gegründet wurden.«

»Die Weyr sollen die Bewohner dieses Planeten vor den Fäden abschirmen …«, hielt Paulin dem jungen Weyrführer entgegen.

»Vor *jedweder Gefahr*«, beschied ihm K'vin resolut. »Ganz gleich, ob jemand ungeschützt einem Fädenschauer ausgesetzt ist, oder gezwungen wird, in klirrender Kälte im Freien zu nächtigen, sodass er erfrieren kann.«

Paulin nickte verständnisvoll. »Möglicherweise vergesse ich auch, dass Sie beide mich heute aufgesucht haben.« Er schmunzelte. »M'shall, wissen Sie zufällig, wo Chalkins Onkel lebt?«

»Ich habe seinem Besitz sogar einen Besuch abgestattet«, erzählte M'shall. »Haus und Hof waren verwaist, und das auf eine eigentümliche Weise. Letzten Herbst war Vergerin noch wohlauf.«

»Wie meinen Sie das, sein Haus sei auf eine eigentümliche Weise leer gewesen?«, hakte Paulin nach, sich Vergerins Namen notierend.

»Alles wirkte, als hätte jemand bewusst den Eindruck erwecken wollen, in dem Gehöft hätte seit vielen Jahren niemand mehr gewohnt. Dabei sah man noch deutlich, wie rings um die Gebäude Sträucher und Gräser zurückgestutzt worden waren, wie ein jeder kluger Siedler vorgeht, der nicht will, dass sein Anwesen von der Vegetation in Besitz genommen wird. Irgendwer hatte Schutt dort abgeladen, um sämtliche Spuren von Bodenbearbeitung zu verwischen.«

»Ob Chalkin geahnt hat, was wir eventuell planen und uns zuvorgekommen ist?«, grübelte Paulin. Dann blickte er von einem Drachenreiter zum anderen. »Am besten, Sie beide brechen gleich auf und versuchen, so viele Menschen wie möglich zu retten, ehe die Kälte oder Chalkins Schläger sie umbringen. Und von denjenigen, die keine Angst haben, sich öffentlich gegen Chalkin zu stellen, hätte ich gern ein paar Aussagen.« M'shalls Hand lag schon auf dem Türknauf, als Paulin ihnen hinterherrief: »Und keine Feuer speienden Drachen, bitte. Andernfalls könnte die Situation außer Kontrolle geraten.«

K'vin heuchelte Erschrecken ob dieser Unterstellung. M'shall wandte sich ernst an den Herrn von Burg Fort. »Das will ich nicht gehört haben, Paulin«, versetzte er steif.

»Als ob wir ...«, brummelte K'vin vor sich hin, während die beiden Weyrführer den Raum verließen.

»Am liebsten würde ich mit einer wahren Flammengarbe über die Wachposten kommen«, gestand M'shall mit gepresster Stimme. »Das ist ja das Problem. Ich kenne diesen Chalkin nämlich ein Weilchen länger als Sie, K'vin.«

Im Hof warteten Craigath und Charanth auf ihre Reiter.

»Übernehmen Sie die westliche und nördliche Grenze, K'vin?«, schlug M'shall vor, ehe sie sich trennten und zu ihren jeweiligen Bronzedrachen gingen. »Haben Sie eine ungefähre Vorstellung davon, wie viele Menschen transportiert werden müssen?«

»Allerdings. Seit Chalkin seine Grenzen dicht machte, ließ ich dort meine Reiter patrouillieren. Zulaya wird Tashvi und Salda Bescheid geben, dass wir anrücken. Zuerst bringen wir alle Bitraner in den Weyr. Wir sind darauf eingestellt, Hilfe zu leisten.«

»Sie sind wirklich außerordentlich tüchtig, K'vin«, lobte M'shall seinen Kameraden. »Dann wollen wir mal!« Der Weyrführer von Benden schwang sich auf die Schulter seines Drachen und ließ sich behände zwischen den Nackenwülsten nieder.

*Fliegen wir los um zu helfen?*, wandte sich Charanth an K'vin.

*Ja, wir greifen ein. Sag Meranath, Zulaya kann mit der geplanten Operation beginnen. Ich treffe mich mit meinem Geschwader an der Straße nach Falls. Und ich finde, wir sollten Iantine mitnehmen.*

Als K'vin in Telgar eintraf, stand die erste Rettungsstaffel bereit, um auf sein Zeichen hin aufzubrechen. Er wartete nur, bis Iantine hinter ihm auf Charanths Rücken Platz genommen hatte.

»Fertigen Sie so viele Schwarzweiß-Skizzen an, wie Sie können, Iantine. Ich will Chalkin durch diese Beweise festnageln.«

Nur zu gern kam Iantine dieser Aufforderung nach.

Es war eine Möglichkeit, es dem arroganten Burgherrn heimzuzahlen. Doch sowie Iantine an der Grenze auf dem verschneiten Boden abgesetzt wurde, verwandelte sich seine Schadenfreude in Abscheu und Entsetzen.

Mit sparsamsten Linien zeichnete er den ›Pferch‹ – um Bäume gespannte Taue, hinter denen sich vor Kälte schlotternde Leute drängten, im Stehen, denn zum Sitzen war nicht genug Platz. Er hielt die verhärmten, von Leid geprägten Gesichter fest, die durchfrorenen, zusammengekrümmten Leiber, dicht an dicht geschmiegt, um sich gegenseitig ein bisschen zu wärmen.

Manchen hatte man außer ihrer Unterwäsche alle Kleidungsstücke abgenommen. Mit ihren bloßen, bläulich-weißen, erfrorenen Füßen standen sie auf Lumpen oder auf den Stiefeln ihrer Nachbarn. Kinder greinten vor Hunger und Erschöpfung oder kauerten halb bewusstlos zu Füßen der Erwachsenen. Drei ältere Menschen waren bereits erfroren. Die meisten Gesichter trugen Spuren schwerer Misshandlungen.

Die Wachposten hingegen hatten sich in mehrere Schichten warmer Bekleidung gehüllt. Über prasselnden Feuern rösteten sie das Fleisch der Tiere, die die Flüchtlinge mit sich geführt hatten. Etliche Stück Vieh waren an Bäumen festgebunden oder in behelfsmäßigen Einfriedungen untergebracht.

Sämtliche Habseligkeiten, die den eingesperrten Menschen gehörten, lagen aufgetürmt neben einem Wächterhäuschen oder in dahinter aufgereihten Karren. Als Iantine die Wachposten skizzierte, vergaß er nicht, die zahlreichen Schmuckstücke mitzuzeichnen, mit denen sich die Kerle schmückten. Schamlos protzten die Männer mit Armreifen, Fingerringen und sogar Ohrgehängen.

Die Ankunft der Drachenreiter hatte die Wächter in Alarmzustand versetzt, und die meisten zogen sich ein Stück weit hinter die mit Steinen markierte Grenzlinie zurück. Das vereinfachte die Aufgabe, die Gefangenen zu befreien. Viele von ihnen befanden sich in einem so schweren Schockzustand, dass sie sich vor den Drachen und den Reitern genauso fürchteten wie vor Chalkins brutalen Schergen.

Zulaya hatte Weyrangehörige mitgebracht, und deren Anwesenheit wirkte sich beruhigend auf die eingeschüchterten Menschen aus. Als erstes wurden Decken und warme Oberbekleidung verteilt. Die heiße Suppe, die später folgte, war für die meisten Flüchtlinge die erste Mahlzeit, seit sie ihre Höfe verlassen hatten.

Was Iantine nicht zu Papier bringen konnte, waren die Geräusche und die Gerüche dieser schaurigen Szene. Dennoch gelang es ihm in gewisser Weise, seine eigenen Eindrücke dem Betrachter der Skizzen zu vermitteln – durch die aufgesperrten Münder der verängstigten Menschen, durch das blanke Entsetzen, das in ihren Augen stand, indem er die geschundenen Körper zeichnete, die Lumpen, die kaum die Blöße dieser malträtierten Kreaturen zu bedecken vermochten. Getreulich hielt er die Fäkalienhaufen fest, denn die Wächter hatten keine Latrinen anlegen lassen, die armseligen Siebensachen der Geflohenen, die sich nun als Beute neben den Wärterhäuschen stapelten.

Nun, da er echtes Elend gesehen hatte, vergegenwärtigte sich Iantine, dass seine Begegnung mit Chalkin noch glimpflich verlaufen war.

Der Künstler kehrte mit der letzten Gruppe zurück. Nur im *Dazwischen* ließ er seine Hand ruhen, sogar während des Fluges zeichnete er, P'teros Rücken als Auflage für den Malblock benutzend.

»Sie haben keine Sekunde lang mit Zeichnen aufgehört«, rief P'tero ihm über die Schulter zu. »Hier oben wird noch Ihre Hand abfrieren.«

Iantine wackelte mit den Fingern, um ihm zu beweisen, dass ihm nichts fehlte, und fuhr mit dem Skizzieren fort. Er fügte Details ein, indem er die Bilder der Männer fertigstellte, die man bei den Füßen aufgehängt und dann als Zielscheiben benutzt hatte. Als eine ihrer ersten Handlungen hatten die Retter die zermarterten Leichname von den Stricken abgeschnitten, mit denen sie an den Ästen festgebunden waren. Iantine hatte nur Zeit gefunden, um die Umrisse grob zu skizzieren, doch die Einzelheiten standen ihm noch plastisch vor Augen, trotz der vielen Zeichnungen, die er an diesem Tag angefertigt hatte. Er fand, er müsse jeden Punkt dieser grausigen Szene anschaulich wiedergeben, andernfalls käme er sich vor wie ein Verräter.

Als der junge blaue Reiter ihn vor der Unteren Kaverne absetzte, suchte sich der Künstler einen Tisch unweit des Kamins, um seine Finger zu wärmen und noch schneller zeichnen zu können. Der Stift raste nur so über das Blatt Papier. Sowie sich eine Hand auf seine Schulter legte, fuhr er erschrocken von seinem Stuhl hoch.

»Ich bin's, Debera.« Die grüne Reiterin stellte einen Becher Klah und eine Schale mit Eintopf vor ihn hin. »Alle anderen haben schon gegessen, du solltest jetzt auch besser was zu dir nehmen«, meinte sie ernst, indem sie ihm ohne viel Federlesens Zeichenstift und Block wegnahm. »Du siehst schrecklich aus«, fügte sie nach einem prüfenden Blick in sein Gesicht hinzu.

Er wollte ihr den Block wieder entreißen, doch sie schlug leicht auf seine Hand und brachte das Papier aus seiner Reichweite.

»Nein, zuerst wird gegessen. Später wirst du um so besser arbeiten können. Ach du meine Güte!« Sie starrte auf das Bild; bestürzt legte sie eine Hand an ihren Mund, und ihre Augen weiteten sich vor Schreck. »Das gibt's doch gar nicht!«

»Ich habe nur das festgehalten, was ich mit eigenen Augen sah«, erläuterte er und blies erschöpft den Atem aus. Als er die Luft wieder einsog, stieg ihm das verlockende Aroma des Eintopfgerichts in die Nase. Gierig betrachtete er die Schale mit den dicken Fleischstücken und dem lecker aussehenden Gemüse. Hier verstand man sich wirklich darauf, Wherry auf die köstlichsten Arten zuzubereiten.

Er begann zu essen und merkte gleich nach den ersten Bissen, wie ausgehungert er war. Der Magen rebellierte gegen das Essen, und als ihm einfiel, dass Chalkins Gefangene tagelang nichts hatten zu sich nehmen könne, wäre ihm um ein Haar der Appetit vollends vergangen.

»Sie haben alle was zu essen bekommen«, sagte Debera leise.

Iantine sah sie verblüfft an. Sie tätschelte liebevoll seine Schulter, wie sie es oft bei Morath tat.

»Ich habe dasselbe empfunden, als ich vorhin gegessen habe.« Sie setzte sich ihm gegenüber. »Wir alle haben uns um die Verpflegung der Flüchtlinge gekümmert, bis Tisha uns buchstäblich zwang, selbst etwas zu essen.« Sie begann in seinem Block zu blättern, und bei jeder neuen Szene des Elends wurde ihr Gesichtsausdruck verzweifelter. »Wie kann man nur so grausam sein!«

Iantine fasste hinüber und nahm ihr behutsam den Block ab.

»Er erließ den Befehl ...«, setzte Iantine an.

»Im vollen Bewusstsein, welche Gräuel er dadurch entfesseln würde«, beendete sie den Satz für ihn. »Ich bin mal einigen seiner so genannten Wachposten begegnet. Selbst mein Vater, der sonst nicht zimperlich ist, hätte nie einen dieser Schlächter auf seinem Besitz geduldet.« Mit dem Finger tippte sie auf den Zeichenblock. »Diese Beweise kann keiner ignorieren.«

Iantine schnaubte durch die Nase. »Vor allem, wenn Drachenreiter bezeugen, dass es sich wirklich so abgespielt hat.« Er verputzte den Rest seines Eintopfs, streckte die Beine unter dem Tisch aus und rieb sich das Gesicht, das noch von dem Aufenthalt in dem frostklirrenden Grenzgebiet brannte.

»Du solltest jetzt lieber zu Bett gehen, Iantine«, meinte Debera und erhob sich. In der Küchenkaverne hielten sich nur noch wenige Leute auf. »Mittlerweile hat man alle Flüchtlinge untergebracht, und du kannst von Glück sagen, wenn du deine Kammer noch für dich allein hast. Ich lege mich auch schlafen. Diese Morath! Jeden Morgen wacht sie mit einem Heißhunger auf, egal, wie viel Fleisch sie am Abend zuvor verschlungen hat.«

Iantina lächelte, weil Deberas Stimme einen so weichen, mütterlichen Klang angenommen hatte. Als er aufstand, schwankte er leicht. »Du hast Recht. Ich brauche wirklich Ruhe. Gute Nacht, Debera.«

Er sah ihr hinterher, wie sie forschen Schrittes aus der Kaverne marschierte, hoch erhobenen Hauptes, die Schultern durchgedrückt. Seit Morath sie erwählt hatte, war sie wie ausgewechselt. Schmunzelnd packte er seine Malsachen zusammen und machte sich auf den Weg in sein Quartier.

Man hatte keinen der Neuankömmlinge bei ihm untergebracht, doch an einer Wand lag Leopol auf einer Matratze und schlief so fest, dass er nicht einmal aufwachte, als Iantine sich fürs Bett zurechtmachte.

Es gab mehr Flüchtlinge, als zunächst erwartet, und während man die Vorräte der beiden Weyr streckte, schickten die Burgherren prompt Hilfslieferungen und boten ihren Schutz an. Einige der Geretteten befanden sich in einem gesundheitlich bedenklichen Zustand und konnten nicht sofort zu den Festungen Nerat, Benden und Telgar geschickt werden.

Zulaya hatte ein Rettungsteam von Drachenköniginnen und grünen Reitern angeführt. Als sie zurückkam, kochte sie vor Wut.

»Ich wusste, dass er ein raffgieriger Idiot ist, aber für so sadistisch hätte ich ihn doch nicht gehalten. An der Grenze zur Forststraße befanden sich unter den Gefangenen drei schwangere Frauen. Sie wurden von den

Wachen vergewaltigt, weil sie später natürlich keine Vaterschaftsklagen vorbringen können.«

»Sind die Frauen ärztlich versorgt worden?«, fragte K'vin, voller Abscheu über diese Brutalität. »Wir erreichten gerade noch rechtzeitig den Nordpass, um drei junge Burschen vor Übergriffen durch die Wachposten zu retten. Wo treibt Chalkin nur solche Bestien auf?«

»Sie rekrutieren sich aus Geächteten, die andere Siedlungen ausgestoßen haben«, erwiderte Zulaya. »Männer, die woanders nicht mehr geduldet werden ob ihrer kriminellen Neigungen oder ihres unsozialen Verhaltens, finden bei Chalkin immer eine Bleibe. Im Übrigen tobt gerade ein Schneesturm an der Grenze. Wir sind gerade noch rechtzeitig gekommen, um Hilfe zu leisten. Andernfalls wären die meisten Gefangenen morgen früh tot gewesen. Man hatte ihnen alles abgenommen, und zum Wärmen durften sie nicht mal ein Feuer anzünden.«

»Ich weiß«, bestätigte er, über die Grausamkeiten genauso empört wie Zulaya. »Wir hätten den Wachen eine Lektion erteilen sollen, was es heißt, schutzlos der bitteren Kälte ausgeliefert zu sein. Ich frage mich, warum wir sie nicht ein bisschen länger als nötig im *Dazwischen* gelassen haben. Das hätte allerdings ihren sicheren Tod bedeutet.«

»Wir können sie immer noch ins *Dazwischen* befördern«, meinte Zulaya zynisch. K'vin warf ihr einen verdutzten Blick zu. Sie starrte zurück, die Fäuste auf die Hüften gestemmt. »Sieh mich nicht so an. Ich weiß, dass das nicht geht, aber wünschen darf ich es mir trotzdem, oder? Hattest du Iantine mitgenommen? Mir fiel ein, wie nützlich ein Zeichner wäre, der die schrecklichen Szenen auf Papier festhält.«

»Er kam nur zu gern mit. Und er hat eine Menge Skizzen angefertigt, die er Lord Paulin und der Ratsversammlung vorlegen kann.« K'vin schluckte, als er an die herzzerreißenden Bilder dachte, die den Zeichenblock füllten. Iantines Hand hatte die Realität eingefangen, sie umso beeindruckender dargestellt, weil er auf Überflüssiges verzichtet und nur die Auswüchse mutwilliger Rohheit aufs Papier gebannt hatte.

Die Weyrführer fingen an, sich mit den Flüchtlingen bekanntzumachen und befragten zunächst ein älteres Ehepaar.

»Der Großvater meines Großvaters kam mit dem damaligen Burgherrn nach Bitra«, erzählte der Mann, während seine ängstlichen Blicke zwischen den Weyrführern hin und her huschten. Unentwegt beugte und streckte er seine bandagierten Finger, obschon N'ran ihm versichert hatte, Fellis und Taubkraut würden die Beschwerden rasch lindern. »Ich heiße Brookie, und das ist meine Frau, Ferina. Wir sind Bauern. Wir haben uns noch nie beklagt, obwohl unser Burgherr ständig den Pachtzins erhöht, und die Ernten vergrößern sich nicht automatisch, indem die Abgabenlast steigt. Aber *er* verkörpert nun mal das Recht!«

»Trotzdem hätte er uns nicht die Muttersau wegnehmen dürfen«, protestierte seine Gefährtin mit rebellischer Miene. »Die brauchten wir doch, um Ferkel zu züchten, denn nur dann wären wir imstande gewesen, den uns auferlegten Tribut zu entrichten. Unsere Tochter haben sie uns auch einfach weggeschleppt, damit sie in der Burg schuftet und wir keine Gelegenheit bekamen, das ihr zustehende Stück Land zu beanspruchen. *Er* sagte, wir könnten nicht mal die Äcker, die wir bereits besäßen, entsprechend bewirtschaften, deshalb brauchten wir nicht noch zusätzlichen Grund und Boden.« Wie auch ihr Mann, sprach sie niemals Chalkins Namen aus.

»Das hat er Ihnen angetan?«, fragte Zulaya mit trügerischer Ruhe und warf K'vin einen bedeutungsvollen Blick zu. »Das ist ja interessant, Pächterin Ferina.«

K'vin beneidete Zulaya um ihr Namensgedächtnis.

*Du kannst mich jederzeit fragen,* sagte Charanth in seine Gedanken hinein.

*Hast du gelauscht?*

*Natürlich. Die Leute brauchten die Hilfe der Drachen. Wir alle hören mit.*

Wenn sich sogar die Drachen einmischen, haben wir das absolut Richtige getan, fand K'vin. Jetzt kann uns die Ratsversammlung bestimmt nicht mehr Überschreitung unserer Befugnisse vorwerfen. Er durfte nicht vergessen, Zulaya seinen kurzen Wortwechsel mit Charanth mitzuteilen.

»*Er* sagt, wir hätten keine Rechte, und bei uns gibt es keinen Lehrer, den wir fragen können«, erzählte der Mann. »Das ist auch eine seiner Gemeinheiten – unsere Kinder können nichts lernen, weil es keine Lehrer zum Unterrichten gibt.«

»Jeder Mensch muss zumindest so viel Bildung bekommen, dass er die Verfassung lesen und sich über seine verbrieften Rechte informieren kann«, stellte Zulaya fest. »Gleich zeige ich Ihnen eine Kopie der Verfassung, damit Sie selbst nachlesen können, was Ihnen als Pächter zusteht.«

Das Ehepaar tauschte einen verlegenen Blick.

»Natürlich kann Ihnen auch jemand den Text vorlesen«, fuhr Zulaya taktvoll fort, »denn mit Ihren bandagierten Händen würde es Ihnen schwer fallen, die Seiten umzublättern, Brookie. Und Sie scheinen mir auch ziemlich entkräftet zu sein, Ferina.«

Ferina lächelte nervös. »Der Vorschlag gefällt mir gut, Weyrherrin. Es stimmt also, dass wir Rechte haben, die obendrein noch einzusehen sind? Und das nennt man die Verfassung?«

»Ihre legitimen Ansprüche als Pächter sind in diesem Gesetzeswerk festgelegt«, bekräftigte Zulaya, während sie K'vin mit einem verzweifelten Blick streifte. »In allen Einzelheiten und klar verständlich.« Jählings sprang sie auf die Füße. »Setzen Sie sich doch drüben in die Sonne«, schlug sie dem Ehepaar vor und deutete auf die Ostwand, wo sich bereits einige ältere Mitglieder des

Weyrs eingefunden hatten, um die Wärme der im Westen stehenden Sonne zu genießen. »Wir sorgen dafür, dass Ihre Wünsche baldmöglichst erfüllt werden, und wenn Sie irgendwelche Fragen haben, wenden Sie sich ohne Scheu an uns.«

Sie half den beiden beim Aufstehen und brachte sie auf den Weg, der durch den Weyrkessel führte, als K'vin auch schon Leopol herbeiwinkte.

»Hol doch bitte mal rasch die Kopie der Verfassung, Junge.«

»Soll ich sie den beiden auch vorlesen?«, wollte der Bursche wissen. Seine Augen funkelten erwartungsvoll, denn er liebte es, den Sinn und Zweck irgendwelcher Besorgungen zu erraten.

»Du hast ein helles Köpfchen«, lobte K'vin den aufgeweckten Knaben. »Aber das Vorlesen sollte wohl lieber T'lan übernehmen.« Er zeigte auf den älteren, weißhaarigen Reiter eines braunen Drachen, der den Flüchtlingen Klah servierte. »Lauf jetzt und hol den Text. Ich werde T'lan bitten, damit zu Brookie und Ferina zu gehen.«

Leopol sprintete los, und K'vin sprach mit dem braunen Reiter. T'lan würde genau den richtigen Ton finden, um mit den eingeschüchterten Pächtern zu reden.

Bridgely traf im Benden-Weyr ein, das Gesicht hochrot, in halb zorniger, halb belustigter Stimmung.

»Der Mann hat Nerven!«, rief er und warf die Botschaft, die er überbringen sollte, auf den Tisch.

Das Schreiben landete näher bei Irene als bei M'shall, deshalb griff sie als Erste danach.

»Von Chalkin?«, fragte sie, zu Bridgely hinaufschauend.

»Lesen Sie es … und schenken Sie mir bitte ein Glas Wein ein, M'shall«, sagte der Burgherr, sich auf einen Stuhl niederlassend. »Ich weiß ja, wie dreist dieser Mensch ist, aber was er sich jetzt geleistet hat, ist der Gipfel an Unverschämtheit …«

»Schhh!«, zischte Irene, deren Augen beim Lesen immer größer wurden. »Das ist doch nicht zu fassen! Hör dir das an, M'shall. ›Meine Burg hat das Anrecht auf die Dienste der Drachenreiter. Das gehisste rot gestreifte Banner wurde indessen geflissentlich übersehen, obwohl meine Wachen mir berichteten, dass Drachenreiter sich ganz in der Nähe aufhielten. Sie müssen notgedrungen mitbekommen haben, dass ich eine dringende Botschaft abliefern möchte. Aus diesem triftigen Grund protestiere ich hiermit offiziell ...‹«

Mit leicht zusammengekniffenen Augen spähte sie auf das Blatt. »Seine Handschrift ist schauderhaft ... Aha! Er schreibt, dass er gegen die Pflichtverletzung seitens der Drachenreiter protestiert. Ausgerechnet dieser Tyrann wagt es, diesen Vorwurf gegen andere zu erheben. Außerdem beschwert er sich noch über dies und jenes, was man ihm vorgeblich angetan hat. Es ist kaum zu glauben. ›Die Drachenreiter mischen sich nicht nur in ungebührlicher Weise in die Angelegenheiten meiner Burg ein, sondern sie verbreiten unter meinen Pächtern auch die absonderlichsten Lügen. Ich verlange, dass diese Reiter sofort bestraft werden. Die Stümper sind nicht einmal dazu in der Lage, Pflichten nachzukommen, die selbst sie mit ihren begrenzten Fähigkeiten zu erfüllen imstande wären.‹ Begrenzte Fähigkeiten?« Irene wurde blass vor Wut. »Dem werde ich zeigen, über welche Fähigkeiten wir verfügen!«

»Wenn man bedenkt, wie er seine Pächter behandelt ...«, schaltete sich M'shall ein. Noch nie zuvor hatte er so grimmig ausgesehen. »Moment mal. Welches Datum trägt dieser Brief?«

»Er wurde vor fünf Tagen geschrieben«, antwortete Bridgely mit süffisantem Lächeln. »Er ließ ihn durch einen berittenen Boten überbringen. Der Bursche erzählte mir, Chalkin hätte auch Briefe nach Nerat und Telgar geschickt. Im letzten Absatz steht«, fuhr Bridgely fort und tippte mit dem Finger auf die betreffende Stelle,

»ich solle dieses Schreiben durch einen zuverlässigen Boten an Lord Paulin weiterleiten, damit seine Beschwerde vor der Ratsversammlung verhandelt wird. Vermutlich schickt er gleich einen Brief hinterher, sowie er von der gestrigen Rettungsaktion erfährt.«

»Dieser Halunke …« Irene rang nach den passenden Worten. »Wenn ich nur daran denke, was er sich hat zuschulden kommen lassen …«

»Das Schlimmste ist, dass er alles auf seine Wachposten schieben wird, sollte er zur Rechenschaft gezogen werden«, mutmaßte Bridgely achselzuckend. »Er wird behaupten, sie hätten ihre Befugnisse überschritten, worauf er sie bis auf den letzten Mann aus seinen Diensten entlassen hätte.«

»Alle nicht!«, stellte M'shall grinsend richtig. Er kratzte sich den Kopf. »Im Übrigen wollten sie wissen, wieso sie nicht mit einem Drachen transportiert würden, wie das elende Pack, das sie bewacht hatten.«

»M'shall, hast du sie etwa unterwegs abgesetzt?«, fragte Irene mit hoffnungsvoll blitzenden Augen.

»Nicht direkt«, erwiderte M'shall. »Allerdings hielt ich es für ratsam, einige von ihnen sozusagen in Isolationshaft zu bringen, damit sie später dem Rat Rede und Antwort stehen können, welche Order sie genau von ihrem Herrn erhalten hätten.«

»Ach so«, äußerte M'shall nachdenklich.

»Ich habe mir meine Gefangenen sehr gut ausgesucht«, erklärte M'shall. »Ich stellte fest, wer von den Männern an den Ermordungen beteiligt war und suchte zuverlässige Augenzeugen. Selbst auf Befehl ihres Burgherrn hin sind Wachposten nicht befugt, Menschen ohne gültiges Gerichtsurteil zu exekutieren.«

»Sie haben sehr umsichtig gehandelt«, meinte Bridgely anerkennend. »Wir müssen die Sache vor ein ordentliches Gericht bringen und sollten keinesfalls bis zum Ende des Planetenumlaufs warten. Genau das werde ich Jamson und Azury unterbreiten.«

»Ich selbst werde Sie zu Azury und Jamson bringen und bei dieser Gelegenheit für den Weyr sprechen«, beschied ihm M'shall. »Und das hier …«, der Weyrführer griff nach Chalkins Beschwerdebrief, »können Sie den beiden Herren zur Einsicht gleich mitnehmen.«

»Sie denken auch an alles, Weyrführer«, lobte Bridgely mit einer eleganten Geste und blickte dabei äußerst zufrieden drein.

»Es ist mir ein Vergnügen, Burgherr«, erwiderte M'shall mit einer ähnlich kavalierhaften Geste.

»Wann hätten Sie denn Zeit für einen kleinen Ausflug, Weyrführer?«

»Am liebsten würde ich sofort aufbrechen. Mir scheint, ein Besuch der westlichen Hälfte des Kontinents wäre ganz angebracht …«

»Hört endlich auf mit diesem Blödsinn und macht euch auf den Weg!«, rief Irene mit gespielter Empörung. Aber das Wortgeplänkel hatte dazu beigetragen, dass sich die aufgeladene Atmosphäre im Weyr ein wenig entspannte.

Kapitel 10

# Das Hochland, Boll, der Ista-Weyr; der Hochland-Weyr, Burg Fort und Burg Telgar

Ich muss schon sagen, M'shall, Bridgely«, nuschelte Jamson, während er unruhig auf seinem Sessel hin und her rutschte und nervös seine Bekleidung richtete. Im Hochland war es immer kalt, und selbst in Jamsons Arbeitszimmer herrschten ungemütliche Temperaturen. Der Burgherr von Benden war froh, dass er seine Reitmontur aus Pelz trug. Er dachte nicht daran, seine Jacke zu öffnen, und den linken Handschuh behielt er auch an. Den rechten hatte er nur abgestreift, um Jamson zu begrüßen. M'shall traf ebenfalls keine Anstalten, seine Montur abzulegen. »Es fällt mir schwer zu glauben, dass ein Burgherr die Menschen, auf die er letzten Endes angewiesen ist, derart schändlich behandelt. Und sie obendrein mitten im Winter nicht in ihre Heimstätten zurückkehren lässt.«

»Ich hab's mit meinen eigenen Augen gesehen, Lord Jamson«, erwiderte M'shall in einem Ton, der keinen Widerspruch duldete. »Ein paar der Wachposten habe ich in den Weyr bringen lassen, damit Sie von ihnen erfahren, wie Lord Chalkins Befehle lauteten.«

»Aber in diesem Schreiben beklagt sich Chalkin, Sie hätten ihm den Transportdienst verweigert.« Jamson runzelte die Stirn.

»Wenn Sie Zeuge dieser Untaten geworden wäre, so wie ich, Lord Jamson, dann würden Sie diesem Mann auch keinen Gefallen mehr erweisen«, versicherte M'shall.

»Jamson, stellen Sie sich doch nicht so stur an«, schaltete sich Bridgely ein, der fand, auf Höflichkeiten könne man getrost verzichten. »Verschaffen Sie sich selbst ein Bild von den Vorkommnissen in Bitra. Nerat, Telgar sowie Benden nehmen Flüchtlinge auf. Sprechen Sie mit den Leuten, wenn Sie zusätzliche Beweise für Chalkins Herzlosigkeit wünschen.«

»Ich bin gern bereit, Sie überallhin zu befördern«, erbot sich M'shall.

»Ich verfüge über meinen eigenen Weyr«, beschied ihm Jamson förmlich. »Auf den greife ich zurück, sollte ich Flugdienste benötigen. Doch das derzeit herrschende Wetter verbietet unnötiges Herumreisen von selbst.«

Dies war nur die Wahrheit, denn das Hochland lag unter einem dicken Panzer aus Eis und Schnee.

»Wie Sie wünschen«, entgegnete Bridgely fröstelnd. Er fragte sich, ob Jamson aus Gründen der Sparsamkeit seine Burg nicht ausreichend beheizte, oder ob das Heizungssystem zu veraltet war, um noch richtig funktionieren zu können. »Dann dürfen Sie getrost davon ausgehen, dass ich nur aus einem sehr ernstem Anlass hierher gekommen bin. Ich möchte Sie nämlich dazu bewegen, Ihren Widerstand gegen ein Amtsenthebungsverfahren aufzugeben. Chalkin muss Einhalt geboten werden. Hätten wir nicht eingegriffen, wären letzte Nacht viele Menschen erfroren.«

»Davon steht nichts in seinem Brief«, nörgelte Jamson und schielte auf das Schriftstück auf seinem Tisch.

»Zweifelsohne wird er demnächst eine Nachricht mit entsprechendem Inhalt losschicken«, versetzte Bridgely mit beißender Ironie. »Was ich gestern sah, veranlasste mich zum sofortigen Handeln.«

»Wie Sie wissen, Lord Jamson«, nahm M'shall einen weiteren Anlauf, »sind die Weyr ebenfalls autonom und dürfen ihre Dienste verweigern, wenn sie dies ausreichend begründen können. Ich finde, wir schulden Chalkin nicht die geringste Gefälligkeit. Kommen Sie, Bridgely. Wir verschwenden nur Lord Jamsons kostbare Zeit. Wir wünschen Ihnen noch einen guten Tag.«

Ehe der verdatterte Burgherr des Hochlands etwas erwidern konnte, hatten die beiden Männer den Raum verlassen.

»Eine Frechheit! Und dabei hatte ich M'shall immer für einen vernünftigen Mann gehalten. Zum Glück ist G'don ein zuverlässiger, solider Weyrführer. Man kann doch einen Burgherrn nicht über Nacht von seinem Land vertreiben! Und obendrein kurz vor einem Fädenfall!« Er versteckte seine Hände noch tiefer in die mit Pelz verbrämten Ärmel seines Rocks.

Azury war so schockiert, dass er auf Chalkins Vorwurf, die Weyr würden ihm Flugdienste verweigern, gar nicht erst einging. »Ich hatte ja nicht die geringste Ahnung«, staunte er.

Im krassen Gegensatz zum Hochland herrschte in Süd-Boll eine solche Hitze, dass Bridgely sich wünschte, er hätte ein dünneres Hemd angezogen. Obwohl sie vor der Morgensonne abgeschirmt auf einer Terrasse saßen, umgeben von üppigen Pflanzen, deren rosa Blütendolden einen betörenden Duft verströmten, musste er den Kragen öffnen und die Ärmel hochkrempeln. Azury hatte ihnen Fruchtsaft angeboten, und als das Getränk endlich gebracht wurde, war Bridgelys Kehle staubtrocken.

»Ich wusste natürlich, dass auf Chalkin kein Verlass ist«, fuhr Azury fort. »Und bei den von ihm inszenierten Glücksspielen habe ich so viele Marken verloren, dass ich mich ernsthaft fragte, ob er es mit der Ehrlichkeit so genau nimmt. Aber …« – er schüttelte den Kopf – »ein Burgherr verschweigt seinen Pächtern nicht etwas so Schwerwiegendes wie den drohenden Fädeneinfall. Ob er wirklich glaubt, das Ganze sei nur Humbug? Dass alle anderen einfältig oder dumm sind?«

»*Er* ist derjenige, der kein Hirn hat«, entgegnete Bridgely. »Er muss sich doch vor Augen halten, dass unsere Vorfahren nicht umsonst die Drachen züchteten. Und obendrein ein einzigartiges Gesellschaftssystem gründeten, das nur dazu dient, diese hoch spezialisierte Schutztruppe zu hegen und auszubilden. Das alles deutet doch auf einen ganz bestimmten Zweck hin, nämlich besagte Fäden in der Luft zu bekämpfen.« Er streifte M'shall mit einem vielsagenden Blick. »Außerdem gibt es massenhaft Berichte, in denen geschrieben steht, was diese Fäden sind und woher sie kommen. Das Ganze haben wir uns doch nicht eigens ausgedacht, um Chalkin Unannehmlichkeiten zu bereiten.«

»Bei mir rennen Sie offene Türen ein, Bridge«, versetzte Azury. »Chalkin muss nicht recht bei Trost sein, wenn er sich einbildet, er hätte Recht und alle anderen befänden sich im Irrtum. Er hat den ganzen Planeten gegen sich. Aber ...« – er beugte sich in seinem Korbsessel vor, der bei der Bewegung leise knarrte – »man darf auch nicht vergessen, dass Pächter gelegentlich die bizarrsten Geschichten in Umlauf setzen.«

»Das weiß ich natürlich, Azury«, erwiderte Bridgely und rutschte bis an die Kante seines Sessels vor, der ebenfalls knarzende Geräusche von sich gab. »Nur sollten Sie mit den Leuten sprechen, die wir aufgenommen haben. Dann verschaffen Sie sich einen Eindruck von dem, was sie durchmachen mussten. Diese Menschen sind keine Lügner. Und je eher Sie einige von ihnen kennen lernen, umso besser. Sehen Sie selbst, wie Chalkins Schläger sie zugerichtet haben.«

»Recht haben sie!«, räumte Azury ein. »Ich werde die Situation selbst in Augenschein nehmen.« Rasch hob er die Hand. »Das soll nicht heißen, dass ich an Ihren Worten zweifle, aber einen Burgherrn seines Amtes zu entheben ... das kann einen schon nervös machen.«

»Sicher, aber eine Burg nicht auf den baldigen Fädenregen vorzubereiten, ist vielleicht noch nervenaufreibender«, hielt Bridgely ihm entgegen.

»In diesem Punkt pflichte ich Ihnen bei«, gab Azury zu. Er blickte über seine Schulter und bat einen der Bediensteten, er möge ihm seine Reitmontur bringen. »Jamson gebärdet sich zögerlich, sagen Sie? Braucht man für eine Amtsenthebung denn nicht ein einstimmiges Urteil?«

»Ja«, bestätigte Bridgely und kniff die Lippen zusammen.

Azury schmunzelte und dankte dem Burschen, der ihm seine Reitkleidung reichte. »Dann sollte ich vielleicht persönlich diesen Zweifler aufsuchen und ein Gespräch mit ihm führen.«

»Glauben Sie, Sie könnten Jamson umstimmen?«

Azury stieg in seine Stiefel. »Er ist zwar ein Dickschädel, aber wir werden ja sehen. Tashvi, Bastom und Franco sind für ein Verfahren, und Paulin schäumt vor Wut auf Chalkin … Wer bleibt da noch übrig? Richud von Ista? Nun, der schließt sich immer der Mehrheit an.« Er stand auf. »Und jetzt lassen Sie uns aufbrechen, ehe ich in meinem eigenen Schweiß ertrinke.«

Azury sprach mit jedem einzelnen der vierzehn Flüchtlinge, die noch im Benden-Weyr untergebracht waren, weil sie aufgrund von Verletzungen oder Entkräftung nicht transportiert werden konnten. Danach knöpfte er sich drei der Wachposten vor.

»Besonders mitteilsam waren sie nicht«, berichtete er hinterher, während in seinen blauen Augen ein gefährlicher Funke glomm. »Aber sie werden noch früh genug erleben, wie Chalkin ihnen ihre Loyalität dankt. Sie behaupten, sie seien von den Pächtern, die sich wie tollwütige Bestien gebärdeten, so bedrängt worden, dass sie die Leute festsetzen und Chalkins weitere Befehle abwarten mussten.« Er grinste humorlos.

»Das widerspricht dem, was die Pächter aussagen«, entgegnete M'shall.

»Zweifellos«, versetzte Azury trocken. »Mich wundert nur, dass die Grenzwächter diesen Ansturm unbeschadet überstanden, während die Pächter zum Teil schwer verletzt wurden. Hier steht wieder einmal Aussage gegen Aussage, doch jeder, der Augen im Kopf hat, kann die Wahrheit erkennen.«

»Gut gesagt«, fand Bridgely

»Ich denke, wir sollten uns jetzt mit Richud unterhalten.«

Der Burgherr von Ista war nicht daheim, weil er zum Fischen aufs Meer hinausgefahren war. Die Angelei gehörte zu seinen Lieblingsbeschäftigungen.

Der Hafenmeister konnte nicht sagen, in welcher Richtung sie nach Lord Richud suchen sollten.

»Aber sein Boot wird von Delphinen begleitet ... Sie könnten mit den Drachen Kreise ziehen, vielleicht entdecken Sie ihn dann. Er segelt eine kleine Schaluppe mit einem roten Segel, die ständig von Delphinen umgeben ist. Richud behauptet steif und fest, er könne sich mit ihnen verständigen. Vielleicht stimmt das sogar.« Der ältere Mann kratzte sich den Kopf und schmunzelte über diese märchenhafte Vorstellung.

»In den alten Berichten kann man nachlesen, dass die Delphine tatsächlich die Sprache der Menschen beherrschen«, erwiderte Azury. »Meine Fischer halten in den Großen Strömungen ständig nach Delphinen Ausschau.«

»Na ja, wer's glaubt ...«, entgegnete der Hafenmeister gleichmütig und kehrte an seine Arbeit zurück, die darin bestand, die Fischkörbe aus Weidengeflecht zu zählen, die man während der vergangenen Siebenspanne am Kai abgeladen hatte.

Craigath flog mit seinen Passagieren in einer spiralförmigen Bahn aufs Meer hinaus. Er war es, der die Schaluppe erspähte und hielt mit gewaltigem Schwingenschlag darauf zu.

Trotz des breiten Sicherheitsgurts klammerte sich Azury an Bridgely, der vor ihm saß. Bridgely wiederum befürchtete, er könnte mit seinem eigenen schraubstockartigen Griff dem Drachenreiter blaue Flecken zufügen.

M'shall blickte sich grinsend zu seinen beiden Passagieren um. Die Worte, die er sprach, wurden ihm von dem pfeifenden Wind, der sie während des Sturzflugs umbrauste, von den Lippen gerissen. Bridgely sah, wie das Meer näher und näher kam und lehnte sich leicht nach hinten. Er war oft genug auf einem Drachen geritten, um nicht von deren Kapriolen erschreckt zu werden, doch noch nie war er in einem solchen Tempo und in einem so steilen Winkel nach unten gesaust.

Er hielt sich an dem Sicherheitsgeschirr fest und zwang sich dazu, nicht vor Angst die Augen zu schließen. Als es schien, Craigath würde von dem Schiffsmast aufgespießt werden, bremste der Braune zu einem Schwebeflug ab, sehr zum Entsetzen der beiden Matrosen, die zusahen, wie Richud versuchte, einen offenbar sehr schweren Fisch auszudrillen. Die Angelrute war zu einem Halbkreis durchgebogen, und er kämpfte mit seiner wehrhaften Beute.

»Wir möchten gern mit Ihnen sprechen, Lord Richud«, brüllte M'shall durch die trichterförmig vor den Mund gelegten Hände.

Richud peilte über die Schulter, verlor die Kontrolle über die Angelrute und den Fisch, und die Leine spulte wie wild von der Rolle ab, während sich der Fisch vom Haken losriss.

»Pirscht euch doch nicht so klammheimlich an mich heran! Jetzt hab ich den Fisch verloren. Verflixt und zugenäht! Darf ich denn nicht mal einen Nachmittag frei haben? Was für eine Katastrophe ist denn jetzt schon wieder über uns hereingebrochen? Es muss ja ein regelrechtes Desaster sein, wenn drei von euch so weit nach Süden reisen.«

Er gab die Rute einem von seiner Mannschaft und trat an die Steuerbordseite. Zwischen dem Schiff und seinen Besuchern befand sich immer noch ein beträchtlicher Abstand.

»Ich würde euch ja bitten, an Bord zu kommen, aber

wenn der Braune sich auf den Planken niederlässt, saufen wir ab.«

»Wir finden schon einen Weg«, meinte M'shall und sein Blick verschwamm, als er sich mit dem Drachen unterhielt. *Kannst du uns ein bisschen näher heranbringen, Craigath?*

Craigaths Augen blitzen in einem intensiven Blau und begannen heftig zu kreisen. Vorsichtig setzte er auf dem Wasser auf, legte die Schwingen an und griff mit der linken Vorderkralle nach der Bootsreling. Langsam zog er sich mitsamt seinen Reitern näher an das Schiff heran, das unter der einseitigen Belastung krängte.

Dadurch wurde der Schaluppe der Wind aus den Segeln genommen, der Baum peitschte herum, bis eine Bö wieder in die Leinwand fuhr, den Stoff mit lautem Geknatter blähte und das Boot erneut auf Kurs brachte.

M'shall lachte und klopfte Craigath den Hals, um ihn für das geschickte Manöver zu loben.

»Was hat er getan? Wie hat er das gemacht? Was unter der Sonne geht hier vor?« Verstört starrte Richud der Reihe nach den Drachen, das Schiff und M'shall an.

»Er schwimmt neben der Schaluppe her, damit wir auf gleicher Höhe bleiben«, erklärte der Weyrführer von Benden.

*Das macht Spaß. Ich amüsiere mich köstlich,* gestand Craigath seinem Reiter.

»Er findet Gefallen dran«, meinte M'shall.

»Hoffentlich zerbricht er mir nicht die Reling«, erwiderte Richud besorgt und betrachtete bangen Blicks die riesige, krallenbewehrte Klaue, die sich in die Metallstreben eingehakt hatte.

Der Drache schüttelte den Kopf. *Das Boot ist ziemlich fragil, deshalb passe ich gut auf.*

M'shall legte eine kurze Pause ein. »Ein braver Bursche. Er ist sehr vorsichtig, weil ihm das Schiff so fragil vorkommt.«

»Das hat er gesagt?«, staunte Richud. »Er hat wirklich den Ausdruck ›fragil‹ benutzt?«

»Sagte ich doch. Craigath besitzt einen großen Wortschatz. Sie wissen ja, wie gepflegt sich Irene ausdrückt. Er muss doch mit Maruth Schritt halten, oder?«

Der Drache nickte.

»Nun ja, weder Ronelth noch Jemath habe ich jemals um ein Wort verlegen erlebt«, murmelte Richud. »Wieso sollte Craigath da nicht auch über ein umfangreiches Vokabular verfügen?« Lauter setzte er hinzu: »Und in welcher dringenden Angelegenheit seid ihr hier?«

»Chalkin muss so schnell wie möglich abgesetzt werden. Eine Festung hat ihre Autonomie verwirkt, wenn allgemein geltendes Recht dort mit Füßen getreten wird«, antwortete Bridgely und schilderte dem Burgherrn von Ista, für welche Gräueltaten Chalkin verantwortlich zeichnete.

»Ich hätte nie gedacht, dass er seine eigenen Leute vertreiben würde. In Bitra herrscht jetzt tiefster Winter, und ohne Unterkunft kann man leicht erfrieren.«

»Es sind bereits Menschen erfroren, und wären wir nicht eingeschritten, hätte es beträchtlich mehr Opfer gegeben«, erwiderte M'shall.

»Sie befanden sich in einem erbarmungswürdigen Zustand, Richud«, ergänzte Azury. »Ich war selbst in Benden und habe mich davon überzeugt. Und die Wachposten ...« Er winkte verächtlich ab. »Sie wissen ja, welche Typen Chalkin anheuert ...«

»Und ob. Schläger, Rabauken, Halsabschneider und Betrüger. Das beste Beispiel dafür sind die Falschspieler, die er zu jeder Versammlung schickt, damit sie arglosen Leuten die Taschen plündern.« Richud dachte einen Moment lang nach. »Gibt es einen Präzedenzfall, dass so ein Amtsenthebungsverfahren jemals stattgefunden hat?«

»Nein. Diese Klausel wurde lediglich als Vorsichtsmaßnahme in die Verfassung aufgenommen. In Bitra herrschen derzeit Zustände, dass Menschenleben akut gefährdet sind, vor allen Dingen so kurz vor einem Fädenfall.«

»Das mag wohl stimmen. Auf jeden Fall werde ich Sie begleiten. Aber nicht an meinem freien Nachmittag, den ich mit Angeln verbringen wollte!«, setzte er einschränkend hinzu.

Craigath ließ die Reling los, und Drache und Schiff drifteten auseinander. Plötzlich erschauerte der Drache vom Schädel bis zur Schwanzspitze.

*Das tut gut. Mach es gleich noch mal!*

*Mit wem sprichst du, Craigath?*, wollte M'shall wissen. Plötzlich schien das Wasser um Craigath zu sprudeln und zu kochen, und M'shall musste die Beine über den Rist des Drachen legen, um nicht nass gespritzt zu werden. Auch seine Passagiere winkelten die Füße an.

*An meiner Haut reiben sich Delphine.*

*Verspielte Tiere, nicht wahr? Aber heb dir das Vergnügen für später auf, mein Freund. Wir haben noch eine Menge Arbeit zu tun.* »Entschuldigung. Aber die Delphine haben Craigath gekitzelt.«

»Sind Drachen kitzlig?«, wunderte sich Bridgely.

»Ihre Bäuche sind sehr empfindlich.«

Nun flitzten Delphine unter dem Drachen dahin, schnellten in die Luft und tauchten mit akrobatischer Behändigkeit wieder ins Wasser ein, um dann hurtig der davonsegelnden Schaluppe nachzuschwimmen.

»Und wie geht es jetzt weiter? Nehmen wir uns noch einmal Jamson vor?«, fragte M'shall, während er liebevoll Craigaths Hals streichelte. Zu seiner Belustigung sah er, dass Richud wieder dabei war, seine Angelrute mit einem Köder zu versehen.

»Das Beste wäre, wir würden Jamson nach Benden mitnehmen, damit er mit eigenen Augen sieht, was los ist. So wie Sie sich auch selbst einen Eindruck verschafft haben, Azury«, erwiderte Bridgely. Ihm grauste davor, in die unerbittliche Kälte des Hochlands zurückzukehren.

*Nehmt doch die Bilder mit,* schlug Craigath zur Verblüffung seines Reiters vor. Ungefragt mischten sich Drachen so gut wie nie in ein Gespräch ein, aber M'shall hielt Craigath für hoch intelligent.

»Welche Bilder?«, fragte er.

»Bilder?«, wiederholte Bridgely. »Wovon sprechen Sie?«

*Maruth sagt, es gäbe Bilder. In Telgar.*

»In Telgar?«

»Ach ja, der junge Maler!«, riefen M'shall und Bridgely im Chor.

»Was für ein Maler?«, fragte Azury verwundert.

Bridgely erklärte es ihm.

»Eine ausgezeichnete Idee. Falls Jamson diese Skizzen als Beweis akzeptiert«, meinte der Burgherr von Süd-Boll skeptisch.

Sein Misstrauen war berechtigt.

»Woher wollen Sie wissen, dass der Maler die Realität festgehalten hat?«, zweifelte Jamson, nachdem er Iantines Zeichenblock durchgeblättert hatte. »Ich für meinen Teil glaube, die ganze Angelegenheit wurde maßlos übertrieben.« Er gelangte an das Bild, das die an den Füßen aufgehängten, mit Pfeilen gespickten Männer zeigte.

»Und Ihnen genügt auch nicht mein Wort, Jamson?«, fragte Azury. »Ich habe persönlich mit einigen der Opfer gesprochen.« Er stöberte in dem Block und fand das Bild des Mannes, mit dem er sich ausgiebig unterhalten hatte. »Dieser Pächter zum Beispiel hat mir Auskünfte erteilt, die für mich maßgeblich waren. Ich bin fest davon überzeugt, dass er die Wahrheit sprach. Vier Tage und Nächte lang steckte man ihn, seine Frau und seine alten Eltern in einen Viehpferch, ohne Nahrung und Trinkwasser. Dass sie nicht verdurstet sind, verdanken sie dem Umstand, dass sie den Schnee lutschen konnten, der am Boden lag. Seine Eltern starben an Erschöpfung und Unterkühlung, obwohl wir sie noch lebend in den Weyr brachten. Aber sie waren so entkräftet von den Strapazen und Entbehrungen, dass man dort nichts mehr für sie tun konnte.«

»Azury, wieso kümmern Sie sich nicht um Ihre eigenen Angelegenheiten und lassen Chalkin in Ruhe?«, versetzte Jamson irritiert. »Der Mann hat das Recht, mit seinen Leuten nach Belieben zu verfahren.«

»Er hat keinesfalls das Recht, Menschen zu schikanieren und umbringen zu lassen«, widersprach Azury hitzig.

Jamson maß ihn mit einem kühlen Blick. »Was hat das schon zu bedeuten, wenn ein paar arbeitsscheue Pächter ...«

»Ein paar?«, platzte Bridgely heraus, obschon er wusste, dass jeder Versuch, Jamson beeinflussen zu wollen, zwecklos war. »Wir reden hier über mehrere hundert Menschen, Jamson. Da lohnt es sich schon, in Aktion zu treten.«

»Ich jedenfalls halte mich da raus, Bridgely. Das ist mein letztes Wort.« Er verschränkte die Arme über der Brust und funkelte seine Besucher wütend an.

»Jamson«, setzte Azury mit betont ruhiger Stimme erneut an und schob Bridgely beiseite. Dann beugte er sich über den Schreibtisch, hinter dem der dick in Pelze vermummte Jamson saß. »Anfangs war ich auch misstrauisch, als Bridgely mit diesen Vorwürfen gegen Chalkin zu mir kam. Ich konnte einfach nicht glauben, dass so etwas möglich ist. Vor allen Dingen behagte mir sein Vorschlag nicht, wie dieses Problem zu lösen sei. So leichtfertig vertreibt man keinen Lord aus seiner Burg, und ich verstand nicht, warum Bridgely das Schicksal von *ein paar* Pächtern so nahe ging. Außerdem liegt Bitra weit von meiner eigenen Provinz entfernt. Allerdings teilte ich seine Ansicht, dass man nicht zulassen dürfe, dass sich Fäden unkontrolliert in den Boden des Nordkontinents eingraben. Deshalb hielt ich es für meine Pflicht, dem Wahrheitsgehalt dieser Anschuldigungen auf den Grund zu gehen.

Was ich dann mit meinen eigenen Augen sah und mit meinen eigenen Ohren hörte, hat mich überzeugt. Besonders aufschlussreich waren die Verhöre der Wachposten. Wir als verantwortungsbewusste Burgherren und Anführer einer Gemeinde dürfen es nicht dazu kommen lassen, dass ein derart unerträglicher Zustand zur Selbstverständlichkeit wird. Die Situation könnte leicht aus dem Ruder laufen, und dann breiten sich solche infamen Übergriffe auf Pächter auch anderenorts aus. Was Chalkin anrichtet, nagt an den Wurzeln unseres Gesellschaftssystems, schwächt die Verfassung und untergräbt die Prinzipien, auf denen unsere gesamte soziale Ordnung fußt. Das ist längst kein internes Problem irgendeiner unbedeutenden Kolonie mehr. Sie als ehrenhafter Burgherr müssen sich einfach mit der Lage in Bitra beschäftigen. Erst dann dürfen Sie sich ein Urteil erlauben. Fassen Sie sich ein Herz und gehen Sie nach Benden, um sich dort aus erster Hand Informationen einzuholen.«

»Mein Urteil steht bereits unverrückbar fest, bar jeden Zweifels«, erklärte Jamson. »Die Verfassung besagt eindeutig, dass ein Burgherr innerhalb seiner Provinz autonom ist. Was er anstellt, ist seine Sache und geht niemanden etwas an. Ich würde es auch keinem erlauben, sich in meine Amtsführung einzumischen. Deshalb schlage ich vor, dass Sie sich schleunigst wieder auf den Weg machen.«

Er läutete mit einer Glocke, und als sein ältester Sohn die Tür öffnete, sagte er: »Die Herren möchten gehen. Begleite sie hinaus.«

Bridgely holte tief Luft, doch ein heftiger Rippenstoß von Azury trieb ihm den Atem aus der Lunge, sodass er sich widerstandslos von seinen Begleitern aus dem Zimmer bugsieren ließ.

»Egal, was Sie sagen, er hört Ihnen doch nicht zu«, meinte Azury und klopfte Bridgely wie um Vergebung heischend auf den Rücken.

»Ich fürchte, Lord Azury hat Recht«, meinte M'shall.

»Kamen Sie wegen Bitra hierher?«, erkundigte sich der Sohn und lehnte sich mit dem Rücken gegen die massive Tür, um sicher zu gehen, dass sie geschlossen war. »Ich bin Gallian, der älteste Sohn und stellvertretende Verwalter.«

»Sie wissen Bescheid?«

»Hmm, ja. Die Tür war nur angelehnt, und ich konnte mithören, was gesprochen wurde.« Gallian schien es nicht im mindesten peinlich zu sein, dass er gelauscht hatte. »Im Übrigen sieht mein Vater es gern, wenn einer von uns bei wichtigen Besuchern in der Nähe ist. Sein Gedächtnis lässt ihn manchmal im Stich, und er bringt Sachen durcheinander.«

»Besteht die Chance, dass Sie Ihren Vater umstimmen?«

»Dürfte ich vielleicht mal diese Skizzen sehen, von denen immer die Rede war?« Er streckte die Hand aus.

»Aber sicher.« Bridgely reichte ihm den Block.

»Schrecklich«, sagte Gallian nach einer Weile und schüttelte den Kopf. Ein paar Bilder nahm er besonders genau in Augenschein. »Sind die Zeichnungen akkurat?«, wollte er wissen.

»Ja, ich konnte mich selbst davon überzeugen, als ich die Flüchtlinge in Benden sah, Ihr Zustand ist noch genauso Grauen erregend wie auf den Bildern«, antwortete Azury.

Die Glocke bimmelte. Gallian drückte Azury den Block in die Hand.

»Ich werde zusehen, was sich machen lässt. Und ich helfe Ihnen nicht nur, weil ich schon seit langem weiß, was für ein gemeiner Kerl dieser Chalkin ist. Finden Sie selbst hinaus?«

»Natürlich.«

»Was könnte der Junge denn bewirken?«, spekulierte M'shall, als sie die Treppe zum vorderen Portal hinuntereilten und hinaustraten in die erbarmungslose Kälte.

»Man weiß nie, inwieweit ein kluger Kopf jemanden zu manipulieren versteht«, gab Azury zurück. »Verdammt noch mal, hier ist es ja eisiger als im *Dazwischen*. Bringen Sie mich so rasch wie möglich in mein warmes Klima zurück.«

»Wäre es zu viel verlangt, wenn wir Sie bitten, einen kurzen Zwischenstopp in Burg Fort einzulegen?«, fragte Bridgely und musste grinsen, weil Azurys Zähne heftig klapperten.

»Nein. Ich glaube, es ist einfach notwendig, wenn wir Chalkin das Handwerk legen wollen.«

M'shall nickte zustimmen. Dann schwang er sich auf Craigaths Rücken und half den beiden anderen Männern beim Aufsitzen.

In Burg Fort herrschten zwar keine tropischen Temperaturen, doch verglichen mit der klirrenden Kälte im Hochland war es angenehm warm. Paulin empfing die Männer mit ausgesuchter Herzlichkeit und bestand darauf, dass sie einen heißen, aromatisch duftenden Gewürzwein tranken, derweil sie ihm ihre Abenteuer schilderten.

»Ich kann mir nicht vorstellen, dass Jamson seine Meinung ändern wird, besonders jetzt nicht, da er sich offenbar bedrängt fühlt«, kommentierte Paulin, als er und seine Gäste sich an das prasselnde Kaminfeuer in seinem Arbeitszimmer setzten. »Jamson galt schon immer als Querkopf.«

»Dann rechnen Sie also nicht damit, dass sein Sohn ihn beeinflussen kann?«, entgegnete Bridgely. Er fühlte sich niedergeschlagen, weil sie mit ihrer Hartnäckigkeit Jamsons Widerspruchsgeist nur noch mehr provoziert hatten.

»Gallian macht auf mich einen sehr tüchtigen Eindruck«, wog er ab, »aber die Wahrheit ist, dass Jamson langsam senil wird und seine Schrullen pflegt. Gallian hat längst die meisten Verwaltungsaufgaben übernommen.«

»Tatsächlich?«, staunte Bridgely. Obwohl er sich über Jamsons Unnachgiebigkeit ärgerte, schien seine Burg sehr gut geführt zu sein, und der Lord genoss allgemein einen ausgezeichneten Ruf.

»Ja, so ist das nun mal. Jetzt verrate ich Ihnen etwas im Vertrauen, meine Freunde. Vor ungefähr einem Jahr kamen Gallian und seine Mutter zu mir. Sie erzählten, Jamson litte unter Gedächtnisverlust und würde mitunter sogar widersprüchliche Befehle erteilen.«

»Aber falls es zu einem Amtsenthebungsverfahren käme, müsste Jamson doch persönlich anwesend sein, oder?«

Nachdenklich rieb sich Paulin das Kinn.

»Und wir dürfen nicht mehr lange zögern«, fügte Bridgely hinzu. »Wir können nicht warten, bis Gallian seinem Vater einflüstert, er solle gegen Chalkin stimmen.«

»Ein paar Wochen bleiben uns noch ... nun, da wir die Flüchtlinge aus Chalkins Machtbereich entfernt haben«, erwiderte Paulin.

Bridgely öffnete den Mund und klappte ihn wieder zu. Ihm schien es angeraten, seine Gedanken für sich zu behalten, denn Paulin brütete offenbar eigene Pläne aus, die er nicht durchkreuzen wollte.

»Ich möchte mir gern die Bilder anschauen, die Iantine klugerweise gezeichnet hat«, bat der Burgherr, und Azury reichte ihm den Block. Eingehend prüfte Paulin die Beweisstücke. »Der junge Mann besitzt ein beachtliches Talent. Ich staune, mit wie wenigen Strichen er so viel auszudrücken versteht. Man spürt förmlich die Kälte, die Verzweiflung und die bittere Resignation dieser armen Menschen. Dabei fällt mir ein, dass Issony erzählte, Chalkin habe darauf bestanden, dass die Verfassung im Schulunterricht nicht erwähnt werden dürfe.«

»Das ist ja ungeheuerlich!«, rief Azury und blickte von seinem Becher mit dem heißen, gewürzten Wein hoch.

»Es erklärt jedenfalls, wieso die meisten seiner Pächter keinen blassen Schimmer haben, dass so etwas wie ein Gesetz überhaupt existiert«, erklärte M'shall mit gepresster Stimme. »Ganz zu schweigen von der Tatsache, dass jeder Mensch auf Pern, und sei er noch so arm und von seinem Feudalherrn abhängig, einen Anspruch auf gewisse Grundrechte hat.«

»Clissers neues Unterrichtsprogramm schafft in diesem Punkt Abhilfe«, beschied ihm Paulin und stand auf, um die Becher aus der Karaffe nachzufüllen, die zum Warmhalten neben dem Kamin stand. »Sowie die Kinder singen lernen, erfahren sie, was eine Verfassung ist.«

»Das ist ja großartig«, staunte Bridgely

»Angesichts der Tatsache, dass ein Vorbeizug des Roten Sterns erwartet wird, war es unabdingbar, Lehrinhalte zu überdenken und neu zu definieren«, fuhr Paulin fort. »Das Auswendiglernen von Texten sollte bei Kindern so früh wie möglich beginnen, und Liederverse eignen sich hierzu besonders gut. Wir dürfen vor allem nicht vergessen, dass uns keine mechanischen Hilfsmittel wie Computer mehr zur Verfügung stehen und wir uns immer mehr auf unser Gedächtnis stützen müssen.«

Iantine malte gerade Zulaya, als K'vin ihm seinen Skizzenblock zurückbrachte.

»M'shall hat den Block bei mir abgegeben, und ich soll Ihnen ausrichten, dass die Bilder eine enorme Hilfe waren«, erklärte der Weyrführer, doch sein Augenmerk richtete sich auf Zulaya, die für ihr Porträt posierte.

Sie saß auf der Kante von Meranaths steinerner Liege; der schlummernde Drache ruhte in anmutiger Haltung auf seiner Lagerstatt, wobei der edle Kopf der Reiterin zugewandt war. Sehr zu K'vins Freude trug seine Weyrgefährtin das prachtvolle Gewand aus rotem Brokat, die Falten elegant drapiert, sodass das aufwendige Muster voll zur Geltung kam.

Zulaya trug ihr Haar zu einer kunstvollen Frisur geflochten, die von Kämmen gehalten wurde, die er ihr anlässlich der Feier zum Ende des letzten Planetenumlaufs geschenkt hatte. Jedes Mal, wenn sie ihr stolzes Haupt bewegte, funkelten und glitzerten die schwarzen Diamanten. So wie jetzt, als sie sich zu K'vin umdrehte und ihm etwas sagen wollte.

»Halten Sie still … bitte!«, rief Iantine, das letzte Wort betonend, wie wenn er es leid sei, diese Aufforderung ständig zu wiederholen. Zulaya hielt den Mund und nahm ihre Pose wieder ein.

K'vin stellte sich ein Stück entfernt hinter Iantine auf und schaute ihm bei der Arbeit zu. Mit zarten Pinselstrichen vervollkommnete er Zulayas Antlitz. K'vin fand, das Gesicht sei bereits perfekt, doch erst als jedes Detail Iantines Ansprüchen genügte, begann der Künstler, Glanzlichter in Zulayas wundervollem Haar zu verteilen.

Der junge Porträtist hatte das Wesen seiner Weyrgefährtin trefflich eingefangen; ihre Züge wirkten gebieterisch, doch die leicht nach oben gezogenen Mundwinkel verrieten einen Sinn für Humor. K'vin wusste, dass Zulaya es amüsant fand, sich porträtieren zu lassen, und unentwegt zog sie ihn damit auf, welche Bekleidung er tragen sollte, wenn er sich denn von Iantine verewigen ließe.

K'vin war außerdem bekannt, dass der Künstler von sämtlichen Reitern Miniaturen anzufertigen gedachte. Ein ehrgeiziges Projekt, wenn man berücksichtigte, dass zur Zeit sechshundert Drachenreiter den Weyr bewohnten. Einerseits freute sich K'vin über die zu erwartende einzigartige Galerie, gleichzeitig fürchtete er sich vor dem Augenblick, wenn die Bilder nur noch Erinnerungen an im Kampf gefallene Reiter darstellten.

»Würde es deinen Schmerz verringern, wenn es keine Porträts von den Leuten gäbe?«, hatte Zulaya ihn neulich gefragt, als sie von ihm wissen wollte, was ihn so bedrückte. »Leider besitzen wir nichts, was uns an die ersten Bewohner des Weyrs erinnern könnte. Es ist wirklich schade, denn Andenken irgendwelcher Art verleihen dem Leben Kontinuität.«

K'vin hatte eingesehen, dass sie Recht hatte und versucht, sich eine positivere Einstellung anzueignen.

»Wir wissen zwar nicht, wer nächstes Jahr um diese Zeit hier leben wird«, fuhr Zulaya fort, »aber diejenigen, die hier gearbeitet und gewirkt haben, werden wir nicht vergessen.«

»Wie lange muss ich noch stillsitzen, Iantine?«, nörgelte Zulaya. Ihre Hand, die auf ihrem Schenkel ruhte, zuckte. »Mein linker Fuß und die linke Hand sind schon wie abgestorben.«

Iantine stieß einen übertriebenen Seufzer aus, legte die Palette nieder und säuberte den feinen Pinsel, mit dem er dem Bild den letzten Schliff gab. »Entschuldigen Sie, Zulaya. Von Rechts wegen hätten wir schon längst eine Pause einlegen müssen. Doch das Licht ist nahezu ideal, und ich konnte einfach nicht aufhören.«

»Hilf mir beim Aufstehen, K'vin.« Zulaya streckte die Hand nach ihm aus. »Normalerweise sitze ich nie so lange an einem Fleck.«

K'vin half ihr nur zu gern, und ihre Bewegungen waren so steif, dass sie bei den ersten Schritten schwankte. Doch dann erlangte sie ihre Geschmeidigkeit zurück und begab sich mit der ihr eigenen Anmut zur Staffelei.

»Meine Güte, Sie haben heute ja eine Menge geschafft. Sagen Sie, schiele ich auf dem Bild?«

Iantine lachte. »Nein, treten Sie ein bisschen zur Seite. Und nun kommen Sie wieder zurück. Was ist, scheint der Blick Sie zu verfolgen?«

Zulaya schüttelte sich und riss erstaunt die Augen auf. »Tatsächlich. Womit haben Sie diesen Trick bewirkt? Ich muss schon sagen, es gefällt mir gar nicht, wenn ich mich von meinem eigenen Bildnis beobachtet fühle.«

K'vin schmunzelte. »Dich wird es bald nicht mehr stören, aber wenn dein Porträt in der Unteren Kaverne hängt, fühlen sich die etwas phlegmatischeren Leute vielleicht bemüßigt, sich bei der Arbeit zu sputen.«

»Offen gestanden mag ich das genauso wenig, wie wenn jemand mich mit lüsternen Blicken verschlingen würde«, monierte sie. Sie wandte sich dem Tisch zu, der mit Iantines Malwerkzeug fast vollständig bedeckt war. »Ich ließ erst kürzlich Klah bringen«, sagte sie mit vorwurfsvollem Blick auf den Künstler. »Er müsste noch heiß sein.« Sie schraubte den Deckel der Kanne auf, und heißer Dampf quoll heraus. »Glück gehabt. Soll ich für uns alle einschenken?« Ohne eine Antwort abzuwarten goss sie das Klah in drei bereitstehende Becher.

»Jetzt sollte ich wohl lieber gehen«, meinte Iantine, die beiden Weyrführer ins Auge fassend.

»Nein, bleiben Sie«, widersprach Zulaya.

»Ich wollte Ihnen die Skizzen persönlich überbringen, damit sie nicht etwa irgendwo vergessen werden«, erklärte K'vin und setzte sich auf einen Stuhl.

»Haben sie denn ihren Zweck erfüllt?«, fragte Zulaya, während sie Zucker in die Becher löffelte und K'vin sein Getränk reichte. »Kommen Sie, nehmen Sie Platz, Iantine. Sie müssen noch erschöpfter sein als ich. Schließlich habe ich die ganze Zeit über gesessen, während Sie vor der Staffelei standen.«

Iantine lächelte die Weyrherrin viel zu vertraut an, fand K'vin mit einem Anflug von Eifersucht. Nur wenige Weyrbewohner fühlen sich in Zulayas Gegenwart völlig unbefangen, mit Ausnahme von Tisha, die jeden behandelte wie ein unmündiges Kind oder Leopol, der von Respekt grundsätzlich nicht viel hielt.

»M'shall ist tief enttäuscht. Trotz der offenkundigen Beweise fehlt immer noch eine Stimme, um Chalkin von seinem Amt abzusetzen. Jamson stellt sich quer.«

»Jamson ist nicht immer ganz zurechnungsfähig«, erwiderte Zulaya. »Das weiß ich von Mari aus dem Hochland-Weyr. Und sein Geisteszustand verschlimmert sich zusehends. Thea übernimmt viele seiner Aufgaben, und sein ältester Sohn ...«

»Gallian ist in meinem Alter«, fiel K'vin ihr ins Wort. »Könnte er nicht die Initiative ergreifen?«

»Er hat kein Stimmrecht, solange Jamson nicht von seinem Posten als Burgherr zurücktritt. So steht es jedenfalls in der Verfassung.« Sie bedachte K'vin mit einem halb belustigten, halb ernsten Lächeln. »Das habe ich erst neulich dazugelernt. Ich war dabei, als T'lan die Charta vorlas. Das meiste davon hatte ich schon ganz vergessen. Hast du dich in letzter Zeit damit beschäftigt?«

»Das habe ich, in der Tat«, bekräftigte K'vin. »So demokratisch, wie wir immer glaubten, ist sie gar nicht. Ein Burgherr verfügt über mehr Autonomie als ...«

»Dem Missbrauch von Autonomie ist Tür und Tor geöffnet«, warf Iantine ein. »Ich habe mir eine Kopie der Verfassung ausgeborgt, die derzeit in den Weyrn herumgereicht wird.«

»Egal, wie weit Chalkin seine Privilegien als Burgherr ausdehnt, er kann nicht leugnen, dass er seinen Pächtern jedes verbriefte Grundrecht streitig gemacht hat. Zum Beispiel hat er sie enteignet, ohne sich auf den Beschluss einer Pächterversammlung zu stützen. Dann durfte er sie nicht einfach bei diesen Wetterbedingungen im Freien festhalten lassen. Schließlich gab es weder eine Verschwörung noch Meuterei, sodass er drastische Maßnahmen hätte ergreifen dürfen. Die Pächter hatten ihm nicht einmal eine Liste mit ihren Beschwerden eingereicht.«

»Sie hatten ja keine Ahnung, dass sie sich beschweren dürfen«, ergänzte Iantine mit grimmiger Miene. »Ich erklärte einigen von ihnen, was man unter Meuterei versteht, und alle beteuerten, dass sie nichts dergleichen im Sinn hatten.«

»Und Jamson will partout nicht nachgeben?«, vergewisserte sich Zulaya.

K'vin schüttelte den Kopf.

»Will er denn nicht mal herkommen und selbst mit den Flüchtlingen sprechen?«

»Er beruft sich darauf, dass es niemandem zusteht, sich in die Befugnisse eines anderen Burgherrn einzumischen«, erwiderte K'vin.

Iantine gab einen knurrenden Laut von sich. »Vermutlich hält er nicht mal die Skizzen für echt.«

K'vin nickte. »Er zweifelt in der Tat an deren Authentizität. Und er war auch dann noch skeptisch, als Azury ihm erklärte, Sie hätten die entsetzlichsten Verletzungen sogar abgemildert.«

»Ganz zu schweigen von den Gräueln, die man den schwangeren Frauen angetan hat«, versetzte Zulaya mit wütend funkelnden Augen.

»Wie geht es ihnen eigentlich?«, erkundigte sich K'vin.

»Eine hat zu früh entbunden, aber das Baby und sie werden überleben. Die anderen … nun ja, Tisha tut für sie, was sie kann … wichtig ist, dass sie sich ihren Schmerz von der Seele reden und nicht in Depressionen verfallen.«

»Die Frauen können gegen ihre Peiniger aussagen«, meinte Iantine.

»Sie haben bereits geschildert, was man ihnen angetan hat«, entgegnete Zulaya. »Die Vergewaltiger befinden sich in unserem Gewahrsam. Sowie sich die Frauen imstande fühlen, öffentlich gegen die Wachposten auszusagen, halten wir hier eine Gerichtsverhandlung ab. M'shall wird die Mörder, die bei ihm unter Arrest stehen, in Benden aburteilen.«

»Dann gibt es zwei unterschiedliche Prozesse?«

»Ja. Einmal wegen Vergewaltigung und einmal wegen Mordes. Nicht gerade unsere übliche Beschäftigung für die Wintermonate, wie?«, fügte Zulaya zynisch hinzu.

»Steht Burg Telgar auf unserer Seite?«, erkundigte

sich K'vin, denn die Burg, zu dem der Weyr gehörte, musste bei einer Gerichtsverhandlung vertreten sein. Er hatte sich gewundert, wie detailliert die korrekte Vorgehensweise in der Verfassung beschrieben war. Das meiste des Textes hatte er längst vergessen gehabt, und erst in Anbetracht der jüngsten Vorfälle bekam er Gelegenheit, sein Wissen aufzufrischen.

In diesem speziellen Fall urteilten sie über Männer, die eigentlich der Jurisprudenz von Burg Bitra unterstanden, zumal die Verbrechen, die man ihnen zur Last legte, in der dazu gehörigen Provinz begangen wurden. Kurzerhand äußerte K'vin seine Bedenken. »Sind wir überhaupt berechtigt, ein Urteil über diese Wachposten zu sprechen? Immerhin sind sie Bitraner.«

»Und ob wir uns im Recht befinden«, betonte Zulaya. »Die Gesetze gelten überall, und wenn die Situation es erfordert, darf an jedem beliebigen Ort ein Prozess stattfinden. Da die Opfer der Verbrechen zur Zeit in diesem Weyr wohnen und auch die Angeklagten bei uns festgehalten werden, steht es uns von Rechts wegen zu, hier über sie zu richten. Allerdings sollten wir für alle Fälle Vertreter der anderen Burgen und Weyr einladen, die bezeugen können, dass der Gerechtigkeit Genüge getan wird.«

»Wie können wir es bewerkstelligen, dass auch Jamson hierher kommt?«, fragte K'vin maliziös.

Zulaya lächelte. »Es wäre gut, wenn er der Verhandlung beiwohnen würde. Vielleicht ändert er dann seine Meinung über die Befugnisse eines Burgherrn.«

»Und was machen wir mit Chalkin?«, fragte Iantine mit gespannter Miene.

K'vin grinste. »Wir werden uns etwas einfallen lassen. Seine Anwesenheit allein könnte schon genügen, um selbst Zweifler wie Jamson umzustimmen.«

»Das muss nicht unbedingt sein«, hielt Zulaya ihm entgegen. »Er ist viel zu gerissen, um sich in die Missetaten seiner Subalternen verwickeln zu lassen. Wenn er hört, worüber hier verhandelt werden soll, wird er sich hüten, in Erscheinung zu treten.«

»Man darf ihm keinesfalls verraten, zu welchem Zweck wir ihn einladen«, warnte K'vin.

»Das nützt gar nichts«, widersprach Iantine. »Er hat überall seine Spitzel. Man staunt nur, was er alles in Erfahrung bringt.«

»Dann bleibt das, worüber gerade geredet wurde, streng unter uns«, schlug Zulaya vor. »Kein Wort zu irgendjemandem. Habe ich Recht, Iantine?«

»Absolut«, erwiderte er mit Nachdruck.

KAPITEL 11

# Die Gerichtsverhandlungen in den Weyrn von Telgar und Benden

Als es dann soweit war, tobte ein Schneesturm über dem östlichen Teil des Gebirges, zu dem auch Bitra gehörte. Die Orkanböen brausten so heftig, dass nicht mal ein Drache hindurchfliegen konnte. Zum Glück blieb Benden von dem Blizzard verschont, sodass Vertreter eines jeden Weyrs und jeder Burg an den Gerichtsverhandlungen teilnehmen konnten – mit Ausnahme von Lord Jamson aus dem Hochland, der an einer Lungenentzündung litt. Er ließ sich von Gallian vertreten, der begleitet wurde von seiner Mutter, Lady Thea.

Die Burgherrin war verärgert, weil ihr Gemahl zu krank war, um selbst anwesend zu sein. »Es hätte diesem Dickkopf gut getan zu erfahren, wie Chalkin mit seinen Untergebenen verfährt. Gewiss, er hätte immer noch gefaselt, dass eine Autonomie nicht angetastet werden dürfe, aber schwangere Frauen zu vergewaltigen, ist für ihn der Gipfel der Abscheulichkeit.« Thea bedachte Zulaya mit einem bedeutungsvollen Nicken. Sie selbst hatte Lord Jamson vierzehn Kinder geboren, genug, um die Grenzen seines Besitztums auszudehnen, sowie die Sprösslinge in den Genuss des ihnen zustehenden Landes kamen.

Die erste Verhandlung, die in der Unteren Kaverne des Benden-Weyrs stattfand, verlief in sachlichen, wohlgeordneten Bahnen. Früher hatte es ausgebildete Gesetzeshüter auf Pern gegeben, doch die Nachfrage nach solchen Personen schwand. Die meisten Zwistigkeiten wurden durch Verhandlungen beigelegt oder, wenn alles Diskutieren nichts fruchtete, durch einen Zweikampf Mann gegen Mann entschieden. Also musste man einen Fürsprecher für die angeklagten Wachen finden. Einer der Lehrer aus Burg Fort, der sich auf Verträge und Landübereignungen spezialisiert hatte, willigte zögernd ein, als Rechtsbeistand zu fungieren.

Gardner war nicht begeistert gewesen, als Anwalt für Frauenschänder aufzutreten, doch er sah ein, dass das Prozedere eine Verteidigung verlangte und gab sein Bestes. Er befragte die betroffenen Frauen, ob sie auch absolut sicher seien, dass hier tatsächlich ihre Peiniger vor Gericht stünden, und versuchte, ihre Aussagen zu erschüttern.

Doch die drei Frauen waren nicht länger die eingeschüchterten, halb verhungerten Elendskreaturen, die sich nicht zu wehren vermochten. Der Aufenthalt im Weyr hatte Wunder bewirkt und ihnen ihren Mut und ihre Selbstachtung zurückgegeben. Sie traten selbstsicher auf, ohne Hemmungen. Gardner unterstellte ihnen gar, sie hätten ihre Aussagen auswendig gelernt und geprobt.

»Wie könnte ich je vergessen, was man mir angetan hat?«, verkündete die älteste der Frauen mit vernehmlicher Stimme. »Wenn ich in Gedanken diese abscheuliche Szene immer wieder durchgehe. Jede Nacht erlebe ich im Geist aufs Neue, wie diese schmutzigen Bestien mich zu Boden werfen und … und … mich aufs Brutalste missbrauchen.«

Daraufhin ließ Gardner den Vorwurf fallen, sie hätten ihre Einlassungen vorher einstudiert.

Am Ende bewirkte er für die Angeklagten ein kleines Zugeständnis, indem man ihnen zusicherte, sie zu der Burg zurückzubefördern, der sie laut Vertrag angehörte, sodass sie nicht zu Fuß nach Bitra marschieren mussten.

»Sie werden sich wundern, welchem Empfang man ihnen dort bereitet«, murmelte Zulaya. »Für Verlierer hat Chalkin nichts übrig, und diese Kerle haben mehr verwirkt als ihr vertraglich zugesichertes Bleiberecht.«

»Ich bin gespannt, welche Beschwerden Chalkin in seinem nächsten offiziellen Brief vorbringt«, sagte Irene und verzog das Gesicht.

Paulin hatte von dem Burgherrn ein dickes Schreiben erhalten, als dieser von den Prozessen gegen seine Grenzwächter erfuhr. Er hatte sich bitterlich beklagt, anarchistische Drachenreiter würden sich wiederholt in die inneren Angelegenheiten seines Hoheitsgebiets einmischen und hätten bereits Hunderte von treuen Pächtern über die Grenze entführt.

»Wenn er es wagt zu protestieren … warum musste es auch so heftig schneien?«, lamentierte Paulin. »Ich hätte ihn zu gern hier gehabt und sein Gesicht gesehen, als die Wachen aussagten, sie hätten lediglich die Befehle ihres Herrn befolgt, die da lauteten, die Pächter an der Grenze festzuhalten. M'shall hätte ihn in den Zeugenstand gerufen und ihn dort in Stücke gerissen.«

M'shall hatte die Rolle des Anklägers übernommen, da seine Reiter als erste am Schauplatz eingetroffen waren. Er übte sein Amt mit peinlicher Genauigkeit aus.

»Er hat die Verfassung und die Bücher über Rechtskunde, die Clisser ihm geschickt hat, gründlich studiert«, erzählte Irene Zulaya. »In gewisser Weise hat es ihm sogar gut getan. Er wurde von dem abgelenkt, was uns demnächst noch bevorsteht, wenn die ersten Fäden auf Pern abregnen.«

Zulaya nickte verstehend. »Er wäre ein guter Gesetzeshüter geworden … oder wie nannte man diese Leute damals?«

»Anwälte, glaube ich. Oder Strafverteidiger, je nachdem, welche Aufgaben sie übernahmen.«

»Gardner hat sich auch große Mühe gegeben«, bemerkte Zulaya. »Ich verzeihe ihm sogar, dass er um Erbarmen für diese brutalen Kerle bat. Schließlich ist es seine Pflicht, für seine Klienten das mildeste Urteil herauszuschinden«, fügte sie tolerant hinzu. »Ich bin froh, dass Iantine der Verhandlung als Zeichner beiwohnt. Schade, dass er nicht in demselben Tempo arbeitet, um mein Porträt zu beenden.«

»Die Arbeit an Ihrem Porträt ist wohl kaum dasselbe wie seine Tätigkeit als Gerichtszeichner«, hielt Irene ihr entgegen. »Und wenn er mit seiner Malerei hier fertig ist, kann er gleich darauf nach Benden kommen.«

Zulaya hörte den Stolz aus Irenes Stimme heraus, wenn sie über Iantine sprach. Immerhin gehörte er der Provinz Benden an.

»Aber zuerst muss er noch Miniaturen von allen unseren Reitern anfertigen.«

Irene lächelte resigniert. »Über diese Galerie werdet ihr noch froh sein. Ob er sich genauso für den Benden-Weyr ins Zeug legen würde?«

»Wenn er die Zeit dazu findet, ganz bestimmt. Der junge Mann erhält mehr Aufträge, als er bewältigen kann.«

»Hauptsache, er wird fertig, ehe … Ach, die Geschworenen kommen zurück!«

Die zwölf Männer und Frauen, die durch das Los bestimmt worden waren, hatten der gesamten Verhandlung beigewohnt. Tashvi, Bridgely und Franco waren als Richter bestellt. Nun senkte sich eine gespannte Stille über den Raum.

Die drei Vergewaltiger wurden für schuldig befunden und drei weitere Männer wegen Beihilfe verurteilt, da sie die Opfer festgehalten hatten. Die Vergewaltigung einer schwangeren Frau wurde mit Kastration bestraft, und die Urteile sollten unverzüglich vollstreckt werden. Die drei Mittäter erhielten jeweils vierzig Peitschenhiebe, ausgeführt von den kräftigen Sachwaltern der Burg.

»Sie haben Glück, dass noch keine Fäden fallen«, meinte Zulaya. »Denn dann hätte man sie während eines Regens im Freien anbinden können.«

Unwillkürlich erschauerte Thea. »Vielleicht ist das der Grund, weshalb in den Gerichtsakten von früher kaum von Vergewaltigung die Rede ist.«

»Wundern würde es mich nicht«, erwiderte K'vin und schlug die Beine übereinander. Zulaya war seine abwehrende Haltung aufgefallen, und um ihre Lippen zuckte es. Er wandte sich von ihr ab. Zulaya hätte am liebsten laut gejubelt, als die Urteile verkündet wurden.

»Das könnt ihr mir nicht antun!«, brüllte einer der verurteilten Wachposten, als ihm die Tragweite der Bestrafung dämmerte. Er war der Anführer der Männer gewesen, die die östliche Grenze bewachten. Den anderen Verurteilten hatte es vor Schreck offensichtlich die Sprache verschlagen, nur ihre Münder öffneten sich zu einem stummen Protest. Morinst hingegen übertönte mit seinem Gekreisch jede andere Stimme in der Kaverne. »Ich unterstehe nicht Ihrer Gerichtsbarkeit«, beschuldigte er die Burgherren, die das Richteramt bekleideten. »Sie dürfen mich nicht bestrafen!«

»Und Sie hätten keine schwangere Frau vergewaltigen dürfen!«

»Mein Burgherr, Lord Chalkin, ist ja nicht mal zugegen!« Der Mann versuchte, sich dem Zugriff seiner Wärter zu entziehen.

»Lord Chalkins Anwesenheit hätte den Verlauf dieses Prozesses nicht im mindesten beeinflusst«, entgegnete Tashvi gelassen.

»Aber er hätte hier sein müssen!«, empörte sich Morinst.

»Wir hatten ihn zu der Verhandlung eingeladen«, beschied ihm Tashvi.

»Er muss wissen, was hier vor sich geht. Ohne seine Zustimmung dürfen Sie mir kein Haar krümmen. Ich stehe bei ihm unter Vertrag.«

»Steht in dem Vertrag, dass Sie vergewaltigen, foltern und wehrlose Menschen quälen sollen?«, erkundigte sich Bridgely mit trügerischer Ruhe.

Morinst kniff die Lippen zusammen. Er sträubte sich nach Leibeskräften, als die Gerichtsdiener ihn zum Ausgang schleiften, seiner Bestrafung entgegen. Er konnte weder seiner Strafe entgehen noch aus dem Weyr flüchten. Die beiden anderen Verurteilten waren wie benommen und wehrten sich nicht, als man sie schleunigst zur Krankenstation bugsierte, wo die Kastration vorgenommen werden sollte. Die drei Kerle, die man zu Peitschenhieben verdonnert hatte, wurden nach draußen gebracht, doch nur wenige Zuschauer gingen hinterher, um sich das Schauspiel der körperlichen Züchtigung anzusehen.

Nach der Auspeitschung schleppte man die Männer an einen Ort, wo man ihre Wunden behandelte, und die Betrachter trudelten wieder in der Kaverne ein. Obwohl man ein solches Gerichtsverfahren nicht zum Anlass einer Feier nehmen konnte, es sei denn, man triumphierte, weil die Gerechtigkeit obsiegt hatte, waren die Tafeln für ein opulentes Mahl gedeckt. Vor dem Essen servierte man Wein.

»Du hast deine Sache sehr gut gemacht, M'shall«, lobte Irene ihren Weyrgefährten, als er sich zu ihnen gesellte, einen mit Wein gefüllten Schlauch über der Schulter. »Schenk mir bitte ein Glas ein. Obwohl du eine Stärkung sicher dringender nötig hast als ich. Ich finde es schön, dass Bridgely so freigebig den Wein austeilt«, fügte sie zu Zulaya gewandt hinzu.

»Mir scheint, wir alle können jetzt einen guten Schluck vertragen«, erwiderte die Weyrherrin und warf einen Blick auf die drei Klägerinnen, die ihren Sieg augenscheinlich genossen. Sie hatten den Triumph verdient, fand Zulaya. »Und was geschieht jetzt?«

»Nun, als Nächstes steht das zweite Verfahren an. Hoffentlich läuft alles genauso glatt«, antwortete M'shall.

»Nein, ich meinte, was mit den drei Frauen geschehen soll.«

»Ach so. Sie haben sich alle drei dafür ausgesprochen, in ihre Wohnstätten zurückzugehen. Sie wollen nicht, dass Chalkin sie für sich beansprucht, weil sie von ihren Besitzern verlassen wurden.« Er schnitt eine Grimasse. »Wer weiß, ob die Häuser überhaupt noch stehen. Chalkins Schläger haben viele Besitzungen niedergebrannt und die noch stehenden Mauern eingerissen. Vielleicht hat der Schneesturm sie davon abgehalten, noch mehr Schaden anzurichten. Aber ...« – nun grinste er – »diese Frauen beweisen Mut, das muss man ihnen lassen. Jetzt kennen sie ihre Rechte und pochen darauf. So leicht lassen sie sich nicht mehr ins Bockshorn jagen. Sie haben sogar darum gebeten, dass man sie in die Bodenmannschaften zur Bekämpfung der Fäden aufnimmt. Auf jeden Fall möchten sie in der Fädenbekämpfung ausgebildet werden.«

»Manchmal muss man erst etwas verlieren«, meinte Thea, »und sei es nur für eine ganz kurze Zeit, um schätzen zu lernen, was man besaß. Im Übrigen kann das Hochland bestimmt dazu beisteuern, dass den armen Menschen ein neuer Anfang ermöglicht wird.« Sie blickte sich in der Gruppe um, in der sie saßen. »Weiß man schon, wie viele Leute betroffen sind?«

»Ja«, erwiderte Zulaya. »Dreihundertzweiundvierzig – nein, dreihundertdreiundvierzig, wenn man das zu früh geborene Baby mitrechnet. Vielen Dank, dass Sie helfen wollen, Thea,«

Thea schnaubte: »Ich habe die Verfassung auch noch einmal durchgelesen und kenne meine Pflichten gegenüber meinen Mitmenschen. Ist Ihnen zufällig bekannt, wie viele Einwohner es in Bitra gibt?«

Die Antwort darauf wusste M'shall. »Angeblich sind es 24 657 Bürger, aber möglicherweise hat Chalkin bei der letzten Volkszählung gemogelt.«

»Na so was«, staunte Zulaya.

»Bitra gehört zu den kleineren Gemeinden und besitzt keine nennenswerte Industrie – außer der Forstwirtschaft. Die Erzminen fördern lediglich für den Eigenbedarf. Dann gibt es noch ein paar Webereien, aber keinesfalls in dem Ausmaß, wie zum Beispiel in Keroon oder Benden.«

»Nicht zu vergessen das Glücksspiel«, wandte Thea verächtlich ein.

»Gewiss. Das ist Chalkins Haupteinnahmequelle.«

»Nun, das letzte Spiel hat er jedenfalls verloren«, steuerte Zulaya trocken bei.

»Sei dir da nicht zu sicher«, warnte K'vin.

Verglichen mit der ersten Gerichtsverhandlung wirkte der zweite Prozess beinahe ernüchternd. Abermals vertrat Gardner die sieben Angeklagten, denen man vorwarf, fünf unschuldige Männer und Frauen misshandelt und getötet zu haben.

Während Gardner seine Verteidigung darauf aufbaute, die Männer hätten lediglich Befehle befolgt, die da lauteten, jedweden Einwohner Bitras unter allen Umständen daran zu hindern, die Provinz zu verlassen, verwies die Anklagevertretung auf das verfassungsmäßig verbriefte Recht, sich auf ganz Pern frei bewegen zu dürfen.

Folglich hätten die Grenzposten niemals Menschen foltern und zu Tode bringen dürfen, nur weil diese ihren Anspruch auf Freizügigkeit durchsetzen wollten. Keinesfalls stand es Chalkin zu, jemanden ohne ordentliche Gerichtsverhandlung quasi exekutieren zu lassen.

Die Geschworenen zogen sich zurück und gelangten nach nur halbstündiger Beratung zu einem einstimmigen Urteil. Sie erkannten auf schuldig. Die Verurteilten sollten mit Drachen auf eine der südlichen Inseln verbracht werden, ausgerüstet mit Nahrungsvorräten für sieben Tage. Dies war die Strafe für Mord.

»Befinden sich auf diesem Archipel viele Menschen?«, erkundigte sich Thea. »Wenn ich mich recht entsinne, hatte man schon früher Sträflinge dorthin abgeschoben. Selbst ganze Familien, aber diese Vorfälle liegen lange zurück.«

Zulaya zuckte die Achseln. »Telgar hat noch niemanden in die Verbannung geschickt. Andernfalls wüsste ich es.«

»In Benden hat es derlei auch noch nie gegeben«, ergänzte Irene. »Jedenfalls nicht, solange wir dort Anführer sind.«

»Mein Vater ließ zwei Männer zu den Südinseln abschieben«, erklärte Paulin. »Und ich glaube, sowohl Ista als auch Nerat schicken Mörder in dieses Gebiet.«

»Chalkin machte ebenfalls von dieser Möglichkeit der Bestrafung Gebrauch«, erzählte Gallian zur allgemeinen Überraschung. »Vor ungefähr vier Jahren. Ich weiß nicht mehr genau, wo ich das aufschnappte. In seiner Burg gab es schwerwiegende Probleme, und den Transport übernahm Ista, weil die Männer ursprünglich von dort stammten.«

»Ach ja, jetzt erinnere ich mich«, pflichtete Irene ihm bei. »M'shall erwähnte damals, er sei froh, dass er nicht die Expedierung zu übernehmen brauchte.«

»Vielleicht sollten wir alle von Chalkins Männern in den Archipel befördern«, schlug Zulaya vor.

»Nein, wir halten uns streng an die Gesetze«, widersprach Irene. »Er soll sehen, dass man ein Gemeinwesen auch ohne Willkürmaßnahmen führen kann. Womöglich bringt ihn das zur Einsicht.«

»Das kann ich mir kaum vorstellen«, spottete Zulaya.

Es dauerte nicht lange, und Chalkin schickte eine neue hitzige Protestnote an Paulin. Darin kündigte er an, er werde beim nächsten Konklave, das zum Ende des Planetenumlaufs angesetzt war, Schadensersatz verlangen, weil man, mutwillig einem archaischen Ritus folgend, brave Männer verstümmelt hatte, die lediglich ihre Pflicht taten.

Dieses Mal indessen nahm ein älterer grüner Reiter die Nachricht mit, als er sah, dass Bitra die Signalfahne gehisst hatte. F'tol kümmerte das Lamento herzlich wenig, und weder Chalkins Drohungen noch Beschimpfungen machten Eindruck auf ihn. Mit stoischer Ruhe nahm er das Schreiben in Empfang und lieferte es ordnungsgemäß ab.

Man erfuhr nicht, ob Chalkin Bescheid wusste, dass die Flüchtlinge in ihre Heimstätten zurückgekehrt waren. F'tol hegte den Verdacht, dass der Burgherr von Bitra diesbezüglich nicht informiert war, andernfalls hätte er den Vorfall sicherlich in seinen Schmähungen gegen die Drachenreiter zur Sprache gebracht.

Sowohl der Telgar- als auch der Benden-Weyr unternahmen täglich Kontrollflüge zu den Behausungen der heimgekehrten Flüchtlinge, um sicherzustellen, dass es ihnen an nichts fehlte und sie keinen neuen Schikanen ausgesetzt waren. Allerdings lag der Schnee in Bitra so hoch, dass Reisen über Land unmöglich waren und Chalkins Handlanger nicht viel unternehmen konnten.

Die Schneestürme, die sich über Bitra ausgetobt hatten, zogen weiter ostwärts und wüteten nun in Benden. Die Kältewelle breitete sich bis in die nördlichsten Territorien von Nerat aus, in denen es seit fast zweihundert Jahren nicht mehr geschneit hatte.

Die Drachen waren die einzigen Geschöpfe, denen der bittere Winter nichts ausmachte, denn ihre robuste Haut schirmte sie sogar gegen die extreme Kälte im *Dazwischen* ab. Sie genossen die Schneeballschlachten, die die Weyrbewohner aus lauter Übermut veranstalteten, und wenn die Sonne von der weißen Landschaft reflektiert wurde, aalten sie sich in der Wärme.

Obwohl der Telgar-Weyr im Norden lag, bekam diese Gegend nur wenig Schnee ab. Die jungen Drachen waren fasziniert von diesem weißen Zeug und es bereitete ihnen großes Vergnügen, die Eisschicht, die den See überkrustete, zu zerbrechen, ehe sie ihr Bad nehmen konnten. Für Menschen wurde die Situation gefährlich, und T'dam wies die Weyrlinge an, die Drachen zuerst auf dem Trockenen einzuseifen und sie dann allein ins kalte Wasser abtauchen zu lassen. Trotzdem bereitete das tägliche Bad manchen Reitern Probleme.

»Ich habe schon wieder Frostbeulen«, beklagte sich Debera bei Iantine und zeigte ihm ihre geschwollenen Finger, als er einmal mitkam, um sie und Morath bei der Pflege zu beobachten.

Der kleine grüne Drache war sein Lieblingsmodell, denn er besaß eine ausdrucksstarke Mimik und einen ungemein geschmeidigen Körper. Als er Debera dies als Grund angab, weshalb er Morath ständig skizzierte, glaubte sie ihm aufs Wort. Sie selbst war viel zu vernarrt in ihren Schützling, um eine unparteiische Meinung zu vertreten. Und ihr kam gar nicht in den Sinn sich zu fragen, wieso auch sie auf jedem Bild zu sehen war, das Iantine von dem Drachen zeichnete. Dieser Umstand fiel indessen den anderen Reitern auf.

»Lass dir was von Tishas Salbe geben. Mir hat sie sehr geholfen«, riet Iantine ihr.

»Ach, von diesem Zeug habe ich mehr als genug.«

»Aber es nützt dir nichts, wenn du sie nicht aufträgst.«

»Du hast ja Recht«, seufzte sie und senkte den Kopf.

»Heh, ich wollte dich nicht kritisieren«, stellte er richtig und hob mit Daumen und Zeigefinger ihr Kinn. »Hab ich dich jetzt gekränkt?«

»O nein«, erwiderte sie rasch, schob seine Hand zur Seite und lächelte gekünstelt. »Manchmal benehme ich mich komisch. Achte einfach nicht darauf.«

»Du benimmst dich gar nicht komisch«, widersprach er so hitzig, dass sie erschrocken zu ihm hochblickte. »Und jetzt mach damit weiter, Morath einzureiben ...« Er schlug ein neues Blatt Papier auf und zückte den Bleistift. »Na los doch!«

»Iantine ist in dich verliebt, Debera«, sagte Grasella, ihre Kameradin lauernd ins Auge fassend.

»Iantine? Er ist nur verliebt in seine Kunst. Er würde

seinen dicken Zeh zeichnen, wenn er kein anderes Modell hätte«, entgegnete Debera. »Außerdem geht er demnächst nach Benden zurück.«

»Wirst du ihn vermissen?«, fragte Jule mit listiger Miene.

»Ob ich ihn vermissen werde?«, wiederholte Debera verdutzt.

*Mir wird er fehlen,* mischte sich Morath in so bekümmertem Tonfall ein, dass sich ihr die anderen Jungdrachen mit traurig kreisenden Augen zuwandten.

»Was hat Morath gesagt?«, wollte Jule wissen. »Die Drachen sind ja ganz aufgeregt.«

»Dass Iantine ihr fehlen wird. Aber, aber, meine Liebe«, versuchte sie Morath zu trösten, indem sie ihren Kopf und den Schädelkamm streichelte. »Vergiss nicht, dass Iantine nicht aus einem Weyr stammt. Er kann nicht ewig hier bleiben.«

»Ich schätze, nichts wäre ihm lieber, als endgültig bei uns heimisch zu werden«, meinte Sarra keck.

»Dich hat keiner gefragt«, fuhr Angie ihr über den Mund.

»Hat er je irgendetwas getan … ich meine, außer dich zu malen, Deb?«, fragte Jule mit glitzernden Augen.

»Nein, natürlich nicht. Wieso sollte er?«, entgegnete Debera verärgert. Das war der Nachteil, wenn man in einem gemeinsamen Schlafsaal untergebracht war. Die anderen Weyrlinge konnten schrecklich vorwitzig sein, aber niemals waren sie gehässig oder gemein, so wie ihre Stiefmutter und ihre Stiefschwestern. Debera hingegen kümmerte es nicht, wenn ihre Weyrkameradinnen erst spät nachts das Quartier aufsuchten. Sie wollte gar nicht wissen, wo oder bei wem sie gewesen waren.

»Ich geb's auf, sie ist nicht zu retten«, seufzte Jule und rang in gespielter Verzweiflung die Hände. »Der attraktivste ledige Mann im ganzen Weyr macht ihr den Hof, und sie merkt es nicht einmal.«

»Sie hat nur Augen für Morath«, mischte sich Sarra

ein. »Nicht, dass wir anderen weniger vernarrt wären in unsere Drachen.«

»Die meisten von uns ...« – Jule legte eine bedeutungsschwere Pause ein, –»wissen, dass Drachen zwar ein äußerst wichtiger Bestandteil unseres Lebens sind, aber da gibt es auch noch andere Dinge. Selbst der alte T'dam hat eine Weyrgefährtin.«

»Aber wir haben doch noch keine eigenen Weyr«, korrigierte Mesla sie, die zum ersten Mal an dem Gespräch teilnahm. Das Mädchen neigte dazu, alles immer wortwörtlich zu nehmen. »Man kann doch hier mit niemandem intim werden, ohne dass alle gaffen.«

Debera spürte, wie sie rot wurde. Ihre Wangen glühten.

»Das hat *dich* nie daran gehindert, dich mit jemand Bestimmtem hier zu vergnügen«, warf Sarra Jule vor und legten den Kopf schräg.

Jule lächele geheimnisvoll. »Ich weiß aus zuverlässiger Quelle, nämlich von dem einzigen Jungreiter, der auch in einem Weyr geboren wurde, dass private Wünsche die Partnerwahl eines Drachen beeinflussen können.«

»Aber sie steigen doch frühestens in acht oder vierzehn Monaten zu ihrem ersten Paarungsflug auf«, gab Angie zu bedenken, obwohl Jules Bemerkung sie offensichtlich beeindruckte. »Angenommen, Jule, dein Drache lässt sich von einem Partner befliegen, dessen Reiter du nicht ausstehen kannst.«

»Spielst du etwa auf O'ney an?«, fragte Jule grinsend, sehr zu Angies Missbehagen.

Doch Angie überwand ihre Verlegenheit und gab zurück: »Er ist unmöglich, selbst für einen Bronzereiter. Habt ihr mal zugehört, wenn er damit prahlt, dass sein Geschwader jeden Wettkampf gewinnt? Als ob das alles wäre!«

»Vielleicht ist es das Einzige, was ihn interessiert«, überlegte Grasella. »Aber ich mache mir eher Gedanken über die blauen Reiter. Einige von ihnen sind sehr nett, und ich würde nur ungern ihre Gefühle verletzen, doch im Allgemeinen stehen sie nicht auf Frauen.«

»Ach!« Lässig zuckte Jule die Achseln. »Das ist doch kein Problem. Man spricht mit einem anderen Reiter ab, er soll sich bereithalten, wenn dein grüner Drache brünstig wird. Dann bekommt der blaue Reiter seinen männlichen Gefährten, sofern er einen hat, und du hast bereits dafür gesorgt, dass du nicht leer ausgehst. Auf diese Weise kommen alle auf ihre Kosten.«

Die Mädchen nahmen diese Information mit einer Mischung aus Begeisterung und Abscheu auf.

»Na ja, jeder muss selbst wissen, was er tut«, fuhr Jule fort. »Im Übrigen sind wir in Punkto Partnerwahl nicht auf diesen Weyr beschränkt. Oh!« Sie blies sehnsüchtig den Atem aus. »Ich kann es kaum abwarten, bis wir endlich nach Herzenslust auf unseren Drachen herumfliegen dürfen.«

»Ich dachte, du hättest dich mit T'red zusammengetan«, sagte Mesla verblüfft.

»Ich bin auch mit ihm liiert, aber das heißt nicht, dass ich nicht in einem anderen Weyr nach einem Partner suche, der vielleicht besser zu mir passt. Die Grünen sind nämlich sehr triebhaft veranlagt, wisst ihr.«

»Die Frage ist, ob uns überhaupt die Zeit bleibt, uns in fremden Weyrn umzusehen.« Sarra drohte Jule mit dem Zeigefinger. »In vier, fünf Monaten setzt der Fädenfall ein, und dann heißt es für uns malochen, wenn wir Säcke mit Feuerstein zu den Kämpfern transportieren.« Ihre Augen glänzten voller Vorfreude auf dieses Abenteuer, und erregt schlang sie die Arme um sich. »Das ist doch viel spannender, als sich mit einem einzigen Partner zu begnügen und Kinder in die Welt zu setzen.«

Debera wandte ihr Gesicht ab. Sie hatte keine Lust, an dieser albernen Diskussion teilzunehmen.

*Etwas bedrückt dich,* sagte Morath zu ihr und senkte

behutsam ihren Kopf auf Deberas Schoß. *Ich liebe dich. Ich finde, du bist ein wundervoller Mensch. Iantine empfindet dasselbe wie ich.*

Debera erschrak. *Wirklich?*

*Und ob!*, bestätigte Morath nachdrücklich. *Er mag deine grünen Augen, deinen Gang und den komischen Kiekser in deiner Stimme. Wie machst du das eigentlich?*

Debera fasste sich an die Kehle; plötzlich kam sie sich töricht vor. *Kannst du auch mit ihm sprechen? Oder hörst du nur, was er denkt?*

*Seine Gedanken klingen sehr laut. Besonders, wenn er in deiner Nähe ist. Aus der Ferne höre ich ihn nicht so deutlich. Er denkt sehr oft an dich.*

»Deb'ra!?«, unterbrach Sarras durchdringendes Organ dieses höchst interessante Gespräch.

»Was ist? Ich habe mich gerade mit Morath unterhalten. Hast du etwas gesagt?«

»Schon gut.« Sarra grinste breit. »Sind deine Kleider für die Feiern zum Ende des Planetenumlaufs schon fertig?«

»Ich habe nur noch eine Anprobe«, erwiderte Debera, obwohl ihr dieses Thema peinlich war. Sie hatte Tisha erklärt, das hübsche grüne Kleid würde ihr vollauf genügen, mehr Garderobe brauche sie nicht. Doch Tisha war nicht darauf eingegangen und hatte darauf bestanden, dass sie sich Stoff für zwei weitere Gewänder aussuchte, eines für abends und eines für den Tag.

Anscheinend ließ sich jeder im Weyr zum Ende des Planetenumlaufs neue Sachen schneidern. Trotz ihres Sträubens freute sich Debera, weil sie nun Kleider bekam, die vor ihr noch nie jemand getragen hatte. Insgeheim hoffte sie, sie würde in ihrer schicken Ausstattung Iantine gefallen.

»Da wir gerade von Weyrn sprechen ...«, begann Mesla.

»Das liegt doch schon eine halbe Stunde zurück, Mesla«, protestierte Angie. »Was gibt's da noch zu sagen?«

»Die älteren Drachen werden sich vermutlich durchsetzen, wenn es um die Wahl eines Partners geht, oder?«

»Keine Sorge«, warf die vorlaute Jule ein. »Wenn wir so weit sind, gibt es sicher genug Burschen, die keine Partnerin mehr haben.« Sie schlug sich mit der Hand auf den Mund, als ihr aufging, was sie gerade angedeutet hatte. »So war das nicht gemeint. Daran hatte ich wirklich nicht gedacht. Eigentlich wollte ich sagen …«

»Halt den Mund, Jule«, schnitt Sarra ihr ruppig das Wort ab.

Eine geraume Zeit lang herrschte eine beklemmende Stille, und die Mädchen vermieden es, einander anzusehen.

»Wer hat die Heilsalbe zur Hand?«, durchbrach Grasella als Erste das Schweigen, das unerträglich zu werden drohte. »Meine Finger fangen schon wieder an zu jucken. Keiner hat mir gesagt, dass man Frostbeulen kriegt, wenn man einen Drachen pflegt.«

Angie fand den Topf unter ihrer Felldecke und reichte ihn weiter.

»Du zuerst«, bestimmte Debera und gab Grasella das Taubkraut.

An diesem Abend wurde in der Unterkunft nicht mehr gescherzt und gelacht.

»Ich hatte nicht viel Zeit«, erklärte Jemmy Clisser in unverbindlichem Ton, als dieser ihn nach den Fortschritten der jüngsten Geschichtsballaden fragte. »Musste mich mit diesem Gesetzeskram befassen. Warum gebt ihr euch mit den schurkischen Grenzposten überhaupt so viel Mühe? Ladet sie doch einfach auf irgendwelchen Inseln ab, und damit hat es sich. Die Verhandlungen waren vollkommen überflüssig, eine Farce.«

»Keiner der Prozesse war eine Farce, Jemmy«, widersprach Clisser so hitzig, dass Jemmy überrascht hochblickte. »Im Gegenteil, sie waren notwendig um zu beweisen, dass *wir* nicht willkürlich handeln.«

»Im Gegensatz zu Chalkin, wie?« Jemmy grinste, und sein unregelmäßiges Gebiss in dem langen, schmalen Gesicht wirkte noch wölfischer als sonst.

»Genau.«

»Ich finde, ihr verschwendet nur eure Zeit mit ihm.« Jemmy widmete sich wieder seiner Lektüre.

»Was lesen Sie da?«

»Das weiß ich noch nicht. Ich suche bestimmte Textstellen, weil ich mir sicher bin, dass es eine Möglichkeit gibt, die Position des Roten Sterns zu bestimmen. Und zwar ist diese Methode extrem simpel. Leider kann ich mich nicht mehr erinnern, worum es sich dabei handelt, aber ich weiß genau, dass es in irgendeinem Bericht erwähnt ist ...«

Gereizt schob er das Buch von sich weg. »Es wäre einfacher, wenn die Leute, die die alten Schriften kopieren, eine ordentliche Handschrift hätten. Es kostet zu viel Zeit und Mühe, diese Klauen zu entziffern.« Jählings fasste er über den unaufgeräumten Schreibtisch und hielt Clisser ein absonderliches Gerät unter die Nase. »Das ist Ihr neuer Computer.« Schmunzelnd betrachtete er Clisser, der den Gegenstand misstrauisch beäugte – auf zehn schmale Stangen aufgereihte bunte Perlen, in zwei ungleich große Partien geteilt.

»Was ist das?« Clisser griff danach und merkte, dass die Perlen an den Stangen entlangrutschten.

»Früher nannte man das einen Abakus. Es ist eine Rechenmaschine. Altmodisch, aber sehr genau.« Jemmy nahm ihm den Abakus ab und führte dessen Handhabung vor. »Dieser Apparat soll die elektronischen Rechner ersetzen. Die meisten funktionieren ja schon lange nicht mehr. Ach, ich habe da noch etwas Interessantes entdeckt.« Aus seinen Papieren fischte er ein Instrument, das aus einem Lineal mit einem zentralen Gleitstück bestand, wobei beide Teile mit logarithmischen Skalen markiert waren. »Mit diesem so genannten Rechenschieber lassen sich komplizierte mathematische

Berechnungen anstellen. Es geht beinahe so schnell wie mit einem digitalen Rechner.«

Clissers Blick wanderte zwischen diesen beiden Geräten hin und her. »So sieht also ein Rechenschieber aus. Ich habe mal irgendwo gelesen, dass die Menschen früher dieses Instrument benutzten, aber ich hätte nie gedacht, dass auch wir eines Tages auf derlei antiquierte Techniken zurückgreifen müssten. Gute Arbeit, Jemmy, Sie haben wirklich Hervorragendes geleistet, als Sie diese alten Methoden zu neuem Leben erweckten.«

»Wie man seinerzeit die Bahn des Roten Sterns berechnete, finde ich auch noch heraus, sowie Sie mich mit meinen Studien allein lassen und mir nicht noch mehr dringende Forschungsaufgaben zumuten.«

»Ich hoffe nur«, entgegnete Clisser so diplomatisch wie möglich, »dass ich zur Wintersonnenwende und am Ende des Planetenumlaufs mit ein paar greifbaren Resultaten aufwarten kann.«

Jemmy richtete sich kerzengerade auf, legte den Kopf schräg und starrte Clisser versonnen an. Clisser wagte kaum zu atmen, aus Angst, er könnte Jemmy aus seiner Konzentration reißen.

»Verflixt noch mal!« Jemmy sank wieder auf seinem Stuhl zusammen und trommelte frustriert mit den Fäusten auf die Tischplatte. »Es hatte mit der *Sonnenwende* zu tun.«

»Nun, wenn wir schon in die Zeiten des Rechenschiebers und Abakus zurückfallen, warum nicht auch gleich eine Sonnenuhr einrichten?«, schlug Clisser spaßeshalber vor.

Abermals drückte Jemmy das Kreuz durch. »Keine Sonnenuhr«, sagte er gedehnt, »sondern eine kosmische Uhr ... die den Lauf der Gestirne anzeigt ... wie Stone ... Stone ... wie hieß das doch noch gleich?«

»Stonehenge?«

»Was war das?«

»Eine vorgeschichtliche Steinsetzung auf dem Planeten Erde. Sallisha kann Ihnen mehr darüber erzählen, Sie müssen sie nur fragen«, antwortete Clisser behutsam und wurde mit einem rüden Abwinken belohnt. »Es handelt sich um einen erstaunlich präzisen Kalender, an dem man unter anderem Sonnenfinsternisse und andere kosmische Ereignisse ablesen konnte.«

Clisser unterbrach sich und glotzte Jemmy an, dessen Kinnlade heruntergeklappt war, als könne er nicht fassen, was er da hörte.

»Stonehenge war ein Steinkreis auf einer weitläufigen Ebene …«, stotterte Clisser und zeigte mit den Händen Dolmen und Decksteine an. Etwas in seinen Bart brummelnd, stand er auf und trat an die Bücherregale, um den besagten Text zu suchen. »Wir haben den Bericht kopiert. Jedenfalls hätten wir ihn kopieren *müssen* …«

»Nicht unbedingt, da Sie ja Wert auf historische Fakten mit aktuellem Bezug legten«, widersprach Jemmy ihm. »Aber jetzt entsinne ich mich, von Stonehenge gelesen zu haben. Es kommt darauf an, dass wir die Idee für unsere Zwecke abändern. Will heißen, wir müssen eine Methode finden, wie man den Roten Stern bei der Konjunktion, auf die es uns ankommt, entdeckt und kontinuierlich beobachtet.«

In dem Wust von Papieren auf seinem Tisch klaubte er nach einem sauberen Blatt und einem Bleistift. Die ersten drei Stifte, die er in die Finger bekam, waren entweder abgebrochen oder zu winzigen Stummeln verbraucht. »Da ist noch etwas, das wir neu erfinden müssen – den Füllfederhalter.«

»Füllfederhalter?«, wiederholte Clisser. »Was ist das?«

»Gleich morgen fange ich damit an. Ich hätte da schon eine Idee, aber …« Jemmy bleckte die Zähne, als er Clissers Verwirrung bemerkte. »Gegen Ende des Planetenumlaufs habe ich das Problem gelöst … vielleicht sogar einen Prototyp hergestellt. Und jetzt lassen Sie mich allein … Auf der Stelle!«

Clisser verließ den Raum, schloß leise die Tür hinter sich und blieb einen Moment lang stehen.

»Ich glaube, ich bin gerade aus meinem eigenen Büro hinausgeworfen worden«, sinnierte er und starrte die Türfüllung an. Sein Name stand immer noch darauf. »Hmm.« Dann befestigte er das Schild mit der Aufschrift »Bitte nicht stören« an der Klinke und machte sich auf den Weg, die Ballade von den Pflichten pfeifend.

Er wollte Sallisha abfangen, ehe sie die Stiege zu seinem Büro hinaufkletterte. Darüber würde sie sich freuen. Vielleicht …

Hurtig eilte er die Treppe hinunter und prallte beinahe mit ihr zusammen.

»Ich komme nicht zu spät«, sagte sie streitlustig, ihr dickes Notizbuch unter den Arm geklemmt.

»Ich habe doch gar nichts gesagt«, lenkte er ein. »Lassen Sie uns ins Lehrerzimmer gehen, da sitzt man gemütlicher.«

»Was ich Ihnen mitzuteilen habe, ist nicht für alle Ohren bestimmt«, versetzte sie gallig. Sie mochte eine seiner fähigsten Lehrkräfte sein, auch wenn es hieß, die Kinder büffelten wie verrückt für ihren Unterricht, nur um schnellstmöglich ihren Kursen zu entrinnen – doch ihre Einstellung ihm und seinem Reformprogramm gegenüber konnte man nur als feindselig bezeichnen.

Clisser setzte sein freundlichstes Lächeln auf. »Der Raum ist zur Zeit vollkommen leer, und während der nächsten beiden Stunden sind wir dort ungestört.«

Sie zog die Nase hoch, doch als er ihr mit einer galanten Geste den Vortritt ließ, marschierte sie indigniert in den Aufenthaltsraum für den Lehrkörper. Wie Morinst, als er sich abführen ließ, um … Clisser erschauerte und folgte ihr eilig nach.

Im Herd prasselte ein munteres Feuer, die Kanne mit dem Klah stand auf der Warmhalteplatte, und ausnahmsweise waren sämtliche Trinkbecher sauber gespült. Er fragte sich, ob Bethany sich darum gekümmert hatte. Selbst die Dose mit dem Süßstoff war frisch aufgefüllt. Doch, es musste Bethany gewesen sein, die für Ordnung sorgte und ihm das bevorstehende Gespräch erleichterte.

An die Außenseite der Tür hängte er ebenfalls ein Schild mit der Aufschrift »Bitte nicht stören«, und von innen legte er einen Riegel vor. Sallisha pflanzte sich prompt auf den unbequemsten Stuhl – offenbar sah sie sich gern in der Rolle der Märtyrerin. Ihr Notizbuch hielt sie mit beiden Händen an die Brust gepresst, als handele es sich um ein kostbares Artefakt.

»Die griechische Geschichte können Sie nicht vom Lehrplan streichen«, fiel sie kampfeslustig mit der Tür ins Haus. Auf diese Diskussion hatte sie sich zweifelsohne gründlich vorbereitet. »Nur auf dieser Basis kann man unsere heutige Regierungsform verstehen. Außerdem brauchen wir ...«

»Sallisha, natürlich kann man die griechische Kultur in Umrissen in den Lehrplan einbeziehen, aber den Stoff sollte man nicht über Gebühr vertiefen«, setzte er sich zur Wehr.

»Nur ein entsprechendes Grundlagenwissen ermöglicht es uns, das heutige Verfassungssystem ...«

»Wenn ein Schüler sich für diese Epoche interessiert, erhält er die Gelegenheit zu privaten Studien«, schnitt er ihr kurzerhand das Wort ab. »Ich sehe nur keinen Sinn darin, Bergbauern und Viehzüchtern etwas beizubringen, das für ihr praktisches Leben nicht die geringste Bedeutung hat.«

»Mit dieser Aussage qualifizieren Sie diese Menschen ab.«

»Nein, ich möchte ihnen nur ersparen, dass sie sich mit frühgeschichtlichen Dingen beschäftigen, wenn es für sie sinnvoller wäre, die Geschichte Perns, ihres Heimatplaneten, zu kennen.«

»Von einer Geschichte Perns kann gar keine Rede sein. Dazu ist diese Welt noch viel zu jung.«

»Es gibt bereits genug Wissenswertes über Pern. Und mit jedem Tag, der vergeht, wächst die Geschichte dieses Planeten. Mir kommt es darauf an, dass die Perneser verstehen, woher sie kommen und was die ersten Siedler geleistet haben. Die Geschichte Perns ist angefüllt mit Beispielen von Mut, Erfindungsreichtum und Opferbereitschaft, indem Menschen gegen Widrigkeiten der Natur, auf die sie nicht vorbereitet sein konnten, ankämpften und überlebten. Man muss den Leuten nur in der richtigen Art und Weise klarmachen, was bis jetzt auf dieser Welt alles geschehen ist.«

»Soll das heißen, ich hätte in meinem Unterricht geschludert?«

»Nein, Sallisha, das Gegenteil ist der Fall. Und deshalb brauche ich Ihre Unterstützung, um den neuen, veränderten Lehrplan durchzusetzen. Ihre Schüler glänzen bei den Abschlussexamina mit den besten Noten – kein anderer Lehrer kann solche Erfolge vorweisen wie Sie. Und zu Ihren Schülern zählen auch die Kinder von Bergbauern und Viehzüchtern. Aber das, was sie bei Ihnen lernten, können sie hinterher nicht praktisch anwenden. Das Leben auf Pern ist schwierig genug … ganz zu schweigen von der kosmischen Katastrophe, die uns periodisch heimsucht. Lassen Sie uns den Pernesern vermitteln, dass sie stolz sein können auf ihre Vorfahren … und damit meine ich die ersten Kolonisten, nicht die verstörten, aggressiven Erdenbewohner, mit denen die Auswanderer verständlicherweise nichts mehr zu tun haben wollten.« Sie klappte den Mund auf, um etwas zu sagen, doch Clisser ließ sie nicht zu Wort kommen. »Außerdem haben die jüngsten Prozesse in Benden und Telgar gezeigt«, fuhr er unerschütterlich fort, »wie sehr wir aktuelle Belange vernachlässigt haben. Man stelle sich vor, dass Bewohner dieses Planeten ihre Verfassung nicht kennen!«

»In *meinem* Unterricht …«

»Gewiss, *Sie* haben Ihre Schüler sicherlich über ihre

verbrieften Rechte aufgeklärt, aber wir müssen dafür sorgen, dass *jeder* Perneser weiß, was ihm an Land zusteht, welche Befugnisse ein Burgherr hat und wann dieser eventuell seine Grenzen überschreitet, damit Vorfälle wie in Bitra in Zukunft ausgeschlossen sind.«

»Kein anderer Burgherr ist so bösartig wie er.« Angewidert verzog sie den Mund. »Und glauben Sie ja nicht, ich würde zum Unterrichten nach Bitra gehen, jetzt, da Issony diesem Nest den Rücken gekehrt hat!« Zur Betonung wackelte sie ihren Zeigefinger vor seiner Nase hin und her.

»Sallish, Sie sind viel zu wertvoll, als dass ich Sie nach Bitra schicken würde. Anderenorts können Sie wesentlich mehr bewirken als dort«, entgegnete er diplomatisch. Ihm war von vornherein klar, dass Sallisha mit ihrer unflexiblen, kompromisslosen Art in Chalkins Einflussbereich nicht gut ankommen würde. »Aber ich habe mich gewundert, wie wenige Leute sich mit der Verfassung auskennen. Das ist nicht richtig. Obwohl die Bitraner vermutlich viel zu eingeschüchtert waren, um sich gegen Lord Chalkin aufzulehnen, selbst wenn sie gewusst hätten, dass sie ihm nicht zu gehorchen brauchten. Es ist nicht zu fassen, aber kaum jemand von den Zuschauern, die an den Gerichtsverhandlungen teilnahmen, war über seine Grundrechte im Bilde. Jeder auf Pern hat die Freiheit, sich seinen Wohnsitz selbst auszusuchen, darf Versammlungen anberaumen und kann gegen überhöhte Tributzahlungen Protest einlegen.«

»Wieso haben die anderen Burgherren Chalkin nicht einfach davongejagt?«, fragte sie, wobei ihre Angriffslust ein neues Ziel gefunden hatte. »Es liegt doch klar auf der Hand, dass er unfähig ist, ein Gemeinwesen zu leiten, vor allen Dingen, wo ein Fädenfall bevorsteht. Ich begreife nicht, wie man diesen Schurken noch auf seinem Posten belassen kann.«

»Sallisha, man braucht einen einstimmigen Beschluss, um einen Burgherrn abzusetzen«, klärte er sie auf.

Einen Augenblick lang sah sie ihn verdutzt an. Dann errötete sie vor Verlegenheit. »Wer sperrt sich dagegen?«

»Jamson.«

Gereizt schnalzte sie mit der Zunge. »Das Hochland ist ebenfalls ein Ort, an den ich mich niemals versetzen lassen würde. Die Kälte wäre reines Gift für meine Gelenke.«

»Das weiß ich, Sallisha, deshalb hatte ich schon überlegt, ob Ihnen für das kommende Jahr eine Stelle im Süden von Nerat Recht wäre.«

»Wie groß wäre mein Aktionsradius?« Ihrem Tonfall entnahm er, dass sie nicht abgeneigt war.

»Sie müssten in sechs größeren Burgen und fünf kleineren Ansiedlungen unterrichten, doch die Entfernungen sind gering. Selbstverständlich reisen Sie nur an fädenfreien Tagen. Ausgezeichnete Unterbringung und ein lunkrativer Vertrag sind zugesichert. Gardner hat sich selbst davon überzeugt, dass Sie keine Unbequemlichkeiten in Kauf nehmen müssten.« Er fasste in seine Rocktasche und zog ein Dokument heraus. »Ich dachte mir, Sie würden sich den Vertrag gern ansehen.«

»Wollten Sie mich damit milde stimmen?«, versetzte sie mit einem beinahe koketten Lächeln, während sie die Hand nach dem Schriftstück ausstreckte.

»Sie sind meine beste Lehrkraft, Sallisha«, betonte er und überließ ihr den Vertrag.

»Trotzdem werde ich nicht dulden, dass Sie den Lehrplan bezüglich Prä-Perneser Geschichte drastisch kürzen, Clisser.«

»Damit hatte ich auch nicht gerechnet. Aber wir können nicht zulassen, dass Sie sich in den Ebenen von Keroon einer ernsthaften Gefahr aussetzen.«

»Ich hatte doch versprochen, ich käme zurück.«

»Die Leute haben sicher Verständnis dafür …«

»Einige meiner Schüler sind hoch intelligent.«

»Wo auch immer Sie unterrichten werden, Sallisha, Sie entdecken überall hoch begabte Leute. Sie besitzen halt die Gabe, das Beste aus einem Schüler herauszuholen.« Mit diesen Worten überreichte er ihr ein dickes Bündel Papiere, den neuen Unterrichtsplan. »Studieren Sie das überarbeitete Lehrprogramm, Sallisha. Wer weiß, vielleicht dient es dazu, noch mehr Intelligenzpotenzial zu fördern.«

Sie starrte auf den Stapel Blätter, als sähe sie eine Tunnelschlange vor sich.

Kapitel 12

# Burg Hochland und Burg Fort

Paulin saß mit Thea und Gallian in dem gemütlich warmen Sonnenzimmer der Burg Hochland, in dem die Burgherrin am liebsten ihre Gäste empfing. »Besteht eine Möglichkeit, ihn umzustimmen?«, fragte er gespannt.

Thea zuckte die Achseln. »Nicht durch Argumentieren, so viel steht fest. Er war wütend, weil in den beiden Prozessen einem Burgherrn die Macht abgesprochen wurde, mit seinen Untertanen nach Belieben zu verfahren. Die Urteile hielt er allerdings für gerecht.«

»›Man hätte diese Verbrecher samt und sonders auf die Inseln verbannen sollen, denn wenn sie hier bleiben, stiften sie nur weiterhin Unheil‹«, ahmte Gallian die asthmatische Stimme seines Vaters nach. »Ich wünschte, er hätte mir die Vollmacht erteilt, ihn in *sämtlichen* offiziellen Angelegenheiten zu vertreten.« Hilflos hob der junge Mann beide Hände. »Mein Vater ist sehr krank …«

»Moment mal. Er ist *wirklich* krank«, unterbrach Paulin ihn. »Und das hiesige Klima ist seinem Zustand sicher nicht sehr zuträglich.«

Theas Augen weiteten sich. Sie ahnte, worauf ihr Gast hinauswollte.

»Wenn man ihn zur Erholung nach Ista oder Nerat schickte, müsste er Gallian bevollmächtigen …«, begann sie.

»Genau!«

»Angenommen, er bekommt heraus, wie ich gestimmt habe, obwohl er mir seine Ansichten bezüglich einer

Amtsenthebung klar und deutlich mitgeteilt hat ...«, gab Gallian zu bedenken. »Dann könnte er mich aus der Erbfolge ausschließen.«

»Das halte ich für sehr unwahrscheinlich, Gallian. Du weißt ja, welch geringe Meinung er von deinen jüngeren Brüdern hat.« Zuversichtlich legte Thea eine Hand auf die Schulter ihres Sohnes. »Du kannst dich gegen deinen Vater behaupten. Du warst schon immer sehr geschickt, was Menschenführung betrifft. Und deine Vettern ...« Resigniert schüttelte sie den Kopf, und ihre Miene verfinsterte sich. »Im Übrigen mache ich mir wegen des Gesundheitszustands deines Vaters ernsthaft Sorgen. Die ständigen Infektionen der Atemwege schwächen ihn zusehends. Ich fürchte, wenn die Ärzte nicht bald ein Heilmittel finden, wird er uns schon bald verlassen.« Sie seufzte. »Er war mir ein guter Ehegemahl.«

»Könnten Sie Ihren Arzt dazu bringen, dass er eine Kur in einem wärmeren Klima empfiehlt?«, fragte Paulin mitfühlend.

»Andauernd liegt er uns mit einem Ortswechsel in den Ohren«, erwiderte Thea und kniff die Lippen zusammen. »Ich werde noch einmal mit ihm sprechen. Irgendwie müssen wir es schaffen, meinen Mann zu einem Kuraufenthalt zu überreden. Es wäre für ihn das Beste, und für die armen Bitraner auch. Ich könnte es nicht mit meinem Gewissen vereinbaren, in dieser Angelegenheit nicht Partei zu ergreifen.«

Gallian blickte unsicher drein.

»Keine Sorge, Gallian«, beruhigte Paulin ihn. »Bei mir finden Sie immer Halt und Stütze. Solange ich Vorsitzender der Ratsversammlung bin, habe ich für Ihre Probleme stets ein offenes Ohr. Das Konklave braucht sich nicht unbedingt an die Wünsche eines verstorbenen Burgherrn zu halten, wenn es um dessen Amtsnachfolge geht. Aber es ist wichtig, dass wir Chalkin *sofort* die Stirn bieten. Wir dürfen nicht einmal mehr das Ende des Planetenumlaufs abwarten, es wäre viel zu gefährlich. Wir haben Chalkins Pächter gerettet, ein ordentliches Gericht hat Recht gesprochen, und darüber ist Chalkin sehr aufgebracht.« Paulin setzte ein bitteres Lächeln auf. »Wir dürfen es nicht zulassen, dass er sich dafür an seinen Untertanen rächt, andernfalls hätten wir mit unserem Eingreifen rein gar nichts bewirkt. Sobald der Schnee abtaut, kann er sich in seiner Provinz über Land frei bewegen. Und es steht zu befürchten, dass er seine Wut über die öffentliche Schmach an unschuldigen Menschen auslässt.«

Thea erschauerte, und ihr fülliger Körper bebte unter den wattierten Gewändern. »Mit dieser Schuld kann ich nicht leben, egal, was Jamson dazu sagt.« Sie stand auf. »Jamson hat eine unruhige Nacht hinter sich. Ich werde gleich mit ihm reden, ehe es ihm wieder besser geht und er nichts von einer Kurmaßnahme wissen will. Eines ist sicher, er will nicht sterben.« Sie dachte kurz nach. »Mit Richud kommt er besser aus als mit Franco. Also werde ich Burg Ista für einen Urlaub vorschlagen. Im Übrigen wäre ich selbst nicht abgeneigt, dort zu überwintern. Wenn ich es mir recht überlege ...« Sie drückte die Schultern durch. »Mir scheint, ich habe mich erkältet.« Auffällig zog sie die Nase hoch. »Mir zuliebe wird er nach Ista reisen, auch wenn er selbst Raubbau mit seiner Gesundheit treibt. Wenn Sie mich jetzt bitte entschuldigen wollen ...«

Beide Männer erhoben sich gleichzeitig mit ihr, und Gallian hielt seiner Mutter die Tür auf, als sie eiligen Schrittes an ihm vorbeirauschte, auf dem Gesicht einen verschmitzten Ausdruck. Kopfschüttelnd kehrte Gallian zu Paulin zurück.

»Das wäre das erste Mal, dass ich mich gegen meinen Vater stelle«, erklärte er unglücklich.

»Ich will Sie nicht zu etwas verführen, das Ihnen wie ein Unrecht vorkommt«, erwiderte Paulin. »Selbstverständlich respektiere ich Ihr Zögern, aber dürfen wir tatenlos zusehen, wenn Chalkin Menschen schindet?«

»Nein, das dürfen wir nicht.« Gallian seufzte und sah den Burgherrn von Fort mit entschlossener Miene an. »Ich sollte mich besser daran gewöhnen, meine eigenen Entscheidungen durchzusetzen, anstatt immer nur die Beschlüsse meines Vaters auszuführen.«

Ermutigend klopfte Paulin ihm auf die Schulter. »Das haben Sie gut gesagt, Gallian. Eines kann ich Ihnen jetzt schon verraten, Sie werden immer wieder feststellen, dass Sie sich in bestimmten Dingen geirrt und eine falsche Entscheidung getroffen haben. Ein Burgherr ist nicht gegen Schnitzer und Fehlurteile gefeit. Man muss nur immer wieder Einsicht zeigen und seine Dummheiten zu korrigieren versuchen. Und ich versichere Ihnen, wenn Sie sich in diesem speziellen Fall auf die Seite der anderen Burgherren schlagen – auch gegen den erklärten Willen Ihres Vaters –, befinden Sie sich im Recht. Wir müssen Chalkin Einhalt gebieten, doch leider ist Ihr Vater nicht imstande, sich zu dieser Erkenntnis durchzuringen.«

Gallian nickte zustimmend. Dann fragte er in forschem Ton, als habe er seine Zweifel und Bedenken endgültig ausgeräumt: »Möchten Sie ein Glas Wein trinken, Paulin?«

Paulin bejahte. Dann fuhr er fort: »Sie kommen ganz auf Ihre Mutter heraus, Gallian. Das wird Ihnen zum Vorteil gereichen ... Damit will ich allerdings nicht andeuten, dass Ihr Vater ein unangenehmer Charakter ist.«

»So hatte ich das auch nicht verstanden«, entgegnete Gallian. Dann räusperte er sich. »Was geschieht eigentlich mit Chalkin, nachdem man ihn aus seiner Burg entfernt hat? Man wird ihn doch nicht zu einer der südlichen Inseln deportieren, oder?«

»Wieso eigentlich nicht?«, versetzte Paulin. »Man würde ihn natürlich nicht dort absetzen, wo sich bereits verurteilte Mörder befinden«, wiegelte er hastig ab, als er Gallians Bestürzung bemerkte. »In diesen Breiten wimmelt es von Inseln, es handelt sich um einen ganzen Archipel.«

»Sind einige davon nicht aktive Vulkane?«

»Lediglich Young Island speit Feuer, die anderen Eilande sind mit tropischer Vegetation bewachsen und durchaus bewohnbar. Sicher ist nur, dass die dorthin Verbannten nicht in die zivilisierte Welt zurückkommen und neuen Unfrieden stiften können. Chalkin würde gewiss keine Ruhe geben, wenn man ihn auf dem Festland ließe. Die vernünftigste und zugleich humanste Lösung ist es, ihn an einen Ort zu verfrachten, wo er nicht noch mehr Menschen zu Schaden bringen kann.«

»Und wer wird an seiner Stelle die Leitung von Bitra übernehmen?«

»Seine Kinder sind dafür noch zu jung, aber es gibt da einen Onkel, der nicht viel älter ist als Chalkin. Allerdings hörte ich ein Gerücht, demzufolge Vergerin und Chalkin um die Erbfolge gespielt hätten, wobei Vergerin verlor.«

»Mein Vater erwähnte das auch, als das erste Mal von einer Amtsenthebung gesprochen wurde. Er sagte, er hätte darauf bestehen sollen, dass Vergerin anstelle von Chalkin Bitras Burgherr würde, egal, wie das Testament des alten Lord von Nerat lautete. Wussten Sie eigentlich, dass Chalkins Gemahlin Francos Schwester ist?«

»Das war mir ganz entfallen. Ja, richtig. Franco und seine Schwester haben nicht viel gemeinsam, aber sie sind auch nur Halbgeschwister. Franco stammt aus Brentons erster Ehe.«

Sie diskutierten immer noch über das unerschöpfliche Thema der Erbfolge, als plötzlich die Tür aufging und Thea ins Zimmer taumelt.

»Bei den Sternen, Mutter!« Gallian lief ihr entgegen, um sie zu stützen. »Hast du Fieber? Du bist ganz rot im Gesicht.«

Sie schlug die Tür hinter sich zu, befreite sich aus

dem Griff ihres Sohnes und ließ sich schwerfällig auf einen Stuhl plumpsen. Dann prustete sie vor Lachen.

»Was ist so komisch?«

»Dein Vater, Gallian ...« Sie wischte sich die Tränen von den Wangen, wobei die rote Färbung gleich mit abging. Nach einem Blick auf ihr Taschentuch rubbelte sie sich die Wangen ab, immer noch lachend. »Wir haben es geschafft. Er reist mit mir in ein milderes Klima. Als ich ging, schrieb er bereits einen Brief an Richud und bat um dessen Gastfreundschaft. Ich sagte ihm, ich würde einen Meldereiter mit dem Schreiben losschicken, aber Ihr Reiter könnte den Brief doch gleich mitnehmen, oder, Paulin? Wenn er Sie nach Burg Fort zurückbringt ...«

»Das ist kein Problem. Aber vielleicht überbringe ich ihn persönlich und rede bei der Gelegenheit ein Wörtchen mit Richud. Ich werde ihn bitten, sich mit uns zu verbünden und dafür zu sorgen, dass Jamson nicht erfährt, was sich während seines Kuraufenthalts in Bitra ereignet.« Erleichtert atmete Paulin auf.

»Warum willst du dich schier ausschütten vor Lachen, Mutter?«, fragte Gallian verdutzt. »Und was sollte das Rouge auf deinem Gesicht?«

»Nun ja ...« Sie wedelte mit ihrem Taschentuch und lächelte die beiden Männer schelmisch an. »Was er sich selbst nicht gönnt, bewilligt er seiner kranken Frau«, näselte sie, eine verschnupfte Nase vortäuschend. »Zuerst ließ ich von deiner Schwester Canell herbeirufen, als gäbe es einen Notfall. Dann redete ich ganz offen mit dem Doktor und bat ihn um Unterstützung bei meinem Auftritt. Er schlug vor, meine Wangen mit Rouge zu bemalen. Als ich das Zimmer deines Vaters betrat, jammerte und stöhnte ich, weil ich mir offenbar über Nacht eine schlimme Erkältung zugezogen hatte. Dabei nieste ich fortwährend. Danach nahm Canell das Heft in die Hand – der Mann kann sehr überzeugend sein. Er erschrak über meinen fliegenden Puls und das glühende Gesicht. Meine Lunge und das angegriffene Herz wollten ihm gar nicht gefallen. Als er zum Schluss vorschlug, ich solle mich zur Genesung nach Ista begeben, stimmte Jamson sofort zu, mich dorthin zu begleiten. Das wäre also geschafft!« Sie strahlte über das ganze Gesicht.

»Mutter! Du bist unmöglich!«

»Sprich nicht so mit mir!«, schimpfte sie im Scherz. Zur allgemeinen Überraschung fing sie plötzlich heftig an zu niesen.

»Na so was«, wunderte sich Gallian. »Das ist die Strafe, wenn man Lügengeschichten erzählt. Man kriegt, was man vorgegaukelt hat.«

»Dein Vater wollte noch mit dir sprechen. Mach dich also darauf gefasst ...«

Es klopfte an der Tür. Gallian öffnete sie nur einen Spaltbreit. »Ja, sag Lord Jamson Bescheid, dass ich gleich zu ihm kommen werde«, beschied er dem Bediensteten und zog die Tür wieder zu.

»Ich bleibe bei Lord Paulin, bis du uns den Brief bringst, Gallian«, erklärte Lady Thea, sich ein Glas Wein einschenkend. »Das Zeug hilft bei Erkältungen ... Möchten Sie nicht mit mir anstoßen, Paulin? Um mein Debüt als Schauspielerin zu feiern?«

»Nur schade, dass Ihnen diese List nicht schon früher eingefallen ist.«

»Ich bedaure es auch«, gab sie freimütig zu. »Die armen Menschen. Wer wird eigentlich Chalkins Platz einnehmen, wenn er fort ist? Und was geschieht mit diesem Kerl?«

»Darüber wird noch entschieden.«

»Wir hatten das Thema vorhin angeschnitten, Mutter«, ergänzte Gallian. »Da wäre Vergerin, sein Onkel; der Bruder von Chalkins Vater.«

»Aber Vergerin hat doch sein Anrecht auf Erbfolge verspielt«, hielt Thea ihrem Sohn entgegen.

»Das haben Sie auch gehört?«, wunderte sich Paulin.

Thea nickte. »Das Glücksspiel steckt diesen Leuten

im Blut. Kein Einsatz ist ihnen zu hoch Trotzdem finde ich es ein starkes Stück, um ein Erbfolgerecht zu hasardieren.« Sie blickte angewidert drein.

»Vielleicht hat Vergerin seine Lektion gelernt«, überlegte Gallian. Er klang ein bisschen herablassend, fand Paulin.

»Vielleicht«, stimmte Paulin ihm zu. »Die Frage ist nur, ob er überhaupt noch am Leben ist.«

»O nein!« Entsetzt hob Thea die Hände.

»Falls die Ratsversammlung Chalkin absetzt ...«

»Nicht *falls*, Gallian, sondern *wenn*«, korrigierte Paulin ihn.

»Also schön. Wenn Chalkin erst einmal zum Abdanken verurteilt ist, wie holt man ihn aus seiner Festung heraus?«, fragte Gallian.

»Darüber muss sehr sorgfältig nachgedacht werden«, räumte Paulin ein. »Wir brauchen einen ausgeklügelten Plan, damit das Urteil auch vollstreckt werden kann. Aber Sie sollten jetzt Ihren Vater aufsuchen, Gallian. Lassen Sie ihn lieber nicht zu lange warten. Sonst ändert er noch seine Meinung.«

»Nicht, wenn es um Mutters Gesundheit geht«, meinte Gallian im Brustton der Überzeugung, stand aber auf und verließ den Raum.

»Versprechen Sie mir, Paulin, dass Gallians Recht auf die Leitung der väterlichen Burg gewahrt bleibt, auch wenn er sich offen seinem Vater widersetzt«, bat Thea und legte eine Hand auf Paulins Arm.

»Ich gebe Ihnen mein Wort«, bekräftigte Paulin feierlich und tätschelte ihre Hand.

Vier Tage später, nachdem Lord Jamson und Lady Thea sicher in Burg Ista angekommen waren, versammelten sich die übrigen Burgherren und Burgherrinnen sowie die Weyrführer in Telgar und saßen über Lord Chalkin zu Gericht. Man befand ihn für schuldig, seine Pflichten verletzt und anständige Pächter tyrannisiert zu haben.

Als Beweis lagen Iantines Skizzen vor sowie die Protokolle der beiden vorhergehenden Prozesse gegen Chalkins Grenzwächter.

Ein weiterer Anklagepunkt war die Tatsache, dass er ausdrücklich verboten hatte, seine Untertanen über die Existenz einer Verfassung aufzuklären, die die Rechte und Pflichten der Burgherren sowie der Pächter regelte. Hierzu machte Issony eine Aussage.

Als Gallian an die Reihe kam, seine Entscheidung kundzutun, stimmte er in nüchternem Tonfall für eine Amtsenthebung Chalkins. Zuvor hatte er nachgewiesen, dass er befugt war, Burg Hochland in sämtlichen Angelegenheiten offiziell zu vertreten.

»Und wie geht es jetzt weiter?«, fragte Tashvi und rieb sich erleichtert die Hände. Jedermann atmete auf, als das Urteil über Chalkin feststand.

»Wir müssen Chalkin über diesen Beschluss informieren und dafür sorgen, dass er Bitra verlässt«, meinte Paulin.

»Ist das alles?«, wunderte sich Gallian. »Gibt es keine weitere Verhandlung mehr?«

»Die Verhandlung hat soeben stattgefunden«, erklärte Paulin. »Er wurde von seinesgleichen schuldig gesprochen.«

»Das hat es noch nie gegeben, dass Drachenreiter einen Burgherrn deportieren«, äußerte S'nan.«

Aller Augen richteten sich auf den Weyrführer von Fort.

»Bis jetzt hat es auch noch kein Amtsenthebungsverfahren gegen einen Burgherrn gegeben, S'nan«, hielt M'shall ihm entgegen. »Seit diese Klausel vor ungefähr zweihundertundfünfzig Jahren niedergeschrieben wurde, findet sie am heutigen Tag zum ersten Mal Anwendung. Allerdings bin ich der Auffassung, dass Drachenreiter dabei sein müssen, wenn man Chalkin aus seiner Festung entfernt. Verflixt noch mal, S'nan, einer der Gründe für seine Verurteilung ist doch seine Weigerung, Bitra auf den Fädenfall vorzubereiten. Damit hat er uns Drachenreitern direkt geschadet, denn uns obliegt es, die Menschen vor dieser Plage zu schützen, nur sind wir auf die aktive Mithilfe der Nicht-Reiter angewiesen. Notfalls zerre ich Chalkin eigenhändig aus seiner Burg, wenn es nicht anders geht.«

Irene, die neben im saß, nickte zur Bekräftigung und funkelte S'nan wütend an. Sarai, S'nans Weyrherrin, reagierte empört auf Irenes verdeckten Tadel.

»Man muss ihn überrumpeln, andernfalls stiehlt er sich auf irgendeinem Schleichweg aus seiner Burg, die mehr Ausgänge besitzt als ein Labyrinth von Tunnelschlangen«, schlug Irene vor. »Wer weiß, was er dann anstellt. Leider kenne ich mich in seiner Festung zu wenig aus, um auch nur erahnen zu können, welche Fluchtmöglichkeiten er sich offen hält – nur für alle Fälle. Außerdem ist er ständig von Leibwachen umgeben. Was sagen Sie dazu, Franco?«

»Wie bitte?« Nervös blinzelte der Burgherr von Nerat mit den Augen. »Ich kann da auch nicht weiterhelfen. Wenn ich in Bitra weilte, hielt ich mich nur in den Empfangsräumen auf, obwohl Nadona meine Schwester ist.«

»Sonderbar«, kommentierte Bastom.

»Und was machen wir mit ihm, wenn wir seiner habhaft werden?«, erkundigte sich Franco. »Wer tritt seine Nachfolge an? Seine Kinder sind noch sehr jung.«

»Dieser Onkel, Vergerin …«, begann Paulin.

»Wie wäre es mit einer Regentschaft, bis die Kinder volljährig sind?«, gab Azury zu bedenken.

»Man könnte auch einen tüchtigen jüngeren Sohn aus einer wohlgeführten Burg als Stellvertreter einsetzen«, schlug Richud von Ista mit leuchtenden Augen vor.

»Jedenfalls wissen wir, dass die Sippschaft, aus der die Chalkin-Brut stammt, samt und sonders dem Glücksspiel verfallen ist«, meinte Bridgely.

»Dieser Zug lässt sich durch eine strenge Disziplin

und eine gute Erziehung ausmerzen«, behauptete Salda von Telgar. »Was man sät, wird man auch ernten.«

»Vergerin …«, nahm Paulin einen neuen Anlauf, wobei er die Stimme hob, um sich in dem allgemeinen Tumult verständlich zu machen.

»*Der?* Der hat sein Recht auf Nachfolge doch verspielt«, erklärte Sarai vom Fort-Weyr in unnachgiebigem Ton.

»Chalkin hat ihn betrogen …«, stellte M'shall fest. »Er trickst immer, wenn es um hohe Einsätze geht.«

Irene sah ihn nachdenklich an.

»Das hat man mir erzählt«, bekräftigte M'shall.

»Vergerin«, brüllte Paulin so laut, dass alle erschrocken schwiegen, »muss als Erster berücksichtigt werden, da er derselben Blutslinie entstammt. Das verlangt die Verfassung, die ich peinlich genau zu befolgen gedenke. Leider wohnt er nicht mehr auf dem Anwesen, wohin er sich seit jenem fatalen Glücksspiel mit Chalkin in aller Stille zurückgezogen hatte.«

»Wo mag er sein?«

»Ob Chalkin dahintersteckt?«

»Inwiefern? Was könnte er …«

»Vergerin wurde von seinem Bruder in der Leitung einer Burg unterwiesen«, fuhr Paulin fort. »Und wie jeder weiß, war Kinver ein fähiger und gerechter Burgherr.«

»Aber spielsüchtig war er auch«, warf Irene ein.

»Solange er nur kein Falschspieler war!«, entgegnete M'shall und bedachte seine Weyrgfährtin mit einem ernsten Blick.

»Ich glaube, wir alle sind uns darin einig, das die durch die Verfassung festgesetzte Erbfolgeklausel maßgeblich ist, die da lautet, dass Blutsverwandten der Vortritt gelassen werden muss«, übertönte Paulin das erregte Stimmengewirr. »Wenn wir Vergerin finden …«

»Und wenn er die Leitung von Bitra übernehmen will …«

»Vorausgesetzt, er ist dieser Aufgabe gewachsen«, mischte sich G'don vom Hochland-Weyr ein.

»Nehmen wir an, Vergerin ist verfügbar, willens und befähigt, die Burg zu führen«, fasste Paulin zusammen, »dann hätten wir strikt nach der verfassungsmäßigen Klausel gehandelt.«

»*Einen* Präzedenzfall haben wir heute bereits geschaffen«, sagte Bastom. »Wieso schaffen wir nicht einen weiteren und geben Bitra ein kompetentes und gut ausgebildetes Oberhaupt? Nur jemand, der weiß, was Not tut, kann die Burg bis zum Frühling gegen den Fädeneinfall sichern.«

»Ein plausibles Argument. Warum setzen wir nicht gleich ein Team aus Anführern ein?«, schlug Tashvi vor. »Ein paar tatkräftige junge Leute bekämen auf diese Weise gleich die Gelegenheit, eine Art Praktikum in Burgverwaltung zu absolvieren.«

»Alle jüngeren Söhne und Töchter, die sich um diesen Job bewerben wollen, heben bitte die Hand!«, witzelte M'shall.

»Nein, Chalkin muss von einem Mitglied seiner Sippe ersetzt werden«, bestimmte S'nan und schlug mit der Faust auf den Tisch.

»Dann bleibt nur Vergerin übrig.«

»Hoffen wir, dass wir ihn finden!«

»Ruhe! Ruhe!« Paulin drosch so lange mit seinem Hammer auf die Tischplatte, bis die Ordnung wiederhergestellt war. »Endlich! Jetzt kann man wieder nachdenken. Zuerst müssen wir Chalkin fortschaffen …«

»Was nützt das, wenn es keinen Nachfolger für ihn gibt, der Chalkins völlig demoralisierte Pächter führen kann?«, warf Tashvi ein.

»Ich gehe davon aus, dass wir einen geeigneten Ersatz für ihn finden«, gab Paulin zurück. »Irgendwo muss Vergerin ja stecken. Seine Wohnstätte sieht allerdings aus, als hätte dort seit langem niemand mehr gelebt.«

S'nan war fassungslos. »Ob Chalkin sich seiner entledigt hat?«

»Vielleicht hat er ihn in einem seiner so genannten ›Kühlfächer‹ deponiert, die sich angeblich in den unterirdischen Etagen seiner Burg befinden«, überlegte M'shall ergrimmt.

»Das würde er nicht wagen.« S'nan schien von der bloßen Vorstellung entsetzt zu sein. Sarai beugte sich zu ihm herüber und tätschelte beruhigend seine Hand.

»Bis jetzt beruht alles nur auf Spekulationen«, wiegelte Paulin ab. »Als erstes holen wir Chalkin aus seiner Burg, und dann sehen wir weiter.«

»Was fangen wir mit ihm an?«, fragte S'nan beunruhigt.

»Wir schicken ihn ins Exil«, schlug Paulin vor und erntete allgemeine Zustimmung. »Das ist die sicherste Maßnahme und gleichzeitig die humanste. Im südlichen Archipel gibt es so viele Inseln, dass er eine ganz für sich allein haben kann.« Jemand kicherte, als hätte Paulin einen Witz gemacht.

»Ja, das wäre die angemessene Strafe«, pflichtete der Weyrführer von Fort ihm bei, und seine finstere Miene hellte sich ein wenig auf.

»Dann suchen wir Vergerin ...« Als die anderen Paulin wieder unterbrechen wollten, schlug er mit dem Hammer einmal fest auf den Tisch. »Und beginnen damit, Burg Bitra und das Umland auf den Fädenfall vorzubereiten. Mein Vorschlag lautet, dass jeder von uns ein Familienmitglied nach Bitra schickt, jemanden, der sich mit der Führung eines Gemeinwesens auskennt. Es wartet nämlich eine Menge Arbeit auf uns. Für einen einzelnen Mann oder eine einzelne Frau wäre die Verantwortung viel zu groß. Angenommen, wir stöbern Vergerin auf und er ist bereit, die Führung zu übernehmen, dann wird er trotzdem Unterstützung brauchen.«

Jeder schien mit dieser Empfehlung zufrieden zu sein, sogar S'nan.

»Wir sollten jetzt einen konkreten Plan fassen, wie wir Chalkin festnehmen«, schlug M'shall vor. »Leicht wird es nicht sein. Sowie er von diesem Gerichtsurteil Wind kriegt, wird er sich klammheimlich davonmachen.«

»Auf welchem Wege sollte er das denn erfahren?«, entgegnete D'miel vom Ista-Weyr gereizt.

»Offenbar hat er überall Spitzel. Wenn man bedenkt, wie oft er Dinge weiß, die er von Rechts wegen gar nicht wissen dürfte, sollten wir keinen Augenblick länger zögern, sondern das Urteil schleunigst vollstrecken«, warnte B'nurrin vom Igen-Weyr. »Mich wird er nicht verdächtigen, dass ich etwas gegen ihn im Schilde führe«, meinte der junge Bronzereiter. »Er kennt mich ja kaum. Deshalb stelle ich mich als Freiwilliger zur Verfügung.«

»Ich glaube, zur Zeit ist kein Drachenreiter in Burg Bitra willkommen«, erwiderte Bridgely und hob spöttisch eine Augenbraue.

»Sie mögen Recht haben«, pflichtete Irene ihm bei, »aber nur ein Drachenreiter wäre überhaupt imstande, Bitra zu erreichen. Sämtliche Straßen sind zugeschneit. Also müssen die Drachenreiter die Initiative ergreifen. Ich mache auf alle Fälle mit.«

»Das wirst du nicht!«, widersprach M'shall. »ich möchte nicht, dass du auch nur in die Nähe dieses Schuftes kommst.«

»Aber ich kann andere befördern und sie in aller Stille in Bitra absetzen. Gegen das Auftauchen einer Königinreiterin hat er vielleicht nichts einzuwenden.« Irene gluckste vergnügt in sich hinein. »Uns hält er nämlich für harmlos, weißt du!« Verstohlen zwinkerte sie Zulaya zu.

»Wenn der Schnee in Bitra so hoch liegt«, wandte Zulaya ein, »dann kann er uns doch gar nicht entfliehen.«

»Richtig, aber in seiner Burg gibt es Verstecke zuhauf, und falls er sich dort verschanzt, können wir uns auf Ärger gefasst machen«, gab Bastom zu bedenken.

»Iantine war ein paar Wochen dort«, erklärte Zulaya. »Vielleicht kennt er sich ein wenig mit den Räumlichkeiten in Bitra aus.«

»Issony hat ein paar Jahre lang mit Unterbrechungen als Lehrer in Bitra gearbeitet«, fiel M'shall ein. »Die beiden warten doch draußen, oder? Ich hole sie herein.«

Als man Iantine und Issony das Problem erläuterte, zückten beide ihre Schreibutensilien, doch nur Iantine hatte Papier dabei.

»Ich stellte auf eigene Faust ein paar Nachforschungen an«, verlautbarte Iantine und fing an zu zeichnen.

»Und er hat Sie nicht erwischt?«, fragte Issony, der gebannt zuschaute, wie der Künstler mit raschen, sicheren Strichen die Grundrisse der einzelnen Stockwerke von Burg Bitra zu Papier brachte.

»Ich konnte mit einer plausiblen Entschuldigung aufwarten – ich hatte mich nämlich verirrt. Chalkin war so unverschämt, mich anfangs neben der Spülküche einzuquartieren, auf unterstem Niveau.«

Issony blickte verdutzt drein. »Hatte man Sie denn nicht gewarnt, ehe Sie sich auf einen Vertrag mit ihm einließen?«

»Doch, aber ich wollte nicht hören.«

»Das hätte ich nie zuwege gebracht«, staunte Issony, als Iantine die Burganlage skizzierte. »Sogar die Abmessungen stimmen.«

»Meister Domaize bestand darauf, dass wir Kurse im architektonischen Zeichnen belegten«, erklärte Iantine.

»Dort befindet sich noch ein Stockwerk«, korrigierte Issony die Skizze und tippte mit dem Finger auf eine bestimmte Stelle. »Sie hatten Glück, dass Sie nicht versehentlich dorthin geraten sind.« Er schnaubte durch die Nase. »Chalkin reißt gern Witze, dass hier seine ›Kühlfächer‹ untergebracht sind.« Der Lehrer blickte in die Runde. »Es handelt sich um ein Wirrwarr aus winzigen Löchern, manche horizontal, andere vertikal, die Chalkin als Kerker dienen. Keines dieser Gelasse ist groß genug, um einer der bedauernswerten Kreaturen, die da verrotten, Platz zu bieten.«

»Das kann doch nicht Ihr Ernst sein!« S'nan starrte Issony entgeistert an.

»Und ob das mein Ernst ist. Eines der Küchenmädchen verschüttete Süßstoff und wurde für eine Woche in ein solches Loch gezwängt. Als man sie herausholen wollte, war sie tot – erfroren.« Als Iantine aufhörte zu zeichnen, fuhr er fort: »An dieser Stelle führen von Chalkins Privatgemächern Treppen in die Tiefe. Sie münden in der Küche. Andauernd beklagt er sich, dass Lebensmittel verschwinden, aber ich weiß mit Bestimmtheit, dass er selbst Leckereien stibitzt und andere des Diebstahls bezichtigt.« Issony grinste. »Eines Nachts wollte ich selbst etwas Essbares mopsen, und dabei hätte er mich um ein Haar ertappt.«

»Oberhalb dieser Etage gibt es noch ein Stockwerk«, bestätigte Iantine, den Stift über das Papier haltend. »Aber die Tür war abgesperrt.«

»Es könnte sich um einen Zugang zur höchsten Abbruchkante der Felswand handeln«, überlegte Issony.

»Zur Sicherheit werden wir einen Drachen auf der Spitze der Festung postieren«, erklärte Paulin. Er war nicht der Einzige, der sich hinter den Künstler gestellt hatte, um ihm beim Zeichnen zuzusehen. »Das ist ja ein verwirrendes Labyrinth. Gut, dass Sie sich so aufmerksam umgeschaut hatten, als Sie dort waren, Iantine.« Anerkennend klopfte er dem jungen Mann auf die Schulter. »Was schätzen Sie, wie viele geheime Pforten nach draußen führen?«

»Ich weiß von neun Ausgängen, außer dem Frontportal und dem Durchlass gleich neben der Küche«, antwortete Iantine und zeigte die entsprechenden Punkte auf der Skizze.

Paulin rieb sich die Hände und gab den Versammelten einen Wink, sie sollten ihre Plätze wieder einnehmen. Er selbst studierte noch eine Weile den Plan der Burg.

»Wir wollen keine Zeit mehr verschwenden, sondern sogleich eine Strategie entwickeln«, schlug er vor. »Irene, ich freue mich, dass Sie bereit sind, quasi als Ablenkung in Bitra zu landen, doch ich finde, wir sollten Chalkin lieber überraschen. Issony, Iantine, wann ist Burg Bitra für Eindringlinge am zugänglichsten?«

Die beiden Männer tauschten Blicke. Issony zuckte die Achseln. »Frühmorgens, zwischen vier und fünf Uhr. Selbst der Wachwher ist dann schläfrig. Und die meisten Wachposten sind längst eingenickt.« Um Bestätigung heischend sah er Iantine an, der zustimmend mit dem Kopf nickte.

»Aber ohne Drachenreiter sind wir machtlos.«

»Wenn möglich, sollten wir uns auf die beschränken, die zur Zeit hier anwesend sind«, meinte M'shall.

»Es ist eine Ungeheuerlichkeit, einen Burgherrn aus seiner angestammten Festung zu zerren«, wandte S'nan ein und wollte sich von seinem Platz erheben.

G'don vom Hochland, der unmittelbar neben ihm saß, drückte ihn auf den Stuhl zurück. »Sträuben Sie sich nicht gegen das Unvermeidliche, S'nan«, ermahnte er ihn.

»Sie brauchen nicht aktiv mitzumachen, wenn diese Maßnahme Ihnen so sehr gegen den Strich geht«, schnauzte Paulin.

»Aber ... aber ...«

Selbst seine Weyrgefährtin verbot ihm den Mund, als er neuerlich zu einem Protest ansetzte.

»Freiwillige gibt es mehr als genug«, verlautbarte Shanna von Igen mit einem niederschmetternden Blick auf den Weyrführer von Fort.

»Schön. Wir besetzen sämtliche uns bekannten Ausgänge ...«

»In der Küche gibt es ein Fenster, das nur selten geschlossen wird«, erzählte Iantine. »Und ich hatte den Eindruck, dass der Wachwher nie genug zu fressen kriegt. Er besteht nur aus Haut und Knochen. Ein saftiger Brocken Fleisch dürfte ihn ablenken. Und bis an jenes Küchenfenster reicht seine Kette vermutlich nicht.«

»Gute Idee, Iantine«, lobte Paulin. »Also klettern wir durch das Fenster in die Burg und pirschen uns über die Hintertreppe zu Chalkins privaten Gemächern.«

»Die Geheimtür lässt sich öffnen, indem man auf ein Brett neben dem Gewürzregal drückt. Wenn Sie mich mitnehmen, sparen Sie viel Zeit«, schlug Issony mit glänzenden Augen vor.

»Wenn Sie möchten ...«, erwiderte Paulin.

»Ich komme auch mit«, erbot sich Iantine.

»Ich hatte gehofft, dass Sie das sagen würden«, bekräftigte Paulin und erläuterte rasch die Einzelheiten seines Plans.

Mit Ausnahme von S'nan beteiligten sich alle Weyführer an der Aktion, selbst den jungen Gallian konnte man zum Mitmachen überreden.

»Wer A sagt, muss auch B sagen«, meinte er mit einem resignierten Achselzucken.

»Was hier in die Wege geleitet wird, soll Ihnen später nicht zum Schaden gereichen, Gallian«, versicherte Bastom. »Der Beschluss wurde einstimmig gefasst, und unser aller Anwesenheit muss Chalkin einschüchtern. Er wird begreifen, dass er unter den anderen Burgherren keine Freunde hat«, erklärte der Herr von Tillek resolut, während er S'nan vorwurfsvoll fixierte. Der pedantische Weyrführer machte ein so unglückliches Gesicht, dass er Bastom beinahe Leid tat.

»Sind alle mit der geplanten Vorgehensweise einverstanden?«, fragte Paulin in die Runde, nachdem er sich davon überzeugt hatte, dass jeder seine Rolle bei dem prekären Einsatz kannte. »Wenn ja, dann nehmen wir eine Erfrischung zu uns und rüsten uns zum Aufbruch.«

## KAPITEL 13

# Burg Bitra und der Telgar-Weyr

Außer der Tatsache, dass der ausgehungerte Wachwher dennoch nicht den Verlockungen eines saftigen Stück Fleisches erlag und Craigath auf M'shalls Geheiß hin ihm erst einen ordentlichen Schrecken einjagen musste, um ihn daran zu hindern, seine Pflicht zu tun, gelangte man problemlos in die Burg. Niemand schien das kurze einmalige Anschlagen des Wachwhers gehört zu haben. Issony kletterte durch das unverriegelte Fenster und öffnete von innen die Küchentür, um die anderen einzulassen.

Derweil stellten sich Posten an den anderen Ausgängen der Festung auf. Iantine flitzte nach oben in die Empfangsräume, um für die restlichen Mitglieder des Vollstreckungskommandos das Hauptportal aufzusperren. Rasch hatte Issony die Geheimtür in der Küche entdeckt. Die Stiege wurde von halb erloschenen Leuchtkörben nur trübe erhellt, doch die Lichtverhältnisse reichten aus, um den Burgherren mitsamt ihren Gemahlinnen und den Weyrführern den Weg zu weisen.

Oben angelangt, öffnete Paulin die Tür und betrat als Erster Chalkins private Gemächer. Hinter ihm drängten acht Männer und Frauen nach, auch M'shall, der darauf bestanden hatte, als Vertreter der Weyr zugegen zu sein.

Zur allgemeinen Überraschung war der Raum hell erleuchtet; an Wandhalterungen baumelnde Körbe mit dem glühenden Myzel sorgen für so viel Licht, dass die drei schlafenden Gestalten in dem riesigen, mit Felldecken überhäuften Bett deutlich auszumachen waren.

Chalkins massiger Körper hob sich als größter Buckel unter den Pelzen ab, und über den Kopf hatte er sich einen Zipfel des feinen weißen Lakens gezogen.

Eines der Mädchen wachte auf. Sie öffnete den Mund, um zu schreien, doch kein Laut kam aus ihrer Kehle, als Paulin ihr mit einer barschen Geste Schweigen gebot. Stattdessen rutschte sie bis an die Bettkante, sich bis zum Kinn in das Laken hüllend, und hangelte nach ihrer Bekleidung, die in einem unordentlichen Haufen auf dem Boden lag. Paulin bedeutete ihr, dass sie sich anziehen solle. Ihre Bewegungen weckten das andere Mädchen. Doch deren Aufschrei war nicht zu stoppen.

»Sie kreischte wie ein brünstiger grüner Drache«, erzählte M'shall später. »Aber selbst das konnte Chalkin nicht aus dem Schlaf reißen.«

Dafür wurden seine Leibwachen alarmiert. Sie stürzten in das Zimmer und blieben beim Anblick der vielen fremden Frauen und Männer in Chalkins privatem Schlafgemach entgeistert stehen.

»Chalkin wurde seines Amtes als Burgherr enthoben, weil er es versäumt hat, seine Provinz gegen den bevorstehenden Fädenfall zu rüsten, weil er seine Privilegien als Feudalherr missbraucht hat und seinen Pächtern deren in der Verfassung verbrieften Grundrechte verweigerte«, erklärte Paulin mit lauter Stimme, das blanke Schwert in der Hand.

»Legt eure Waffen nieder, andernfalls werdet ihr mitsamt eurem Herrn in die Verbannung geschickt«, setzte er drohend hinzu.

Ohne Ausnahme entledigten sich die Männer ihrer Waffen, und in diesem Moment stürmte der Verstärkungstrupp, angeführt von Iantine, durch die Tür.

Erst jetzt rappelte sich Chalkin aus seinem weinberauschten Schlummer hoch.

Hinterher fand Paulin, er sei ein bisschen enttäuscht gewesen, dass sie auf so wenig Widerstand stießen.

»Dafür wird S'nan sich umso mehr freuen«, meinte K'vin. »Er scheint befürchtet zu haben, wir wollten Chalkin noch zusätzlich demütigen.«

»Wir haben ihn schon genug erniedrigt«, hielt Tashvi ihm schmunzelnd entgegen.

Chalkin winselte wie ein Feigling. Einen Burgherrn nach dem anderen versuchte er mit dem Versprechen auf ungeahnte Reichtümer auf seine Seite zu ziehen. Falls jemand mit der Vorstellung geliebäugelt hatte, Chalkin zu helfen, so schwand dieser Vorsatz schlagartig dahin, als man die schlotternden, gebrochenen Opfer von Chalkins Sadismus aus ihren ›Kühlfächern‹ befreite.

»Jedes einzelne Verlies enthielt eine dieser armen Kreaturen«, erzählte Issony, noch ganz erschüttert von den Bildern des Grauens, die sich ihm dargeboten hatten. »Die meisten Eingekerkerten waren seine Grenzwächter, aber selbst der schlimmste Verbrecher hat diese Tortur nicht verdient.«

Sogar die Robustesten von ihnen würden für den Rest ihres Lebens unter den Folgen der grausamen Haft leiden.

»Iantine? Haben Sie … ah ja, Sie haben Ihre Zeichensachen mitgebracht. Fertigen Sie doch bitte rasch eine Skizze an.« Issony deutete auf zwei Männer, die im Sterben lagen; es waren die beiden Kerle, die man wegen Vergewaltigung von schwangeren Frauen kastriert hatte. Das Einzige, was man jetzt nur noch für sie tun konnte war, ihnen den Tod durch die Gabe von Fellissaft zu erleichtern. »S'nan soll das sehen. Für den Fall, dass er immer noch glaubt, wir hätten Chalkin Unrecht zugefügt.«

»Weiß man schon etwas von Vergerin?«, fragte Paulin, nachdem man sämtliche Zellen geleert hatte.

»Nein«, erwiderte M'shall grimmig. »Aber der Umstand, dass er nicht bei den Inhaftierten war, darf uns nicht in Sicherheit wiegen.« Mit dem Daumen deutete er auf zwei Männer, ehemals Kerkermeister, die nun die befreiten Menschen, die zu schwach zum Laufen waren, auf Tragen abtransportierten. »Die da sagten, vorgestern habe man ein paar Leichen in die Kalkgrube geworfen. Vielleicht kommt jede Hilfe für Vergerin zu spät.«

Paulin fluchte leise. »Haben Sie nachgefragt, ob jemand wenigstens den Namen kennt?«

M'shall schnaubte durch die Nase. »Von den Häftlingen hatte keiner einen Namen.«

Paulin zuckte zusammen. »Dann sollten wir nicht lange fackeln und ein Team zur Leitung der Burg einsetzen.«

»Ich habe bereits Reiter losgeschickt, um die maßgeblichen Leute abzuholen. Sie müssten bald wieder zurück sein …«

In der Halle machte sich Hektik breit, und verhaltener Jubel wurde laut.

»So schnell hatte ich nicht mit ihnen gerechnet …«, wunderte sich M'shall. Beide Männer gingen hin, um zu sehen, was der Aufruhr zu bedeuten hatte.

Ein hoch gewachsener Mann schälte sich aus abgewetzten, verdreckten Pelzen und lächelte den Reitern zu, die ihm kameradschaftlich auf die Schultern klopften.

»Raten Sie, wer gerade hereinspaziert kam«, rief B'nurrin von Igen, als er Paulin und M'shall entdeckte.

»Vergerin?«, fragte Paulin.

»Optimist«, murmelte M'shall. Doch nach einem prüfenden Blick in das Gesicht, das nun nicht länger von einer großen Pelzmütze verdeckt war, stutzte er. »Tatsächlich, er ist es.«

»Wirklich?« Paulin rannte durch die geräumige Halle.

»Schauen Sie sich doch nur die buschigen Augenbrauen an«, erwiderte M'shall grinsend. »Die Familienähnlichkeit ist unverkennbar. Wo hatten Sie sich versteckt, Vergerin?«

»M'shall?« Ein Lächeln stahl sich über Vergerins wind- und wettergegerbtes Antlitz. Seine Züge glichen denen von Chalkin, nur wirkte alles an ihm verfeinert und nicht so vulgär. »Sie wissen ja gar nicht, wie froh ich war, als die Drachen hier auftauchten. Ich dachte mir gleich, Sie hätten ihm endlich das Handwerk gelegt und ihn abgesetzt. Sie haben ja keine Ahnung ...«

»Wo haben Sie die ganze Zeit über gesteckt? Und wann verließen Sie Ihr Anwesen?«, erkundigte sich Paulin, nach Vergerins Hand greifend.

Vergerin lächelte bitter. »Ich rechnete mir aus, dass ich direkt unter Chalkins Nase am sichersten wäre.« Er deutete in die Richtung, in der die Pächterbehausungen lagen. »Hier leben die Tiere in besseren Unterkünften als die Menschen. Wenn ich stinke, dann wenigstens nach frischem Pferdemist. Ich verdiente mir mein Auskommen in den Viehställen.«

»Aber Ihr Anwesen sieht völlig verlassen aus.«

»Dafür habe ich selbst gesorgt«, erklärte Vergerin, sich mit schmutzigen Fingern das fettige Haar kämmend. »Ich wollte überleben, und als ich merkte, dass mein Neffe im Traum nicht daran dachte, die Burg auf den Fädenfall vorzubereiten, hoffte ich, die übrigen Burgherren würden ihn eines Tages davonjagen ... Und da ich als sein Nachfolger zuerst infrage komme, hätte er auf den Gedanken verfallen können, mich für immer verschwinden zu lassen.«

In ernster, würdevoller Haltung stand er, mit Lumpen bedeckt, im Kreis der gut gekleideten Burgherren und Drachenreiter. Paulin war beeindruckt. Und er spürte, dass auch den anderen Vergerins sicheres, wenn auch bescheidenes Auftreten gefiel.

»Zugegeben, durch Leichtsinn habe ich mein Recht auf Erbfolge verspielt, und ich hätte wissen müssen, dass Chalkin mich bei einem solchen Einsatz betrügen würde. Es dauerte eine Weile, bis ich dahinter kam, wie er mich überlistete, denn ich kenne selbst ein paar

Tricks, doch an Raffinesse ist Chalkin mir weit überlegen.« Verächtlich zog er die Mundwinkel nach unten. »Vor allem hätte ich bedenken müssen, wie sehr mein Neffe danach gierte, in Bitra die Macht zu übernehmen.«

»Aber Sie haben Ihr Versprechen gehalten und nicht gegen den Ausgang des Spiels protestiert«, wandte Paulin ein.

»Das war das Mindeste, was ich tun konnte, um meine Selbstachtung zu behalten«, entgegnete Vergerin. Mit einer angedeuteten Verbeugung fügte er hinzu: »Darf ich zu hoffen wagen, dass man mich hergeholt hat, damit ich Chalkin ersetze?« Fragend wölbte er eine Augenbraue, und sein Blick wirkte offen und duldsam.

Verstohlen musterte Paulin die Mienen der anderen Burgherren.

»Ihre Nachfolge wird selbstverständlich berücksichtigt werden, wenn das Konklave am Ende des Planetenumlaufs zusammentritt«, antwortete Paulin. Seine Bemerkung fand allgemeine Zustimmung.

Radau und lautes Protestgeschrei ertönten, als Bastom und Bridgely Chalkin die Haupttreppe hinunterbugsierten. Das Jammern seiner in Tränen aufgelösten Frau und das Gekreisch der verschreckten Kinder trugen zur Aufregung bei.

Auf dem letzten Treppenabsatz riss Chalkin sich von den beiden Lords los und stürzte sich schnurstracks auf Vergerin.

»Du Schuft! Gauner! Lump! *Du* hast mich verraten. Du hast dein Wort gebrochen. Das alles habe ich dir zu verdanken.«

Bastom und Bridgely fingen Chalkin wieder ein und hinderten ihn daran, Vergerin anzugreifen, der indessen nicht daran dachte, sich vor seinem aufgebrachten Neffen zu ducken.

»Das hast du mir angetan. Du bist der Urheber des Ganzen!«, brüllte Chalkin und übertönte mit seiner sich überschlagenden Stimme sogar das Zetern der Kinder. Langsam, mit ausdruckslosem Gesicht, wandte sich Vergerin von ihm ab.

Dann wurde Lady Nadona Vergerin gewahr, und ihr hasserfülltes Organ schraubte sich schrill in die Höhe.

»Erst nimmst du mir meinen Mann weg, und nun stehst du da und wartest nur darauf, von meiner Burg Besitz zu ergreifen, meine Kinder um ihr rechtmäßiges Erbe zu bringen ... Oh, Franco, wie kannst du nur zulassen, dass man deine Schwester so schändlich behandelt?« Sie warf sich an Francos Brust.

Ohne mit der Wimper zu zucken befreite sich der Burgherr von Nerat aus der Umklammerung seiner hysterischen Schwester, wobei ihm Zulaya und Laura von Ista zu Hilfe kamen. Nadona trug noch ihr Nachtgewand mit einem Morgenmantel darüber, der jedoch vorne offen stand.

Richud hatte die beiden Jungen bei den Armen gepackt, und seine Gemahlin kümmerte sich um die beiden weinenden Mädchen, die nicht wussten, was passierte, sich aber von der Hysterie ihrer Mutter anstecken ließen. Irene bereitete es eine gewisse Genugtuung, Nadona ein paarmal ins Gesicht zu schlagen, um sie wieder zur Vernunft zu bringen.

Paulin führte Vergerin durch die nächste Tür, hinter der sich Chalkins Arbeitszimmer befand. Karaffen voller Wein gehörten zum unabdingbaren Bestandteil dieses Büros, und Paulin schenkte rasch zwei Gläser ein. Vergerin nahm das seine und leerte es in einem Zug, worauf gleich ein wenig Farbe in seine eingefallenen Wangen stieg. Er atmete hörbar aus.

Paulin, dem Vergerins Selbstbeherrschung in dieser konfliktträchtigen Situation imponierte, klopfte ihm anerkennend auf den Rücken.

»Sie müssen sich die größten Vorwürfe gemacht haben«, meinte er.

Vergerin murmelte etwas vor sich hin, dann straffte

er die Schultern. »Am meisten quälte mich die Erkenntnis, dass mein eigener Neffe mich zum Narren gehalten hatte. Ich kann gar nicht mehr begreifen, wie dumm ich damals war. Man kann vieles verzeihen, aber nicht seine eigene Torheit.«

Durch die dicken Steinwände und trotz der massiven Tür hörten sie Chalkins wütende Proteste. Das Geschrei klang gedämpfter, als man ihn nach draußen und die Treppe zum Burghof hinunter zerrte.

Lady Nadona begleitete ihren Gemahl nicht ins Exil. Sie hatte sich von ihrem Weinkrampf bemerkenswert schnell erholt. Rasch gelangte sie zu dem Entschluss, dass sie ihre geliebten Kinder nicht diesen herzlosen Männern und Frauen ausliefern durfte, und sie verkündete, sie wolle das Opfer bringen und in Bitra bleiben, derweil man ihren Gatten in die Verbannung schickte. Sie erwies sich als äußerst bewandert in den einzelnen Artikeln der Verfassung, die ihre Rechte als Mutter und ehemalige Burgherrin garantierten. Selbst die kleinsten Details kannte sie auswendig.

Abermals erklang cholerisches Geschrei und Krakeelen. Seufzend begab sich Paulin an das verriegelte Fenster und öffnete es. Im Hof spielte sich eine unglaubliche Szene ab. Fünf Männer bemühten sich, Chalkin auf Craigaths Rücken zu heben, während der Drache mit vor Erregung rot und orange glühenden Augen den Hals verrenkte um mitzubekommen, was sich hinter ihm tat.

Jählings erschlaffte Chalkins Körper, und man verfrachtete ihn hinter Craigaths Nackenwulst. M'shall schwang sich in den Sattel und wartete, bis die Helfer Chalkin festgeschnallt und an dem Reitgeschirr etliche Gepäckstücke befestigt hatten, die der ehemalige Burgherr auf die Insel mitnehmen durfte.

Mit einem gewaltigen Satz sprang Craigath in die Höhe und spreizte nur einmal seine mächtigen Schwingen, ehe er ins *Dazwischen* abtauchte.

»Schickt ihr ihn in den südlichen Archipel?«, fragte Vergerin und goss sich Wein nach.

»Ja, aber er kommt auf eine andere Insel als seine Wachleute. Glücklicherweise herrscht in diesen Breiten kein Mangel an einsamen Eilanden.«

»Young Island wäre der sicherste Ort für ihn«, bemerkte Vergerin trocken und nippte an seinem Wein. Dann verzog er das Gesicht und beäugte misstrauisch das Glas. »Woher bezieht er seine Getränke?«

Paulin schmunzelte verhalten. »Er hält sich für einen Weinkenner, hat aber keine Ahnung von einem guten Tropfen. Würden Sie Ihren Onkel denn gern auf einer Insel mit einem aktiven Vulkan absetzen lassen?«

»Er ist so raffiniert, dass er auch das überlebt. Bleibt Nadona hier?«

»Ja. Die Kinder sind noch sehr jung, aber es ist Ihr gutes Recht, Nadona ein äußerst schlichtes Quartier zuzuweisen und ihr die Kinder wegzunehmen. Vielleicht möchten Sie sich selbst um deren Erziehung kümmern?«

Vergerin erschauerte vor Abscheu.

»Möglicherweise entwickeln sie sich noch zu ganz passablen Menschen«, spekulierte Paulin großmütig.

»Bei diesen Eltern? Das halte ich für sehr unwahrscheinlich.« Vergerin trat an den Schrank, in dem Dokumente aufbewahrt wurden, die mit der Führung der Burg zu tun hatten. Ehe er aufschloss, drehte er sich jedoch zu Paulin um und fragte: »Soll ich gleich mit der Arbeit anfangen? Oder den Beschluss des Konklaves abwarten?«

»Da wir nicht ausschlossen, dass Chalkin Sie als möglichen Rivalen aus dem Weg schaffen ließ, entschieden wir uns, fähige jüngere Söhne und Töchter als Team zur Leitung dieser Burg einzusetzen. Doch da Sie sich vermutlich besser in Bitra auskennen als jeder andere, schlage ich vor, dass Sie der Teamleiter werden und die allgemeine Aufsicht führen.«

Vergerin blies den Atem aus und lächelte erleichtert.

»Wenn man bedenkt, wie verwahrlost dieses Anwesen ist und dass die Pächter demoralisiert sind, werde ich jede erdenkliche Unterstützung brauchen.« Er schüttele den Kopf. »Mein verstorbener Bruder mag nicht der tüchtigste Burgherr gewesen sein, aber zu seiner Zeit sah es hier nicht so verludert aus, und er hätte auch nie abgestritten, dass Pern ein Fädenfall bevorsteht. Chalkin wollte die drohende Gefahr einfach nicht wahrhaben, weil er um seine Einkünfte aus dem Glücksspiel fürchtete.«

Es klopfte leise an der Tür, und als Paulin öffnete, stand Irene vor ihm.

»Wir konnten das Küchenpersonal dazu überreden, etwas zu essen zuzubereiten. Für die Qualität der Mahlzeit kann ich mich nicht verbürgen, außer dass das Klah heiß ist und die Brote frisch gebacken sind.«

Vergerin blickte an sich hinab. »Ich werde erst etwas zu mir nehmen, nachdem ich mich gewaschen habe.«

Irene lächelte. »Das dachte ich mir und ließ Ihnen ein Quartier und ein Bad richten. Dort finden Sie auch saubere Bekleidung.«

»Frisches Brot und heißes Klah klingen verlockend«, meinte Paulin und bedeutete Vergerin, den Raum vor ihm zu verlassen.

»Nein, Burgherr, nach Ihnen«, weigerte sich Vergerin mit einer höflichen Geste.

»Der Vortritt gebührt Ihnen, künftiger Burgherr von Bitra …«

»Ich wusste ja nicht, dass ich so sehr stinke!«, erwiderte Vergerin und setzte sich in Bewegung.

Paulin fiel auf, dass er sich in der Festung umschaute, als wolle er die Örtlichkeiten auf ihren Verfallszustand hin abtaxieren. Dann blieb er so plötzlich stehen, dass Paulin beinahe gegen ihn geprallt wäre. Verblüfft zeigte Vergerin auf eine Stelle an der Wand, wo Chalkins Porträt hing, ostentativ durch Leuchtkörbe angestrahlt. Mit ungläubiger Miene wandte er sich an Paulin.

»So hat mein Neffe doch niemals ausgesehen«, staunte er, mit Mühe ein Lachen unterdrückend.

Paulin schmunzelte und betrachtete zum ersten Mal das Bild, das Iantine um ein Haar zum Verhängnis geworden wäre.

»Soviel ich weiß, brauchte der Künstler sehr viel Zeit, um ein Porträt zu malen, das Ihren Neffen zufrieden stellte.«

»Der Künstler muss hoch begabt sein, wenn er dieses Wunder vollbrachte. Aber es darf auf keinen Fall hier hängen bleiben«, bestimmte Vergerin. »Es ist … es ist …«

»Lächerlich?«, half Paulin aus. Der arme Iantine hatte sein Talent prostituieren müssen, um diese Farce eines Porträts zu schaffen.

Paulin beugte sich zu Vergerin vor, wobei er sich hütete, die Dünste einzuatmen, die der Mann verströmte.

»Ich glaube nicht, dass Sie die Gefühle des Malers verletzen, wenn Sie das Porträt entfernen.«

»Ob er Lust hätte, das Bild zu übermalen, sodass es dem Modell mehr ähnelt?«, überlegte Vergerin. »Damit ich mich ständig an meine Torheit erinnere, wenn ich es anblicke, und es mir als Warnung dient, diese Burg ja nicht verlottern zu lassen.«

»Der Künstler Iantine befindet sich in Bitra, er hat uns begleitet. Fragen Sie ihn doch selbst.«

»Aber erst, nachdem ich gebadet habe«, verlautbarte Vergerin und begab sich eilends zu dem für ihn hergerichteten Quartier.

Aus jeder größeren Festung brachte man jüngere Söhne und Töchter nach Bitra, wo sie sich durch Fleiß und Geschick bewähren sollten. Falls ein paar von ihnen enttäuscht waren, dass man Vergerin gefunden hatte, so verbargen sie ihre Gefühle gut. Nach einem opulenten Frühstück unterhielt sich Vergerin mit jedem Einzelnen der acht jungen Männer und Frauen und teilte ihnen ihre Aufgabenbereiche zu.

Irene stellte ein Geschwader von Bendens Drachenreitern zur Verfügung, die für Vergerin Botendienste leisten sollten und als Allerers tes in ganz Bitra verkündeten, dass Chalkin als Burgherr abgesetzt und ins Exil geschickt worden war.

M'shall kehrte von dieser Mission zurück. »Ich setzte ihn mitsamt seinem Gepäck auf der Insel Nummer zweiunddreißig ab. Das ist wichtig für die Akten. Eigentlich ein recht hübsches Fleckchen. Schade, dass er es jetzt mit Beschlag belegt.«

»Hat er Schwierigkeiten gemacht?«, fragte Paulin.

M'shall blickte amüsiert drein, während er seine Flugmontur aufknöpfte. »Nach dem Kinnhaken, den Bastom ihm verpasste? Als ich ihn verließ, war er immer noch bewusstlos. Ich legte ihn dicht an einen Wasserlauf.« Er schnitt eine komische Grimasse. »Vielleicht hätte ich ihn ersäufen sollen. Das wäre nur die gerechte Strafe für das, was er den armen Menschen in seinen so genannten ›Kühlfächern‹ angetan hat.«

Gegen Mittag schien Vergerin die Situation fest im Griff zu haben, und die Ratsmitglieder hielten die Zeit für gekommen, Bitra den Rücken zu kehren.

Iantine bat K'vin, ihn mitsamt Chalkins Porträt mitzunehmen.

»Und wann dürfen wir Sie in Burg Benden erwarten?«, erkundigte sich Bridgely, als er den jungen Porträtisten die Außentreppe herunterkommen sah.

»Es tut mir Leid, Lord Bridgely, aber ich bin mit meinem derzeitigen Auftrag noch nicht fertig«, bedauerte Iantine.

Bridgely stach mit dem Finger auf das Bild. »Aber das da hat bei Ihnen doch nicht etwa Vorrang, oder?«

»Ganz bestimmt nicht«, versetzte Iantine und zog die Stirn kraus. Dann schmunzelte er. »Obwohl es nicht lange dauern wird, das Gesicht der Realität anzupassen.

Doch das hat Zeit. Zuerst muss ich K'vins Porträt zu Ende malen und ein paar Miniaturen der Drachenreiter von Telgar anfertigen. Dann komme ich sofort zu Ihnen. Vermutlich ist es kurz nach dem Ende des Planetenumlaufs so weit.«

»Bis dahin kann ich warten, junger Mann, aber nicht länger«, entgegnete Bridgely. Dann lächelte er, um Iantine anzudeuten, dass er im Scherz gesprochen hatte. »Keine Sorge, Künstler Iantine. Ich wollte nur wissen, wann meine Frau und ich Ihnen Modell sitzen dürfen.«

Nach diesen Worten entfernte er sich.

K'vin grinste hinter vorgehaltener Hand. »Es tut gut zu wissen, dass man Erfolg hat«, meinte er. Dann bedeutete er Iantine, sich auf Charanth zu schwingen. Als der junge Maler sicher auf dem Rücken des Drachen saß, reichte K'vin ihm Chalkins Porträt hinterher, das er solange festgehalten hatte. »Ich freue mich schon darauf, die geänderte Version des Bildes zu sehen.«

»Lord Vergerin bat mich ausdrücklich, es zu übermalen, damit es naturgetreuer wirkt. Eines kann ich jetzt schon versprechen, dieses Mal bringe ich Chalkin auf die Leinwand, dass jeder ihn erkennt – wie er in Wirklichkeit ist. Ich werde seinem Aussehen Gerechtigkeit widerfahren lassen.«

»Gerechtigkeit?« K'vin lachte, als er geschmeidig zwischen Charanths Nackenwülsten Platz nahm. »Diesen Ausdruck würde ich mit Chalkin nicht in Verbindung bringen. Er selbst hält ihn sicher für ein unanständiges Wort.«

Iantine gab einen leisen Aufschrei von sich, als der Drache plötzlich in die Luft sprang und die Schwingen ausbreitete. Der Künstler brannte darauf, das geschönte Porträt zu korrigieren, denn er fand, indem er Chalkins Erpressung nachgab – obwohl ihm damals gar nichts anderes übrig blieb –, habe er sich selbst, die Künste und das Institut Domaize verraten.

Das Ende des Planetenumlaufs stand kurz bevor. Das

bedeutete tagelange Festlichkeiten, denn auch die Wintersonnenwende wurde mit viel Trubel und Gepränge gefeiert. Insgeheim hoffte er, während dieser Zeit mit Debera zu einem Einverständnis zu gelangen.

Drachenreiter durften sich mit Nicht-Reitern zusammentun, und es gab viele solcher Paare. Allerdings wäre manches einfacher, wenn er einen Beruf ausübte, den er permanent im Weyr betreiben konnte, als Gegenleistung für seinen Aufenthalt dort. Aber sowie Morath fliegen gelernt hatte, konnte Debera ihn überallhin transportieren, wo man seine Dienste als Porträtist benötigte.

Doch noch wusste er nicht, ob sie dasselbe für ihn empfand wie er für sie. In seinen wildesten Träumen hätte er sich nicht ausgemalt, jemals in einem Weyr zu wohnen. Beinahe schuldete er Chalkin Dank, weil er erst durch dessen schändliches Verhalten Kontakt zu dem Telgar-Weyr aufgenommen hatte. Doch nur *beinahe* … Ihm fielen die entsetzlich zugerichteten Menschen ein, die sie aus Bitras eisigen Verliesen befreit hatten. Er schüttelte sich.

»Ich dachte, mittlerweile hätten Sie sich an das Fliegen gewöhnt«, rief K'vin ihm ins Ohr.

»Das ist es nicht«, erwiderte Iantine. Er genoss die Drachenritte, und nach seiner ersten Erfahrung mit dem *Dazwischen* hatte er jedwede anfängliche Nervosität verloren. Er festigte seinen Griff um das Bild. Charanth hatte die richtige Flughöhe erreicht, die ihm ein Abtauchen in dieses schwarze, kalte Nichts erlaubte. Meranath mit Tashvi, Salda und Zulaya auf dem Rücken schloss rechter Hand zu ihnen auf. Wieder bestaunte Iantine den goldenen Leib der Drachenkönigin, der in der Sonne unbeschreiblich glänzte. Die drei Frauen winkten ihm und K'vin zu.

Als Iantine zurückwinkte, wunderte er sich auf einmal, wie früh am Tag es noch war. Wie viel sie in diesen wenigen Stunden doch erreicht hatten.

*Finsternis!* Einen Augenblick lang fühlte Iantine nichts mehr, dann umhüllte sie strahlender Sonnenschein, und unter ihnen lag der vertraute Vulkankegel von Telgar.

Ein Stück weiter entfernt, über den Felsenzinnen von Burg Telgar, verkündete ein goldenes Aufblitzen Meranaths Ankunft. Nun flog der große Bronzedrache anmutig eine Schleife und steuerte den heimatlichen Weyr an.

Für Iantines Geschmack passierte alles viel zu schnell. Er genoss den Ausblick aus dieser enormen Höhe, der ihm ungeahnte Szenen offenbarte: Drachen, die auf Felssimsen in der Sonne lagen und schlummerten; junge Reiter, die einander zu Übungszwecken Säcke mit Feuerstein zuwarfen; Weyrlinge, die ihre Schutzbefohlenen im See badeten.

Angestrengt spähte Iantine hinunter und versuchte, Debera zu entdecken. Doch um einzelne Menschen oder Drachen zu erkennen, flogen sie noch zu hoch. In einiger Entfernung waren zwei braune Drachen dabei, die Beutetiere, die sie soeben geschlagen hatten, mit gierigen Bissen zu verschlingen. Jählings tauchte ein anderer Drache über dem Wachreiter auf, der durch Zeichen zu verstehen gab, der Neuankömmling möge landen.

Mittlerweile hatte sich Charanth in Spiralen dem Vulkankessel so weit genähert, dass er identifiziert wurde, und voller Begeisterung hieß man ihn willkommen. Iantine spürte deutlich ein Rumpeln im mächtigen Leib des Tieres und fragte sich, ob dies Gegrummel der Verständigung der Drachen untereinander diente. Fest drückte er das Bild an die Brust, damit der Wind, der während des Sturzflugs an ihnen vorbeizischte, es ihm nicht aus den Händen riss.

K'vin drehte sich zu ihm und fragte: »Wo soll ich Sie absetzen? Vor dem Höhleneingang?«

»Ja, bitte.« Iantine musste all seine Kräfte aufbieten,

um das Bild nicht zu verlieren, so sehr rissen die Sturmböen an der Leinwand.

Endlich durfte er absitzen, und so rasch wie möglich ließ er sich von Charanths Rücken gleiten.

»Haben Sie vielen Dank, K'vin«, sagte er hochblickend, wobei er seine Augen mit der Hand vor der Sonne abschirmte.

»Keine Ursache. Sie haben sich diesen Drachenritt mehr als verdient.«

Abermals ertönte ein Grollen aus Charanths Rumpf. Seine gemächlich kreisenden blauen Augen fixierten Iantine, der ihm dankbar salutierte. Der Bronzene stieß sich vom Boden ab, klatschte zwei Mal mit den Schwingen und landete auf dem Felssims vor dem Quartier der Weyrherrin.

»Endlich sind Sie wieder da!«, jubelte Leopol und kam aus der Unteren Kaverne angerannt. Vor Freude vollführte er Luftsprünge, und Iantine musste seinen Übermut bremsen, damit er ihm nicht versehentlich das Bild aus der Hand schlug.

»Was haben Sie gemalt?«, wollte der Junge neugierig wissen.

»Es ist ein Porträt, das korrigiert werden muss«, erklärte Iantine, der längst begriffen hatte, dass Leopol sich nicht mit Ausflüchten abspeisen ließ.

»Ach, das Bild von dem ollen Chalkin.« Leopol wollte danach greifen, doch Iantine hielt es außer seiner Reichweite.

»Du hast ein helles Köpfchen«, schmunzelte Iantine.

»Ich weiß.« Leopol versuchte erst gar nicht, sein selbstgefälliges Grinsen zu unterdrücken. »Was war los, als ihr ihn abgeschoben habt?«

Iantine starrte den Buben an. »Abgeschoben? Was redest du da?«

Leopol stemmte die Hände auf seinen Hosengurt, legte den Kopf schräg und bedachte Iantine mit einem hochnäsigen Blick.

»Erstens: Sie sind auf einem Drachen vom Fort-Weyr weggeritten. Zweitens: Sie blieben über Nacht fort, also war etwas Großes im Gange. Vor allen Dingen, wenn auch die Weyrführer ausbleiben. Drittens: Jeder weiß doch, dass es Chalkin an den Kragen gehen sollte, und viertens kommen Sie mit einem Porträt zurück, das Sie nicht hier angefertigt haben.« Leopol breitete die Arme aus. »Daraus lässt sich nur ein einziger Schluss ziehen: Die Burgherren und Weyrführer haben sich zusammengetan und Chalkin den Marschbefehl gegeben. Im Klartext heißt das, er wurde seines Amtes enthoben und ins Exil geschickt. Hab ich Recht?« Er lächelte zufrieden. »Hab ich Recht?«, wiederholte er.

Iantine stieß einen Seufzer aus. »Es ist nicht meine Aufgabe, zu diesem Sachverhalt Stellung zu nehmen«, entgegnete er diplomatisch und steuerte auf sein Quartier zu.

Leopol versperrte ihm den Weg. »Aber ich hab doch richtig geraten, oder? Chalkin wollte Bitra nicht auf den Fädenfall vorbereiten, er hat seine Leute schikaniert, und die meisten Burgherren haben bei ihm hohe Spielschulden.«

Iantine stutzte. »Spielschulden?« Er drängte sich an Leopol vorbei, entschlossen, sich in die relative Abgeschiedenheit seiner Kammer zu begeben. Doch er hütete sich, Leopol allzu viel zu verraten, aus Furcht, der Junge könnte Klatsch weitertragen.

»Ah, Iantine!« Tisha hatte ihn erspäht und kam mit einer für ihre Leibesfülle beachtlichen Behändigkeit zu ihm gelaufen, sich geschickt an den Tischen vorbeilavierend. »Hat man mit Chalkin kurzen Prozess gemacht? Hat er sich gewehrt? Ging seine Frau mit ihm ins Exil? Was mich offen gestanden überraschen würde. Ist Vergerin noch am Leben und wohlauf und hat man ihn gefunden? Übernimmt er die Leitung der Burg, oder muss er warten, bis am Ende des Planetenumlaufs das Konklave zusammentritt?«

Leopol krümmte sich vor Lachen, als er Iantines verdatterte Miene sah.

»Ja, ja, nein, ja und nochmals ja«, antwortete der Künstler auf ihre Fragen.

»Sehen Sie?«, frohlockte Leopol. »Ich bin nicht der einzige Weyrbewohner, der sich für solche Sachen interessiert.«

»Ich will alles haargenau hören, Iantine«, bestimmte Tisha und stellte Klahbecher sowie eine Schale mit frisch gebackenen Keksen auf einen Tisch. »Setzen Sie sich und greifen Sie zu. Sie scheinen allerhand hinter sich zu haben.«

»Ich bringe das Bild in Ihr Quartier«, erbot sich Leopol und riss dem überrumpelten Iantine das Porträt aus den Händen. »Ich schaue es mir auch nicht an, es sei denn, Sie erlauben es mir ausdrücklich.«

»Warte, Leo«, rief Tisha. »Ich will sehen, was Chalkin unter ›zufrieden stellend‹ versteht.«

»Hat man denn hier überhaupt kein Privatleben?«, beklagte sich Iantine und hob in einer hilflosen Geste die Hände. »Gibt es in einem Weyr keine Geheimnisse?«

»Nein, in einem gut geführten Weyr bleibt nichts verborgen«, gab Tisha ungerührt zurück. »Essen und trinken Sie. Und du, Leo, bringst diesen Korb in K'vins Weyr. Ich habe Zulaya und Meranath nicht gesehen, vielleicht sind sie in Burg Telgar gelandet.«

Auf einmal merkte Iantine, wie erschöpft er war, und ehe die Beine unter ihm nachgaben, ließ er sich auf einen Stuhl plumpsen, den Tisha ihm einladend zurechtrückte.

»Darf ich?«, fragte Leopol keck und machte Anstalten, Chalkins Porträt auszupacken.

»Ich werde dich ohnehin nicht daran hindern können, einen Blick auf das Bild zu werfen«, resignierte Iantine und fing hastig den Skizzenblock auf, der herausfiel, als der Junge die Umhüllung vom Bild schälte.

Iantine legte den Block zur Seite. Er hatte keine Lust, seine neuesten Skizzen irgendjemandem zu zeigen. Kurz nachdem er die beiden kastrierten Vergewaltiger gezeichnet hatte, waren sie gestorben. Jetzt schämte er sich, weil er sich über ihre Verurteilung gefreut hatte. Damals hatten die Männer nicht geahnt, welche zusätzliche Strafe Chalkin über sie verhängen würde.

Iantine fiel der Blick auf, mit dem Tisha ihn musterte, und er argwöhnte, sie habe erraten, was in ihm vorging. Zum Glück starrte ihnen nur der stark geschönte Chalkin von dem Bild entgegen, und Tisha prustete los.

Die Wirtschafterin hatte ein ungemein ansteckendes Lachen. Ein Kichern von ihr genügte, um gute Stimmung zu verbreiten. Iantine bedurfte dringend einer Aufheiterung, und wenn seine aufgewühlten Emotionen ihn auch daran hinderten, sich ungehemmt der Fröhlichkeit hinzugeben, so brachte er doch ein Lächeln zuwege.

Tishas Gelächter zog die Aufmerksamkeit aller Leute auf sich, die sich in der Küchenkaverne aufhielten, und bald war der Tisch, an dem Iantine, Leopol und die Wirtschafterin saßen, von Neugierigen umringt, die wissen wollten, wie Chalkin sich ›zufrieden stellend‹ abgebildet fühlte. Iantine musste schildern, was sich in Burg Bitra abgespielt hatte. Jeder begrüßte es, dass Chalkin seines Amtes enthoben und auf eine abgeschiedene Insel verbannt worden war.

»Dieses Urteil ist noch viel zu milde für ihn«, meinte jemand.

»Jetzt hat er keine Untertanen mehr, die er nach Herzenslust schurigeln kann.«

»Kam jemand zu Schaden?«

»Wer übernimmt jetzt seinen Posten, so kurz vor dem erwarteten Fädenfall?«

Iantine antwortete so vorsichtig wie möglich, und er staunte, wie präzise sich die Weyrleute mit ihren Mutmaßungen die Wahrheit zusammengereimt hatten.

Man schien über eine Festung, die nicht dem Telgar-Weyr angehörte, recht gut informiert zu sein. Da er seine eigenen Erfahrungen mit Chalkin nicht breitgetreten hatte, mussten die Weyrbewohner ihr Wissen aus anderen Quellen beziehen. Ein paar der Älteren erinnerten sich, dass Vergerin mit Chalkin um die Führung der Burg gespielt und verloren hatte und kannten sich mit dem Stammbaum dieses Clans bestens aus.

Iantine tat sich an dem Klah und den Keksen gütlich und ließ sich später eine herzhaftere Mahlzeit aus Brot, Käse und Wherryfleisch von Leopol servieren. Als er K'vin entdeckte, der ihn zu sich winkte, hegte er einen Moment lang die Befürchtung, er sei zu weit gegangen, als er die Vorfälle in Burg Bitra erzählte. Vielleicht hätte er doch besser den Mund gehalten.

Er bat Leopol, Chalkins Konterfei in sein Quartier zu bringen, schnappte sich seinen Skizzenblock – weil er wusste, dass Leopol sich in einem unbeobachteten Augenblick die Bilder anschauen würde – und begab sich zu K'vin. Da die Umstehenden sich von ihm keine weiteren Neuigkeiten erhofften, machte man ihm bereitwillig Platz.

»Es tut mir Leid, Weyrführer, weil ich vorgegriffen und Dinge erzählt habe, die möglicherweise nicht für die Allgemeinheit bestimmt sind …«

K'vin riss die Augen auf. »Nicht für die Allgemeinheit bestimmt? Dass ich nicht lache! Die Leute wussten doch schon das meiste.«

»Aber nicht, wie viele Gefangene Chalkin in seinen Kühlfächern quälte!«, platzte Iantine ergrimmt heraus.

K'vin legte ihm den Arm um die Schultern. »Ich glaube, diese Geschichte wird mir noch lange Albträume bescheren.« Er erschauerte. »Vielleicht sollten Sie sich jetzt ein wenig Ruhe gönnen.«

»Auf gar keinen Fall, wenn Sie für mich etwas zu tun haben.« Er brauchte nicht einmal in sein Quartier zu gehen, denn seine Farben und Pinsel befanden sich bereits in den Wohngemächern der Weyrführer.

K'vins ernste Miene hellte sich auf. »Ich habe ausnahmsweise Zeit, und Sie wollen doch mein Porträt zu Ende bringen ... Es sei denn, Sie möchten zuvor Chalkins Konterfei übermalen. Und Bridgely kann es kaum abwarten, dass Sie nach Benden kommen. Sie sind ein sehr gefragter Mann.«

Iantine wurde verlegen. K'vin spürte, wie unangenehm ihm das Lob war und klopfte ihm anerkennend auf die Schulter.

»Wie sehen Ihre Pläne aus, Künstler Iantine?«

»Selbstverständlich beende ich zuerst Ihr Porträt. Hat Ihnen das Bild von Zulaya gefallen?«

»Ich bin begeistert, Iantine. Sie haben die Weyrherrin so dargestellt, wie sie ist – wunderschön.«

»Ich malte nur, was ich sah.«

»Ja, sie ist wirklich eine Augenweide.«

Irgendetwas an dem Tonfall machte Iantine stutzig. Als Weyrführer waren die beiden doch ein Paar, oder? Stets legten sie Wert darauf, ihre gute Partnerschaft zu demonstrieren. Doch mittlerweile hatte Iantine es sich angewöhnt, auf Untertöne zu achten, und nicht alles war in Wirklichkeit so, wie es sich einem ahnungslosen, unbefangenen Betrachter darbot.

Aber es stand ihm nicht zu, der Sache auf den Grund zu gehen, obwohl ihn mittlerweile so etwas wie Freundschaft mit K'vin verband. Seine Bewunderung für den Weyrführer wuchs ständig. Zulaya wirkte ein bisschen reserviert, das hatte er während ihrer Sitzungen gemerkt, allerdings war sie auch wesentlich älter als Iantine und hielt ihn vielleicht für einen jungen Schnösel. Und älter als K'vin war sie auch, fiel ihm ein.

»Das rote Kleid steht ihr ausgezeichnet«, sagte er, um das peinliche Schweigen zu unterbrechen.

»Ja, sie ließ es sich eigens für das letzte Ausschlüpfen

der Jungdrachen nähen«, erzählte K'vin. Das Lächeln, mit dem er Iantine ansah, hatte nichts Aufgesetztes oder Gekünsteltes an sich.

Iantine fragte sich, ob die jüngsten Ereignisse sein Urteilsvermögen vielleicht getrübt hatten und er sich aufgrund seiner überreizten Nerven Dinge einbildete, die gar nicht existierten. Mittlerweile hatten sie die Treppe zum Weyr erreicht und stiegen sie hoch. Oben angelangt, freute sich Iantine, dass er nicht nach Luft schnappen musste.

»Sie sind wieder topfit«, lobte K'vin ihn und ließ ihm den Vortritt in den Weyr.

»Das wurde auch höchste Zeit«, erwiderte Iantine lakonisch. Er blieb stehen, um sich an der phantastischen Aussicht zu weiden. Der Blick ging ungehindert über den See, an dessen Ufer sich die Weyrlinge mit den Drachen beschäftigten. Jawohl, jetzt hatte er Debera erspäht, die Morath einölte. Er nahm sich vor, später mit ihr zu sprechen. Vielleicht konnte er sogar gemeinsam mit ihr zu Abend essen und ihr Chalkins Porträt zeigen, ehe er es änderte.

Würde es ihm gelingen, das düstere Naturell dieses Menschen in den Gesichtszügen zum Ausdruck zu bringen? Zu zeigen, welche Gewissenlosigkeit und niedrige Gesinnung sich hinter dem pompösen Äußeren verbargen?

Während er darüber nachdachte, sah er zu, wie K'vin sein bestes Gewand anlegte, in dem er sich malen lassen wollte. Leise Zweifel beschlichen den Künstler, als er diesen gut aussehenden Mann vor sich sah. Reichte sein Talent aus, eine solche Persönlichkeit zu porträtieren?

Mitten in den hektischen Vorbereitungen zum Ende des Planetenumlaufs musste Clisser den verschnupften S'nan förmlich anbetteln, damit dieser ihn nach Telgar zur Ingenieursgilde beförderte. Clisser wollte dort mit maßgeblichen Leuten erörtern, ob es möglich sei, eine

Steinsetzung wie das vorzeitliche terranische Stonehenge auf Perns Zwecke umzumünzen und zu errichten.

S'nan indessen erzählte er nur, er müsse Kalvi in einer dringenden Angelegenheit sprechen. S'nan würde es ohnehin ablehnen, eine Anlage wie Stonehenge zu bauen, um die Perneser vor der Ankunft des Roten Sterns zu warnen. Er fand, wenn die Drachenreiter diese Warnfunktion übernähmen, genüge dies voll und ganz. Wichtig sei nur, sie während der jahrhundertelangen Intervallphase aktiv zu halten.

Jemmy hatte den prähistorischen Steinkreis gewissenhaft nachgezeichnet und mit einer Skizze ergänzt, die zeigte, wie Stonehenge ursprünglich ausgesehen haben musste. Diese Konstruktionspläne konnten Kalvi und seinem Team wertvolle Anhaltspunkte verschaffen.

Kalvi streifte die Zeichnungen zuerst mit einem abfälligen Blick, doch nach kurzem Zögern vertiefte er sich in die Pläne. Man sah ihm buchstäblich an, wie sein Respekt vor dieser Steinsetzung wuchs.

»Augenstein? Fingerfelsen? Sonnenwende?« Er schenkte Clisser ein strahlendes Lächeln. »Mit diesen Skizzen kann man schon eine Menge anfangen.« Dann zog er die Stirn kraus. »Hätten Sie damit nicht früher an mich herantreten können? In zwei Wochen haben wir Wintersonnenwende.«

»Ich …«, begann Clisser.

»Entschuldigen Sie, mein Freund«, wiegelte Kalvi ab. »Sie waren ja mit den Proben und anderen Dingen vollauf beschäftigt. Hmm. Lassen Sie mir die Bilder hier. Ich denke schon, dass wir etwas Geeignetes austüfteln …« Anerkennend blätterte er in Jemmys Skizzen. »Ich muss schon sagen, der Bursche hat Talent.«

»Dass Sie ja nicht auf den Gedanken kommen, ihn von meinem Kollegium abzuwerben«, warnte Clisser und funkelte Kalvi so böse an, als sei er einer seiner Schüler, den er bei einer Unbotmäßigkeit ertappt hatte.

Kalvi schmunzelte und tat so, als schrecke er ängstlich zurück, doch seine ungeteilte Aufmerksamkeit galt den Plänen. »Wir schaffen das schon.« Er stieß einen übertriebenen Seufzer aus. »Im Improvisieren sind wir nicht zu schlagen.«

Als Clisser sich schließlich verabschiedete, tat er dies in der festen Überzeugung, bis zum Konklave sei das anstehende Problem gelöst.

## Kapitel 14

# Das Ende des Planetenumlaufs in Burg Fort und im Telgar-Weyr

Traditionsgemäß trafen sich die Burgherren und die Weyrführer sowie die geladenen Vorsitzenden der verschiedenen Berufsstände am Tag vor dem Ende des Planetenumlaufs – der Wintersonnenwende – im Konklave, um zu beraten, welche Themen bei den Versammlungen anlässlich der Festlichkeiten zur Sprache gebracht werden sollten.

Stand ein Referendum auf der Tagesordnung, würden die Einzelheiten vorher bekanntgegeben. Zusätzlich wurde der Text am Abend vor der Abstimmung in jeder größeren Burg und Ansiedlung verlesen. Am Morgen des ersten Tages eines neuen Planetenumlaufs gab man dann die Stimmen ab; das Ergebnis des Referendums sollte dann in einem zweiten Konklave diskutiert werden.

In diesem Jahr, 258 Planetenumdrehungen nach der Landung der ersten Kolonisten auf Pern, kam dem Konklave eine ganz besondere Bedeutung zu, denn in Bälde erwartete man den berüchtigten Fädeneinfall. Obwohl Vergerin erst seit zwanzig Tagen die Zügel in der Hand hielt, stand bereits fest, dass er Bitra mit Umsicht und Geschick verwaltete. Von seinen Mitarbeitern verlangte er einen hohen Einsatz, doch stets blieb er gerecht. Keiner der jungen Leute beklagte sich, wenn sie von ihren Eltern über die Arbeitsbedingungen ausgefragt wurden.

Vergerin hatte Drachenreiter herumgeschickt, die Chalkins Verbannung verkündeten und jeden einluden, sich zum Ende des Planetenumlaufs in Burg Bitra einzufinden. Für die entstehenden Reisekosten käme Vergerin auf. Er musste auf sein Privatvermögen zurückgreifen, denn bis jetzt hatte man Chalkins Schatzkammer noch nicht entdeckt; fest stand nur, dass er keine Kostbarkeiten mit ins Exil genommen hatte. Nadona behauptete, nichts von gehorteten Schätzen zu wissen und jammerte unentwegt, sie selbst besitze keine einzige Marke.

Das Lehrerkollegium beschloss, zum Ende des Planetenumlaufs in Bitra ein Konzert zu geben. Außerdem brächte man auf Vergerins ausdrücklichen Wunsch hin Kopien der Verfassung mit, die an die Kleinpächter verteilt würden. Dies bedeutete, dass die Anzahl der gedruckten Kopien, die im Kollegium aufbewahrt wurden, auf ein paar Dutzend Exemplare schrumpfte, doch Clisser hielt Vergerins Bitte für gerechtfertigt.

Außerdem plante man Sheledons anspruchsvolle Landungssuite aufzuführen – in der die Verfassung erwähnt wurde – und das Publikum verstünde viel besser, wovon die Rede war, wenn sich jeder selbst über den Inhalt der Charta aufklären konnte. Die Zeiten, in denen die Einwohner von Bitra über ihre verfassungsmäßigen Rechte bewusst im Unklaren gehalten wurden, waren ein für allemal vorbei.

Als das Konklave zusammentrat, wurde Vergerin konsequenterweise als neuer Burgherr von Bitra bestätigt. Man verlangte nicht von ihm, dass er Chalkins Söhne zu seinen Nachfolgern erzog, obwohl der menschliche Anstand gebot, dass er für ihre Erziehung und eine Berufsausbildung sorgte.

Da Erben nicht unbedingt einem legitimen Ehebund entstammen mussten, setzte Vergerin seinen neun Jahre alten Sohn und eine fünf Jahre alte Tochter offiziell als seine Nachkommen ein. Wer die Mutter der Kinder war, wusste niemand. Vergerin erklärte, er wolle sich eine geeignete Gemahlin nehmen, die an seiner Seite als Burgherrin fungieren sollte.

Danach kam Clisser an die Reihe, der über eine eindeutige und unzerstörbare Methode zur Bestimmung des Fädeneinfalls berichtete. Er versprach, an der nach Osten gewandten Fassade eines jeden Weyrs eine derartige Vorrichtung installieren zu lassen. Kalvi, der sehr selbstgefällig dreinschaute, nickte weise, und Paulin fühlte sich beruhigt. Nie wieder sollte jemand vom Schlage Chalkins Gelegenheit bekommen, einen künftigen Fädenfall glattweg abzuleugnen.

Als Nächstes debattierte man über die Errichtung einer neuen Festung mit dem Namen Crom. Hitzige Wortgefechte entbrannten.

»Die Leute haben ein Anrecht auf Landzuteilung«, ergriff Bastom unerwartet Partei für die Antragsteller. »Warum sollen sie diese neue Ansiedlung nicht als Burg bezeichnen?«

»Aber dann verlangen sie gleich Autonomie, und außerdem liegt die geplante Siedlung viel zu abgeschieden in den Bergen«, hielt Azury dagegen.

»Sollen sie doch beweisen, dass sie sich selbst versorgen und verwalten können«, meinte Tashvi. Der Vorschlag kostete einige Überwindung, denn Telgar bewirtschaftete ebenfalls Erzminen.

»Sie müssen dieselben Gesetze befolgen wie alle anderen auch«, bemerkte Azury trocken. »Es stellt sich die Frage, ob wir so kurz vor einem Fädenfall Experimente mit ungewissem Ausgang erlauben dürfen.«

»Gestehen wir ihnen ganz einfach eine Probezeit zu, und erst danach wird über die endgültige Gründung einer neuen Burg beschlossen«, versetzte Bridgely. Sein Rat fand allgemeine Zustimmung.

Die restlichen Punkte der Tagesordnung wurden besprochen, ohne dass sich nennenswerte Meinungsunterschiede ergaben. In diesem Jahr stand kein Referendum zur Debatte.

»Aber jeder von Ihnen erhält ein vollständiges Protokoll über die Gerichtsverhandlungen und Chalkins

Amtsenthebung«, verkündigte Paulin. »Die Wahrheit soll sich herumsprechen, damit nicht noch mehr wilde Gerüchte kursieren.«

»Angeblich soll Chalkin dem Kannibalismus gefrönt haben!« Diese Unterstellung hatte Bridgely über alle Maßen empört. »Er war in der Tat ein Sadist, aber ihm Menschenfresserei vorzuwerfen, geht wirklich zu weit.«

»Wie um alles in der Welt konnte eine so abenteuerliche Spekulation nur aufkommen?«, wunderte sich Paulin. S'nan blickte bestürzt drein und starrte den Burgherrn von Benden fassungslos an.

»Vermutlich, weil von ›Kühlfächern‹ die Rede war, in denen Chalkin missliebige Personen aufbewahrte«, sagte Bridgely angewidert.

»Dieser Ausdruck stammt nicht von uns!«, beschied ihm Azury achselzuckend.

»Nun ja, wir werden versuchen, diesen Tratsch aus der Welt zu schaffen«, entgegnete M'shall ärgerlich. »Die Fakten sind schon haarsträubend genug, wir brauchen uns nicht noch mit Ausgeburten der Phantasie herumzuschlagen.«

»Die Leute müssen wissen, wie mit den Vergewaltigern und Mördern verfahren wurde«, warf Richud ein.

»Selbstverständlich. Tatsachen müssen publik werden, aber Gerüchte sollten wir im Keim ersticken«, bekräftigte Paulin. Er stand auf und klopfte mit seinem Hammer auf den Block. »Hiermit erkläre ich diese Sitzung des Konklaves für beendet. Feiern Sie das Ende des Planetenumlaufs, und im neuen Jahr sehen wir uns wieder.«

Er selbst hatte sich vorgenommen, die Festlichkeiten nach Herzenslust zu genießen, denn schwere Zeiten standen ihnen bevor. An den Mienen der anderen Sitzungsteilnehmer erkannte er, dass auch sie sich auf die Feiern freuten. Besonders der junge Gallian wirkte gelöst und erwartungsfroh. Abgesehen von der Tatsache, dass Gallian in der Angelegenheit mit Chalkin den ausdrücklichen Wunsch seines Vaters missachtet hatte, gab er dem alten Jamson keinen Anlass, an seinen Führungsqualitäten zu zweifeln. Er verwaltete die Hochland-Provinz in vorbildlicher Weise.

Trotzdem fand Paulin, es könne nicht schaden, Jamson das Gerücht über Chalkins vorgeblichen Kannibalismus zuzutragen; vielleicht änderte er dann seine Meinung über dessen Verbannung ins Exil. Derweil machte Theas Genesung nur schleppende Fortschritte, und sie hatte ihren Gemahl dazu überredet, ihren Aufenthalt im milden Klima von Ista bis in den neuen Planetenumlauf hinein zu verlängern. Auf diese Weise konnte allmählich Gras über die Chalkin-Affäre wachsen.

Das Ende des Planetenumlaufs war für jedermann ein Feiertag, bis auf diejenigen, die bei der Aufführung der ›Landungssuite‹ mitwirkten. Clisser hatte alle Hände voll zu tun mit Proben, Änderungen in letzter Minute und den Unterweisungen der zweiten Besetzungen, die für erkrankte Orchester- und Chormitglieder einsprangen.

Zusätzlich befasste er sich mit den präzisen Kalkulationen, die erforderlich waren, wenn man einen Mechanismus zur Vorhersage eines Fädenfalls installieren wollte. Allerdings fungierte er in erster Linie als Koordinator und Beobachter, denn ein Team aus Astronomen, Ingenieuren und Weyrführern erhielt den Auftrag, am östlichen Rand eines jeden der sechs Weyr Geräte zur optischen Überwachung des Himmels aufzustellen.

Clisser, Jemmy und Kalvi wollten die Methode zuerst in Benden ausprobieren, dem ersten Weyr, der das Phänomen mit bloßem Auge beobachten konnte; dann kämen die fünf restlichen Weyr an die Reihe.

Es war wichtig, in Benden mit akribischer Genauigkeit vorzugehen, weil alle anderen Installationen auf diesen Ort Bezug nehmen würden. Clisser hegte nicht den geringsten Zweifel an der Exaktheit der Berechnungen, da Kalvi die Ergebnisse immer und immer wieder überprüfte. Clisser kannte die notwendigen Schritte, die dazu führen sollten, den Roten Stern zu observieren, mittlerweile auswendig.

Am östlichen Kraterrand wollte man ein kreisrundes ›Auge‹ einsetzen, auf das ein so genannter ›Fingerfelsen‹ zeigte. Seit einer Woche waren Kalvis Leute dabei, die beiden Markierungspunkte auszufluchten, damit sich die Bahn des Roten Sterns verfolgen ließ. Zur endgültigen Installation brauchte man nur noch eine absolut sternenklare Nacht.

Kalvi gab sich viel Mühe mit der Konstruktion des ›Augensteins‹, in dessen kreisrunder Aussparung man den Roten Planeten am Morgen der Wintersonnenwende sehen konnte. Das größte Problem bereitete die Ausrichtung des Fingerfelsens, neben dem der Beobachter stehen musste, um die Position des Wanderplaneten zu erkennen.

Der Fingerfelsen musste so beschaffen sein, dass Menschen unterschiedlicher Körpergröße die Vorrichtung benutzen konnten. Zur Veranschaulichung hatte man Pläne von Stonehenge und anderen prähistorischen Steinsetzungen herangezogen. Bethanys Schüler hatten die Bilder aus alten, nie gebrauchten Dokumenten aufgestöbert.

Clisser war froh, dass Sallisha sich nach Nerat begeben hatte, um dort das Ende des Planetenumlaufs zu feiern und gleich im neuen Jahr mit ihrer dortigen Lehrtätigkeit zu beginnen. Mit Sicherheit hätte sie ihm unter die Nase gerieben, wie Recht sie doch mit ihrer Forderung hatte, altes Wissen zu konservieren.

In Gedanken legte er sich bereits Argumente zurecht, mit denen er kontern wollte, falls sie auf die Idee kam, ihm einen Brief zu schreiben. Hauptsächlich konnte er sich darauf berufen, dass es immer irgendjemanden geben würde, der sich mit Vorgeschichte befasste und wusste, wie man Quellenstudium betrieb.

Dann war es soweit, und Clisser stand aufgeregt und frierend auf dem Kraterrand des Benden-Weyrs. Die Teleskope waren ausgerichtet, und Kalvi und Jemmy stellten die selbst angefertigten Gerätschaften auf. Als Zeiger hatte Kalvi einen Kegel aus Stein konstruiert. Jemand, der zu einer bestimmten Stunde sein Kinn auf die Spitze des Konus legte, würde den Roten Stern im Ring des Augensteins sehen, sowie dieser Unheil bringende Planet über dem Horizont von Pern auftauchte.

Sicherheitshalber mussten sie unterschiedlich große Leute als Beobachter auswählen, doch dies war ein rein technisches Problem, das sie sogleich angehen konnten. Clisser war der Größte aus dem Team, Kalvi der Kleinste. M'shall und Jemmy lagen irgendwo dazwischen. Wenn jeder von ihnen den Roten Stern im Augenstein erkennen konnte, war die Vorrichtung korrekt ausgefluchtet.

Ob sich die Maßnahme auch konkret bewähren würde, stünde erst in ungefähr zweihundert Jahren fest, beim dritten Vorbeizug des Roten Sterns.

Clisser genoss den Augenblick. Wenn ihm nur nicht so kalt gewesen wäre. Er schlug sich die Arme gegen den Körper, um sich ein wenig aufzuwärmen. Trotz der dicken Bekleidung fror er erbärmlich. In den Stiefeln konnte er kaum noch die Zehen spüren, und sein Atem gefror in der eisigen Luft, sodass er schon befürchtete, der weiße Schwaden könne die Sicht beeinträchtigen.

»Da kommt er!«, sagte Kalvi mit gepresster Stimme. Clisser strengte die Augen an, vermochte in der frühmorgendlichen Dämmerung indessen nichts zu erkennen. Kalvi spähte durch sein Instrument.

Ein Hauch von Rot erschien am unteren Rand des Auges, ein Fleck, der zu pulsieren schien. Aus den Aufzeichnungen des Kolonistenschiffs *Yokohama* wussten sie, dass der Rote Stern größenmäßig der Venus entsprach, einem Schwesterplaneten der alten Erde. Und er war genauso unbewohnbar.

Während Clisser mit angehaltenem Atem schaute, kam es ihm vor, als sähe man diesem Planeten an, dass er Tod und Verderben in seinem Gefolge mit sich führte. Hatte man nicht einen anderen Satelliten des Sol-Systems als ›Roten Planeten‹ bezeichnet? Ja, sicher, der astronomische Name lautete Mars. Benannt war er nach einem Kriegsgott.

Rot war die passende Farbe für einen Planeten, der Unheil brachte. Clisser fragte sich, wie es möglich war, dass die Fäden, ein lebendiger Organismus, sich auf einer Welt entwickeln konnten, die einen so erratischen Orbit besaß wie der ominöse Rote Stern. Seine stark in die Länge gezogene elliptische Umlaufbahn führte ihn die meiste Zeit weg von Rubkats Leben spendender Wärme. Selbstverständlich wusste Clisser, dass seine Raumfahrt betreibenden Ahnen noch viel merkwürdigere Lebensformen im All entdeckt hatten. Die Nathi zum Beispiel, um eine weitere bösartige Spezies zu nennen.

Doch der auf Rubkats Satelliten heimische Mykorrhizoid besaß keinerlei Intelligenz. Dieser Organismus vernichtete anderes Leben, ohne sich dessen bewusst zu sein. Clisser seufzte. In gewissem Sinne fasste er dies als Trost auf. Die Fäden zerstörten jede organische Materie, weil sie gar nicht anders konnten; sie waren genetisch darauf programmiert zu fressen, ohne indessen Böses zu beabsichtigen.

Den Opfern nützte dieses Wissen allerdings nichts, führte Clisser seinen Gedankengang fort. Er erinnerte sich an die Dokumentation eines Fädenfalls, die er auf Video gesehen hatte. Jetzt bedauerte er es, dass er davon nicht hatte Skizzen anfertigen lassen; selbst ein einziges Bild würde genügen, um zu veranschaulichen, welch verheerende Folgen ein Fädenschauer anrichtete.

Iantines Zeichnungen von den Vorgängen in Bitra

hatten Clisser ungemein beeindruckt. Obwohl man ein so großes Talent nicht verschwenden sollte, indem man den Künstler hauptsächlich Kopien anfertigen ließ. Nach einer Vorlage zeichnen konnte fast jeder. Doch nur wenigen Begabten war es vergönnt, kreativ zu sein.

Unterdessen kroch der rote Schimmer im Rund des Augensteins immer höher.

»Geschafft!«, brülle Kalvi. Ein letztes Mal drehte er an dem eisernen Ring auf dem Steinsockel. »Die Ausrichtung ist perfekt. Zementiert die Lücke im Felsen rasch zu. Ihr da am Fingerfelsen! Beobachtet das Phänomen. Jetzt müsste jeder von euch den Roten Stern im Augenstein sehen.«

Die Beobachter stellten sich in einer Reihe auf, und nacheinander probierten sie die astronomische Vorrichtung aus.

Kalvi war begeistert. »Das genügt. Ist der Ring auch fest einzementiert? Wunderbar.« Dann wandte sich der Ingenieur an M'shall. »Bei der Liebe zu Ihrem Drachen, lassen Sie ja niemanden an dem eisernen Ring herummanipulieren. Ich habe einen schnell bindenden Zement benutzt, doch die geringste Verschiebung genügt, und es ist aus mit der Präzision!«

»Niemand wird hier heraufkommen«, versprach M'shall und beäugte nervös den Metallkreis auf dem Steinsockel. Das Gerät kam ihm unglaublich zerbrechlich vor, obschon er wusste, dass die Anlage aus Eisen und massivem Fels bestand. Langsam wanderte der Rote Stern über den Horizont. »Aber der Metallkreis wird doch durch ein steinernes Auge ersetzt, oder?«

»Ja, keine Bange. Der Steinkreis wird haargenau dieselbe Position einnehmen wie der Eisenring«, sicherte Kalvi ihm zu. Er rieb sich die Hände und lächelte triumphierend. »Und jetzt müssen wir anderenorts auf die Morgendämmerung warten.«

»Sicher, aber zuvor sollten wir frühstücken.«

»Ha! Das hat Zeit bis später. Doch gegen einen Becher Klah hätte ich jetzt auch nichts einzuwenden.« Kalvi sammelte seine Ausrüstung ein und bedeutete seinen Leuten, sich zu sputen. »Beeilung, Männer, wir müssen noch fünf weitere Augen auf den Roten Stern richten.« Er blickte in die Runde. »Wo sind die Drachen?«

»Hier entlang«, erwiderte M'shall und führte den Trupp über das Felssims zu der Stelle, an der die braunen Drachen mit ihren Reitern warteten.

»Das ist gut. Danke, M'shall.« Kalvi schulterte die klirrenden Eisenringe und eilte im Geschwindschritt zu den Drachen. Seine Männer folgten ihm hinterdrein. Seufzend setzte sich Clisser ebenfalls in Bewegung.

Ihm grauste vor der Kälte im *Dazwischen*. Um das astronomische Gerät in Igen aufzubauen, blieben ihnen anderthalb Stunden, doch für Ista und Telgar hatten sie jeweils nur eine halbe Stunde Zeit. Danach konnten sie eine Pause einlegen und sich mit einem Imbiss stärken, ehe sie nach Fort weiterflogen. Der Hochland-Weyr war ihre letzte Station, weil dort die Sonne am spätesten aufging.

S'nan passte es nicht, am längsten warten zu müssen, doch an Rubkats Bahn ließ sich nun mal nichts ändern. Clisser hatte gehört, dass S'nan sich nicht mit Chalkins Absetzung und Verbannung anfreunden konnte. S'nan galt als der schwierigste aller Weyrführer. Er war unflexibel und autoritär, doch das sollte nicht heißen, dass er nicht befähigt war, seinen Weyr während des Vorbeizugs des Roten Sterns erstklassig zu führen. Clisser war froh, dass er sich mit diesem Problem nicht befassen musste. Weyrangelegenheiten gingen ihn zum Glück nichts an, auf seinen Schultern lastete ohnehin genug Verantwortung.

Er nahm sich vor, sich im Fort-Weyr etwas Ruhe zu gönnen, damit er während der Generalprobe des Konzerts nicht vor Müdigkeit umkippte. Falls Sheledon während seiner Abwesenheit noch irgendwelche Ände-

rungen in letzter Minute eingeführt hatte, würde er ihn nach allen Regeln der Kunst abkanzeln. Mit den vielen Neuerungen kam keiner mehr zurecht. Aber Clisser wusste, dass Sheledon mit seiner Landungssuite ein absolutes Meisterwerk geschaffen hatte.

»Sitzen Sie auf, Meister Clisser«, riss eine angenehme Stimme ihn aus seinen Gedanken. »Dass Sie mir ja nicht in den Abgrund fallen!«

Mit einem Ruck kehrte Clisser in die Wirklichkeit zurück. »Ja, ja, entschuldigen Sie, ich war ein wenig zerstreut.« Er lächelte zu dem braunen Reiter empor, der ihm eine Hand entgegenstreckte.

»Danke«, sagte Clisser zu dem Drachen, der freundlicherweise eine Vordertatze anwinkelte, um ihm das Aufsitzen zu erleichtern.

Und dann saß er rittlings auf dem großen Tier und klammerte sich an den Sicherheitsgurt.

»Ich bin soweit.«

Clisser hielt den Atem an, als sich der Drache in die Finsternis des Kraterkessels hinabstürzte. Dann schien sich sein Magen umzustülpen, weil der Drache die gewaltigen Schwingen entfaltete und der freie Fall gebremst wurde. In Schwindel erregendem Tempo gewannen sie an Höhe.

Sie flogen in Richtung Osten, und die Glut des Roten Sterns verblasste im Licht der aufgehenden Sonne Rubkat. Der rote Fleck, der vorher noch wie ein böses Feuer gefunkelt hatte, verlor sich nun im Glanz des heller werdenden Himmels.

Erstaunlich! dachte Clisser. Darüber möchte ich ein Gedicht schreiben. Doch er wusste, dass er seine Empfindungen nie zu Papier bringen würde. Vielleicht blieb der Perneser Literatur ein weiterer stümperhafter Versuch erspart, sinnierte er ironisch.

Er merkte, dass auch der braune Reiter sich an dem herrlichen Schauspiel nicht satt sehen konnte. Diesen Ritt würde Clisser ganz gewiss in Erinnerung behalten.

Der Drache schlug einen nördlichen Kurs ein, indem er gemächlich eine Linkskurve drehte.

Bald würden die Drachen in wichtigerer Mission unterwegs sein, ging es Clisser durch den Kopf. Wenn es galt, Pern vor dem Fädenfall zu schützen. Vor ihnen erstreckte sich die schneebedeckte Bergkette des Großen Nordgebirges. Rubkats Widerschein tönte die eisgepanzerten Felswände in zarteste Abstufungen von Orange. Was Iantine mit einem solchen Panorama anfangen könnte! Schlagartig wurde das Bild erhabener Schönheit von der abgrundtiefen Schwärze des *Dazwischen* verschluckt.

»Was passiert, wenn Sie sich die Finger wund zeichnen?«, wollte Leopol von Iantine wissen.

Der Künstler hatte nicht einmal bemerkt, dass der Junge neben ihm stand, aber seine Frage – tatsächlich malte er gerade eine Szene mit den Jungdrachen in einem solchen Tempo, dass sein Ellbogen schmerzte – reizte ihn zum Lachen. Dennoch dachte Iantine nicht daran, eine Pause einzulegen.

»Ich weiß es nicht. Ich habe noch nie gehört, dass so etwas passiert ist, falls dich das beruhigt.«

»Wieso sollte ich mir Sorgen machen?« Keck legte Leopol den Kopf schräg. »Es sind doch Ihre Finger.«

»Weißt du was, ich werde dich sehr vermissen«, erklärte Iantine impulsiv.

»Das will ich doch sehr hoffen. Immerhin war ich während der letzten Monate Ihr ständiger Begleiter«, lautete Leopols Antwort. »Aber Sie können mich doch mitnehmen. Ich werde mich weiterhin um Sie kümmern.« Leopols Miene war ernst, und seine grauen Augen blickten ein wenig bekümmert. »Mittlerweile weiß ich, wie Sie Ihre Farben mischen, die Pinsel säubern und das Holz oder die Leinwand für ein Porträt präparieren.«

Iantine schmunzelte und zauste das dichte schwarze

Haar des Jungen. »Und was würde dein Vater dazu sagen?«

»Mein Vater? Er hat alle Hände voll zu tun, um die Schutzmaßnahmen gegen den Fädenfall vorzubereiten.« Von Tisha wusste Iantine, dass ein Bronzereiter, C'lim, Leopols Vater war; seine Mutter war kurz nach der Geburt gestorben. Doch wie jedes andere Kind im Weyr wurde er von vielen Leuten umsorgt und verhätschelt und auch gemaßregelt, falls es erforderlich war. »Ich sehe ihn ja kaum noch.«

Kein Wunder, dachte Iantine. Seit seiner Ankunft im Weyr hatte sich Leopol an ihn gehängt und verfolgte ihn auf Schritt und Tritt wie ein Schatten. »Und Tisha?«

»Ach, Tisha. Die muss sich halt jemand anderen suchen, den sie bemuttern kann.«

»Ich kann ja fragen, aber ich glaube nicht, dass man dir erlauben wird, von hier fortzugehen. Die anderen Reiter rechnen nämlich fest damit, dass du eines Tages von einem Bronzedrachen erwählt wirst.«

Mit einem Achselzucken tat Leopol diese Zukunftsaussichten ab. Für ihn zählte nur die Gegenwart und nicht, was sich in drei, vier Jahren eventuell ereignen mochte. »Müssen Sie denn gehen?«

»Leider ja. Ich habe die Gastfreundschaft des Weyrs schon viel zu lange in Anspruch genommen.«

»Das haben Sie nicht.« Bedeutungsvoll blickte der Junge zum See hin, wo die Weyrlinge ihre Jungdrachen badeten. »Außerdem sind Sie mit Ihrer Galerie noch nicht fertig. Ein paar Reiter fehlen noch.«

»Wie dem auch sei, Leo, demnächst begebe ich mich nach Benden, um dort Porträts des Burgherrn und seiner Gemahlin anzufertigen. Das schulde ich ihnen, seit ich meine Ausbildung im Institut Domaize begann.«

»Werden Sie später hierher zurückkommen? Sie haben Chalkins Gesicht noch nicht übermalt, und es ist ja nicht so, wie wenn Sie jemandem im Weyr einen Schlafplatz wegnehmen würden.« Weinerlich verzog Leopol das Gesicht. »Debera will auch, dass Sie bleiben.«

Iantine bedachte ihn mit einem strengen Blick. »Leopol!«, sagte er in warnendem Ton.

Mit der Stiefelspitze stocherte der Junge im Sand herum. »Jeder weiß, dass Sie in sie verknallt sind, und die Mädchen klatschen, sie hätte ein Auge auf Sie geworfen. Das einzige Problem stellt Morath dar. Doch sowie sie fliegen gelernt hat, bekommt sie einen eigenen Weyr, und Sie und Debera hätten eine Intimsphäre.«

»Intimsphäre?« Iantine wusste, dass Leopol altklug und frühreif war, aber …

Leopol unterdrückte ein Grinsen. »In einem Weyr lässt sich nichts vertuschen. Hier gibt's keine Geheimnisse.«

Iantine schwankte zwischen Gereiztheit und einem verdeckten Triumph. Es freute ihn zu hören, dass Debera ihn offenbar als Partner in Betracht zog, gleichzeitig wurmte es ihn, dass man ihm seine Empfindungen ansah. Verliebt zu sein war für ihn eine gänzlich neue Erfahrung. Wenn Debera nicht bei ihm war, fühlte er sich elend, und des Nachts verbrachte er schlaflose Stunden damit, die Gespräche mit ihr immer wieder in Gedanken durchzugehen.

Selbst in einer Kaverne, in der sich die Menschen dicht an dicht drängten, hörte er sofort Deberas Stimme heraus, und wie von selbst zeichneten seine Finger imaginäre Szenen, in denen nur er und das Mädchen vorkamen. Den Skizzenblock hütete er wie seinen Augapfel, damit niemand von seiner Besessenheit erfuhr. Für ihn drehte sich alles nur noch um Debera – und die allgegenwärtige Morath. Zum Glück mochte der Drache ihn gut leiden, das wusste er, weil Morath es ihm gesagt hatte.

Allerdings war dies das erste ermutigende Zeichen gewesen, das man ihm gewährte. Er hatte versucht herauszufinden, wie bedeutungsvoll Moraths Eingeständnis war, und ob sich darin Deberas Meinung über ihn widerspiegelte. Während er einen Reiter skizzierte, hatte er wie beiläufig gefragt, was Debera wohl am meisten am Herzen läge. Anscheinend vermochte ein Drache mit jedem Menschen zu kommunizieren, wenn ihm der Sinn danach stand.

Nicht immer erfuhr der jeweilige Reiter, dass sein Drache mit einem Außenstehenden Kontakt aufnahm. Von den Jungdrachen war Morath der Einzige, der mit ihm sprach, doch ihre Gefühle waren ihm ungeheuer wichtig.

Einmal bat Morath ihn, sich seine Zeichnungen ansehen zu dürfen. Dabei merkte er, dass der Block von jeder einzelnen Facette des Drachenauges reflektiert wurde. Normalerweise schimmerten die Augen eines Drachen in einem strahlenden Grünblau und kreisten sachte in ihren Höhlen.

»Kannst du etwas erkennen?«, fragte Iantine.

*Ja. Formen. Bringst du die Formen mit diesem Ding in deiner Hand auf das Papier?*

»So ist es.« Wie viel mochte ein Drache mit seinen hoch komplizierten Sehorganen erfassen? Iantine nahm an, dass diese Art von Auge nützlich war, wenn es galt, Fäden zu bekämpfen, die von allen Richtungen herniederprasselten. Und da ein Drachenauge vorgestülpt aus dem Schädel herausragte, erweiterte sich der Gesichtskreis nach oben und unten.

Gutes Design. Aber die Drachen waren ja gentechnisch beeinflusste, künstlich konstruierte Geschöpfe, denen als Vorlage eine einheimische, viel kleinere Spezies gedient hatte. Heutzutage war die Wissenschaft der Gentechnologie allerdings verloren gegangen. Es war etwas völlig anderes, ob man Tiere für einen bestimmten Zweck auf natürlichem Wege durch Auslese züchtete, oder Zellmaterial so veränderte, dass eine ganz spezifische, den eigenen Wünschen angepasste Rasse entstand. »Gefällt dir das Bild, auf dem Debera dich gerade mit Öl einreibt?« Iantine tippte mit dem Zeichenstift auf die Skizze, die er am Morgen angefertigt hatte.

*Ich erkenne Debera. Und so sehe ich aus?* Morath klang überrascht. In diesem Augenblick bemerkte Iantine, dass der Drache mit fast genau derselben Stimme sprach wie seine Reiterin. Eine logische Konsequenz, da die beiden schier unzertrennlich waren.

Unzertrennlich! Dieser Umstand bereitete ihm am meisten Kopfzerbrechen. Er wusste, dass er nie aufhören würde, Debera zu lieben. Aber wäre das Mädchen überhaupt imstande, seine Liebe zu erwidern? Oder galten all ihre Emotionen ihrem Drachen, mit dem sie eine ganz besondere – quasi unauflösliche – Beziehung verband? In gewissem Sinne konnte er verstehen, wie es in Debera aussah, denn auch er vermochte voll und ganz in seiner Arbeit aufzugehen. Er war besessen von der Kunst, wie sie vernarrt war in ihren Drachen.

Vielleicht war es ganz gut so, dass er zu Beginn des neuen Planetenumlaufs nach Benden aufbrach, sinnierte Iantine, während er sich den Stift hinter das Ohr klemmte und den Block zuklappte. Möglicherweise würde seine Liebe zu Debera im Laufe der Zeit ein wenig nachlassen, und er fände seinen Seelenfrieden wieder.

»Sind Ihre Festgewänder für das Ende des Planetenumlaufs fertig? Müssen sie vielleicht noch gebügelt werden?«, fragte Leopol in seine Gedanken hinein.

»Du weißt genau, dass meine Kleidung bestens in Schuss ist. Erst gestern hast du doch nachgesehen, ob es irgendetwas zu tun gibt.« Iantine legte den Arm um die schmalen Schultern des Jungen und steuerte mit ihm auf die Küche zu. »Lass uns etwas essen.«

»Eine große Auswahl an Speisen steht aber nicht zur Verfügung«, erwiderte Leopol geringschätzig. »Anstatt zu kochen, bereiten sich alle auf die Feier heute Abend vor.«

»Die Vorbereitungen sind schon seit einer Woche im Gange«, meinte Iantine. »Für die Hungrigen hat man Brot und kalten Bratenaufschnitt auf die Tische gestellt.«

»Hmm.«

Leopol machte sich ein paar Sandwiches, dazu aß er zwei Teller Suppe und zum Nachtisch zwei Äpfel. Auch Iantine verputzte den kalten Imbiss, doch die Düfte, die von den Herden und Backöfen herüberwehten, ließen ihm das Wasser im Mund zusammenlaufen. Er hatte vor, den Abend zu genießen.

Plötzlich sprang Leopol aufgeregt von seinem Stuhl hoch. »Schauen Sie, die Musikanten sind gerade eingetroffen!«

Iantine blickte nach draußen und sah, wie sie von einem halben Dutzend Drachen herabkletterten. Lachend und einander durch Zurufe verständigend, ließen sie sich ihre Instrumente und Packsäcke herunterreichen. Tisha rauschte in den Hof, gefolgt von ihren Helfern, und bald darauf füllte sich die Kaverne mit munteren, lebhaften Leuten. Das Mittagessen, das serviert wurde, war ein reichhaltiges Mahl, nicht zu vergleichen mit den Happen, an denen sich Iantine und Leopol gütlich getan hatten.

Leopol hielt sich schadlos, indem er sich ein riesiges Stück Kuchen ergatterte. Iantine suchte sich einen günstigen Platz am Rand der Menge, spitzte seinen Zeichenstift und zückte den Block. Diese Szene musste er unbedingt festhalten. Wenn er jetzt zeichnete, was das Zeug hergab, konnte er vielleicht das abendliche Konzert verfolgen, ohne dass es ihn in den Fingern juckte. Während sein Stift über das Papier flog, vergegenwärtigte er sich, dass die besten Musiker Perns versammelt waren, um eine Vorstellung zu geben. Aus allen Himmelsrichtungen hatte man sie nach Telgar geholt. Er nahm sich vor, bis zum Abend zu zeichnen und dann in Ruhe die Musik zu genießen.

Natürlich hielt er sich nicht daran. Er konnte nicht anders, er stand wie unter einem Zwang, all die aufregenden und interessanten Momente auf Papier zu bannen. Vor allen Dingen wollte er seinen Block nirgendwo liegen lassen, wo jeder hineinschauen konnte. Und beim Zeichnen konnte er gleichzeitig den herrlichen Melodien lauschen. Außerdem waren seine Hände beschäftigt, und er geriet gar nicht erst in Versuchung, einen Arm um Deberas Schulter zu legen oder nach ihrer Hand zu greifen.

Zumal seine Arbeit ihm den Vorwand lieferte, sein Bein wie zufällig an das ihre zu schmiegen – indem er so tat, als sei er sich dessen gar nicht bewusst – oder ihre Schulter zu berühren, wenn er sich vorbeugte, um angeblich irgendetwas besser sehen zu können.

Falls Debera der Körperkontakt unangenehm war, konnte sie ja einfach ein Stück von ihm abrücken. Doch es schien ihr nichts auszumachen, wenn er sie hin und wieder streifte, weil er so emsig mit Zeichnen beschäftigt war, dass er auf andere Dinge nicht mehr achtete.

Aber in Wirklichkeit war er sich ihrer Nähe vollauf bewusst; er sog das Parfüm ein, das nach Blumen duftete und die Ausdünstung ihres Kleides, das ›nach neu roch‹, nicht zu überdecken vermochte. Das helle Grün stand ihr ausgezeichnet; die Farbe erinnerte an sprießende Blätter im Frühling und verlieh ihrem Teint einen sanften Schmelz.

Angie hatte ihm verraten, welche Farbe Deberas neues Gewand haben würde, und er hatte sich eigens ein Hemd aus dunkelgrünem Stoff gekauft, sodass sie ein gut zusammenpassendes Paar abgaben.

Immer wieder warf er bewundernde Blicke auf ihre Frisur; das lange Haar hatte sie zu einer Krone geflochten, in die hellgrüne Bänder eingewirkt waren, deren lange Enden anmutig den Rücken hinunterbaumelten. Selbst ihre Schuhe waren grün. Er hoffte, dass die Musiker auch zum Tanz aufspielen würden, aber eigentlich endete jede Feier zum Ende eines Planetenumlaufs mit einem Tanzvergnügen für alle. Er beugte sich vor, in der Absicht, sie zu bitten, ihm Tänze zu reservieren, doch sie legte ihm einen Finger an den Mund.

»Psst, Ian, hör lieber zu.« Gerade führte man die Landungssuite auf. »Der Text ist genauso schön wie die Musik.«

Iantine schaute nach vorn und merkte erst jetzt, dass Sänger sich zu dem Orchester gesellt hatten. War er so abgelenkt gewesen, weil er zum ersten Mal neben Debera saß, ohne dass Morath in der Nähe herumlungerte?

*Ich bin hier! Ich höre auch zu.*

Erschrocken fuhr er hoch, als er unverhofft Moraths Stimme in seinem Kopf vernahm. Er schluckte krampfhaft. War der Drache immer zugegen, immer bereit, sich in seine Gedanken hineinzudrängen?

Im Geist stellte er diese Frage. Keine Antwort. Weil es darauf nichts zu antworten gab? Oder fiel die Antwort so selbstverständlich aus, dass Morath es nicht für nötig erachtete, darauf einzugehen?

Doch Morath schien es nichts auszumachen, dass er so völlig in Deberas Nähe aufging. Der Drache hatte zufrieden geklungen. Iantine wusste, dass Drachen Musik liebten.

Er spähte über die Schulter in den Weyrkessel und entdeckte längs der östlichen Felswand etliche Paare von Drachenaugen, wie blaugrüne Laternen, über den gesamten Kraterwall verteilt. Dort hatten es sich die Drachen bequem gemacht, um dem Konzert zu lausche.

Alsdann konzentrierte er sich auf den gesungenen Text und war fasziniert von der Vorstellung, obwohl er die Geschichte, die in der Suite zum Ausdruck kam, seit seiner Kindheit kannte. Dieser Vers schilderte die Ankunft der gigantischen Kolonistenschiffe im Orbit von Pern und wie die Siedler sie endgültig verließen. Ein Tenor verkündete die Dankbarkeit der Siedler, die Abschied nahmen von den Raumschiffen, die nun auf ewig den Planeten umkreisen würden; die Brücken verlassen, die Korridore verwaist, die einzelnen Stationen ausgeschlachtete Höhlungen, in denen die Stille widerhallte. Die Stimme, die eine ausgefeilte Atemtechnik verriet, verklang allmählich, wie wenn sie sich in der riesigen Entfernung zwischen den Schiffen und dem Planeten verlöre.

Nach einem respektvollen Schweigen ertönte begeisterter Applaus für den Solisten. Mit raschen Strichen zeichnete Iantine den jungen Mann, ehe dieser sich wieder unter die anderen Sänger mischte.

»Das hast du wunderbar hingekriegt, Ian. Es war herrlich, nicht wahr?« Debera reckte den Hals, um ihm zuzusehen. Derweil klatschte sie wie besessen Beifall. »Er wird entzückt sein, wenn du ihm das Bild zeigst.«

Iantine spürte eine Anwandlung von Eifersucht, weil der Sänger Deberas Aufmerksamkeit und Bewunderung auf sich gezogen hatte. Doch er lächelte und strengte sich an, sich nichts anmerken zu lassen.

*Sie mag dich, Ian,* flüsterte Morath wie aus weiter Ferne, obwohl sie zusammen mit den anderen Jungdrachen, die noch nicht fliegen konnten, auf dem Grund des Kraterkessels hockte.

*Ian?* Er stutzte. Andere Reiter hatten ihm erzählt, dass sich Drachen zwar mit Menschen unterhielten, die nicht ihre Reiter waren, sich deren Namen indessen nur selten merkten. Morath kennt meinen Namen?

*Natürlich, was dachtest du denn? Schließlich höre ich ihn oft genug.* Es klang pikiert.

Morath wird wohl nie erfahren, wie viel mir diese Bemerkung bedeutet, dachte Iantine. Dann holte er so tief Luft, dass seine Brust anschwoll. Wenn er Debera doch nur ein einziges Mal allein sprechen könnte …

*Aber sie wird nie mehr allein sein, jetzt, da sie meine Reiterin ist.*

Iantine unterdrückte einen Seufzer, den weder der

Drache noch die Reiterin hören sollten und bemühte sich, seinen Gedanken so wenig Intensität wie möglich zu verleihen. Ist es das alles wert, fragte er sich. Für den Rest des Konzerts versuchte er, sich nicht mehr auf Debera zu konzentrieren.

Der zweite und dritte Teil der ›Landungssuite‹ rauschte an ihm vorbei, ohne dass er besonders aufmerksam zugehört hätte. Zum Schluss befasste sich der Text mit der Gegenwart. Halb zynisch, halb erstaunt vermerkte er, dass von Chalkins Absetzung nicht die Rede war. Doch der Vorfall hatte erst vor kurzem stattgefunden, und vielleicht waren weder der Komponist noch der Textdichter so eingehend über die Vorgänge in Bitra informiert, dass sie sie in das Werk hätten einbringen können.

Er fragte sich, ob die Chalkin-Affäre in die Geschichte Perns eingehen würde. Chalkin mochte dies noch als einen letzten persönlichen Triumph auffassen. Womöglich war das der Grund, weshalb man ihn schlichtweg ignorierte; für Menschen wie ihn war es wohl die härteste Strafe, wenn man sie einfach überging.

Nach dem Konzert fand das Abendessen statt, und dazu hatte man die riesige Kaverne passend eingerichtet. In all der Hektik und dem Gedränge wurde er von Debera getrennt. Die Panik, die er darüber empfand, verdeutlichte ihm, wie sehr er an dem Mädchen hing. Als sie sich wiederfanden, fassten sie sich spontan bei den Händen und ließen sich selbst dann nicht los, als sie vor dem Büfett in der Schlange standen.

Nachdem sie sich mit Essen versorgt hatten, setzten sie sich an einen der langen Tische zu den anderen Gästen, die bereits eifrig dabei waren, über die Musik, die Sänger und die gesamte Aufführung zu diskutieren. Allgemein herrschte das Gefühl vor, dass man sich glücklich schätzen dürfe, in einem Weyr zu weilen, der so bevorzugt behandelt wurde. Pern konnte auf eine große musikalische Tradition zurückblicken, die die ersten Siedler ins Leben gerufen hatten und die von sämtlichen Institutionen, ob Burg, Weyr oder Lehrinstitut, wachgehalten wurde.

Von klein auf lernte jeder Perneser, Noten zu lesen und mindestens ein Instrument zu spielen, wenn nicht gar mehrere. Selbst die ärmste Festung verfügte über Gitarrenspieler, Flötisten und Trommler, die mit ihren Weisen die langen Winternächte verkürzten und zu jeder besonderen Gelegenheit musizierten.

Das Essen war ausgezeichnet – obwohl Iantine kaum wusste, was er zu sich nahm. All seine Sinne waren darauf fixiert, dass er neben Debera saß und ihre Schenkel sich berührten. Das Mädchen führte lebhafte Gespräche mit den Tischnachbarn, wobei sie eine profunde Kenntnis über Musik verriet. Ihre Wangen glühten, und ihre Augen blitzten vergnügt. Noch nie hatte er sie so euphorisch gesehen. Doch auch er fühlte sich wie berauscht und freute sich bereits unbändig auf das Tanzen. Dann endlich durfte er Debera in seinen Armen halten, sich noch enger an sie schmiegen, als es jetzt schon der Fall war. Er war ganz kribbelig vor Ungeduld.

Doch er musste warten. Eiscreme wurde serviert, die traditionelle Nachspeise, und niemand wollte darauf verzichten. Dieses Jahr schmeckte das Eis nach Früchten und Sahne und enthielt kleine Obststückchen. Iantine wusste nicht, ob er das Vergnügen langsam auskosten und riskieren sollte, dass das Eis schmolz – denn in der Kaverne war es sehr warm – oder ob es besser war, es herunterzuschlingen, damit er die angenehme Kühle auf der Zunge spürte. Als er bemerkte, dass Debera das Eis in Windeseile verputzte, tat er es ihr gleich.

Nach dem Essen wurde eine Tanzfläche freigeräumt. Wieder stimmten die Musiker ihre Instrumente.

Als es dann soweit war, führte K'vin Zulaya, die in dem wundervollen roten Brokatkleid eine prächtige Figur abgab, in die Mitte, um der Sitte gemäß den Tanz zu eröffnen. Am liebsten hätte Iantine das attraktive Paar gemalt, doch er hatte seinen Zeichenblock unter den aufeinander getürmten Tischen versteckt und musste sich damit begnügen, sich die Einzelheiten des Bildes zu merken, um es später vielleicht aus dem Gedächtnis zu zeichnen.

Noch nie zuvor hatte er gesehen, dass Zulaya mit dem Weyrführer flirtete, und K'vin erwiderte galant ihre Koketterie. Iantine fiel auf, dass ein paar Reiter die Köpfe zusammensteckten und miteinander tuschelten, derweil sie das tanzende Paar mit ihren Blicken verfolgten. Doch was gesprochen wurde, konnte er nicht verstehen, und vielleicht bildete er es sich nur ein, wenn er fand, nicht alle Blicke seien freundlich.

Als Nächstes führten die Geschwaderführer ihre Partnerinnen zum Tanz, gefolgt von den Geschwaderzweiten. Dann wirbelten Tisha und Maranis über die Fläche. Nach dem ersten Tanz durfte jeder mitmachen. Das nächste Stück war ein flotter Twostep.

»Möchtest du mit mir tanzen, Debera?«, fragte Iantine mit einer artigen Verbeugung.

Debera antwortete mit einem tiefen Knicks. Ihre Augen strahlten, sie hielt den Kopf hoch erhoben und lächelte beseligt. »Ich hatte gehofft, dass du mich zum Tanz aufforderst, Iantine!«

»Der nächste Tanz ist für mich reserviert!«, rief Leopol dazwischen und schlängelte sich geschickt an Debera heran. Seine Augen leuchteten in einem auffallenden Glanz.

»Hast du vielleicht an dem Wein genippt, Leopol?«, erkundigte sich Iantine misstrauisch.

»Wer würde mir schon welchen einschenken?«, erwiderte Leopol verdrießlich.

»Du findest immer Mittel und Wege, um dir einen Schluck Wein zu schnorren, Leo«, versetzte Debera. »Aber einen Tanz gewähre ich dir. Später.«

Geschwind entführte Iantine seine Dame auf die Tanzfläche und fort von dem dreisten Leopol.

»Selbst für einen Weyrburschen ist er frühreif«, bemerkte Debera und schmiegte sich in Iantines Arme.

»Das stimmt«, pflichtete Iantine ihr bei, doch er hatte jetzt keine Lust, über Leopol zu sprechen. Viel lieber schwenkte er Deberas geschmeidigen Körper über die Fläche, bis sie sich an der gegenüberliegenden Seite der Kaverne befanden.

»Er wird sich mir an die Fersen heften, bis ich einmal mit ihm getanzt habe«, prophezeite Debera und lächelte zu ihm empor.

»Das werden wir ja sehen.« In einer besitzergreifenden Geste legte er den Arm fester um Deberas schmale, biegsame Taille.

*Werde ich auch tanzen, wenn ich älter bin?*, hörte Iantine Morath fragen.

Erschrocken blickte er Debera an. Ihrem schelmischen Ausdruck entnahm er, dass der Drache zu ihnen beiden gesprochen hatte.

»Drachen tanzen nicht«, erwiderte Debera in dem liebevollen Ton, den sie sich eigens für Morath vorbehielt.

»Aber sie singen!«, mischte sich Iantine ein. Er fragte sich, wie er Morath wenigstens so lange aus ihrer Konversation heraushalten konnte, bis er das Thema auf sich und Debera gebracht hätte.

*Sie wartet nur darauf, dass du damit anfängst,* erklang Moraths Stimme, die so sehr der von Debera glich, in seinem Kopf.

Iantine zog eine Grimasse und überlegte, wie er es anstellen konnte, ein privates Gespräch mit seiner Liebsten zu führen.

*Sprich nur. Ich höre einfach nicht zu.* Morath brachte es fertig, zerknirscht zu klingen.

»Was glaubst du, wie lange du in Benden bleiben wirst, Ian?«, erkundigte sich Debera.

Es widerstrebte ihm, über seine Abreise zu sprechen. Deberas wegen wäre er am liebsten für immer in Telgar geblieben.

»Ach«, erwiderte er dann so beiläufig wie möglich, »ich werde mein Bestes geben, um Lord Bridgely und seine Gemahlin zu porträtieren. Sie waren meine Gönner, musst du wissen, und ich verdanke ihnen eine ganze Menge.«

»Kennst du sie gut?«

»Ich? Nein, das kann man nicht sagen. Ich stamme aus einer Kleinpächterfamilie.«

»So wie ich. Aber ich unterhalte mich nur ungern über meine Angehörigen.«

»Ich finde, wir sollten endlich einmal über uns beide sprechen«, versetzte er.

Deberas Miene umwölkte sich.

»Habe ich etwas Falsches gesagt?« Tröstend legte er seine Arme enger um sie.

*Irgendetwas bedrückt sie, seit Tisha gestern mit den Weyrlingen ein ernstes Gespräch führte. Eigentlich wollte ich mich ja nicht einmischen, aber mitunter ist es doch erforderlich.*

»Nein«, antwortete Debera. »Du hast nichts Verkehrtes gesagt.«

»Aber du hast doch etwas auf dem Herzen.«

Dieses Mal blieb sie ihm die Antwort schuldig; ihre Hand, die in der seinen lag, umschloss ganz fest seine Finger.

»Komm, Deb«, drängte er. »Sag mir bitte, was dir Kummer bereitet. Wenn du traurig bist, bin ich es auch.«

Sie bedachte ihn mit einem merkwürdigen Blick. »Das ist es ja.«

»Ich verstehe dich nicht.«

»Du nimmst sehr viel Anteil an allem, was mich betrifft. Du tanzt ausschließlich mit mir, möchtest ein privates Gespräch über uns beide führen …«

»Aha!« Plötzlich ahnte Iantine, was los war. »Hat Tisha euch ermahnt, ihr sollt während der Feiern zum Ende des Planetenumlaufs nichts tun, was ihr später bereuen könntet?« Sie warf ihm einen erstaunten Blick zu.

Er lächelte. »Ich kenne diese Predigten. Mir wurden sie oft genug gehalten.«

»Aber du musst auch bedenken, dass Drachenreiter von gewissen Dingen weit mehr betroffen sind als andere Leute. Besonders schwierig ist es bei Reiterinnen, die auf einen noch unreifen grünen Drachen geprägt sind.«

Er zog sie dicht an sich heran und schmunzelte. Er hatte genug über grüne Drachen und deren Reiterinnen gehört um zu wissen, worauf sie anspielte.

»Ich weiß Bescheid«, half er ihr aus der Klemme. »Grüne Drachen sind extrem aufgeschlossen, freundlich und sehr, sehr liebebedürftig ...«

Sie errötete bis unter die Haarwurzeln; ihre Augen blitzten zornig, und sie geriet aus dem Tanzrhythmus. Sie bewegten sich auf eine Türöffnung zu, von der aus man in die hinteren Lagerräume des Weyrs gelangte. Trotz ihres Sträubens führte er sie in diese Richtung, unentwegt in eindringlichem Ton auf sie einsprechend.

»Du bist die Reiterin eines grünen Drachen, der noch viel zu jung ist, um sexuell erregt zu werden. Doch ich glaube nicht, dass ein Kuss viel Schaden anrichten kann, und ehe ich nach Benden abreise, muss ich dich wenigstens einmal geküsst haben.«

Was er dann auch tat. In dem Augenblick, als ihre Lippen sich berührten, war es trotz Deberas anfänglicher Schüchternheit, als durchführe sie ein elektrischer Strom. Debera konnte sich nicht mehr gegen ihre Gefühle wehren, auch wenn sie dadurch Moraths Unschuld gefährdete.

Als sie sich endlich – mit weichen Knien und völlig außer Atem – voneinander trennten, musste Iantine sich mit dem Rücken gegen die Wand stützen, so schwer lehnte sich Debera gegen ihn.

*Das war sehr schön, wisst ihr?*

»Morath!« Debera fuhr hoch, jedoch ohne Iantine loszulassen. Ihre Arme hielt sie fest um seinen Hals geschlungen. »Ach du meine Güte … Was habe ich getan!«

»Auf keinen Fall etwas Schlechtes«, beruhigte Iantine sie. »Sie klingt gar nicht aufgeregt.«

Debera rückte ein Stück von ihm ab, um ihm in die Augen zu schauen. Er fand, seine Liebste habe noch nie so wunderbar, so voller Leben ausgesehen.

»Du hast Morath gehört?«

»Hmm, ja.«

»Und das war nicht das erste Mal?« Sie wirkte unglaublich verblüfft.

»Nein. Sie kennt sogar meinen Namen.« Er wusste, dass diese Information sie erschrecken konnte, doch er wollte aufrichtig sein.

Debera riss die Augen auf und wurde blass. Ermattet lehnte sie sich gegen ihn.

»Was mache ich nur?«

Er streichelte ihr Haar, froh, dass sie nicht einfach davongelaufen war und all seine Hoffnungen zunichte gemacht hatte.

»Ich kann mir nicht vorstellen, dass wir Morath mit diesem harmlosen Kuss Schaden zugefügt haben.«

»Das nennst du einen harmlosen Kuss?«, empörte sie sich. »So leidenschaftlich bin ich in meinem Leben noch nicht geküsst worden.«

Iantine lachte. »Ich auch nicht. Obwohl du mir zuerst einen Korb geben wolltest.« Er schloss sie fest in die Arme und wusste, dass der kritische Moment vorüber war. »Ich kann nicht anders, ich muss es dir sagen, Debera. Ich liebe dich. Immerzu muss ich an dich denken. Dein Bild geistert ständig durch meinen Sinn. Wenn ich fort bin, werde ich schrecklich unter der Trennung leiden. So wie du leiden würdest, wenn man dir Morath wegnähme.«

Ihr stockte der Atem angesichts der bloßen Vorstellung, dass es jemals dazu käme.

»Iantine, was soll ich dir antworten? Ich bin eine Drachenreiterin. Du weißt, dass Morath bei mir immer an erster Stelle kommt«, erwiderte sie sanft, während sie sein Gesicht streichelte.

Er nickte. »So muss es auch sein«, entgegnete er, obwohl er sich insgeheim wünschte, er würde in ihrem Leben die Hauptrolle spielen.

»Ich bin froh, dass du das einsiehst. Aber, Iantine, ich bin mir nicht sicher, was ich für dich empfinde, außer, dass dein Kuss mir gefallen hat.« Schüchtern blickte sie zu Boden. »Im Grunde hatte ich nur darauf gewartet, dass du mich küsst. Ich wollte immer wissen, wie es ist, wenn …« Verlegen brach sie ab.

»Dann darf ich dich noch einmal küssen?«

Sie legte eine Hand gegen seine Brust. »Nicht so schnell, Iantine! Wir wollen lieber nichts überstürzen. Das ist besser für mich und besser für Morath. Weil ich …« Sie fasste sich ein Herz und sprudelte die nächsten Sätze heraus. »Weil ich weiß, dass ich dich beinahe so sehr vermissen werde, wie ich Morath vermissen würde. Ich hätte nie gedacht, dass ein Drachenreiter so starke Gefühle für einen anderen Menschen entwickeln kann. Aber …« Sie verstärkte den Druck ihrer Hand auf seiner Brust, als sie merkte, dass er sie von neuem küssen wollte. »Aber ich bin mir nicht sicher, ob es mein eigener freier Wille ist, oder ob ich dich so sehr mag, weil Morath dich liebt und ihre Empfindungen mich beeinflussen.«

*Ich beeinflusse dich nicht!*, versicherte Morath. Es klang entschieden und ein wenig verärgert.

»Sie sagt …«, begann Debera, doch Iantine schnitt ihr das Wort ab. »Ich hab's auch gehört.«

Beide lachten, und die sinnliche Spannung, die sich zwischen ihnen aufgebaut hatte, verflog. Dennoch nutzte er die Gelegenheit, um ihr einen sanften Kuss zu geben, nur um ihr zu zeigen, das er sich zu beherrschen vermochte und ihre Sorgen wegen Morath verstand.

Zuvor hatte er so diskret wie möglich Erkundigungen über das Privatleben der Drachenreiter eingezogen. Was er erfuhr, stimmte ihn zuversichtlich und bedenklich zugleich. Es gab Vereinigungen zwischen Reitern und Nicht-Reitern, doch meistens verliefen diese nicht ohne Komplikationen. Besonders die grünen Drachen waren so triebhaft veranlagt und sexuell derart leicht zu stimulieren, dass Schwierigkeiten ohnehin vorprogrammiert waren.

»Ich kann mich glücklich schätzen, dass Morath überhaupt mit mir spricht«, meinte Iantine. »Debera, ich habe dir offenbart, was mir seit langem auf der Seele lag. Moraths Einstellung kenne ich, und fürs Erste sollten wir es dabei belassen. Wir haben Zeit. Demnächst gehe ich für eine Weile nach Benden, und derweil kann Morath in aller Ruhe heranreifen.« Sanft zog er Debera enger an sich. »Wenn du mich dann noch im Weyr willkommen heißt, kehre ich zurück. Was glaubst du, sind deine Gefühle für mich von Dauer?«

»Ja, davon bin ich fest überzeugt«, erwiderte Debera, und Morath bestätigte ihre Antwort.

»Nun, wenn das so ist ...« Abermals küsste er sie ausgiebig und löste seine Lippen von den ihren, ehe die Liebkosung zu leidenschaftlich wurde. »Und nun lass uns die ganze Nacht hindurch tanzen, Liebste. Das dürfte doch keine Probleme bereiten, oder?«

Kaum hatte er die Worte ausgesprochen, da wusste er schon, dass Deberas Nähe seine Selbstbeherrschung auf eine harte Probe stellen würde.

Hand in Hand gingen sie in die große Kaverne zurück. Dort fasste er sie um die Taille, und sie drehten noch ein paar Runden auf der Tanzfläche, ehe das Stück endete. Auf Leopols Drängeln hin überließ er ihm Debera für einen Tanz, da er wusste, dass der Junge ihnen nicht eher Ruhe geben würde. Danach tanzten Debera und Iantine bis in die frühen Morgenstunden und festigten das Band, das heute zwischen ihnen geknüpft worden war.

Ihm grauste vor der bevorstehenden Trennung, sogar noch mehr als früher, weil es mittlerweile zwischen ihnen zu einer Art Verständigung gekommen war. Doch an der Situation ließ sich nichts ändern. In Burg Benden musste er seine Pflicht erfüllen.

## Kapitel 15

# Das Jahr 258 Nach der Landung; Kollegium, Burg Benden, Telgar-Weyr

Am ersten Werktag des neuen Jahres, 258 nach der Landung, hielt Clisser in Muße Rückblick über die vergangenen vier Tage. Es war recht hektisch zugegangen, trotz sorgfältigster Planung, doch die beiden wichtigsten musikalischen Ereignisse, die Premiere der ›Landungssuite‹ und die Vorstellung der neuen Lehrballaden und Lieder, waren höchst erfolgreich gewesen.

Wenn man bedachte, wie wenig Zeit zum Üben manchen Teilnehmern geblieben war, wunderte sich Clisser über den reibungslosen Ablauf. Einmal hatte Forts Tenor einen Patzer gemacht, der letzte Ton verklang viel zu früh. Sheledon, der bei den Holzbläsern mitwirkte, hatte ihn wütend angefunkelt. Am liebsten hätte er den Part selbst gesungen, doch dafür reichte seine Stimme nicht aus.

Doch die einzigen Soli, an denen Sheledon nichts auszusetzen fand, waren die von Sydra gewesen, die niemals einen Fehler machte. Bethanys Flötenspiel bildete die perfekte Begleitung zu dieser herrlichen, einzigartigen Stimme.

Paulin war vor Begeisterung immer wieder hochgesprungen und hatte den Solisten stehende Ovationen gespendet. Beim Finale wischte er sich verstohlen die Tränen aus den Augenwinkeln. Selbst der miesepetrige S'nan hatte erfreut dreingeschaut.

Clisser war durch und durch zufrieden und hoffte, die Aufführungen würden anderenorts mit demselben Enthusiasmus aufgenommen. Es war in der Tat eine glanzvolle Leistung, vor allen Dingen, wenn man bedachte, dass hier Musiker am Werk waren, die ihre spärlich bemessene Freizeit opferten, um in einer Vorstellung ihr Bestes zu geben.

Die Lehrballaden und Lieder waren bei den Zuhörern ebenfalls gut angekommen. Manche gingen umher und summten die Melodien vor sich hin, und genau das hatten die Komponisten auch beabsichtigt. Zum Glück teilten sich Jemmy und Sheledon die Ehre, eingängige Weisen geschrieben zu haben.

Clisser selbst ertappte sich dabei, wie er den Refrain der Ballade über die Pflichten summte. Dieses Musikstück hatte besonders viel Anklang gefunden. Und sowie die jungen Leute den Text auswendig kannten, brauchte man die Verfassung nicht mehr als Schriftstück zu verteilen; das wäre eine große Zeit- und Kostenersparnis.

Im Übrigen war es höchste Zeit, dass die Ingenieure eine Art von Druckerpresse konstruierten. Kalvis Leute hatten bereits ein paar kleinere Motoren entwickelt, die von Sonnenenergie gespeist wurden; dann musste es ihnen doch auch möglich sein, eine Vorrichtung zum Drucken herzustellen. Doch zum Drucken brauchte man Papier, und während der nächsten fünfzig Jahre konnte wegen des Fädeneinfalls keine vernünftige Holzwirtschaft betrieben werden.

Ein einziger Fädenschauer konnte im Nu ganze Waldungen zerstören, ehe ein Bodenteam es schaffte, an Ort und Stelle zu sein.

Er stieß einen Seufzer aus. Ein Jammer, dass die Maschine zur Plastikerzeugung nicht mehr funktionierte. Doch das Gerät war durch dieselbe Überschwemmung zu Schaden gekommen, die überall viel Unheil angerichtet hatte.

»Man muss aus jeder Situation das Beste machen«, sagte er laut zu sich selbst.

Dennoch fühlte er sich ein wenig deprimiert. Die letzten Tage waren voller schöner Ereignisse gewesen, und es fiel ihm schwer, wieder in den normalen Alltagstrott zu verfallen. Bis zum Abend sollten sich die restlichen Lehrer, die sich noch nicht wieder im Kollegium eingefunden hatten, zum Dienst melden. Dann würde er erfahren, wie die Vorstellungen anderenorts gelaufen waren.

Voller Spannung wartete er auf die Berichte. Bis zum Frühling mussten die aktualisierten Lehrpläne überall in Kraft getreten sein. Sallisha würde schon dafür sorgen, dass nirgendwo geschlampt wurde, dessen war er sich sicher. Denn zu Beginn des Frühjahrs erwartete man die ersten Fädeneinfälle, und dann hätten sie alle Hände voll zu tun, um wirklich akute Probleme zu bewältigen.

Spontan fasste er den Entschluss, die Einsatzpläne für die Bodenmannschaften auszuarbeiten, die sich aus Schülern über fünfzehn Jahren und Lehrern rekrutierten. Er hatte Paulin versprochen, sich um die Pläne zu kümmern, die Arbeit aber immer vor sich her geschoben.

Er zog eine Schublade seines Schreibtisches auf und holte ein sauberes Blatt Papier heraus. Nach kurzem Zögern legte er es ins Fach zurück und nahm sich stattdessen ein Blatt von dem Stapel Papiere, die zur Wiederverwertung bestimmt waren. Eine unbeschriebene Seite war alles, was er brauchte. Jede Form von Verschwendung musste vermieden werden.

Lady Jane führte Iantine in sein Quartier und benahm sich ganz so, wie man es von einer aufmerksamen Gastgeberin erwartet. Sie stellte ihm viele Fragen. Unter anderem wollte sie wissen, wo er das Ende des Planetenumlaufs verbracht hatte, ob er sich bei den Festlichkeiten gut amüsiert hätte, und wie ihm die herrliche neue Musik gefiele. Interessiert erkundigte sie sich, ob er auch ein Instrument spielte. Selbst seine Eltern waren ihr eine Nachfrage wert.

Er gab höflich Antwort, derweil er unentwegt Vergleiche zwischen diesem Empfang und seiner Ankunft in Bitra zog. Was für ein Unterschied. Lady Jane war eine sehr sprunghafte, unruhige Frau, ganz und gar nicht der Typ, der seiner Ansicht nach zu Bridgely passte. Doch hinter all dem affektierten Gebaren musste sich eine enorme Tüchtigkeit verbergen, das schloss er aus dem wirklich tadellosen Zustand, in dem sich die Festungsanlage befand.

Hier dachte man nicht im Traum daran, ihn in irgendwelchen Gesindequartieren unterzubringen. Lady Jane wies ihm Räumlichkeiten auf der Wohnebene zu, in der sich die Privatgemächer der Familie befanden. Ständig ermahnte sie die beiden Bediensteten, die Iantines Gepäck schleppten, ja vorsichtig mit den Sachen umzugehen.

Sie schloss die Tür zu seiner Unterkunft auf und gab ihm dann den Schlüssel. Staunend betrat er einen großen Tagesraum, der mindestens zehn Mal größer war als das Loch, das man ihm in Bitra zugestanden hatte. Ein großes, breites Fenster wies nach Nordosten.

Der Raum war sehr ansprechend gestaltet; die zartgrün getünchten Steinwände bildeten einen harmonischen Hintergrund zu der Einrichtung aus poliertem, edel verarbeitetem Holz. Vorhänge und Decken wiesen geometrische Muster in Grün- und Beigetönen auf.

»Ich weiß, dass Künstler Nordlicht bevorzugen, aber ein besseres Quartier steht uns leider nicht zur Verfügung.« Mit den Händen vollführte Lady Jane gekünstelte Gesten. Es waren gepflegte, elegante Hände, und als einzigen Schmuck trug die Burgherrin ihren Ehering. Noch ein krasser Kontrast zu der Unsitte in Bitra, sich mit protzigen Juwelen zu überladen.

»Mit einem so schönen Zimmer hatte ich gar nicht gerechnet, Lady Jane«, entgegnete Iantine aufrichtig.

»Auf jeden Fall sind Sie hier besser untergebracht als in Bitra«, pflichtete sie ihm mit einem verächtlichen

Naserümpfen bei. »Ich hab da Sachen gehört … Seien Sie versichert, dass Burg Benden einen Künstler Ihres Ranges niemals bei den Dienstboten einquartieren würde. Mag man in Bitra ruhig darauf pochen, seinen Stammbaum bis zu den ersten Kolonisten zurückverfolgen zu können«, hier nahm ihre Stimme einen skeptischen Unterton an, »aber Manieren haben diese ungehobelten Klötze noch nie an den Tag gelegt.« Sie sah zu, wie er die Standfestigkeit der Staffelei testete. »Die stammt aus Lagerbeständen. Früher hat sie Lesnour gehört. Kennen Sie seine Arbeiten?«

»Aber natürlich. Wer kennt Lesnour nicht?« Iantine nahm seine Hände von der schönen, alten Staffelei. Lesnour war weit über hundert Jahre alt geworden, hatte die Wandgemälde in Burg Bitra entworfen und angefertigt und seine Farbgebung war berühmt. Von ihm stammte ein Buch, in dem er sämtliche einheimischen Pflanzen und Mineralien beschrieb, die man zur Farbenherstellung verwerten konnte. Iantine hatte das Werk gründlich studiert, und das Wissen war ihm in Bitra zugute gekommen.

Lady Jane öffnete die Tür, die ins Schlafgemach führte. Auch diese Räumlichkeit war großzügig bemessen und behaglich eingerichtet. Den Blickfang bildete ein wuchtiges Baldachinbett, dessen Pfosten eine ungewöhnliche Rankenschnitzerei aufwiesen; vermutlich stellte das Muster Pflanzen dar, die auf dem Planeten Erde vorkamen.

Vom Schlafzimmer aus gelangte man in ein Bad. Iantine fiel angenehm auf, wie warm es in der Suite war – noch ein wesentlicher Unterschied zu Bitra. In Benden gab es offenbar gleichfalls all die Annehmlichkeiten und den Luxus, auf den man in Burg Fort zu Recht stolz war.

»Ein so komfortables Quartier wäre gar nicht nötig gewesen, Lady Jane«, meinte Iantine ein wenig verlegen.

»Unsinn. Hier in Benden wissen wir, wie man einen Künstler Ihres Formats behandelt.« Mit den Händen machte sie eine weit ausholende Geste, die die gesamte Suite umfasste. »Nur in einer Umgebung, in der man sich wohl fühlt, kann man sich entspannen und kreativ werden.« Manieriert bewegte sie die Finger und lächelte Iantine an. Er erwiderte das Lächeln und bemühte sich, ihr gespreiztes Gehabe nicht albern zu finden. »Um acht wird in der Großen Halle zu Abend gegessen, und Sie sitzen natürlich mit uns an der Hohen Tafel.« Ihre entschlossene Miene verriet, dass sie keinen Widerspruch duldete. »Möchten Sie, dass Ihnen jemand beim Auspacken zur Hand geht?«

»Nein, danke, das wäre wirklich zu viel des Guten, Lady Jane. Ich bin es gewöhnt, mich um alles selbst zu kümmern.« Ob er Leopol doch hätte mitnehmen sollen? Die Suite war groß genug, um zwei Leute zu beherbergen.

Lady Jane entfernte sich, nachdem er ihr nochmals überschwänglich für ihre Großzügigkeit gedankt hatte.

Danach stromerte er durch die Räume, wusch sich die Hände und das Gesicht und freute sich, dass heißes Wasser aus den Hähnen sprudelte. Die Badewanne war eine in den Felsboden eingelassene Vertiefung, groß genug, dass er sich der Länge nach darin ausstrecken konnte. Selbst der Weyr besaß kein so aufwendig gestaltetes Bad.

Er packte seine Sachen aus, hängte das neue grüne Hemd auf einen Bügel, damit sich die Falten glätteten, und richtete sich seinen Arbeitsplatz ein. Hinterher setzte er sich in einen Sessel, legte die Füße auf den dazugehörigen Schemel, lehnte sich zurück und seufzte. An diesen Luxus konnte er sich gewöhnen. Ihm fehlte nur eines – Debera.

Er fragte sich kurz, ob Lady Jane auch dann ihre gezierten Gesten vollführen würde, wenn sie ihm Modell saß. In welcher Pose sollte er sie malen? Ihre gestelzte

Art musste er zum Ausdruck bringen, gleichzeitig ihre Anmut und ihren Charme betonen. Welches Musikinstrument mochte sie mit diesen eleganten, weichen Händen wohl spielen? Wenn Debera doch nur nicht so weit weg wäre!

Iantine hätte es gar nicht gefallen, wenn er gewusst hätte, dass die Weyrführer in Telgar just in diesem Augenblick über Debera redeten.

»Nein«, meinte Zulaya und schüttelte zur Bekräftigung den Kopf, »um Morath zu gefährden, ist sie viel zu vernünftig. Und Iantine würde seinen guten Ruf im Weyr nicht aufs Spiel setzen, indem er eine Indiskretion begeht. Von Leopol weiß ich, dass er auf jeden Fall zurückkommen möchte. Über *dieses* Paar hat Tisha sich keine Sorgen gemacht. Auch wenn sie die ganze Nacht lang nur Augen füreinander hatten, so sonderten sie sich doch nie von den übrigen Gästen ab. Tanzen allein ist nicht anstößig. Dafür mache ich mir umso mehr Gedanken über Jule. Sie und T'red stecken ständig zusammen.«

»Aber sie leben doch getrennt?«, warf K'vin mit scharfer Stimme ein.

»Selbstverständlich.« Lässig winkte Zulaya ab. »T'red ist geduldig. Er weiß, dass er lieber nichts überstürzen sollte.«

K'vin seufzte tief und hakte dieses Thema ab. Ihm lag noch etwas anderes auf dem Herzen. »Wie lange mag es wohl noch dauern, bis die Grünen fliegen können?«

»Tja, mir scheint, Morath ist bald so weit. Wenn sie weiterhin in diesem Tempo wächst, sind ihre Schwingen im Spätfrühling kräftig genug zum Fliegen. Aber das letzte Gelege sollten wir nicht in unsere Kalkulationen einbeziehen, K'vin«, riet sie ihm und deutete auf die Liste, die er gerade erstellte. »Zuerst müssen die Drachen ortskundig werden und genug Muskeln entwickeln, um lange Strecken zurückzulegen. Wir sollten ihre Ausbildung nicht mehr forcieren als unbedingt nötig. Schließlich sollen sie uns die nächsten fünfzig Jahre treu dienen.«

»Eine lange Zeit.« K'vin warf sein Schreibzeug auf das Pult, lehnte sich zurück und blies resigniert den Atem aus.

Zulaya klopfte ihm tröstend auf die Schulter. »Zerbrich dir darüber nicht den Kopf, K'vin. Es ändert nichts an den Tatsachen. Im Übrigen glaube ich, dass nicht die Weyrlinge uns Probleme bereiten werden, sondern die erwachsenen, älteren Reiter. Sie brennen förmlich darauf, in Kampfeinsätzen mitzufliegen.«

K'vin schloss die Augen, wie um sich vor der Welt abzuschotten. »Ich weiß, ich weiß«, räumte er ein. Ihm war vollauf bewusst, dass er Entscheidungen in dieser Hinsicht nicht auf die lange Bank schieben durfte. »Sie wollen beweisen, dass sie nicht zum alten Eisen gehören, dass sie noch etwas bewirken.«

»Die Drachen brauchen diese Befürchtungen nicht zu haben; deren Reflexe sind noch genauso schnell wie früher«, erwiderte Zulaya. »Sie werden ihre Reiter schützen.«

»Hoffentlich«, unkte K'vin. »Weißt du, dass Z'ran und T'lel gestern beinahe einen Unfall hatten?«

»Sie wollten mit ihren Flugkünsten prahlen«, kommentierte Zulaya. »Meranath hat den beiden Braunen den Marsch geblasen, als seien sie noch Weyrlinge.«

»Während eines Fädenfalls können wir solche Bravourstückchen nicht gebrauchen ...« K'vin rieb sich den schmerzenden Nacken. »Ich habe einen Sicherheitsgurt-Check für den gesamten Weyr angeordnet.«

»Kev«, ermahnte Zulaya ihn sanft, »wir hatten erst letzte Woche einen. Schon vergessen?«

»Sicherheitsprüfungen kann es nicht genug geben«, blaffte er sie an und warf ihr gleich darauf einen um Vergebung heischenden Blick zu.

»Die Warterei zerrt an deinen Nerven«, stellte Zulaya fest. »Sie macht uns allen zu schaffen.«

K'vin schnaubte durch die Nase. »Sollen wir darum beten, dass die Fäden möglichst früh fallen?«

»Nein. Aber wir könnten einen Ausflug in den Süden unternehmen.«

»Doch nicht schon wieder eine Akki-Expedition?«

»Ganz sicher nicht.« Sie lachte über seinen vehementen Tonfall. »Ich finde, wir sollten mal nachsehen, was aus Tubbermans Würmern geworden ist; wie weit sie gediehen sind. Diese Kontrolle ist ohnehin fällig. Außerdem würde es uns allen gut tun, aus dieser erbärmlichen Kälte herauszukommen und uns in der Sonne zu wärmen. Das hebt die Stimmung. Nach all dem Trubel zum Ende des Planetenumlaufs verfallen viele Leute in eine Depression. Und wer weiß, vielleicht stoßen wir sogar auf diese Ersatzteile, von denen Kalvi unentwegt schwafelt.«

»Ersatzteile?«

»Ja, die Sachen, die während der Zweiten Auswanderung verloren gingen.«

»Von denen kann doch eigentlich nichts mehr übrig sein«, gab K'vin zu bedenken.

»Egal, es liefert einen Vorwand, um in wärmeren Zonen ein Training anzusetzen.« Sie deutete auf den Wust von Papieren, die vor K'vin auf dem Pult lagen. »Wir müssen auch einmal abschalten.«

»Und was genau schlägst du vor?«, erkundigte sich K'vin, der sich immer mehr mit dem Gedanken anfreundete.

»Ich finde, als Erstes sollten wir Calusa einen Besuch abstatten …« Sie holte eine Landkarte aus dem Schrank. Eilig räumte K'vin die Papiere beiseite, sodass sie die Karte ausbreiten konnte. »Dann sehen wir uns an der Küste von Kahrain um, wo die Armada einen längeren Zwischenaufenthalt einlegte, um die im Sturm beschädigten Boote zu reparieren.«

»Die Gegend wurde bereits mehrmals gründlich abgesucht …«

»Ohne Ergebnis. Richtig. Aber es kommt mir nicht darauf an, dass wir etwas finden, sondern dass wir eine Weile von hier fortkommen.«

»Soll der gesamte Weyr an der Exkursion teilnehmen?«

»Die Kampfgeschwader kommen natürlich mit. Die, die noch in der Ausbildung stehen, bleiben hier. Wir übertragen ihnen die Verantwortung für den Weyr ... Mal sehen, wie ihnen das gefällt.«

»J'dar erhält das Kommando«, erklärte K'vin und wartete gespannt, ob Zulaya dem zustimmte.

Sie zuckte die Achseln. »J'dar oder O'ney.«

»Nein, J'dar.«

Zu seiner nicht geringen Verblüffung lächelte sie zufrieden. Den Grund dafür konnte er nicht einmal ahnen, denn O'ney, den sie in die engere Wahl gezogen hatte, war einer der ältesten Bronzereiter. Meistens fügte sich K'vin Zulayas Wünschen, doch ihm war aufgefallen, dass O'ney übertrieben pedantisch war.

»Als wir im letzten Winter nachsahen, hatten sich die Würmer bis an diese Stelle verbreitet«, sagte sie und fuhr mit dem Finger den Verlauf des Flusses Rubicon nach.

»Wie sollen die Würmer dieses Hindernis überwinden?«, fragte K'vin und tippte auf die Höhenlinien, die das Steilufer des Stroms anzeigten. Zur anderen Seite fiel das Gelände sanft geböscht zum Asowschen Meer ab.

»Angeblich suchen sie sich einen Weg um den Steilabfall herum oder werden als Larven im Verdauungstrakt der Wherries über den Fluss transportiert. Einige exotische Tiere, die man damals aus reinem Übermut züchtete und freiließ, tragen auch zu ihrer Verbreitung bei. Die Biester sollen sich stark vermehrt haben, wie du vielleicht weißt.«

Jetzt zog sie ihn auf, denn keiner von beiden hatte vergessen, dass Charanth K'vin vor einer riesigen, hungrigen, orange und schwarz gestreiften Raubkatze hatte retten müssen. Damals war Charanth außer sich vor Empörung gewesen, weil diese Kreatur es gewagt hatte, ihn, einen Bronzedrachen, anzugreifen. Der Vorfall hatte sowohl den Drachen als auch seinen Reiter nachhaltig beeindruckt.

»Und ob ich es weiß. So leicht lasse ich mich nicht noch einmal von einer dieser Bestien überraschen.«

»Aber der Pelz dieser Katze hat mir außerordentlich gut gefallen«, stichelte sie ihn mit schelmisch blitzenden Augen.

»Dann fang dir so ein Tier und zieh ihm das Fell ab. Was hältst du davon, andere Weyr zu diesem Ausflug einzuladen? Wir könnten eine gemeinsame Übung veranstalten.«

»Warum?«, konterte sie mit einem Achselzucken. »Es geht doch nur darum, unseren Geschwadern ein bisschen Zerstreuung zu verschaffen. Meranath«, sie wandte sich an die Drachenkönigin, die sich auf ihrer Lagerstatt rekelte und die beiden Weyrführer aufmerksam im Auge behielt, »würdest du bitte die Nachricht verbreiten, dass sich der Weyr auf einen Trainingsausflug begibt? Morgen, beim ersten Tageslicht, brechen wir auf. Ein paar Leute werden einen ziemlichen Schreck bekommen, wenn sie das hören.«

»Zweifelsohne«, erwiderte K'vin und richtete dann selbst das Wort an Meranath. »Und sag J'dar und T'dam Bescheid, sie möchten bitte hier heraufkommen.«

*Im Süden scheint die Sonne viel wärmer,* äußerte sich Meranath. *Darüber wird sich jeder freuen, K'vin.*

»Ich bin froh, dass der Plan deine Billigung findet«, sagte er zu der Königin und deutete eine Verbeugung an. Es gefiel ihm, dass sie seinen Namen in letzter Zeit häufiger benutzte. Ob das bedeutete, dass Zulaya immer öfter an ihn dachte? Doch diese Frage hielt er in einem Winkel seines Gehirns verborgen, auf den selbst Charanth keinen Zugriff hatte.

Er war sich nicht sicher, ob Zulaya ihn als Weyrführer wirklich akzeptierte. In der Öffentlichkeit verhielt sie sich stets freundlich ihm gegenüber, und dafür war er ihr aufrichtig dankbar. Ansonsten ließ sie nie durchblicken, was sie von ihm hielt. Dabei sehnte er sich nach mehr Intimität mit ihr, aber sie blieb nach wie vor distanziert. Ob es ihm je gelänge, sie vorbehaltlos für sich zu gewinnen? Hatte sie vielleicht diese Exkursion vorgeschlagen, weil sie hoffte, sie kämen sich dadurch ein bisschen näher?

»Wann hat man das letzte Mal nach den Würmern gesehen?«, wollte er wissen?

Sie zuckte die Achseln. »Darauf kommt es nicht an. Der ganze Weyr braucht etwas Abwechslung, und die bekommen wir im Süden geboten. Vermutlich ist es ohnehin das Beste, wenn wir während der Zeit des Fädenfalls in die betreffende Gegend fliegen, um uns persönlich davon zu überzeugen, ob die Würmer auch tatsächlich die Funktion erfüllen, für die sie ursprünglich gezüchtet wurden.«

»Vielleicht werden die Drachengeschwader bald arbeitslos, wenn die Würmer wirklich so effektiv sind«, überlegte er.

Zulaya schüttelte den Kopf. »Solange die Fäden vom Himmel fallen, muss es kampfbereite Drachen und deren Reiter geben. Es ist wichtig, dass möglichst wenige dieser Organismen den Boden überhaupt berühren. Die Würmer sind eine zusätzliche Abwehrmaßnahme, ganz sicher keine Patentlösung.«

Die beiden Weyrführer hatten es versäumt, Meranath zu bitten, das Ziel der Exkursion noch geheim zu halten, und so war der bevorstehende Ausflug bald in aller Munde. Ein jeder drängte, mitgenommen zu werden. Selbst Tisha wollte sich nicht ausschließen.

»Einige der Bronzedrachen werden zwei Passagiere befördern müssen«, meinte K'vin, der im Kopf rasch ein paar Zahlen überflog.

»Die Weyrlinge müssen allerdings hier bleiben«, dämpfte Zulaya die euphorischen Erwartungen. »Aber sobald die Jungdrachen flügge sind, kann T'dam mit dem Nachwuchs eine Exkursion in den Süden veranstalten.«

»Das wird erst der Fall sein, nachdem der Fädenregen eingesetzt hat«, hielt K'vin ihr entgegen.

»Sicher, doch da wir vorhersagen können, ob die Schauer im Norden oder im Süden niedergehen, lässt sich ohne weiteres ein Ausflug einrichten. Und einen freien Tag dürften sich die Hilfsmannschaften ruhig gönnen.«

Somit war dieser Punkt ebenfalls geklärt.

Der gesamte Weyr versammelte sich, um Passagiere und Vorräte zu verfrachten. Mittlerweile hatte man die Exkursion für drei Tage angesetzt. K'vin meinte, sie brauchten so viel Zeit, wenn sie nachforschen wollten, inwieweit sich die Würmerpopulation verbreitet hatte. Er nahm Landkarten und Schreibmaterial mit, um gewissenhafte Aufzeichnungen zu machen.

Der Aufbruch gestaltete sich recht turbulent. Um Tisha auf den Rücken des braunen Branuth zu verfrachten, bedurfte es vier kräftiger Männer. T'lel, Branuths Reiter, lachte während der Aktion so herzhaft, dass er einen Schluckauf bekam.

Branuth verrenkte sich den langen Hals um mitzubekommen, was sich hinter ihm tat. Sein langes, schmales Gesicht nahm einen höchst skeptischen Ausdruck an, und in dem Eifer, seine Neugier zu befriedigen, zerrte er sich einen Nackenmuskel und musste von T'lel und Z'ran massiert werden.

»Hör endlich auf damit und lass uns losfliegen, T'lel«, schnauzte Tisha ihn an. Ihre stämmigen Beine standen weit gespreizt vom Sattel ab. »Ich habe das Gefühl, als würde ich entzweigerissen. Wieso habe ich nur darum gebeten, den Ausflug mitmachen zu dürfen! Ich hätte lieber in der Kaverne bleiben sollen! Hier oben sitzt es sich sehr unbequem. Was lachst du so, T'lel? Steig auf und setz den Drachen in Bewegung!«

Tisha auf Branuths Rücken zu hieven hatte so lange gedauert, dass sämtliche anderen Drachen abflugbereit waren, als T'lel sich endlich vor Tisha in den Sattel schwang.

»Nicht nur, dass es mich schier zerreißt, die Kanten dieses verflixten Widerrists sind auch noch messerscharf. Hast du sie mit Absicht so zugeschliffen, T'lel? Kein Wunder, dass ihr Reiter so dünn seid. Anders findet ihr zwischen diesen Knochenwülsten ja keinen Platz. Gibt es denn keine Drachen, die Widerriste für stärker gebaute Leute entwickeln? Charanth ist viel größer als Branuth ... Wieso nimmst du mich nicht auf deinem Drachen mit, K'vin?«, zeterte Tisha.

K'vin bemühte sich, nicht lauthals loszuprusten, weil er seine Würde als Weyrführer wahren wollte. Doch er wagte es nicht, zu Tisha hinzusehen. Stattdessen nahm er all die anderen Drachen samt Reitern in Augenschein. Er spähte nach oben zum Felssims, wo weitere Drachen auf den Abflug warteten, in respektvollem Abstand von dem neu errichteten Observatorium, bestehend aus Augenstein und Fingerfelsen. Dann hob er den Arm.

*Charrie, sie sollen in der Luft ihre Geschwaderposition einnehmen.*

*Sie wissen Bescheid.* Charanth hörte sich ein bisschen gelangweilt an, denn dies war ein Routinedrill. Begütigend tätschelte K'vin seinen Hals, während er den erhobenen Arm niedersausen ließ.

Die Drachen stiegen aus dem Kraterkessel empor, mit ihren gewaltigen Schwingen Staub und Kies hochwirbelnd. Als Nächstes folgten die Drachen auf dem Felssims, um sich ihren jeweiligen Geschwadern zuzuordnen. Über allen anderen Formationen kreisten Zulaya und die übrigen Königinnenreiterinnen.

*Das hat ja bestens geklappt. Auf geht's, Charrie.*

Mit einem kräftigen Satz stieß sich nun auch der große Bronzedrache vom Boden ab. Ein, zwei Schwingenschläge, und er nahm seine Position vor den Königinnen ein. Köpfe wurden emporgereckt, und Charanth flog einen Bogen gen Osten, damit alle den Weyrführer sehen konnten.

*Informiere den Weyr, dass unser Ziel das Asowsche Meer ist.*

*Längst geschehen!*

K'vin gab das Zeichen, ins *Dazwischen* zu gehen. Das komplette Geschwader verschwand zur selben Zeit vom Himmel.

Drei Sekunden später schlug ihm die heiße Luft über dem Asowschen Meer ins Gesicht, als hätte ihm jemand ein angewärmtes Handtuch über Mund und Nase gehalten. Charanth grummelte vor Wohlbehagen.

K'vin interessierte sich viel mehr dafür, ob die Drachen im Formationsflug eingetroffen waren. Er schmunzelte zufrieden, als er die mustergültige Ordnung sah.

*Sag den Geschwaderführern, sie sollen ihre Reiter zu den jeweiligen Zielorten bringen.*

Ein Geschwader nach dem anderen drehte ab, mit Ausnahme von T'lels Crew, die am Strand bleiben wollte. Auch die Königinnen glitten zur Wasserlinie hinab, denn sie beförderten die Lebensmittel, aus denen Tisha die abendliche Mahlzeit zubereiten musste.

*Lass uns abwarten, bis alle gelandet sind,* befahl K'vin Charanth, obwohl er zu gern dabei gewesen wäre, wenn Tisha von Branuth hinuntergehoben wurde. Doch er war nicht wenig besorgt, als er sah, wie ein brauner Drache sich vom Geschwader absonderte und dicht vor der Küste im Wasser niederging. Auch Charanth beobachtete das Schauspiel.

*Branuth sagt, sie hätte es so gewollt. Sie wird sich von seinem Rücken ins Wasser fallen lassen und an Land schwimmen,* erklärte Charanth. K'vin kicherte.

*Das ist ein viel würdevollerer Abgang als zu Lande.*

*Branuth sagt, das ist auch für ihn viel einfacher. Aber daheim in Telgar wird er es nicht so machen.*

*Kein Wunder, wenn man bedenkt, wie kalt das Wasser um diese Jahreszeit ist.*

*Können wir jetzt landen? Branuth sagt, die Sonne scheint warm.*

*Ich dachte, du wolltest Beute jagen.*

*Später. Zuerst will ich mich aufwärmen.*

Alle Drachen schienen das gleiche zu empfinden wie Charanth, und bald waren sowohl der Kiesstrand wie auch das dahinter liegende Land mit Drachenleibern bedeckt. Der Bereich der Küste war dicht mit Strauchwerk bestanden, das einen angenehmen Duft verströmte, wenn es von den schweren Tierkörpern zerquetscht wurde.

Tisha schickte ein paar Leute los, um Brennholz und große Steine für ein Lagerfeuer zu suchen. Außerdem sollten sie an Früchten einsammeln, was sie finden konnten. Eine andere Gruppe bezog Posten auf weit ins Meer hineinragenden Felsblöcken, um von dort aus zu angeln.

»Ich gehe schwimmen!«, rief Zulaya K'vin zu, als Charanth zur Landung ansetzte. Sie zog sich bereits die Jacke aus. »Meranath möchte auch ins Wasser.« Nachdem sie ihre Kleidung säuberlich zusammengefaltet auf einen Stein gelegt hatte, rannte sie zur Wasserlinie.

»Und was ist mit den Würmern?«

»Die können warten«, rief sie über die Schulter zurück, während sie bereits durch die Dünung watete.

*Wir müssen doch nicht gleich aufbrechen, um die Würmer zu suchen, oder?*, fragte Charanth in quengelndem Ton. Seine Augen glitzerten gelb vor Anspannung.

»Nein, das hat Zeit«, beruhigte K'vin ihn. »Eigentlich dienten die Würmer nur als Vorwand, um dem Weyr ein paar erholsame Tage in der Sonne zu verschaffen.«

Er entledigte sich seiner Kleidung, und Drache wie Reiter gesellten sich zu den anderen Schwimmern in den lauen Asowschen Gewässern.

In der Tat waren die Würmer das Letzte, woran die Drachenreiter in diesem Augenblick dachten. Stattdessen beschäftigten sie sich mit Schwimmen, Sonnenbaden und dem Beschaffen von Nahrung, derweil einige Drachen zum Jagen losflogen. Wer wollte, fand Zeit und Muße für intimere Vergnügen.

P'tero und M'leng baten V'last, ihren Geschwaderführer, um die Erlaubnis, mit ihren Drachen auf die Jagd zu gehen.

»Denkt daran, was K'vin uns über diese exotischen Raubtiere erzählte, die in der Gegend herumstromern«, warnte V'last alle Reiter, die sich von der Gruppe entfernen wollten.

P'tero und M'leng versprachen, wachsam zu sein, doch sowie sie die Lichtung am Malay-Fluss verließen, die ihrem Geschwader als Lagerplatz diente, lachten sie über die Vorstellung, irgendeine Kreatur könnte ihren Drachen gefährlich werden.

»Es ist wirklich sehr heiß hier«, fand M'leng, einen letzten Blick auf den Fluss werfend.

»Nach der Jagd werden wir sicher noch mehr schwitzen«, prophezeite P'tero übermütig. »Doch wenn die Drachen erst einmal satt sind, haben wir die ganze Zeit bis zum Abendessen für uns.«

»Vor dem Essen sollten wir ohnehin nicht zurückkehren«, meinte M'leng lachend. »Andernfalls spannt man uns doch noch ein, zu angeln oder Beeren zu sammeln.«

»Es sind genug Leute vom Weyr mitgekommen, um diese Aufgaben zu übernehmen. Und sie tun es gern«, erwiderte P'tero ein wenig geringschätzig. »Machen wir, dass wir von hier fortkommen.«

Er nahm einen Anlauf und sprang auf Ormonths

Rücken. M'leng schwang sich behände auf seinen grünen Sith.

»Welche Beute jagen wir?«, fragte M'leng.

»Was immer uns zuerst begegnet«, schlug P'tero vor und gab das Signal zum Aufstieg. M'leng mochte es, wenn er das Kommando übernahm.

Es dauerte nicht lange, und sie erspähten riesige Herden von Grasfressern. Diese Tiere waren viel kleiner als die domestizierten Kreaturen, die sie von daheim kannten. Doch als sie sahen, dass noch andere Drachen am Himmel kreisten und sich anschickten, im Gleitflug die Herden anzugreifen, bedeutete P'tero, in südwestlicher Richtung weiterzufliegen.

Schon bald mussten beide ihre Fliegerjacken ausziehen, weil es ihnen zu warm wurde; dann folgten die Hemden, die aus einem derben, dicht gewirkten Stoff bestanden. P'tero bewunderte M'lengs wohlgestalteten Körper. Der grüne Reiter war schlank und dabei ausgesprochen gut proportioniert. Seine drahtige und doch elegante Figur hatte P'tero auf Anhieb gefallen. Der Oberkörper war noch winterlich weiß, und P'tero schmunzelte, weil der Kontrast zu dem gebräunten Hals recht komisch wirkte.

Fasziniert betrachtete der blaue Reiter die tropische Landschaft, die sich selbst von den wärmeren Gefilden des Nordkontinents unterschied. In Nerat wucherten nahezu undurchdringliche Regenwälder, lediglich der Westen wies die Vegetation gemäßigter Klimata auf.

Ista lag in einem stark zerklüfteten Bergland mit schroffen Gipfeln und tief eingeschnittenen Tälern, und auch dort befand sich dichter Dschungel. Hier indessen erstreckte sich in alle Richtungen eine endlose Grassteppe, die in mancher Hinsicht an die Ebenen von Keroon erinnerte. Das flache Land war durchsetzt mit gelben, aus dem Boden ragenden Felsen und gelegentlichen Baumgruppen, die wie Inseln aus einem Gräsermeer auftauchten. Beim Vorbeiflug der Drachen stoben riesige Scharen von Wherries und anderen vogelähnlichen Wesen in die Luft, um mit hektisch klatschenden Schwingen das Weite zu suchen.

*Kann ich diese Tiere fressen?*, erkundigte sich Ormonth bei seinem Reiter, bereits das Tempo verstärkend, falls die Antwort ›Ja‹ lautete.

*Was? Diese zähen kleinen Häppchen?*, erwiderte P'tero verächtlich. Dann legte er die Hände wie einen Trichter vor den Mund und brüllte M'leng zu: »Ormonth ist so hungrig, dass er sich schon an Wherries vergreifen möchte!«

»Sith geht es ebenso. Wir sollten zusehen, dass sie bald etwas Futter kriegen«, schrie P'tero zurück. »Da drüben!« Er zeigte auf eine Felsformation. Ein Baum mit weit ausladender Krone hatte dort Halt gefunden und spendete einer schräg geneigten Steinplatte Schatten.

P'tero fand, die Struktur des Felsens gliche einem in die Höhe ragenden Schiffsbug, wobei sich der Rumpf des Bootes tief in den Boden gegraben hatte. Und der Baum sah aus wie ein Mast.

M'leng nickte zustimmend und flog mit Sith eine weite Kurve, sodass sie vor dem Bug aufsetzen konnten. Von Süden blies eine leichte Brise und trocknete den Schweiß auf ihren Körpern.

Als Erstes zogen sich die jungen Männer die dicken Flughosen und die schweren Stiefel aus. Die Socken mussten sie anbehalten, weil der Fels zum Barfußgehen zu heiß war.

M'leng, der ein ausgezeichnetes Sehvermögen besaß, beschattete die Augen mit einer Hand und spähte nach Westen, wo sich ein langer dunkler Streifen längs des Horizonts zu bewegen schien.

»Das ist gut. Eine Tierherde.« Er machte Sith darauf aufmerksam. »Siehst du? Die kannst du fressen. Die sind viel besser als Wherries. Und jetzt ab mit dir!« Aufmunternd klatschte er mit der flachen Hand gegen den Bauch des Drachen.

»Hinterher, Ormonth!«, forderte P'tero seinen Drachen auf. »Wir schauen euch von hier aus zu.«

Ormonth ließ seinen mächtigen Hals hin und her pendeln und traf keine Anstalten, aufzusteigen. Seine gelb leuchtenden, rasch kreisenden Augen bedeuteten, dass er sich vor irgendetwas fürchtete.

»Was ist los mit dir?«, fragte P'tero. Er wollte, dass sich beide Drachen entfernten, damit er mit M'leng ungestörte Zweisamkeit genießen konnte. Solange die Tiere mit Jagen und Fressen beschäftigt waren, zollten sie dem Tun und Treiben ihrer Reiter keine Aufmerksamkeit.

*Ich rieche etwas.*

»M'leng, hat Sith vielleicht auch eine ungewöhnliche Witterung aufgenommen?« P'tero zügelte seine Ungeduld, denn die Belange eines Drachen gingen vor.

»Mir scheint, hier duftet alles anders als bei uns im Norden«, erwiderte M'leng achselzuckend. Seine gespannte Miene verriet, dass er sich genauso nach einem Schäferstündchen sehnte wie P'tero.

»Ich gebe gut Obacht«, versprach P'tero Ormonth und befahl ihm, sich auf den Weg zu machen.

Die beiden Drachen sprangen gleichzeitig hoch, und stolz beobachtete P'tero die eleganten Bewegungen seines Reittiers, das sich spiralig in die Höhe schraubte, um dann im Sturzflug auf seine Beute herabzustoßen.

M'leng legte sich P'teros Arm um die Schultern. »Meine Güte, fühlt deine Haut sich aber heiß an. Wir müssen aufpassen, dass wir uns keinen Sonnenbrand holen.«

»Wenn wir uns bewegen, verbrennen wir nicht so leicht.«

»Und in Bewegung bleiben wollen wir ja, oder?«

Sie gingen so sehr in ihren Zärtlichkeiten auf, dass sie nicht bemerkten, wie sich die Windrichtung änderte. Ein lindes Lüftchen fächelte ihnen immer noch Kühlung zu und trocknete die Schweißperlen auf ihren erhitzten Körpern. Sie merkten nicht, was rings um sie her passierte, und erst Ormonths wütender Schrei riss sie aus ihrer Versunkenheit. Gleichzeitig wurde P'tero heftig gegen M'leng geschleudert, und etwas Scharfes, Spitzes bohrte sich in seinen Rücken.

»Ormonth!«, gellte er.

M'lengs schlaffer Körper lag reglos unter ihm, während er versuchte, sich gegen seine Angreifer zu wehren.

*Hilfe!*, schrie er in Gedanken. Verzweifelt kämpfte er darum, sich aus dem Zugriff der reißenden Fänge zu befreien.

Ein Schatten senkte sich hernieder, und die Luft darunter wurde zusammengepresst. Das Tier, das ihn angefallen hatte, ließ ein grausiges Gebrüll ertönen, und sein heißer, nach fauligem Fleisch stinkender Atem stieg ihm in die Nase. Die Krallen, die sich in seinen Rücken gegraben hatten, wurden herausgerissen, und die unsäglichen Schmerzen entlockten ihm abermals ein schrilles Geheul.

Etwas Schweres, Pelziges wirbelte in hohem Bogen durch die Luft. Er erhaschte einen Blick auf einen blauen und einen grünen Rumpf, dazwischen ein großes, braunes Etwas, das wie aus dem Nichts zu kommen schien.

Endlich kringelte sich beschützend ein blauer Drachenschwanz um seinen gemarterten Körper. Ormonths Gebrüll vermischte sich mit ohrenbetäubenden Schmerzensschreien. Die ganze Zeit über drängten Bilder von Rache und Aggression auf seinen Geist ein, die von Ormonth ausgingen und ganz untypisch für einen Drachen waren.

Während er gegen die Agonie ankämpfte, die ihn in Wellen überfiel, vergegenwärtigte er sich, dass Ormonth und Sith das Raubtier in Stücke rissen; warmes Blut und Fleischstücke prasselten auf ihn nieder. Er merkte erst, dass M'leng immer noch unter ihm lag, als dieser jählings fortgezerrt wurde.

Zu seinem Entsetzen gewahrte er eine riesige braune Pranke, deren gelbe Krallen sich in einer Schulter seines Geliebten verankert hatten. Blut quoll aus den Wunden. Trotz seiner unerträglichen Schmerzen warf er sich schützend über M'leng und schlug auf die Tatze ein, bestrebt, das Untier zum Loslassen zu bewegen.

Plötzlich entfernten sich die Drachen ein Stück, und er konnte wieder frei durchatmen. Er hob den Kopf und sah, dass Ormonth und Sith ein Rudel von gelbbraunen, mageren Kreaturen in die Flucht trieben, die die Felsformation umzingelten. Die Drachen packten sie bei den Schwänzen oder Hinterläufen und schleuderten die fauchenden und sich krümmenden Bestien durch die Luft. Ein Untier behauptete die Stellung und hieb mit der Pranke nach Siths Kopf.

»M'leng, M'leng, so antworte mir doch!«, schrie P'tero und versuchte, seinen Geliebten aus der Ohnmacht zu schütteln.

Dann fiel P'teros Blick auf ein Paar Stiefel, die neben M'lengs Kopf auftauchten.

»Hilfe, Hilfe!«, ächzte er, nach den Stiefeln greifend. »So helft mir doch, ich sterbe!« Vor Schmerzen wurde er fast wahnsinnig.

»Wo bleibt der Fellis-Saft? Her mit dem Taubkraut!«

Während P'tero langsam das Bewusstsein verlor, fragte er sich flüchtig, wie um alles unter der Sonne Zulaya hierher kam, und ob seine letzte Stunde geschlagen hätte.

KAPITEL 16

# Cathay, Telgar-Weyr, Burg Bitra, Telgar

P'tero starb nicht, obwohl er sich manchmal wünschte, es wäre so gewesen. Er schämte sich, weil er sich von einem Raubtier hatte angreifen lassen, weil M'leng verwundet worden war und weil er sich die Schuld dafür gab, dass neun Drachen Blessuren davongetragen hatten.

Und das alles war passiert, trotz K'vins ausdrücklichen Warnungen. Mochte M'leng noch so oft betonen, er hätte ihm das Leben gerettet – seine Schulterwunde musste genäht werden – P'tero machte sich die größten Vorwürfe.

Sowohl Sith als auch Ormonth waren nicht ungeschoren davongekommen, denn die Bestien hatten nicht kampflos die Flucht ergriffen. Eine von ihnen hatte sich in Meranaths vordere Pranke verbissen und ihr eine tiefe Kratzwunde am Kopf zugefügt.

P'tero fühlte sich nicht in der Lage, Zulaya in die Augen zu sehen. V'lasts Collith hatte eine Wunde an einer Tatze, die bis auf den Knochen ging. Die Drachen hatten sich mit den Löwen einen wüsten Kampf geliefert, denn die Katzen kannten keine Furcht vor den Drachen, und das gesamte Rudel von vierzehn ausgewachsenen Raubtieren war an der Beißerei beteiligt gewesen.

Meranath hatte auf Ormonths Hilfeschrei hin sofort reagiert; alles war so schnell gegangen, dass sie ohne Zulaya abgeflogen war. Die Weyrherrin hatte sich darüber sehr gewundert, denn normalerweise taten Drachen so etwas nicht. Später erfuhr P'tero von Leopol, Zulaya sei froh gewesen, dass ihre Königin sie so einfach verlassen hatte, denn während des Vorfalls schwamm sie gerade im Meer, und es hätte ihr ganz und gar nicht gepasst, triefnass von Meranath auf deren Rücken gehievt zu werden. Doch so bald wie möglich war sie zusammen mit V'last, K'vin und anderen der Königin gefolgt.

Leopol genoss es, die ganze Geschichte auszuschmücken. »Zulaya ärgerte sich, weil die Drachen die Löwen fraßen und ihr nicht die guten Felle überließen.«

P'tero schnappte nach Luft. »Die Drachen fraßen die Löwen?«

»Warum denn nicht?« Gleichmütig zuckte der Junge die Achseln. »Das gesamte Rudel stürzte sich auf die Drachen, die jedoch mit den Katzen kurzen Prozess machten. Nur die Löwenkinder ließen sie in Ruhe, obwohl ein paar Leute meinten, man hätte sie auch gleich töten sollen. V'last erzählte, seinem Collith hätte das Löwenfleisch ganz gut geschmeckt, er fand es nur ein bisschen zäh. Aber Zulaya war wütend, denn sie hätte gern ein Löwenfell als Decke für ihr Bett gehabt.«

P'tero schüttelte sich. Mit Löwen wollte er nie wieder etwas zu tun haben.

»Du hättest dich sehen sollen, wie man dich hierher brachte, P'tero«, fuhr Leopol fort. »Charanth trug dich in seinen Armen.«

»Tatsächlich?« Wieder regte sich in P'tero das schlechte Gewissen.

»Und O'neys bronzener Queth transportierte M'leng. Dein Geschwader half Ormonth und Sith, das Lager zu erreichen. Gorianth und Spelth nahmen sie praktisch Huckepack. Die anderen Drachen waren ziemlich erschüttert, weißt du.«

P'tero hatte diesbezüglich bereits einiges von Ormonth gehört, der seinen Reiter jedoch kein einziges Mal kritisierte. Nicht, dass P'tero sich dadurch besser gefühlt hätte. Der blaue Drache war seinen Weyrgefährten dankbar gewesen, weil sie sich um seinen Reiter kümmerten, als er selbst nicht mehr dazu imstande war.

Man hatte Zelte aufgeschlagen, in denen die Verletzten gepflegt wurden, denn P'tero und Collith durften erst wieder ins *Dazwischen* eintreten, wenn ihre Wunden verschorft waren. Maranis versorgte ganz allein die verletzten Drachen, aber bezüglich der beiden lädierten Reiter wünschte er sich Unterstützung. Boten waren nach Telgar geflogen, um das Unglück zu melden und Vorräte für einen längeren Aufenthalt auf dem Südkontinent mitzubringen.

Nichts Böses ahnend, hatten sich die beiden jungen Reiter zu einer Felsformation begeben, in der ein Löwenrudel hauste. P'tero hatte noch nie zuvor von Löwen gehört. Für deren Existenz war der alte Tubberman verantwortlich, der sie seinerzeit, kurz nach der Landung, durch gentechnische Manipulationen gezüchtet hatte. Mittlerweile hatten sie sich über ein großes Gelände verbreitet und sich kräftig vermehrt.

Doch das war kein Trost für P'tero, der auf dem Bauch liegen musste, damit seine Rückenverletzungen heilten.

Er machte sich Sorgen, M'leng könne vielleicht aufhören ihn zu lieben, jetzt, da sein Körper nicht mehr makellos, sondern von unschönen Narben übersät war. Derweil wurde M'leng nicht müde, mit P'teros heldenhaftem Einsatz zu prahlen. Mit seinem eigenen Körper habe er ihn geschützt. Dabei ließ er unerwähnt, dass diese Situation nicht freiwillig zustande gekommen war. Außerdem war M'leng die meiste Zeit über bewusstlos gewesen. Außer der Prankenwunde an der Schulter hatte er noch eine Kopfverletzung davongetragen.

Zulaya hatte jedoch mit eigenen Augen gesehen, wie P'tero versuchte, die Pranke aus M'lengs Schulter zu reißen, und ihre Geschichte unterstützte M'lengs Schilderung. Dagegen konnte P'tero nichts unternehmen.

Als Tisha eines Morgens zu ihm kam, um ihm Fellis-

Saft zu verabreichen, fand sie ihn in Tränen aufgelöst vor. Er gestand ihr, dass er sich sicher sei, M'leng als Liebhaber verloren zu haben, weil sein Körper durch Narben verunstaltet sei.

»Unsinn, Junge!«, wiegelte Tisha resolut ab. Sie strich ihm das verschwitzte Haar aus der Stirn und hielt ihm den Becher mit Fellis-Saft an die Lippen. »Er weiß doch, was du für ihn getan hast. Und dank Coreys Behandlung werden die Narben später kaum zu sehen sein.«

Die Erwähnung der Chefärztin vertiefte nur seinen Kummer. Er schämte sich, weil er dem ganzen Weyr so viele Probleme bereitete.

»Du hast uns wirklich eine Menge Arbeit eingebrockt«, pflichtete Tisha ihm bei. »Aber durch den Vorfall haben wir auch einige nützliche Dinge gelernt.«

»Welche denn?«

»Bis jetzt haben sich die Drachen für unangreifbar gehalten – was sie nicht sind. Jetzt wissen sie, dass auch sie ernst zu nehmende Feinde haben. Diese Erfahrung ist von unschätzbarem Wert, sowie erst der Fädenfall eingesetzt hat. Und nun kann niemand mehr behaupten, dass der Südkontinent völlig gefahrlos ist.«

»Hat man etwas über die Würmer herausgefunden?«, fragte P'tero, dem plötzlich der eigentliche Grund für die Exkursion einfiel.

Tisha prustete los, dann unterdrückte sie ihren Heiterkeitsausbruch. »Du bist nicht nur tapfer, mein Junge, du hast auch ein gutes Herz. Doch, ein Erkundungsteam war unterwegs und hat Daten gesammelt.«

P'tero erfuhr, dass sich die Würmer in südwestlicher Richtung auf das Große Kettengebirge zu verbreitet hatten. Ihr Fortkommen wurde durch die Sandböden östlich von Landing gehemmt, doch das bereitete den Experten keine großen Sorgen. Ihnen kam es vor allem darauf an, dass die ausgedehnten Wälder und Grassteppen durch diesen künstlich gezüchteten Organismus geschützt wurden.

»Dann hat sich dieser Ausflug also gelohnt«, kommentierte P'tero. Er fühlte sich entspannt, weil der Fellis-Saft zu wirken begann.

Tisha bemutterte ihn noch ein Weilchen und deckte ihn mit einem leichten Laken zu, das die Wunden nicht belastete.

»Auf jeden Fall«, bekräftigte sie. »Und nun versuch, ein wenig zu schlafen..«

Der Fellis-Saft sorgte dafür, dass P'tero in einen schmerzfreien, ruhigen Schlummer hinüberdämmerte.

Nach drei Wochen war P'tero in der Lage, den Rückflug anzutreten. In dem provisorischen Lazarett fanden sich noch mehr Kranke ein, denn der Südkontinent war nicht nur wegen seiner angriffslustigen Raubkatzen gefährlich. Manch einer holte sich einen Hitzschlag, einen Sonnenbrand oder andere leichtere Verletzungen. Leopol trat sich einen Dorn in den Fuß; die Wunde begann zu eitern, und er leistete P'tero Gesellschaft, bis das Gift aus dem Körper geflossen war.

Tisha und eine andere Frau litten an einem Fieber. Vorsichtshalber ließ Maranis einen Arzt kommen, der sich mit solchen Erkrankungen besser auskannte als er. Die Frau erholte sich nach ein paar Tagen, doch Tisha ging es sehr schlecht, und sie verlor etliche Kilos. Die plötzliche Gewichtsabnahme und die hohe Körpertemperatur schwächten sie ungemein. Maranis war äußerst besorgt. K'vin forderte von Ista ein Schiff an, das sie auf den Nordkontinent befördern sollte, denn in ihrem Zustand konnte sie nicht auf einem Drachen reiten.

Tishas Erkrankung legte sich allen Weyrleuten schwer aufs Gemüt.

»Man merkt erst, wie sehr man an einem Menschen hängt«, meinte Zulaya, »wenn man Gefahr läuft, ihn zu verlieren.«

Ihre Bemerkung traf P'tero bis ins Mark. Doch dieses

Mal war Tisha nicht da, um ihn aus seiner Depression zu reißen. M'leng versuchte, ihm zu helfen.

»Warum entwickelst du diese Schuldgefühle?«, fragte der grüne Reiter seinen Freund. »Du kannst nichts dafür, dass Tisha krank wurde. Und auch mit Leopols Verletzung hast du nichts zu tun. Der Junge trug keine Schuhe, obwohl man ihm verboten hatte, barfuß zu gehen, und dass er sich einen Dorn eintrat, hat er sich allein zuzuschreiben. Du bist nicht einmal verantwortlich für den Angriff durch die Löwen, woher solltest du wissen, dass sie ausgerechnet in dieser Felsformation hausten? So etwas nennt man Pech. Und hör auf, dich mit Selbstvorwürfen zu quälen, du beunruhigst nur unsere Drachen.«

P'tero brach in Tränen aus. Es war genau das eingetreten, was er befürchtet hatte: M'leng liebte ihn nicht mehr.

Dann legte M'leng vorsichtig seinen Arm um P'teros Schulter und zog ihn sanft an seine Brust. Mit zärtlichen Küssen und Liebkosungen versuchte M'leng, seinen Geliebten zu trösten.

»Sei nicht dumm, du Dummkopf. Wie könnte ich aufhören, dich zu lieben?«

Später wunderte sich P'tero, wie er je an M'leng hatte zweifeln können.

Als die Rekonvaleszenten in den Telgar-Weyr zurückkehrten, fuhrwerkte Tisha schon wieder in der Unteren Kaverne herum. Man sah, dass sie Gewicht verloren hatte, doch von der Seereise war ihre Haut gebräunt und sie sah wieder putzmunter aus.

Ein paar der grünen und blauen Reiter aus dem Geschwader hatten P'teros und M'lengs Weyr renoviert. Die abgewetzten Kissen hatte man durch neue, dickere ersetzt.

»Tisha meint, du müsstest die nächste Zeit auf etwas Weichem sitzen«, erklärte Z'gal und kicherte hinter vorgehaltener Hand. Er spielte auf die Narben an, die nicht nur P'teros Rücken, sondern auch sein Gesäß und die Schenkel bedeckten. »Lady Salda hat uns die Federn für die Kissen geschenkt.«

Dann holte Z'gals Geliebter, T'sen, etwas hinter seinem Rücken hervor. Verwirrt starrte P'tero darauf. Es war eine Art Sitzpolster mit langen Bändern.

»Was ist das?«

Z'gal bekam einen Lachanfall. T'sen funkelte ihn wütend an und hielt P'tero das Geschenk entgegen.

»Etwa zum Draufsitzen, was denn sonst? Es passt genau zwischen die Nackenwülste deines Drachen. Wir haben Maß genommen.«

P'tero bedankte sich höflich. Ihm machte weniger seine Sitzfläche Sorgen, sondern die Beine, deren Muskeln durch das lange Liegen stark geschwächt waren. M'leng massierte ihn eifrig, doch P'tero fürchtete, er könne immer noch nicht ganz auf dem Posten sein, wenn der Fädenfall begann. M'leng war an einer günstigeren Stelle verletzt worden. Er würde keinen einzigen Einsatz verpassen.

Es gab Wein, Gebäck und Käse für eine kleine Party. M'leng überraschte P'tero, indem er ihm zur Feier des Tages ein flaches, eingewickeltes Päckchen übergab.

Mit leuchtenden Augen sah M'leng zu, wie P'tero das Paket auspackte.

»Iantine ist wieder da«, verkündete M'leng, während er aufmerksam jeden einzelnen von P'teros Handgriffen verfolgte.

Die anderen Reiter waren genauso gespannt. P'tero wurde ein bisschen verlegen, weil alle offenbar wussten, was das Paket enthielt und nur auf seine Reaktion lauerten.

Als P'tero dann einen ersten Blick auf das Bild warf, verschlug es ihm die Sprache.

»Aber Iantine war ja nicht einmal dabei!«, staunte er.

»Er ist eben ein hoch begabter Künstler mit viel Phantasie«, meinte Z'gal. »Hat er die Szene richtig hinbekommen? M'leng hat sie ihm oft genug beschrieben …«

P'tero wusste nicht recht, was er darauf antworten sollte, so bestürzt war er. Er hätte seinen rechten Arm hergegeben, wenn das Bild der Wahrheit entsprochen hätte. Der Löwe hatte sich in seinen Rücken verkrallt, unter ihm lag M'leng, und ein ganzes Rudel Raubkatzen kletterte die Felsen hoch. Ihre weit aufgerissenen Rachen waren mit dolchartigen Zähnen bewehrt, und ihre ganze Haltung drückte Angriffslust aus.

P'tero war offensichtlich dabei, seinen Geliebten zu beschützen. Mit hoch erhobenem Kopf, einen Arm ausgestreckt, die Hand zur Faust geballt, zielte er auf den wuchtigen Kopf eines angreifenden Löwen. Doch das war nicht die krasseste Ungenauigkeit. Auf dem Bild hatte Iantine die beiden Reiter voll angekleidet dargestellt.

»P'tero?«, sagte M'leng.

Der blaue Reiter schluckte krampfhaft. »Ich bin überwältigt.«

*Wo bin ich zu sehen?*, wollte Ormonth wissen, der sich durch die Augen seines Reiters das Bild anschaute.

»Dort.« P'tero deutete auf die Drachen, die in Landeformation am Himmel kreisten, die Krallen ausgefahren, mit orangerot glühenden Augen, bereit, sich auf die Bestien zu stürzen.

»Ich war natürlich bewusstlos«, fuhr M'leng fort. »Aber genauso hätten sich Ormonth und Sith verhalten. Hab ich Recht?« Warnend stieß er P'tero an.

»Und ob«, versicherte P'tero hastig. Vermutlich hatte es sich ähnlich abgespielt, aber just in diesem Moment war er zu abgelenkt gewesen, um nach oben zu schauen. »Alles ging so furchtbar schnell … Es ist beinahe unheimlich, dass Iantine so viel in einer einzigen Szene untergebracht hat.« Sein Erstaunen war nicht gespielt.

M'leng deutete auf die Wand. »Den Haken, um das Bild aufzuhängen, haben wir gleich mitgebracht.«

»Möchtest *du* das Bild haben?«, fragte P'tero hoffnungsvoll.

»Ich besitze eine Kopie davon. Iantine hat für jeden von uns ein Bild angefertigt.« Stolz sah M'leng seinen Geliebten an.

So kam es, dass P'tero ein Bild in seinem Weyr hängen hatte, das ihn an den schwärzesten Tag seines Lebens erinnerte. Obendrein befand es sich an einer Stelle, auf die er jeden Morgen gleich beim Aufwachen blickte.

»Du kannst dir gar nicht vorstellen, was das für mich bedeutet«, erklärte er wahrheitsgemäß seinem Freund.

Keiner wunderte sich, dass er sich an diesem Abend einen Rausch antrank.

*Ianath kommt,* berichtete Charanth seinem Reiter.

»Meranath hat es bereits gemeldet«, erwiderte Zulaya, ehe K'vin antworten konnte. »Er möchte alles über unsere Exkursion in den Süden wissen.«

»Ich dachte, er hätte seinen Plan aufgegeben, den ersten Fädenfall im Süden zu Trainingszwecken zu benutzen«, entgegnete K'vin. Er bemühte sich, gleichgültig zu klingen.

Zulaya legte einen Finger an ihre Lippen und deutete auf die schlafende Meranath. K'vin fasste dies als Zeichen auf, seine Gedanken zu hüten, damit Charanth, der draußen auf dem Felssims hockte, nichts mitbekam. Er nickte verstehend.

»Mir machst du nichts vor, Kev.« Sie drohte ihm mit dem Zeigefinger. »Du und B'nurrin, ihr beide würdet viel darum geben, beim ersten Fädenfall dabei zu sein – selbst wenn er im Süden stattfindet, wo er keinen großen Schaden anrichten kann.«

»Wie du weißt, haben sich die Würmer nicht über den gesamten Südkontinent verbreitet.«

»Sicher. Aber dir kommt es nur darauf an, den ersten Fädenschauer mit eigenen Augen zu sehen.«

Er grinste verschämt. »Wir brauchen die Drachen ja nicht zu gefährden.«

»Gewiss könnt ihr vorsichtig sein. Aber möchtest du S'nan einen Grund liefern, mit dem er dich die nächsten fünfzig Jahre oder so schikanieren kann? Mit diesen Flausen im Kopf bleibst du vielleicht gar nicht so lange Weyrführer.«

K'vin bedachte sie mit einem langen Blick. »Erzähl du mir nicht, dass es dich kalt lässt, wenn Sarai beim ersten Kampfeinsatz das Königinnengeschwader anführt.«

Zulaya zuckte leicht zusammen. Doch K'vin wusste, dass er ins Schwarze getroffen hatte. Sie war ehrlich genug, es zuzugeben.

»Aber wir wissen noch gar nicht mit Bestimmtheit, was B'nurrin auf dem Herzen hat«, fuhr sie fort.

Doch über genau dieses Thema wollte B'nurrin mit den Weyrführern sprechen, nachdem sie ihm von ihrem abenteuerlichen Ausflug in den Süden berichtet hatten.

»Wir würden natürlich nirgendwo landen«, erklärte B'nurrin, nachdem er Zulayas Wink zur Kenntnis genommen hatte, seine Gedanken vor den Drachen abzuschirmen. »Und es braucht auch nicht das komplette Geschwader zum Einsatz zu kommen. Den ersten Fädenfall im Süden sollten wir lediglich beobachten – damit wir einen Eindruck bekommen, was uns künftig erwartet.«

»Und Sie hoffen, dass S'nan Ihnen nicht zuvorkommt«, ergänzte Zulaya mit maliziösem Grinsen.

»Recht haben Sie«, räumte B'nurrin unumwunden ein. »Mittlerweile bin ich stinksauer auf ihn. Ich wüsste nicht, warum wir uns diesen ersten Fädenschauer nicht aus nächster Nähe ansehen sollten. Ich meine ...« Er fasste sich ein Herz und blickte K'vin direkt in die Augen. »Ich befürchte, ich könnte mir vor Angst in die Hosen machen, wenn ich den ersten echten Kampfeinsatz leite.«

»Mir wird bei dem Gedanken auch ganz mulmig zumute«, bekannte K'vin. Aus dem Augenwinkel bekam er mit, dass Zulaya verblüfft dreinschaute. Hatte B'ner ihr gegenüber nie von seiner Angst gesprochen?

»Deshalb möchte ich beim ersten Fädenschauer dabei sein, um zu wissen, was auf mich zukommt.«

»Jeder, der die Gefahr der Fäden verkennt, ist ein ausgemachter Narr«, warf Zulaya ein.

»Das stimmt.« B'nurrin nickte zur Betonung. »Was ist, schließen Sie sich mir an?«

»Denken Sie, wenn wir beide aus der Reihe tanzen, fällt ein eventueller Tadel nur halb so schlimm aus?«, fragte K'vin mit einem Seitenblick auf Zulaya.

B'nurrin kratzte sich das Kinn. »So ungefähr.«

»Sind wir die Ersten, mit denen Sie über Ihre Pläne sprechen?«

B'nurrin schnaubte durch die Nase. »S'nan würde ich diesen Vorschlag ganz gewiss nicht unterbreiten. Und mit Ihrem Einverständnis hatte ich irgendwie gerechnet. Vielleicht möchte M'shall mitkommen. Je nachdem, welche Wetterbedingungen herrschen, könnte Benden das erste Ziel sein, das wir ernsthaft verteidigen müssen.«

»M'shall dürfte das genauso sehen«, mischte sich Zulaya ein. »Obwohl er vermutlich der Letzte ist, der zugibt, dass er sich vor den Fäden fürchtet.«

»Das stimmt«, pflichtete B'nurrin ihr bei. »Angenommen, S'nan wird der Erste sein, der den ersten richtigen Fädenfall erlebt, sollte dieser über Fort niedergehen; dann kann er sich nichts darauf einbilden, wenn wir noch vor ihm einen Einsatz im Süden geflogen sind.«

»Wie viel Zeit mag vergehen zwischen dem ersten Einfall im Süden und dem Schauer, der zuerst bei uns im Norden abregnet?«, erkundigte sich K'vin. Zulaya war bereits dabei, eine Landkarte auf dem Tisch auszubreiten.

»Ungefähr zwei Wochen«, antwortete sie.

»Wenn wir in den Süden flögen, würde das die Einsatzbereitschaft unserer Weyr keineswegs schwächen«, überlegte B'nurrin.

»Den Berechnungen zufolge regnet erst der siebte Schauer über Fort ab. Nummer vier geht über Landing nieder.« Mit dem Finger tippte Zulaya auf die betreffenden Orte. »Nummer fünf können wir vernachlässigen, aber sechs beginnt vor der Küste, dort, wo der Paradies-Fluss ins Meer mündet, unweit der Stelle, an der wir unser Lager aufgeschlagen hatten.«

»Und was ist mit den drei ersten Schauern?«, erkundigte sich B'nurrin, während er den Hals reckte, um die Karte besser einsehen zu können. »Tja, offenbar gibt es dafür keine bestimmten Koordinaten.« Er blickte K'vin an. »Was ist, werden Sie mit mir kommen?«

»Ich möchte gern«, gab K'vin zurück und vermied es, Zulaya anzuschauen.

»Ich schließe mich an«, erklärte sie zur Überraschung der beiden Männer. Als sie deren Verblüffung bemerkte, fügte sie hinzu: »Die Königinnengeschwader fliegen bei einem Kampfeinsatz wesentlich niedriger als der Rest des Weyrs. Ein wenig Training vor Ort kann sicher nicht schaden. Welche Einstellung hat Shanna zu dem Plan? Kommt sie ebenfalls mit?«

»Aber nur, wenn Sie auch dabei sind«, erwiderte B'nurrin schmunzelnd. »Das hatte sie zur Bedingung gemacht.«

»Ich finde, wir sollten uns sicherheitshalber ein paar Tage Bedenkzeit einräumen«, schlug Zulaya vor. »Und auf gar keinen Fall dürfen wir den anderen etwas von diesem Plan verraten.«

»Wenn wir dichthalten, erfährt es niemand«, meinte B'nurrin zuversichtlich und warf einen bedeutungsvollen Blick auf die schlafende Meranath.

Paulin brachte Lord Jamson in die Burg Bitra. Jamson war immer noch empört, weil sein Sohn für Chalkins Amtsenthebung gestimmt hatte. Darüber hinaus fand er allerdings an dessen Verwaltungstätigkeit nichts auszusetzen. Die beiden Monate, die der alte Lord in wärmeren Gefilden verbracht hatte, waren seiner Gesundheit förderlich gewesen, leider nicht seiner Toleranz.

Der Wandel, der sich in Bitra seit Chalkins Abwesenheit vollzogen hatte, war unverkennbar. Das sah Paulin gleich, nachdem Magrith gelandet war. Vergerin eilte die Treppe hinunter, um seine Gäste zu begrüßen.

S'nan hatte darauf bestanden, die beiden Burgherren zu transportieren, denn im Grunde seines Herzens teilte er Jamsons konservative Einstellung.

»Auf mein Wort!«, rief der Weyrführer von Fort und blickte erstaunt in die Runde. Auch Magrith ließ seine Augen kreisen.

Der Burghof war sauber aufgeräumt, man hatte den Schnee von den Platten gefegt, und die Zugangswege führten nicht länger durch ein verfilztes Gestrüpp aus wild wuchernden Sträuchern und Ranken. Die Dächer der Pächterhäuser waren neu gedeckt, die Kamine repariert und die Fenster mit bunt gestrichenen Läden aus Metall versehen.

Die Burg selbst wirkte längst nicht mehr so verwahrlost wie früher, da man das Dickicht aus welken Kletterpflanzen von der Fassade entfernt hatte. Die gesäuberten und reparierten Sonnenpaneele spiegelten das einfallende Licht Rubkats wider.

Unter einem neu errichteten Schutzdach stapelten sich $HNO_3$-Tanks, und die Tragegeschirre sowie die Schläuche hingen griffbereit an Haken. Kalvi hatte Paulin erzählt, dass Vergerin schon eine Woche nach seiner Übernahme um eine komplette Ausrüstung gebeten hatte. Eine Woche später folgten Experten, die Bodenteams im Gebrauch und in der Wartung der Flammenwerfer unterwiesen.

Über seiner Hose trug Vergerin einen sauberen Kasack, und man sah es ihm an, dass er bis kurz vor Ankunft der Besucher gearbeitet hatte. Freundlich begrüßte er Paulin und begegnete Jamson mit der gebotenen Höflichkeit, obschon der Burgherr aus dem Hochland von Anfang an auf Distanz ging.

»Sie haben viel bewirkt, seit Sie Bitra übernahmen, Vergerin«, lobte Paulin. »Offen gestanden hätte ich so viele Neuerungen in so kurzer Zeit nicht für möglich gehalten.«

»Nun ja«, erwiderte Vergerin erfreut. »Ich fand das Versteck, in dem Chalkin sein Vermögen hortete, und konnte Fachkräfte herholen. Viele der Pächter begegnen mir noch mit Zurückhaltung …«

»Ist es vielleicht Angst?«, mutmaßte Paulin.

»Wie dem auch sei, aber ich habe sie mit Material versorgt, damit sie sich selbst helfen können. Die Burg war total abgewirtschaftet.«

Jamson stieß ein Grunzen aus, doch so kritisch er auch nach Mängeln suchte, er entdeckte nur Sauberkeit und Ordnung.

Die Eingangshalle wirkte einladend. Bewundernd betrachtete S'nan das schöne, blank polierte Mobiliar und die Gestecke aus Immergrün und Winterbeeren. Ein livrierter Diener eilte mit einem voll beladenen Tablett durch den Raum.

»In meinem Büro sitzt es sich sehr bequem«, meinte Vergerin und bedeutete ihnen, einzutreten.

Paulin bemerkte, dass die schwere Holztür glänzte, als sei sie mit Öl bearbeitet worden, und die Messingbeschläge wiesen keinen einzigen Fleck auf. Das Innere des Büros hatte Vergerin völlig neu gestaltet. Man sah Arbeitstische, Schränke und Regale, alles tipptopp aufgeräumt. An einer Wand hing eine Übersichtskarte der Provinz Bitra. Darunter hatte Vergerin eine Karte des gesamten Nordkontinents befestigt und eine, die das Steng-Tal zeigte. Plante er etwa, die Erzminen dort wieder in Betrieb zu nehmen?

Im Kamin prasselte ein Feuer, davor standen drei gemütliche Sessel und ein niedriger Tisch mit dem Tablett darauf. Auf dem breiten Fenstersims befanden sich Vasen mit Wintersträußen.

»Es gibt Klah, außerdem eine köstliche Suppe, die ich empfehlen kann und Wein.« Vergerin lud seine Gäste ein, vor dem Kamin Platz zu nehmen.

»Haben Sie auch einen neuen Koch, Vergerin?«, erkundigte sich Paulin. »Wenn ja, dann koste ich von der Suppe.«

Auch Jamson entschied sich für eine Mahlzeit, während S'nan lediglich einen Becher Klah verlangte.

»Erinnern Sie sich noch an die hintere Treppe, Paulin?«, fragte Vergerin, der sich auch von der Suppe bediente und sich auf einen Stuhl mit gerader Lehne setzte.

»Allerdings. Hatte Chalkin dort sein Vermögen versteckt?«

»Ja, in einer der Stufen.« Vergerin lachte verschmitzt. »Chalkin hatte nicht bedacht, dass ich das Versteck noch von früher kannte. Der Schatz hat uns gerettet, indem ich Vorräte kaufen und den Pächtern den zu viel gezahlten Zins zurückzahlen konnte. Eines muss man Chalkin lassen, er führte peinlich genau über seine Einnahmen Buch. Ich wusste sofort, um welche Beträge er seine Leute übervorteilt hatte.«

Jamson räusperte sich gereizt.

»Es stimmt, Lord Jamson«, bekräftigte Vergerin gelassen. »Die Pächter besaßen nicht einmal genug Lebensmittel, um diesen Winter zu überstehen, geschweige denn Reserven für die Zeit des Fädenfalls.« Er lachte bitter. »Chalkin hätte die gesamten fünfzig Jahre des Vorbeizugs in Saus und Braus schwelgen können, ohne auf irgendeinen Luxus zu verzichten, während die einfachen Leute nicht einmal Saatgut für das nächste Frühjahr zur Verfügung hatten oder für die notwendigen Schutzmaßnahmen, um die Ernte vor den Fäden abzuschirmen. Es gab hier nicht einmal hydroponische Anlagen, obwohl das Baumaterial dafür in den Kellerräumen verrottet.«

Jamson schnaubte grimmig durch die Nase. »Und das Glücksspiel? Haben Sie das unterbunden?«

»Sowohl hier als auch an anderen Orten.« Vergerin errötete leicht. »Seit meinem unglückseligen Spiel mit Chalkin habe ich weder Karten noch Würfel angerührt.«

»Und was wird jetzt aus seinen Berufsspielern?«

»Ich habe ihre alten Verträge nicht verlängert, ihnen aber angeboten, auf anderer Basis hier zu bleiben. Kaum einer von ihnen verließ die Festung.«

S'nan ließ ein bellendes Lachen hören. »Kein Wunder, wer möchte schon so kurz vor einem Fädenfall ohne Heimatburg sein? Sie haben Ihre Sache gut gemacht, Vergerin!«

»Sie bekamen eine zweite Chance, Vergerin«, schloss sich Jamson dem verhaltenen Lob an. »Sorgen Sie dafür, dass alles weiterhin so vortrefflich läuft.« Er hatte seine Suppe aufgegessen und erhob sich. »Wenn Sie nichts dagegen haben, würde ich mir jetzt gern die Anlage ansehen.«

»Selbstverständlich.« Vergerin sprang auf die Füße und schob seinen Stuhl zurück. »Ich lasse gleich Pferde satteln ...«

»Nein, nein!« Jamson winkte ab. »Sie brauchen uns nicht zu begleiten. Es wäre sogar besser, wenn Sie nicht mit uns kämen.«

»Hören Sie, Jamson«, begann Paulin, der diese Unhöflichkeit nicht dulden wollte.

»Wenn Sie es wünschen, bleibe ich hier.« Vergerin bedeutete ihnen, vor die Übersichtskarte zu treten und zeigte ihnen verschiedene Dinge. »Im Umkreis der Burg sind sämtliche Anwesen gut in Schuss, auch die Hauptstraßen konnten wir in Stand setzen. Die Pachthöfe in den Bergen müssen noch etwas warten, bis sie an die Reihe kommen, saniert zu werden. Ich möchte den Benden-Weyr nämlich nicht überstrapazieren, obwohl M'shall großzügiger war, als ich erwarten durfte.«

»Für ihn ist es nur von Vorteil, wenn hier alles reibungslos läuft«, meinte S'nan förmlich.

Jamson hatte die Tür zur Halle geöffnet und blieb dann wie angewurzelt stehen, sodass Paulin ihn um ein Haar angerempelt hätte. Verblüfft starrte der alte Lord auf die gegenüberliegende Wand. Dann schwenkte er herum und fuhr Vergerin an: »Warum unter der Sonne haben Sie sein Porträt *hierhin* gehängt?«

Paulin und S'nan spähten in die Richtung, in die Jamsons ausgestreckter Arm zeigte.

Paulin fing an zu lachen. »Wann hat Iantine es ... korrigiert?«, wollte er wissen.

»Ich erhielt es erst gestern.« Vergerin schritt durch die Halle und blieb unter dem Bild stehen. »Ich finde, jetzt ist das Konterfei lebensecht.«

Eine Zeit lang herrschte Schweigen, während die Männer das Porträt anschauten, das nun den ehemaligen Burgherrn von Bitra naturgetreu zeigte, mitsamt seinem unreinen Teint, den eng beieinander liegenden Augen, dem schütteren Haar und dem hässlichen Leberfleck auf dem Kinn.

S'nan zog die Nase hoch. »Wieso wollen Sie die Visage ständig im Blickfeld haben, Vergerin?«

»Erstens soll dieser Anblick mich daran erinnern, was es in Bitra noch alles zu verbessern gibt. Zweitens ist es Tradition, die Konterfeis der vormaligen Burgherren in der Galerie auszustellen.« Er zeigte auf die Wand nahe der Treppe, an der die Ahnenporträts hingen.

Jamson hüstelte ein paarmal. »Weiß man, wie es Chalkin geht?«

Paulin zuckte die Achseln und sah zu S'nan hinüber.

»Er bekam eine Menge Vorräte mit«, entgegnete der Weyrführer. »Es hätte sicherlich wenig Sinn, irgendeine Form von Kontakt zu pflegen.«

»Und seine Kinder?«, fragte Jamson mit kalt glitzernden Augen.

Vergerin schmunzelte. »Mir scheint, sie haben sich

gebessert. Sie sind gesünder, umgänglicher und viel disziplinierter.«

»Disziplin hatten sie dringend nötig«, ergänzte Paulin.

»Vielleicht werden Sie noch eine Überraschung erleben, Lord Paulin«, meinte Vergerin vergnügt.

»Ich bin auf alles gefasst.«

»Wenn man ein Kind richtig erzieht, wird daraus ein anständiger Erwachsener«, gab Jamson salbungsvoll von sich.

»Kommen Sie mit«, forderte Vergerin seine Gäste auf.

Durch einen Gang führte er sie in einen Raum, der früher als Spielzimmer gedient hatte. Man hörte gedämpftes Singen. Paulin erkannte die Melodie eines Liedes, das erst neulich vom Kollegium komponiert worden war. Als sie näher kamen, erkannte er den Text der Ballade über die Pflichten. Jamson räusperte sich abermals und schneuzte sich vernehmlich die Nase.

Leise öffnete Vergerin die Tür. Die Schüler – es waren viel mehr, als Paulin erwartet hatte – kehrten ihnen den Rücken zu. Ihr Lehrer – zu seiner Verblüffung erkannte er Paulin Issony – nickte den Männern grüßend zu und fuhr fort, den Takt des Liedes zu schlagen.

Kinderstimmen rühren immer ans Herz, vielleicht, weil in ihnen eine grundlegende Unschuld mitschwingt. Selbst Jamson lächelte, doch der nächste Vers, den die Schüler anstimmten, handelte von den Pflichten und Verantwortungen eines Burgherrn.

»Wo sitzen Chalkins Sprösslinge?«, wisperte Paulin Vergerin zu.

Der deutete mit dem Finger, und Paulin nahm die Buben und Mädchen, die in der ersten Reihe saßen, näher in Augenschein. Chalkins Nachkommenschaft war wesentlich besser gekleidet als die Kinder der Pächter, doch sie wirkten genauso aufmerksam und sangen nach Leibeskräften mit. Chalkins älteste Tochter hatte ein durchdringendes Organ, das alle anderen Stimmen übertönte. Paulin schmunzelte in sich hinein. Darin schlug sie wohl nach ihrer Mutter.

Vergerin gab ihnen ein Zeichen, sie sollten sich jetzt zurückziehen.

»Issony hatte Recht, als er sagte, Kinder brauchen einen gesunden Wettbewerb. Mit den Abkömmlingen der Pächter hat man es leichter; sie wollen lernen, um im Leben voran zu kommen. Chaldon ist fest entschlossen, die Kinder aus einfachen Verhältnissen mit guten Leistungen auszustechen. Sicher, Chalkins Gören sind immer noch schwieriger zu bändigen als der Rest der Klasse, aber ich gab Issony freie Hand, mit ihnen nach Belieben zu verfahren. Bis jetzt hat sich noch niemand beschwert.«

»Und wie geht es Nadona?«, erkundigte sich Paulin.

Vergerin hob die Augenbrauen. »Im Wesentlichen lernt sie dieselbe Lektion wie ihre Kinder, doch sie ist ein bisschen schwer von Begriff, wie Issony sagen würde. Sie bewohnt ihre eigenen Räume in einer der oberen Etagen und verlässt sie nur äußerst selten.«

»Vielleicht hat sie Angst, Sie könnten sie zu Arbeiten heranziehen«, mutmaßte Paulin scherzhaft.

»Das mag sein.«

Paulin schloss seine Fliegerjacke und deutete damit an, dass er die Inspektionstour für beendet betrachtete. »Ist es Ihnen recht, wenn wir jetzt aufbrechen, Jamson?«

Jamson nickte. Paulin fasste sein Schweigen als gutes Omen auf. Offenbar hatte er nichts in Bitra entdecken können, das seinen Unwillen erregte.

Als sie die Burg verließen, trafen sie auf Männer und Frauen, die sich eilig die Flammenwerfertanks umschnallten.

»Ich habe eine Übung angeordnet. Wir müssen uns sputen, die Zeit drängt«, erklärte Vergerin. Jamson und S'nan tauschten einen so viel sagenden Blick, dass Paulin unwillkürlich lächelte. Vergerin merkte, was in ihm vorging, und zwinkerte ihm verschmitzt zu. Nachdem er sich höflich von seinen Gästen verabschiedet hatte, gesellte er sich zu der Bodenmannschaft.

»Nun ja, anscheinend hat er aus seinen Fehlern gelernt«, meinte Jamson in herablassendem Ton, als sie sich zu dem wartenden Bronzedrachen begaben.

»Es sieht ganz so aus«, stimmte S'nan ihm zu und runzelte die Stirn. »Obwohl es mir nicht passt, dass er Chalkins Glücksspieler so milde behandelt hat. Auf Versammlungen werden sie die Leute wieder zum Spielen verführen, denken Sie an meine Worte.«

»Das war doch schon immer so«, versetzte Paulin und half Jamson, auf Magrith zu steigen. »Aber vielleicht sind sie jetzt, da Chalkin keinen Anteil an ihren Gewinnen fordert, nicht mehr so versessen darauf, arglose Pächter hereinzulegen.«

»Das Glücksspiel sollte generell verboten werden«, erklärte S'nan resolut.

Schweigend nahm Paulin seinen Platz auf dem Bronzedrachen ein.

Er hoffte, die beiden Skeptiker seien nun bekehrt und würden nicht länger Chalkins Absetzung bedauern. Dann kreisten seine Gedanken um das übermalte Porträt. Er nahm sich vor, Iantine, der sich zur Zeit im Telgar-Weyr aufhielt, eine Nachricht zu schicken und ihn zu fragen, wann er Zeit hätte, ihn und seine Frau zu malen.

Paulin war mit sich zufrieden, weil er es geschafft hatte, den knurrigen, nörglerisch veranlagten Lord Jamson zu einem Besuch der Burg Bitra zu bewegen. Er konnte es kaum abwarten, demnächst mit Lady Thea zu sprechen. Hoffentlich konnte sie ihm berichten, dass Gallian bei seinem Vater nicht länger in Ungnade war.

»Du kannst nicht *allein* die ganze Welt vor dem Fädenfall retten, P'tero«, schimpfte K'vin und blitzte den jungen blauen Reiter wütend an. Er war beinahe außer sich vor Zorn, weil P'tero jede Vorsichtsmaßnahme missachtete. »Es ist nicht nötig, dass du M'leng mit deinen Kapriolen beeindruckst. Wenn du glaubst, du hättest das nötig, dann wirst du eine lange Zeit als Meldereiter verbringen.«

»Aber, aber …«

»Außerdem sagt Maranis, dass deine Wunden noch nicht ausreichend verheilt sind, um dich wieder für diensttauglich zu erklären.«

»Aber, aber …«, stammelte P'tero erneut. Er klammerte sich an die Nackenwülste seines Drachen, um nicht herunterzurutschen. Dabei glitt das Sitzkissen, das T'sen ihm geschenkt hatte, zu Boden. Es war blutbefleckt.

»Absitzen! Sofort!«, donnerte K'vin.

P'tero gehorchte so schnell er konnte, doch seine Gelenke waren vom Training steif, und sein Hinterteil schmerzte.

K'vin packte ihn bei der Schulter und drehte ihn einmal um die eigene Achse.

»Auf deiner Kleidung sind nicht nur frische, sondern auch alte Blutflecken! Du bist vom Dienst befreit!«

»Aber … aber … der Fädenfall steht kurz bevor!«, wehrte sich P'tero verzweifelt. Vor Frustration und Furcht, sich vor M'leng zu blamieren, war er den Tränen nahe. Er wollte seinem Geliebten unbedingt beweisen, dass er Mut hatte.

»Und diese Plage wird uns die nächsten fünfzig Jahre lang heimsuchen, junger Mann. Das dürfte wohl ausreichen, um dir und Ormonth genügend Arbeit zu verschaffen. Du meldest dich umgehend bei Maranis.«

»Aber ich muss beim ersten Geschwadereinsatz dabei sein!«, schrie P'tero.

»Ausgeschlossen! Begib dich auf der Stelle zu Maranis!«

K'vin wartete nicht ab um sich zu überzeugen, ob P'tero sich fügte. Er stürmte durch den Kraterkessel, weil er fürchtete, aus Wut könne er sich an dem blauen Reiter vergreifen.

*Ormonth hat versucht, ihn vom Fliegen abzuhalten*, informierte Charanth seinen Reitern.

K'vin blieb stehen und blickte zu seinem Drachen empor, der sich auf dem Felsband sonnte.

*Dann bist du genauso unvernünftig wie die beiden!*, stutzte Kvin ihn zurecht und bemerkte zufrieden, wie sein Drache vor seinem Zornesausbruch zurückprallte.

*Von jetzt an wirst du mich unverzüglich benachrichtigen, wenn ein Reiter oder sein Drache nicht hundertprozentig fit sind!*, befahl er. *Hast du mich verstanden?*

Charanths Augen kreisten wie wild, und ihre blaue Tönung verfärbte sich langsam zu einem grellen Gelb. Seine Stimme klang reumütig.

*Ich werde dich nicht enttäuschen.*

*Im Falle einer echten Gefahr hätte ich mich eingemischt!*, ließ Meranath sich plötzlich vernehmen.

*Ich habe dich nicht gefragt!* K'vin war so aufgebracht, dass es ihm gleichgültig war, ob er Meranath oder ihre Reiterin beleidigte. Aber er hatte nicht die Absicht, seine Leute durch Unachtsamkeit und falschen Heldenmut zu gefährden. Vor ihnen lagen fünfzig Jahre, in denen es galt, die Fäden zu bekämpfen, da wurden jeder Reiter und jeder Drache gebraucht.

*Wenn du glaubst, ich würde diesen Leichtsinn durchgehen lassen …*

K'vin rannte die Stufen zum Weyr hinauf, um seine Wut abzureagieren, ehe er Zulaya gegenübertrat und ihr zu erklären versuchte, wieso er ihre Königin in dieser barschen Weise abgekanzelt hatte.

*Ich muss wissen, wann ein Reiter oder ein Drache nicht einsatzfähig sind, Meranath. Das dürfte dir bekannt sein. Beim ersten Ei, wieso bist du überhaupt die Oberste Königin?*

»Weil ich ihre Reiterin bin!« Zulaya kam auf das Felsband gestürmt; ihre Augen glitzerten wütend. »Wie kannst du es wagen, in diesem Ton mit meiner Königin zu sprechen?«

»Wie kann sie es wagen, mir Informationen vorzuenthalten?«

Verblüfft starrte Zulaya ihn an, denn noch nie zuvor hatte K'vin sich in dieser Offenheit ihr oder Meranath widersetzt, obwohl er des Öfteren Grund gehabt hätte, ihnen Paroli zu bieten.

»Wusstest du, in welchem gesundheitlichen Zustand sich P'tero befindet?«, fragte er. Zulaya wich vor ihm zurück in den Weyr.

»Tisha erwähnte, Maranis hätte ihn gewarnt. Die neue Haut über den Verletzungen ist noch sehr dünn ...«

»Und du hast mir nichts davon gesagt?«

»Er ist doch nur ein blauer Reiter ...«

»Jeder einzelne meiner Reiter ist wichtig!«, schnauzte K'vin und ballte die Fäuste. Am liebsten hätte er etwas zerschlagen, um den in ihm aufgestauten Aggressionen ein Ventil zu verschaffen. »In zwei Tagen fallen die ersten Fäden. Dann muss mein Weyr einsatzbereit sein. Geheimnisse oder Ausflüchte sind das Letzte, was ich jetzt gebrauchen kann!«

»K'vin!« Zulaya streckte eine Hand nach ihm aus. »K'vin, es ist ja gut. Der Weyr ist bereit ... Wir alle sind nur ein bisschen nervös. Doch das kann nicht schaden ...«

»Es kann nicht schaden?« K'vin schlug ihre Hand beiseite. »Hast du einmal darüber nachgedacht, was passieren kann, wenn ein Reiter, der nicht im Vollbesitz seiner Kräfte ist, bei einem Einsatz mitfliegt?«

Aufgeregt wanderte er hin und her. Zulaya beobachtete ihn lächelnd und nicht ohne Stolz. Er würde einen hervorragenden Weyrführer abgeben und B'ner bei weitem übertreffen.

Jählings blieb er vor ihr stehen. »Was gibt es da zu lachen?«, fragte er schroff. Ihr Lächeln behagte ihm nicht; in ihrer Miene lag ein Ausdruck, wie er ihn noch nie zuvor an ihr gesehen hatte.

»Ich freue mich, weil du die Situation so fest unter

Kontrolle hast«, gab sie zu, während ihr Lächeln in die Breite wuchs.

»Habe ich das?« Dann tat er das, worauf sie immer gewartet hatte – er riss sie an seine Brust und bedeckte sie mit leidenschaftlichen Küssen. Jetzt war er ganz Mann und Weyrführer, sich seiner vollen Autorität bewusst. Wie verflogen waren seine zögerliche Haltung und seine Reserviertheit. Seit jeher hatte sie darauf gehofft, ihn dazu zu provozieren, dass er seine Unterwürfigkeit ablegte und seinen wahren, starken Charakter zeigte.

Noch vor Morgengrauen des nächsten Tages weckte Meranath die Weyrführer mit der Nachricht, dass B'nurrin und Shanna eingetroffen seien.

»Was wollen sie hier?«, fragte K'vin und löste sich sanft aus Zulayas Umarmung.

*Es wird Zeit aufzubrechen,* antwortete Charanth.

»Wohin?«, erkundigte sich Zulaya schläfrig.

*Sie sagen, sie wollen in den Süden,* verkündeten Charanth und Meranath im Chor.

Plötzlich fiel K'vin alles wieder ein. Heute war der Tag des ersten Fädenfalls, und zum ersten Mal würden sie diesen Organismus sehen. Diesen Plan hatte er in einem verschwiegenen Winkel seines Gehirns versteckt, und als er mit B'nurrin darüber gesprochen hatte, schirmten sie ihre Gedanken vor den Drachen ab. Andernfalls wäre bereits der gesamte Weyr auf den Beinen, um sich dieses Schauspiel nicht entgehen zu lassen.

»B'nurrin möchte, dass wir mitkommen«, erklärte K'vin Zulaya.

Sie runzelte kurz die Stirn, dann erhellte sich ihre Miene. »Ach ja.« Mit einem komplizenhaften Grinsen sprang sie aus dem Bett, um sich die Reitmontur anzuziehen.

Während sie sich ankleideten, streiften sich ihre Körper. Zulaya nahm K'vins Gesicht in beide Hände und gab ihm einen Kuss. »Ich könnte meinen Flammenwerfer mitnehmen …«

»Dann kannst du dir auch gleich unser Ziel auf die Stirn schreiben«, murmelte er. »Wir fliegen nur hin, um zu *schauen*.«

»Ja, schauen.« Dann fragte sie mit lauter Stimme: »Wo treffen wir B'nurrin, Meranath?«

»Das wissen wir doch«, flüsterte K'vin und drückte Zulayas Arm. »In Landing«, raunte er ihr kaum hörbar ins Ohr.

»Ja, sicher, wie konnte ich das nur vergessen.«

Falls der Drache und sein Reiter, die auf dem Felssims Wache schoben, sich wunderten, wieso die beiden Weyrführer vor Tag und Tau losflogen, so ließen sie sich nichts anmerken. Grüßend schwenkte der Reiter den Arm, als Charanth und Meranath über ihm hinwegglitten.

*Ianath sagt, wir sollen bis drei zählen und dann abtauchen,* erzählte Charanth K'vin. Aber wohin?

*Unser Ziel ist Landing,* antwortete K'vin und blickte zu Zulaya hinüber. Die reckte den erhobenen Daumen hoch, um ihm anzuzeigen, dass sie dieselbe Nachricht erhalten hatte. Im Geist stellte sich K'vin die Ödnis aus vulkanischer Asche vor, die sich vom Mount Garben bis hinunter zur Monaco Bucht erstreckte, und nickte dann dreimal mit dem Kopf.

*Los!*

Ein dumpfes Grollen löste sich tief aus Charanths Bauch und bekundete sein Erstaunen. K'vin spürte, dass er ein Ausweichmanöver flog. Dann sah er, dass es ringsum in der Luft von Drachen wimmelte. Lediglich Charanths Instinkt und seinem telepathischen Sinn hatten sie es zu verdanken, dass sie beim Auftauchen aus dem *Dazwischen* nicht mit einem anderen Drachen kollidiert waren.

Die einzigen Weyrführer, die er nicht sah, waren

S'nan und Sarai, doch vielleicht befanden sie sich in der Gruppe, die rasch wieder ins *Dazwischen* eintrat, um nicht erkannt zu werden. Braune, blaue und grüne Leiber blitzten in der südlichen Sonne auf, ehe sie urplötzlich verschwanden.

K'vin erfasste ein geradezu euphorisches Gefühl. Offenbar wollte sich kein Drachenreiter von Pern den ersten Fädenfall entgehen lassen. Natürlich wusste jeder, dass dieser Schauer über Landing niedergehen würde.

Und dann entdeckte er das Phänomen, einen silbergrauen Schleier, der sich über den strahlend blauen Himmel ausbreitete. Keine Drachenschwinge rührte sich, kein Reiter zuckte mit der Wimper, als die todbringenden Organismen über dem Meer abzuregnen begannen. *Fäden!* Die Bezeichnung passte!

*Fäden!*

Ein Drache nach dem anderen griff diesen Ausdruck auf, und K'vin musste sich krampfhaft an den Nackenwülsten festhalten, als Charanth auf die Lebensform zupreschte, die ihm genetisch als sein ureigenstes Feindbild eingeprägt worden war.

*Ich habe keinen Feuerstein! Wie soll ich die Fäden verbrennen! Was ist schief gelaufen? Wieso hast du mich hierher gebracht, ohne mir vorher Feuerstein zu geben?*

*Schon gut, Charanth. Wir sind hier um zu schauen. Zu beobachten.*

*Aber es sind die Fäden! Ich muss Flammen speien. Warum darf ich kein Feuer spucken, wenn ich Fäden vor mir habe?*

Als K'vin wild um sich blickte, bemerkte er, dass er nicht der einzige Reiter war, der mit einem völlig überdrehten Drachen kämpfte, der um jeden Preis versuchte, zu der Fädenwolke zu gelangen.

*Ich habe genug gesehen, Charanth. Bring uns nach Telgar zurück.*

*Aber was wird aus den Fäden?* Der Bronzedrache war sichtlich verwirrt, frustriert und entsetzt.

*Wir fliegen zurück. Sofort!*

*Zuerst müssen wir die Fäden vernichten.*

*Jetzt nicht. Später, Charanth.*

K'vin musste all seine Willenskraft und moralische Stärke aufbieten, um den Drachen zu überzeugen. Endlich merkte er, dass Charanth seinen rasanten Flug auf die Wolke zu verlangsamte.

*Wie du willst.* Charanth klang wie ein störrisches Kind, das sich einem Erwachsenen beugen muss.

*Was ist?*

*Die Königinnen sagen, wir müssen zum Red Butte fliegen.*

*Dann lass uns den Red Butte ansteuern.* K'vin stellte den Befehl nicht infrage; er war froh, dass sein Drache offenbar bereit war, ihm Folge zu leisten.

Der Red Butte war eine Landmarke in Keroon, die sich jeder Drache zu Übungszwecken einprägen musste, ein Lakkolith-Dom, der einfach nicht zu übersehen war. Dort brachte man die aufgekratzten, verstörten Drachen zur Landung. Die Augen der Königinnen glommen in einem feurigen Rot, und ein paar der Bronzedrachen waren so erregt, dass ihre Facettenaugen hektisch pulsierten.

K'vin war beinahe erleichtert, als er sich von Charanths Rücken schwingen durfte. Doch er und die anderen Reiter blieben dicht bei ihren Tieren, damit der Kontakt nicht abriss. Während die braunen und bronzenen Reiter auf ihren Drachen sitzen blieben und versuchten, sie zu beruhigen, trafen sich die Weyrführer zu einer Besprechung.

M'shall ergriff als Erster das Wort. »Das hätte auch schief gehen können«, verlautbarte er. »Mit dieser Reaktion hat wohl keiner von uns gerechnet.«

»Der typische Fehler von Leuten, die eine Gefahr nur aus der Theorie kennen«, meinte Irene und streifte sich die Fliegerkappe ab. Ihr Gesicht war blass.

K'vin warf einen Blick auf Zulaya, die sich den Schweiß von der Stirn wischte. Ihm dämmerte, welche Überzeugungskraft die Königinnenreiterinnen hatten aufbringen müssen, um den Tieren ihren Willen aufzuzwingen.

»Die Drachen sind darauf konditioniert worden, Fäden anzugreifen, sowie sie welche sehen«, fuhr M'shall fort. Dann fing er plötzlich an zu lachen. »Wie konnten wir das nur vergessen! Wir sind schon ein toller Haufen!«

Alle stimmten in das Gelächter ein, auch G'don mit seinem Bass und Laura mit ihrem ansteckenden Kichern. Dadurch löste sich die aufgestaute Spannung.

»Hat einer von euch vielleicht die Fort-Reiter gesehen, wie sie beschämt das Weite suchten, als wir anderen hier eintrafen?«, fragte M'shall.

»Die würden doch niemals zugeben, dass sie ebenfalls hier waren«, warf Irene dazwischen.

»Warum eigentlich nicht?«, widersprach G'don. »S'nan führt in seinem Weyr ein strenges Regiment, aber ich wette, es gab ein paar Abweichler.«

»Ich weiß sogar mit Bestimmtheit, dass welche von Fort dabei waren«, erklärte Mari. »Ist es nicht komisch, dass jeder von uns glaubte, er müsse sich hierher stehlen, um einen Blick auf die berühmten Fäden zu erhaschen?«

»Den Drachen wird diese Eskapade doch hoffentlich nicht geschadet haben?«, fragte Laura ängstlich. »Immerhin haben wir sie mit Gewalt daran gehindert, ihre Bestimmung zu erfüllen.«

»Ich kann mir nicht vorstellen, dass dies eine negative Wirkung hatte. Im Gegenteil, unser Ausflug in den Süden hat unsere Glaubwürdigkeit nur verstärkt. Jetzt wissen die Drachen, dass wir ihnen keine Märchen erzählt haben, dass die Bedrohung durch die Fäden tatsächlich existiert.«

»Das stimmt«, pflichtete jemand ihm bei.

»Bei der Gelegenheit möchte ich den Königinnenreiterinnen dafür danken, dass sie unsere Bronzedrachen günstig beeinflusst haben«, bemerkte G'don und verbeugte sich vor den fünf Goldenen Reiterinnen.

»Das ist der Vorteil, wenn es in einem Weyr fünf ausgewachsene Königinnen gibt«, entgegnete Zulaya.

»Na schön«, mischte sich M'shall ein. Er hatte festgestellt, dass die Augen der Drachen wieder eine normale Färbung annahmen. Mit erhobener Stimme fuhr er fort: »Alle mal herhören! Dieser Ausflug hat nie stattgefunden, und ich erwarte von euch allen, dass darüber in den einzelnen Weyrn nicht getratscht wird. Habt ihr mich verstanden?« Die Antwort war einstimmig. Er nickte zufrieden und ging zu seinem Craigath zurück. »Wir treffen uns wieder ...«, sagte er zu den anderen Weyrführern, »beim ersten offiziellen Fädenfall im Norden.«

»Unsere Meldereiter sind ständig unterwegs«, erwiderte G'don.

»Dann kann uns ja nichts überraschen.«

»Einen Augenblick noch, G'don«, hielt K'vin ihn zurück. »Ich schlage vor, dass wir die Geschwader in einer Art Rotationsverfahren einsetzen, egal, wo die Fäden niedergehen.« Von allen Seiten wurden beifällige Rufe laut. »Auf diese Weise können wir alle Erfahrungen sammeln, ehe die einzelnen Weyr ihre Provinzen ganz auf sich allein gestellt beschützen müssen.«

»Meinen Sie, die einzelnen Geschwader sollten sich in einem einstündigen Rhythmus oder so abwechseln?«, erkundigte er sich.

»Ein Zwei-Stunden-Rhythmus wäre besser, damit sich eine Routine einstellt«, schlug M'shall vor.

»Als ob wir Anfänger wären ...«, protestierte B'nurrin.

»Zwei Stunden sind in Ordnung, eine kürzere Zeitspanne könnte Hektik erzeugen«, meinte D'miel.

»Ich bin auch für eine Rotation alle zwei Stunden«, erklärte G'don. »Wir fragen S'nan nach seiner Meinung. Er darf nicht übergangen werden. Ich bin bereit, mit ihm das Thema zu erörtern.« Er schmunzelte, da er wusste, dass S'nan ihm als ältestem Weyrführer eher zuhören würde als einem jungen Reiter, den er vielleicht ohne viel Umstände hätte abblitzen lassen. »Das Ergebnis dieses Gesprächs gebe ich unverzüglich bekannt.«

Rings um den Red Butte wirbelten rötliche Staubwolken hoch, als sich alle Drachen gleichzeitig mit gewaltigen Schwingenschlägen in die Luft erhoben.

## Kapitel 17

# Der Fädenfall

Raue Winde, die von den eisgepanzerten Polkappen herunterfegten, brachten bitterkaltes Wetter mit sich, als S'nan ein Treffen mit den Weyrführern anberaumte, um über die geplante Rotation zu beraten. Vorangegangen war ein Gespräch mit G'don. Wenn der klirrende Frost anhielt, wären die Drachenreiter von Fort nicht die ersten, die einen Fädenfall zu bekämpfen hätten.

S'nan konnte nicht verhehlen, dass ihm diese Aussicht nicht behagte. Irgendwie schien er sich seiner großen Chance beraubt zu fühlen. Während des gesamten Treffens tigerte er unruhig hin und her und spähte immer wieder aus dem Fenster, um den Schneeregen zu beobachten, der wie ein dichter Vorhang den Kraterkessel verhängte. Man merkte ihm an, dass er die Diskussion nur halbherzig führte.

B'nurrin war mehr als einmal nahe daran, laut loszulachen, und nur K'vins Fußtritte unter dem Tisch verhinderten es, dass er die Beherrschung verlor. Allerdings brachte K'vin für den Anführer des Igen-Weyrs Verständnis auf, denn diese Zusammenkunft glich einer Farce.

Obwohl S'nan auf diesem Treffen bestanden hatte, gab er lediglich einsilbige Bemerkungen von sich, während die übrigen Weyrführer wortreich Argumente für eine zweistündige Rotation während eines Einsatzes darlegten. S'nan behielt eine ausdruckslose Miene bei, derweil Sarais schmollender Ausdruck Bände sprach.

»Sie ist ganz erpicht drauf, uns alle ihrem Kommando zu unterstellen«, raunte Zulaya K'vin zu, derweil Sarai ihren auf und ab gehenden Weyrgefährten nicht aus den Augen ließ.

»Dazu wird es wohl kaum kommen, Liebste«, erwiderte K'vin. Wie leicht ihm das Kosewort jetzt über die Lippen ging. Er seufzte verhalten. »Weißt du was?«, flüsterte er dicht vor ihrem Ohr. »S'nan tut mir richtiggehend Leid.«

Zulaya schnaubte kurz durch die Nase. »Mir nicht.« Dann heuchelte sie wieder respektvolle Aufmerksamkeit, als Sarai ihr und K'vin einen vorwurfsvollen Blick zuwarf, weil sie miteinander getuschelt hatten.

Fäden fielen als schwarzer Staub vom Himmel, durchsetzt mit Schnee oder Graupeln. Patrouillenreiter schleppten Eimer voll herbei, die S'nan begutachtete und dann mit einem resignierten Abwinken wegtragen ließ.

Im Hochland war man noch emsiger damit beschäftigt, lebende Fäden aufzuspüren. Ein paar Reiter erlitten sogar Erfrierungen, so ausdauernd trotzten sie dem Schnee und der Kälte, um das Wiedererscheinen des alten Feindes rechtzeitig zu bemerken. Ein langes Stück von einem erfrorenen Faden legte man G'don zur Prüfung vor. Beim Auftauen verströmte der Organismus einen so bestialischen Gestank, dass man sich seiner unverzüglich entledigte.

Als Benden den ersten Fädenschauer erwartete – offiziell Fädenfall Nummer zehn – herrschte an der Ostküste beträchtlich milderes Wetter, sodass ein großer Teil der Fäden lebendig und mithin gefährlich sein würde. Sämtliche Weyr von Pern wurden entsprechend benachrichtigt.

Über dem Benden-Weyr versammelten sich in perfekter Formation die Drachenreiter von Telgar unter K'vins Führung. In der dunklen Stunde vor der Morgendämmerung glänzte der Weyrkessel unter ihnen in künstlicher Beleuchtung. K'vin war sich nicht sicher, ob seine Geschwader vor denen der anderen Weyr eingetroffen waren, doch zur vereinbarten Zeit würden alle an den ihnen zugewiesenen Plätzen sein.

Jeder wäre den ersten ernsthaften Einsatz viel lieber am hellen Tag geflogen, doch die Fäden scherten sich nicht darum, ob es stockfinster war, oder ob Rubkat seinen Glast verbreitete. Den alten Berichten, die Sean verfasst hatte, konnte man entnehmen, dass die silbrig glänzenden Fäden genug Licht reflektierten, um von Drachen wie Reitern erkannt zu werden.

Der Erste Fädeneinfall des Zweiten Vorbeizugs würde über der Bergkette beginnen, deren Gipfel noch von Eis und Schnee bedeckt waren. Dort konnten sie keinen Schaden anrichten. Die meisten Organismen würden vermutlich als schwarzer Staub herniedergehen. Bei anderen Gelegenheiten durften die Reiter so lange abwarten, bis die Fädenwolke auf bewohntes Gebiet zurückte. Der heutige Einsatz stellte eine Ausnahme dar.

Die Weyrführer hatten einstimmig entschieden, diesen Fädenfall zu bekämpfen, egal, ob er harmlos war oder nicht. Zu Trainingszwecken, wie es hieß. Reiter und Drachen brannten darauf, endlich in Aktion treten zu dürfen. Ein paar Bergspitzen ragten so hoch empor, dass die Luft selbst für die genetisch angepassten Drachen dünn wurde. Doch man konnte wenigstens den Fädenschauer beobachten und sich ein Urteil aus erster Hand bilden.

Alle zwei Stunden sollten sich die Geschwader ablösen, damit möglichst viele Leute ein Gefühl für diese Art von Kampf bekamen. Flüchtig dachte K'vin an P'teros vergeblichen Versuch, an dem Einsatz teilnehmen zu dürfen. Vielleicht hätte er den blauen Reiter doch mitfliegen lassen sollen, um ihm zu beweisen, dass Mut allein nicht ausreichte, um dieser Gefahr zu begegnen.

Doch wenn er P'tero mitgenommen hätte, wäre dafür ein anderer, vollkommen gesunder und viel zuverlässigerer Reiter daheim geblieben. Auch M'leng hatte K'vin dieses Mal ausgeschlossen, um keine Eifersüchteleien zwischen den beiden Gefährten aufkommen zu lassen. Grundsätzlich waren sie ein gutes Paar und lebten in einer relativ stabilen Beziehung, seit P'tero von Ormonth erwählt worden war.

Eine Bewegung und ein scharfer Luftzug erregten K'vins Aufmerksamkeit. Gespannt spähte er nach unten zum Kraterkessel.

*Craigath hat uns ein Zeichen gegeben,* erklärte Charanth seinem Reiter. *Drei, zwei, eins …*

*LOS!*

Von droben hallte das Kommando zum Aufbruch. Die Schwärze des *Dazwischen* umfing die Reiter, und dann tauchten sie in den eisigen Höhen über der Bergkette wieder in den realen Raum ein. K'vin war froh, dass er sich einen Wollschal über Mund und Nase gebunden hatte, andernfalls wäre ihm das Einatmen der kalten Luft schwer gefallen.

Unter ihm spiegelten die tief verschneiten Bergspitzen ein sonderbares Licht wider, einen nahezu unheimlichen Glanz, der aus dem Innern der Gletscher selbst zu kommen schien. Im Westen stand Belior dicht über dem Horizont, und im Osten glühte der Rote Planet inmitten Myriaden von Sternen.

Kleine Flammen züngelten durch die Dunkelheit, wenn übereifrige Drachen rülpsten. Sie haben zu viel Feuerstein gefressen mutmaßte K'vin, doch er hatte nicht vor, einen Drachen oder dessen Reiter zu tadeln.

Zweihundert Jahre lang hatten sie auf diesen Augenblick gewartet; sich vorbereitet und ihr Leben einer einzigen Aufgabe gewidmet: Pern gegen die Fäden zu verteidigen.

In gewissem Sinne war dieser Einsatz eine Premiere. Denn zu Anfang hatte es auf Pern keine Drachen gegeben, um die tödlichen Sporen aus dem All zu vernichten. Der Planet hatte kurz vor einer Katastrophe gestanden, ehe die ersten achtzehn Drachen über Burg Fort aus dem *Dazwischen* aufgetaucht waren, die Parasiten mit Flammenstößen vom Himmel fegten und den belagerten Kolonisten neuen Mut gaben.

Seit jeher hatte K'vin die Ausdauer und Courage von Admiral Benden bewundert. P'tero musste unbedingt die Eintragung lesen, die Benden kurz vor jenem außergewöhnlichen Triumph in sein Tagebuch schrieb. Obwohl K'vin den Text auswendig kannte, schnürte es ihm jedes Mal von neuem die Kehle zu, wenn er sich die Worte in Erinnerung rief:

»Und dann besaß Sean, dieser freche Lümmel, die Stirn, vor mir zu salutieren und zu verkünden: ›Admiral Benden, darf ich Ihnen die Drachenreiter von Pern vorstellen?‹«

Die unkontrollierten Flammenstöße häuften sich, und sämtliche Drachen drehten die Köpfe gen Norden.

*Sie kommen,* verkündete Charanth und erzeugte in seiner mächtigen Brust ein tiefes Orgeln, das K'vins Beine vibrieren ließ. Dabei merkte er, dass sein Körper nur dort warm war, wo er Kontakt mit dem Drachen hatte. Seine Nase fühlte sich taub an, und das darüber gezogene Wolltuch spürte er nicht mehr auf der Haut. Vielleicht sollte er um rund tausend Fuß niedergehen … Nach unten schauend, erblickte er nur eine Masse von ausgebreiteten Schwingen. Er entschied sich, auf seiner Position zu bleiben. Hier hatte der Weyrführer von Benden das Kommando, und nicht er.

Und dann sah er eine glänzende Masse, die sich hell gegen den schwarzen Himmel abhob, wie ein flatterndes, sich wellendes Banner. Sein Herz begann zu rasen. Kälte breitete sich in seiner Magengrube aus, doch das konnte auch an der eisigen Höhe liegen, in der er sich befand.

Charanths Grollen verstärkte sich zu einem wütenden Gepolter, und Flammen schossen aus seinem Maul.

*Ruhig, Charanth!*

*Ich rühre mich doch nicht vom Fleck. Und dieses Mal vermag ich Feuer zu spucken!*

K'vin nahm Charanth diesen Seitenhieb nicht übel. Sonderbarerweise verspürte er keine Furcht, als sich die Wolke aus Fäden näherte. Er wusste, dass es sein unentrinnbares Schicksal war, zu dieser Stunde an diesem Ort zu sein, um das Phänomen zu beobachten und es zu vernichten.

Während die Drachengeschwader mit ausgebreiteten Schwingen in der Luft stillstanden, rückten die Wogen aus silbrigen Fäden immer näher. Der äußere Rand regnete bereits an den Bergflanken ab.

Gleich einem steten Strom fielen die Fäden nieder, um auf Gletschereis und Schneefeldern zu erfrieren. Wie ein gleichmäßiger Vorhang aus Schnüren formte sich die Phalanx der Organismen, keine freie Stelle war zu sehen, aber auch keine Knäuel oder Klumpen.

*Craigath befiehlt uns, zum zweiten Treffpunkt zu fliegen und dort in Position zu gehen.*

*In Ordnung.*

Am liebsten wäre K'vin geblieben und hätte gegen die Fäden gekämpft, doch an diesem kargen Ort konnten die Sporen keinen Schaden anrichten, und ein aktiver Einsatz wäre eine Verschwendung von Zeit und Energie gewesen. Dennoch kam es ihm vor, als träten sie einen Rückzug an.

Sie tauchten ein ins *Dazwischen.*

An ihrem neuen Ort war die Luft merklich milder. Er rieb sich die Wangen und die Nase, um das Blut zum Zirkulieren zu bringen. Selbst seine Fingerspitzen waren taub vor Kälte.

Im Osten dämmerte der Morgen, und am grauer werdenden Himmel verblasste der Rote Stern. Plötzlich sahen die Fäden bedrohlicher aus. Immer mehr Drachen spien Flammen, und er bat Charanth, sie anzuweisen, mit dem Feuerstein sparsam umzugehen.

Die Warterei zerrte an seinen Nerven. Zweihundert Jahre des Ausharrens. Wann würden sie endlich mit dem Kampf beginnen?

Doch die Fäden prasselten auf Schnee hernieder. K'vin befand sich nahe genug, um die Löcher zu sehen, die sie in die weiße Masse brannten.

*JETZT!*

Craigaths Kommando explodierte in K'vins Kopf, und im selben Augenblick brüllte Charanth auf. Flammengarben schlugen gleich Fackeln aus seinem Maul, und mit wuchtigen Schwingenschlägen preschte er vorwärts.

K'vin hielt sich am Fluggeschirr fest und tastete hektisch nach dem Seil, mit dem die Feuersteinsäcke vor ihm am Nackenwulst befestigt waren. Durch Knieschluss versuchte er zu verhindern, dass er vom Drachenrücken geschleudert wurde. Er hob den rechten Arm und streckte ihn nach vorn aus, als ob jemand Craigaths Befehl verpasst haben könnte.

Sie flogen in Formation, Telgar in der zweiten Reihe und unterhalb des Geschwaders vom Hochland. Die Abstände zwischen den einzelnen Drachen waren groß genug, um gegenseitige Verbrennungen zu verhindern. Außerdem ließ man Korridore für Manöver frei. Jeder Weyr hatte seine Geschwader in dieser Strategie gedrillt, bis die einzelnen Elemente den Menschen wie den Drachen in Fleisch und Blut übergegangen waren.

Als Charanths feuriger Atem die ersten Fäden versengte, ergriff eine Euphorie von K'vin Besitz und er spürte, dass es auch für Charanth ein berauschendes Erlebnis war. Sie brannten sich eine Schneise durch den Fädenvorhang und machten kehrt. K'vin sah, dass seine Gefährten dasselbe Manöver vollführten. All die Jahre des Trainings machten sich jetzt bezahlt. Vor Stolz schien ihm das Herz in der Brust zu schwellen. Überall kämpften Drachen und ihre Reiter gegen den alles verzehrenden Organismus aus dem All, und das mit vollem Erfolg.

*Meranath und die anderen sind hier,* verkündete Charanth, nach unten spähend.

*Tatsächlich? Flieg eine Kurve.* K'vin gewahrte die niedrig fliegende Pfeilformation, bestehend aus den goldglänzenden Leibern der Königinnen. Ihre Reiterinnen handhabten die Flammenwerfer und eliminierten die Fäden, die den anderen Drachen entkommen waren.

*Macht Meranath ihre Sache gut?*, erkundigte sich K'vin.

*Sie macht ihre Sache sogar sehr gut,* lobte Charanth sie voller Stolz.

*Gib Bescheid, dass wir ein Wendemanöver fliegen,* befahl K'vin Charanth. Er drehte sich um, weil er die Ausführung beobachten wollte. Als er den erhobenen Arm senkte, spien noch neun oder zehn Drachen Feuer, dann stellten auch sie ihren Flammenatem ein.

Er zählte bis fünf, und plötzlich flogen alle Geschwader hinter ihm. Dann rückte die Fädenwolke wieder näher, und Charanths Maul entströmten aufs Neue die alles versengenden Fackeln. Bis jetzt fand K'vin an keinem Reiter oder Drachen etwas auszusetzen. Das Geschwader von Telgar gab sein Bestes.

Auf einmal merkte er, dass seine Säcke mit Feuerstein leer waren. Er ließ Charanth neue anfordern. Zu seiner Überraschung fiel K'vin auf, dass sie von der Nacht in den Tag hineingeflogen waren; die Sonne schien ihm schräg in die Augen, als sie wieder nach Osten abdrehten. Nur gut, dass die Schutzbrillen getönte Gläser aufwiesen.

Z'gal und sein blauer Drache kamen im Sturzflug herbeigesaust und ließen die neuen Säcke mit Feuerstein auf Charanths Hals fallen. K'vin löste die leeren Säcke von den Gurten und warf sie ab; ein Stück weiter unten wurden sie von Z'gal aufgefangen, der unmittelbar danach mit seinem Tracath ins *Dazwischen* ging.

*Sag Tracath, das war gute Arbeit,* forderte K'vin Charanth auf.

Mittlerweile kreisten sie über dem Nordosten von Benden, über Weideflächen, ausgedehnten Wäldern und kleineren Bauerngehöften. Jetzt war es umso wichtiger, die Fäden zu vernichten. Das Königinnengeschwader hob sich in strahlend goldenem Glanz vor dem dunkelgrün und braun gefleckten Untergrund ab; die winterlich brach liegende Landschaft war noch nicht vom frischen Grün des Frühlings überhaucht.

Wieder wurden die leeren Säcke gegen volle eingetauscht. K'vin ordnete eine zweite Kehrtwendung an, und auf einmal spürte er seine Erschöpfung.

*Geht es dir gut, Charanth?*

*Die Flammenstöße sind stabil. Meine Schwingen sind noch nicht ermüdet. Wir zwei sind zusammen, K'vin. Kein Problem.*

Die ruhige, kräftige Stimme seines Bronzedrachen wirkte auf K'vin wie ein Lebenselixier. Ja, sie waren zusammen und taten das, worauf sie jahrelang hingearbeitet hatten.

Sie beide erfüllten ihre ureigenste Bestimmung.

*Meranath sagt, wir befinden uns jetzt über Burg Bitra.* Sie flogen wieder Richtung Westen und rüsteten sich für eine neue Attacke. K'vin kam es vor, als sei der Fädenfall dünner geworden; überall lichteten sich freie Stellen in dem sonst so dichten Vorhang. *Ist der Fädenschauer bald vorbei?*

K'vin wusste nicht, ob Charanth erfreut, überrascht oder enttäuscht war. Er selbst fühlte sich unglaublich erleichtert. Den Test für einen erfolgreichen Weyrführer hatte er jedenfalls bestanden.

Ein weiterer Schwenk nach Osten, und es waren keine Fäden mehr zu sehen. Die Reiter brachen in Jubel aus.

*Wir sollten in Bitra landen. Vielleicht braucht man uns, um Fäden zu versengen, die sich eingegraben haben,* sagte

K'vin zu Charanth. *Gib dem Geschwader Bescheid, dass sich alle tapfer geschlagen haben. Außer J'dar darf die ganze Gruppe zurückkehren. Er bleibt bei uns, bis wir Entwarnung bekannt geben können. M'shall sagt uns, wann es so weit ist. Ist jemand beim Einsatz verletzt worden?*

Jeder Weyrführer stellte am Ende eines Einsatzes diese Frage, obwohl er während eines Fädenfalls ständig auf dem Laufenden gehalten wurde, um verwundete Teams austauschen zu können.

*Heute gab es nur leichtere Verbrennungen. Nichts, was es wert wäre, gemeldet zu werden.*

K'vin hörte es nicht gern, dass man ihm Nachrichten über Verwundungen vorenthalten hatte, doch er verstand, dass kein Reiter es riskieren wollte, aus dem Kampfgeschehen entfernt zu werden. Dann bemerkte er, dass seine lederne Reitmontur schwarze Brandspuren aufwies. Zum Glück hatte seine Haut nichts abbekommen. Er hoffte, jeder Kampfeinsatz ginge so glimpflich aus.

Heute würde das Königinnengeschwader mit den Geschwaderführern in Burg Bitra zusammentreffen, obwohl die Tradition es vorsah, dass die Königinnen bei den Bodenmannschaften blieben, um ihnen aus der Luft Richtungsanweisungen zu geben.

Gleich nach der Landung kam Zulaya zu K'vin gerannt. Sie umarmte und küsste ihn voller Enthusiasmus.

»Wir haben es geschafft! Wir haben es geschafft!«

»Dieses Mal ist alles vortrefflich gelaufen.« K'vin drückte sie fest an sich. Ihm war beinahe zumute, als müsse er sich bei P'tero bedanken, weil dieser ihn so in Rage gebracht hatte. Seit seinem Wutausbruch hatte sich seine Beziehung zu Zulaya verbessert. Die Art, wie sie ihn ansah, wie sie ihn berührte ... Endlich hatten sie sich zu echten Weyrgefährten zusammengerauft.

M'shall stolzierte zwischen den Reitern auf und ab, schlug einigen von ihnen auf die Schulter und bedankte sich bei jedem Weyrführer für dessen bedingungslosen Einsatz.

»Ich würde sagen, dies war ein ganz normaler Fädenfall«, erklärte S'nan gewichtig.

»Wie wollen wir das beurteilen?«, hielt G'don ihm entgegen.

»Ich beziehe mich auf die alten Berichte, Mann!« S'nan plusterte sich auf. »Genauso hat Sean den Fädenfall Nummer 325 beschrieben, im Jahr achtundfünfzig N.L. Exakt bis in jede Einzelheit.«

»Ach, das war Fädenfall Nummer 325?«, brummte B'nurrin mit schelmisch blitzenden Augen. »Ich hätte eher angenommen, dieser Fädenfall gliche dem im Jahr sechzig N.L. Beziffert ist er mit Nummer 499.«

»B'nurrin?« Warnend hob M'shall die Augenbrauen, um zu verhindern, dass der übermütige junge Weyrführer von Igen S'nan weiterhin aufzog.

»Ich finde, wir haben noch einmal Glück gehabt«, äußerte D'miel von Ista kopfschüttelnd. »Das muss nicht immer so bleiben. Offen gestanden hatte ich Schlimmeres befürchtet ...«

»Aber es ist doch eine angenehme Enttäuschung, oder nicht?«, entgegnete K'vin schmunzelnd, obwohl er mit D'miel übereinstimmte. Alles war viel zu glatt gelaufen.

»Unsinn!«, wehrte G'don ab. »Wir waren einfach gut! Jeder von uns tat sein Möglichstes, und wir alle sind bis zur Perfektion gedrillt. Außerdem waren wir so aufgekratzt, dass uns nichts mehr bremsen konnte. Ich für meinen Teil schäme mich nicht zuzugeben, dass ich tatsächlich die ganze Zeit über bis zum Äußersten gespannt war.« Andere nickten ihm beifällig zu. »Und wir ließen Vorsicht walten. Erst wenn wir uns an die Gefahr gewöhnt haben, werden sich Nachlässigkeiten einschleichen und uns zu unnötigen Risiken verführen.«

Zustimmendes Gemurmel wurde laut.

»Während eines Fädenfalls dürfen wir uns nicht die

geringste Unaufmerksamkeit leisten!«, pflichtete S'nan ihm bei. »Das ist das Allerwichtigste!«

»Und wenn wir über Süd-Benden und Keroon Einsätze fliegen, müssen wir doppelt vorsichtig sein«, flüsterte Zulaya K'vin ins Ohr.

»Ich bin stolz auf die Leistung der Geschwader!«, sagte K'vin. »Nur wenige Fäden erreichten den Boden, und dort machte man kurzen Prozess mit ihnen. Dank Vergerin, möchte ich hinzufügen, der Bitra auf den neuesten Stand der Verteidigungsbereitschaft gebracht hat …«

Der Burgherr von Bitra war damit beschäftigt, Hegmons perlenden Wein an die Gäste im Burghof auszuschenken.

»Nicht auszudenken, was passiert wäre, wenn Chalkin hier noch das Regiment führte«, äußerte Irene und prostete Vergerin mit ihrem gefüllten Glas zu.

»Wer denkt denn jetzt noch an Chalkin?«, wehrte Laura vom Ista-Weyr lachend ab.

»Er hätte uns den Champagner bestimmt nicht gegönnt«, behauptete Irene. »Das ist mal sicher.«

»Wie haben Sie Hegmon dazu gebracht, Ihnen diesen köstlichen Tropfen zu überlassen, Vergerin?«, erkundigte sich G'don, sein Glas andächtig an die Lippen führend.

»Man könnte sagen, wir sind alte Freunde«, antwortete Vergerin schmunzelnd.

»Wurden Verletzungen gemeldet?«, fragte M'shall mit nüchterner Miene.

»Nur geringfügige Verbrennungen«, erwiderte K'vin. Die anderen Geschwaderführer konnten auch keine ernsthaften Verwundungen melden.

»Noch mal gut gegangen«, stellte M'shall fest. »Hoffentlich werden die einzelnen Reiter durch den Erfolg nicht übermütig. Wir müssen dafür sorgen, dass sie mit beiden Beinen am Boden bleiben.«

»Auf dem Rücken ihrer Drachen, willst du damit wohl sagen«, korrigierte seine Gefährtin ihn humorvoll.

»Seht es mal so«, wandte B'nurrin grinsend ein. »Wir müssen nur noch sechstausendsechshundertneunundvierzig Kampfeinsätze fliegen, plus minus ein paar hundert. Dann haben wir wieder zweihundert Jahre lang Ruhe.«

Einen Augenblick lang herrschte verblüfftes Schweigen, während die Umstehenden diese Information verdauten. Derweil machte sich B'nurrin davon, ehe der volle Zorn seiner Gefährten ihn traf.

»Aber der Fädenfall hat begonnen«, sagte K'vin leise zu Zulaya, die in stolzer Haltung neben ihm stand. »Wir sind dem Feind begegnet.«

»Es kann noch spannend werden. Ich bin froh, dass ich in diesen Zeiten lebe ...«

»Und dass wir einen Drachen reiten!«

So begann der Zweite Vorbeizug der Fäden auf Pern!